古事談抄全釈

浅見和彦　伊東玉美　内田澪子　蔦尾和宏　松本麻子　編

笠間書院

穂久邇文庫蔵『古事談抄』巻頭（3オ）

○一陸奥守実方（ハ一条左大臣師尹ノ孫侍従定時カ子也）与行成卿

口論ノ時実方取行成冠投捨ス。少モ不騒

シテ行成無気色静寛ニ殿司ヲ召テ冠ヲ取テ

払砂着テ云、左道ニイマスル公達哉トテ止ヌ。主上小蔀

ヨリ御覧シテ行成ハ[illegible]侍ヘトテ[illegible]ケリドモ説

蔵人頭ニ補（弁官奉行也）実方ヲハ哥枕ミテマイレトテ

被任陸奥守テ於任国逝去云々

○実方行廻奥州之間為見哥枕毎日ニ行廻リ或時

日アコヤノ松ミニトテ御越アルニ国人申云アコヤノ松

ト申ス所コソ候ハ子ト申ス時老翁一人逢申云

君ハ君イツヘキ月ノイナヤラヌ中（ミチノクノアコヤノ松ニコカクレテイツヘキ月ノ）

イテモヤラヌカ ト申古哥ヲ思食テ被[illegible]下[illegible]

出羽陸奥未境ヲ持時ノ哥也被境[illegible]

目次

口絵：『古事談抄』（穂久邇文庫蔵）

『古事談抄』解説

凡例

○底本は穂久邇文庫蔵『古事談抄』に拠る。

○『古事談抄』には説話番号は付されていないが、便宜的に通し番号を付けた。また、『古事談』（小林保治校注、一九八一年、現代思潮社）、『古事談』（新日本古典文学大系、川端善明・荒木浩校注、二〇〇五年、岩波書店）の対応する説話の通し番号と各巻毎の番号を（　）内に示した。また、『古事談』の本文・番号の引用は『古事談』（新日本古典文学大系）によった。

（例）　第五話（一〇四／二ノ五・新大系二ノ五）

↓『古事談抄』五話、『古事談』一〇四話・巻二ノ五話

○『古事談抄』には説話の題目が記されていないが、便宜的に仮題を付けた。

○各話は釈文／本文／校異／口語訳／語釈／余説／同話・類話／参考文献の順に構成されている。

○本文は丁数を（　）に括って示し、下方に行数を示した。

○虫損や裏うつりにより判読出来ない文字は■を用いて示した。

○釈文においては、旧漢字体は現行の字体に改めた。また読み易さを考えて、一部に読みがなを付した。

○明らかに脱字・脱文等があると思われる箇所は、釈文においては『古事談』大東急記念文庫本に拠り補訂し、（　）に括って示したが、本文においては底本のままとした。

○釈文においては、濁点や句読点を付し会話・引用文などに引用符を付け、送り仮名についても適宜補った。

○釈文においては、割り注部分は〔　〕に括って示した。
○校異に用いた『古事談』の諸本および略号は次の通りである。
大東急記念文庫本（広本）　（略号）大東急
静嘉堂文庫松井五冊本（広本）　（略号）静嘉
内閣文庫元老院本（広本）　（略号）内閣
学習院大学日語日文本（広本）　（略号）学習院
静嘉堂文庫色川三中本（錯簡本）　（略号）色川
東山御文庫本（錯簡本）　（略号）東山
河野記念館三冊本（錯簡本）　（略号）河野
天理大学附属天理図書館蔵本（錯簡本）　（略号）天理
内閣紅葉山文庫本（略本）　（略号）紅葉山
宮城県図書館本（略本）　（略号）宮城
○校異については話ごとに通し番号を付け、本文の当該箇所の右脇に番号を付けた。また、異同はひらがな、カタカナや、旧字と新字の区別はしなかった。
（例）季綱也…季綱カ　河野（※　河野本は「季綱か」）
○参考文献として『古事談』（現代思潮社、略称「古典文庫」）、『古事談　続古事談』（新日本古典文学大系、略称「新大系」）を参看した。
○分担執筆の形を取り、各担当箇所の終わりに執筆者の名を記した。

第一話（一〇〇／二ノ一・新大系二ノ一）

「忠平の檳榔の事」

貞信公のひたまゆと云ふ檳榔（びんらう）車は、代々一の所に伝はりけるを、知足院殿の御時、（八条）大相国、高松中納言と同時に参議を拝す。共に御車を申すの間、ひたまゆは高松宰相に遣はさるべきの由、内々に其の告げを得。「同じくは、ひたまゆをこそ」と思ひて、同日、拝賀の間、陣の口に於いて雑色〔澤々〕に仰せて、奪ひ替へらると云々。件の雑色は、無（双）の京童部たるに依り、高松の車副等（くるまぞへら）、敵対に及ばずと云々。件の車、三条内府に相伝す。而るに、薨逝の時、葬例は毛車（けぐるま）たるべきの処、相国禅門、此の由を聞きて、「争（いか）でか件の車を用ゐるべき」とて（期に臨みて他の車を用ゐらると云々。然りと雖も其の料とて）取り寄せたりし車なればとて、子孫棄て置かると云々。

（三オ）
貞信公ノ[1]ヒタマ■■[2]云檳榔車ハ代々一ノ所ニ[3]傳ハリケ
ルヲ知足院殿御時[4]■■大相國与高松中納言同時
拝参議共申御車之間ヒタマユヲハ[5]高松宰相ニ[6]可
被遣之由内々[7]得其告同ハヒタマユヲ[8]コソト思テ同日拝
賀之間於陣口仰[9]雑色澤々被奪替云々件雑色
[10]依為無京童部高松之車副等不及敵對云々
件車相傳三条内府而薨逝之時葬例可為毛
車之處[11]相國禅門聞此由争可用件車[12]トテ取
寄タリシ車ナレハトテ子孫被棄[13]置云々[14]

【校異】　**1ヒタマ■■…ヒダマユト**　全本　**2檳榔車…檳榔**　全本　**3傳ハリケルヲ…傳ヘテ有ケルヲ**　大東急・静嘉・内閣・学習院・東山・河野・天理・紅葉山　**傳ヘテ有ナルヲ**　色川　**4■■大相國…八條太相國**　大東急・学習院・色川・東

山・河野・天理　**八條太相國**（実行）　静嘉　**八條ノ大相國**　内閣・学習院　**八條大相国**　紅葉山・宮城　**5高松宰相…高倉宰相**
宮城　**6可被遣…給之**　全本　**7得…謁**　大東急・静嘉・内閣・学習院・色川・東山・河野・天理　**謁ラル**　宮城　**（ナシ）**
紅葉山　**8コソト…コソタマハラメト**　全本　**9仰雑色澤々…仰雑色澤**　大東急・静嘉・色川・東山・河野・天理・紅葉山・宮城　**仰雑色天**　学習院　**仰雑色澤天**　内閣　**10依為無京童部…於天下依為無双京童部**　大東急・静嘉・内閣・学習院・色川・東山・河野・天理・紅葉山　**依為無双京童部**　宮城　**11處…由依遺言取寄件車之所**　全本　**12車トテ…車哉トテ臨期被用他車云々雖然其料トテ**　大東急・静嘉・内閣・学習院・色川・河野・天理・紅葉山・宮城　**車哉トテ臨期被用他事（ヒ）車云々雖然其料トテ**　東山　**13棄置…棄置之**　静嘉・内閣・学習院・色川・東山・天理・紅葉山・宮城　**置之**　大東急・河野
14云云…或人曰件車在西院云々　全本

【口語訳】　貞信公（藤原忠平）のひたまゆという檳榔の車は、代々一の所（摂政・関白）に伝わっていたのを、知足院殿（忠実）が関白でいらっしゃった時に、八条大相国（実行）が、高松中納言（実衡、正しくは通季か）と同時に参議を拝し、ともに御車を申し請けたいと希望していたところ、ひたまゆを高松宰相にお遣わしになると、内々にそのことの知らせを得た。「同じことなら、ひたまゆの方をこそ（賜りたい）」と思って、同日に拝賀のために参内したので、陣の口で雑色澤々に命じて奪い替えなさったという。くだんの雑色は京に並ぶ者のない無頼の者であったので、高松側の車副たちは対抗するにも力が及ばなかったとか。くだんの車は三条内大臣（公教）に相伝された。ところが、（三条内府が）薨去の時、葬儀は毛車であるべきであったので（この車を用いるよう準備していたのを）、相国禅門（実行）がこのことを聞いて、「どうしてその車を用いようか」といって、（葬礼の時に臨んでは他の車を用いた。そうはいっても、葬儀用として）取り寄せた車なのだから、ということで、（ひたまゆを公教の）子孫は棄て置かれているとかいうことだ。

貞信公　藤原忠平。元慶四年（八八〇）～天暦三年（九四九）。関白太政大臣基経の四男。母は人康親王女。醍醐天皇の昌泰三年（九〇〇）、次兄仲平より先に参議に任ぜられるも、叔父清経に参議を譲り、大弁となる。延喜八年（九〇九）参議に還任、長兄の左大臣時平が薨ずるに及び、九年には仲平等五人を超えて権中納言、延長二年（九二四）年には左大臣となり、従一位、太政大臣に至る。朱雀・村上両天皇の生母、皇后穏子は基経女であり、忠平一族は両朝の外戚として朝廷を支えた。以後、この忠平の子孫のみが摂政・関白を歴任することとなる。日記『貞信公記』を残し、故実典礼に通じていた。

ひたまゆと云ふ檳榔車　檳榔は熱帯産の常緑高木で、その葉を細かく糸状に裂いて車の屋形の表面全体を葺き覆ったため、檳榔・檳榔毛車・毛車とも呼ばれる。物見（車の左右の窓）が付いていないのが特徴。檳榔毛車は、『西宮記』（一九・車）には上皇以下四位以上が用いるとし、女官や僧綱も乗用したが、身分により備品には差があった。公卿が新任・昇進の慶賀を申す場合、檳榔車を用いている例が多い。『輿車図考』に、眉は「くるまのやかたの前後の棟を云ふ、雨眉は唐弓を伏せたるやうなるかたちをいふ、くしがたのやうなるはつねなり」と記す。アママユは、『桃華蘂葉』によれば、唐車、唐庇車等の様式の眉を指す。貞信公の檳榔の車は眉が「ひたまゆ」の形で、そこからの呼称か。新大系は、「おそらく余（あま）眉に対して直眉」とするが、通常の「くしがた」が「ひたまゆ」に相当するかどうかは不明。

一の所　摂政・関白を指す。一の人とも。

知足院殿　藤原忠実。承暦二年（一〇七八）～応保二年（一一六二）。関白内大臣藤原師通の長男、母は右大臣藤原俊家女全子。右大臣源顕房女師子との間に勲子（泰子）・忠通、藤原盛実女との間に頼長がいる。堀河天皇の代に関白、鳥羽天皇の代に摂政太政大臣・関白となるも、保安元年（一一二〇）勲子入内の一件をめぐって白河院の逆鱗に触れ、内覧を罷免されて、宇治三室戸の富家殿に籠居した。大治四年（一一二九）の白河院崩御の後、鳥羽院政下のもとで政界に復帰。しかし、弟で忠通の養子格であった頼長の摂関家継承にからんで関白忠通との対立が激化し、忠実は忠通を義絶して、忠通から頼長に氏長者の地位を譲り替えるが、保元の乱で頼長は敗死し、七九歳の忠実は洛北の知足院に幽閉されて余生を送った。有職故実に詳しく、忠実の言談をまとめたものに『中外抄』（筆録は中原師元）・『富家語』（筆録は高階仲行）がある。

八条大相国　藤原実行。大相国は太政大臣の唐名。承暦四年（一〇八〇）～応保二年（一一六二）。権大納言藤原公実の二男（今鏡には二男に実兼を入れ、三男とする）。母は、公実の「旧妻」（中右記・長治二年三月二三日条）、美濃守藤原基貞女。天永二年（一一一一）正月、異母弟通季とともに鳥羽天皇の蔵人頭（権右中弁）に抜擢される。次いで永久三年（一一一五）四月二八日、通季と同時に参議に昇進、太政大臣・従一位に至る。閑院流三条家の祖。

高松中納言　藤原実衡。康和二年（一一〇〇）～永治二年（一一四二）。権大納言仲実（公実の弟）の一男。母は六条修理大夫顕季二女。権中納言・従三位に至る。管絃に長じた。長承二年（一一三三）蔵人頭、翌三年に参議に任ぜられ、時の関白は忠通。したがって、ここは本来、すでに『古事類苑』（器用部二八・車・下）に指摘があるように、実行と同時に参議となった藤原通季がふさわしい。ただ、父の仲実も、白河院が度々御所としていた高松第に住む修理大夫藤原顕季女と結婚していた関係で、仲実も高松と号した。公実・仲実兄弟の妹苡子が鳥羽天皇を産んだため仲実も一族と共に時めき、永久三年の同日に宣命で権中納言から権大納言へと、上臈の二人を超えて累進している。あるいはそれが伝承過程での錯誤を生む一因となり、伝承の中で実衡への移行を容易にしたかも知れない。また、永久五年（一一一七）二月一三日、一条東洞院辻で、法勝寺千僧御読経の帰途中の内大臣忠通に遭遇した少将実衡は下車の礼を取らなかったため、忠通は実衡の雑色を搦め取り、車簾を引き落とすという事件があり（殿暦）、慈円は悪左府頼長が「法勝寺御幸ニ実衡中納言ガ車ヲヤブ」ったと語り（愚管抄・四・近衛）、実衡自身にも車にまつわる被襲撃伝承があって、結びつきやすかったと見られる。ただし、仲実女は実行の兄実隆と結婚し、実行もまた顕季三女と結婚し、仲実の子公頼を養子としている。藤原基貞女を母とする実隆・実行兄弟は、むしろ顕季グループとして高松家と親密な関係にあった。藤原通季は寛治四年（一〇九〇）〜大治三年（一一二八）。権大納言公実の三男（今鏡では四男）。母は但馬守藤原隆方女、従二位光子。西園寺家の祖。号、大宮。同母妹の璋子は鳥羽天皇の中宮、待賢門院。母光子は堀河・鳥羽天皇の乳母で公実の正妻。同母姉実子も鳥羽天皇の乳母。天永二年（一一一一）正月、異母兄実行とともに鳥羽天皇の蔵人頭（左中将）に任ぜられたが、位は正四位下で、従四位上の実行よりも上であった。永久三年には、実行と同時に参議に昇進。権中納言・正三位で薨じた。祖父実季より始められた、閑院流の正嫡を象徴する「鞆絵」の車文を、公実から相伝した（尊卑分脈・通季項）。

高松宰相　宰相は参議の唐名。新参議実衡を指す。

御車を申す　『殿暦』には特に記載がないが、『参議要抄』に「蔵人頭者。先二除目入眼一。奉（ママ）下可レ有二朝恩一由上。仍申三表衣於二執柄一。又借二有文帯一已上置宿所。又申三檳榔毛於二執柄一」（下・臨時「初任事、申慶賀事」）とある例に合致。実行と通季はともに蔵人頭であったので、関白忠実に檳榔毛車下給を申請したものと見られるが、車の給与は本来摂政関白の職務の一端ではなく、祝意か（【余説】参照）。

拝賀　新任・昇進の慶びを申すために、五位以上の家人や、子孫・親しい間柄の人等で編成された前駆等を揃え、行列の威儀を整えて、天皇・中宮・東宮の他、「所々」すなわち院・女院・摂政関白、各大臣等々のもとへ伺うこと。参内の場合、弓場殿において拝舞、取次の蔵人を通じて慶賀を奏した。

陣の口　陣とは内裏内において武官が警護のため上番勤務する詰所を指す。新大系脚注では晴儀の参内には、左近衛府が門内北にある陽明門の門外に牛車を並べることから、陽明門の口と解する。ただし、永久三年四月の頃は、鳥羽天皇は小六条殿（六条坊門南・烏丸西）を御所としている（皇居行幸年表）。里内裏の場合、御所となった邸宅を内裏と見立て、「大内裏に比すべき陣中と呼ばれる三町四方の領域が存在した。この住宅に開かれた門が内裏門に、この住宅より一町先の辻々に設けられた陣口が宮城門に擬され」ていた。この陣口の一つが陽明門代として、「貴族達の参内・退出する際の最も正式な出入り口」となった（【参考文献】①）。なお、陽明門代における車の立て方は陽明門儀に准ずるとされた（三條中山口伝・第一甲）。『殿暦』の記載記事から推して、永久三年四月一六日、参議に任ぜられた実行や通季が慶賀を申すために車を立て置いた陣口は樋口室町の辻付近であったか（【余説】参照）。

雑色　ぞうしき。雑色人の略称。ここでは諸家に属し、雑役に従った者。

澤々　諸本「澤」とする。『古事談抄』「澤々」か、あるいは字が読めないまま「々（ゞ）」と一字置いたものか、不明。実行の命を受けて車を奪った雑色の名と考えられるが未詳。ただ、実行の雑色に、実行の信頼を得ていたらしい「光澤」という名の人物がいる（三條西実義氏所蔵・除目部類記所引・崇仁御記（実行公記・天永二年正月二三日条））。

無双の京童部　諸本により「双」を補い、「無双の京童部」と解釈する。京童部は都の無頼の徒であると同時に、情報通でもあった。

車副　くるまぞい。貴人の牛車の左右に供奉し、威儀を整える舎人。人数は身分や外出目的により異なる。「上皇八人、親王・太政大臣六人、大臣四人、納言二人、参議一人」（西宮記・一九・車）。

葬例は毛車たるべきの処　葬送の際、遺骸を載せる車として毛車を指示した。保安元年（一一二〇）に薨じた正二位権大納言藤原宗通の葬送には、檳榔毛車が用いられている（中右記・八月六日条）。諸本では、「可レ為二毛車一之由依二遺言一取三寄件車一之處」と、公教の遺言によるものとし、遺言の部分を欠く『古事談抄』の場合は、もはや決まり事として読めるが、「可為毛車之由」から「件車之處」への目移りで遺言の箇所が脱落した可能性もある。

三条内府　藤原公教。康和五年（一一〇三）～永暦元年（一一六〇）。藤原実行一男。母は六条修理大夫顕季三女。号、三条・高倉。公教母とともに歌人であり、

『今鏡』（六・梅の木の下）には、「才もおはし、笛も能く吹き給ひき」とあって多才の人であった。大治六年（一一三一）蔵人頭（左中将）、長承二年（一一三三）、三一歳で参議に任ぜられ、保元二年（一一五七）、内大臣・正二位に至る。永暦元年七月九日、赤痢によって五八歳で急逝した。

相国禅門　藤原実行。禅門は出家入道した人を指す。実行は永暦元年正月三〇日に、八一歳で出家している。

争でか件の車を用ゐるべきとて　『古事談』では、『争でか件の車を用ゐるべきや』とて、期に臨みて他の車を用ゐらる、と云々。然りと雖も、『其の料とて…』」、すなわち、「どうして件の車を用いようかと言って、葬儀の際には他車を使用した。そうではあるけれど、やはり葬送用として」取り寄せた車であるから、子孫はこれ（ヒタマユ）を棄て置いた、とある。この部分により意味が明確になる。「トテ」が二度続くため、書写の際、目移りによる脱落か。葬儀に用いられた車は再利用はされない習わしであった（【参考文献】②）。記録類を見る限り、檳榔車は改まった時に用いられており、それだけに、死穢に触れたのに准じたものとして忌避されたのだろう。

子孫棄て置かると云々　『古事談』には、最後に「或る人曰はく、『件の車は西院に在り』と云々」この一文があり、『古事談抄』編者による省略か、または後人の増補と見なされる。「西院」は淳和院を指す他、仁和寺・勧修寺・東寺・雲林院・薬師寺・興福寺等々にもあり、名称だけからは特定しがたいが、伊東玉美氏は仁和寺西院とし（【参考文献】③）、新大系もこれに従う。この場合、公教の嫡子実房（一一四七〜一二二五）の子である覚教（一一六七〜一二四二）が、実房からヒタマユを伝領したと考えるのが自然である。覚教は、師の印性権僧正（一一三一〜一二〇七）から仁和寺真乗院・西院を譲られるが、御室道法法親王（一一六六〜一二一四）に西院を進上し、道法は安井宮道尊に譲与した（血脈類集記・仁和寺諸院家記・恵山書写本）。印性や道法・道尊には「西院」の号がありながら、覚教には「真乗院」の号だけで「西院」の号が見あたらないことから、彼が西院にいたのは比較的短期間と考えられるので、かなり限定された期間の情報となる。ただし、当時の記録類では「西院」とのみ書いた場合は淳和院を指し、他は「〇〇寺西院」と書いて区別するという点から言えば、疑問は残る。

【余説】　貞信公ゆかりの車は他に青糸毛の車が知られており、記録類に散見するが、ヒタマユに関しての情報は今のところ本話のみである。

このヒタマユをめぐって争ったという陣口の位置だが、『殿暦』によれば、永久三年四月一六日、大納言忠通が任内大臣の内定宣旨を受けるために威儀を正して檳榔毛車で参内・着陣の際、「至二室町一、於二檜口一下車、用二左衛門陣代一着陣」とあり、小六条院西側より一町北にある樋口室町の辻で下車している。また、同二八日の除目で内大臣の宣命を賜った忠通は、内裏で慶賀を奏した後、参院のために、右衛門陣を経て退出、「従二室町一行レ北乗レ車」とあるので、やはり乗車位置は樋口室町の辻と見られる。参内の際、忠通は左衛門陣を用いたが、それは「右衛門陣今日無二便宜一、是諸卿参入有二仗座一故也」だったという。忠実自身も内裏から退出して東三條邸へ向かう際、「用二東門一、自レ内退出時用二左衛門陣一、是依二便宜一也」と記す。このことから、当時の小六条殿は西門の方が邸の正面だったと推測され、樋口室町の辻に忠通の車が立てられていたとすれば、実行・通季たちも同日、内裏で任参議の拝賀を行っている間、ここに車を立てていたのではないだろうか。

忠実は最晩年に「車を人に借す事は、初任の公卿等の車を申す時、給ふは常の事なり。また、受領の下向の時もまた同じ。ただ、さることは覚悟せず。但し、乞ふ人には給ひて、何事あらむや」（富家語・一二七）と語る。このことについて、いくつか例を挙げて考察してみる。寛治六年（一〇九二）、藤原宗俊は権大納言就任の折、関白師実から剣・帯を借り、左大臣源俊房から車・牛・車副を借りている（中右記・四月二八日）。蔵人頭から参議就任の場合、長保三年（一〇〇一）、左大臣道長は藤原行成に「左府御車・牛・笏」を賜い（権記・八月二五日）、寛弘元年（一〇〇四）、藤原正光には志として車を賜い、帯を貸した（御堂関白記・二月二六日）。関白右大臣忠実も嘉承元年（一一〇六）に藤原顕実に車を与え（殿暦・三月一五日）、天永二年（一一一一）藤原為房は摂政忠実に帯を申請し（玉葉所引・為隆記・二月二四日）、翌日檳榔毛車に乗って忠実の許に参上している（中右記）。以上は摂関家に申請した例と見られるが、しかし、寛仁三年（一〇一九）、小野宮流の新宰相藤原経通の場合は大納言実資に車・車副等の手配を頼んでおり（小右記・一二月二一日・二二日）、実資は甥の経通に、志として新車「一具」を与えている。また、保安三年（一一二二）、為房の子為隆は、権中納言藤原通季（為隆従兄弟）の檳榔に乗り、新大納言藤原能実の牛を用いていて（永昌記・一二月一九日）、関白内大臣忠通の名が出ていない。とすれば、摂政関白との親近度・従属度、身内の勢力度が関係するらしい。行成は摂政伊尹の孫で養子、正光は関白兼通の子だが、御堂流繁栄の下で道長に親近し、実資の曾孫顕実は小野宮流の衰退の中にいた。為隆は師通・忠実の家司として仕えたが、彼の参議就任は忠実失脚の翌年である。こういった事例から見て、拝賀のパレードには、その当時の政治的状況も反映しつつ、願い出れば、親近する上位の人物などから祝福の意を以て、晴れの場のための車の貸与や贈与がなされる習慣があったと考えられる。願う側にとって上位者との親密度を対世間的に確認する栄えある行為ともなり、あるいは先例として参考にするため、他人の例でも記録類に書き残されたようだ。「給」という表現は貸与も贈与も含んで用いられるため、いずれと確定できないことも多いが、建保六年（一二一八）の藤原定高の場合、右大臣道家から賜った檳榔車について、「於㆓御牛㆒者付㆓牛童㆒返上」と記すのは、贈与が明らかな例である（参議拝賀部類所引・定高卿記、時の関白は家実）。

車の貸与の対象は貴族だけに限らない。寛仁元年（一〇一七）一一月二八日、大納言実資は延暦寺の教静が権少僧都昇進の慶賀を申す際、治安元年（一〇二一）一〇月一八日、興福寺の扶公が権大僧都昇進の申慶の際にも、頼まれて車・牛等を貸している（小右記）。天永二年（一一一一）一〇月二九日に大僧正増誉が法勝寺別当に任ぜられ、また、永久元年（一一一三）二月一一日に行尊が法印に昇進して、それぞれ慶賀を申す際、忠実は増誉に「余車給㆑

之、牛・車副等同給レ之」、行尊には「余遺レ車・車副六人、従レ院給二御馬一一云々」と記している（殿暦）ように、僧綱昇進の場合も同様であったようだ。その意味で、ヒタマユが西院という寺院に存在するというのは、左大臣実房家からの僧綱昇進などでの贈与の可能性も思わせる。

忠実は、永久五年（一一一七）三月一五日、石清水臨時祭勅使となった藤原忠長に「馬・鞍・御堂帯」を賜っている。忠長が祖父師実の子だからだという。二〇日に鞍は忠長が返しに来ており、忠実も「借給」と表現しているから、帯は贈与と見られる（殿暦）。摂関家伝来の道長の帯を、御堂流の子孫ゆえに祝意を以て与えたということであろう。このことから類推して、忠実が参議昇進で車を申請する通季に、忠実が貞信公のヒタマユを贈ろうと言うのは、『殿暦』に記載はないので真偽の程は定かでないが、話として必ずしも不自然な設定ではないのかも知れない。閑院流と御堂流の共通の祖は師輔まで遡る。折しも通季の妹璋子と忠通との縁談が白河院主導で進行中であり、忠実は同日の忠通の内大臣昇進の際も、まず忠通に「参院奏慶賀」させ、「先例今夜無二所々慶一、雖レ然上皇別哀憐二内大臣一給、仍先奉レ拝二上皇一後、可レ参二他所一故也」と記すように、白河院の恩と捉えているので（殿暦・永久三年四月二八日条）、通季の申請にはヒタマユ贈与で応えることはあり得ないことではないとも言える。少なくとも本伝承の源は、当時の事情をある程度反映したところから生まれてきているだろう。

父亡き後、継母光子との繋がりが昇進には不可欠だった実行が、光子所生の弟通季からヒタマユを奪い取ったという一件が史実かどうかは疑問である。だが、実行・実能が太政大臣・内大臣として並ぶのが確実となった久安六年（一一五〇）八月一一日、知足院忠実は「倩ら思しめすに、敵はざることなり。件両人は、実隆・通季よりも思ひ上がりて、もとよりはふるまひしなり。よりて、この幸ひはあるなり。実隆・通季は、例の人の様にふるまひき。よりて、これには劣るなり」と評した（中外抄・下二九）。実際には、常に実行・実能の上位にあり続けた実隆・通季（公実の死の翌年、通季は実行を超える）が早世したことが、両人の昇進に大きく影響しているはずだが、その一面、精勤の上に努力を重ね、白河・鳥羽両院の外戚近臣として信頼を得て、驚異的な昇進を遂げた実行の心意気を表す説話として、ヒタマユ奪取の一件は読むべきなのであろう。

なお、葬送に際しての車について、『西宮記』（一二・太政大臣薨事条裏書）に、「吏部王記云、（中略）忠平公薨、十五日、移二法性寺一。戌刻入棺、載二尋常所レ用牛車一」とあり、貞信公忠平の場合、ふだん常用の車を使用した。永久二年（一一一四）、師実室の従一位源麗子の葬送用の車は「本北政所網代車」（中右記・四月二三日条）、久寿二年（一一五五）、忠通室の藤原宗子の場合、「日来召用八葉」の網代車（兵範記・九月一六日）で、ともに普段使用していた網代車を用いている。男性貴族の例としては、白河院の寵臣たる権大納言藤原宗通が檳榔毛車を用いた例しか管見に入らなかったが、忠実たちが檳榔毛車をより改まった時に使用している（殿暦）ことや、皇太后妍子（小右記・万寿四年九月一七日）・後一条天皇（類聚雑例・長元九年四月二二日）は糸毛車、郁芳門院は唐車を用いている（中右記・永長元年八月七日）例から考えて、「葬送車に毛車を」というのは、公教が内大臣という家格を意識した上での遺言であったか。さらに、史実はともかく、実行がせっかく無理をして手に入れた、知足院殿忠実から拝領の由緒あるヒタマユを、子孫が無頓着に葬送に用いようとしたり、放置されていると語られるのには、もう一つの貞信公より伝来の青糸毛車が特別に重んじられていただけに、車の来歴に付加価値を見出そうとする時代の人々の驚きのまなざしがある。同時に、忠実の言葉を借りるなら、閑院流の隆盛期下の一族の「思ひ上がりてふるまふ」様をも表しているだろうし、保元の乱後の摂関家の権威の低下もその背後にほの見える。

【同話・類話】

未詳

【参考文献】

①飯淵康一『平安時代貴族住宅の研究』（二〇〇四年、中央公論美術出版）
②勝田至『死者たちの中世』（二〇〇三年、吉川弘文館）
③伊東玉美『院政期説話集の研究』（一九九六年、武蔵野書院）

［生井真理子］

第二話（一五八／二ノ五九・新大系二ノ五八）

「師輔遺誡、不信の輩夭命の事」

九条殿遺誡に云はく、「凡そ不信の輩は非常夭命。前鑒（ぜんかん）已に近し。貞信公語りて曰はく、『延長八年六月廿六日、清涼殿に霹靂（へきれき）するの時、侍臣色を失う。吾心中は三宝に帰依し殊に怖るる所無し。大納言清貫、右中弁希世、尋常仏法を尊ばず。此の両人已に其の妖に当たる』と。是を以て之を謂へらく、帰（真の力、尤も）災殃（さいあう）を逃る。又信心・貞潔・智行の僧、多（少は堪ふるに随ひて之と相語らへ）。唯だ（現（げん））世（ぜ）の助けのみに非ず。則ち是後々の因なり」と。

（三オ）
九条殿遺誡云凡不信之輩[1]非常夭命前鑒已
近貞信公語曰延長八年六月廿六日霹靂清涼殿
之時侍臣[2]失色吾[3]心中帰依三寶殊無所怖大納言
清貫右中弁希世尋常不尊佛法此両人已当
[4]其妖以是謂之[5]帰〃〃（不見）〃[6]逃災殃又信心貞潔
智行之僧[7]多〃〃（不見）〃〃[8]非唯見世之助則是
[9]後々之因也
（三ウ）

【校異】 **1非常夭命…非常大命**［天］　静嘉　**非常度命**［天］　内閣・色川　**非常度命**　大東急・東山・天理・紅葉山・宮城　**2失色…苦也**　紅葉山　**3心中帰依三寶…中帰依三寶**　紅葉山　**4其妖…其媛**［殊］　静嘉　**其媛**［妖］　内閣・色川　**媛**　大東急・東山・天理　**5帰〃〃〃…帰真之力尤**　全本　**6逃災殃…逃災殊**　大東急・静嘉・内閣・学習院・東山・河野・天理・紅葉山・宮城　**逃**

失災[イ]**殊**　色川　**7多〃〃〃〃…多少随堪相語之**　大東急・静嘉・内閣・学習院・色川・東山・河野・天理・紅葉山　**多少随遂相語之**　宮城　**8非唯見世之助…非唯現世之助**　静嘉　**非唯現世之益**　宮城　**非唯現世之**　大東急・内閣・学習院・色川・東山・河野・天理・紅葉山　**9後々之…後生之**　大東急・静嘉・内閣・学習院・色川・東山・天理・紅葉山・宮城　**後世之**　河野

【口語訳】『九条殿御遺誡』に書いてあることだが、「総じて信仰心のない者達は、普通でなく天寿を全うできない運命となる。戒めとすべき先例ははなはだ身近にある。（父）貞信公（忠平）が語って言うには『延長八年六月二六日、清涼殿に落雷があった時、仕えていた者達は驚き怖れ青くなったが、わが心の内は、三宝に帰依していて特に怖れることはなかった。大納言清貫と右中弁希世とは、普段仏法を尊ばなかった。（それで）この二人はその厄にあたってしまった』と。この（貞信公の言った）ことから「不信心故に命を縮めた」ということを考えると、信心の力が、一番災害や祟りを逃れる（力となる）。又信心・貞潔・智行を供えた僧と、多い少ないは出来る度合いに任せて、これと相語れ。ただ現世の助けとなるだけでない。これは後々のよすがである」。

九条殿遺誡　九条流祖藤原師輔（九〇八～九六〇）が子孫の為に書き残した家訓書。『九条右丞相遺誡』とも。師輔が右大臣に任ぜらた天暦元年（九四七）以後の成立と推定されている。「遺誡幷日中行事」と冒頭に記される通り、起床したら先ず属星の名号を七遍小さく唱えよ、次いで鏡をとり面を見よ、楊枝を取り西を向いて手を洗え、仏名を誦せ…等、日常の細かな作法から訓戒・処世術等を平易な漢文で記す。後世広く用いられたと思しく『徒然草』（二）にも「「衣冠より馬・車まであるに従ひて用ゐよ。美麗を求むることなかれ」とぞ、九条殿の御誡にも侍る」と見える。本話は、「不信之輩」以下、話末の「後々之因也」まで、『遺誡』(尊経閣蔵本を底本とする思想大系本による)に「尋常不敬佛法」とあるのを「尋常不尊佛法」、「現世」を「見世」、「後生」を「後々」とする以外、同文で引用している。

夭命　天寿を全うできないこと。早死すること。

前鑒　前人の残した手本。誡めとすべき先例。

貞信公　藤原忠平。元慶四年(八八〇)~天暦三年(九四九)。師輔の父。一話【語釈】参照。

延長八年　九三〇年。『日本紀略』同日条「諸卿侍殿上、各議請雨之事、午三刻、従愛宕山上黒雲起、急有陰澤、俄而雷声大鳴、堕清涼殿坤第一柱上、有霹靂神火侍殿上之者、大納言正三位兼行民部卿藤原朝臣清貫衣焼胸裂夭亡、(年六十四)、又従四位下行右中弁兼内蔵頭平朝臣希世顔焼而臥、又登紫宸殿者、右兵衛佐美努忠包髪焼死亡、紀蔭連腹燔悶乱、安曇宗仁膝焼而臥、民部卿朝臣載半蔀至陽明門外載車、希世朝臣載半蔀至修明門外載車、時両家之人悉乱入侍、哭泣之声禁止不休」。同日諸卿は「殿上」、則ち清涼殿南廂の殿上の間に集まり、「請雨」について議していた。正午頃急に雲が興り雷が鳴りだし、南西の第一の柱(殿上の間南面は六間であるがその一番西側の柱の意か)の上に落ちたという。この時の落雷は後に天神の祟りとされ、絵画化された『北野天神縁起』(承久本・六)などは著名。

侍臣　当時左大臣藤原忠平、右大臣藤原定方、大納言藤原清貫・仲平、中納言藤原保忠・恒佐、他に参議が八名で、公卿は合計一四名。これらの内、忠平・清貫以外の誰が殿上に居たかは不明。弁官の希世他、公卿以外にも巻き込まれた人は複数(前引『日本紀略』参照)。

大納言清貫　藤原清貫。貞観九年(八六七)~延長八年(九三〇)。藤原南家保則四男。母は在原業平女。延喜二一年(九二一)正月任大納言。延長三年(九二五)には『延喜式』編纂の特命を受け、同五年に忠平らと完成を奏上。

右中弁希世　平希世。?~延長八年(九三〇)。仁明天皇三世、雅望王男。没する前年の延長七年までは源等が右中弁を勤めているので、希世は就任間もなく災に遭ったことになる。

帰真　『古事談抄』は行間に小字で「不見」とある。『遺誡』『古事談』諸本で補う。偽りを捨て真実の姿に返る、根源に返る等の意であるが、ここでは「帰信」（信仰する）の意か。

多少は堪ふるに随ひて之と相語らへ　『古事談抄』「不見」とあるため、『遺誡』『古事談』諸本で補う。機会の多少は状況に応じてでよいから、出来るだけ有徳の僧と「相語」ことをせよ、の意。『遺誡』には本話が引用する箇所の直前に「唱宝号若誦真言、至多少可随人之機根」の表現もある。

【余説】

『九条殿御遺誡』は天暦元年（九四七）以後の成立とされるが、師輔の伯父で、道真失脚に大いに関わった時平が、延喜九年（九〇九）に亡くなってほぼ四〇年後ということになる。本話の語り手忠平も含め兄弟姉妹は比較的長寿であったこともあり（二男兼平は六〇歳、三男仲平は七〇歳、四男忠平は六九歳、醍醐天皇中宮となった穏子は六九歳）、権勢をふるった長男時平の三八歳での急死は、道真の怨霊に因ると理解されたことは、広く知られる。

同時に「貞信公は時平の弟にておはしけれど、兄に同意し給はず、ことに天神の御事を歎き給ひけり。そのゆゑにや、当座に候ひ給ひけれど、いささかの煩ひおはせざりけり」とする『十訓抄』（六ノ二三）の謂いに代表される通り、忠平が落雷事故現場に在りながら被害を受けなかったことも、道真との関係において理解されるようになる。但し事件の当事者である忠平は、『遺誡』の中で、身を守ったものは仏法に対する信心だと主張していた。

『古事談』は、時平の子孫は栄えず忠平の子孫が摂関家として栄えた状況、道真の怨霊や加護との関わりも見知った上で、本話を、信心の必要を説く文脈で記したことになる。本話は『遺誡』の当該部を、ほぼ異同なく抜粋したものである。ただ、冒頭こそ「九条殿御遺誡云」と、始められてはいるが、話末には「云々」などの表現もない。そして「凡」という一字を頭に附したことで、『遺誡』の文脈からは切り離されている。

しかし『古事談抄』は、本話が『古事談』二ノ五九話であったものを、『古事談』巻二冒頭の一話と二話を抄出した上その間に割り込ませた。一話は車を廻る従兄弟同士の争いで、二話は同僚同士の位の取り合いである。『古事談抄』は本話に、やはり時平と忠平の権勢の駆け引きを見ていたと考えることができるだろうか。

［内田澪子］

【同話・類話】

『九条殿御遺誡』、『十訓抄』（六ノ二三）、『北野天神縁起』、『愚管抄』（二・醍醐）、『日本紀略』（延長八年六月二六日）、『扶桑略記』（延長八年六月二六日）、『太平記』（一二・大内裏造営付北野天神事）

第三話・四話（一〇一／二ノ二・新大系二ノ二）

「朝成、大納言を望みて生霊と為る事」

一条摂政、朝成卿〔右大臣定方男〕と共に参議を競望するの時〔天暦〕、多く伊尹用に中(あた)らざるの由を陳ぶ。其の後朝成、一条摂政の第に参る。大納言の闕を望み申さむが為なり。丞相良(やや)久しく相逢はず。数刻の後、面謁す。朝成立ちどころに大納言に任ずべきの条々の理を申す。丞相答ふる所無くして曰はく、「奉公の〔道〕は、尤も興有りと謂ふべし。昔同じ官を競望の時、多く〔訴訟〕せらると雖も、今度の大納言の用は予が心に在るべし」と云々。朝成、恥を懐き怒りを成して退出す。車に乗るの時、先づ笏(しやく)を投げ入るるに、其の笏、中〔央〕より破れ裂く。〔其の〕後摂政、病を受けて遂に薨逝す。是朝成の生霊と云々。之に依りて今に、一条摂政の子孫、朝成の旧宅三条北西洞院西〔所謂(いはゆる)鬼殿か〕に〔入ら〕ざるなり。

朝成卿、一条摂政の為に悪心を発すの時、其の足忽(たちま)ち大に成りて、沓を著く能はず。仍(よ)りて足のさきに懸けて退くと云々。

（三ウ）

一条摂政与朝成卿[1]右大臣定方男共競望参議之時天暦
多[2]陳伊[3]尹不中用之由其後朝成参一条摂政
之第為望中大納言之闕也[4]丞相良久不相逢数
刻之後[5]面謁朝成立[6]申可任大納言之条々理丞
相無所答曰奉公之[7]尤可謂有興昔競望同官
之時多雖被[8]祀（本）訴[9]今度大納言之用可在予[10]心[11]
云々朝成懐[12]恥成怒退出乗レ車之時先投入笏其
笏[13]破裂自中■■後摂政受病遂薨逝是朝

（四オ）

成生霊云々[14]依之テ今一条摂政子孫[15]不及朝成舊
宅[16]三条北西洞院西也所謂鬼殿歟

1 朝成卿為一条摂政発悪心之時其足忽大ニ成テ 3
2 不能著沓仍足ノサキニ懸テ退云々 4

【校異】 底本では、四オの三行目「朝成卿為一条摂政～」を段落を変えて書写している。よってここからは別の話（第四話）と見なせるが、内容が第三話と密接に関わるため、以下第三・四話をまとめて注釈する。『古事談』では、大東急本を除く諸本が第四話を改行せず書写し、一話（二ノ二話）と見なしている。 **1右大臣定方男…（ナシ）** 学習院・河野・紅葉山 **2陣…陣** 大東急・静嘉・学習院・色川・東山・宮城 **3不中用…不用不用** 学習院 **4也…ナシ** 宮城 **5面謁…適以面謁** 全本 **6可任大納言…任大納言** 大東急・静嘉・内閣・学習院・色川・東山・天理・紅葉山 **仕大納言** 河野・宮城 **7奉公之…奉公之道** 全本 **8祉訴（本）…訴（訴）詔** 大東急・静嘉・内閣・色川・東山・河野・天理・紅葉山・宮城 **訴訟** 学習院 **9大納言之用…大納言事** 全本 **10在…達** 宮城 **11予…弔** 色川 **12懐恥…壊恥** 色川 **13破裂自中■■…自中央破裂** 全本 **14依之テ…（ナシ）** 紅葉山・宮城 **15不及…不入** 全本 **16三条北西洞院西也…三條西洞院也** 全本

【口語訳】 一条摂政伊尹と朝成卿が共に参議を望んで競い合っていた時（天暦）、朝成は何度も伊尹は参議にふさわしくないということを述べた。その後、朝成は一条摂政の第に参上した。大納言の闕を望んでいると申し上げるためである。丞相はしばらく朝成と面会せず、しばらくした後に面会した。朝成はすぐさま、私を大納言に任命すべきであるという幾つかの理由を申し上げた。丞相は答えることもなく（話を聞いてそして）言うことには、「公にお仕えするということは、とてもおもしろいものといえよう。昔、あなたと同じ官を競ったとき、私への不満をいろいろとおっしゃったというが、今度の大納言の登用については、私の心次第であるのだから」とか言ったという。朝成は恥ずかしく思い、怒りを懐いて退出した。車に乗る時、先ず笏を投げ入れたところ、その笏は真ん中から破れ裂けた。その後、摂政は病気になってとうとう亡くなっ

た。これは朝成の生霊の仕業であるとか。このことから一条摂政の子孫たちは、朝成の旧宅である三条の北、西洞院の西（いわゆる鬼殿）には入らないのである。

朝成卿は、一条摂政に対して悪心を起こす時、自分の足がたちまち大きくなって、沓を履くことができなかった。そこで、足の先に沓を引っかけて退出したとかいうことである。

一条摂政　藤原伊尹。延長二年（九二四）～天禄三年（九七二）。諡は謙徳公。藤原師輔の嫡男。母は藤原盛子。天暦九年（九五五）蔵人頭、天徳四年（九六〇）参議。安和二年（九六九）大納言となり、右大将を兼ねる。天禄元年（九七〇）摂政、翌二年太政大臣。天暦五年（九五一）和歌所別当となり、『後撰集』の編纂に従事した。『後撰集』以下の勅撰集に入集し、「豊蔭」という卑官の人物に仮託した家集『一条摂政御集』がある。恋歌を得意とし、集中には「この大臣はいみじき色好みにて」（一二〇）あるように、「色好み」でも知られた。容貌は「見目いみじく吉く御坐しけり」（富家語・一〇五）、「御かたちより始め、心用ひなどめでたく、才、有様、まことしくおはしまし、また色めかしく、女をも多く御覧じ興ぜさせ給ひける」（宇治拾遺・五二）、「みめいみじくよく」（続古事談・四二）などと記されるように美男子であったという。また、『大鏡』（伊尹）では、伊尹を「帝の御舅・東宮の御祖父にて摂政せさせ給へば、世の中はわが御心にかなはぬことなく、過差ことのほかに好ませたまひて」と評する。

朝成　藤原朝成。延喜一七年（九一七）～天延二年（九七四）。定方の男。母は藤原山陰の女。三条中納言とも。「朝成」は「あさひら」、「あさなり」ともあり、『江談抄』（二ノ三九・水言鈔二〇〇）「古人の名の読まれざるものならびに法名など」に挙げられている。天慶四年（九四一）昇殿。天暦九年（九五五）蔵人頭、天徳二年（九五八）四二歳で参議、天禄二年（九七一）中納言、同四年皇太后宮大夫。また、『御遊抄』などにも名を残す笙の名手として知られ、『鳳笙師伝相承』の血脈には豊原有秋から笙を伝えられたとする。風貌は「その顔、きはめて憎さげ」（十訓抄・一〇ノ五七）であり、「あさましく肥て、みめ人にことなりける」（続古事談・四二）とあるように巨漢であったらしい。『今昔物語集』（二八ノ二三）には、これ以上太らないため水飯を食べるが、その量が尋常ではなく医者があきれたという話を載せる。

参議を競望するの時〔天暦〕 「競望」は望み争うこと。「アサヒラハ定方右大臣ノ子也。宰相ノ時ハ一條摂政ハ下﨟ニテ競望ノアイダ放言シ申タリケリ」（愚管抄・七）。朝成は天徳二年（九五八）閏七月に参議。伊尹は天徳四年（九六〇）八月に参議昇任。『古事談』諸本も「天暦」とするが、参議を争った話であるならば天徳が正しい。本話と同話の『十訓抄』（九ノ三）、『愚管抄』（七）は、「競望」したのは参議ではなく中納言であったとし、『大鏡』（伊尹）『宝物集』（七巻本・二）では「蔵人頭」を争った時のこととする。伊尹は康保四年（九六七）には参議から権大納言に昇進しているため、二人が中納言を競望する、という内容は史実にあわない。また『公卿補任異本』によると、二人は同年同日（天暦九年〈九五五〉八月一七日）に蔵人頭になっている。

多く伊尹用に中らざるの由 伊尹は参議にふさわしくないということを、の意。同話の『続古事談』（四二）は「朝成、伊尹なるまじきよしをやう〳〵に申けり」、『十訓抄』（九ノ三）は「すこぶる放言申しけり」とある。

闕 欠員。「大納言ノ闕有ルニ依テ」（今昔・二四ノ二五）。天禄元年（九七〇）七月、大納言師氏の死によって大納言の闕ができ、翌八月頼忠が就く。また、天禄二年（九七一）一一月にも、頼忠が右大臣に任ぜられたため闕ができたが、中納言であった橘好古が大納言となる。その空いていた中納言の位に朝成が就くことになった。

丞相 大臣。伊尹のこと。伊尹は天禄元年（九七〇）五月摂政右大臣、一一月太政大臣。

良久しく相逢はず 「良」は「やや」。「良久シク庭ニ立テ」（愚管抄・七）。伊尹は、訪ねてきた朝成を待たせて、しばらく面会しなかった、の意。『大鏡』（伊尹）では、訪問の理由が本話と異なるが、「はやうの人は、我より高き所にまうでては、『こなたへ』となきかぎりは、上にものぼらで」、つまり身分の高い所を訪問した際には、呼ばれるまで待たなければならないとする。さらに「六七月のいと暑くたへがたき頃」に、「今や今やと、中門に立ちて待つほどに、西日もさしかか」るまで待たされた朝成は、伊尹に対して「はやうこの殿は、我をあぶり殺さむと思すにこそありけれ」と思い「悪心」を起こした、とある。「サウナク（たやすく）上ヘノボル事モナカリケルニ」（愚管抄・七）。

立ちどころに　『古事談』の色川本、慶応大学本など「立テ」とあり、「立ちて」と訓む可能性も考えられる。宮城本は「立ニ」とあり、「立ちどころに」と訓ませたか。

大納言に任ずべきの条々の理　諸本「可」なく、『古事談抄』のみ「可任大納言」とする。古典文庫では、訴えの内容を「参議在任期間の記録的な長さ、五十を超した年齢等」と推測する。

奉公　公のために尽力すること。「奉公〈ホウコウ、又仕官部〉」（前田本色葉字類抄・上）。「君につかうまつるみち有レ興事也」（続古事談・四二）。

訴訟　『古事談抄』は「祁訢（本）」、右注で「本」とあり書写者も不審に思っていたことがわかる。学習院本以外の諸本は「訴詔」。希望や不平などを人に伝えること。「伊尹無用之由、申されき」（続古事談・四二）、「往年納言（の）トキハ放言セラレキ」（愚管抄・七）。

大納言の用　諸本「大納言事」。「用」は、登用の意。「今大納言の用否我心にあらずや」（続古事談・四二）。「今ハ貴閣ノ昇進ワガ心ニマカセタリ。世間ハハカリガタキ事ゾ」（愚管抄・七）。

摂政病を受けて遂に薨逝す　伊尹は天禄三年（九七二）に四九歳で亡くなった。『尊卑分脈』には、「八月以後煩二於悪瘡一寝膳不レ安」とあり、一〇月には摂政の職を辞している。その様子は、「一条の摂政殿の御心地例ならずのみおはしまして、水をのみきこしめせど、御年もまだいと若うおはしまし、世しらせたまひても三年になりぬれば」（栄花・二）などとある。

是朝成の生霊　朝成は伊尹の死の二年後（天延二年

〈九七四〉に亡くなるため、生霊である必要がある。同類話で朝成が「生霊」になったとするのは、「サテ生霊トナレリ、トコソ江帥モカタリケレ」（愚管抄・七）と「生霊になりて、摂政、つひに失せ給ひぬ」（十訓抄・九ノ三）。『大鏡』（伊尹）は帰宅した朝成が、「この族ながく絶たむ。もし男子も女子もありとも、はかばかしくてはあらせじ。あはれといふ人もあらば、それをも恨みむ」といって死んだとあり、伊尹の死には触れない。『続古事談』（四二）も同じく、「さて病つきて、うせて、霊に成たるとぞ」と朝成が亡くなって霊になったとする。『宝物集』（二）は「おそろしきものになりて」。

一条摂政の子孫　『宝物集』（二）は「（伊尹の）御孫花山院も、いまだ御歳十九と申しに、位をすてて修行に出おはしましにき。太郎子にておはせし義懐の中納言も、其の御なげきに法師になりて籠り居給にき。その御弟達、挙賢・義孝と申しし両少将も、おなじ日うせ給ひにき」とし、花山院の出家や、子が亡くなった原因を朝成の霊によるものとする。また、伊尹の孫の行成が朝成の霊に危害を加えられそうになるという話も、『水言鈔』二一六（江談抄・二ノ二七）や、『大鏡』（伊尹）などが伝える。「是則行成祖父一条大将与二朝成一。大納言依レ為二敵人一欲レ凌云々」（水言鈔・二一六）。「朝成中納言（略）謙徳公（伊尹）敵人。成レ鬼七代可レ取レ之云々」（帝王編年記・巻一七）。実際、伊尹の二人の息子、挙賢と義孝は疱瘡を患い、天延二年（九七四）九月一六日の同日に二人共に夭折した（挙賢二二歳、義孝二一歳）。「疱瘡、世間にもさかりにて、この一条の太政の大殿の少将、二人ながらその月の十六日に亡くなりぬといひ騒ぐ」（蜻蛉日記・下）。翌年の同三年には花山院母である次女懐子が亡くなった。寛和元年（九八五）五月に懐子の娘尊子内親王が二〇歳の若さで世を去ると、さすがに「彼一条太相府子孫連々死去、去月孫親王（尊子）薨、又有二此事一、天下所二奇思一也」（小右記・六月三日）と世間では感じたという。

旧宅三条北西洞院西（所謂鬼殿か）　『古事談』諸本「三條西洞院」。「鬼殿」は朝成の家のあった場所であり、「この物の怪の家は、三条よりは北、西洞院よりは西なり」（大鏡・伊尹）の記述が『古事談抄』と一致する。一方で、「鬼殿〈三条南、西洞院東、有佐宅、悪所云々、或朝成跡歟〉」（拾芥抄・中）や、「三条東洞院とぞ」（十訓抄・九ノ三）、朝成の家とは違う伝承で「此ノ三条ヨリハ北、東ノ洞院ヨリハ東ノ角ハ、鬼殿ト云所也。其ノ所ニ霊有ケリ」（今昔・二七ノ一）などとあり、「鬼殿」の場所は明かではない。

入らざるなり 『古事談抄』「不及」。諸本「不入」に従う。

悪心 人を恨んで呪う心。

【余説】

伊尹が早くして亡くなった理由を、『大鏡』（伊尹）では「大臣になり栄えたまひて三年。いと若くてうせおはしましたることは、九条殿（師輔）の御遺言を違へさせおはしましつる故とぞ人申しける」とする。「九条殿の御遺言」とは、葬式を簡略にするように、という内容のものであったのだが、伊尹は「いかでか、いとさは」と、遺言に従わず通常の作法通り行ったのだという。また、『宇治拾遺物語』（八四）では、伊尹の死の原因を次のように語る（富家語・一〇五）。伊尹の家のある世尊寺に堂を建てようとして、その場にあった塚を取り捨てようとした所、地中には石の辛櫃が埋まっていて、それを開けてみると「尼の年二十五六ばかりなる、色美しくて、唇の色など露変らで、えもいはず美しげなる」人が、寝入るように入っていた。人々が驚いて見ているうちに、この尼の死骸は風に吹かれ、「色々なる塵になんなりて、失せ」てしまったのだという。そして「摂政殿いくばくもなくて失せ給ひにければ、この祟りにやと人疑ひけり」とする。このように、伊尹の死の原因は本話のように、朝成の霊によるものの他、「御遺言をたがへさせ」たことであったり、尼の死骸を住居内から掘り起こしてしまったことなどがある。

【語釈】でも述べたが、伊尹の子の、挙賢と義孝は二二歳と二一歳で夭折し、しかも死去した日が二人同日の朝・晩であった。義孝は「みめよかりけり」（続古事談・四二）とされる人で、「深く仏法に帰し」（日本往生極楽記・三四）、往生人となった。優秀な後継者が二人とも父の死後二年の内に亡くなり、また冷泉天皇の寵を得て、花山天皇の母となった娘の懐子も、翌年に挙賢・義孝の後を追うことになる。伊尹の子孫が相次いで亡くなると、世間では「天下所二奇思一也」（小右記、寛和元年〈九八五〉六月三日）と取り沙汰した。そして娘の生んだ花山天皇が出家する事態に至ると、伊尹の子孫に降りかかる不幸は決定的なものとなった。伊尹の子孫の死には何か特別な理由があると、人々は臆測さぜるをえなかったのではないだろうか。伊尹が没したのは「大臣になり栄えたまひて三年」（大鏡・伊尹）の四九歳のことで、前述したように彼が亡くなった原因は一つではない。しかし、子孫の早世を考えると、伊尹の死にも何か理由があり、それは子々孫々まで影響を及ぼすものでなければならなかった。伊尹が亡くなってから数年の内に、子供達に相次いで起きた不幸が、翻って伊尹の死の原因を語るという本説話の発生に深く関与していると考えたい。

では、本説話のように伊尹を死に至らしめた相手は、なぜ朝成でなければならなかったのか。彼の性格や、「霊」となった背景を指摘するものもある（【参考文献】①）。確かに、朝成には「われ、強盗百人が頸を切るものなり」（十訓抄・一〇ノ七五、但し『古事談』五ノ八では経成のこととする）と豪語したり、「檳榔車」で参内した源英明を咎め立てするなど（水言鈔・一三六など）、朝成には気性の荒さを感じさせる逸話が残されている。しかし、一方で「品のほどこそ、一条殿にひとしからねど、身の才、人おぼえ、やむごとなき人なり」（大鏡・伊尹）とも評される人物でもあった。

二人は天暦九年（九五五）に共に蔵人頭になっている（公卿補任異本）が、それ以降、両者の差は開き朝成は五〇歳を過ぎて尚、参議に留まっていた。伊尹より七歳年長であった朝成が、伊尹と比較して足りなかったものは果たして「品のほど」だけであったのか。伊尹は、「過差ことのほかに好ませたまひて」（大鏡、伊尹）と言われるような、見栄えのする美男子でとかく色好みで知られた人であった。朝成は「あさましく肥て、みめ人にことなりける」風体で、村上天皇も「御覧じて、おどろき給て『かれはたぞ』」と兄、朝忠に下問したという（続古事談・四二）。この両者の風体の極端な違いは、朝成が常日頃から派手で容姿端麗な伊尹を悪く言っていた、という風聞もしくは噂話に信憑性を持たせることになったのであろう。

伊尹は『後撰集』の編纂に従事し、「折々の御和歌などこそめでたくはべれな」（大鏡・伊尹）と評される歌人であった。朝成も、父定方を筆頭に兄朝忠、三条御息所（能子）など勅撰歌人に囲まれている。だが、朝成は『後撰集』を含め勅撰集には一首も入集しておらず、彼の作った和歌はほとんど伝わっていない。笙の名手として名の知れた朝成ではあったが、勅撰歌人を多く輩出する家系に生まれて和歌が不得手であるということは、看過できないことではなかったか。容姿の悪さに加えて、歌詠みではないということは、更に伊尹との対比を際だたせたのであろう。

参議に留まっていた朝成が、容姿も人並み以上に優れ歌も得意とする伊尹に、「大納言の闕」を願いに出向いて行く、それを伊尹は「予が心に在るべし」と無下に断るのである。このことが事実であったかは重要ではなく、むしろ朝成こそが伊尹に相対する人物像にふさわしい男であったと考えるべきなのではないか。

【同話・類話】

『大鏡』（伊尹）、『続古事談』（四二）、『宝物集』（二）、『十訓抄』（九ノ三）、『愚管抄』（七）

【参考文献】

①和田淳子「藤原朝成と朝成怨霊譚」（「平安文学研究」七一号、一九八四年六月）

［松本麻子］

第五話（一〇四／二ノ五・新大系二ノ五）

「道長、伊周の牛の逸物を評する事」

御堂と帥内大臣と同車にて、一条摂政の許に向はしむる〔一条摂政は御堂の養父と云々〕の間、帥殿の牛逸物にて、辻のかいたをりなどをあがきまはりければ、御堂（仰せられて云はく）、「此牛はゆゆしき逸物かな。何れの所に候ひしぞ」。帥殿答へて云はく、「祇園に誦経にしたりけるを、伝へ得候ふなり」と云々。御堂「かかる事承らじ」とて、御指貫の左右を取りて沓を着せず踊り下りて、人の門の唐屋敷に立たしめ給ひたりければ、帥殿にがりて御坐（おはしま）しけり。

（四オ）

[1]御堂与帥内大臣同車ニテ令向一条摂政許（一条摂政御堂養父云々）之間帥殿之牛逸物ニテ辻ノカイタヲリナトヲ[2]アカキマハリケレハ[3]御堂此牛ハユヽシキ逸物カナ何所ニ候シソ帥殿答云祇薗ニ誦経ニシタリケルヲ傳得候也云々御堂カヽル事不承シテ御指貫ノ左右ヲ取テ不着沓踊下テ人ノ門ノ[4]唐屋敷ニ令立給タリ[5]ケレハ帥殿ニカリテ御坐ケリ

【校異】 **1御堂…御堂法性寺道長**　宮城　**2アカキマハリ…アリキマハリ**　大東急・静嘉・内閣・学習院・色川・東山・河野・天理・紅葉山　**3御堂…御堂被仰云**　全本　**4唐屋敷…唐居敷**　全本　**5ケレハ…**底本「ケルハ」の「ル」に「レ」を重ね書き。右に「レ」と小字で傍書。

【口語訳】 御堂藤原道長と帥内大臣藤原伊周とが一緒に車に乗り、一条摂政藤原伊尹（一条摂政は御堂の養父ということだ）の所へお向かいになっていたとき、帥殿の牛車の牛が大変勝れており、辻の曲がり角などを地面を蹴りたてて回るので、御堂が「この牛は本当にすばらしい。どこにいたものか」（とお尋ねになった）。帥殿が答えて「祇園に誦経料として奉納されてあった牛を、伝え受けて得たものです」などと言った。御堂は「そのようなことは聞いていない」と、指貫の左右の脇をつまんで（たくし上げ）、沓も履かずに（車から）躍び降り、人の家の門の唐居敷にお立ちになられたので、帥殿はいやな顔をしておられた。

御堂 藤原道長。康保三年（九六六）～万寿四年（一〇二七）。摂政藤原兼家の五男。母は藤原仲正の女時姫。兄道隆の息伊周（本話の帥内大臣）と争うが、姉円融天皇女御詮子の貢献もあり、長徳元年（九九五）道長は内覧宣旨を得て政治的地位を確実なものにした。長和五年（一〇一六）正月二九日に外孫の後一条天皇の即位により摂政に任ぜられる。長和六年（一〇一七）三月一六日に息頼通に摂政の職を譲り、同年（改元して寛仁）一二月四日に太政大臣。寛仁二年（一〇一八）二月九日に太政大臣を辞し、翌三年三月二一日に病により出家（小右記、栄花・一五）。彰子、妍子、威子を一条、三条、後一条天皇の各後宮に入れ、藤原氏全盛時代を築き、出家後も後一条天皇の外祖父として、政界に強い影響力を持ち続けた。万寿四年（一〇二七）一二月四日に法成寺の阿弥陀堂に於いて薨去。本話の典拠である『中外抄』の談話者藤原忠実の四世祖であり、忠実らには藤原北家の眩しい時代を体現した、偉大な先祖として意識された。

帥内大臣 藤原伊周。天延二年（九七四）～寛弘七年（一〇一〇）。道長の同母兄道隆息。母は高階貴子。父の死後、叔父の道兼（父弟）や道長と関白を巡って争うなどするが、長徳二年（九九六）大宰権帥に左遷され失脚。翌年、大赦によって召還されるが、道長の権勢の影に隠れた晩年を送った。忠実の時代から振り返ると、道隆の死・伊周の失脚をもって、中関白家は没落したと意識されていたと思しい。本話は内覧宣旨を廻って道長と決定的に争うことになる、長徳元年（道長二九歳、伊周二一歳）よりも前の出来事と考えるのがよいか。

一条摂政　藤原伊尹。延長二年（九二四）～天禄三年（九七二）。三・四話【語釈】参照。但し、伊尹没年時に道長は七歳、伊周は未誕生であり、本話の内容とは齟齬。典拠『中外抄』（上一四）も「一条摂政」としているが、『中外抄』は「一条左大臣」（源雅信、道長岳父、九二〇～九九三）と「一条摂政」とを取り違えて記録していると見られている。雅信であるとすれば、その没年に道長は二七歳・伊周一九歳であるから、時間的な齟齬は無い。

師輔 ─ 伊尹（一条摂政）
師輔 ─ 兼家 ─ 詮子
兼家 ─ 道隆 ─ 伊周
兼家 ─ 道兼
兼家 ─ 道長
道長 ＝ 倫子 ─ 頼通 ─ 師実 ─ 師通 ─ 忠実
源雅信（一条左大臣）─ 倫子

一条摂政は御堂の養父と云々　伊尹が道長の養父であったことを示す記事未見。伊尹没時の道長の年齢や、実父兼家の没年が正暦元年（九九〇、道長二四歳）であることなどからも、伊尹が道長の養父であった可能性は低い。『中外抄』（上一四）は当該箇所を「一条摂政は御堂のをやこにして御するなり」とする。道長の岳父（妻倫子の父）が「一条左大臣」であり、『中外抄』は「一条摂政」と記しながらも「一条左大臣（源雅信）」を念頭においていたものと考えられる。『古事談』は、この『中外抄』の誤記に整合性を持たせようとして更に混乱したものか。

逸物　人物や馬、牛などの、多くの中で特に勝れているもの。「逸物〈イチブツ人也、イチモツ馬也〉」（前田本色葉字類抄・上）。

かいたをり　「交撓り」か。「交（かい）」は「交差するところ」をさし、「撓る」は「曲がる。道などが折れ曲がる」の意。道が十字に交差した辻の曲がり角。

「辻をかひまはりける所を」（著聞集・六七九）。

あがき　足掻。牛などが足で地面を蹴りたてるさま。

祇園　現京都市東山区八坂神社。

誦経にしたりけるを　誦経料として奉納したものを。

御指貫の左右を取りて　同話『十訓抄』（一ノ三七）では「御指貫のそばを取りて」とする。「稜（そば）」は袴の股立（ももだち）（袴の左右の開いているところを縫いとめたところ）のこと。「股立を取る」は「左右の股立をつまみあげて、帯または袴の紐に挟む。活動し易い状態」の意。従って、指貫の左右の脇を摘み上げ、足捌きがよくなる状態にしたの意。

唐屋敷　『古事談抄』「唐屋敷」の「屋」は「居」の誤写か。『古事談』諸本「唐居敷」。「唐居敷」は門柱を承け且つ扉の軸を支える部材。平面形は矩形で、敷石面（地面）よりは突起する。絵巻などでは、門外で主を待つ従者などが腰を据えていることも多い（春日権現験記絵など）。『古事談』では四ノ一八話にも「太刀を持ちて中門内の唐井敷に有り」とある。

【余説】

人名の混乱

本話の典拠である『中外抄』（上一四）は、本話の他に上巻一話でも「一条左大臣」とすべきところを「一条摂政」と記している。また『中外抄』（下二二）と『富家語』（一二六）とは同話でありながら、『中外抄』が「一条摂政」とする人物を、『富家語』では「雅信」としている。忠実の記憶違いか、筆録者の勘違いか、いずれにせよ「一条左大臣」と「一条摂政」は混乱して表記されていることが、既に指摘されている（新日本古典文学大系『江談抄　中外抄　富家語』脚注他）。

『中外抄』の記す「一条摂政は御堂のをやこ」という記述と、「一条摂政」すなわち伊尹と道長の関係が「叔父・甥」の関係であるという〈正確〉な情報とは相容れない。双方の情報を整合させるため、叔父が甥の養父になっていたという『古事談』のような言説が生まれたか。

結局『古事談』は、余計な文意のねじれを含みこむことになった。無理なねじれを含んだ本文は、その後の享受の段階で淘汰されたと思しく、『十訓抄』（一ノ三七）は当該割注箇所を削除。更に『古今著聞集』（六七九）は、「どこへ出かける途中であったか」という設定そのものの記述をすべて落とす。

道長の行動の描写と表現

指貫の両脇をつかんでたくし上げ、靴も履かずに車から「踊り」降りる。そして、路傍の門柱を支える唐居敷に飛び乗る。行動の描写には躍動感があり、「いかにも」と思わせる。道長クラスの縉紳の行動としては、聊か大胆に過ぎるとも思えるが、まったくの虚構というよりは、誇張はあるとしても『中外抄』が何らかの核となる事件を素に記し留めた可能性を思わせる。

但し『古事談』の表現は『中外抄』とは微妙に異る。牛を誉められた伊周の少し得意でゆったりした返答、それを受け「かかること承らじ」と道長の間髪いれぬ反応、「にがりて」居た伊周の様子。『中外抄』はこれらの台詞や行動の主体をいちいち書き込むことがない。一方『古事談』はこれに発話や行動の主体「帥殿」や「御堂」などを、いちいち書き込んでいる。『古事談』は会話と状況のテンポに乗せて語るような表現は選ばず、淡々と事態を説明する方法を選んでいる。

話末標語の有無に見える態度

『中外抄』は話末に「しかれば、吾は人の旧き牛馬などは一切取らざるなり」という忠実の一文を記す。道長の行為を、藤原摂関家長者のあるべき模範として理解し、これに倣うという、忠実の規範意識の現われと見ることができる。これは同時に、忠実が伊周の不用意さを中関白家の没落と重ねて理解したということでもあり、これを批判的に誡めとして受け止めていることの現われでもある。

『古事談』は『中外抄』を出典としながらも、このような忠実の理解の表明にかかる文言は記さない。話をどう受け取るかを読み手に預ける態度は、『古事談』全体の傾向に添ったものである。

［内田澪子］

【同話・類話】
『中外抄』（上一四）、『十訓抄』（一ノ三七）、『古今著聞集』（六七九）、『東斎随筆』（鳥獣類・一二三）。

第六話（一〇五／二ノ六・新大系二ノ六）

「道長、遊女を召す事」

御堂、遊女小観童〔観童弟なり〕を召す。御出家の後、七大寺に参らるるの時、帰洛に河尻を経たり。其の間、小観童参入す。入道殿、之を聞きて頗（すこぶ）る赭面（しやめん）し、御衣を給ひ、之を返し遣はさると云々。

（四ウ）
御堂召遊女[1]小観童〔[2]観童弟也〕御出家之[3]後被参七大寺之時帰洛経河尻其間[4]小観童参入々道殿聞之頗赭面給御衣被返遣之云々

【校異】　**1小観童…小観音**　学習院　**小観堂**　色川　**観童**　紅葉山　**2観童弟也…観音弟四**　学習院　**3之**　底本補入記号「○」の右に「え」とある。　**4小観童…小観音**　学習院

【口語訳】　藤原道長は遊女小観童（観音の弟である）を寵愛していた。御出家の後、七大寺を巡拝され、帰洛の際に淀川の河尻を経過した。その時、小観童が参上してきた。道長入道殿はそれを聞いて大変に赤面され、御衣を下賜され、小観童を帰されたと言う。

御堂　藤原道長。康保三年（九六六）～万寿四年（一〇二七）。五話**【語釈】**参照。

小観童　生没未詳。平安時代後期の遊女。『二中歴』（一三・名人）に「観童、小観童」と名が見え、本書の

割注「観童弟也」にしたがえば、観童の娘あるいは妹分であったか。また、『遊女記』には「禅定大相国（道長）は小観童を寵せられき」とあり、同一人物か。

観童　詳伝未詳。平安中期の遊女。前項の『二中歴』に名が見えるほか、『宇治関白高野山御参詣記』によれば、馬飼、御牧で休息をとった一行に江口神崎の遊女が参集、そのうち「上首」の者として「観童、右衛門、阿古木」の名を挙げる。

御出家の後　道長の出家は寛仁三年（一〇一九）三月二一日。五四歳。

七大寺　奈良にある東大寺、興福寺、西大寺、元興寺、大安寺、薬師寺、法隆寺などを中心とする七つの大寺の総称。なお、道長の七大寺巡礼は治安三年（一〇二三）一〇月の金剛峯寺参詣の際の時か（【余説】参照）。

帰洛…　治安三年（一〇二三）一〇月二九日のことか。「河尻」は河口の意で、ここでは淀川河口をいう。なお、松平文庫本『古事談抜書』では「帰ヘサニ天王寺ニ詣テ、渡野部ヨリ御船ニテノホラセ給ケルニ」とあり、独自異文を載せる。

赭面　顔を赤くすること。

【余説】

貴紳が遊女を伺候させ、情誼を通じる話は数多い。『古事談』（二ノ四〇）でも、

小野宮大臣（実資）、遊女香炉を愛す。其の時又た大二条殿（教通）此の女を愛す。相府、香炉に問はれて云はく、「我と髯と何れを愛せるか。汝すでに大臣二人二条関白髯長き故に之を称ふに通ぜり」と。

と小野宮実資と藤原教通が「香炉」という遊女を同時に愛していたということを伝えているし、中納言の選任にもれた藤原伊通は愁嘆の余り、牛車を焼き捨て、騎馬で「神崎の遊女金（かね）」を訪ねたといわれる（古事談抄・三九、古事談・二ノ八一）。他書を繙読すれば、貴紳と遊女の親交話はあまたあり、道長が遊女小観童を愛寵してしたという本話はさして珍しい話題とはいえないし、面会に来た彼女を見て、道長が「頗る赭面」した理由も判然としない。

【語釈】でもふれたように、道長の七大寺巡礼は治安三年（一〇二三）一〇月の折のことと考えてよかろう。『扶桑略記』によれば、道長は一〇月一七日、藤原教通、源俊賢ら一行一六人で金剛峯寺参詣に出発、途次、東大寺、興福寺、元興寺、大安寺、法蓮寺、山田寺、龍門寺を巡拝、高野山に向かった。帰途には法隆寺、道明寺、四天王寺に立ち寄り、一一月一日に帰洛している。途中、船で江口へ向かっていると、「遊行之女船泛来、歌曲参差、為レ憐二其衒売之事一、仰二讃州一、米百石給レ之」（一〇月二九日）ということがあったらしい。道長と小観童の再会、道長の赤面といったことがあったかどうかの確証はないが、本説話の場面としてはもっともふさわしい。

だが、それにしても、かつて馴染んでいた遊女が面会を求めてきたというだけで、なぜ道長は赤面にまで及んだのであろうか。社寺参詣の際、遊女をともなっての遊宴はつきものであった。権力の座に居続けた道長が遊女を愛寵していたからといって、それを不道徳と指弾する向きも考えにくい。赤面の理由を考えるとすれば、当時、道長は五八歳、出家の四年後にあたる。金剛峯寺参詣、七大寺巡礼という修養の旅であれば、遊女との面会は老齢、修身の身となった道長にとってやはり、バツの悪い、気恥ずかしいことであったのかもしれない。豪胆、豪気をもって知られる権勢家道長の思いがけない一面、顔を赤くして恥入ってしまうという道長の隠れた純な側面を伝えているのかもしれない。

なお、一言だけ追加すれば、『古事談』編者源顕兼の親近した後鳥羽院は折あるごとに遊女、白拍子たちとの宴遊をひらいていたことは有名で、水無瀬離宮で、熊野詣の王子で、盛大な遊興の場がくりひろげられていた。後鳥羽院の所行を思い合わせると、本話の趣にいささかの色合いをそえることになる。

〔浅見和彦〕

【同話・類話】

『遊女記』

第七話（一〇六／二ノ七・新大系二ノ七）

「法成寺金堂供養の日、道長感慨の事」

法成寺金堂供養の日〔治安二年七月十四日〕、入道殿、盃を執りて進み太政大臣〔公季〕の前に居(す)う。権大納言行成卿瓶子(へいじ)を執る。入道殿仰せられて云はく、「久しく盃酒の座に出で交はること無し。今日、殊に思ふ所有りて、愁(なまじ)ひに候じ盃を勧む」と。言未だ畢(さは)らざるに落涙禁じ難しと云々。

（四ウ）

法成寺金堂供養日治安二年七月十四日入道殿執盃進居太政大臣公季前権大納言行成卿執瓶子入道殿被仰云 久[1]無出交盃酒座今日殊[2]有所思愁[3]候勧盃言未畢落涙難禁云々

【校異】 **1久無出交…無出交** 紅葉山・宮城 **2殊有所思…殊有有所思** 学習院 **殊有所** 紅葉山 **3愁候…愁以** 大東急・静嘉・内閣・学習院・色川・東山・河野・天理・紅葉山 **恐以** 宮城

【口語訳】 法成寺金堂供養の日（治安二年七月一四日）、入道殿は盃を取って進み、太政大臣（公季）の前に置く。権大納言行成卿が瓶子を取る。入道殿がおっしゃることには、「長い間、盃酒の座に出て同席することはなかった。今日は、思う所があって敢えてこの場に伺候して盃をお勧めするのです」と。その言葉をまだ言い終わらないのに、涙が流れるのを止めることが出来なかったとかいうことだ。

法成寺　藤原道長が晩年中川（現在の京都市上京区）の地に造営した寺院。金堂供養が行われたのは治安二年（一〇二二）七月一四日（小右記、栄花物語・一七）。寛仁四年（一〇二〇）三月二二日に行われた阿弥陀堂供養の際には無量寿院と呼ばれていたが、金堂供養の日に法成寺と名を改め、無量寿院は阿弥陀堂のみの名称となった。また、この日、金堂と同時に五大堂の供養も行われた（法成寺金堂供養記）。金堂の中尊は、高さ三丈二尺の大日如来像（毘盧遮那仏）で、これは通常の仏像の大きさとされる一丈六尺の二倍程にあたる。金堂にはこの他にも、二丈の釈迦・薬師・文殊・弥勒像や九尺の梵天・帝釈・四天王像などが配置されていた【参考文献】①。その後、法成寺は天喜六年（一〇五八）二月二三日に全焼し、康平二年（一〇五九）の一〇月一二日には再建された阿弥陀堂と五大堂の供養が行われた（扶桑略記）。しかし、正和年間（一三一二～一七）には、「無量寿院ばかりぞ、そのかたとて残りたる」（徒然草・二五）という状態になっていたと伝えられている。

入道殿　藤原道長。康保三年（九六六）～万寿四年（一〇二七）。五話【語釈】参照。

太政大臣公季　藤原公季。天徳元年（九五七）～長元二年（一〇二九）。平安時代中期の公卿。父は藤原師輔。母は醍醐天皇皇女康子内親王。母が公季を生んだ日に亡くなったため姉の中宮安子（村上天皇皇后）に育てられた（大鏡・公季）。治安元年（一〇二一）七月二五日に従一位太政大臣に任ぜられる。死後は、正一位を追贈され、仁義公の諡を賜った（公卿補任）。道長との関係で言えば、公季は道長の叔父に当たり、道長より九歳年長。『御堂関白記』寛弘四年（一〇〇七）一二月一〇日条の裏書には、公季が法性寺の三昧堂供養を行った際、道長が「大臣有二悦気一、是為二功徳一、又一家長也」と言う理由からそれに出席したことが見られる。また、本話の関連話である『中外抄』（下八）及び『愚管抄』（四・一條）は、法成寺金堂供養の際、公季が関白頼通の上座に着いたことを伝える（【余説】参照）。

居う　「据う」に同じ。「居〈スフ〉妥安坐処」（前田本色葉字類抄・下）。道長が公季の前に盃を置いた。

権大納言行成卿　藤原行成。天禄三年（九七二）～万寿四年（一〇二七）。父は摂政太政大臣伊尹の子義孝。母は源保光の女。長徳元年（九九五）蔵人頭（公卿補任・長保三年〈一〇〇一〉）。これは、源俊賢の推挙によるとされる（大鏡・伊尹）。寛仁四年（一〇二〇）正二位権大納言。一条天皇の四納言の一人。能書家としても知られ、小野道風、藤原佐理とともに三蹟の一人。その書流は世尊寺流と呼ばれる。法成寺金堂供養の当日、行成は「法成寺」の額を書いている（小右記）。和歌は『後拾遺集』以下の勅撰集に入集し、諸種の才芸に優れた。

瓶子を執る　瓶子取は、「五位者継二酌於納言以上一若大臣参者、雖二四位一可二継酌一」（江家次第・巻三・正月丙）、「四位不レ取二納言継酌一」（西宮記・臨時）とあることから、勧盃の相手が大臣の場合は四位、納言の場合は五位、それ以外の場合は六位以下が勤めることになっていたと考えられる。

久しく盃酒の座に出で交はること無し　『御堂関白記』や『小右記』には、寛仁二年（一〇一八）頃から道長が度々前後不覚の状態に陥るほどの重度の胸病を患っていたことが見られる。道長は、その病が原因で、寛仁三年（一〇一九）三月二一日に出家していた（小右記、栄花・一五）。

殊に思ふ所有りて　本話の典拠である『小右記』治安二年（一〇二二）七月一四日条は「今日殊有二恐思一」とする（【余説】参照）。

【余説】　本話は、『小右記』治安二年（一〇二二）七月一四日条の、法成寺金堂供養についての記事を典拠としている。『小右記』には次のようにある。

臨レ夜禅閤執レ盃進后（居）二太相府前一、権大納言行成卿執二瓶子一、禅閤云、久無レ出二交盃酒座一、今日殊有二恐思一、愁以勧レ盃、言未レ了落涙難レ禁。

『古事談』及び『古事談抄』は『小右記』とほぼ同文であるが、『小右記』の「今日殊有二恐思一」に当たる部分が

「今日殊有レ所レ思」となっていることが大きな違いであると言える。これは、道長の時代とその後の時代に於ける法成寺の持つ意味の違いによるものだと考えられ、この違いによって道長の気持ちがどこに向いているのかということに関しても異なった解釈が出来ると思われる。

また、本話には注目すべき点が二つある。一つ目は、出家後「久しく盃酒の座に出で交はること無」かった道長が自ら盃を勧め、本来四位以下の者が勧めるはずの瓶子取を当時正二位権大納言であった行成が勧めているなど、太政大臣藤原公季が破格の厚遇を受けていること。そして、二つ目は、道長がなぜ「落涙」したのかということである。これらの理由も、「恐思」の場合と「所レ思」の場合では異なった解釈が出来る。

まず、『小右記』の「恐思」の場合、道長の気持ちは公季に向いているように読める。道長の時代に於いて法成寺は、『法成寺金堂供養記』の願文に「為二滅罪生善往生極楽一之故、建二立一□精舎一」とあるように、道長の「滅罪生善往生極楽」のために建てられた寺であったと考えられる。更に、『法成寺金堂供養記』に、「寺本名無量寿院也(中略)今日供養之次、改二号法成寺一」とあるように、この金堂供養を期に無量寿院から法成寺へと寺の名前が改められている。法成寺では、寛仁四年(一〇二〇)三月二二日に阿弥陀堂である無量寿院(御堂関白記)、同閏一二月二七日に十斎堂(左経記)、治安元年(一〇二一)一二月二日・三日には西北院の供養が行われている(小右記)。また、『栄花物語』(一七)には、「東西南北の御堂御堂、経蔵、鐘楼まで影写りて、一仏世界と見えたり」「今日は十四日なれば、三昧堂には普賢講おこなはせたまふ」と見える。治安二年(一〇二二)七月一四日の金堂供養が行われるまでに、法成寺にはこれらの諸堂が完成し、大規模な寺院に発展していたことが伺える。おそらく、道長にとってこの日は、法成寺という「滅罪生善往生極楽」のための仏事を行なう場が整った記念の日であったことが推察される。

道長は、寛弘四年(一〇〇七)一二月一〇日に公季が法性寺の三昧堂供養を行った際、それに出席するなど公季を「一家長」として尊重していた（御堂関白記）。つまり、道長は「一家長」である公季が、自分の寺の金堂供養のためにわざわざ来てくれたことに対して「恐思」っているのであり、公季に敬意を表すために自ら盃を勧め、瓶子取も権大納言である行成が勤めたのだと考えられる。そして、道長が「落涙」したことは、公季が来てくれたことに感激したことや、法成寺の一応の完成によって、自らの「滅罪生善往生極楽」が保障されたことに対して安堵したことが原因であると解釈できる。

一方、『古事談』及び『古事談抄』の「所レ思」という表現の場合、道長の気持ちは公季ではなく自分に向いているように読める。法成寺については次のように記されている。

のどかに院の内の有様を御覧ずれば、庭の砂は水精のやうにきらめきて、池の水清く澄みて、色々の蓮の花並み生ひたり。その上にみな仏顕れたまへり。仏の御影は池に写り映じたまへり。東西南北の御堂御堂、経蔵、鐘楼まで影写りて、一仏世界と見えたり（栄花・一七）。

まづは、造らしめたまへる御堂などの有様、鎌足のおとどの多武峯、不比等の大臣の山階寺、基経のおとどの極楽寺、忠平の大臣の法性寺、九条殿の楞厳院、天のみかどの造りたまへる東大寺も、仏ばかりこそは大きにおはすめれど、なほこの無量寿院には並びたまはず（大鏡・道長）。

後の世の人々にとって、法成寺はその壮大さから道長の栄華の象徴として捉えられていたと思われる。また、本話の関連話である『中外抄』（下八）と『愚管抄』（四・一条）は、この法成寺金堂供養について次のことを伝えている。

法成寺の供養の日、公季は太政大臣にて、随身を賜りて、宇治の上に列せられしなり（中外抄・下八）

法成寺ツクリタテ、供養セラレケルニハ、アマリニ何モカモ一ツ御事ニテ、無興ナルホドナレバ、閑院ノ太政大臣公季ノ、九条殿ノ御子ニテ、年タカクシラガヲヒテノコラレタリケルヲ請ジイダシ申テ、御堂ハ御出家ノ身ニテ法服ヲタヾシクシテ、一座ニツカセ給ヘリケルニ、太政大臣ニテ摂籙臣ナル宇治殿ノカミニツケラレタリケレバ、相国ノ面目キハマリテ、入道殿ニハウシロヲサシマカセテウルハシキ着座、気色モナクテ、宇治殿ニムカヒタル様ニキラレタリケルヲバ、イミジキ事カナトコソ時ノ人申ケレ（愚管抄・四・一条）

『中外抄』や『愚管抄』は、この日公季が関白頼通の上に着いたことに注目している。特に『愚管抄』は、「法成寺ツクリタテ、供養セラレケル」時の出来事のうちでも、特筆すべき事として伝えている。後の世の人々にとってこの出来事は、人の上下を意のままに決めることが出来る道長の威光を感じさせる興味深いものであったと考えられる。そのため、『古事談』の「所レ思」も、「新大系」が指摘するように、道長が「公季を関白の上座に着かせ、「相国（太政大臣）ノ面目キハマリテ」（愚管抄）という演出を藤氏最大の氏寺の金堂落慶の日に遂げた」ことを指していると考えられる。この場合、出家した身分でありながら道長が公季に盃を勧め、権大納言である行成に瓶子取を勤めさせたことも、公季を取り立てる演出の一つであり、このことによって、身分と言うものに捕らわれることなく振舞うことの出来る自分の立場を示す意味があったように取れる。そして、「落涙」したことに関しては、「長老をこの晴の日にとりたてた、その自分の行為に自分で酔っている」（新大系）ためであるように解釈できるのである。

このように、『古事談』の編者源顕兼は、典拠である『小右記』の一部を意図的に変えることで、道長が「一家長」である公季に敬意を払った話から、道長が自分の権威を示すために公季を取り立てた話に変えたと考えられる。更に、『古事談』一ノ四話～七話には道長に関する説話が連続して配列されており、本話はその最後に位置している。顕兼には、道長の説話群の最後に、出家した道長が自らの栄華の象徴である法成寺の金堂供養で自らの権威を示した話を配置することで、道長が「「入道殿」となったことで、宗教的にも、政治的にも、より自由な行動を起こせる超権力を手に入れた」（【参考文献】②）ことを表現するという狙いがあったのではないだろうか。

【同話・類話】

『小右記』（治安二年七月一四日）

【参考文献】

①福山敏男「藤原摂関家の寺」（『平等院と中尊寺』、一九六四年、平凡社）

②三橋正「藤原道長と仏教」（『平安時代の信仰と宗教儀礼』、二〇〇〇年、続群書類従完成会）

［船越麻里］

第八話（一六〇／二ノ六一・新大系二ノ六〇）

「行経、蔵人頭の上に座すの事」

白川院競馬の日、頭中将資房の上に行経朝臣、位次に任せて居けり。後朱雀院に愁へ申されければ、宇治殿に尋ねしめ給ひければ、「蔵人頭の上に居ざる事は殿上の事なり。他所にては次第になん居候ふ。且つ件の資（房）の外祖父の知章も、頭の上にのみこそ居候ひしか」と云々。

（四ウ）
[1]白川院競馬之日頭中将資房之[2]上ニ行経朝臣
任位次居ケリ[3]後朱雀院ニ被愁[4]申ケレハ宇治殿
ニ[5]令尋給ケレハ蔵人頭之上ニ不居事ハ殿上
事也他所[6]ニテハ次第ニナン居候且件[7]資外祖
父ノ知章モ頭ノ上ニノミコソ居候シカト云々

【校異】　**1白川院…白河殿**　大東急・静嘉・内閣・色川・東山・河野・天理・紅葉山・宮城　**2上ニ…一ニ**　色川　**3後朱雀院ニ…仍後朱雀院ニ**　全本　**4申ケレハ…申ケレハ令六借給テ**　大東急・静嘉・内閣・学習院・色川・東山・河野・天理・宮城　**申ケレハ令六位給テ**　紅葉山　**5令尋給ケレハ…令尋給ケレハ令申給云**　大東急・静嘉・内閣・学習院（申給曰）・色川・東山・河野・天理　**令尋給けれは申給云**　紅葉山　**令尋給ケレハ申給様**　宮城　**6ニテハ…（ナシ）**　大東急・静嘉・内閣・学習院・東山・河野・天理・紅葉山　**ハ**　色川・宮城　**7資…資房**　全本

【口語訳】　白川院で競馬が行われた日、頭中将であった資房の上座に、行経朝臣が位階に従って座った。（資房が）後朱雀院に愁訴申し上げたので、（後朱雀院は）宇治殿にお尋ねなさったところ、（宇治殿は）「蔵人頭の上座に座ってはならないことは殿上に限っての事である。他の所では位階の順に座るべきである。それに、件の資房の外祖父であった知章も、まさに蔵人頭の上に座った」と仰せになったそうだ。

白川院　白川（現在の京都市左京区の南辺）に設けられた藤原摂関家の別荘。白河殿とも称する。九世紀中期に藤原良房が同地に別業を営み、その後代々受け継がれ、一一世紀初めには道長が、その後は頼通が伝領した。後の承保二年（一〇七五）、師実の代に白河天皇に献上された。（百錬抄・承保二年六月一三日条）。

競馬の日　『春記』長暦二年（一〇三八）一〇月六日条に白河において関白藤原頼通主催の遊興が催されたことが記されている。「競馬」は二騎一番で、その速さ等を争う競技。禁中行事として行われた他にも、時に貴族の邸宅などでも行われた。

頭中将　蔵人頭を兼帯する近衛中将の称。蔵人頭は近衛中将を兼任する場合が多かったので、頭中将の呼称が用いられた。蔵人は平安時代における有力な令外官で、天皇の側近として機密の文書などを扱い、殿上日常のことの差配、上奏下達も司った。頭中将は『貫首秘抄』に「禁中万事、次将頭所ニ申行也一」ともあり、天皇の側近としての要職にあった。

資房　『古事談抄』「資」、『古事抄』諸本「資房」とありこれに従う。藤原氏。寛弘四年（一〇〇七）～天喜五年（一〇五七）。資平の子で、小野宮家の嫡流の藤原実資の嗣子となる。母は藤原知章女。長元九年（一〇三六）一一月一六日に正四位下に叙される。長暦二年（一〇三八）に蔵人頭に補され、長久三年（一〇四二）に辞す。この間、左中将を兼ねる。実資存命中は順調に昇進を果たすが、その後は摂関家と対立する立場となり、不遇に終わった。極官は正三位参議、春宮権大夫。日記に『春記』がある。

行経　藤原氏。長和元年（一〇一二）～永承五年（一〇五〇）。行成の子。母は源泰清女。長元九年（一〇三六）

正月六日に正四位下に叙され、長久四年（一〇四三）に蔵人頭。極官は従二位参議兵部卿。

位次に任せて　「位次」は位階の高低に拠って定められた席次のこと。『令義解』に「凡文武職事散官、朝参行立、各依二位次一為レ序」と、位階にしたがって居ること、また「位同者、五位以上、即用二授位先後一」と、同位の場合は先に叙された方が上位となるとされている。この時両名ともに正四位下であるが、叙されたのは行経が長久九年正月、資房は同年の一一月と、行経が早い。

後朱雀院　寛弘六年（一〇〇九）～寛徳二年（一〇四五）。一条天皇の第三皇子。母は藤原道長女彰子。長元九年（一〇三六）に即位。資房を側近として重用した。『古今著聞集』（巻三、七八）には、上達部の装束の過差を正そうとして、蔵人頭の資房にその旨を伝えたという逸話がある。

宇治殿　藤原頼通。正暦三年（九九二）～承保元年（一〇七四）。藤原道長の子。母は源雅信女倫子。寛仁元年（一〇一七）、二六歳の若さで父道長から摂政を譲られた。以降五一年もの間、後一条天皇、後朱雀天皇、後冷泉天皇三代の摂関を務める。治暦三年（一〇六七）准三后、関白を辞し宇治に隠退した。

知章　？～長和二年（一〇一三）。藤原氏。元名男。母は源英明女。加賀・筑前・伊予・近江などの国守を歴任。正四位下春宮亮が極官。道長・頼通の家司として信任が篤かった。『古事談』（二ノ九四）には源頼光の子が、自身の子より先に蔵人に補任されそうになった際に、それを取り下げさせた逸話がある。また、『十訓抄』（二ノ五〇）には、源頼光の無礼に憤ったとの逸話がある。なかなか煩型な人物像が伝えられている。

頭の上に…　蔵人頭は正四位下があたるのが一般的だった。知章の正四位叙位が先行する場合は、蔵人頭の上座に座ることが度々あったことであろう。

【余説】

『春記』の記述

本説話は事実を基とするものである。当事者である資房の日記に『春記』があり、本件についての記録が残っている。以下、それに拠りながら経過をまとめる。長暦二年（一〇三八）一〇月六日に藤原頼通が白川の別邸で遊興を催した。そこに資房も出席したのだが、着席の際に「経輔、行経相並次第着座、予欲レ着之間、頗有二思慮一、是行経座次事也」と頭弁経輔と行経が並んで座っていたため、致し方なく「仍居二行経下方一」と、その下に座る事になったという。資房は途中で退出しようとしたのだが、その日は和歌会も行われたのでそれもかなわず、最後まで同席する事となった。この日の感想を「執柄軽二蔵人頭一之故也。自今以後不レ可レ参二如レ此之所一也。（略）予太冷レ之」と、関白が蔵人頭を軽視しているためであると述べている。翌七日、資房は後朱雀院に事の次第を奏上したもようで、後朱雀帝から「是非二汝事一、我耻也。多是関白忽二諸公事一之故也者、不レ可レ歎レ之」との言葉を賜っている。そこには天皇と関白頼通との間に不信感が横たわっていた様子も窺える。資房は余程憤懣やるかたなかった模様で、その後も行経との席次の上下に関して記している。例えば同年一二月一日の神楽の際に、後から来た行経が自身の下に座したことを「後行経参入着二兼房下一、依二位階一也、此事終始不同。始着二予上一、今又着二予下一。事太無レ由。萬人側レ目云々。是凶人之諷諌也。今以如以（ママ）可嘲々々」と記している。また、同年同月二日にも「古今之例、殿上人座無下着二蔵人頭上一之者上、又近代已如レ此、又蔵人頭是重任也」と蔵人の上に座ることは許されないことを述べる。同日、この件について、後朱雀帝は「蔵人頭為二重職一者、帝王尊之故也。而我已無二其徳一。仍所二相軽一也」と、自身の不徳のために、軽んじられたと嘆くにいたっている。以上、本件は天皇とその側近と、関白頼通との懸隔が背景に根ざしていた事件であることが知られる。

蔵人頭の特権性

蔵人は天皇の側近的機関として機密事項なども扱う役割を担い、宮中においては位階を超越した特殊な位置づけがなされていた。時代は下るが、治承元年（一一七七）成立の藤原俊憲による『貫首秘抄』によると、「頭在二小板敷一之時、殿上人非二頭気色一者不レ昇。（略）頭在二殿上一之時。頭不レ言バ、殿上人得天不レ発レ語」とあり、殿上人は蔵人頭の様子をうかがう事が必要とされた。また、殿上においての席次に関しては「頭ハ公卿之尾。殿上人之首也云々」と、位階を超越した扱いとなり、それ以外の場所においては「又或人曰。於二地上一者、依二位階一云々」と位階に従うこととなっている。ただし、「但如二御幸一之時、立二公卿之末一也」ともある。同書には、鳥羽院の五十賀の際には、正四位下であった頭弁朝隆が、正四位上の忠盛の上座に座った事例も挙げられている。蔵人頭は天皇の側近的機関であるので、原則的には、天皇がその場にいる場合は、それに近侍するため、位階を超越して上座に位置するものであると把握してよいだろう。

このようにその席次を問題とするものが故実書として成立したということは、蔵人頭の位置づけが場によって流動的であったことを示している。その特権的性格から資房の愁訴したことも故なきことではないといえるだろう。ただし、本件の場合は、後朱雀院がそこに臨席していない場合であるので、位階に準ずるべきであるという頼通の言説は道理に適うものであるとも言える。

【同話・類話】

『春記』（長暦二年一〇月六日）

［山本啓介］

第九話（一六二／二ノ六三・新大系二ノ六二）

「隆国、小馬に乗る事」

隆国卿宇治に於いて宇治殿に参仕の時、真実の小馬に乗りて、騎馬ながら出入すと云々。大納言申されて云はく、「此の馬は馬には候はず。足駄にて候へば御免を蒙るべし」と云々。宇治殿、御輿有りて許さしめ給ふと云々。

（五オ）
隆國卿於宇治[1]参仕[2]宇治殿之時真実ノ小馬ニ 1
乗テ乍騎馬出入云々大納言被申云此馬ハ馬ニハ不候 2
足駄ニテ候ヘハ可蒙御免云々宇治殿有御輿[3][4]令許 3
給云々 4

【校異】 **1宇治…宇縣** 全本 **2参仕…参** 河野 **3有御輿令許給…令入輿給テ許容** 大東急・静嘉・内閣・学習院・東山・河野・天理・紅葉山・宮城 **令入輿セ給フテ許容スト** 色川 **4御…**底本は小字で左に「御」と補う。

【口語訳】 隆国卿が宇治にて宇治殿に参ってお仕えしている時、本物の小馬に乗り、乗ったまま出入りをしていたという。大納言が申されて言うことには、「この馬は馬ではございません。足駄でありますのでお許し頂きたい」と言った。宇治殿は面白がられてお許しになったという。

隆国 源隆国。寛弘元年（一〇〇四）～承保四年（一〇七七）。宗国、宇治大納言とも。寛仁二年（一〇一八）

改名。権大納言俊賢の二男。母は右兵衛督藤原忠尹女。永承六年（一〇五一）二月一三日関白藤原頼通の女寛子の立后とともに皇后宮大夫を兼任、治暦三年（一〇六七）二月権大納言、承保元年（一〇七四）正月辞任、承暦元年（一〇七七）六月、病により出家、七月九日に没した。老年、避暑先の宇治平等院の南泉房で往来の人から説話を聞き取ったという話は有名。『古今著聞集』（九二）には、「臨時の祭（の）陪従」を命ぜられた隆国がこれを不服とし、「腹立て装束うけとらず」にいたところ、頼通が自身の馬を「たまはせたりければ、おきあがりて装束き、勤め」たという話がある。

宇治殿　藤原頼通。正暦三年（九九二）～承保元年（一〇七四）。八話【語釈】参照。

真実の小馬　「真実」は正真正銘の意か。馬は『古今要覧稿』に「四尺の馬をばよのつねの馬とするがゆへに、是を小馬といひ、四尺五寸あるを中馬といひ、五尺を大馬といふ」とあるように、現代のものより小振りであった。体高より体長が長く、脚も短かったという。現代の競走馬の高さは一般的に約一六〇～一七〇cm。

大納言　源隆国のこと。

足駄　足駄は台と歯が別の木で造られ、歯が高く、厚みは下駄に比べて薄い。庶民の履き物。奈良県の平城宮址からの発掘も多く、古くから使用されていたことが知られる。『宇津保物語』（三・藤原の君）には「おと括り上げて、榑の足駄履きて」とある。

【余説】　『令義解』（六）には「凡行路巷術（謂行路者道路也、巷術者里中小道也）、賤避レ貴」、「凡在レ路相遇者、三位以下遇二親王一、皆下レ馬」とあり、路上で位の高い人物に会った時は必ず下馬の礼をとらなければならなかった。同様に権門勢家のもとへ参上する時も、しかるべき下馬の礼をとらねばならなかったのであろう。しかし隆国は頼通のもとへ小馬に乗ったまま出入りをする。当時の馬は現代に比べて小さく、隆国には、特別小さな馬に乗りそれを足駄と言い放って人の笑いを誘う計算があったのかも知れない。

足駄は平安時代中頃から絵巻物にも現れ、『扇面古写経』には歯の高い足駄を履いた女達が、水辺で物洗いをしたり洗濯をしている様子が描かれている。同様の物は『伴大納言絵巻』（中巻）にも見られ、これらの高足駄は安定をはかるために歯の下が広くなっていた。遠出の歩行には不便であり、雨天時や洗濯、水田に入る時の他にこのような足駄を用いるのは用を足すためであったか。『餓鬼草紙』には、庶民が足駄を履いたまま用を足す様子が描かれており、宇治殿を訪ねる折の履物としては、およそ似つかわしくない物であった。

［鈴木佳織］

【同話・類話】

未詳

第一〇話（一一四／二ノ一五・新大系二ノ一四）

「八幡別当清成、宇治殿に参りて飲食の事」

八幡別当清成は常に宇治殿へ参りけり。或日御料（ごれう）の御おろしを出だされたりけるを、蔵人所の台盤の上に置かれたりけるを、清成手づかみにつかみ食ひて、銚子に入りたりける酒を皆飲みたりけり。近来の別当然らざるか。

（五オ）
八幡別當[1]清成ハ常参[2]宇治殿ケリ或[3]日御料ノ御ヲロシヲ被出タリケルヲ蔵人所ノ臺盤ノ上ニ被置レタリケルヲ清成手ツカミニツカミ食テ銚[4]子ニ入タリケル酒ヲ皆飲タリケリ近来之別當不然歟

【校異】 **1當**…底本補入記号「〇」の右に「當」とある。 **2参宇治殿ケリ…宇治殿ニマイリケリ** 学習院・紅葉山・宮城 **宇治殿ヘマイリケリ** 大東急・静嘉・内閣・色川・東山・河野・天理 **3或日…或日参タリケルニ** 大東急・静嘉・内閣・学習院・色川・東山・河野・天理・紅葉山 **或日参シタリケルニ** 宮城 **4銚子ニ入タリケル酒ヲ…酒ノ銚子ニ入タリケルヲ** 全本

【口語訳】 石清水八幡宮の別当清成は、常日頃、宇治殿（頼通）へ参上していた。ある日、食事のお下がりが出され、蔵人所の台盤の上に置かれていたのを、清成は手づかみに掴んで食べ、銚子に入っていた酒をみな飲んでしまった。近頃の別当はそのようではないのだろうか。

八幡別当　石清水八幡宮の別当職。石清水八幡宮は貞観元年（八五九）、豊前国宇佐八幡宮から勧請された。歴代朝廷の崇敬が篤く、鎌倉時代以降は源氏の氏神として武家の尊崇敬も深い。別当は長官として事務を統括する職。

清成　寛弘七年（一〇一〇）～治暦三年（一〇六七）七月一三日、五八歳。父は法印元命。母は鎮西松浦殿。せいせい、しょうせい、しょうじょう、とも。石清水八幡宮第二十代別当、第九代検校、寺務執行第一。師主法成寺入道大相国（道長）、学師木幡定基大僧都と伝える。万寿二年（一〇二五）石清水修理別当となり、長元一〇年（一〇三七）三月九日、元命に譲られて別当となる（二八歳）。これは権別当院救を越えての補任であった。天喜四年（一〇五六）一一月法印に叙され、康平五年（一〇六二）四月、別当をその男で弟子の清秀に譲り、即日検校に補せられる。その室は清秀、清圓らの母である兼輔（第八神主、第三俗別当）女が知られる。寺務を二五年務めた（石清水祠官系図）。和歌六人党の一人、藤原経衡の家集『経衡集』に贈答歌が見え、その交流が窺われる。また、長元八年（一〇三五）五月、関白頼通邸で行われた「賀陽院水閣歌合」に伴う報賽のための石清水詣（同二一日）の際には、饗饌を儲ける役として「修理別当清成」の名が見える。勅撰集は『後拾遺集』に一首入集、ほか『和歌一字抄』などにも歌が散見する。父元命と、石清水八幡宮在来勢力である定清や院救らとの対立、また清成本人と異母弟戒信や、定清の嫡弟兼清との勢力争いの様子については、生井真理子論文（**【参考文献】**①）に詳述されている。

常に宇治殿へ参りけり　典拠である『中外抄』（下三四）では、この逸話は頼通の家司藤原範永の子清家の語りの中にあらわれ、「御おろし、蔵人所に罷り出したりける時は、八幡別当清成、参入して」と語り出される。一方『古事談』は「八幡別当清成は、常に宇治殿へまゐりけり」という表現を補い「或る日参りたりけるに、御料の御おろしを出だされけるを」と続ける。すなわち『古事談』はこの逸話を、清成が常日頃、いかに頻繁に頼通邸に出入りし、親しい間柄であったかを象徴する「或る日」の出来事なのだ、という風にとらえたことが分かる。言い換えれば、『中外抄』の「罷り出したりける時は」の下に「常に」の語が言外に響いていることを明確化しているのである（【参考文献】②）。『古事談抄』も同様の文脈に沿っているが、「或る日参りたりけるに」を「或日」としたことで、この出来事が日頃の象徴なのだ、と明確化する方向性は、『古事談』に比べ後退してしまったようである。

清成は父元命の代より道長と深く関わり、清成の出家の師主も道長である（【参考文献】①）。頼通と清成の交流は、先に掲げた「賀陽院水閣歌合」に伴う饗饌に奉仕していること、また頼通の高野山参詣の途次に石清水に参拝した折の記録（宇治関白高野山参詣記）など行事の史料からうかがわれるが、本話は両者の日来の関係を伝える資料と言える。

御料の御おろし　「おろし」は神仏の供物を取り下げたものや、貴人の飲食物の残り、衣服などのおさがりをいう。この場合は頼通の食事の残りを指す。『禁秘抄』上「御膳事」に「又余れる物必ず殿上に出だして、台盤の上に置く。人々これを食ふなり」と見える。

蔵人所　本来天皇家の家政機関の一つで、平安中期以後、東宮、上皇及び摂関家などにも設けられた。ここでは頼通家の蔵人所をさす。本話では食事の「おろし」がこの蔵人所に置かれているというが、「おろし」を置く場所について書かれた資料は少ない。本話の類話である『中外抄』（下三四）には「食物は三度するなり。昼の御をろしをば透渡殿の妻戸の口に持て出でて手を叩けば、六位の職事、参入して、給はりて持て罷り、蔵人所にて分ちて食すなり」との記述が見られる。

台盤　食物を盛った碗や皿などを載せるための台。長台盤、切台盤、小台盤などがある。

手づかみにつかみ食ひて　『日葡辞書』「Tezzucami」、『文明本節用集』「手捉〈テヅカミ〉」。この部分、『中外抄』は「手つかみに御おろしをとりて食して」とし、「日来は、御料をわろくして参らせけり。塩をいま少しなくすべきなり」と続けている。生井真理子氏は『古事談』のこの簡略化について、清成をより戯画的に描くための方法と見ている（【余説】参照）。手づかみで物を食べる行為については、強飯、鳥、魚、果物など、手にて食すべきとする作法が後代の儀式・作法書に見える。『富家語』（一七）には、「菓物を食する時、多くは手にて食するなり。その中に、餅・かきたる栗など、箸にて食するは見苦しき事なり。（略）但し、手に取りて食する物は、必ず取りたる所をば食し残すべきなり」とし、中世の類書『世俗立要集』（ハシニテサカナクハザル事）には、堀川右大臣頼宗が、魚を手で食すべしとした話を載せる。よって手づかみ即不作法ではないが、ここはまさにつまみ食いの光景か。また、『中外抄』（下三四）には、この箇所に続けて「日来は、御料をわろくして参らせけり。塩をいま少しなくすべきなり」と記されている。参考「すしあゆ。しほからし。自今以後は塩うすくしてまいらせよ」（大槐秘抄）。

銚子　酒器の一。酒を盃に注ぐための具。銅や銀などの金属、または漆器で作られ、注ぎ口があり、長い取手がついている。片口と両口の二種があるが、片口を正式とする。

皆飲みたりけり　中外抄は「よげに飲みけり」。生井氏は、これも清成の一種傍若無人な行動を明確にするための改変ととらえている。新大系は「酒についてはその味を認めた表現である」とするので、「料理の味付けに難はあるが酒はうまい」と清成が感想を表した、という理解だろうか（【余説】参照）。

近来の別当然らざるか　近頃の別当はそのようではないのだろうか、の意。『古事談』『古事談抄』ではこのコメントは語り手の言葉となるが、ちなみに典拠である『中外抄』には「近来の八幡別当は全らしからず」とあり、これを新大系は「師実の批評」ととる。生井氏のように、忠実自身の声が混ざっていると見るのが適当か。また、これら末尾のコメントが意味するところについて、生井氏は『中外抄』には「摂関家のプライドが許さないような、ある種の苛立ちが（伊東注　近来の八幡別当に対して）見えるのではないだろうか」とし、一方『古事談』の場合、清成と違って近来の八幡別当たちにはこのような不作法は見られない、と話の主題をすり変えながら用いられていると見る。新大系は本話全体を「中外抄にあった清成試食の意味が表現として薄く曖昧になっている」と論評しており、『中外抄』と『古事談』の説話の意味づけ自体は合致していると見ているようだ（【余説】参照）。

【余説】

本話の解釈の勘所は、『古事談』の複数の改変が、「昔の別当はよかったが、今は違う」という『中外抄』と同じ結論を目指しての簡略化・明確化かどうかという点にあるだろう。伊東や新大系は、同じ結論に到ると見る立場だが、伊東が「昔の別当はおおらかで親しいつきあい方をした」という主旨で共通する、と明示するのに対し、新大系は、『中外抄』『古事談』に共通する「清成の試食の意味」が何なのか示していない。

これらと大きく異なるのは生井説で、近来の別当に対しての批判的な見方をこめた『中外抄』を用いながら、『古事談』では「読者が一瞬たじろぐほどに清成の行為は意味を変えている。…中外抄と異なり、（伊東注　『古事談』の清成の行動は）傍若無人・あるいは盗み食いという言葉を想起させるような印象を与える」という地点から出発する。そして、『中外抄』から『古事談』への改変は、顕兼ら光清の子孫たちにとって敵役であった清成を戯画的に描き、一方今の別当たちにはそんな行儀の悪い者はいない、と近来の別当を相対的に高め擁護する、という二つの目的を満たすために行われたのだ、ととらえておられるようである。

近来の別当への強い不満を示唆する『中外抄』末尾のコメントにナーバスになりながらも、話柄は面白いから『古事談』には取り込みたい、しかし問題があるので毒気を抜こうとしている最中に、この説話は清成の戯画化に変えられるから一石二鳥だ、と顕兼が考えたのかどうか、想像し難い部分はあるが、顕兼が『中外抄』末尾のコメント「近来の八幡別当は全らしからず」に「かなり強く反応した」とする生井説の根本にあるのは、摂関家に親近した顕兼が、摂関家の人々の考え方を理解し納得するのはいいとして、八幡別当光清の孫である顕兼が、当代別当批判に当たるこの説話を、抵抗なく『中外抄』から抄出できたのだろうか、という点にあると思われ、重要な問題点だと思う。

一方、注意せねばならないのは、そもそもの『中外抄』においても、清成のつまみ食いは本当は味見のためではなかったという点である。味見なら、おろしになる前にしておかねばならないのであって、これは清成が、つまみ食いの言い訳として「私はつまみ食いしているのではなく、頼通公の召し上がりものに気配りするために（奉仕で）食べているのだ」といった冗談口を叩いているのである。新大系『中外抄』の「御料」の注に「…なお藤原道長が東宮辞退後の小一条院を厚遇して、院の食膳を自ら台盤所で試食した逸話（大鏡・師尹伝）は、これと同趣といえよう」とあるが、これは清成の冗談に沿った理解である。道長は試食後御前に供しているが、清成はあくまで頼通のおろしを頂いたのである。

従って、『中外抄』の場合も『古事談』の場合も、表現はともかく、清成がしていたことを煎じ詰めればお下がりのつまみ食いであったことは変わらない。その点で、『古事談』の叙述は『中外抄』の主旨を改変してはいないのである。

敢えて確認すると、『中外抄』で忠実が満足している昔の別当清成の姿は、毎度自発的に味見役を買って出るような謹直さの象徴としてではない。忠実が好ましく思っているのは、用がなくてもご機嫌伺いにちょくちょく頼通邸に足を運んでは下仕えの人間たちとも言葉を交わしていくような、清成のまめな心がけそのものなのであり、この点の理解は生井氏も同様である。

「日来は御料をわろくして参らせけり」以下の清成の言葉を削除し、「とりて食して」が「つかみ食ひて」に、「よげに飲みけり」が「皆飲みたりけり」に変えられた『古事談』の場合でも、清成のつまみ食いを傍若無人・不作法に描こうとしているのではなく、『中外抄』の叙述を簡略化・明確化しているのだと伊東は考える。従って末尾のコメントも、「ああいう鷹揚な器の別当は今の世にはいない」といった意味で、近来（の別当）への批判というよりは、過去（の人材）への讃嘆ととらえるが、生井氏のように、顕兼の属する光清の子孫にとって清成は敵役であった、という点に注目して考えた場合、その清成を、かつての器の大きな人物の象徴として、顕兼がわざわざ『古事談』に置くだろうか、と自問してみると、その疑問に答えられる自信はない。

一方で、神社のポストをめぐる人事争いの熾烈さはどの門流にもあり、また生井氏も述べておられるように、一一二三年の円賢の没後、石清水八幡宮の修理別当以上の上層部は頼清系紀氏一族（光清の一族）が独占しているとなると、もはや完全な勝者となった側の光清の孫である顕兼が、かつて人事争いを理由に自死したと伝える兼清（顕兼の四代前）の仇として、清成を長く敵と認識し続けていたものかどうか。

こうした角度から見た場合、本話は今後共探求すべき課題を含んだ説話の一つとして残されていることが分かるだろう。

［櫻田芳子・伊東玉美］

【同話・類話】

『中外抄』（下三四）

【参考文献】

①生井真理子「『古事談』と『中外抄』の八幡別当清成―その落差について石清水の歴史から」（浅見和彦編『『古事談』を読み解く』二〇〇八年、笠間書院）

②伊東玉美『院政期説話集の研究』（一九九六年、武蔵野書院）。

第一一話（一六四／二ノ六五・新大系二ノ六四）

「俊房、忠実を賞翫する事」

堀川左府、知足院殿を聟に取り奉りて、賞翫の余り常に陪膳に奉仕せらる。汁物を進(まゐ)らする毎に、先づ啜(すす)り試みて気味調(ととの)へたるに、飯を漬けてたてまつられければ、便無くお（ぼ）しながら食ひ給ひけり。其の由を大殿に語り申されければ、御案ありて仰せられて云はく、「左府も然るべきの人なり。何事か有らんや」と云々。

（五オ）

堀川左府知足院殿ヲ聟ニ奉取テ賞翫之餘　9
常被奉仕陪膳毎進汁物先啜試テ氣味調タ　10
ルニ飯ヲ漬テタテマツラレケレハ[1]無便ク[2]ヲロシナカラ食　11
給ケリ其由ヲ大殿ニ被語申ケレハ[3]御案アリテ　12
被仰云左府モ可然之人也有何事哉云々　13

【校異】　**1無便ク…無便ト**　全本　**2ヲロシナカラ…ヲホシナカラ**　全本　**3御案アリテ…暫御案アリテ**　全本

【口語訳】　堀川左府は、知足院殿（忠実）を聟にお迎え申し上げ、大切に思うあまりいつも忠実の陪膳に奉仕されていた。汁物をお出しになる毎に、先ず俊房自身が啜って試し飲みをし、味を調えたものに、飯を漬けて忠実に差し上げなさったので、忠実は何となく具合悪く感じながら召し上がりなさった。そのことを師実公にお話し申し上げたところ、師実公はお考えになって「左府も相当な御仁である。何の問題があろうか」とおっしゃったという。

堀川左府　源俊房。長元八年（一〇三五）～保安二年（一一二一）、八七歳。堀川左大臣と称される。土御門（久我）右大臣師房嫡男。母は藤原道長の六女尊子。同母弟に右大臣顕房、天台座主仁覚、同母妹に藤原師実室麗子がいる。父師房は具平親王の二男で藤原頼通の猶子となり元服。源氏姓を賜り臣籍に降った。伯母隆姫は頼通の室。母の出自も含め摂関家と親密な血縁関係を持つ。子には大納言師頼、権中納言師俊、大僧正證観、天台座主俊円、美福門院得子の母らがいる。永承五年（一〇五〇）従三位、天喜二年（一〇五四）従二位、天喜五年（一〇五七）二月任参議（二三歳）。しかし同年九月、前斎院娟子内親王（後朱雀天皇皇女、後三条天皇の同母姉）と通じたことにより後冷泉天皇の勅勘を被り謹慎籠居。東宮（後の後三条天皇）は「これよりまさりたらん罪にもありなん」と怒りを露わにしたという（栄花・三七）。康平三年（一〇六〇）には許され（百錬抄・二月一日条）、翌四年任権中納言。左右衛門督、検非違使別当、太皇太后宮大夫、按察使などを勤め、永保二年（一〇八二）右大臣、翌三年には左大臣に転じた（四九歳）。この時、弟顕房が右大臣となる。寛治八年（一〇九四）正月、兄弟揃って従一位に叙されるも、弟顕房は九月に薨じた（五八歳）。その後もこの官位に留まるが、堀河天皇の皇位継承問題で源雅実、藤原公実らと対立。康和五年（一一〇三）、生後七ヶ月の宗仁親王（後の鳥羽天皇）の立太子で俊房の敗北が決定的となった。これに関連して永久元年（一一一三）一〇月、俊房男で輔仁親王（後三条天皇第三皇子、俊房らが東宮に推した人物）の護持僧を勤めた醍醐寺僧仁寛の鳥羽天皇暗殺を告知する落書が令子内親王（鳥羽天皇准母）第で発見され、仁寛は伊豆国に配流となり、俊房もこれに連座した（殿暦）。翌月罪は免ぜられたものの、実質的権限は失い、保安二年五月、比叡山において出家、同年一一月一二日薨じた。往生の折、紫雲が家を覆い西にたなびいたという（続古事談・九三）。法名寂俊。日記に『水左記』。漢詩の才があり、故実にも通じた。また能書としても知られる。

知足院殿　藤原忠実。承暦二年（一〇七八）～応保二年（一一六二）。一話【語釈】参照。

聟に取り奉りて　源俊房が忠実を女任子の聟に迎えたのは、寛治三年（一〇八九）正月二九日（後二条師通記）。この時忠実は一二歳、同月二三日中将として着陣。また、前年一二月には忠実の祖父師実が太政大臣に任じられている。俊房はこの時正二位左大臣、五五歳。『栄花物語』（四〇）によれば、俊房はこの娘を帝や宮などに差し上げようと思っていたが、忠実の父師通の申し出に従って婚姻を決めたという。

賞翫の余り　大切に思うあまりいつも陪膳に奉仕なさっていた。陪膳は貴人に食膳を供すること。今を時めく摂関家から迎えた年少の聟を、必要以上に大切に扱う俊房の姿が描かれる。同じような例が『大鏡』（師尹）に見える。道長が御匣殿（寛子）の聟として小一条院を迎えた折、食事を供する時には大盤所に出向いて自ら台や盤などを拭き、何でも毒味をして、部屋の入り口までも運んだという。この例も念頭に置くか。

汁物を進らする毎に…　汁物を忠実に供する度、俊房が先ず啜って毒味をし、それに飯を漬けてそのまま忠実に供したということ。「気味」は味、風味。「汁物」は饗宴の場合、飯を浸して食するのが作法。忠実の言談を記した『富家語』（五三）には、「また、飯をば汁には一度に多くは漬けず、少々づつ食するに随ひて漬くるなり。かねて飯を箸にて摧（くだ）きて少しを漬くるなり。その故は、掻き取りたる跡の■（ママ）しげなるは故実なり」とその作法を説く。また『世俗立要集』（ワタイリ食スベキ事）には「飯ヲ汁にツケズ、サキニ汁ノミヲ食、汁をスル事はマサナキ事ナリ」と見える。

便無くおぼしながら食ひ給ひけり　底本「ヲロシ」とあるも「ロ」は古態の「ホ」とも考えられる。諸本に倣い「おぼし」と読む。「おろし」であれば、貴人の飲食物の残りであり、俊房が口をつけた食べ物を指す。『禁秘抄』上「御膳事」に「又余れる物必ず殿上に出だして、台盤の上に置く。人々これを食ふなり」と見える。おろしを食するのであれば、忠実にとって、違和感のあることであっただろう（【参考文献】①）。

大殿　藤原師実。忠実の祖父であり養父。長久三年（一〇四二）～康和三年（一一〇一）。京極殿とも。藤原頼通の三男、母は藤原頼成女の祇子。延久元年（一〇六九）左大臣、承保二年（一〇七五）叔父教通の死去により関白。応徳三年（一〇八六）養女賢子（父は源顕房）の産んだ堀河天皇の即位により摂政となり、寛治二年（一〇八八）には太政大臣に任ぜられる。白河天皇とは協調関係を築いた。康和三年宇治にて出家、法名法覚。和歌をよくし、琵琶や笛にも秀でる。日記に『京極関白記』があるが伝わらない。

左府も然るべきの人なり。何事か有らんや　俊房も相当な人物である。何の問題があろうか、の意。

【余説】　本話は、聟として迎えられた年若い忠実が中心であるような構成を取ってはいるが、その実、「俊房」と「師実」に焦点を当てた話ではなかろうか。俊房に関する逸話は、『古事談』中にもう一話見えている。一ノ九〇話にみえる鳥羽院の烏帽子の話では次のようにある。鳥羽院の御前で院御寵愛の宰相中将信通（大納言宗通男）が上戸であるのに酒の勧めを固辞した。わけを尋ねると、冠がきつく苦しいためで、確かに気分が悪そうである。鳥羽院は直ちに身につけていらした烏帽子を取って「これをせよ」と信通に下された。それを取り次いだ俊房が、「俊房がをこそ。直にはいかが」と言って自らの烏帽子を代わりに渡した、というものである。

『古事談』において俊房のエピソードは少ない。その一つがこれだとすると、本話と重ね合わせて「俊房」なる人物が浮かび上がっては来ないだろうか。いま挙げた一ノ九〇話の解釈には、大きく二つの可能性があるだろう。一つは鳥羽院が寵臣信通に過度の愛情を示そうとしたため、俊房は露頂の恥を顧みず、王の行き過ぎをカバーしたのだ、という解釈。『古事談』一ノ一八話の惟成弁が、花山天皇の悪い悪戯を諫めるために露頂していたのと同種のふるまいととる立場である。もう一つは、院と信通との心の通い合いを全く無視して、というよりも「感じ取れず」に、あくまでも身分相応ということに重点を置いて俊房は行動した、という解釈である。

前者の解に従えば、一ノ九〇話で王の行き過ぎを立派にフォローした俊房は、しかし自らの聟のこととなると、相手が困惑するような過度の愛情を示していることになる。一方、後者の解に従った場合、本話が「食事」に関する具合の悪さであることが鍵となってくるのではないか。食事こそ、故実を知っているのみではどうにならない「感覚」が表に現れてしまう、つまり、両話の共通点は、俊房が「感覚の鈍い人」であるという点にある。一方の藤原摂関家の人々は感覚の鋭い人として見受けられる。忠実がこの後、故実に詳しく、さらには文芸、音楽の才能も開花させていくことを思えばなおさらである。この時の忠実の居心地の悪さは、「感覚」が合わない、という点にあるのだろう。祖父師実の言葉「左府も然るべきの人なり。何事か有らんや」という表現は、俊房を弁護するばかりでなく、肯定しているように見える。それは、政界の先輩として、またごく親しい親類として肯定したい気持ちがあるのだろう。この後、俊房の弟顕房女師子が忠実と結婚して忠通や高陽院を生み栄えることや、村上源氏の主流が顕房の子孫に受け継がれていく歴史をみると、時めく摂関家と強固な縁を結んで手放しで喜ぶ俊房が哀れに見えてくる。

なお、『古事談』における本話二ノ六四話は宇治殿頼通の若気（男色相手）源長季の逸話（二ノ六三話）の次に置かれており、俊房の賞玩ぶりが若気とのやりとりを連想させかねない配列である、との指摘もある（【参考文献】②）。

【同話・類話】

未詳

【参考文献】

①田中政幸「『源氏物語』と『うつほ物語』における「食」―「おろし」について―」（『解釈』五〇巻、三・四月号、二〇〇四年四月）

②伊東玉美『院政期説話集の研究』（一九九六年、武蔵野書院）

［櫻田芳子］

第一二話（一一六／二ノ一七・新大系二ノ一六）

「忠実少年の時、師実より大小の鷹狩装束に就いて教示の事」

知足院殿、仰せて云はく、「小鷹狩の料に水干装束を申ししかば、大殿仰せて云はく、『小鷹狩には水干装束を着せざる事なり。萩の狩衣に女郎花の生衣（すずしのきぬ）など脱ぎ垂れて、袴は随身の水干袴を取りて之を着し、疲駄に騎（の）りて狩るなり。大鷹狩にこそ、絬（くくり）水干、末濃（すそご）袴などをば着すれ。右近馬場などにて馬馳するの時も随身の袴を召して用ゐらるるは常の事なり』」と云々。

（五ウ）
知足院殿仰云[1]小鷹狩ノ料ニ水干装束ヲ申シ
カハ大殿仰云小鷹狩ニハ不着水干装束事也
[2]萩狩衣女郎花生衣ナト脱垂テ袴ハ随身水
[3]干袴ヲ取着之疲駄ニ[4]騎テ狩也大鷹狩ニ
コソ[5]絬水干末濃袴ナトヲハ着スレ[6]右近馬場
ナトニテ馬馳之時モ[7]随身之袴ヲ召テ[8]被用常事也云々

【校異】『古事談抄』五三話、五四話にも重出する。重出話との校異は（古事談抄）として諸本の最後にのせた。略本の紅葉山本・宮城本は本話を欠く。錯簡本の色川本は「古事談拾遺」の「王道后宮」の項に収め、東山本・河野本・天理本は巻一「王道后宮」の末尾に収める。 **1（ナシ）…我若少之時** 大東急・静嘉・内閣・学習院・東山・河野・天理・（古事談抄） **我君文之時** 色川（君文の右に「若少」と傍書） **2萩…荻** 内閣 **3干…ヲ** 色川（「干」と傍書） **4騎…裿** 内

閣・東山　**5結…結**　静嘉・内閣・東山・（古事談抄）　**括**　学習院・色川（「結」と傍書）・河野　**6右近…惣右近**　大東急・静嘉・色川・東山・天理　**惣テ右近**　内閣・学習院　**想右近**　河野　**7モ…（ナシ）**　静嘉・内閣・学習院・色川・東山・河野・天理　**8被…着**　全本

【口語訳】　知足院忠実公がおっしゃることには、「小鷹狩のために水干装束をお願いしたところ、（その時に）大殿師実公がおっしゃることには、『小鷹狩には水干装束は着ないものだ。萩の狩衣に女郎花の生衣を着、その肩を脱いで片袖を垂らし、袴には随身の水干袴を借りて着し、疲駄にのって狩りするのだ。大鷹狩にこそ括模様の水干に末濃袴などは着るものなのだ。右近の馬場での馬を走らせる時も、随身の袴を借りて用いるのは普通のことだ』と」。

知足院殿　藤原忠実。承暦二年（一〇七八）～応保二年（一一六二）。『中外抄』（下三一）に、幼少期、特に一三、四歳の頃に小鷹狩を好んだことが述べられる。一話【語釈】参照。

小鷹狩　秋に小型の鷹を用いて行う鷹狩。鶉・雲雀などの小鳥を獲る。

大殿　藤原師実。長久三年（一〇四二）～康和三年（一一〇一）。忠実の祖父にして養父。一一話【語釈】参照。

萩の狩衣　萩がさねの色目の狩衣。経青、緯蘇芳の表で、浦は青色。『物具装束抄』「一布衣事」に「面薄紫。裏青。自二六月一至二八九月一着レ之」と説明がある。「七月七日よりきがへする。はぎ、うすいろにあをたて、したにあをきかさね」（満佐須計装束抄・三）。

女郎花　かさねの色目。経青、緯が黄色、裏は青で秋に着る。「をみなべしきなるにあをたて、したにあをきかさね」（満佐須計装束抄・三）。『物具装束抄』「衣色」にも「経青。緯黄。裏青。或裏不レ付レ之。七八月着レ之」とある。

生衣　すずし（生絹）の織物のこと。また、生糸の織物で仕立てた衣。『前田本色葉字類抄』（下）に「生衣

〈ス、シノキヌ〉」とある。

疲駄　くたびれた様子の駄馬か。典拠とされる『富家語』（三六）は「駄馬」。『沙石集』（梵舜本・一〇本ノ八）「サテハ覚遍ナムドガ公請勤メ候ワンハ、トザマナル疲駄ナムドニ乗テ、檜笠キテ出仕モスベキヤ」。

大鷹狩　鷹の雌を使って冬に行う狩り。鶴・雁・鴨等の大型の鳥や小動物を捕らえる。

括水干　括り模様の水干。『古事談』（二ノ四五）にも、「常は小鳥括の水干、無文の袴、紅の衣を着て」などとある。

末濃袴　上の方を薄く、裾の方を次第に濃く染めた袴。

右近馬場　右近衛府の馬場。平安京右京一条西大宮の北西。右近衛府の舎人が五月四日と六日に騎馬騎射をする引折（ひおり）の儀が行われる。『伊勢物語』（九九）、住吉本『年中行事絵巻』。

【余説】　『富家語』（三六・四二）を典拠とする一話。「右近馬場」以下、『富家語』（四二）では忠実の言であるが、『古事談』・『古事談抄』は、大殿（師実）の話を忠実が聞いたものとし、さらに、『富家語』（四二）の「かくのごとき下臈の袴をば着すといえども、水干をば召し上げず」という部分を省き、袴の問題だけに絞って叙述する。また、『古事談抄』では、本話から二一話まで忠実関連の話が連続する。大曾根章介氏の「流布本以上に主人公を同じくする説話を一まとめにしようとした意図が窺える」（【参考文献】①）と指摘する部分である。

本話は『古事談抄』五二話、五三話（一二ウ〜一三オ）にかけて重出し、そこでは「大鷹狩ニコソ」から改行して、別話として扱っており、類話（出典か）の形態に近いといえる。重出する本文では冒頭部右肩に斜線を付す。また、上欄に「在端」（五三話）、「端ニアリ」（五四・五五話）と記しており、前記大曾根氏の指摘するように、『古事談抄』の配話配列等を検討する際の重要な鍵といえよう。

【同話・類話】

『富家語』（三六・四二）、『基成朝臣鷹狩記』、『嵯峨野物語』

【参考文献】

①大曾根章介氏『日本霊異記・古事談抄』（日本古典文学影印叢刊解説、一九七八年、貴重本刊行会）

［山部和喜］

第一一三話（二一五／二ノ一六・新大系二ノ一五）

「忠実、朔日の御精進を鳥羽院に奏する事」

知足院殿、鳥羽院に申さしめ給ひて云はく、「御寿命の事を思し食(め)さば、毎月朔日に御精進有るべし。是一条大臣の説なり」と云々。後日或る人云はく、「此の事本説に相叶ふか。朔日は吉事を奏し、凶事を奏せざるの由、太政官式に見えたり。加之(しかのみならず)、夏殷周の礼、神を祭るの法は月朔を以て詮と為す」と云々。

（五ウ）

○知足院殿令申鳥羽院給云思食御寿命事者毎
月朔日可有御精進是一条大臣[1]説也云々後日[2]
或人云此事相叶本説歟朔日奏吉事[3]不奏凶事
之由見太政官式加之夏[4]殷周[5]之礼祭神之法以
月朔為詮[6]云々[7]

【校異】『古事談抄』五五話にも重出する。重出話との校異は（古事談抄）として諸本の最後にのせた。文頭に○印あり。略本の紅葉山本・宮城本は「加之殷」までを記す。錯簡本の色川本は「周之礼」以下を「古事談拾遺」の「王道后宮」の項に収め、東山本・河野本・天理本は「周之礼」以下を巻一「王道后宮」の末尾に収める。　**1大臣…左大臣**　全本　**2後日…彼日**　全本　**3吉事…言事**　静嘉　**4夏…（ナシ）**　全本　**5周**　東山・河野・天理本は巻一の巻末に、「周之礼」以下～二六話までを錯簡して載せる。色川本は、この部分を「古事談拾遺」に載せる。**6詮…最**　全本　**7云々…（ナシ）**（古事談抄）

【口語訳】 知足院殿が鳥羽院に申し上げなさったことには、「長生きなさることをお考えであれば、毎月の一日に御精進をなさるのがよいでしょう。これは一条大臣の説です」とかいう。後日に、ある人が言うことには、「知足院殿のおっしゃることは、故実に叶っていることであるか。一日は吉事を申し上げて、凶事は奏上しないことが太政官式にも記されている。それだけでなく、夏・殷・周の祭義や祭法を行う時は、月の第一日を最も重要な日としている」とかいうことだ。

知足院殿 藤原忠実。承暦二年（一〇七八）～応保二年（一一六二）。一話【語釈】参照。本話の出典とされる『中外抄』（下三六）には、「久安六年（一一五〇）十二月廿日」のことと記されている。忠実は七三歳。

鳥羽院 堀河天皇の第一皇子。康和五年（一一〇三）～保元元年（一一五六）。この時四八歳（【余説】参照）。

御寿命の事 長生きすること。

毎月朔日に御精進 「精進」は、無肉の菜食をし、看経・写経などをして仏道に心を寄せることをいう。

一条大臣 諸本全て「一条左大臣」とする。『中外抄』（下三六）は「一条殿」であり、「一条殿」は藤原全子のこと。全子は藤原忠実母であり、『中外抄』談話時から約一月前の久安六年（一一五〇）一一月五日に九一歳で亡くなっている。『古事談抄』の「一条大臣」、『古事談』諸本の「一条左大臣」ともに誤りであろう。因みに「一条左大臣」は源雅信（九二〇～九九三）で、静嘉堂松井五冊本などは、「一条左大臣」に「雅信」の傍書がある。

後日 諸本「彼日」。「〈彼の日〉は、朔日を指し、以下はその注釈」（新大系）。「後日」は、忠実が鳥羽院に忠告した後、「或る人」がその説の正しさを裏付けた、と考えられる。

本説 故実にあう信頼すべき情報。典拠。『日葡辞書』には「Fonjet 本の説〈真実の学説・教義。また、真実の情報〉」とある。

太政官式 『延喜式』（太政官式）には「御本命日〈中宮東宮亦同〉及朔日・重日・復日亦不レ申二凶事一」とする。

加之　「加之同〈シカノミナラズ〉」（名義抄・僧上八四）、「加之〈シカノミナラス〉」（前田本色葉字類抄・下）。

夏殷周の礼　「夏殷周」は、夏・殷・周の三王朝。三代とも。中国古代の聖代とされる。「礼」は、神を敬い祭ること。また、そのために供え物をすること。「夏殷周」の「礼」については、『礼記』「祭義」（二四）に言及がある。例えば、「郊祭」の行われる時間帯について、「夏后氏祭二其闇一、殷人祭二其陽一、周人祭日以レ朝及レ闇」とするなど、「夏殷周」を一つのまとまりとして示すものが散見される。また、『古事談』諸本では全て「殷周」となり、「夏」がない。但し、『古事談抄』は『中外抄』（下三六）と同様「夏殷周」としていることから、『古事談抄』が古態に近い本文を持つとの指摘がある（【参考文献】①）。

神を祭るの法　内閣元老院本や大東急飯田城主本などに「祭レ神」とすることから、「神を祭る」と訓読した。『礼記』などに記される「祭法」のことで、諸々の神を祭ること。

月朔　『周礼』によれば、諸侯は天子から与えられた制令を祖廟に蔵し、毎月一日に犢羊を供えて祭り、廟より受け出して施行したという。「毎月ついたちごとに、泰山府君をぞ祭られける」（平家・知章最期）。

詮　諸本全て「最」。「詮」は、最も重要なところ、の意。『古事談抄』の方が文意は通じやすい。「このたびの撰集のわがうたにはこれ詮なりと、たび〳〵自讃し申されけるとき、侍き」（後鳥羽院御口伝）。『名義抄』（法上五五）には「詮〈ツフサニ、アキラカナリ、アラハス、マタシ〉」ともある。

【余説】　『中外抄』が『古事談』の典拠資料であることは周知であり、本話も『中外抄』（下三六）をもとに抄出された話と考えて良い。『中外抄』では、忠実が鳥羽院に「朔日に精進」を奏上する前に、中原師元に本説に叶うかどうかを尋ねる、という構成になっている。師元の存在を消して抄出された『古事談（抄）』は、より「故実・有職によく通じた忠実像を描」（新大系）いていると言える。『中外抄』には、他にも「朔日に精進」を提唱した一条殿（全子）の逸話が幾つか見られるが、【語釈】でも示したように、彼女が九一歳という長命を全うしたことから、その長寿にちなんでの話が伝えられている（上五六・下五八話）。特に「下五八」話では、忠実は「寿に代へて人を祈ると云ふは、我が食物をもって云ふなり。故准后（全子）の仰せなり」と述べており、「よりて、我は年来我が飯の料を相ひ折き」て、「院を祈り奉る」とある。自分の食べ物を少なくして、鳥羽院の長寿を願うという話で、本話との類似性が窺える。

そもそも、本話が『中外抄』が伝えるように、久安六年（一一五〇）のことであるとすれば、鳥羽院は四八歳、一方で院の長寿を案じる忠実の年齢は七三歳であり、多少の不自然さを感じる。しかも、同じ久安六年一二月一三日には、忠実の子頼長が「紺紙金字寿命経」を「法皇寿命増長」の為に書写したとあり（台記）、同年八月三日には忠実も「法皇息災延命」の為、「延命木像一百一躰」を供養したとある（台記）。更に『本朝世紀』によれば、七月八日には「今日一院（鳥羽）於二法勝寺一被レ供二養三尺延命菩薩木像八百廿躰一」とあり、院自らもこの年に「延命」の祈願を行っているのである。

このように、院に対する延命祈願がこの年に集中してなされた理由は、久安六年が「御慎年」（本朝世紀）とされる年であったからであろう。それだけではなく、『今鏡』（二・白河花宴）にも鳥羽院は、「例ならぬ御心地、久しくならせ給ひて、世など心細くおぼし召しけるにや」と記されている。院は保元五年（一一五六）年に亡くなるが、「久安元年末ごろから、断続的に（病の）古記録類に記事があり」、「仁平三年（一一五三）九月ごろから、その記事が頻繁になってくる」との指摘がある（今鏡全訳注、竹鼻績）。『今鏡全訳注』には、仁平三年（一一五三）からの記事がまとめられているが、ここでは久安六年の一〇月以降の記録を挙げる。

一〇月二五日　一院八幡御幸延引。依二御咳気一也。（本朝世紀）（台記）

一一月二日　依二御悩未一レ平、（台記）

一一月三日　依₂御悩₁春日詣延引由（台記）

一一月五日　全子薨。

一一月二八日　今日一院無₂御幸₁。依₂御咳₁也。（本朝世紀）

一二月一日　一院依₂御咳事₁不₂臨幸₁。（本朝世紀）

このように、久安六年という年は、院は「御慎年」であり、また、一〇月以降は「咳」の病に悩まされた年でもあった。こういった年に、九一歳で亡くなった自分の母の説を、鳥羽院に奏上し、自らも、また子頼長にも延命祈願をさせた忠実は『古事談』巻二の「臣節」で語られるに相応しい廷臣であったのだろう。

【同話・類話】

『中外抄』（下三六）

【参考文献】

①伊東玉美「日本古典文学影印叢刊所収『古事談抄』について」（「共立女子短期大学文科紀要」第四六号、二〇〇三年一月）

［松本麻子］

第一四話（新大系　古事談逸文）

「忠実、顕雅に感ずる事」

知足院殿、宇治に御坐(おは)しますの時、深雪の朝、「今朝最前に来臨するの人を実の志と知るべし」と待たしめ給ふの間、橋の上に雨皮を掩(おほ)ふ車みえけり。人を遣りて見しめ給ふに、楊梅(やまもも)大納言（六条右府息）顕雅卿なり。参入の後、御対面以前、早旦にて、「朝膳は」とて、便所に於いて饌(せん)を客に勧められ、之を御覧ぜしむるに、箸を立て盃を取り酒を受けて三度飲み了(をは)り、箸を抜きて押し遣らると云々。殿下仰せて云はく、「いみじき物食ひの上手なり」と頻(しき)りに感ぜしめ給ふと云々。

（五ウ）
○知足院殿御坐宇治之時深雪朝今朝最前来 12
臨之人ヲ実ノ志ト可知ト令待給之間橋上ニ雨皮ヲ 13
（六オ）
掩フ車ミエケリ遣人令見給楊梅大納言六条右府 1
息顕惟卿也参入之後御對面以前早旦ニテ 2
朝膳ハトテ於便所被勧饌客令御覧之立 3
箸取盃受酒三度飲了抜箸被押遣云々 4
殿下仰云イミシキ物食上手也ト頻令感給云々 5

【校異】 文頭に○印あり。本話は『古事談抄』のみに載る。

【口語訳】 知足院殿（忠実）が宇治においでになった時、雪が深く降り積もった朝、「今朝、最も早く我が家を訪ねる人が、本当に私のことを思ってくれている人だとわかるだろう」とお待ちになると、宇治橋の上に雨皮を覆った牛車が（通るのが）目に入った。人を送って見させなさると、楊梅大納言・顕雅卿である。忠実邸に入って後、お会いになる前に、早朝のことであって、「朝食は（どうされました）」と、しかるべき所で顕雅卿に食事をお勧めになり、その様子をご覧になると、顕雅卿は（飯の上に）箸を立て、盃を取って酒をついでもらい、三回飲み終わり、箸を抜いて膳を押し返されたとか。忠実は「よく食事の作法を心得た人だ」とおっしゃられ、しきりに感心なさったとか。

知足院殿　藤原忠実。承暦二年（一〇七八）～応保二年（一一六二）。一話【語釈】参照。

宇治に御坐しますの時　忠実は保安元年（一一二〇）、白河院によって関白を辞職に追い込まれて以降、宇治に籠居せざるを得なかったが、「政界復帰後もおおむね宇治に居住しており、必要に応じて上洛する生活を送っていた」（【参考文献】①）。『古事談』には忠実が「宇治に御座しますの時」という状況設定が二例（二ノ六六、六ノ七〇）存在するが、二ノ六六は孫の兼長（保延四年〈一一三八〉～保元三年〈一一五八〉）が登場するため、政界復帰後の逸話である。六ノ七〇は年次不明だが、特に宇治蟄居が意識された筆致ではない。『古事談』は忠実宇治在住をその政治的逼塞と関わらせて描いておらず、本話も忠実政界復帰後、もう一人の登場人物・源顕雅の没する保延二年（一一三六）一〇月一三日以前の逸話と把握されたと考えてよかろう。

実の志と知るべし　未舗装の道は雨や雪が降ると、ぬかるんで通行が妨げられ、また、ぬかるまずとも、積雪はそれだけで通行の障害となる。このような時、牛車は車輪がぬかるみに取られたり、すべるなど、特に通行に難渋したことが想像される。交通事情が大きく制約される中、あえて訪ねて来るとは、それだけ訪ねる相手への情誼・厚誼が深い人間であることを示唆しよう。それ故に、「深雪の朝」、最初に訪ねて来る人間は忠実に対して「実の志」を持つ者だと判断されるのである。物語に、悪天候の中、女を訪ねる男を誠意ある存在として描くのも同趣の発想に基づく。『源氏物語』（椎本）には、大雪の中、新年の挨拶に訪れた薫の、「雪もいとところせきに、よろしき人だに見えずなりたるを、なのめならぬけはひして軽らかにものしたまへる心ばへ」を、大君は「浅うはあらず思ひ知られ」たとある。「浅うはあらず思ひしられ」る薫の「心ばへ」こそ忠実の言う「実の志」である。そして、「いとところせき」雪の中、薫が訪ねた先は、他でもない宇治の地だった。『中右記』の記主・藤原宗忠はしばしば都と宇治を往還しているが、「今朝参二宇治一、巳時出洛、午時参二着一条殿一」（中右記・長承元年〈一一〇四〉一〇月一四日）の如く、特に悪条件がなければ、都と宇治は片道、約二、三時間であった。これに風雨、或いは雪が伴うと、「時々小雨、風頗吹。午時許出二宇治一。申時還二着中御門亭一」（中右記・長承元年〈一一〇四〉一〇月一七日）、「未明出二宇治一、巳時許来二着中御門亭一。風吹雪飛、□□積道路」（中右記・長承元年〈一一〇四〉一二月五日）と、その所要時間は一・五倍から二倍に増大し、道のほどが窺われる。

橋の上　「橋」は宇治川にかかる宇治橋。都から宇治に入る玄関口に当たる。

雨皮　降雨の時に、輦または牛車の箱を覆う雨具。浅葱染めの生の平絹で両面に仕立て、下に張莚をかけてから張りわたし、裾につけた緒を轅の雨皮付の鐶に結びつけて留める（有職故実大辞典）。「雨皮、公卿以上車張レ之」（西宮記・一七）。車の主である顕雅は「異能も聞こえ給はざりき。ただ車をぞなべてよりもよくしたためて、牛、雑色きよげにてありき給ひける」（今鏡・七・武蔵野の草）と、見るべき才能はなかったものの、牛車に強いこだわりを持っていた。だが、雨皮は誰しも用いる具で、顕雅の牛車愛好癖と関わるものではない。

楊梅大納言…顕雅卿　底本「顕惟」とするが、「雅」の誤写とみて採らない。源顕雅。承保元年（一〇七四）～保延二年（一一三六）。右大臣・源顕房の六男。母は信濃守・藤原伊綱の女。正二位・権大納言に至る。康和四年（一一〇二）六月、参議に列したが、この顕雅の昇進で当時の現任公卿の半数を源氏が占めることとなり、藤原宗忠に「近代公卿二十四人、源氏之人過半歟。未レ有二如レ此事一歟。但天之令レ然也」（中右記・同年六月二三日）と慨嘆させたのは有名。その後約二〇年間、参議に留め置かれ、保安三年（一一二二）正月二三日に権中納言。長承元年（一一三二）一二月、権大納言に昇るが、この際、当時、内大臣であった宗忠に自らの昇進の至当を訴える書状を送っており、それが『朝野群載』（二）に残る。保延二年一〇月四日、病により出家、同月一三日没。諸芸に不堪で様々な逸話が残る（【余説】参照）。

便所　適当な所。適切な所。具体的には、忠実に対面する前に通した、控えの間を指すのだろう。

饌を客に勧められ　本文「被勧饌客」を、新大系は「饌客を勧めらる」と訓読するが、「饌客」という名詞の用例を確認できなかったため、「酒入二銀銚子一。女房陪膳。次勧二家室一。次勧レ饌」（兵範記・仁平三年〈一一五三〉一一月一九日）、「巳刻於二長野或田屋一勧レ饌」（山槐記・保元三年〈一一五八〉九月二八日）などを参考に、かく訓読し、「忠実は客である顕雅に食事をお勧めになった」と解する。

之を御覧ぜしむるに　「御覧」とあるため、見る行為の主体が忠実であることは動かず、「令」を使役とすると、「誰かが忠実に様子を見させた」と解さざるを得ないが、状況的にそのようには理解し難い。荻窪眞夫氏（【参考文献】②）は、単独で尊敬を表す「令」の用例を挙げる。本話の「令」も尊敬と考え、「令御覧」で「御覧」の敬意を強めたものとして、「忠実がご覧になる」と解した。前掲論文の示す用例に、「令＋御覧」の如き「令＋尊敬語」に合致する例は存在せず、かつ、『小右記』『御堂関白記』『後二条師通記』に存在する数例の「令御覧」は、いずれも「お目にかける」「御覧に入れる」と使役で解釈すれば文意が通じるもので、あえて「令」を尊敬としなければならない、確たる例を見出し得ない。だが、『中外抄』（下二三）に、左大臣・藤原頼長が父・忠実に「天文の奏は、何なる様にして御覧ぜしむるや」と問う一節がある。既に新大系『中外抄』脚注が指摘するように、「天文の奏」は「第一大臣」（新儀式・四）「第一上卿」（西宮記・

一五）の披見を経て、天皇に奏上された。頼長の問いは天皇にお目にかける（天皇ニ御覧ゼシムル）手順を問うものでなく、「第一大臣」「第一上卿」が「天文奏」を見るときの作法を問うものであるため、「令御覧」は父・忠実が「天文奏」を目にする意で解さねばならず、「令」は使役ではなく尊敬であり、本話の同例である。

箸を立て盃を取り…押し遣らる　新大系が既に「はしたてて、さけづかさめして三献、主殿司、酌をとる」（日中行事）を指摘する。如上の一節は殿上における食事の作法である。

物食ひの上手　『富家語』（二一二）に「物食ひわろしと云ふは、これ、食すまじき所にて物を食するを謂ふなり。また、食に取りて物食ひわろきは、これ、かくの如き事を知らずして、見苦しげに食するを謂ふなり」とあるが、「物食上手」は如上に対置される評価。「…上手」には「和琴の上手」（源氏物語・横笛）「催馬楽の上手」（今鏡・六・唐人の遊び）「殺人上手」（御堂関白記・長和六年〈一〇一七〉三月一一日）「掩韻上手」（中右記・嘉保三年〈一〇九六〉四月一八日）など、多数の例がある。

【余説】　大雪の日の来訪者に「実の志」を認めるのは、物語の趣向に多用された如く、当時の人々に共有された考え方であるため――山里のまれの細道雪ふればなほざりならぬ人ぞとひける（江帥集・四四二）――、忠実の振る舞いにあえて典拠を求める必要はないかも知れない。だが、実際に雪をおして客が訪れ、そこで初めて「実の志」を感じるのではなく、逆に「今朝最前に来臨するの人を実の志と知るべし」と前置きして、わざわざ客の訪れを待つのは、何らかの典拠を意識し、それをなぞっての意図的な所為と考えるべきだろう。恐らく忠実の念頭にあったのは「山里は雪ふりつみて道もなし今日こむ人をあはれとは見む」（拾遺集・二五一・平兼盛）と思われる。忠実の住まう宇治は、「宇治といふ所によしある山里持たまへりけるに渡りたまふ」（源氏物語・橋姫）、「宇治のふけどのにてよめる／

山里はこやのえびらにもる月のかげにもまゆのすぢは見えけり」（散木奇歌集・三一八）、「河霧のみやこのたつみふかければそこともみえぬうぢのやま里」（堀河百首・七三八・大江匡房）の如く、「山里」と観念される地であり、まさに忠実は兼盛詠に言う「雪ふりつ」む「山里」の主であった。そして、歌中の「あはれ」は忠実の言う「実の志」に該当する。兼盛詠は勅撰歌であると同時に『新撰朗詠集』にも採られ、『夜の寝覚』（二）に引歌として利用されるなど周知のもので、「歌はさまでも聞こえさせ給はざりし」とされる忠実（今鏡・四・宇治の川瀬）ではあるが、まず知識のうちにあった和歌と判断されるのである。

この兼盛詠は既に『枕草子』（宮に宮にはじめてまゐりたるころ）にそれを踏まえた印象的な場面が存在し（「雪のいと高うはあらで、薄らかに降りたるなどは」の章段にも同歌は引かれる）、定子を訪ねた伊周が「雪のいたく降りはべりつれば、おぼつかなさになむ」と来訪の理由を語ると、定子が「『道もなし』と思ひつるにいかで」と返し、伊周が笑いながら「『あはれと』もや御覧ずるとて」と言葉を交わす。これを目にした清少納言は「物語にいみじう口にまかせて言ひたるに、たがはざめりとおぼゆ」と絶賛するが、忠実も兼盛詠を踏まえ、訪れた客とこのようなやりとりを期待していたのだろう。ところが、ふたを開けてみれば、訪ねてきたのは源顕雅だった。これは忠実のみならず、本話の読者も仰天したはずだ。彼は「非管絃者」（著聞集・二六二）で詩作も叶わず（古事談抄・四二、古事談・二ノ八七）、自詠も現在に伝わらず、あまつさえ、「かぜなどの料にておはしけるにや、ひが事ぞ常にし給ひける」（今鏡・七・武蔵野の草）と、「異能（こと）も聞こえ」ない（今鏡・同）、風流から隔絶した人物だったからである。

忠実（と読者）の期待は、風雅と対極に位置する、無粋極まりない人物の来訪によって無残に裏切られる。さぞや不満が残ったことだろうが、だからといって、追い返すわけにもいかず、忠実は別室に通して朝食を供し、顕雅の食事の作法を窺うと、文句のつけようのない練達した所作で、忠実はひどく感心する。冴えない男が見せた見事な作法、この結末も忠実（と読者）には或る種の裏切りに映じただろう。風雅を共有しようとした忠実の狙いが無粋な顕雅の来訪という意外な結果に終わり、招かれざる無粋の客・顕雅の食事の作法が、うるさがたの忠実を感心させる意外な結果に終わる。すなわち、二つの意外性、二重の裏切りこそ本話を支える興趣の要なのである。

本話は現行本『古事談』に欠ける『古事談抄』独自説話だが、本話について伊東玉美氏は（【参考文献】③）、『古事談』の二ノ一五・二ノ一六周辺か、二ノ六五・二ノ六六のあたりのどちらかに、もともとは存在していた可能性が高いとし、話題の共通性から二ノ六五・二ノ六六周辺に存在したことを想像、東大寺図書館蔵『古事談』の二ノ六五・二ノ六六の間に例外的に一行分の余白が存在することを指摘、同本が「親本を忠実に書写しようとする姿勢が顕著で」あるため、その余白は親本の時点で存在していた可能性が高く、「今は失われた何らかの章段の痕跡」と捉え、本話がかつてその箇所に存在し、「何らかの事情で脱落したことと関わりがあるのではないか」と推測する。

『古事談抄』所収話は本話を除く全てが現行本『古事談』「臣節」に認められるため、本話も「臣節」忠実関連説話群にかつて存在したのはほぼ間違いあるまい。但し、その話柄から推せば、二ノ一四は、藤原頼通のもとで「御料の御おろし」を出された「八幡別当清成」が「手づかみ」に食べ、銚子の酒を飲みつくしたというもので、本話とは貴人のもとで出された食膳における振る舞いでつながり、忠実が鳥羽院に「毎月朔日」の「御精進」を勧めた二ノ一五は忠実と食事という関わりで本話と連なる。また、二ノ六三は宇治殿・藤原頼通の「若気」（男色の相手）であった源長季が酒の上の失態で「御おぼえ」が下がった逸話だが、忠実が顕雅の食事の作法に感心した本話と対照的な内容で、飲食によって人物の評価が動く共通項で結ばれる。二ノ六四は源俊房が婿の忠実を大切にする余り、食膳の「汁物」を「啜り試みて気味調へたるに、飯を潰けて」出すことに忠実が閉口して、祖父・師実に相談した一話で、やはり食膳の話題として本話と関わり、二ノ六五は忠実の孫・兼長が対座の作法を守らず「勘発」されるため、作法にまつわる忠実の対照的な評価という点で本話と連なり得る。以上からは、二ノ一四と二ノ一五、二ノ六三〜二ノ六五の間に本話が位置したとの想定も十分に成り立つのである。『古事談』における説話の連なりが緩やかであることを考慮すれば、本話の該当箇所の可能性は広く見ておいた方がよいだろう。

【同話・類話】

未詳

【参考文献】

①元木泰雄『藤原忠実』（二〇〇〇年、吉川弘文館）
②荻窪眞夫「「令」字による尊敬表現について―『寛平御記』『貞信公記』『小右記』『左経記』に見る―」（「言語と交流」第三号、二〇〇〇年三月）
③伊東玉美「中世の『古事談』読者―日本古典文学影印叢刊所収『古事談抄』の構成と意義―」（「文学」第五巻三号、二〇〇四年五月）

［蔦尾和宏］

第一五話（一六五／二ノ六六・新大系二ノ六五）

「忠実、兼長を勘発の事」

知足院入道殿、宇治に御坐(おは)しますの時、左府の息達、御前に祗候して御物語の間、肥前の前司頼季参り来たりて右大将〔兼長〕の後ろに居す。大将は動かず。而して入道殿勘発(かんぼつ)して仰せられて云はく、「人の来たりて後ろに居すの時、居向はぬ事やは有る」と云々。大将恐々とし、頼季又赭面(しやめん)すと云々。

（六オ）

○知足院入道殿御坐宇治之時[1]左府息達祠候
テ御前御物語之間[2]肥前々司頼季参来居
右大将兼長後大将不動而入道殿勘發被仰云
人ノ来居後之時[3]不居向事ヤハ有云々大将
[4]恐々頼季[5]又赭面云々

【校異】　文頭に○印あり。　**1左府息達…左府之息奉**　全本　**2肥前々司…肥前ニモ[前]司**　内閣　**肥前ニモ司**　東山　**3不居向…不向居**　宮城　**4恐々…恐之**　全本　**5又赭面…又赫面**　静嘉・河野　**大赭面**　学習院　**又赤面**　宮城

【口語訳】　知足院入道殿（忠実）が宇治においでになった時、左府（頼長）の子息達が御前に控えてお話をしていたところ、肥前の前司頼季がやってきて、右大将殿（兼長）の後ろに座った。大将殿は動かなかった。そこで入道殿は叱責して、「人がやってきて後ろに座ったときに、向き合わないことがあるか」とおっしゃったとかいうことだ。大将殿は恐々とし、頼季は赤面したという。

知足院入道殿　藤原忠実。承暦二年（一〇七八）～応保二年（一一六二）。一話【語釈】参照。

宇治に御坐しますの時　保安元年（一一二〇）に忠実は、娘勲子（後の高陽院泰子）の入内問題により白河院の怒りを買い、宇治での籠居を余儀なくされる。その後、大治四年（一一二九）七月七日に白河院が死去したことで状況が一変し（愚管抄・四）、天承二年（一一三二）正月一四日に「内覧如レ元」（公卿補任）の宣旨を受け政界に復帰した。しかし「政界復帰後もおおむね宇治に居住しており、必要に応じて上洛する生活を送っていた」（【参考文献】①）とされる。忠実は保延六年（一一四〇）一〇月二日に宇治平等院で出家したが（百錬抄）、そのような生活は出家後も変わらず、久安六年（一一五〇）に頼長の養女多子の入内・立后に支障が生じた際や、同年九月二六日に摂関譲渡問題の拗れから忠通を義絶した際などには京に上洛した（台記）。その後、保元の乱で頼長が敗北し、南都に逃れるまで忠実は宇治に滞在していた（兵範記・保元元年〈一一五六〉七月一一日）。本話の出来事があった年次は特定し難いが、『台記』及び『兵範記』の現存する記事の中で、兼長が宇治を訪れたことは、久安五年（一一四九）～保元元年（一一五六）までに集中して見られ、この時期の出来事である可能性も考えられよう。

左府の息達　諸本「左府之息奉」。左府は藤原頼長。頼長の息には、源師俊女を母とする兼長、隆長、範長、及び源信雅女を母とする師長などがいる。一九話【語釈】参照。

右大将〔兼長〕　藤原氏。保延四年（一一三八）～保元三年（一一五八）。藤原頼長嫡男、母は源師俊女。久安四年（一一四八）四月二七日に元服、従五位上に叙され、仁平四年（一一五四）八月一八日正二位権中納言兼右大将。保元の乱に際し、父頼長に連座して出雲国に配流となり、保元三年配所で死去。

肥前の前司頼季　源頼季。生没年未詳。源顕房の孫。陸奥守源信雅の男。頼季は、永治二年（一一四二）正月に従五位下に叙された（本朝世紀）。仁平四年（一一五四）一一月八日に肥前守に任ぜられたが、保元二年（一一五七）には橘以政が任ぜられている（国司補任）。

（前田本色葉字類抄・上）。

居向はぬ事やは有る　向き合わないことがあるか、の意。忠実は、相手に敬意を表し、座席を離れ礼をする「動座」をしなかった兼長を叱責したのであろう。

赭面　顔を赤くすること。

このことについて新大系は「肥前守も頼季はその任期を全うせず—つまり保元の乱の渦中にあった人か」と指摘している。『富家語』（一八四）には、忠実が頼季の父信雅・兄成雅と男色関係にあったことを語ったことが見える（【余説】参照）。

勘発　あやまちを咎めること。「勘発〈カムボツ〉」

【余説】　忠実が、孫である藤原兼長に対して叱責した原因は、源頼季がやってきて後ろに座った際に動かなかったこと、つまり、兼長が頼季に対して動座を行わなかったことであると考えられる。動座は、席を離れて相手に対して礼容を示すことで、主に自分より上位の相手に対して行なわれる。しかし、頼季が永治二年（一一四二）に従五位下に叙されて以降官位が変わらなかったと思われるのに対し、兼長は久安四年（一一四八）に元服した際に既に従五位上に叙され、頼季よりも常に上位にいた。つまり、兼長は頼季に対して必ずしも動座を行なう必要はなかったと思われる。それにも関わらず、忠実は兼長の行為に対して叱責しているのである。また、叱責を受けた兼長ではなく頼季が「赭面」したことも聊か不自然に感じられる。

忠実が兼長を叱責した理由として考えられることは、摂関家と頼季の一族との関係にあったと思われる。『富家語』（一八四）には忠実が「故信雅朝臣は面は美くて後は頗る劣れり。男は成雅朝臣なり。成雅は面は劣りて後の厳親に勝るなり。これに因りて甚だ幸ひするなり」と、頼季の父源信雅・兄成雅と男色関係にあったことを語ったことが見える。また、五味文彦氏は成雅が摂関家の知行国である尾張や近江の国司であったことについて「明らかに富裕をもって男色の相手を待遇した所によるのであろう」と指摘している（【参考文献】②）。更に、信雅の女は、兼長の父頼長に嫁し、信雅の一族は摂関家とは姻戚関係にもあった。これらのことからも忠実が男色関係を理由に、信雅一族を優遇していたことが推測され、頼季も、そのような縁で摂関家に近侍していた可能性が高いと考えられる。

忠実の叱責は、自分の寵臣であり、摂関家と姻戚関係にもあった信雅の一族の頼季に対して兼長が礼容を示さなかったためのものであり、頼季は父と兄が忠実の寵臣であるという関係から、身分不相応な優遇を受けているという気まずさを感じて「赭面」したと解釈したい。

このことは、『古事談』の配列位置からも言える。『古事談』で本話は二ノ六五に配置されており、本話を含む二ノ六四～六七までの連続する四話について、田村憲治氏は、「忠実をめぐる作法の話としてまとまりを持つ」と指摘している（【参考文献】③）。本話以外の三話は、二ノ六四には食事の作法、六六と六七には中門の廊での作法に関する話題が並んでおり、これらの話が連続する中に位置している本話を動座の作法に関する話であると解釈することは可能であろう。

また、二ノ六三・六四の二話と本話の間には作法に関する話題とは異なった連関が見られる。まず、六三話は、藤原頼通の若気（男色の相手）であった源長季が酒による失敗で頼通に気に入られなくなった話である。そして、この次に配置された六四話は、源俊房が婿である忠実を大切に思い、食事を出す時に汁物を啜り試みてから出したので忠実はやりきれないと感じていたが、忠実の祖父である師実は感心したという話である。この話は、食事の作法の話とも取れるのであるが、「六三話の次に配置されると、俊房の男色傾向を少し疑ってみた、と読みとれてしまう」（新大系）話でもある。そして、直接的には語られていないが、本話にも頼季の父と兄が忠実と男色の関係あったという背景があり、本話とその前に位置する二話には、意識的に男色を連想させる話題が配置されている可能性があると言える。

このように、本話は『古事談』においては、作法に関わる説話のまとまりの中に位置しているのと同時に、男色を連想させる説話のまとまりの中にも位置していると言え、先に挙げたような解釈も成り立つと考えられるのである。

【同話・類話】

未詳

【参考文献】

①元木泰雄『藤原忠実』（二〇〇〇年、吉川弘文館）
②五味文彦「院政期政治史断章」（『院政期社会の研究』、一九八四年、山川出版）
③田村憲治「藤原忠実と古事談」（『言談と説話の研究』、一九九五年、清文堂出版）
④橋本義彦『藤原頼長』（一九六四年、吉川弘文館）

［船越麻里］

第一六話（一六六／二ノ六七・新大系二ノ六六）

「忠実、師遠に感ずる事」

師遠、摂津守に任じ、知足院入道殿に参り慶賀を申すの時、笏(しゃく)を持たず三度拝し奉る。入道殿、中門の連子(れんじ)より御覧じて仰せられて云はく、「尚ほ師遠なり」と云々〔御感の心なり〕。禅室に入るの時、笏を把(と)らずと云々。此の謂ひか。

（六オ）
11 ○師遠任摂津守参知足院[1]入道[2]殿申慶賀之時
12 不持笏三度奉拝入道殿[3]御覧中門連子被仰

（六ウ）
1 云尚師遠[4]也云々〈御感心[5]也〉入禅室之時不[6]把笏[7]云々
2 此謂歟

【校異】 文頭に○印あり。色川本・紅葉山本・宮城本は前話の続きとして、段落を変えずに記されている。 **1入道…（ナシ）** 宮城　**2殿…（ナシ）** 紅葉山・宮城　**3御覧中門連子…自中門連子介御覧** 大東急・静嘉・内閣・学習院・東山・河野・天理・紅葉山・宮城　**自中門連子合(アハヒ)御覧** 色川　**4也…（ナシ）** 東山　**5也…歟** 静嘉・内閣・学習院　**6把…抱** 大東急・内閣・色川・東山・天理・紅葉山　**抱(持)** 静嘉　**持** 河野・宮城　**7云々…（ナシ）** 東山

【口語訳】 師遠が摂津守に任ぜられた時、知足院入道殿のもとに参上し、任官の慶賀を申し上げる時、笏を持たずに三度拝礼申し上げた。入道殿は中門の連子から御覧になって仰られたことには、「さすがに師遠である」とか。〔師遠の作法に〕感

嘆された心である。禅室に入る時は笏を持たないとかいうことが、その根拠だろうか。

師遠　中原師遠。延久二年（一〇七〇）～大治五年（一一三〇）。大外記師平の息。子に師安・師元・師清ら。大外記、主計頭、図書頭、博士、主殿頭、摂津守、隠岐守などを歴任、正五位上。大江匡房は師遠を「諸道兼学の者か。今の世の尤物なり。能く達することは中古の博士に劣らざるか」（江談抄・二ノ一九）などと評している。著作に日記『鯨珠記』、『師遠年中行事』、『随見聞抄』がある。

摂津守に任じ　師遠が摂津守に任ぜられたのは、永久五年（一一一七）正月一九日（外記補任）、四八歳。保安二年（一一二一）正月一九日に見任（除目大成抄）。

知足院入道殿　藤原忠実。承暦二年（一〇七八）～応保二年（一一六二）。師遠が摂津守に任ぜられた永久五年正月当時、関白従一位、四〇歳。なお出家は保延六年（一一四〇）で、師遠他界の後である。一話【語釈】参照。

慶賀を申す　任官の御礼のため天皇もしくは貴顕の許に参上すること。例えば蔵人に任ぜられた場合「申二慶賀一所々　母后　当時后宮〈執政人一所〉別当大臣云々、〈此外随二其志一作、〉詣二後日両貫首御許一」（侍中群要・一）と見える。なお受領赴任前には、天皇や貴顕の許に「罷申」に参上する（北山抄・一〇）。忠実の日記『殿暦』にも、除目の後、「申二慶賀一人々」が来た記事は頻見されるが、師遠がやって来た記事は見いだせない。しかし『地下家伝』によれば、師遠は、師通家文殿に候し、忠実家政所別当、そして忠通家政所別当を勤めている。『侍中群要』にあったように「志に随って」挨拶先は決まっていたのであれば、忠実の許に実際に参上した可能性は高いだろう。

笏　正装の際には原則として必ず持つ細長い板。『富家語』にも笏の品質や取り扱いに関する話が数多く見える（三〇・三四他）。

三度拝し奉る　当時、人を拝する時には二度、仏を拝する時には三度礼拝するのが原則だった。例えば『中外抄』（下二二）では、盂蘭盆の際、瓫（ほとぎ）に二拝するのか三拝するのかが忠実と頼長との間で論じられ、忠実は「もし陵を拝するに准（なづら）ふれば、再拝両段なり。もし三宝を拝するに准ふれば、三度なり。この条、如何」と師元に尋ね、師元は「仰せの旨、両方已にその謂はれあり。但し、陵を拝すべくんば、先づかの陵の方に向かひて拝すべし。瓫に召し向かはしめての拝は、これ三宝の礼に准ふべし。また、二度して何事かあらむや。盂蘭瓫は親のためなり。人を拝するは二度なり。よりて、何事かあらむや」と答えている。

中門の連子より御覧じて　連子は格子のついた窓で、寺院・宮殿・寝殿造の中門の廊などに使われる。諸本が皆、中門連子の「介（はざま）」あるいは「合（あはひ）」より、と具体的であるのに対し、『古事談抄』は略記している。『古事談』から採話したと思われる『東斎随筆』（礼儀類・六六）は「中門ノ連子ヨリ御覧有テ」とする。連子から外を覗く光景は、例えば『大鏡』（頼忠）に、「おほきおほいどの（頼忠）いとやすからず思せども、いかがはせさせたまはむ。なほいかやうにてかとゆかしく思して、中門の北の廊の連子よりのぞかせたまへば」とある。

禅室　坐禅をする部屋、仏道修行をする部屋、あるいは出家者を敬っていう。例えば『小右記』に頻出する「禅室」は多く藤原道長を指す。ところで、先述したように、忠実が出家して「禅室」となったのは師遠死後の保延六年（一一四〇）で、新大系は、師遠が摂津守に任ぜられた翌日および翌々日に忠実が「春日社に供養する般若心経書写や造仏に専念している、その仏事専念の室をいうか」と考察する。少し言葉を補うと、「笏なしの三礼」で連想されるのは、確かに『古事談』『古事談抄』のいうように「禅室・寺に入る」「仏を拝する」といった場合と考えられ、管見の限り、それ以外のケースは未詳である。師遠の所作に忠実が感心したとすると、当時の忠実あるいはその邸を、仏者あるいは寺に準ずるものと見なして拝した師遠の判断を是としたものと考えられ、新大系のような推定が必要となる（【余説】参照）。

笏を把らず　例えば「装束拾葉抄、可二覚悟一条々云、剱笏事、寺院之礼必撤レ之、但御願寺供養、准二御斎会一之時、雖二寺内一不レ撤レ之、無二此宣下一、必撤レ之也」（装束集成・三）とあるように、剱や笏は寺院での拝礼では外し、御願寺供養や御斎会に準ずる時などは、寺内でも外さない、そうでない限りは持たないのが原則だった。師遠は忠実の居処を寺内と見立てた作法をしたと考えられる。

【余説】 忠実が兼長を叱責したという前話一五話と対照的な逸話。『古事談抄』独自記事である一四話から本話にかけて、忠実が、顕雅に感じ、兼長を叱責し、師遠に感じた逸話が並んでいる。

師遠の作法を考えるに際し、例えば『作法故実』の次のような記事が参考になる。

> 舞踏事（略）一説云、知世之院并国母之外不二舞踏一。其外於二院宮并人臣一者二拝也。於レ神者両段再拝。〈再拝之間申二所願一歟。〉於レ仏者三礼也。昔、法皇御所奏慶人等不レ帯二剱笏一三礼也。寛平法皇・円融院・一条院等類如レ此。延喜帝朝二覲宇多法皇一之時、如二尋常法一。法皇曰、我受二盧那形一学二三耶法一。准二仏躰一、置レ笏叉レ手可二三礼一。其後朝覲如レ此。白河院始而雖レ為二法皇一、行二治世事一、人々帯二剱笏一、拝踏如レ常。然而猶俊明卿置レ笏三礼云々。

天皇以外では治天の君・国母以外には舞踏は行わず、他の院宮や臣下に対しては二拝する。神に対しては二回再拝を行う。仏に対しては三礼する。昔は、法皇御所に慶賀申しに参上した時には、剱笏を帯びずに三礼した（宇多・円融・一条院に対してがその例）。醍醐天皇が宇多法皇の許に朝覲した際も、通例に倣ったところ、宇多法皇が「私は仏者なので、笏を置き、手を合わせて三礼すべきだ」と仰ったので、その後の朝覲行幸ではその作法に倣っているのである。白河院は法皇でいらしたが、治天の君だったので、人々は剱笏を帯び通例通り拝舞した。しかし源俊明卿は笏を置いて三礼した。

これによると、拝を行う場合、普通は二拝だが、神仏に対しては別で、法皇には仏に対する時に准じて三礼する。また、寺の中には剱笏を帯びないので、宇多法皇は自らに対して剱笏なしの三礼にせよ、と言われた。他方白河院に対しては、法皇でいらしたが、治天の君だったので、剱笏を帯び拝舞した。しかし源俊明だけは仏者に対する扱いで、笏も置いて三礼した。

俊明の行動は、治天の君であることよりも法皇であることを優先すべきだとの判断からだと思われ、本話の設定をずらしたような逸話である。

拝の仕方をめぐるこれら一連の資料の記述から考えると、『古事談』『古事談抄』の附言通り、師遠は、忠実に対して仏（者）を拝する故実を用い、忠実は、その判断に感心した、の意であろうと思われる。忠実が「入道」してからの逸話であれば、即座に了解できる話だが、当時忠実が在俗であったという史実に照らすと、新大系のいうように、忠実が臨時に仏事に携わっている時期だったからなのか、と考えねばならない。文末の「此の謂ひか」のくだりには、単なる婉曲表現ではなく、師遠任摂津守当時忠実はまだ在俗であり、その忠実に対してなぜ仏寺に対する作法をしたのか、という、細かい知識を伴った疑問が滲んでいる可能性が高い。

［伊東玉美］

【同話・類話】

『東斎随筆』（礼儀類・六六）

第一七話（一一七／二ノ一八・新大系二ノ一七）

「忠実、急速の召しの時、衣装夏冬を論ずべからざる事を師元に告ぐる事」

師元、知足院入道殿の御前に参るの時、言上して云はく、「陰陽師道（言）、四月二日に冬の束帯を著するの由、承り置き候ふは如何」。仰せて云はく、「急速の召し有るの時、衣裳は夏冬を論ずべからざるなり。御堂の御不例の時、十月一日、宇治殿は夏直衣のなえらかなるにて参らしめ給ふ。二条殿は冬直衣にて参らしめ給ひたりければ、『不例の人の傍にかくてみゆる白物（しれもの）やある』と仰せられけり。件の例を以て、我も堀川院不例に御坐（おはしま）すの時、四月一日、冬直衣にて参入す。故院もともかくも仰せず。又、他人も云ふ事無し。我が前駈などぞあやしげに思ひたりし。又御堂は四月一日の白重（しらかさね）を置かしめ給ひて、極熱の時には取り出だして著せしめ給ひけり。凡そ白かさねは、老者と思ふ時に著するなり。又上袴・冠なども有文（うもん）なり」と云々。

（六ウ）
○師[1]元参知足院入道[2]殿御前之時言上云[3]陰陽師道
四月二日著冬束帯之由承置候[4]如何仰云有急
速召之時衣裳不可論夏冬也[5]御堂御不例之
時十月一日宇治殿[6]ハ夏直衣ノナエラカナルニテ
令参給フ二条殿ハ冬直衣ニテ[7]令参給タリ
ケレハ不例ノ人ノ傍ニカクテミユル白物ヤアルト
被仰ケリ以件例[8]我モ堀川院不例御坐之時
四月一日冬直衣ニテ[9]参入ス故院モトモカクモ不[10]
仰又他人モ無云事我前駈[11]ナトソアヤシケニ
思タリシ又御堂ハ四月一日白重ヲ令置給テ極
（七オ）

熱之時ニハ取出テ令著給ケリ凡白カサネハ[12]老者ト　1　思[13]時著也又上袴冠ナトモ[14]有文也云々　2

【校異】　文頭に○印あり。略本の紅葉山本・宮城本は本話を欠く。錯簡本の色川本は「古事談拾遺」の「王道后宮」の項に収め、東山本・河野本・天理本は巻一「王道后宮」の末尾に収める。　**1師元…師光**　大東急　**2入道殿御前之時…入道御前之時**　内閣・学習院（「殿」と傍書）　**3陰陽師道…陰陽師道言**　大東急・色川・東山・河野　**陰陽師（加茂道平男）道言**　静嘉　**陰陽師（加茂道平男）道言**　内閣・学習院・天理　**4如何仰云…如仰云**　内閣・色川（如と仰の下に補入記号あり。それぞれ「何」「答」と傍書）・東山　**如何答仰云**　学習院　**5御堂御不例之時…御堂ノ不例ニ御坐シケル**　全本　**6夏直衣ノナエラカナルニテ令参給フ…夏直衣ノナヘタルニテ令参給ケリ**　全本　**7参…参入**　全本　**8不例御坐之時…不例ニ御坐セシ時**　全本　**9参入ス…参入シタリシカトモ**　大東急・静嘉・内閣・東山・河野・天理　**参入シタリシカモ**　学習院　色川（タの下に補入記号あり。「シ」と傍書）　**10不仰…不被仰**　全本　**11アヤシケニ…奔（奇）気ニ**　大東急　**12老者ト…老者ノト**　大東急・内閣・色川・東山・河野・天理　**老者ソト**　静嘉　**老者ナト**　学習院　**13著也…着也件時ハ只綾ヲ白クテ着也**　全本　**14有文也云々…有文也ニツト云々**　学習院

【口語訳】　師元が知足院入道殿の御前に参上したとき、申し上げることには「陰陽師の道（言）が、四月二日に冬の束帯を着たと、いう話を（先日）承りましたがどう評価すべき話なのでしょうか」と申し上げた。仰せられることには「急な召しがある時には、衣裳の夏冬を論ずるべきではない（ということなのだ）。御堂がご病気でいらした一〇月一日に、宇治殿は夏の直衣の萎えたもので参上なさった。二条殿は冬直衣で参上なさったので、『病気の人のそばにこのような装束で来る愚か者があるか』と仰せられた。この例に従って、私も堀河院がご病気でいらっしゃった時、四月一日に冬直衣で参入したが、故白河院も何も仰しゃらなかった。また、他の人も何も言わなかった。私の前駆などは奇異に思っていた。また、御堂は四

月一日に着た白重をとって置かれて、暑い盛りにはとり出して着ていらした。そもそも白重は、老者が老者だと自覚した時に着るものである。またその時の上袴・冠なども有文である」とかいうことだった。

師元　中原師元。天仁二年（一一〇九）～安元元年（一一七五）。父は、前話一六話にも登場した大外記中原師遠、母は散位惟宗経定女。兄弟に師安、師清ら、子に師尚、清定ら。天永二年（一一一九）一一歳で元服して音博士に任ぜられ、大外記、博士、掃部頭、穀倉院別当、但馬権守、越前権守、出羽守などを歴任、正四位上に至った。兄師安の嫡男師長（改名後師業）が早世したため、家嫡となった。『師元年中行事』『雑例抄』『口遊抄』などの著作がある。『中外抄』は、藤原忠実の保延三年（一一三七）から仁平四年（一一五四）にかけての談話を師元が記したものと考えられる。本話の原拠は『中外抄』（上五三）で、康治二年（一一四三）五月七日に語られた。

知足院入道殿　藤原忠実。承暦二年（一〇七八）～応保二年（一一六二）。保延六年（一一四〇）に出家し、康治二年当時、六六歳。一話【語釈】参照。

道言　『古事談抄』「道」、『古事談』諸本は「道言」。賀茂道言は生没年未詳、天仁元年（一一〇八）一〇月まで生存、永久二年（一一一四）四月一二日には既に「故道言朝臣」（中右記）。父は陰陽頭賀茂道平。陰陽頭、主計頭、正四位下。中原師遠とほぼ同時代人で、『殿暦』『後二条師通記』に、忠実や師通とのやりとりが頻出する。道言は、『中外抄』の談話が繰り広げられた康治二年より約三〇年前に没している。

四月二日　朝服である束帯の更衣をする翌日。「更衣の事は、公卿は四月一日必ず衣を更ふ。但し、若き人は指貫許りは着し改めざる事もあるなり。しかれども、大略は着し改むべきなり」（富家語・二一五）。また更衣の日には調度類も交換した。「四月ついたち、御衣がへなれば、所々御しやうぞくあらたむ。御殿御帳のかたびら、おもてすゞしにごふんにて絵をかくべし」（建武年中行事）。ただし、四月一日に更衣をした後、

「そくたいは四月一日よりなつのをきれども、いくはんは五ゐも六ゐもごけいのほどなどまでは冬のをきるなり。ふゆのうへのきぬをきるべし。さしぬきもなつのさしぬきはごけいのころよりきるなり。きぬは一日よりひとへがさねをきて、すずしのひとへなり」（雅亮装束抄）。

承り置き候ふは如何　かねて（途中まで）お聞きしておりました件は（詳しくは）どのような逸話なのでしょうか、の意。本話でも、原拠である『中外抄』にも、出来事自体に関する具体的記述はない。以前忠実がこの時の逸話を師元に語ってあり、その評価（道言のふるまいが無礼だったということなのか、よい判断だったととるべきなのかなど）を師元は忠実にあらためて確かめているものと考えられる（【余説】参照）。

急速の召し　四月二日であるにも関わらず冬束帯で馳せ参じるべき急な召喚が、いつの、何であったかは未詳。次に来る話題が「御堂の不例」だからといって、道言が参上した理由を病気見舞いに絞ることはできないだろう。両話に共通するのは「病気見舞い」ではなく「更衣の後でも衣装にかまうべきでないケース」と考えられるからである。

御堂　藤原道長。康保三年（九六六）～万寿四年（一〇二七）。五話【語釈】参照。忠実（知足院入道）の四代前の祖。

御不例の時、十月一日　不例は（貴人の）病気のこと。不予。万寿四年（一〇二七）のことか。「禅閤御病危急」（小右記・一〇月五日）。道長はその二ヶ月後の十二月四日に亡くなる。

宇治殿　藤原頼通。正暦三年（九九二）～承保元年（一〇七四）。万寿四年の出来事であれば当時従一位関白左大臣、三六歳。八話【語釈】参照。

夏直衣　「直衣」は平常の服。「夏直衣、夏文三重襷、謂二織薄物一、色弱年人二藍、随二成人一厚縹薄縹後如レ白」（装束集成）。

なえらか　『中外抄』（上五三）「なえたる」、『古事談』諸本「なへたる」。糊気が弱くしなやかな様。「九条殿は御長高かに御坐しければ、御装束なえらかにて御す。小野宮殿は長低きに御しければ、物をばこはく着せらる」（富家語・一五三）。

二条殿　頼通の同母弟藤原教通。長徳二年（九九六）〜承保二年（一〇七五）。万寿四年の出来事であれば当時正二位内大臣左大将、三二歳。

冬直衣　「直衣　聴二禁色一之人、夏大文薄物。冬浮線綾。不レ然之人、夏縠、冬志々羅綾。宿老之人裏白、壮年薄色裏」（餝抄）。

白物　愚か者。「さる白物をば追放すべし」（古事談・一ノ八二）。教通に向かってこのように注意した理由を、新大系は「危篤の人に、時の移りを思わせない意か」とするが、病人に随分長い間床についているのだ、と感じさせないようにすべきだというよりは、具合が悪いとの急な知らせに驚いて、取るものも取り敢えず馳せ参じた、という姿で見舞いに来るべきだ、の意味だろう（【余説】参照）。なお、この言葉を発した人物は父道長だとも、兄頼通だとも考えられる。

堀川院　堀河天皇。承暦三年（一〇七九）〜嘉承二年（一一〇七）。応徳三年（一〇八六）即位。嘉承二年七月一九日、譲位せぬまま崩御した。在位中、忠実は寛治六年（一〇九二）に中納言、承徳元年（一〇九七）に権大納言、康和二年（一一〇〇）に右大臣に任ぜられている。

不例に御坐の時、四月一日　いつの年のことか未詳。例えば『讃岐典侍日記』では、堀河院の死に至る病のはじまりを「六月二十日のことぞかし」としている。

故院　白河院。天喜元年（一〇五三）〜大治四年（一一二九）。堀河天皇の父。

四月一日の白かさねを置かしめ給ひて　四月一日に着た白重を置いておいて、の意。『富家語』（二六九）にも「白重の事、御堂は四月朔に着せしめ給ひし白重を畳みて置きて、六、七月許りの極熱の比に着せしめ給ひて陣の座などに御坐しけり。冷気にて優美なりと云々」と見える。例えば『餝抄』は、下襲（束帯の袍の下に着る衣）の重ねの色目の名の一つとして「白重」を立項し、宿老でない人が更衣の日以外に着すべきでないとの用例を列挙する。『装束抄』にも「白重。裏表共ニ白シ、衣更ノ日上下着スル。宿老ハ更衣ナラヌ日モ着ル。又極熱ノ時モ是ヲ着スト見エタリ」とあり、表裏共に白の重ねの色目を指す。『助無智秘抄』には「二孟旬〈四月。十月〉ワカキ上達部ハコノ日、白重ヲ着。無文ノカブリ、白キコメノシタガサネ、白キムモンノミカキバカマ、白帷、白単、マキエノタチ、無文ノ帯。（略）旬ノ日ニアラネドモ、六七月ヨリアツキニハ、宿徳公卿白重着、ツネノコトナリ」とある。また「四月一日、白重とて白き薄物を、半臂下襲に着る。白き張単、白き汗とりを着るなり。上達部、殿上人、五位六位、外記史着る也。衛府は着ず、上達部のもむもんなり。かとりといふものをうるはしくは着るなり。十月一日も着る。練りたるきぬさやさやとなりたるなり。下襲に裏あり」（雅亮装束抄）とあるように、「白重」は半臂の下襲に白い張単や白い汗とりを着ることを指す場合もある。

老者と思ふ時 （外からの規定があるのではなく自ら）老人だと判断した時。『中外抄』（上五三）「老たる者の、とおもふ時に」・『古事談』諸本「老者ノト思時ニ」は、「老者が（老者だ）と思った時に」の意で、「二条殿もとなりては（おとなしき人となってからは 新大系注）」（富家語・一六九）と同様の表現。諸本の異同から、この表現が分かりにくくなっていった様子がうかがわれるか。

上袴・冠なども有文なり 「上袴」は「表袴」と同じで、束帯の下袴の上に穿く白袴。「文」は模様のこと。「表袴　夏冬無二差別一。禁色人有文」「冠　四位以上有文」（餝抄）。『中外抄』（上五三）は「件の時は、ただの綾を白くて着するなり、また上袴・冠なども有文なり」と『古事談』諸本と同様で、『富家語』（一六九）にも「をとなしき人などは、有文の冠に堅文の表袴を着す。二条殿もとなりては、さて御坐せしなり。若き齢の人はうち任せて無文の冠に瑩（みが）きたる表袴・平絹なり」とある。

【余説】 前半では、以前「出来事」については忠実から聞いていたが、その「評価」をはっきりと聞いていなかった、賀茂道言の逸話について師元が忠実に確かめ、忠実が返答、そこから更衣以後でも装束を改めない方がよい場合の、頼通ら、及び忠実自身の逸話が導き出され、後半では「更衣」の流れで、四月一日に用いる「白重」に関する逸話が語られている。

『中外抄』には、忠実の談話をひたすら記録するだけでなく、師元の存在がいかに忠実の語りに貢献していたかを併せて記し留めようとする姿勢が見られるが、本話はそういった師元の貢献が顕著な例の一つである。忠実の語りさした話題について師元が「確認」することで、逸話の意味付けが明らかになり、それを機に次の話題が引き出されていった様子がよく分かる。

しかし、『古事談』や『古事談抄』の場合、この冒頭の道言にまつわる部分は割愛し、「急速の召し有るの時」あたりから「御堂の不例」の逸話へとすぐに入った方が、文脈がすっきりしただろう。道言が、「御堂の不例」の逸話に直接関わるとの認識、あるいは錯誤が生じていたのだろうか。

急場には着る物に気を回している余裕などない様子で参上すべきだ、という姿勢は、現代で言えば、通夜の席に完全な喪服で参上すべきでない、そうでないと、いかにも準備していたかのようだから、という教えなどとも共通するところがある美意識かも知れない。

病気見舞時の服装について参考になる逸話が『西行上人談抄』に見える。危篤の四条大納言公任を、「なえらか」ではなく「こはらか」に、威儀を正して訪問した大弐高遠が、人々から非難されたというエピソードである。

四条大納言所労大事にて、既に死ぬべくなられたる時、大弐高遠の三位、平禮にて下の袴こはらかにて、雑色など、ひきつくろひて大納言の許に参られたりければ、訪ひに行合ひたる人、「こはいかなる事にて、所労の人の許へ殊にひきつくろひて参られたる事、尾籠の人」など口々に譏りけり。

公任との談義で和歌の不審が晴れた高遠は、翌日「なえらかなるさまにて」、あらためて見舞いだけのために公任を訪れたのだった。

例えば「殿下（師実）自二宇治殿一御帰、夏装束御帰、即酉刻参内、御装束冬着装束、所レ令二参内一也」（後二条師通記、寛治二年〈一〇八八〉一〇月一日）、「従レ本候宿人々、殿下内府此外両三人〈冬直衣〉、此暁参入人々〈夏直衣〉」（中右記・天永四年〈一一一三〉四月一日）とあるように、四月一日や一〇月一日のどのタイミングで更衣するのかは、当時の人々にとって心配りせねばならない事の一つだった。しかし、それを敢えて破るべき場合もあり、それがどういうケースだったかというのが本話前半の主眼である。

『古事談』（二ノ七六）に「俊明卿公事に奉行する時、次第忘却して身に随はざる時は、今案を以て行はれけるに、旧儀に塵計りも相違する事無し、と云々」という逸話があるが、その場で考えてする作法が、いずれも先例にかなっていたというのは、俊明が故実を暗記しているだけでなく、それが生み出されてくる根本の精神を体得していたからである。このように故実の実践にあたっては、杓子定規にルールを墨守するにとどまるか、応用して故実を運用できるかに、その人の本当の見識が現れてくる。本話の場合の頼通の「よき逸脱」は、また新たな先例となって、忠実に受け継がれた。

また故実は全てに亘って規定されているわけではない。後半にある道長の白重の用い方にも、書かれざる運用方法についての道長の判断が反映している。

ところで、本話はそうした一種変則的なものを記しているだけではない。道長、頼通、教通、白河院、堀河院、そして忠実と、本話を構成しているのは天皇家・摂関家の錚々たる面々である。更衣をめぐる心配りや、白重の用い方といった問題にも、彼らは先例を持っていた。応用的運用方法とはいいながら、その背景に、根拠とすることができる家代々の伝承を積み重ねてきたわけである。

ここには、故実が守られながらも新たに創造され、その際にはしかし、権威となるべき「伝承」という名の先例が後ろ盾となって、逸脱や変更が容認・評価されていった様をうかがうことができるだろう。

【同話・類話】

『中外抄』(上五三)、『富家語』(一六九)

【参考文献】

①伊東玉美『院政期説話集の研究』(一九九六年、武蔵野書院)

[伊東玉美]

第一八話（二一八／二ノ一九・新大系二ノ一八）

「忠実自賛の事」

知足院入道殿仰せられて云はく、「吾、御堂・宇治殿・大殿などの御昇進に、一事も相違無し。大臣大将、氏長者、摂政、関白、牛車、輦車（れんしや）。又内弁、官奏、執筆（しゆひつ）、納言、騎馬物詣等、皆貽（のこ）る事無し。但し、直衣布袴（ほうこ）と云ふ事ぞせざりし。然（しか）るがごときの装束は其の事に遇はざるの時はせずもあるなり」。

（七オ）

○知足院入道殿被仰云吾御堂宇治殿大殿ナ
トノ[1]御昇進ニ[2]一事無相違大臣大将[3]氏長
者摂政関白牛車輦車又内弁官奏[4]執
筆納言騎馬物詣等[5]皆無貽事但[6]直衣布
袴ト云事ソセサリシ如然之装束ハ[7]其事ニ
不遇之時ハ[8]セスモアルナリ

【校異】 文頭に○印あり。略本の紅葉山本・宮城本は本話を欠く。錯簡本の色川本は「古事談拾遺」の「王道后宮」の項に収め、東山本・河野本・天理本は巻一「王道后宮」の末尾に収める。 **1御昇進ニ…御昇晋ニ** 大東急・内閣（晋の右に「進」と傍書）・東山・河野・天理 **御昇晋** 色川（晋の右に「進」と傍書） **2一事…一事モ** 静嘉 **3氏長者…長者** 大東急 **4執筆…執事** 学習院 **5皆無貽事…無貽事** 大東急 **6直衣布袴ト云事ソ…直衣布袴ト云事ヲ** 静嘉・学習院 **直衣布袴ト云事ノ** 色川（ノの右に「ヲ」と傍書） **7其事ニ…其事ハ** 色川 **8セスモアルナリ…セテモ有也** 全本

【口語訳】 知足院入道殿が仰せられるのには「自分は、御堂（道長）・宇治殿（頼通）・大殿（師実）などが（御経験なさった）御昇進に、一事も相違はない（同様に昇進を経験した）。大臣大将、氏長者、摂政、関白、牛車・輦車の宣旨。又、内弁、官奏、執筆、納言、騎馬物詣等、皆やり残した事は無い。但し、直衣布袴という事はしなかった。このような装束は、（それが必要な）事に遭遇しない時は、しないこともあるのだ。

知足院入道殿　藤原忠実。承暦二年（一〇七八）～応保二年（一一六二）。一話【語釈】参照。

御堂・宇治殿・大殿　藤原道長・藤原頼通・藤原師実。藤原北家本流の面々で忠実の直系の祖。但し忠実の父師通も大臣大将、氏長者、関白などを経験しているが、その名は見えない。師通は忠実と一六歳しか違わず、忠実二一歳の時に三七歳で早世。忠実は父師通より、祖父の教命に親しんでいたとされる（【参考文献】①）。

昇進　官職・位階・地位等がのぼり進むこと。諸本に見える「昇晋」も同意。

大臣大将　左・右大臣又は内大臣が、近衛大将を兼任すること。

氏長者　氏族の首長。氏の中の官位第一の者がなる。

摂政　天皇が幼い場合などに、これに代わって政を行う。『大鏡』（良房）「水尾の帝は御孫におはしませば、即位の年、摂政の詔あり」。

関白　天皇を補佐して政務を執行。『愚管抄』（三・冷泉）「関白ハ昭宣公摂政ノ後ニ関白ノ詔ハハジマリケリ」。

牛車　牛車の宣旨を得たこと。牛車に乗ったままで内裏建礼門まで入ることを許される。

輦車　輦車の宣旨を得たこと。輦車は車輪が取り付けられた輦で、人が引く。宮廷内外でこれに乗ることを許される。尚『中外抄』（上三二）には続けて「中重の輦車」と記される。「中重」は内裏を囲む築地のことで、四方に建春門、宜秋門、建礼門、朔平門などがある。これらの門を輦車で出入りすることを許可される。

内弁　即位・節会などの儀式で、諸役を掌る公卿。

官奏　太政官から天皇に文書を奏上し、勅裁を受ける役。

執筆　叙位や除目を主宰し記録する役。原則として関白を外した第一の大臣が勤める。

騎馬物詣　騎馬によって寺社参詣に供奉すること。忠実は公卿に例した翌年、寛治六年(一〇九二)若冠一四歳で権中納言正三位となり、嘉保二年(一〇九五)一七歳で石清水行幸の上卿を勤めた。『殿暦』天仁元年(一一〇八)二月七日条に「行啓時、大臣多乗レ車供奉、而太宮御時、故殿依二宇治殿仰一騎馬、其後間々有二此事一」と見え、忠実は頼通や師実を規範として騎馬での供奉を意識していたか。

直衣布袴　直衣に下襲を加えて着し、裾を後ろに長く引かせた姿。一条兼良(一四〇二~一四八一)の『桃花蘂葉』「布袴事」には「直衣布袴といふは、直衣に下襲指貫を着する事也。邂逅事也」とあり、三条西実隆(一四五五~一五三七)の『装束抄』「直衣ノ布袴」には本話の典拠である『中外抄』(上三二)が引かれる(【余説】参照)。直衣姿は衣冠姿と基本的に同じであるが、袍の色や模様に自由度が高く原則として日常着。許可された者は烏帽子でなく冠を被れば、そのまま参内が可能(冠直衣)。この冠直衣よりも改まったものが、下襲を加えた直衣布袴とされる。

其の事　直衣布袴を着すべき機会。但しこれがどのような機会をさしているのか未詳。急な非常時等を指すか。

【余説】

直衣布袴

先引『桃花蘂葉』に「邂逅事也」とあったが、『西宮記』(臨時四・冠衣)の「直衣」の項目中に「上臈者直衣下着下襲(随便不常事)」と見え、「常の事」ではなかった様ではある。が、『源氏物語』花宴「桜の唐の綺の御直衣、葡萄染の下襲、裾いと長く引きて」等の他、『小右記』にも五例ほどの着装例(永祚元年〈九八九〉四月二八日条「今日競馬事（略）摂政（兼家）着二直衣・下襲一」等）が見える。特に『源氏物語』「鈴虫」の「（管絃の遊びの場から急遽冷泉院へ参上するにあたり）直衣にて軽らかなる御装ひどもなれば、下襲ばかり奉り加へて」との書き様からは、より改まった装いという意識は読めても、殊更に特殊な機会のみの装束とは見えない。

又『装束抄』には「凡直衣布袴ハ、其日第一ノ公卿ノ取意也」とも記される。けれど『小右記』永観三年（九八五）二月一三日条には、円融上皇の子日御遊に際し「公卿皆騎馬、着二直衣・下重一」とあって、「其日第一ノ公卿」のみが着しているように読めない。少し時代が下る『江家次第』（二〇）「諸家子弟元服」の項にも「地下者直衣布袴」等とあって『装束抄』の記述とは聊か齟齬があるように見える。

『小右記』の時代から『中外抄』の時代まで、ほぼ一〇〇年・四世代程、兼良・実隆の世代までには更に二〇〇～二五〇年が経過している。着装規則にいくらかの変化は想定できるが、その実態は、忠実が「直衣布袴」の何にこだわっているのかとも併せて現時点で未詳である。

文脈

本話の典拠である『中外抄』（上三二）は、出家を間近に控えた忠実が「先祖の経歴と比して、自分はやり残したことがあるだろうか」と中原師元に問い、師元が「少しも違いませんよ」と、事績を列挙しつつ返答する、という文脈である。しかし『古事談』では話末部の「直衣布袴は機会に遭わなければ、しなくてもよいのだ」という箇所だけでなく、『中外抄』では師元が申し述べた忠実の事績の列挙も、全て忠実自らの発言となっている。これが『古事談』の改変であるのか否か、こちらも不明とせざるを得ないが、後の実隆『装束抄』でも「保延六年九月廿九日、大外記師元抄ニ、知足院殿仰ニ云」と『中外抄』を引用したようでありながら、文脈としては『古事談』と同じく忠実自らの談話となっている。本話は『中外抄』の文脈とは別に、忠実による自己回顧的な文脈で読まれる傾向にあったか。

尚『中外抄』には、本話所載分以外に「中重輦車」「超上﨟大臣列上給」「随身」「准三宮」が忠実事績として掲げられている。

【同話・類話】

『中外抄』(上三二)、『装束抄』

【参考文献】

①池上洵一「中外抄・富家語解説」(新日本古典文学大系『江談抄・中外抄・富家語』、一九九七年、岩波書店)

[内田澪子]

第一九話（一二〇／二ノ二一・新大系二ノ二〇）

「徳大寺大饗の後、頼長別足の食様の事」

徳大寺の大饗に宇治左府向かはしめ給ふの時、如法（にょはふ）に食はしめ給ふと云々。事畢（をは）りて後、別足（べつそく）の食ひ様見習はむとて、人々群れ寄りて見ければ、継目よりは上をすこし付けて切たりけるを、かがまりたる方を一口食はしめ給ひたりけり。

（七オ）
徳大寺大饗ニ宇治左府令向給之時如法令食給 9
云々事畢之後[1]別足食様見習ハムトテ人々群 10
寄見ケレハ[2]継目ヨリハ上ヲ[3]スコシ付テ切タリケルヲ 11
[4]カ、マリタル方ヲ[5]一口令食給タリケリ[6]斤 12

【校異】 略本の紅葉山本・宮城本は本話を欠く。錯簡本の色川本は「古事談拾遺」の「王道后宮」の項に収め、東山本・河野本・天理本は巻一「王道后宮」の末尾に収める。 **1別足** 別定[足] 静嘉 **2継目…継日** 静嘉 **3スコシ付テ…スコシノケテ** 色川（ノの右に「ツ」と傍書） **4カ、マリタル方ヲ…アマリタル方ヲ** 色川（アの上に補入記号あり。「カ、」と傍書） **5一口令食…一口食セシメ** 色川（食の上に補入記号あり。「令レ」と傍書。セシメの右に「无」と傍書） **6斤…（ナシ）** 全本

【口語訳】 徳大寺実能の大饗に宇治左府（頼長）がお向かいになった時、本式の作法通りお召し上がりになったとかいうこ

とだ。儀式が終わった後で、別足を食べる作法を見習おうと、人々が大勢寄り集まって見たところ、関節より上の部分を少し付けた状態で切ってあったが、まがっている方を一口お召し上がりになっていたということだ。

徳大寺　藤原実能。嘉保三年（一〇九六）～保元二年（一一五七）。権大納言公実四男、母但馬守藤原隆方女従二位光子（公卿補任・保安二年）。徳大寺家の祖（尊卑分脈）。同母妹待賢門院璋子は鳥羽天皇に入内した。璋子所生の崇徳天皇は、白河天皇の胤であるとの話もあり（古事談抄・五〇、古事談・二ノ五四）、白河院政下の保安三年（一一二二）には参議を経ずに権中納言に直任されるなど、崇徳天皇の外戚として重んじられた。その後、崇徳天皇が退位すると、長承二年（一一三三）藤原頼長を娘幸子の婿とし、摂関家と結び勢力の伸長を図った。久安六年（一一五〇）藤原頼長の左大臣辞意を契機（台記・四月一二日条）として内大臣に昇進した（八月二一日）。忠実はこれを、実能の気位の高さと頼長の振舞にも立腹しなかった心根によるものと評する（中外抄・下二九）。久寿二年（一一五五）の近衛天皇崩御により、璋子所生の後白河天皇が即位し、再び外戚の立場を回復。翌年の保元の乱では、久寿三年に頼長正室幸子が死去していた（台記・同年六月一日条）こともあり、崇徳と結んだ摂関家の忠実・頼長を見限り、後白河側につき、保元元年（一一五六）左大臣に昇進した。

大饗　実能が内大臣に昇進した翌年の久安七年（一一五一）正月二六日、実能第であった三条西洞院亭で催された大饗か。「今日実能徳大寺大饗也」（台記・同年同日条）。この日左大臣頼長は右大臣雅定と共に尊者。

宇治左府　藤原頼長。保安元年（一一二〇）～保元元年（一一五六）。関白藤原忠実の二男。長承二年六月、藤原実能女幸子を嫡室とし、幸子の姪にあたる多子（実能孫。公能女。久安六年正月一〇日近衛天皇に入内）を養女とした。久安三年（一一四七）左大臣源有仁の薨去の後をうけて一上の宣旨を被り、蔵人所別当となると、外記日記・殿上日記の筆録を督励し古儀の復興に取り組んだ。自身も日次記・別記を書き残し、先例、古例を好んで日常の公事等に適用しようと務めたといわれる。『今鏡』（五・飾り太刀）には「（公事のある日に）上達部の著座とかし給はぬをも、みな催しつけ」などする「おほやけわたくしにつけて、何事もいみじくきびしき人」と評されたように「悪左府」の異名をもって恐れられもした。

如法 本式、正規の作法の通りに。

別足 鷹狩りで獲った雉の骨付き股肉。大饗の膳に雉の足を盛ったことは、『大鏡』（基経）に「雉の足はかならず大饗にて盛るものにてはべるを、いかがしけむ、尊者の御前にとり落してけり」とあることからも知られる。焼いて出されたが、一説には、晴の御膳には茹でて饗応するのがよいともされた（厨事類記）。雉の右の別足を特に「鳥足」と呼ぶこともあり（厨事類記）、永久四年（一一一六）正月二三日に内大臣藤原忠通が東三条殿で開いた正月大饗には、「鳥足」が出されている（類従雑要抄指図巻）。『江家次第』（二・正月乙三・大臣家大饗）に「鯉雉等庖丁人當レ座解レ之也」とあるように、鯉や雉はその場で庖丁人がこれをさばいたようだ。調備にあたっては「外に十七刀。内に十三刀。上に三刀。少すぢかへて切べし。以上三十三刀」（武家調味故実）もの切れ目を入れ、柏や浜木綿で上を包んで盛られ、汁物と一緒に出された（類従雑要抄指図巻・厨事類記）。

継目 骨と骨との継ぎ目。関節。「継目よりは上をすこし付けて切たりける」とあるのは、足の関節より上の股肉部分を少し付けて切ってあった状態をいうか。

かがまりたる方 曲がっている方。「継目よりは」下にあたる部位か。なお『厨事類記』に「古人云。別足ハツ、ミタル所ヲトリテ、キリクチヨリクヒキリテメスベキ也云々。カナラズウヘヲカブラム事ハミグルシキ事歟」とある。

斤 『古事談』での次話（二ノ二二）冒頭「近衛院の御時…」の「近」を書きかけたものか。なお『古事談抄』に次話は抄出されていない。

【余説】　ここで話題になっている大饗は、徳大寺実能が内大臣に昇進した翌年の久安七年（一一五一）正月二十六日に三条西洞院亭で催された大饗であると考えられる。実能の大臣昇進は、公季（太政大臣従一位）以降、閑院流において途絶えていた大臣昇進でもあり（今鏡・六・花散る庭の面）、そのもつ意味は大きいと考えられる。

本話では、この大饗で供された別足の食様が問題になる。雉の足は任大臣大饗では必ず出されるものであった（大鏡・基経）が、別足を調備した徳大寺家の「人々」にとってその食様を如何にすべきかは、大きな関心事であったため、先例故実に精通していた頼長の食様を見ようと群がり寄ったのであろう。雉の足だけでなく、他の食物の食様にもたいへん強い興味が示された。『古今著聞集』（六二二）「後徳大寺右大臣実定徳大寺の亭に作泉を構へて饗宴の事」のなかで、

盃酌数献ありて、行孝めしいだされて、縁に候して、鯉きりたり。左府（藤原経宗）行孝に示し給けるは、「鯉調備するやうをば存知したりとも、食やうをばしらじ。食て見せん」とて、ものし給けり。まことに様ありげにて、めでたかりけり。人々目をすまさずといふことなし。

とあり、庖丁役を務めた行孝をはじめとする「人々」に、経宗は鯉の食様を披露している。

鯉や別足は大饗の当座で調備されたものとされた（江家次第・二・正月乙三）。別足の逸話においても、頼長の食様は実に堂に入ったものであり、先例故実として語るにふさわしい優美なものだったのであろう。なお、『嬉遊笑覧』（一〇・上）では、「さて其食やうを習はむとて膳のおろしを人々打よりて見し也」と、頼長の膳が下げられてきたときにその食べ残りを検分したものと解しており、本話の読解にも関わって興味深い。徳大寺家に纏わるこうした話が、徳大寺実能と後徳大寺実定に共通して見えることは注目される。

後代の徳大寺家は有職故実と密接な関わりをもった。佐伯智広氏（【参考文献】③）が指摘するところによれば、徳大寺家は特に王家との外戚関係の有無によって、激しい政治的変遷を辿ったが、治承元年（一一七一）後徳大寺

実定の任左大将以降、公事に堪能な公卿として政治的復権を果たしたという。その大きな要因は、婚姻関係（源有仁正室は藤原公実女（実能同母妹））を通じて花園説と呼ばれる公事作法を源有仁から継承し、これをもって公事や仏事等の儀式に積極的に参加し認知されたことにあるとされている。花園説は、たとえば『玉葉』承安四年（一一七四）一二月一五日条に

余隠二閑所一伺二見此儀等一、六度揖、花薗左府説也、是白河院仰云々、近代人、大事公事等、偏伺二見花薗左府次第・日記等一、称唯云々、左相府（藤原経宗）即其一也。

とあるように、「近代人」が「大事」の「公事等」に関して花園説を「伺見」ていたことが知られる等、当時ある一定の権威を持ち、規範とされ広く用いられていた。源有仁が編纂した叙位・叙目の儀式書は、室町時代まで徳大寺家に伝来したとされており（【参考文献】④）、実定の嫡男公継もこれを継承していた。これに対して、九条兼実は、「花園説」やその継承者の作法・儀式次第については、たとえば『玉葉』建久五年正月一一日条に三条実房が花園説を用いて叙位儀を行ったことに「不二甘心一」と記す等、批判的であり、九条良輔や九条道家も（玉蘂・建暦二年〈一二一二〉一一月二九日条に、左大臣徳大寺公継が用いた作法に対して「已上作法未レ聞説歟、花園説歟」とあるなど）同様に批判的で、九条家の「家説」とは違っていることを強調するなど、院政期から鎌倉初頭にかけて、特に摂関家である九条家の人々には強い批判の対象となっていた（【参考文献】④）。一連の食事作法に纏わる食様の逸話が実能と実定に共通して語られる背景に、徳大寺家の人々の有職故実への深い関心と、やがてそれを手だてとして家格を確立していく経緯とが展望されている可能性もあろうか。

ところで『古事談抄』本文の話末には、「斤」の字を書きかけたと見なせる跡がみとめられる。これは『古事談』次話（二ノ二一）冒頭の「近衛院の御時」を書き出そうとしたものと考えられ、『古事談抄』が参看した『古事談』にはこれに相当する話が収録されていたことになる。しかし、『古事談抄』は「藤原頼長、袋に入れられたる藤原

行通を拾ふ事、若殿上人等稚遊の事」（二ノ二一）を抄出せず、「頼長、藤原朝隆の推参を追却の事」（二ノ二二）を次に配することで、頼長の有識を語る話柄を連続させる意図をうかがわせる格好となる。『古事談抄』の成り立ちを考える上で興味深い痕跡である。

【同話・類話】

未詳

【参考文献】

①橋本義彦『藤原頼長』（一九六四年、吉川弘文館）

②元木泰雄『藤原忠実』（二〇〇〇年、吉川弘文館）

③佐伯智広「徳大寺家の荘園集積」（『史林』八六巻一号、二〇〇三年一月）

④田島公「源有仁編の儀式書の伝来とその意義—「花園説」の系譜—」（『史林』七三巻三号、一九九〇年五月）

［高津希和子］

第二〇話（二二／二ノ二三・新大系二ノ二二）
「頼長、自ら公卿座の末より蔵人頭朝隆を追ひ立つる事」

冷泉中納言朝隆蔵人頭の時、何事とかやに公卿の坐の末に居たりけるを、宇治左府追ひ立てらる、と云々。其の詞に云はく、「蔵人頭は召し有るの時こそ座の末には候へ。推参甚だ見苦しき事なり。早く罷り立つべし」と云々。朝隆、「力及ばず」とつぶやきて退き起つと云々。

（七ウ）
○冷泉中納言朝隆蔵人頭之時何事トカヤニ
公卿坐ノ末ニ居タリケルヲ宇治左府被追立云々
其詞云蔵人頭ハ有召之時コソ座末ニハ候ヘ推参
甚見苦事也早可罷立云々朝隆力[1]不及トツフ
ヤキテ退[2]起云々

【校異】　文頭に○印あり。略本の紅葉山本・宮城本は本話を欠く。錯簡本の色川本は「古事談拾遺」の「王道后宮」の項に収め、東山本・河野本・天理本は巻一「王道后宮」の末尾に収める。　**1力不及…不及力**　全本　**2退起…退越**　色川（越の右に「起」と傍書）

【口語訳】　冷泉中納言朝隆が蔵人頭の時、何事かあったのだろうか、公卿座の末席に座っているのを、宇治左府（頼長）が追い立てた、ということだ。頼長が言った言葉は、「蔵人頭はお召しが有る時こそ公卿座の末席にお控えするものだ。推参するのは非常に不体裁な事である。早く退出すべきである」ということだった。朝隆は「いたし方ない」とつぶやいて立ち退いたとかいうことだ。

冷泉中納言朝隆　藤原氏。永長元年（一〇九七）〜平治元年（一一五九）。父は参議大蔵卿為房。母は法橋隆尊女。文章生より出身。久安六年（一一五〇）より仁平三年（一一五三）閏一二月まで蔵人頭、同年に参議、保元元年（一一五六）に権中納言となる。冷泉高倉に第宅があったことから冷泉中納言と号した。子の朝方が淡路守に重任された際、建春門を修理し、「其構丁寧、論レ之当時可レ謂二忠臣一、定知三余慶及二後昆一」（台記・久安四年〈一一四八〉九月四日条）と頼長に評された。

何事とかやに…　頼長の日記である『台記』仁平元年（一一五一）五月一九日条には、最勝講の際、蔵人頭である朝隆が「上達部座末」に着していたため、翌日、頼長が朝隆に「殿上座及大臣家、蔵人頭依二当座上﨟命一、加二着上達部座末一。是有二前跡一。至二于御前座一者、蔵人頭不レ得レ加二着上達部座一、而昨日着レ之、若有二所見一歟」と問いただす書を送ったところ、「朝隆無レ所レ陳。此後不二復着一矣」と記されており、本話と関係する。また、やや時代は下るが藤原俊憲の『貫首秘抄』にも、ほぼ同内容の記事があり、その記事では、蔵人頭である朝隆が頼長に咎められたのは「鳥羽院御逆修」のこととするが、鳥羽院の「逆修」は久寿二年（一一五五）六月六日（台記・兵範記）であり、その頃、朝隆は蔵人頭ではないため、『貫首秘抄』の記事には何らかの錯誤があるものと思われる。

公卿の坐　内裏の宜陽殿西廂にあった公卿の会議の座。のち転じて他の場所でも公卿が並ぶ座をいうこともあるが、この記事が先に挙げた最勝講のことだとすると、内裏の宜陽殿西廂の座と考えてよい。上達部の座とも。

宇治左府　藤原頼長。保安元年（一一二〇）〜保元元年（一一五六）。一九話【語釈】参照。

蔵人頭は召し有るの時こそ…　『貫首秘抄』にも、蔵人頭の公卿座の末席への着座についての問答があり、その中で、俊憲の「公卿候二殿上一之時、頭接二座末一事。随二公卿許容一着座歟。将无二左右一着歟」という問いに、藤原公教が「随レ召着也。無二左右一不レ着也」と答えている。また、『侍中群要』（五）にも蔵人頭の進退・作法についての規定が見える。

推参　招かれないのに訪れること。自分のほうから無理に押しかけて行くこと。

【余説】　本話のもととなったのは、『台記』仁平元年（一一五一）五月一九日の条に見える事柄であろう。それによれば、当日、催された最勝講の席において、蔵人頭右大弁藤原朝隆は、上達部の座末に、早速、着座していた。それを不審に思った藤原頼長は翌日、朝隆に書を送り、その故実を問い尋ねていたらしい。

殿上座及大臣家、蔵人頭依二当座上臈命一、加二着上達部座末一。是有二前跡一。至二于御前座一者、蔵人頭不レ得レ加二着上達部座一、而昨日着レ之、若有二所見一歟。

頼長の質問は、殿上座、または大臣家に於ては蔵人頭は当座の上臈の指示があれば、上達部の座末に着座することは、「前跡」あるゆえ、さしつかえないが、御前に於いては、それは出来ない。昨日着座していたが、それはどこに「所見」があるのか、というものであった。それに対し、

朝隆無レ所レ陳。此後不二復着一矣。

すなわち、朝隆からは何も返事はなく、再び着座することはなかったというのである。因みに『台記』によれば、この最勝講は、一九日に始まり、結願は二六日で、八日間行われた。

『古事談抄』の本話と『台記』との間には大きな齟齬はなく、大綱に於て『台記』を典拠としても格段の問題はないと思われるが、なお細部には微妙な相違点があり、見落としてはならない。

まず、『台記』の記事では、この悶着の一件は、一九日の最勝講の初日に蔵人頭の藤原朝隆が上達部の座末に着座したことに始まる。それを目撃した左大臣頼長は、翌日、朝隆に書面で問い尋ねたわけである。一方、『古事談

抄』ではどうか。頼長は朝隆の不作法を見咎め、その場で朝隆を追い立て、朝隆は「力及ばず」と「つぶやき」ながら退出したということになっている。『台記』でも着座の理由を問い尋ねられた朝隆は「無レ所レ陳」、以後の講席においては、再び着座することはなかったとあるゆえ、朝隆は自らの非を認めたわけで、頼長の指摘は正しく、朝隆の「失礼」であった点で両書は一致する。問題は頼長と朝隆との間のやりとりが、いかようなものであったかである。

『古事談抄』では、朝隆の着座を「失礼」と見た頼長はその場で叱責、「追い立て」てしまった。朝隆も頼長の激しさにおされたかのように、「力及ばず」と「つぶやき」ながら退座していった。そこにはしぶしぶ、止むなく立ち上がっていったかのような朝隆の様子が見てとれる。しかし、（事実では）すべて翌日、しかも書面を介してであった。頼長の書面の文辞の全部を知ることはできないが、『台記』では「問曰」と文面上はなっており、『古事談抄』に見られるような叱責といった厳しい雰囲気があったかどうかは、いささか不明である。

さて上達部の座末に着座してしまった藤原朝隆とは、どのような人物であったのだろうか。永長元年（一〇九七）生、平治元年（一一五九）一〇月三日没。勧修寺流。為房の六男、母は法橋隆尊女で、関白藤原忠通の乳母も務め、讃岐宣旨とよばれた。妻室には藤原顕隆女をむかえ、娘には藤原光頼室となったものがいる。文章生（字朝器）より出身、蔵人、弁官、衛門佐を歴任、三事兼帯の朝吏である。保元元年（一一五六）権中納言、同三年退任。日記『朝隆卿記』。残欠だが、諸書に引用されている。朝儀一般に通じ、能書家としても知られた。『古事談』六ノ四二、四三話には朝隆の「奉行の識事」「執事」ぶりが描かれており、能吏としての姿をうかがい見ることができる。頼長自身も朝隆の力量を認め、「忠臣」（台記・久安四年〈一一四八〉九月四日）とさえ評している。

こうして見てくると、朝隆が上達部の座末に着したことは事実だが、それを問題視した頼長の態度は『古事談抄』のいうような叱責、追立といった激しいものではなく、有職家としての朝隆に、これまた朝儀全般に通じていた頼長が、作法進退の不審を問い尋ねたというのが、どうやら真相に近いのではないか。一件のあった仁平元年は、朝隆は五五才、頼長三二才、両者の年令差を考えると、叱責というような厳しい対応があったかどうか、いささか疑問となってくる。

『古事談』編者はこの話をどのような経路で入手したのであろうか。『台記』より直接という可能性も否定できないが、頼長の叱責、朝隆の不服、不満といった側面が、もう少し膨らんだかたちの話をどこかで手に入れたのかもしれない。この一件のあった仁平元年の一月一〇日、頼長は待望の内覧の宣旨をうけ、無謬の朝儀遂行に邁進していた。問題となった最勝講にも朝座、夕座、上達部として、ほぼ欠席することなく同座していた。その折、頼長が目撃した一件であったのだろう。「おほやけわたくしにつけて、何事もいみじくきびしき人」(今鏡・五・飾り太刀)と評される頼長の側面が強調され、肥大化していった話を、顕兼はどこかで手に入れたのではないだろうか。

[浅見和彦]

【同話・類話】

『台記』(仁平元年五月一九日条)、『貫首秘抄』

第二一話（一二三／二ノ二四・新大系二ノ二三）

「忠通、節会にあげまきを貝に懸けて食ひ給ふ事」

永久の比、法性寺殿内大臣にて節会に参らしめ給ひて、あげまきと云ふ物を貝に懸けて引き寄せ食はしめ給ひけるを、久我大相国、右大臣にて座に列するの間、見奉りて申して云はく、「是は誰人の説を用ゐしめ給ふや」と云々。御返答、「慥(たし)かなる説に侍らざるなり。但し又何様(いかやう)に存ぜしめ給ふや」と云々。右府重ねて申して云はく、「旬の時、貝に懸けて引き寄するなり。主上の御おろしを次第に取り下ろすの故に、浄(きよ)き貝を用ゐるなり。尋常の節会には取り下ろすの儀無きに依り、箸を以て引き寄すべきの由、相存じ候ふ」と云々。爰(ここ)に内府仰せられて云はく、「尤も其の謂はれ有り。自今以後、此の説を用ゐるべき」の由、御承諾すと云々。

（七ウ）
○永久比法性寺殿内大臣ニテ令参節会給テアケ[1]
マキト云物ヲ貝[2]ニ懸テ引[3]寄令食給ケルヲ久我
大相國右大臣ニテ座列之間奉見申云是ハ令用
誰人説給哉云々御[4]返答慥[5]説ニ不侍也但又何様[6]ニ
令存給哉云々右府重申云旬時懸貝[7]引寄也
主上御[8]ヲロシヲ次第ニ取下之故ニ用浄貝[9]也
尋常節會ニハ依無取下之儀以箸可引寄之由
（八オ）
相[10]存候云々爰内府被仰云尤有其[11]謂自今以後
可用此説之由御承諾云々

【校異】 文頭に○印あり。略本の紅葉山本、宮城本は本話を欠く。錯簡本の色川本は「古事談拾遺」の「王道后宮」の項に収め、東山本・河野本・天理本は巻一「王道后宮」の末尾に収める。　**1アケマキ…アケマ(セ)キ**　内閣　**アケセキ**　学習院　**2貝ニ懸テ…見(目イ)ニ懸ヲ**　静嘉　**具ニ挂(懸イ)テ**　色川　**3引寄…引寄ヲ**　色川（ヲの右に「天」と傍書）　**4御返答…御返答云**　全本　**5慥説ニ不侍也…慥説侍也**　大東急・内閣・学習院・東山・河野・天理　**⿰忄送説侍也**　静嘉　**慥説謌也**　色川　**6何様ニ令存給哉…令存何様給哉**　全本　**7貝…見(目イ)**　静嘉　**息**　色川（右に「貝」と傍書）　**8御ヲロシヲ…仰ヲロシテ**　色川　**9浄貝…浄具**　静嘉・色川（浄の右に「降」と傍書）　**浄具(降貝)**　内閣　**降貝**　学習院　**10相存候…相存**　全本　**11其謂…其請**　色川（請の右に「謂」と傍書）

【口語訳】　永久の頃、法性寺殿忠通が内大臣であった時、節会に参上なさって、あげまきというものを匙を使って引き寄せてお召し上がりになったのを、久我大相国雅実が右大臣で座に列していたので御覧になって「この作法はどなたの説を用いられたのですか」などとおっしゃった。内大臣は御返事に「慥かな説ではございません。それはそれとして、あなたはまたどのようにご承知でいらっしゃいますか」などと尋ねた。右大臣は重ねて申し上げて「旬事の時は貝を使って引き寄せるのです。主上の御おろしを順に取り下ろすので、浄い貝を用いるのです。常の節会には取り下ろす儀がないので、箸を使って引き寄せるべきとのいわれを承っております」などとおっしゃった。さてそこで内大臣のおっしゃることには、「そのいわれは尤もなことだ。今より以後は、この説を用いよう」と。その由を御承諾になったとかいうことだ。

永久の比　底本「承久」に「永」を重ね書き。「永久」は一一一三年七月一三日～一一一八年四月二日まで。藤原忠通が内大臣、源雅実が右大臣に任ぜられるのは、共に永久三年（一一一五）四月二八日。永久三年に忠通は一九歳、雅実は五七歳。

法性寺関白　藤原忠通。永長二年（一〇九七）～長寛二年（一一六四）。藤原忠実長男。母は右大臣源顕房女従一位師子。従一位・摂政関白太政大臣に至る。父忠

実が白河院の逆鱗に触れ、関白辞任を余儀なくされた保安二年（一一二一）、父に代わり関白に就き、保元三年（一一五八）、子息・基通に譲るまで、鳥羽・崇徳・近衛・後白河の四代にわたり、摂関の座にあった。応保二年（一一六二）出家、法名円観。法性寺は藤原忠平（八八〇～九四九）創建の寺院で、「（忠通ハ）法性寺の御堂御所などつくりて、貞信公（忠平）の御堂のかたはらに住ませ給ひしかば、法性寺殿とぞ申める」（今鏡・五・御笠の松）との理由で「法性寺関白」と称される。「就中御手跡誠以神妙也」（中右記・天永二年（一一一一）一〇月五日条）など、若年より能筆で知られ、各所の額を書いたことが伝わる（明月記・嘉禄元年（一二二五）一〇月二五日条、夜鶴庭訓抄）。漢詩や和歌もよくした。

節会　朝廷で行われる節日の集会。天皇が臨席し、群臣に宴を賜る。大節（白馬・豊明）、小節（元日・踏歌・端午）のほか、立后・立太子・任大臣・相撲の節会がある。

あげまき　貝の名。長楕円形の二枚貝。殻は側扁した円筒状で長さ約一〇センチメートル。マテガイに似る。殻の表面はとれやすい黄土色の殻皮でおおわれ、内面は白色。有明海、瀬戸内海などの浅海の泥底に深三〇～六〇センチメートルの穴を掘ってすむ。『名語記』（九）に「海中ノ甲虫ニアゲマキトイフアリ如何　コレハカノ貝ノ泥ヲハヒアリク躰ノアゲマキニ相似タレバナヅクル也」とある。これによれば、その語源は髪型の「総角（揚巻）」と似る形状から来ているらしい。『日葡辞書』には、「貽貝の形をした貝の一種」とする。下って『本朝食鑑』（一〇・介類）の「蟶（まて）」の項に「一種総角なるもの有り、蟶に似て大なり。味また略同じ。また蟶の別類なり」とマテガイの別種とし、『物類称呼』（二・動物）には「蟶　まて　大坂にてかみそり貝と云　上総これにをなじ」としてマテガイと同一と見る。『重訂本草綱目啓蒙』（巻四二・介之二）には、「蟶」を「あげまき」と読む。「蟶　アゲマキ　〈一名〉麻致〈郷薬／本草〉泥海ニ生ス。筑後ニ多シ。殻長サ二寸余、濶（ひろ）サ六分許、形馬刀（キャラガイ）ニ似テ両頭等クシテ自ラ開ケリ。黄黒色ニシテ、小班文アリ。

殻サレタル者ハ白色ナリ。生時一頭ヨリ両ノ紐外ニ出。（中略）螻ヲマテト訓ズルハ非ナリ。マテハ竹螻ナリ」（【余説】参照）。

貝に懸けて　匙を使ってあげまきを食べた、の意か。「貝」を「匙」と見るべきか。また新大系は「「貝に懸く」は、匙として用いる（後段に、貝でない時、箸を以って引き寄せる、とある。「懸けて」は「以って」に対応）。あげまきを匙で引き寄せて食うのではない」と説明する。あげまきを匙として用いたとも解せるが、膳には匙が添えられるはずであり、貝そのものを匙のように使用するのかは不審。「あげまき」を食べたとした場合も、あげまきを調理したものが膳にあがったとする史料はない（【余説】参照）。ひとまず新大系の解釈に倣う。

久我大相国　源雅実。康平二年（一〇五九）～大治二年（一一二七）二月一五日。六九歳。右大臣源顕房の嫡男。母は権中納言源隆俊女隆子。弟に顕仲、国実、雅兼ら、子に雅定がいる。承保四年（一〇七七）従三位、同年参議に任ぜられる（一九歳）。二年後に正三位を経て従二位、永保二年（一〇八二）権中納言、応徳二年（一〇八五）正二位。権大納言、中宮大夫、右大将を経て康和二年（一一〇〇）四二歳で内大臣。この時、忠通の父忠実（二三歳）が右大臣となり超されている。天永四年（一一一三）正月従一位、永久三年（一一一五）四月右大臣（五七歳）。堀河天皇の外舅として飛躍的に昇進し、保安三年（一一二二）には源氏初の太政大臣となる（六四歳）。天治元年（一一二四）七月、病により出家、蓮覚と称す。舞楽に秀で説話も多い。久我家の祖。本話の時点では五七～五九歳か。

慥かなる説に侍らざるなり　慥かな説ではございません、の意。『古事談抄』「慥説不侍也」。『古事談』諸本には「不」がないため、「慥かな説によるものです」となる（両者のニュアンスの違いについては【参考文献】①参照）。

旬　旬の本義は日の一巡りの意で、古代中国の十干で甲から癸に至る一〇日を一旬と称した。この旬にちなみ、朝廷では一日、一一日、二一日、および一六日に天皇が紫宸殿に出御して政事を視る儀が行われ、これを旬政、旬儀とも称した。この儀の後、参上した群臣に宴を賜い、禄の下賜も行われた。平安前期頃までは規定の日に儀式が行われたようだが、平安中期以後は衰退し、二孟旬と呼ばれる四月一日の孟夏旬、および一〇月一日の孟冬旬の年二回行われるのが恒例となった。この他臨時の旬政もある。天皇の出御がない場合は「平座」と称される。平安中期以降は平座の形で行われるのが慣例化した。

おろし　神仏の供物を取り下げたものや、貴人の飲食物の残り、衣服などのおさがりをいう。この場合は天皇から賜る食事を指す。『北山抄』（一・四月）「同日旬事」には、一献の後、内豎が受けて来た受下物（おろしもの）を臣下に「毎物一二箸、各分レ取」との記述がある。この場合は箸を用いている。また、同じ項に続けて延喜一二年（九一二）一〇月、氷魚を賜った例が載り、ここでは「各以レ匕（匙）一度掻取」るという。これらの例によると、必ずしも旬の時だから「匙」を用いるわけではなく、取り分ける物によるか。「おろし」については『古事談抄』一〇話参照。

箸　『倭名類聚抄』に「箸　唐韻云、（略）匙也。字亦作レ箸。兼名苑云、一名扶提」とし、並んで「匙」の項には「説文云匕」として飯を取るための具とする。饗宴の指図を見ると、箸と匙（匕）が共に並べてあり、平安の当時は併用されていたことがわかる。匙は飯を食すのに用いたらしい（類聚雑要抄指図巻）。

【余説】

『新撰字鏡』『類聚名義抄』などに挙げられる「蟶」は、古来「まて」と読まれた。『倭名類聚抄』（一九）には「馬蛤」を「唐韻云、蟶、〈（略）萬天〉」とする。『本草和名』（一六）には「馬刀（略）和名末天乃加比」ともある。アゲマキガイとマテガイとの混同は「蟶」の字を媒介にして起こったようだ。

「まて」は、早く『延喜式』（三七・典薬）に、伊勢・備前国の産物として「馬刀」の字を充てた名が見える。時代は下るが、『本朝食鑑』では、『倭名類聚抄』で同一とする「馬蛤」「馬刀」を、共に烏貝の名として「蟶において相当たらず」という。烏貝は色が黒いところからその名がついたとされるが、貝片が鋭く「かみそりがひ」という呼び名もある貝であり、本話の「あげまき」とは別種と考えられよう。

貝原益軒の『日本釈名』（中一四・介類）には「蟶まては左右（まて）也。左右をまてと云。此貝左右に口ありて、他の貝にことなれり」と説明がある。新井白石は『東雅』で「蟶」と「馬刀」を別種とし、「蟶」を「まて」と読むのを誤りとしている。

現在「あげまき」と呼ばれる貝は「まて貝」とよく似た形状で、河口付近の軟泥地に深く潜って棲む。結局本話が、どの貝を指しているかは判然としないが、「まて貝」は古来食用とされたようである。『袖中抄』（六）の「あまのまてがた」の項には、「海人のまてといふ貝つもの採る事なり。（略）潮の干たるかたにてまてを採るには、まてがりといふかねの細きをふたまたに作りて、竹をつかに細うしてすげて持ちて」云々と採取方法が説明されている。続けて「秋冬春採るとぞ申す」とあるので、広く食用に用いていたと推測される。小野蘭山述『大和本草批正』「蟶」の項に見えるように、干貝として食用にしたようである。

『類聚雑要抄』には、永久四年（一一一六）正月、忠通が東三條殿で行った母屋大饗の指図が見える。それに依れば、「あげまき」「まて貝」の例ではないものの、尊者や公卿の膳の干物（からもの）に、「おきあはび」、貝物（かいつもの）に「しただみ」、「せ」、「さざえ」、「あはび」、「かせ」、「おう」、窪坏物（くぼつもの）に「ゐ」、「ほや」、「くらげ」、「もむきこみ」等、海産物の名が見え、「あげまき」（それに類似したまて貝）も貝物あるいは窪坏物の一つとして食された可能性もある。

【同話・類話】

未詳

【参考文献】

①伊東玉美「日本古典文学影印叢刊所収『古事談抄』について」(「共立女子短期大学文科紀要」第四六号、二〇〇三年一月)

［櫻田芳子］

第二二話（一六八／二ノ六九・新大系二ノ六八）
「有国、泰山府君祭を修し、父輔通冥途より返さる事」

勘解由長官有国、当初（そのかみ）父輔通豊前守の時、相具して下向の間、父俄に病悩し忽ちに逝去す。時に有国、泰山府君祭を説のごとく勤行す。輔通数刻を経て纔（わづか）に蘇生す。語りて云はく、「予、炎魔庁に参ると雖も、美礼の饗膳を備ふるに依りて、返し遣はさるべきの由、其の定め有り。爰（ここ）に或る冥官申して云はく、『輔通を返し遣はさると雖も、有国をば早く召さるべきなり。其の故は其の道に非ざる者、祭を勤行の条、罪科無きに非ず』と云々。又或る人の申すに、『有国罪科有るべからず。其の道の人無きの遠国の境にて、孝養の情に堪へず、勤行せしむるの条、更に罪科にせらるべからず』と云々。仍（よ）りて冥官併（しか）しながら之に同ず。之に依りて無為にして返し遣はさるる所なり」と云々。

（八オ）
〇勘解由長官有國當初父輔通[1]豊前守之時
相具シテ下向之間父俄病悩忽逝去于時有國
泰山府君祭ヲ如説[3]勤行[4]輔通経[5]数刻纔[6]蘇生
語云予雖参炎魔廰依備美礼[7]之饗膳可
被返[8]遣之由有其定[9]爰或冥官申云輔通[10]ヲ雖被返
遣有國[11]ヲハ早可被召也其故ハ非其道者勤行
祭之条[12]非無罪科[13]云々又或人[14]申有國不可有
罪科[15]無其道人[16]之遠國ノ境ニテ不堪孝養之
情令[17]勤行之条更[18]不可被罪科[19]云々仍冥官[20]
併同之依之[21]無為所被返遣也云々

【校異】文頭に○印あり。 1輔通…輔道　全本　2父…又　静嘉・東山・天理・紅葉山　又父　内閣・色川　3如説…如法説　学習院　4輔通…輔道　全本　5経…縡経　色川　（ナシ）　紅葉山　6繈…絏　内閣（左に「繈」、右に「終」の傍書）・東山　（ナシ）　色川・紅葉山　而　宮城　7美礼…美麗　全本　8返遣…返遺　東山　9冥官…冥官一人　大東急・静嘉・内閣・学習院・東山・河野・天理・紅葉山・宮城　冥炎官一人　色川　10輔通ヲ雖被返遣…雖被返遣輔道　大東急・静嘉・内閣・学習院・河野・天理・紅葉山・色川　雖被返遺輔道　東山　11國ヲハ…於有國者　全本　12祭之条…祭　全本　13罪科…科　色川（補入記号有り、「罪」と傍書）・紅葉山・宮城　14或人申…在座之人申云　全本　15罪科…重科　宮城　16無其道人…無道人　大東急・静嘉・内閣・学習院・東山・河野・天理・紅葉山・宮城　有道人　色川　17令…（ナシ）　全本　18条…輩　全本　19不可被罪科…不可處罪科　大東急・静嘉・内閣・学習院・東山・河野・天理　不可尋罪科　紅葉山・色川（尋の右に「處」の傍書）　20冥官…冥友官　色川　21依之…伏畢之　内閣　伏之　学習院・東山　（ナシ）　紅葉山・色川・宮城

【口語訳】勘解由長官有国が、当初父輔通が豊前守であった時、（父に）伴って（豊前へ）下向の途中、父（輔通）が俄に病に倒れそのまま亡くなってしまった。その時有国は、泰山府君祭を決まったやり方の通りに勤行した。（すると）輔通は数刻を経てやっと蘇生した。（蘇生した輔通が）語っていうには「自分は（一旦）炎魔庁に参ったのであるが『すばらしい饗膳を備え（られ）たことで、（冥界から現世に）返されねばならない』という定めが下された。ここで或る冥官が申して云うには『輔通を返すことはよいが、（替わりに）有国を早く（冥界に）召すべきである。なぜなら、その（陰陽師の）道の者でもなく（泰山府君）祭を勤行したこと、罪科が無いとはいえない』と。（しかし）又、（別の）或る人が言うに『有国に罪科が有るはずもない。その道の人も居ない遠国の地にあって、親に対する孝養の思いに堪えない心が勤行させたのであるから、（これは）改めて罪科とされるべきではない』と。これによって冥官は皆（この意見に）賛同し、（その結果）何事もなく返し遣わされたのだ」ということだ。

勘解由長官　令外の官「勘解由使」の長官。官人交替の折、新任者が前任者から仕事を引き継いだことを証明する「解由状」の審査を職掌とする。有国は永祚元年（九八九）一一月二八日任勘解由長官。

有国　藤原有国。天慶六年（九四三）～寛弘八年（一〇一一）。父は大宰大弐（少弐とも）輔道。母は近江守源守俊女か（二三話【語釈】参照）。石見・越後守などの他、寛和二年（九八六）に左少弁に任ぜられた後右大弁（任永延三年（九八九））に至るまで、長く弁官を勤めた。長徳元年（九九五）大宰大弐。従二位に昇る。逸話を多く伝える人物で、『古事談』にも他に六話、『江談抄』等にも。道長の家司として、堅実・したたかな生き様が注目されるが、藤原惟成と並び文筆にも長ける。

輔通豊前守の時　藤原輔道。『古事談』諸本「輔道」。生没年等未詳。藤原繁時男。『政治要略』（二九）に「天慶三年（九四〇）（略）内舎人藤原輔道」、『九暦』天慶九年（九四六）一〇月二八日条に「六位十人」があげられた中にも名が見える。輔道の任豊前守時期等、記録未見。『尊卑分脈』に拠れば他に周防・隠岐・薩摩守等を歴任。『公卿補任』の永祚二年（九九〇）八月三〇日参議となった有国の項に、「故大宰大貳（豊前守正五位下）輔道四男」との記載を持つものがある。

泰山府君祭　「泰山府君」は道教の神で、「たいさんふくん」（下学集）「たいさんぶくん」（日葡辞書）。現中国山東省泰安市にある泰山に住し、人の生死や禍福を掌るとされる。これを祀る祭。永祚元年（九八九）二月一一日には一条天皇母詮子の病を受けて、泰山府君祭が計画され安倍晴明が奉仕（小右記）する等、同祭は陰陽道の祭祀。『今昔物語集』（一九ノ二四）には「安倍ノ清明ト云フ陰陽師有ケリ。道ニ付テ止事無カリケル者也。然レバ、公（オホヤ）ケ・私此ヲ用タリケル。而ルニ、其ノ清明ヲ呼テ、太山府君ノ祭ト云フ事ヲ令（セシメ）テ、此ノ病ヲ助テ命ヲ存ムト為ルニ」とある。

説のごとく勤行す　『今鏡』（九・祈るしるし）には「法のごとくに祭のそなへどもとゝのへて、祈りこひたり」とある。泰山府君祭では、冥道の十二神を勧請し金銀幣帛や銀銭等を供え、陰陽師が「都状」と呼ばれる、黄紙に朱書きした祭文を読み上げ、焼香や献酒、礼拝するという。祭そのものや都状の書き様に決まり事があり、「説のごとく」とは、これらの決まりを若い有国が周知していたということになるか。『殿暦』長治元年（一一〇四）一二月一六日条「今夜自二大宮御方一為レ余有二泰山府君祭一、余自レ内退出後沐浴、祭始程着二衣冠一下レ庭、両段再拝、取レ笏候」。『諸祭文故実抄』（永正一五年〈一五一八〉）「此祭文之時、号二都状一云々（略）勅願院宮武家等無二別儀一（略）端有二両様一、或南浮州日本国、又或大日本国等也、此両様之間、近代大略南浮州日本国、如レ此用来也」。

美礼の饗膳　「美礼」は「美麗」で麗しく整える様子。「饗膳」はもてなす為に整えた膳、酒や肴のごちそう。「美麗」を食べ物の様子に用いる例は多くは見えないが（例えば『民経記』貞永元年閏九月二七日条）、きちんと整えられたお供えのごちそう、の意か。『古事談』諸本も「麗」の字を用いる他、異同は見られないが、『今鏡』（九・祈るしるし）には「いひ知らぬ供ゐ」、『十訓抄』（一〇ノ七九）には「美麗なる饗」とある（【余説】参照）。

冥官　地獄閻魔王庁所属の役人。

其の道に非ざる者　有国は陰陽師ではない。

【余説】

説話の転生―『今鏡』所収話との違い―

『今鏡』（九・祈るしるし）は、本話とほぼ同話ではあるのだが、末尾に「その流れの人の、才も位も高くおはせし人の語られ侍りける」との一文を附す。本話は、頓死した父輔道が蘇生し、自らの経験と見聞を語ることによって、初めて余人が知り得る話である。遠国での出来事でもあるから、当初本話は、輔道・有国周辺のきわめて狭く、閉じられた範囲で語られたものであったはずである。その後、どのような拡がりを持って伝播したかはともかく、本話を有国の家の流れ、即ち子孫にあたる誰かの語りに取材した、という『今鏡』の謂いは首肯される。

輔道がいつ豊前守として任国へ下ったのか不明である。『今鏡』には、子の有国が「まだ下﨟におはしける時」とあり、これを有国が東宮雑色や蔵人所雑色等に任ぜられる二五歳前後までかと見る向きもある（【参考文献】①）。この見通しに随うならば、父に伴って豊前国に向かっていた有国は、二〇歳前後ということになるだろうか。陰陽師でもない若輩の有国が、泰山府君祭を「説のごとく勤行」出来た、とその博識ぶりを語ることは本話の眼目の一つであろう。冥官が「其道の者に非ず」と言わずもがなの発言することも、この意外性や特殊性を際立たせる効果を上げている。

『今鏡』では有国が「泰山府君の祭といふことを、法のごとくに祭のそなへどもととのへて、祈りこひ」、冥界はこれを「いひ知らぬ供ゐ」を奉ったと評価して、輔通は現世に返されることになった。【語釈】でも触れたとおり、泰山府君祭では、都状と呼ばれる祭文が重要なアイテムである。『本朝続文粋』や『朝野群載』にも作例が遺されるとおり、この祭文は文筆力を要する。有国のそれは遺らないけれども、冥官を納得させるためには、何よりこの都状が麗しく書かれている必要があるだろう。

『今鏡』所載話からは、有国の博識ぶりや孝養の文脈はもちろんのことであるが、有国が行った泰山府君祭が十分なものであったこと、即ち有国は冥界をも納得させる都状を認め得たことが、才も位も得た「その流れの人」が本話を伝える、大きな動力たり得たと読むことが出来る。

ところが『古事談抄』の本話では有国が「備美礼之饗膳」ことを評価して有国を現世に戻す決定を下したとする。泰山府君祭に、「饗膳」に相当するものが「供へ」られている例は現時点で未見であるのだが、「美麗の饗膳」となったことで、祭祀は突然物質的な豊かさの色合いを増す。読み手の視線も、祭文に現れたであろう文筆力に対してでなく、「饗膳」を整えたこと、あるいはそれが可能であった財力に、向くのではないだろうか。

有国には道長の家司として如才なく振る舞った話の他、大宰府の任にあった折には、強引に私財を肥やしたことなども伝えられる。『古事談』本話の上述の表現が、これらの影響を受けているかどうかは、不明とせざるをえない。あるいは『今鏡』の更に取材元となったような、原初的な輔道の語りに直接つながる別系統の話を選択したことに拠るのかもしれず、『今鏡』話が、既に輔道・有国の語りを経た、その子孫の間で伝えられた話として本話を伝えているのに対して、『古事談』話が、輔道の語りとしていることとも併せ、今後の課題である。

本話が出来事として、実際に起きたものか否かは、当時であっても、余人には検証不能な話である。それであっても、本話を耳にした人々に「さも」と思われたとしたら、それは有国の文筆能力、又有国なら専門家でもなくとも祭を執り行うくらいのことは出来そうな博識が、聞き手に違和感なく了解されていたことになろう。

［内田澪子］

【同話・類話】

『今鏡』（九・祈るしるし）、『十訓抄』（一〇ノ七九）、『内外因縁集』、『尊卑分脈』

【参考文献】

①竹鼻績『今鏡全訳注』（二〇〇六年、講談社学術文庫）

第一二三話（一一八／二ノ二九・新大系二ノ二八）

「有国抱負の事」

有国、名薄を以て惟成（これしげ）に与ふ。惟成、驚きて云はく、「藤賢・式太、往日一双の者なり。何を以て此くのごとき」と。有国、答へて云はく、「一人の跨（また）に入り、万人の貴を超えむと欲す」と云々。

（八ウ）

有國以[1]名薄与惟成[2]々々驚云[3]藤賢式太往日一雙者也[4]何以如此有國答云[5]入一人之跨[6]欲超万人之貴云々

【校異】　**1名薄…名簿**　内閣・学習院・色川・河野・天理・紅葉山　**2々々…云云**　静嘉・内閣（右に「々々」と傍書）・学習院・色川・東山・紅葉山・宮城　**3藤賢…藤原賢**　内閣　**藤俊賢**　宮城　**4何以如此…何故以如此**　大東急・静嘉・内閣・学習院・色川・東山・天理　**何故如此**　河野　**何故以此如**　紅葉山　**何以故如此**　宮城　**5入一人之跨…入一人也跨**　宮城　**6欲超万人之貴…欲超万人之首**　全本

【口語訳】　藤原有国が名簿を藤原惟成に取らせた。惟成が驚いて言うには、「藤賢・式太は、かつて並び称された者です。どうしてこんなことをするのです」。有国が答えて言った、「一人の股に入って、万人の高い身分を超えてやろうと思うのです」。

有国　藤原有国。天慶六年（九四三）～寛弘八年（一〇一一）。父は藤原輔道。母は近江守源守俊女（尊卑分脉）、近江守済俊女（公卿補任）とされるが、時代的に合致する守俊・済俊は見出せない。前田本『尊卑分脉』は「源俊女」。俊は延喜二二年（九二二）に六位蔵人に任ぜられており（蔵人補任）、同輩が多く三〇代以上であることから推して八九〇年前後に出生した可能性が高く、有国の祖父として世代的に合致し、かつ天徳二年（九五八）に近江守と見え（日本紀略・同年一一月二七日条）、その官歴も符合するため、【参考文献】②の如く、前田本に従う。有国はもと「在国」、長徳二年（九九六）正月に有国と改名（公卿補任）。従二位・参議・勘解由長官・修理大夫に至る。一条朝を代表する公卿九人の一人（続本朝往生伝・一）。文章生出身の文人でもあり、散逸したが『勘解由相公集』二巻があった。

名薄　名簿。弟子としての入門や従属にあたり、師匠・主家に従属を誓う証として送る自分の姓名・官位・年月日を書いた名簿。惟成への臣従を意味する振る舞いである。本話が実話とすれば、惟成がもっとも権勢を得た花山朝（九八四～九八六年）の出来事と考えられる。

惟成　藤原惟成。天慶六年（九四三）～永祚元年（九八九）（生没年は諸説あるが、【参考文献】③に従う）。父は藤原雅材、母は藤原中正女。正五位上・蔵人・権左中弁・左衛門権佐に至る。花山天皇の乳母子（帝王編年記・花山院）であり、その東宮時代から近侍し、永観二年（九八四）八月の花山践祚以降は、花山の叔父である権中納言・藤原義懐とともに政権の中枢で辣腕を振るったため、五位という低い身分ながら、後世、諸書に「花山院の御時の政は、ただこの殿（義懐）と惟成の弁として行ひたまひければ、いといみじかりしぞかし」（大鏡・伊尹）などと回想された。寛和二年（九八六）六月二二日、花山天皇の突然の退位・出家を受け、義懐とともに惟成も出家した。法名は悟妙、また寂空とも。

藤賢・式太　藤賢は有国の字、式太は惟成の字であることが『水言鈔』（二〇〇）、『二中歴』に見える（江談抄・二ノ三九は「式大」）。

往日一双の者なり　昔、惟成と有国は肩を並べる存在であったということ。「一双の者」は「並び称される者」。「かかれば、『明理・行成』と一双に言はれたまひしかども」（大鏡・伊尹）。有国は天元五年（九八二）作の「初冬感二李部橘侍郎見一ㇾ過懐ㇾ旧命ㇾ飲。并序」（本朝麗藻・下）において、惟成を「康保年中」（九六四～九六八年）の「文友」の一人に挙げ、親しく友人付き合いしていたことが窺える。この「藤賢・式太、往日一双の者なり」は、惟成が有国を肯定的に評価する言葉だが、或る意味、残酷な物言いでもある。「往日一双の者」とは、昔は一双であったが、今はそうではないことが含意されており、「往日」の部分と「一双」の部分、いずれに重きを置いて読むかで、現下の惟成と有国の地位の隔たりが逆に強調されてしまう。「往日一双の者なり」は両人の社会的な地位の差を、はしなくも示すものであった。

一人の跨に入りて　前漢創業の功臣・韓信の股くぐりの故事を踏まえた表現と思しい。『史記』淮陰侯列伝によれば、

淮陰屠中少年有二侮ㇾ信者一曰、「若雖三長大好帯二刀剣一、中情怯耳」。衆辱ㇾ之曰、「信能死、刺ㇾ我。不ㇾ能ㇾ死、出二我袴下一」。於ㇾ是信孰二視之一、俛出二袴下一蒲伏。一市人皆笑ㇾ信、以為ㇾ怯。

とあり、「入跨」に相当する箇所が「出袴下」となっている。「出」「入」、「跨」「袴」において相違するが、『漢書』韓信伝では「出跨下」と見え、謝霊運「撰征賦」（宋書・謝霊運伝）は韓信の故事を「升二曲垣之逶迤一、訪二淮陰之所一ㇾ都。原二入ㇾ跨之達恥一、俟ㇾ遭ㇾ時以遠図」と詠むところより、「入跨」は韓信の股くぐりを表す表現として認められる。よって「一人の跨に入りて」とは、有国が惟成の股をくぐること、すなわち、惟成の下風に立つ恥を忍ぶことを意味する。なお、【参考文献】①は当該箇所を、『大槐秘抄』の「一文知らぬ者なども人の足の下によく這ひくぐりえ候ひぬれば、なりあがり候ひぬ」を参考に、「股に入りて」を「肩車」とし、「惟成を担ぐことで、下にいる私も手柄を立てさせてもらうのだと言っている」と解釈する。だが、後に韓信は「方辱ㇾ我時、我寧不ㇾ能ㇾ殺ㇾ之邪。

殺レ之無レ名。故忍而就二於此一」（史記・淮陰侯列伝。漢書・韓信伝もほぼ同文）、自分を辱めた者をあの場で殺すこともできたが、そうしても名声は得られず、だから我慢して今の楚王の地位に至ったのだと、往時をふりかえる。楚王の位に昇った「就二於此一」と『大槐秘抄』に言う「なりあがり候ひぬ」とはほぼ同意であるため、股の下をくぐって成り上がると述べる『大槐秘抄』は、韓信の故事を念頭に置いた表現と見るべきだろう。さらに、「入跨」が肩車を意味する用例が管見に入らなかったことから、本稿は前述の如く解した。

万人の貴を超えむと欲す　諸本は「貴」を「首」とする。他の箇所が「一人」「万人」、「入」「超」と対句になっていることから推すに、体躯の一部である「跨」に対応するのは体躯の一部である「首」が相応しい。また、惟成の股の下に入った有国が「万人の首」を超えるイメージは、今度は有国が万人を自分の股の下に置く姿に他ならず、やはりイメージ的にも対表現となる。したがって、「貴」は「首」との字体相似による誤写と思われる。

【余説】　藤原有国は説話集におなじみの人物の一人だが、一筋縄ではいかない人物らしく、『古事談』に限っても、仕える者の意を迎えるのに巧みなしたたか者（一ノ三七・六ノ三）、父の一命を救おうと泰山府君祭を自ら行う孝行者（二ノ六八）、自分を冷遇した関白・道隆の子息・伊周が道長との政争に敗れて自己の任地に配流されてきたとき、これを厚く遇して度量を示す（二ノ六九）、慶滋保胤を痛烈に揶揄する皮肉屋（六ノ三八・三九）など、その横顔は一様ではない。さて、『古事談』は一体、本話に有国のいかなる横顔を描こうとしたのだろう。

嘗ては肩を並べながら、今はそこから抜け出し権力を手中にした者へ臣従する態度を見せる有国に卑屈を見るのも一案であるが、有国が本心から惟成に取り入ろうしたならば、「一人の跨に入りて万人の貴を超えむと欲す」と、野心までほのめかすのは贅言ではないだろうか。一方、新大系は本話を「達者な有国の偽悪的な自己肯定」と読むが、稿者にも『古事談』はそのような視点から本話を解したと思われるのである。

本話を展開させる道具立ての「名簿」は、他の説話でも狂言まわしになるようで、似たような話が『古事談』には見出せるのであり、六ノ一七では、楽人・武吉が同じく楽人の時光に名簿を差し出している。

武吉は庭上に居りて、懐中より名符を取り出だして、時光に給ふ。時光驚きて、手を携へて堂上に引き昇す。悦び乍ら問ひて云はく、「年来其の曲をいどみて互ひに奉公せり。何ぞ忽ちに此くの如きや」と。

名簿を差し出された時光が「驚」き、武吉に尋ねた言葉は、本話の惟成の反応や言葉によく重なる。肩を並べ、競い合う相手から、臣従や弟子入りを示されれば、申し入れを受けた本人が驚くのは当然であって、この反応を予期するのは決して難しい話ではない。

ここで、有国の別の逸話を二話、示してみよう。六ノ三では、東三条殿の造営を担当した有国が或る場所に長押を打たなかった。不審に思った道長が訳を尋ねたが、有国は「何無く申し成し」、はっきりと答えなかった。後年、道長の娘・彰子が立后の後、初めて参内するとき、その場所に長押があれば、御輿が突き当たって不都合が生じたはずだが、長押がなかったため、支障なく済んだ。この時、有国はしきりと咳払いをして道長の注意を引き、「指をさして上長押を見遣りたりけり」。一ノ三七では、彰子が難産し、道長はその場から走り出てさらなる祈祷を命じたとき、有国が無事出産したから、祈祷は不要と言葉を挟んだ。そこへ女房が彰子のもとから走り出て出産の無事を告げた。事後に道長は有国に、なぜ無事出産とわかったのかと尋ねると、有国は、道長が障子を開けて出てきたが、「子を障ふ」と書く障子が広く開いたので、無事に出産したと思ったのだと答えた。

右の二話の有国は、わざとらしく咳払いをして昔日の思慮を気付かせようとしたり、結果的に御産平穏であったからよかったが、そうでなければ道長の逆鱗に触れかねない機知を働かせたりと、他の人であれば躊躇される自己演出を平然と行う男である。このように先を見通し、自己演出に巧みな有国であれば、自分が惟成に名簿を出せば、惟成が仰天してその訳を尋ねたりするのは織り込み済みであっただろう。すなわち、「一人の跨に…」とは惟成の問いに対して、咄嗟に出てきた秀句なのでなく、この秀句を言わんがために有国は惟成に名簿を差し出したと読むべきものと思われる。すなわち、有国が名簿を差し出した本意とは、惟成への臣従やその庇護を求めるものではなく、「万人の貴を超え」る意中を示すところにこそ存したと言えよう。ならば、有国は決して卑屈とは評せまい。むしろ、そこには新大系の指摘の如き「自己肯定」、自負が看取されねばならない。『古事談』が本話の有国に寄せた関心の所在は、一ノ三七や六ノ三と通底する、有国以外ならば言うに憚れることをしれっと言ってのける、その強い心臓だったと見られるのである。

【同話・類話】

『江談抄』（三ノ三一、水言鈔・五一）

【参考文献】

①伊東玉美「『古事談』—貴族社会の裏話」（小林保治監修『中世文学の回廊』、二〇〇八年、勉誠出版）

②今井源衛「勘解由相公有国伝—一家司層文人の生涯」（『今井源衛著作集』第八巻、二〇〇五年、笠間書院）

③笹川博司『惟成弁集全釈』（二〇〇三年、風間書房）

［蔦尾和宏］

第二四話（一六九／二ノ七〇・新大系二ノ六九）

「道隆、有国を怨み官職を奪ふ事」

大入道殿、関白を以て何れの子に譲るべきやの由を議せらるるに、有国申して云はく、「町尻殿宜しかるべし」〔花山院御出家の事を思ふ為に申さしむるか〕。惟仲申して云はく、「次第に任せ、中関白宜しかるべし」と云々。国平〔右大史〕申して云はく、「何ぞ兄を捨てて弟を用ゐんや」と云々。両人の許に就きて中関白に譲り申さる。中関白云はく、「我、長嫡たるに理運の事なり。何ぞ喜悦に足らむ。只有国の怨に報ずべきを以て悦びと為すのみ」と云々。仍りて幾無くして〔除〕に及び、父子官職を奪はると云々。然りと雖も有国、長徳の比、大宰大弐を拝して鎮西を経廻るの時、帥内大臣下向の間、広業を使として、事に於いて丁寧を表はし、種々の物等を供進すと云々。

（八ウ）
○大入道殿[1]以関白可譲何子哉之由ヲ被議有國
申云町尻殿可宜[2]〔為思花山院御出家之事令申歟〕惟仲申云
任次第中関白可宜云々國[3]平右大史申云
何捨兄用弟哉云々就両人之[4]許被譲申中
関白々々々云我[5]為[6]長嫡理運事也何足喜悦[7]
只[8]以可報有國之怨為悦耳云々仍無幾[9]及餘
父子被奪官職云々雖然有國長徳之[10]比拜大
宰大貳経廻鎮西之時帥内大臣下向之間使
廣業於事表丁寧供進種々物等云々[11]

【校異】 文頭に○印あり。 **1以関白可譲何子哉之由ヲ被議…被議以関白可譲何子哉之由** 全本 **2〔為思花山院御出家之**

事令申歟）…（為思花山院御出家之事令申也）　静嘉（也の右に「歟」と傍書）・学習院・河野・紅葉山・宮城　**（為思花山院御門御出家之事令申之）**　色川　**3右大史…（ナシ）**　全本　**4許被…許遂被**　大東急・静嘉・内閣・学習院・東山・天理・宮城（許の右に「計」と傍書）　**計遂被**　色川（計の右に「許」と傍書）・紅葉山・河野　**5為…以**　全本　**6長嫡理運事也…長嫡當此任是理運之事也**　全本　**7喜…真**　全本　**8可報…伺對**　全本　**9幾及餘…幾程及除名**　全本　**10之比…以**　全本　**11（ナシ）…（中関白時人稱於関白勝容躰云々）**　大東急・静嘉・内閣・学習院・色川・紅葉山　**害躰**　東山・河野・天理

【口語訳】　大入道殿（兼家）が、関白をどの子に譲るべきかを相談なさったところ、有国が申し上げるには、「町尻殿（道兼）がふさわしいでしょう」（花山院御出家の事を思ってそのように申したのだろうか）。惟仲が申し上げるには、「順序に従って、中関白（道隆）がふさわしいでしょう」ということだ。国平が申し上げるには、「どうして兄を差し置いて弟を登用することがありましょうか」ということだ。二人の考えによって結局中関白（道隆）にお譲りした。道隆が言うには、「自分は長子であるから（父から関白を譲られるのは）理にかなった運命なのだ。どうして嬉しいことなどあるか。ただもう有国への恨みをはらすことだけを悦びとするぞ」ということである。そこで幾程なくして除名に及び、有国父子は官職を奪われたということだ。しかしながら有国は、長徳のころ、大宰大弐を拝命して鎮西を巡察する立場にあった時に、帥内大臣（伊周）が鎮西に下向したところ、広業を使者として、事に応じて親切に対応し、色々な物を進上したということである。

大入道殿　藤原兼家。延長七年（九二九）～永祚二年（九九〇）。師輔三男。母は兄伊尹・兼通と同じ武蔵守藤原経邦女盛子。兼通に先んじて昇進したが、伊尹の死去に伴い兼通が大納言を経ずに内大臣となり政務の実権を握ると、貞元二年（九七七）右近衛大将から治部卿に左遷させられた。兼通との確執は『栄花物語』

（二）に詳しい。天元元年（九七八）再び参内して右大臣となり、娘を次々と天皇の妃として天皇の外戚となる機会を窺い、花山天皇を退位に導き、一条天皇を即位させた。摂政・氏長者となり永祚元年（九八九）太政大臣となるが、正暦元年（九九〇）五月五日病悩により摂政太政大臣を辞し関白となる（公卿補任、栄花・三）。五月八日出家して関白を辞し道隆に譲った。同年七月二日没。六二歳。子女には藤原中正女時姫との間に道隆・道兼・道長・超子（冷泉天皇女御）・詮子（円融天皇女御）、『蜻蛉日記』作者である藤原倫寧女との間に道綱がいる。

有国　藤原有国。天慶六年（九四三）～寛弘八年（一〇一一）。二三話【語釈】参照。永祚元年（九八九）に勘解由長官、正暦元年（九九〇）五月一四日には蔵人頭、八月三〇日には従三位に叙せられたが、兼家の跡を継いで摂関となった道隆に疎んじられ、同二年二月二日、秦有時殺害事件に連座して官を止められた。翌三年八月二二日には本位に復し、同五年（九九四）には勘解由長官に復職した。長徳元年（九九五）一〇月一八日大宰大弐（【余説】参照）。

町尻殿　藤原道兼。応和元年（九六一）～長徳元年（九九五）。兼家三男。弘徽殿女御藤原忯子の死を哀悼する花山天皇を出家へと追いやった経緯は『古事談』一ノ二〇に詳しい。長徳元年（九九五）四月一〇日兄道隆が没すると、道隆の子の内大臣伊周を退けて二七日関白（五月二日に関白宣旨とする史料もある）、二八日氏長者となったが、病気のため五月八日に没し「七日関白」と呼ばれた。三五歳。

惟仲　平惟仲。天慶七年（九四四）～寛弘二年（一〇〇五）。平珍材子。母は備中国青河郡司女とも讃岐人ともいう（公卿補任）。康保三年（九六六）東宮昇殿、肥後守、大学頭、蔵人頭を歴任、有国と共に兼家・道長家司としても活躍。正暦三年（九九二）参議となる。長保三年（一〇〇一）、有国の後任として大宰権帥となり、寛弘元年（一〇〇四）従二位。翌二年大宰府で没した。六二歳（【余説】参照）。

中関白　藤原道隆。天暦七年（九五三）～長徳元年（九九五）。兼家長男。永祚二年（九九〇）正月、女定子を

一条天皇に入内させ女御とし、五月八日、兼家の跡を継ぎ関白、一三日氏長者、二六日摂政となった。一〇月に定子は中宮となり、一族は繁栄を極めたかに見えたが、長徳元年（九九五）次女の原子を居貞親王（三条天皇）に入内させた後、三月二九日、病気により長男の伊周に公事を執らせ関白を譲ろうとしたがかなわず、四月三日関白を辞した。六日に出家、四月一〇日没。四三歳。子には伊周、隆家、中宮定子らがいる（【余説】参照）。

国平　多米国平。生没年不詳。一条朝の正暦元年（九九〇）～長保三年（一〇〇一）左大史（官吏補任）。『二中歴』大夫史歴は、大夫史在職を寛和元年（九八五）からとする。和泉・阿波・備中守を歴任。道長の家司。

幾無くして除に及び　「除」を『古事談抄』は「餘」とする。「除」の異体字は「余」であり、「余」を「餘」と誤ったものか。そうであれば意味としては「無幾及除」（幾程なくして除名に及び）と解すのがよい。

父子官職を奪はる　『栄花物語』（四）に「子は丹波守にてありしも取らせたまへりしかば、あさましう心憂し」とあり、父有国と共に官位を奪われた子は貞順（嗣）のことと思われる。貞順は母周防守義友女（広業母を『公卿補任』記載に従えば、広業と同腹ということになる）、丹波守、従五位上（尊卑分脈）。『小右記』永延三年（九八九）二月一日に「貞順朝臣任二丹波一」、正暦四年（九九三）二月一四日には「前丹波守（藤原）貞順」とあり、父有国の空白期間と重なることから、この間に父と連座して丹波守を解かれた可能性が高い。

大宰大弐　大宰府の府政を実際に総監する役で、任期は五年。権帥のことを大弐と言ったり、大弐のことを帥と呼んだりすることもある。権帥を置く場合は大弐を置かず、反対に大弐を置く場合は権帥を置かなかったので、府政は一人で取り仕切っていた。大臣が流罪となった場合は権帥となるが、名ばかりで政務はとらないので、有国と伊周の立場も慣例通りである。

帥内大臣　藤原伊周。天延二年（九七四）～寛弘七年（一〇一〇）。道隆子。母は高階成忠女貴子。正暦元年（九九〇）、父道隆が関白となった後昇進を重ね、一時は道長を凌いだが、父道隆から関白を譲り受けることが許されず、道兼が関白となった。道兼没後道長が関白となり、道長との対立は深まった。長徳二年（九九六）、藤原為光女に通っていた伊周がその妹に通っていた花山法皇を誤解し、弟隆家と矢を射かけたことが発端となり、四月大宰権帥に左遷。なかなか都を動かなかったので、五月に播磨国逗留を認められたが、一〇月に俗人姿で密かに入京したことが露見し大宰府に護送された。翌三年大赦で罪を許され、後復位したが、もはや無力であった。寛弘七年正月没。三七歳。

広業　藤原広業。貞元元年（九七六）～万寿五年（一〇二八）。有国子。母は周防守藤原義友女（公卿補任、「尊卑分脈」には越前守斯成女とある）。文章博士、式部大輔を経て、寛仁四年（一〇二〇）参議、万寿元年（一〇二四）従三位に叙せられ勘解由長官を兼任。同五年四月没。五三歳。文章に秀で弟資業と共に儒家七家の日野流祖とされる。『栄花物語』では、有国の使いとなった息子は「資業」となっている（【余説】参照）。資業は永延二年（九八八）生まれなので、伊周が大宰府に赴いた長徳二年（九九六）時点では九歳であり、使者として適当な年齢かという問題はあるが、有国と共に大宰府に居た可能性はある。一方で広業は長徳二年正月昇殿、同一二月六日文章生となっているので在京していたと思われ、大宰府において父の使者を務めることは不可能に近い。ただ当時二一歳であり、大宰府にいる父の命を受けて都から伊周への便宜をはかったととれば無理はない。長徳二年という年が、広業にとって今後の出仕の出発年であり、有国子の中で特に広業が目立った年であったことも関係するか。

【余説】

道隆と有国

本話が語るように、兼家に関白適任者について下問された際の有国の発言が、道隆が有国を除名するきっかけとなったかどうかは不明である。ただこの間の事情を『栄花物語』は次のように記す。

①かかるほどに、もとより心よせ、思し思ひきこえさせたりければ、有国は、粟田殿（道兼）の御方にしばしば参りなどしければ、摂政殿（道隆）、心よからぬさまに思しのたまはせけり。さるは入道殿の、有国、惟仲をば左右の御まなこと仰せられけるを、きめられたてまつりぬるにやと、いとほしげなり（三）。②関白殿（道隆）は、入道殿うせさせたまひて二年ばかりありて、有国をみな官位もとらせたまひて、押い籠めさせたまひてしを、粟田殿（道兼）も大納言殿（道長）も、心憂きことに思しのたまはす。惟仲をば左大弁にていみじうもてなさせたまへり。そのをりいみじうあはれなることにぞ、世の人も思ひたりし。まだそのままにて、子は丹波守にてありしも取らせたまへりしかば、あさましう心憂し（四）。③今は筑紫におはしましつきたるに、そのをりの大弐は有国朝臣なり、かくと聞きて、御まうけいみじう仕うまつる。「あはれ、故殿（道隆）の御心の、有国を、罪もなく怠ることもなかりしに、あさましう無官にしなさせたまへりしこそ、世に心憂くいみじと思ひしに、有国が恥は恥が恥にもあらざりけり。あはれにかたじけなく、思ひもかけぬ方にも越えおはしましたるかな。公の御掟よりはさしまして、仕うまつらむとす」など言ひつづけ、よろづ仕うまつるを、人づてに聞かせたまふもいと恥づかしう、なべて世の中さへ憂く思さる。御消息、わが子の資業して申させたり。「思ひがけぬ方におはしましたるに、京のこともおぼつかなく、驚きながら参るべくさぶらへども、九国の守にてさぶらふ身なれば、さすがに思ひのままにえまかりありかぬになむ、今までさぶらはぬ。何ごともただ仰せごとになむ随ひ仕うまつるべき。世の中に命長くさぶらひけるは、わが殿（兼家）の御末に仕まつるべきとなん思ひたまふる」とて、さまざまの物ども、櫃どもに数知らず参らせたれど、これにつけてもすぞろはしく思されて、聞き過ぐさせたまふ（五）。

まず①では、有国は度々道兼の邸に出入りしていたので、道隆に良く思われていなかったという。②では、有国を罷免しただけでは事足りず、続けて子の免官までに至った道隆の怨みの深さが知られる。道兼と道長がそれを憂慮していたということにも、摂関家の兄弟争いに有国の立場が微妙に揺れていたことがわかる。また①同様、有国の処遇が常に惟仲と対になって記述されることも、後の説話的展開に影響があろう。③は、本話の類話ととれる内容であり、伊周が大宰府に流された折、有国が私怨を超越した誠意を見せたととれる。しかし傍線部にあるように、道隆流への憶念は、今も有国の中に存在しているのである。それを耳にした伊周の反応に、有国の誠意に隠された真意が見えてくるのである。

道隆と有国について見てみると、『小右記』に、道隆が関白となり権力を握って（正暦元年五月）程ない八月三〇日の除目で、有国は三位に叙せられたが、右大弁や蔵人頭などの要職から全てはずされ、有国は頗る固辞したが、強硬に叙したとある（右大弁在国叙二三品一〔頗有二辞申一、而強以被レ叙、被レ放二右大弁及所職等一也〕）。不本意な除目を受け入れればならなかった有国は、翌二年二月の秦有時殺害事件に連座し、表舞台から一時姿を消すこととなったのである。

復位の後も長らく非参議であった有国は、大宰大弐であった長保元年六月二四日に、早く参議に任じて欲しいと申請書を出している（朝野群載・九・功労）が、そこには自らの忠勤にも関わらず不遇を得た事を切々と訴えている。道隆への思いと伊周への対応が連動したかどうかはわからないが、大宰府での対応は、少なくとも有国の好意というよりは、摂関家に仕える身分の者として、心中複雑な思いを抱えてのことであったと思われる。

惟仲と有国

惟仲と有国は一双として語られることが多い。当話では有国の道兼推挙に対して道隆を推挙しており、有国とは対照的なライバル的存在とも捉えられるが、二人の交流は若い時から始まっている。『本朝麗藻』（巻下「初冬感二李部橘侍郎（橘淑信）見レ過、懐レ旧命レ飲一」）には、「于嗟、康保年中（九六四―六八）、交友廿有余輩、或昇二青雲之上一、交談遠隔、或帰二黄壌之中一、存没共離。其余多執二台省之繁務一、亦割二刺史之遠符一。居止接近、日不二暇給一。所謂左少丞菅祭酒（菅原資忠）・兵部藤侍郎（藤原忠輔）・太子学士藤尚書（藤原惟成）・肥州平刺史（平惟仲）・美州源別駕（未詳）・前藤総州（未詳）・李部源夕郎（源扶義）・慶内史（慶滋保胤）・高外史（高丘相如）是也」とあり、有国二十歳代の交友に惟仲がいる。当話以外で有国との説話が残る惟成や保胤も含まれている（この二人に対しては別の詩で「藤尚書恨蔵二山月一、慶内史悲遁二俗塵一。藤尚書・慶内史、共是旧日詩友、落飾入道、両別二詩酒一。余以レ有レ恨。故云」とあり、思い入れは深かったらしい）。先の詩は天元五年（九八二）、有国が石見守の任期を終えた時、自邸に橘淑信を迎え吟じたものである。有国を襲う決定的な不遇以前の言であるから、惟仲への感情はこの後変化した可能性はあるが（『水言鈔』には本話の直後に、この時期有国と惟仲が奉幣使の件で争ったとある）、以後においても、惟仲への感情が憎悪のみに変わることはなかったであろう。『小右記』長徳二年八月七日条には、有国が大宰大弐として赴任するに際して、道長が餞別を施し、和歌会を開いている。そのメンバーに惟仲もいる（「七日、乙巳、参二左府（藤原道長）一、依レ有二御消息一、被レ餞二大弐一、有二佰銭事一、臨レ晩有二和歌一、藤中納言（藤原道綱）・左武衛（藤原公任）・左大弁（平惟仲）・宰相中将（藤原斉信）・勘解由長官（源俊賢）等也」）。時には異論を唱えつつも、良い意味での競い合う仲間意識が根底には存在していたのであろう。ちなみに有国は勧学会の主要メンバーであり、康保年中の交友はこの勧学会参加者である可能性が高い。勧学会は途中廃れ、『本朝麗藻』編者の高階積善と有国が中心となって再興している。その際助力したのが道長であったことが『本朝麗藻』（下）の積善詩によって知られる。

『古事談』における有国

さて本話の後半部は、出典と思われる『江談抄』（一ノ三二）には認められない。代わりに『江談抄』の次話は、道兼の臨終時に、有国が次の関白を道長にするという譲状を書くよう勧め、道兼が「関白のことは譲状に書くものではない」と拒否した話である（水言鈔でも同様）。この流れだと、有国は前話における道隆への恨みから道隆子伊周へ関白が委譲しないように謀ったように捉えられ、有国の怨が目立ちかねない。『古事談』が『江談抄』のこの話を欠き、代わりに道隆への怨を忘れた伊周への厚遇ともとれる話を添えたことは、その説話配列において、顕兼の考える有国像が匡房と同様ではなかったことを物語っている。『江談抄』では他に有国が闇討ちを先に知り備えた話（三ノ二〇）、惟仲との不和話（三ノ三〇）があり、ともすると有国の負の面が印象に残る。反対に道長の家司としての如才なさを語る『古事談』の二話（一ノ三七、六ノ三）、父輔通（道）を泰山府君祭を勤行するというタブーを犯してまで救った話（二ノ六八）は『江談抄』にはない。有国という人への興味は既に匡房の中にあり、顕兼はそれを説話として踏襲したのであろうが、匡房の中にはなかった別の観点（ともすればそれは有国の内面性へのより強い興味であったかもしれない）をもって、有国関連話の採録と配置を考えたと思われるのである。

【同話・類話】
前半『江談抄』（一ノ三二）（水言鈔・五二）。『摂関補任次第別本』、『栄花物語』（三・四）に関連。後半『栄花物語』（五）に関連。

【参考文献】
①今井源衛「勘解由相公藤原有国伝―一家司層文人の生涯―」（「文学研究」七一号、一九七四年三月）

［土屋有里子］

第二五話（一三二／二ノ三三・新大系二ノ三二）
「行成、殿上に於いて実方と口論し、振舞優美の事」

一条院御時、実方〔小一条左大臣師尹孫、侍（従）貞時子[1]〕と行成、殿上に於いて口論の間、実方行成の冠を取りて、小庭に投げ棄てて退散すと云々。行成、繆ふ気無く静かに主殿司を喚びて、冠を取り寄せて砂を擺ひて、之を著して云はく、「左道にいまする公達かな」と云々。主上、小蔀より御覧じて「行成は召し仕ひつべき者なりけり」とて、蔵人頭に補せらる〔時に備前介前兵衛佐なり〕。実方をば「歌枕みてまゐれ」とて、陸奥守に任ぜらると云々。任国に於いて逝去し畢んぬと云々。

（九オ）

○一条院御時實方〔小一条左大臣師尹孫 [1]侍■貞時子〕与行成於殿上口論之間實方取[2]行成之[3]冠テ投棄小庭退散云々行成無[4]縿氣静喚主殿司テ[5]冠ヲ取寄テ擺砂著之云左道ニイマスル公[6]達哉云々主上小蔀ヨリ御覧シテ行成ハ召仕ツヘキ者也ケリトテ被補蔵人頭〔于時備前介 前兵衛佐也〕實方ヲハ歌枕ミテマイレトテ被任陸奥守云々於任國逝去畢[7]云々

【校異】 文頭に○印あり。 **1侍■貞時子…侍従貞時子母左大臣臣雅信女** 大東急・内閣・学習院・色川・東山・天理・紅葉山・宮城（右注でなく本文） **（注ナシ）** 静嘉・河野 **2行成…行成〔一条摂政伊尹孫義孝少将男謙徳公為子母大納言保光卿女〕** 大東急・内閣・学習院・色川・東山・天理・紅葉山・宮城（右注ではなく本文） **（注ナシ）** 静嘉・河野 **3冠…冠テ** 全本 **4縿…繆** 静嘉・

内閣・色川・東山・紅葉山・宮城　**謬**　大東急・学習院・河野・天理　**5冠ヲ取寄テ…取寄冠**　全本　**6公達哉…達哉**　東山　**イマス公達哉**　宮城　**7畢…（ナシ）**　全本

【口語訳】　一条院の御時、実方は行成と殿上で口論となり、実方は行成の冠を取って庭に投げ棄てて立ち去ったということだ。行成は争う様子もなく、静かに主殿司を呼んで冠を取り寄せて、砂を払い被って言うことには、「まともな状態ではいらっしゃらない方だな」とか言ったということだ。主上は小蔀から御覧になって、「行成は召し使うに値する者であるな」として蔵人頭に任ぜられた（行成はこの時備前介、前兵衛佐である）。実方には「歌枕見て参れ」とおっしゃって、陸奥守に任ぜられたとかいうことだ。実方は任国の陸奥国で亡くなったという。

実方　?～長徳四年（九九八）。藤原氏。侍従定（貞）時の子。母は左大臣雅信女。小一条院左大臣師尹は祖父。正暦二年（九九一）右近中将、同五年に左近中将、従四位上。『拾遺集』以下に入集する勅撰歌人。中古三十六歌仙の一人。数寄者として知られた。

行成　藤原行成。天禄三年（九七二）～万寿四年（一〇二七）。七話【語釈】参照。

冠を取りて、小庭に投げ棄て　行成の冠を実方が投げ捨てた、の意。殿上において、人の冠を投げ捨てるという行為は、常軌を逸したことであろう。そもそも人前で冠を着けず頭頂を露わにすることは、どのような事情であれ嘲笑の的となった。例えば、『左経記』には「皇太后宮少進良質忽脱冠、衆人莫レ不レ解レ頤」（長和五年〈一〇一六〉正月一六日）、『今昔物語集』には「公達ハ元輔ガ此ノ馬ヨリ落テ、冠落シタルヲバ嗚呼也ト思給フ」（二八ノ六）などとある。

繆ふ　底本「縿」とあるが「繆」の誤写と見なす。諸本は「繆」または「謬」。「繆〈アラソフ、ミダル、アヤマル〉」（名義抄・法中一一九）とあり、ここでも「繆（あらそ）ふ」と読む。

主殿司　主殿寮の官人。湯沐・灯燭・清掃などをつかさどる職。

擺ひて　「擺〈ハラフ、ウチハラフ〉」（名義抄・仏下本五二）。

左道にいまする公達　「左道」は「左道〈サタウ〉」（前田本色葉字類抄・下）、「satô」（日葡辞書）とあるように清音。まともな人のすることではないさま。まともな状態ではいらっしゃらない方（実方）であるよ、の意。

小蔀　蔀戸の半分の大きさの戸。半蔀とも。清涼殿の殿上の間と昼御座との間にあって、しばしば天皇はそこから殿上の様子を垣間見ることがあった。「帝、小蔀より御覧じて、御気色いとあしくならせたまひて」（大鏡・時平）。

蔵人頭に補せらる　「蔵人頭」は蔵人所の長。殿上における権限は極めて大きいことで知られる。第一〇話参照。行成が蔵人頭に就いたのは、長徳元年（九九五）八月二九日で二四歳の時。長保三年（一〇〇一）の参議昇進まで七年間在職した。『大鏡』（伊尹）では、行成が蔵人頭になったことは源俊賢の「行成なむまかりなるべき人にさぶらふ」という強い推薦によるものとする。

召し仕ひつべき者　召し使うのに値する者。

歌枕みてまゐれ…陸奥守に任ぜらる　実方は正暦六年（九九五）正月一三日に陸奥守に任ぜられた。『権記』（長徳元年九月二七日）には「陸奥守実方朝臣令㆑奏㆓赴任之由㆒、先於㆓殿上㆒勧㆑酒一両巡（略）、其後出㆓御昼御座㆒、蔵人信経奉㆑仰召㆓実方朝臣㆒（略）、別有㆓仰詞㆒并叙㆓正四位下㆒、給㆑禄、并奉㆓仰詞㆒退出」とある。実方は陸奥へ出かける前に内裏へ呼ばれ酒を勧められた後、天皇から「仰詞」を頂き「禄」を賜った。つまり叱責されて「歌枕を見てこい」と陸奥守に左遷されたとする本話は史実ではない。ただし、陸奥守は従五位上以上が任ぜられる職であるものの、従四位上左近中将である実方が叙せられるのは異例であった（【余説】参照）。歌枕を見るといって都を離れることは、二条后高子の兄弟に本鳥を切られた在原業平が「歌枕を見むと称して関東に発向」（古事談抄・五七、古事談二ノ二七）したとされるように、都に居られない理由がある場合がある。また、実方の見た「歌枕」については、次の第二六話に詳しい。

任国に於いて逝去　実方は長徳四年（九九八）一一月一三日（一二日とも）、陸奥国で没した。『源平盛衰記』では、実方は道祖神の前を下馬せずに通過し、「終ニ奥州名取郡笠嶋ノ道祖神ニ被二蹴殺一ニケリ」（七・笠嶋道祖神）と伝える。

逝去し畢んぬと云々　『古事談抄』二八話に該当する部分を、『古事談』諸本はこのあとに続けて記す。

【余説】　行成の蔵人頭就任について『大鏡』（伊尹）は「まだ地下におはせし時、蔵人頭になりたまへる、例いとめづらしきことよな」とする。蔵人頭に行成が抜擢されたことは珍しい例とされ、**【語釈】**で挙げたように、源俊賢の推挙があったという。本話のように、実方の無礼な振る舞いに動じなかったために行成が昇進したという史実は確認できない。

実方が陸奥守になったことは、**【語釈】**で記したように異例ではあったが、左遷ではなかった。しかし、「実方（略）左中将配流陸奥国」（拾芥抄）や、「不思懸、陸奥守ニ成テ」「其国ニ下テ、三年ト云ニ墓無ク失ニケレバ、哀レナル事、実ニ無レ限リシテ止ニケリ」（今昔・二四ノ三七）と考えられていたことであったと言えるだろう。

二人の確執の原因を『撰集抄』（八の一九）では次のように説明する。

昔、殿上のをのこども花見むとて東山におはしたりけるに、俄心なき雨ふりて、人々げに騒ぎ給へりけるが、実方の中将いと騒がず、木の本に立よりて、

　桜狩り雨は降り来ぬ同じくは濡るとも花の陰にやどらん

と詠みてかくれ給はざりければ、花より漏りくだる雨にさながら濡れて、装束しぼりかね侍り。このこと興ある事に人々思ひあはれけり。又の日、斎信の大納言、主上に「かかるおもしろき事の侍りし」と奏せらるるに、

行成、その時蔵人頭にておはしけるが、「歌はおもしろし。実方は鳴呼なり」とのたまひてけり。この言葉を実方もれ聞き給ひて、深く恨みを含み給ふとぞ聞こえ侍る。

行成は長徳元年（九九五）八月二九日に蔵人頭に任ぜられ、実方も同年九月二七日陸奥へ赴任している。蔵人頭である行成が花見の季節を迎えるのは、長徳二年以降であり、実方はこの時すでに陸奥国に赴任しているため、『撰集抄』が記すように「東山」で花見をすることは不可能である。結局、『撰集抄』の話も史実とは言い難く、実方と行成との間に確執があったのかどうかも不明であり、新大系は「行成とのいきさつも説話」と述べている。

行成は蔵人頭に抜擢された後、藤原道長の補佐役として活躍する。『古事談』一ノ四二には、行成が藤原斉信の失策を扇に記していた話を記し、『古事談抄』二九話（古事談・二ノ三四）では「いみじく正直なる人」であったため、冥途の召しを逃れた話を載せる。『古事談抄』（古事談）に語られる行成は、実直で融通のきかない人物である。行成が蔵人頭に抜擢されたほぼ同時期に、陸奥国に赴任した実方は「濡るとも花の陰に宿らん」と口ずさんだ「世の好き者」で「おほかたのよろづのものの栄えに」なるような人物（栄花・四）であった。実方が陸奥守となった原因は、本話の通りとは言えないことを先に確認したが、やはり左近中将でありながら陸奥守となった実方には、何か遠国に行かざるを得ないような特別な理由があったと考えられたのであろう。まじめな行成と諍いをおこし、陸奥に「歌枕みてまいれ」と叱責されるのは、「好き者」の実方が相応しいのではなかろうか。

［松本麻子］

【同話・類話】

『十訓抄』（八ノ一）、『寝覚記』（五）、『源平盛衰記』（七・日本国広狭）、『東斎随筆』（鳥獣類・二一）、『五常内義抄』（上）

第二六話（一三四／二ノ七二・新大系二ノ七一）

「奥州あこやの松の事」

実方、奥州を経廻るの間、歌枕を見んが為に日毎にありく。或る日、あこやの松みにとて出でんと欲するの処、国人申して云はく、「あこやの松と申す所こそ候はね」と申す時、老翁一人出で逢ひて申して云はく、「君はいづべき月のいでやらぬかな、〔みちのくにあこやの松にこがくれていづべき月のいでやらぬかな〕と申す古歌を思し食して尋ね下らるるか。然れば件の歌は、出羽・陸奥未だ境はざるの時読む所の歌なり。両国境はるるの後は件の松、出羽国の方に罷り成り候ふなり」と申しけり。

又、彼の国には（菖蒲）無きの間、五月五日は水草は同じ事なりとて、かつみをふかれけり。其の後、国の習ひで、今は此くのごとし。新撰陰陽の書に云はく、五月は水草を葺くべしと云々。

（九オ）
○實方経廻奥州之間為見哥枕毎日ニアリク[1]或■
日アコヤノ松ミニトテ欲出之處國人申云アコヤノ松
ト申ス所コソ[2]候ハネト申ス時老翁一人逢[3]出申云
君ハ君イツヘキ[4]月ノイテヤラヌカナ[5]ミチノクニアコヤノ松ニ[6]コカクレテイツヘキ月ノ
イテヤラヌカナト申古哥ヲ思食テ被尋下[7]歟然ハ件哥ハ
出羽陸奥未境之時所読之哥也被境両國之後ハ
（九ウ）
件松出羽國ノ方ニ罷成候也ト申ケリ
又彼國ニハ[8]無昌蒲之間[9]五月五日[10]ハ水草ハ同事
也トテカツミヲフカレケリ其後國ノ習テ今[11]如此
新撰陰陽ノ書云五月可葺水草云々

【校異】 文頭に〇印あり。 **1ニアリク…出行** 全本 **2コソ候ハネ…コソ国中ニ候ハネ** 大東急・色川 **コノ国中ニ候ハネ** 静嘉・内閣・東山・河野・天理・紅葉山（割注ではなく本文）・宮城 **コノ国中ニ候ハス** 学習院 **3逢出…進出** 全本 **4君…（ナシ）** 全本 **5イテヤラヌカナ…出モヤラヌカ** 色川・紅葉山 **出ヤラヌト** 宮城 **6ミチノクニアコヤノ松ニコカクレテイツヘキ月ノ…（ナシ）** 宮城 **此哥ミチノクノアコヤノ松ニコカクレテ** 大東急・静嘉・内閣・学習院・東山・河野・天理・紅葉山 **此哥ハミチノクノアコヤノ松ニ木カクレテ月出ヘチ月ノ出モヤラヌカナト云ウ哥ノ下句ナリ** 色川 **7被尋下歟…被仰下候歟** 内閣・学習院・色川 **8ニハ…依** 全本 **9之間…（ナシ）** 全本 **10五月五日ハ…ナシ** 全本 **11今如此…今如斯** 静嘉・学習院・河野・宮城 **令如斯** 大東急・内閣・色川・東山・天理・紅葉山・宮城

【口語訳】 実方が奥州を遍歴していた頃、歌枕を見ようと毎日訪ね歩いていた。ある日「あこやの松」を見に出かけようとしていたら、陸奥國の人が申し上げることには「あこやの松と申す所はございません」という。その時、老翁が一人出て来て申し上げることには、「あなた様は、『出づべき月の出でやらぬかな』（陸奥にあこやの松に木隠れて出づべき月の出でやらぬかな）と申します古歌をお思いになってお尋ねになられたのですか。それならば、この歌は出羽と陸奥がまだ分かたれないころに詠まれた歌なのです。両国が分かたれた後は、あこやの松は出羽の国の方になったのです」と申し上げたということだ。

また、陸奥國には菖蒲がなかったので、五月五日の節句の日は同じ水草であるとして「かつみ草」をお葺きになった。その後、陸奥国の習いとして今もこのようにしているのである。『新撰陰陽』の書にいわれていることは、五月は水草を葺くべきであるということだ。

実方 ?～長徳四年（九九八）。藤原氏。『拾遺集』以下に入集する勅撰歌人。中古三十六歌仙の一人。『無名抄』には「道々の盛りなることを江師記せる中にも、『歌よみは、道信・実方（略）』と、この七人をこそは

記されて侍れ」とある。数寄者として知られ、清少納言とも恋愛関係にあったという（後拾遺集・七〇七他）。加えて、任地の陸奥国で没したことや、『徒然草』にも「賀茂の岩本、橋本は業平・実方也」（六七）などと記されることなどから、在原業平に比肩する人物と見なされたようである。二五話【語釈】参照。

奥州を経廻るの間　「経廻、femeguri, u, utta　、一つの地方から他の地方へと遍歴する」（日葡辞書）。実方は長徳元年（九九五）陸奥守に叙せられている。

あこやの松　阿古屋松。出羽国の歌枕。現在の山形市千歳山の万松寺の松とされる。「阿古耶姫」という娘に千歳山の松の化身が通ったとする物語が伝わるが、これは近世以降に流布したか。だが一方では、『堀河百首』には「おぼつかないざいにしへのこと問はむあこやの松と物語して」（一三〇六、藤原顕仲）の歌があり、この「阿古耶姫」の伝承を踏まえてよまれた可能性も指摘されている（【参考文献】①）。

みちのくに…　この歌は『夫木抄』（一三七三八・よみ人しらず）に所収される。また、異同が見られるが

『平家物語』、『源平盛衰記』、『歌枕名寄』（七二〇八）などにも見える。

出羽陸奥未だ境はざるの時　出羽と陸奥がまだ別の国ではなかった頃。謡曲「阿古屋松」では、「そもそも日本国は（略）出羽陸奥の国は一国なれば」とする。『続日本紀』によると、和銅五年（七一二）九月二三日太政官奏により出羽国が建置され、一〇月一日には陸奥国から最上・置賜（おいたみ）の二郡が出羽国に入れられている。

昌蒲　『和名抄』（二〇）にも「昌蒲（略）〈和名阿夜女久佐〉」とあるように、昌菖と菖蒲は同じ。また、あやめ草のこと。テンナンショウ科の多年草。『大和本草』に「泥菖蒲和名アヤメ、古歌ニヨメリ、花アヤメニハ非ス、端午ニ家ノノキヲフク物是也、葉大ナリ」（七）とある。五月の節句に菖蒲を使うことは、早くは『続日本紀』（天平一九年〈七四七〉五月）に見られる。

水草は同じ事なり…　菖蒲と同じように水辺に生える草として同じものだと、の意。「水草」は水辺に生える草の総称。『大和本草』には「水草類」として「こも」が掲出される。「こも」は次の【語釈】のように

「かつみ」と同じものとして扱われ、「マコモ」や「花カツミ」が「日本ニ多シ水草ナリ」と訳されている。とある。

かつみをふかれけり　五月の節句に菖蒲の代わりにかつみ草を葺くこと。「葺く」は軒端に刺し飾るさま。「明くれば五日の暁に兄なる人、ほかよりきて『いづら今日の菖蒲は、などかおそうはつかうまつる。夜しつるこそよけれ』などいふに、おどろきて菖蒲ふくなれば」（蜻蛉日記・下）とある。「かつみ」はまこも或いは花菖蒲の異名とされるが不明。「こもをば、かつみといふ」（能因歌枕）、「陸奥の国には、こもをかつみといへるなめり、五月五日にも、人の家にあやめをふかで、かつみぶきとて、こもをぞふくなる」（俊頼髄脳）など、多くの歌論書ではまこもであるとする。

新撰陰陽の書　『日本国見在書目録』には「新撰陰陽書五十（巻）〈呂才撰〉」とあり、これをいうか。『続日本紀』では天平宝字元年（七五七）一一月の勅に、国の博士・医師が履修すべき書として「その講くべきは、経生は三経、（略）陰陽生は周易・新撰陰陽書」と記される。『玉葉』（承安三年〈一一七三〉正月一三日条）には「当道之習、以㆓新撰陰陽書㆒為㆓規模㆒」とある。

【余説】　かつみは花かつみとも言い、花菖蒲の異名とも、まこもの異名ともされる。『古今集』の「陸奥の安積の沼の花かつみかつ見る人に恋ひやわたらむ」（恋歌四・六七七・よみ人しらず）以降、陸奥の「花かつみ」はよく知られるようになった。後に松尾芭蕉も安積沼を訪れた時に、「かつみかつみと尋ねありき」（奥の細道）と記している。花の形状が類似していること、また同じ陸奥国の歌を喚起させるという点で、実方は「水草は同じ事なりとて、かつみをふかれけり」としたのであろう。

菖蒲・あやめ・花かつみは、それぞれの意名や姿が似ていたこともあり、菖蒲・あやめの代わりとしてかつみを五月の節句に使用したという記述が本説話以外にもみられる。『古今著聞集』「円位上人熊野詣の途次勝見を葺く宿を見て詠歌の事」（六六一）には次のようにある。

五月の比、円位上人熊野へまいりけり。みちのやどにあやめをばふかで、かつみをふきたりけるをみて、よみ侍ける。

かつみふく熊野まうでのやどりをばこもくろめとぞいふべかりける

この「かつみふく」の歌は、異同が見られるものの『西行法師家集』に「五月会に熊野へまゐりて下向しけるに、日高に宿にかつみを菖蒲にふきたりけるをみて」（五二二）の詞書で載せられている。西行歌は、陸奥国ではなく熊野詣の途次としている。

【同話・類話】
『俊頼髄脳』、『和歌童蒙抄（七）』、『今鏡』（一〇・敷島の打ち聞き）、『袖中抄』、『無名抄』、『顕注密勘』、『色葉和難集』（一）、『都のつと』、『平家物語』（二・阿古屋松）、『源平盛衰記』（七・日本国広狭）、謡曲「阿古屋松」、『東斎随筆』（草木類・一三）、『九院仏閣抄』

【参考文献】
①浅見和彦「アコヤノ松のことども」（「成蹊国文」第三七号、二〇〇四年三月）
②蔦尾和宏「運—実方と行成」（浅見和彦編『『古事談』を読み解く』、二〇〇八年、笠間書院）

［松本麻子］

第二七話（一七二／二ノ七三・新大系二ノ七二）

「実方、蔵人頭に補せざるを怨みて雀に成る事」

実方中将、蔵人頭に補せられざるを怨みて、雀に成りて、殿上の小台盤に居て飯を食しけりと云々。

（九ウ）

實方中将怨不補蔵人頭雀ニ成テ[1]殿上小臺 5
盤ニ居テ飯ヲ食シケリ云々 6

【校異】 広本の静嘉堂本、学習院本、色川本は本話を前話の一部として扱う。略本の紅葉山本、宮城本は本話を欠く。
1殿上小臺盤ニ居テ飯ヲ食シケリ～云々…居殿上小台盤云々 全本

【口語訳】 実方中将は、蔵人頭に任ぜられないことを怨んで、死後は雀になり殿上の小台盤にとまり、飯を食べていたということだ。

実方 二五、二六話【語釈】参照。

雀 「雀、須々米」（和名抄）。一年を通じて人目にふれる鳥である。人が雀に生まれ変わったという話は少なく、『古事記』には死んだ天若日子を弔うため、雀を「碓女（臼で米をつく女）」（上）にするとある。また『今昔物語集』には「武等山ニ有リシ青雀」が「比丘ノ無量義経ヲ誦シ給ヒシヲ聞シニ依テ、命終シテ忉利天ニ生ゼリ」（七ノ一三）という話が伝わる。本説話と同話となる『十訓抄』（八ノ一）は実方が蔵人頭になれなかったことを「恨みて、執とまりて」雀になったとする。

小台盤　台盤の小さいもの。「台盤」は食物を盛った椀や、酒器などをのせる台。伊東玉美氏は「『日中行事』によれば、殿上の台盤（食事の意）の際、蔵人所の用いる台盤は「きりだいはん」（切台盤）で、（略）『禁秘抄』「恒例毎日次第」で公卿用の台盤を「小台盤」としていたことなどをあわせると、「切台盤」は

「小台盤」と同様の役割を担っていたと考えてよいように思う」とする（【参考文献】①）。一〇話参照。

飯を食しけり　『古事談』諸本にはなく、『古事談抄』のみに見られる記述。伊東玉美氏は『古事談抄』の古態を留めている箇所とし、「雀となった実方が、遂になれなかった蔵人頭よろしく、頭の用いる小（切）台盤で食事をついばんだ、という意味に解してよいだろう」（【参考文献】①）と指摘する。

【**同話・類話**】

『今鏡』（一〇・敷島の打ち聞き）、『十訓抄』（八ノ一）、『源平盛衰記』（七・日本国広狭）、『寝覚記』（五）

【**参考文献**】

①伊東玉美「日本古典文学影印叢刊所収『古事談抄』について」（「共立女子短期大学文科紀要」第四六号、二〇〇三年）

［松本麻子］

第二八話（一三二／二ノ三三・新大系二ノ三二）

「行成、殿上に於いて実方と口論し、振舞褒美の事」

行成卿職事に補せられ、弁官に任ぜられ多く以て失礼す。漸く尋ね知るの後は、傍倫に勝る。是、文事に携はるの致す所なり。

（九ウ）
[1]行成卿補職事任弁官多以失礼漸尋知之後 7
ハ勝傍倫是[2]携文事之所致也 8

【校異】 本話は大東急本、河野本、天理本、宮城本の他は、全て第二五話に付随し一話として扱われている。 **1行成卿…行成** 全本 **2文事…文書** 全本

【口語訳】 行成は職事に任ぜられ、また弁官に就いてからは、多く先例や故実から外れてしまうことがあった。ようやく先例・故実を尋ね知った後は、同輩に勝る知識を持った。これは行成が文事に携わることを行っていたからである。

行成 藤原行成。天禄三年（九七二）～万寿四年（一〇二七）。七話【語釈】参照。

職事 蔵人頭、五位蔵人、六位蔵人の総称。行成は、長徳元年（九九五）九月～長保三年（一〇〇一）八月の三〇歳まで蔵人頭を務めた。

弁官 太政官と諸官司との連絡に携わる行政上の枢要

の職で、太政官への上申を行い、太政官からの命令書を作成した。大弁は多く公卿に昇進し、蔵人頭二人のうち一人は中弁以上を兼ねる場合が多く、頭弁と称された。行成は長徳二年（九九六）四月に権左中弁、三八歳の年の寛弘六年（一〇〇九）三月に参議兼左大弁から権中納言に昇進した。つまり、行成が「多く以て失礼」したのは三〇代のころ、ということになる。

失礼　先例や故実などから外れる行い。「昨日ノ御即位ニ御失礼モナク目出ク難レ有由、細々ト四五枚ニ書注シテ」（源平盛衰記・一三・入道信二同社一并垂レ跡）

傍倫　仲間、傍輩。

文事　『古事談抄』「文事」、諸本「文書」。

【余説】　蔵人頭や、それに兼任される弁官の職務として挙げられるのが、宮中の儀式を取り仕切るという仕事である。宮中の儀式に関しては、歴代の天皇の宸記が重要な典拠となった。行成の日記『権記』には、長徳四年（九九八）三月二八日、「開二御厨子一、見二延喜（醍醐）御記抄一」とあり、記録を検討するさまが記されている。清水好子氏は「天皇のために適宜前例になるべき御記を択び出すのが、蔵人頭の仕事の一つであったと考えてよい」（【参考文献】①）と述べる。

　行成が実直な性質をもっていたことは、次の第二九話でも触れるが、その行成でさえも三〇代のころは、「多く以て失礼」することがあったのだと本話は伝える。努力して「漸く尋ね知るの後」は行成は一条天皇の信頼も篤く、蔵人頭を退く際に「雖レ避二顧問之職一、猶可レ奏下所二聞得一事上」（権記・長保三年〈一〇〇一〉九月七日）と天皇に言わしめたという。蔵書の記録類だけではなく、宮中に保管されている歴代の「御記」をことあるごとに調べ、天皇に奏上した行成は、次第に同輩に勝る能吏となっていったのである。

【同話・類話】

未詳

【参考文献】

①清水好子「政治家藤原行成とその環境―蔵人頭時代について―」(「関西大学国文学」第五〇号、一九七四年六月)

［松本麻子］

第二九話（一三四／二ノ三五・新大系二ノ三四）

「行成、正直に依りて冥官の召しを遁る事」

或人、夢に冥途に趣きたりけるに、侍従大納言行成を召さるべきの由、其の沙汰有りければ、或る冥官云はく、「行成は世の為、人の為、いみじく正直の人なり。暫く召さるべからず」と云々。仍（よ）りて召されずと云々。正直の者は冥官の召しも遁（のが）るる事なり。

（九ウ）

[1]或人夢ニ趣冥途タリケルニ可被召侍従大納言[2]行成之由有其沙汰ケレハ或冥官云行成ハ為世為人イミシク正直者ノ人也暫[3]不可被召云々仍不被召云々[4]正直者ハ冥官ノ召モ遁ル、事也

【校異】　**1或人…或人云**　紅葉山　**或人ノ云**　宮城　**2行成…件行成**　全本　**3不可被召…不被召**　紅葉山　**4正直者ハ…正直ハ**　宮城

【口語訳】　ある人が夢の中で冥途に赴いた時に、侍従大納言行成を召すことについて沙汰があったが、ある冥官が「行成は世のため人のために尽くし、たいそう正直な人である。しばらくは召すべきではない」とか言った。それによって行成は命を失わなかったということだ。正直者は冥官のお召しをも逃れるということである。

或人　紅葉山本、宮城本では「或人云」となっており、この形は本話の典拠と考えられる『中外抄』（下二二）での忠実の語りという形と類似する。

夢に冥途に趣きたりける　ある人が夢の中で冥途に赴いた、ということ。「冥途」は、死後、死者の霊魂が行くという暗い道。また、その道を通って至り着く亡者の世界をいうが、「冥途に行き向ひて、閻魔の庁に召されぬ」（宇治拾遺・四四）などの例のように、閻魔王の前で生前の罪を裁かれる場として記されることが多い。

侍従大納言　「侍従」は、常に天皇の側近に侍して身辺の世話を行うことを職掌とする律令官職制の中務省の官。官位相当は従五位下。蔵人所の設置などにより次第に職務の実質を失い、平安中期以降は、名門子弟の叙爵後初任の官職とされ、また公卿の名誉職的な兼官も多くなった。「大納言」は、大臣に次ぐ官。官位相当は正三位。摂関時代以降は多く正・従二位を帯するようになる。行成は寛仁四年（一〇二〇）に権大納言に昇進している（公卿補任）。

行成　藤原行成。天禄三年（九七二）～万寿四年（一〇二七）。七話【語釈】参照。

召さるべきの由　ここでは、行成を冥官とするために招聘したのではなく、ただ寿命の宣告をされたということ。生きている人に対して、冥途から使者が遣わされ、死を告げることもあった。『今昔物語集』（九ノ二九）には、「我レハ此レ、官、汝ヲ召ス使人也。明日ニ至テ、汝ヲ当ニ可殺キ也」とある。

冥官　冥途の官人。地獄の閻魔王庁所属の役人。死者の生前の行いによっては、蘇らせることも可能であった。「冥官、孫宝ヲ見テ云ク、『汝ヂ、罪無カリケリ。速ニ放チ免ス、出ヨ』」（今昔・九ノ一四）。また一方で、「一条右衛門佐重隆」（著聞集・四五八）のように、死後に冥官になる場合もあり、柳智感は欠員が出たため、生きたまま三年間冥官として仕えた（今昔・九ノ三一）。昼は本朝の朝廷に仕え、夜は閻魔庁の冥官であった小野篁の話はよく知られている（今昔・二〇ノ四五）。

正直の人　「正直〈シャウジキ〉」（饅頭屋本節用集）。せいちょく、とも。「正直」は、心がまっすぐで偽りよこしまのないこと。典拠とされる『中外抄』（下二二）では、「うるはしき人」とある。「正直」は「質直」ともされ、『十訓抄』（六ノ三八）では、「（往生するために必要な心がけは）慈悲と質直となり。これを具せざれば、いづれの行を勤むとも、往生を遂ぐこと、きはめてかたし、（略）せめて慈悲はおろそかなりとも、質直ならむと思へ。心うるはしからずして、浄土に生るること、いかにもあるまじ」とし、「質直」であることを「うるはし」き心であるとしている。『撰集抄』（三ノ八）にも、「心だての云べき方なくすなを」な「正直房」という僧が、「ある山のふもとに西に向てうるはしく座して、手を合はせて」往生したとあり、正直な心が往生に必要なものであるとする。「正直者」については『沙石集』が詳しい。正直な心がない者に対しては、「炎魔王界ニシテ、冥官、冥道ノ前ニツナギツケ、引スヘラレテ、阿防羅刹ニ打ハラレテ、恥ガマシキニ逢ニタトヘリ。能々発露懺悔ノ心ヲヲコシテ、冥途ノ冥官ノ恥ヲ遁ル、斗事ヲスベキ者也」（三ノ二）とあり、正直な心を持つことによって「冥官ノ恥ヲ遁ル、」ことができると記す。

【余説】

本話の典拠と考えられるものに『中外抄』（下二二）がある。それによれば、行成が冥官の「召し」を逃れたのは、「かの人は、世のため人のために、いみじくうるはしき人なり。暫くな召しそ」という一言とする。【語釈】で挙げたように、『古事談抄』では「うるはしき人」を「正直の人」としているが、両者はほぼ同内容としてよい。人柄のすばらしさにより冥途から生還した、という説話は他に、小野篁がこの世にいながら冥官になっていたという『今昔物語集』（二〇ノ四五）がある。冥官であった小野篁が、「身ニ重キ病ヲ受テ」亡くなった「西三条ノ大臣良相（よしみ）」を、「此ノ日本ノ大臣ハ心直（うるはし）クシテ人ノ為ニ吉キ者也」と閻魔王に訴え、良相を蘇らせたというものである。「心直（うるはし）クシテ人ノ為ニ吉キ者也」という一文が、本話や『中外抄』（下二二）の「世のため人のために、いみじくうるはしき人なり」と類似していることからか、本話を行成が冥官になるために冥途に呼ばれたとする読みもある。新大系では、脚注に「冥府にとどめられなかった行成は一面では、篁のような文筆の人ではなかった―冥府ではそのように評価したということかも知れない」とし、行成はなぜ冥官になれなかったかという理由を記す。

しかし、本話は、冥官に危うく召されそうになっていた行成が、「正直」という美徳により死を免れた、と読むのがよいのではないか。『古事談』では、『古事談抄』と配列を異にし、二ノ三二話～本話の三四話まで、連続して行成を話題にしている。蔦尾和宏氏はこれら行成説話をまとめて、「二・三四話は、冥府へ召される、すなわち、命を失うはずであった行成が『為レ世為レ人イミジク正直之人』である故に、それを免れた一話だが、「或冥官」が述べる『為レ世為レ人イミジク正直之人』行成の具体像は、三三話の『依レ思二彼恩一、遂不レ着二其上一』と、旧恩をいつまでも忘れない態度が該当し、三三話は三四話における冥官の言葉の真実性を保証する機能を果たしている」（【参考文献】①）と述べる。また、本話の解釈も、氏の「（行成の）そのような人となりを賞され、死する運命をも宥恕されたという物語が出来あがる」（（　）は引用者注）という指摘に従いたい。

付け加えるならば、行成の祖父、伊尹や父義孝が早世したことに対して、行成が天寿を全うした理由を述べる話とも取れる。祖父の伊尹は『大鏡』（伊尹）に「大臣になり栄えたまひて三年。いと若くてうせおはしましたる」「御とし五十にだに足らでうせさせたまへるあたらしさ」と記されるように、天禄三年（九七二）この世を去り、父の義孝も翌年の天延二年（九七四）、「皰瘡おこりたるに患ひたまひて」、行成の生後二年にして亡くなっている。『古事談抄』三話にも見られるように、彼らの死の要因は伊尹やその子孫に恨みを持った藤原朝成の怨霊ともされている。行成も例外ではなく、内裏で朝成の霊に襲われそうになるが、「（神仏の）まもりのこはく」（大鏡・伊尹）、難を逃れる。行成が、朝成の怨霊から逃れることができたのは、神仏の「まもり」であり、冥官の召しを逃れたのは彼の「正直」さという美徳であった。「正直」という性質が、往生に欠かせないものであったのは、【語釈】に述べたとおりである。伊尹から続く一族の不運を行成が被らなかったのは、彼の「うるはしき」人格故であったのである。

【同話・類話】

『中外抄』(下二二)

【参考文献】

①蔦尾和宏「運—実方と行成」(浅見和彦編『『古事談』を読み解く』、二〇〇八年、笠間書院)

[松本麻子]

第三〇話（一三五／二ノ三六・新大系二ノ三五）

「済時、空拝大将の名を得る事」

済時大将を紅梅の大将（と）云ふ其の故は、「女子〔誠子、三条院女御、小一条院御母、宣耀殿と号す。父卿薨逝の後、皇后と為る〕の女御を后にたてむ」と申されけるを、「勅許ある」と存ぜられて、左右無く庭上に下りて拝舞せられ畢(をは)んぬ。然れども立后無し。仍(よ)りて空しき拝の大将と世の人云ひけり。而るに案内を知らざるの人、紅梅と知るなり。

（九ウ）
済時大将ヲ紅梅ノ大将■云[1]其故ハ女子〔誠子三条院女御小一条院御母
（一〇オ）
号宣耀殿父卿薨逝之後為皇后〕女御ヲ后ニタテムト被申ケルヲ[2]勅許
アルト被存テ無左右下庭上被拝舞畢然
而無立后仍[3]空キ拝ノ大将ト世人云ケリ而不知
案内之人紅梅ト知ナリ

【校異】　**1其故ハ…故ハ**　全本　**2勅許アルト…勅許アルソト**　全本　**3紅梅ト知ナリ…紅梅ト思フ也**　宮城

【口語訳】　済時大将を紅梅の大将と言うその理由は、「娘〔誠子。三条院女御、小一条院の御母。宣耀殿と呼ぶ。父済時卿がお亡くなりになった後、皇后となる〕の女御を皇后に立てよう」と申されたのを、「天皇のお許しがある」と思われて、ためらいもなく庭に下りて拝舞なさった。しかし立后はなかった。そこで空しい拝の大将と世間の人は言った。しかし事情を知らない人は、紅梅と理解しているのだ。

済時　藤原済時。天慶四年（九四一）～長徳元年（九九五）。父藤原師尹、母藤原定方女。天徳二年（九五八）叙爵。正二位大納言で没。『公卿補任』に「大将十九年（右十四、左五）」とあり、小一条大将と呼ばれる。寛弘九年（一〇一二）四月贈右大臣。箏の名手。

女子…の女御　娍子（せいし）。『古事談抄』では「誠子」、諸本「城子」「越子」などとある。天禄三年（九七二）～万寿二年（一〇二五）。済時女。正暦二年（九九一）一一月、東宮居貞親王（後の三条院）に入内。寛弘八年（一〇一一）八月二三日女御宣旨、翌九年四月二七日立后。

三条院　三条天皇。諱は居貞。天延四年（九七六）～寛仁元年（一〇一七）。冷泉天皇第二皇子、母は藤原兼家女超子。寛和二年（九八六）立太子、寛弘八年（一〇一一）即位。長和五年（一〇一六）敦成親王（後一条天皇）に譲位。

小一条院　敦明親王。正暦五年（九九四）～永承六年（一〇五一）。三条天皇第一皇子、母は娍子。三条天皇の強い希望で、後一条天皇即位と同時に東宮となったが、娘彰子の生んだ敦良親王を東宮としたかった道長からの圧迫もあり、翌寛仁元年（一〇一七）自ら東宮を辞した。その結果敦良親王が東宮となり、敦明親王は小一条院の院号を与えられ准太上天皇となった。

拝舞　はいむ、はいぶとも。任官や叙位、賜禄などの時に謝意を表して行う礼の形式。拝舞は本来天皇に対しておこなわれる。「左衛門督藤原朝臣候二御前一傳作二勝負一。惣十番。勝方廉中拝舞」（著聞集・六四七）。

紅梅と知るなり　『江談抄』（三ノ七）では「時の人、密かに紅梅の大将と号く。また、かの大将の家の前庭に紅梅あり。すなはち空拝と称ふ」とあり、済時邸の前庭の紅梅の存在が語られている。済時の家の庭に都合良く紅梅があったから「紅梅の大将」と呼んだのだけれど、そこには実は「空拝」が掛けてある、という話の流れになっているが、『古事談』の場合は済時邸の紅梅の存在が語られないので、「空拝の大将」の異名がついた後で一般的な「紅梅」と人々がはき違えていた、と解釈すべきであろう。

【余説】

拝舞の対象

本話は二つの状況設定が考えられる。一つは済時自身が娘を皇后にしよう、と言い、それが天皇の許しを得られると勘違いして拝舞してしまった、ということ。この場合拝舞の対象は天皇であり、終始済時の独り芝居である。いま一つは娍子を皇后にしよう、と言ったのが時の権力者（江談抄・二ノ七を意識すれば兼家を連想させる）であり、済時はそれを聞き、勅許もあると思い、その権力者に対して拝舞した、という設定である。この場合、『江談抄』と話の骨格において通じるものがある。

輦車の宣旨

本話に先行する『江談抄』（二ノ七）では、済時が拝舞した状況が異なる。済時は娘の娍子が東宮に入内する折、輦車（「れんしゃ」、「てぐるま」とも。勅許によって使用が許可される手車）の宣旨を得ることを兼家に頼み、兼家から天皇に奏上する約束を取りつけ、感激のあまり兼家の前で拝舞して退出したとある。しかし結果的に宣旨を得ることはなく、娍子は筵道を敷いて参入した。

入内の折に輦車の宣旨を得ることは、そのまま、兼家女綏子（すいし）が麗景殿に参上した際の『栄花物語』（三）の表現（「大殿の御女におはしませば、やがて御輦車にて、女御や」）、顕光女の初参内の記事（「右大臣顕光女元子初参内、〔承香殿〕仰二手車一、母氏天暦盛子内親王、同車被レ参、仍仰レ之」『日本紀略』長徳二年一一月一四日条）、道長女彰子が一条天皇のもとに入内した際の記事（「以二酉時一入内、上達部・殿上人等多来、家人十八九参、右中弁道方朝臣御書持来、参着二了内一、輦車宣旨蔵人泰通仰、上達部共多、道方朝臣有二被物一」『御堂関白記』長保元年一一月一日条）等を考え合わせると、大臣の娘が入内する際には輦車の宣旨を得、しかもその宣旨を得ることが将来的に女御、皇后となる暗示として機能しているようである。

済時は娍子の立后はおろか女御になることさえも見ることなく、長徳元年に没しており、本話の状況は史実とも反する（『江談抄』においても、拝舞の相手である兼家は娍子入内の前年に死去している）。『江談抄』では為仲の語った話としているが、根本的な状況設定が異なる本話は、一応別系統の口承の可能性も考える必要があろう。

娍子の立后

娍子は三条天皇との間に六人の子をもうけている。長子の敦明親王は東宮を二年で辞退、結果的に娍子は立后したものの国母にはなれなかった。娍子の立后の際にも、道長が様々な妨害をしたということが『小右記』寛弘九年四月二七日条に詳しく、娘の妍子を同じく後宮に入れている道長からの圧迫は甚だしかったらしい。また娍子立后の際に問題となったのは亡父済時の官位であった。済時は大納言で没したが、大納言の娘が皇后になることは例になく、『栄花物語』（一〇）では済時に太政大臣を追贈した上で娍子を皇后にしたとある（尊卑分脈・公卿補任では贈右大臣）。つまり大納言の娘が、父の死後後見もないまま皇后になることは稀有なことであり、娍子と済時が最も話題性を得た時期は、娍子立后時であったと思われる。本話における済時の拝舞はあくまで「空拝」でなければならず、娍子が現実に立后した後では意味がないわけで、そのあたりの矛盾は既に割注の中に説明されている。兼家が右大将を解かれ治部卿に左遷させられた折に、代わって右大将となったのが済時であることを考えれば、その兼家の前で「空拝」するという済時にとっては皮肉な話がいつしか出来上がり、後にそれが娍子立后と結びつけられたとも考えられる。

【同話・類話】

『江談抄』（二ノ七）

【参考文献】

①廣田收「『江談抄』「空拝大将」考」（「人文学」一五七号、一九九五年三月）

［土屋有里子］

第三一話（一三六／二ノ三七・新大系二ノ三六）

「経信、北野社前にて下車せざるの事」

経信卿〔六条左大臣重信孫、中納言道方男〕円融院の御八講に参るの時、北野の前を下車せず。不審を成して問ふ人のありければ、答へて云はく、「弾正の式に云はく、『四位は二位を拝せず』と云々。神は非礼を受けず。若し下りなば、還りて以て礼を知らざるに似たるか」と云々。

（一〇オ）

[1]経信卿六条左大臣重信孫中納言道方男参円融院御八講之時
[2]北野前ヲ不下車成不審テ問フ人ノアリケレハ
答云弾正式云[3]四位ハ不拝二位云々神不受[4]非礼若[5]
下者還以似[6]不知礼歟云々

【校異】　**1経信卿六条左大臣重信孫中納言道方男…重信公孫中納言通方御子経信卿**　大東急・内閣・色川・東山・天理・紅葉山　**経信卿**　静嘉・学習院・河野・宮城　**2北野前ヲ不下車…小野前（宮）不下車**　色川　**北野前下車**　紅葉山　**3云…之（云歟）**　大東急・天理　**4不受…不享**　全本　**5非礼…非例**　大東急・内閣・学習院・色川・東山・河野・天理・紅葉山　**6不知礼…不礼**　紅葉山・宮城

【口語訳】　経信卿が円融院の御八講に参上したとき、北野天満宮の前で車から降りなかった。不審に思い、その理由を問う人があったので、経信卿は答えて「弾正の式にあるように四位のものは、二位のものに拝礼しない。神は非礼なことは受けない。もし車から降りたならば、かえって礼を知らないようになってしまうではないか」とかいったということだ。

経信卿　源氏。長和五年（一〇一六）～永長二年（一〇九七）。平安後期の歌人、公卿。帥大納言、桂大納言とも呼ばれる。正二位民部卿源道方六男。母は播磨守源国盛女。土佐守貞亮女を妻とし、基綱、俊頼の父。長元三年（一〇三〇）叙爵。治暦三年（一〇六七）参議。寛治五年（一〇九一）大納言。同八年大宰権帥、任地で没した。後一条朝から堀河朝まで文人官僚として仕え、重用された。『後拾遺』以下の勅撰集に八六首入集。歌合の判者も務める。和歌・漢詩・管絃（琵琶）に優れたとする、三船の才の話は有名（十訓抄・一〇ノ四、他）。勅撰集に対する最初の論難書である『難後拾遺』が残る。

円融院　現在の京都市右京区竜安寺にあった寺。永観元年（九八三）に円融天皇の御願によって新造された。仁和寺を本寺とする四円寺の最初。創建当初円融院が住居した（栄花・三）。一条院が御幸し、華やかに船楽や御遊（音楽）などを催した宴の様子が『続古事談』（一九）に語られている。また、『金葉集（初度本）』（八五・中納言顕隆）、『六条修理大夫集』（一〇六）、『散木奇歌集』（一四二）などに円融院における歌会の歌が残る。寛喜三年（一二三一）廃絶。典拠と考えられる『江談抄』では、神田本（九）は「円融院」、『水言鈔』（九）は「円宗寺」とする。類聚本系は表題のみ（一ノ三七）。円宗寺は現在の京都市右京区仁和寺の南にあった寺で、延久二年（一〇六六）に後三条天皇の御願によって建てられた。円融院と同じ四円寺の一つである。『帥記』『中右記』に経信が円宗寺の御八講に参加している記事が見える。

御八講　法華八講のこと。『妙法蓮華経』八巻を八座に分け、一日に朝・夕二座、四日間で結願する法会。息災や亡き人のための供養などに行う仏事。

北野　現在の京都市上京区馬喰町にある北野天満宮を指す。北野天満宮は、北野寺、北野聖廟、北野天神とも称し、菅原道真を祭る。道真が大宰府において没した後、その御霊が醍醐天皇、藤原時平およびその周辺に祟りをなしたとして祭られた。

下車せず　神の前を通る際に、馬や車から降りるべきであるが、経信は降りなかった、ということ。例えば

『中右記』（天仁元年〈一一〇八〉一二月二五日）には「従二今日一円宗寺法華会所レ被レ行也、（略）往反之間、於二北野前一下レ従レ車、是依レ敬レ神也毎日如レ此」とあり、参考になる。

弾正の式に云はく　『延喜式』の弾正台の項目にあるということ。ただし、弾正台式には「四位拝二二位并三位参議已上一」とあり、本話の記述と合致しない。

四位は二位を拝せず　四位は経信を、二位は道真を指す。経信は永承四年（一〇四九）従四位下、治暦五年（一〇六九）従三位。道真は没後正一位を贈られているが、存命中の極官は従二位。この部分と合致する記事は他の故実書には見えない。『古事談』に先行すると考えられる『水言鈔』（九）は「弾正式曰。四位不レ拝二二位一云々」、『東斎随筆』（神道類・六二）は「弾正式ニ四位ハ二位ヲ拝セズト見エタリ」と、『古事談』と同様だが、『経信卿母集』は、「弾正式に四位は二位に車よりおりず」とし、また『貴嶺問答』は「二位不レ拝二一位一」（二位は経信の極官、一位は天神に贈られた位）としており、それぞれ『延喜式』と整合する内容になっている。

神は非礼を受けず　例えば『世俗諺文』（上）に「神不亨非礼　左伝曰。晋李克語大夫申生曰。神不亨非礼。民不祭非族」と見える。また例えば建暦二年（一二一二）三月二二日宣旨「可レ停二止伊勢太神宮以下諸社司進奏状上猶企レ濫事」の項に「神者不レ亨二非礼一。定乖二違于冥慮一者歟」とあり、動機が不純で道理に合わない申し入れは、一見神に対して礼を尽くしているようでいて、神慮に反する行為であろう、との文脈で用いられている。

云々　『古事談』諸本は「云」になっているが、云々の方が良いか。

【余説】　経信が詩歌管絃だけでなく、有職故実にも通じた人物であったことは、『中右記』永長二年（一〇九七）閏正月二七日条で「兼二和漢之学一、長二詩歌之道一、加レ之管絃之芸、法令之事、能極二源底一、誠是朝家之重臣也」と評されていることをはじめ、残された逸話から伺い知ることができる。また、勅撰集に対して初めて論難をつけたことからも、単に諸事に通じていただけではなく、それを根拠にして物事を判断し、はっきりと自分の意見を言える人物だったと言える。

その日記である『師記』は「有二世間人上事一云云、如レ此家記取出子々孫々誠以不便也」（中右記・元永元年〈一一一八〉三月八日）と世間の人を批判する内容を記していたようである。また、『江談抄』（二ノ三四）では、身分の高い人は、着袴の時指貫を着けないことを、近頃の上達部・殿上人などがきちんと伝聞していないことを「尤も恥辱多きか」と批判するなど、物事を知らない人に対して意見する人物として描かれている。本話はこのような経信像を語る説話の一つと位置づけられよう。

下車しない方が道真の意に添うと考えて周囲に逆らってでも敢えて下車しない。このような一見神を軽んじていると誤解されかねない大胆な行動からは、故実に精通している者ならばそれくらいの気概が欲しいという、肯定的な視点が感じられる。実際その後経信は菅公の怒りを受けず、正二位まで昇進しているので、経信の行動を菅公も認めたということになろう。『古事談抄』では他に、三二話や五一話でも識者としての姿を描いている。

このような行動に対して、『経信卿母集』では「はたして事なく正二位大納言までになり給ひしなり」、『水言鈔』（九）も本逸話の前には「経信ハ近代之逸物也」と付し、逸話の後で「雖レ然無二指咎一歟。勝事也。希有々々云々」と評価しており、『古事談抄』の視点に近い。対して、鎌倉時代初期成立の往来物『貴嶺問答』のように『儀制令』（若非二元日一有レ應二致敬一者。四位拝二一位一。五位拝二三位一）を引いて、「然而神道人間事已可レ異。不レ如レ用二他道一歟如何。」と、やはり北野社の前の道を通るのは憚った方がよい、との現実的処生訓を示すものもある。

本話と同じように一人下車（馬）しなかった話としては、『宇治拾遺物語』（九九）に、左大臣藤原頼長の随身橘以長が、頼長が道を譲った公卿の車前を追い越す際に他の随身が下馬したのに対して下馬しなかった話がある。以長は公卿たちが左大臣を先に通すための礼節にかなっていなかったことをその理由にあげ、また頼長に相談された忠実も以長を支持している。他に、社前での作法について意見の食い違いが起こる話が、『徒然草』（一九六）にみえる。源通基が社頭で警蹕をしたことについて、源定実は『北山抄』により警蹕するべきではないとし、通基は『西宮記』を根拠に、警蹕をした理があるとしている。しかし、現存する『西宮記』にはその記事はみられない。

有職故実に従ってどのように行動するか、その場その場においての作法については諸説あり、またそれぞれが論拠とするところも様々で、論議を生むところであるが、廷臣としての力量も問われるところである。あやふやな知識から、とにかく何でも丁寧にすれば良い、周りに合わせておけばよいということになりがちな中で、有職故実に通じ、本当はどうなのかということを示し、正していくのが理想であり、賞賛されるべき行動だったのであろう。ここでは、そのようにあるべき廷臣の一人として経信はあげられているといえる。

【同話・類話】

『経信卿母集』（跋文）・『水言鈔』（九）・『貴嶺問答』（五四）・『東斎随筆』（神道類・六二）

［渡辺麻衣子］

第三二話（二三七／二ノ三八・新大系二ノ三七）

「経信、宗通を評するの事」

宗通卿童殿上の時、官を給ふべきの由、殿上に於いて議定の間、経信卿申して云はく、「宇治の関白の牛飼こそ土佐目には任じて侍りしか」と云々。時に満座咲を含む。仍りて沙汰無しと云々。

（一〇オ）
[1]宗通卿[2]童殿上之時可給官之由[3]於殿上議定之間経信卿申云宇治関白ノ[4]牛飼コソ土佐目ニハ任シテ[5]侍シカ云々于時満座含咲仍無沙汰云々

【校異】 **1宗通卿…宗道卿**　内閣・色川・東山　**定通卿**　学習院・紅葉山・宮城　**2童殿上之時…童殿上人之時**　静嘉・紅葉山・宮城　**重殿上之時**　東山　**3於殿上…於上**　紅葉山・宮城　**4牛飼コソ…牛飼そ**　河野　**5侍シカ…侍シト**　宮城

【口語訳】 宗通卿が童殿上の時、官をお与えになるのがよろしかろうということを殿上で議定した時に、経信卿が申して言うことには、「そういえば宇治の関白（頼通）の牛飼いを土佐の目に任じておりましたね」とか。その時その場にいた人々はみな微笑した。これによってこの件の沙汰は無くなったとかいうことだ。

宗通卿　藤原宗通。延久三年（一〇七一）～保安元年（一一二〇）。右大臣藤原俊家男、母は備前守源兼長女。幼少より白河院のもとで養育され、阿古丸と呼ばれた（尊卑分脈・今鏡など）。応徳元年（一〇八四）従五位下、寛治八年（一〇九四）には蔵人頭から参議。極官は正二位権大納言。和歌や音楽にも優れていたという。『古事談』では「定通」とする諸本もあるが採らない。

童殿上　貴族の子弟が元服の前に宮中の作法・しきたりを学ぶために昇殿を許されること。宗通は応徳元年（一〇八四）に元服しているので（中右記）、それ以前か。古典文庫・新大系はともに父の俊家が亡くなる前、承暦四年～永保二年（一〇八〇～一〇八二、一〇～一二歳）の右大臣在任中に出仕したかとする。

官を給ふべきの由　摂関家など高家の子弟で童殿上した者は、元服と同時に叙爵される。本話も、宗通が元服の後すぐさま官位を与えるかどうかという議論か。または、童殿上でありながら官を与えるようにとの命か。宗通を養育、寵愛していたのは白河院である。

経信卿　長和五年（一〇一六）～永長二年（一〇九七）。源氏。三一話【語釈】参照。当時経信は権中納言正二位（六五～六七歳）。

宇治の関白　藤原頼通。正暦三年（九九二）～承保元年（一〇七四）。八話【語釈】参照。ここでは宗通の後見人（白河院か）を暗示する。

牛飼　牛飼童とも。通常は烏帽子をかぶらずに垂髪で童ではなく成人の男性でも「牛飼童」とされた（枕草子・五五にも）。

宇治の関白の牛飼…任じて侍りしか　以前に、頼通の牛飼が土佐国の目に任じられましたな、の意。このようなことが実際にあったかどうかは未詳。牛飼は年をとっても頭髪は垂髪のままで、童名で呼ばれるのが通例であることから、「牛飼」は「阿古丸」と呼ばれた宗通を当てこすった表現。新大系は「うぢ関白のうし飼、とさのさくわん」が秀句になっていると指摘する。

土佐目　「目」は「主典（さかん）」のこと。四等官の四番目。

咲を含む　古典文庫は「咲（ゑみ）を含む」、新大系は「咲（わら）ひを含む」とする。『古事談』の一本、慶應大学本には「ゑみ」と振り仮名が付されている。『日葡辞書』に「yemiuo fuqumu　喜びを顔にあらわす、あるいは、微笑する」とも。「ゑむ」は、にやりと笑うこと。

沙汰　『古事談抄』「沙汰」と重ね書き。

【余説】　宗通は、『今鏡』（六・旅寝の床）で「白川院をぼえにをはしき。阿古丸大納言とぞ聞え給ひし」とあるように、白河院の恩寵を受け、阿古丸と呼ばれた人物である。大納言に昇進後も「阿古丸」の名前が残っていた。本話で幼い宗通に「官を給ふべき」と発言したのは誰か明らかにされていないが、そこに読者は宗通を寵愛した白河院の姿を見る。

宗通は、独鈷を忘れて帰った行尊に対して「草枕さこそは旅の床ならめけさしもをきて帰るべしやは」（金葉集・雑部上・五六四、今鏡・一〇・ふぢなみの下にも）と詠みかけている。この歌に行尊との男色関係を見るかは判断し難いが、宗通の容貌は人目を引くものであったらしい。『中右記』（保安元年〈一一二〇〉七月二二日条）には「応徳元年八月加二元服一、則昇殿。禁色之後蒙二主上寵一、頻以加階。任官毎度超二万人一（中略）此人容体頗勝レ人、心性誠叶レ時、上皇被レ仰二合万事一、仍天下之権威傍若無人也。家累二宝貨一、富勝二衆人一、就レ中子孫繁昌（中略）身帯二三官一（権大納言・民部卿・中宮大夫）、家有二両国一（備中・因幡）、福貴相兼、家門繁昌也」とあり、宗通は容貌人に優れ、上皇（白河院）の信も厚く、富を得、子孫は繁昌した人物であった。その人々が羨む活躍から、白河院の隠し子説などが囁かれたようである。

本話は、童殿上の際（もしくは元服後すぐに）官を与えるかどうか議論されたが、源経信の一言によって任官はなくなった。『今鏡』（五・花山）には、忠実が関白になる際に大将を辞した時、白河院は藤原宗忠に、「大将あきてはべるに、宗通なしはべらむと思ひ給なり。幼くよりおほし立て侍りて、さりがたく思ふあまりになむ、など奏せよ」と頼んだが、堀河帝は院の昔の教えを持ち出して、結局白河院は説得され藤原家忠が大将になったという。これも白河院が宗通の後押しをしたが任官がかなわなかった話として伝わる。

白河院が後ろ立てになっている宗通が童殿上することになり、しかも官を与えるとのこと。議定に参加していた人々はとまどいを覚えたが、白河院の存在を考えると多少の無理も仕方がない事だと考えられていたのだろう。しかし、経信の機知に富んだ発言により、周りを窺っていたぎこちない場がゆるみ、やはり官を与えるのはやめようという話に持っていくことができたのである。非常に勇気ある発言であるし、前例に反する無理な任官を穏便にやめさせたことは、権力者の無理に意見し正すことのできる、優れた廷臣であるということになる。経信は、競馬で十度負けた下野敦末を「不幸の物の十列歟」と評した話もあり（著聞集・五〇八）、本話のように人を揶揄する発言をしそうな人物ではある。ただ率直に意見をするだけではないところも、経信像を見る上で興味深い。故実に通じ、その知識にもとづく的確な行動は、前話と併せて、あるべき廷臣の姿の話として、本話は経信を位置づけていると言えるだろう。

【同話・類話】

未詳

【参考文献】

①渡辺晴美「元永二年七月一三日内大臣忠通歌合について—忠通家歌壇と顕季の交流を中心に—」（「和歌文学研究」第五六号、一九八八年六月）

②宮地崇邦「『栄花物語』小滴—白河院と大納言宗通—」（「国学院雑誌」九〇-四、一九八九年四月）

③田村憲治『言談と説話の研究』（一九九五年、清文堂出版）

④生井真理子「『古事談』—実資か?・実頼か?—」（「同志社国文学」第四七号、一九九八年一月）

［渡辺麻衣子］

第三三話（一七三／二ノ七四・新大系二ノ七三）

「実資の前声、道長の邪気を退散せしむ事」

御堂邪気を煩はしめ給ふの時、小野宮右府、訪ひ奉らむとして、参らしめ給ふ。邪気其の前声（さきごゑ）を聞きて、人に託（つ）きて云はく、「賢人の前声こそ聞こゆれ。此人にはゐあはじと思ふ物を」とて退散の由を示すと云々。御心地、即ち平喩す。

（一〇オ）
12 御堂令煩邪氣給之時小野宮[1]右府為奉訪
13 令参給フ邪氣聞[2]其前聲[3]託人云賢人之前
（一〇ウ）
1 聲コソ聞ユレ此人ニハヰアハシト思フ物ヲトテ退散
2 之由ヲ示云々御心地即[4]平喩

【校異】 静嘉堂本は前話の続きとして、段落を変えずに記している。 **1右府…有府**（右） 天理 **2其…（ナシ）** 全本 **3託人…詫人** 大東急・静嘉・学習院・色川・東山・天理 **記人云** 河野・宮城 **4平喩…平愈シ給フ** 宮城

【口語訳】 御堂（藤原道長）が、邪気をお煩らいになられた時、小野宮右府（実資）がお見舞い申し上げようとして参上なされた。邪気はその前声を聞いて、人に憑いていったことには「賢人の前声が聞える。この人（実資）には居合わせないようにと思っていたのに」と、退散する旨を示したとか。（道長の）ご気分はたちまちによくなられた。

御堂　藤原道長。康保三年（九六六）～万寿四年（一〇二七）。五話【語釈】参照。

邪気　風邪や病気そのもの、あるいはそれらを引き起こす悪い「気」や物怪。「左丞俄有二煩給一（略）腰病、邪気所為也云々」（権記・長徳四年〈九九八〉三月三日）。

小野宮右府　藤原実資。天徳元年（九五七）～寛徳三年（一〇四六）。藤原斉敏三男。母播磨守藤原尹文女。摂政太政大臣で小野宮流（小野宮惟喬親王の邸宅を伝領したことに由来）祖の祖父実頼の養子となる。実資は天元四年（九八一）円融朝で蔵人頭となり、永延三年（九八九）参議。右大臣従一位が極官。日記『小右記』がある。九才年下の道長の権勢に圧されつつも、特に故実に対する見識の深さは高く評価され、政界に於いて重きをなした。長保三年（一〇〇一）八月二五日に四五歳で任ぜられてから、長久四年（一〇四三）十一月二日に八七歳で辞するまで右大将。

前声　「さきごえ」あるいは単に「さき」か。本来天皇の移動に際して、発声して周囲を戒める警蹕が、対象を天皇に限らず行なわれるようになったもので、前駆の発する声。警蹕に順ずるならば「おう」「おし」などと発声されたか。『愚管抄』（四・後三条）には、「随身ノサキノコヘカスカニシケレバ（略）随身ノサキハミナ馬上ニテ、ミナカヤウノヲリハヲフコトナリ。魔縁モヲヅルコトゾナドイヒナラヘルナルベシ」とある。

賢人　知恵があり行いのすぐれている人。ここでは実資を指す。「小野宮の右大臣をば、世の人、賢人のおとどとぞ云ひける」（発心集・七ノ六）。「小野ノ宮ノ右大臣ト申ケル人御ケリ。御名ヲバ実資トゾ申ケル。身ノ才微妙ク、心賢ク御ケレバ、世ノ人賢人ノ右ノ大臣トゾ名付タリシ」（今昔・二七ノ一九）。「（実資は）つひに賢人といはれてやみにけり。のちざまには鬼神の所変なども見あらはされけるとかや」（十訓抄・六ノ三四）。

【余説】　【語釈】に触れたとおり、そもそも前駆や随身が発する前声には辟邪の役割がある。しかし本話では邪気自らが「此人にはゐあはじ」と吐露している通り、辟るべきは実資その人であった。

一二世紀末までには成立していたかとされる『斎王記』（【参考文献】①）所収話には、「大将の随身のさきのこゑには悪鬼もおそる丶とぞいひつたえたる」「鬼神も大将のさきのこゑにはをづる事なめり」などとも見える。これらでは「大将の随身」の前声こそは、邪気や鬼を払う威力を持つと強調した表現となっているが、ここに登場するのはいずれも実資を含む小野宮流の「大将」である。

他にも怪異と関わる説話が複数残されているなど、実資は邪気や悪鬼を跳ね除ける力、神仏と交信できる力が備わった人物であると理解されていた。

【同話・類話】

未詳

【参考文献】

①小倉慈司「東山御文庫本『斎王記』について」（『古代中世の史料と文学』二〇〇五年、吉川弘文館）
②内田澪子「怪異を見顕わすということ」（浅見和彦編『『古事談』を読み解く』、二〇〇八年、笠間書院）

［内田澪子］

第三四話（一七六／二ノ七七・新大系二ノ七六）

「俊明、清衡の砂金を受けざる事」

俊明卿、仏を造るの時、「薄料（はくれう）」とて、清衡、沙金を献ぜしむと云々。彼の卿、之を請け取らず、即ち之を返し遣はすと云々。人、子細を問ふに、答へて云はく、「清衡は王地を押領し、只今謀反すべき者なり。其の時は追討使を遣はすべきの由、定め申すべきなり。仍（よ）りて之を請（う）くべからず」と云々。

（一〇ウ）

[1]俊明卿[2]造佛之時■薄料トテ清衡令献沙金 3
云々彼卿不請[3]取之即返遣之云々人問子細答云 4
[4]清衡ハ押領王地只今可謀反者也其時ハ可遣追 5
討使之由可定申也仍不可請之云々 6

【校異】『古事談』諸本では本話の前に源俊明に関する一話あり。 **1俊明卿…同卿** 全本 **2造佛…造佛**（丈六也） 大東急・天理 **造佛。**（丈六尺云々） 静嘉 **造佛**（佛丈六会々） 内閣 **遣佛**（丈六） 学習院 **造仏**（丈六人云々） 色川・東山 **3取…ナシ** 全本 **4清衡ハ…清衡令** 全本

【口語訳】 俊明卿が仏像を作った時、「（仏像に貼る）金箔にご用立てを」と言って、清衡が砂金を献上させてきたとか。俊明卿はその砂金を受け取らず、すぐさまそれを返し送ったとか。人がその訳を尋ねると、答えて言うに、「清衡は朝廷の治めるべき地を不当に占拠し、今すぐにも反逆するに違いない者だ。その時には追討使を派遣すべき旨について、（私は）意

見を申し上げねばならない。だから、（判断を狂わせかねない）これを受け取るわけにはいかないのだ」とか。

俊明卿　源俊明。寛徳元年（一〇四四）～永久二年（一一一四）。醍醐源氏。大納言・源隆国の三男。母は左大弁源経頼女。天喜元年（一〇五三）、叙爵。白河朝の承保元年（一〇七四）一二月、正四位下・左中将として蔵人頭を兼ね、翌二年六月、参議として公卿に列し、正二位・大納言に至る。白河院側近の能吏として知られ、鳥羽院践祚の時、その外伯父・藤原公実が摂政就任の望みを見せ、白河院が判断に迷ったとき、「サウナキ院別当」俊明が決断を迫り、その野心を阻んだ逸話（愚管抄・四・鳥羽）が残る。『古事談』も隆国の子息三人（隆俊・隆綱・俊明）を「皆な以て（後三条天皇ノ）近臣と為りて、肩を比ぶる人無し」（二ノ六四）と語り、最愛の中宮・賢子の死に衝撃を受け、遺体にとりすがる白河天皇を俊明が諌める一話（二ノ五三）を伝える。『中右記』記主・藤原宗忠には母方の大叔父にあたり（家忠の祖母が俊明の姉）、親交があったため、『中右記』にその動静が詳しい。永久二年（一一一四）一二月二日死去、七一歳。「心性甚直、為㆓朝之重臣㆒。良臣去㆑国、誠歎哉。就中一家之習已如㆓厳親㆒。仍暫不㆑可㆓出仕㆒」（中右記・同日条）。

「薄料」とて　「薄」は金箔。「俊明が作る仏像に貼るための金箔として」。【参考文献】①は、『大雲寺縁起』付載『大雲寺諸堂目録』に西南院・権現堂の二堂が俊明による建立と見え、「西南院は丈六阿弥陀を本尊としたというから、清衡が表面の金箔の用として砂金を贈ろうとしたのはこの堂であったかも知れない」と推測する。

清衡　藤原清衡。天喜四年（一〇五六）～大治三年（一一二八）。奥州藤原氏の初代。父は藤原秀郷流の藤原経清。母は安倍頼時女。正六位上・陸奥国押領使。父・経清は前九年の乱において源頼義に背いて敗死、母の出身氏族の安倍氏も滅亡したため、頼時女は前九年の乱の勝者である出羽の豪族・清原武貞に再嫁し、清衡も清原氏に身を寄せた。武貞の死後、その後継をめぐり、清原氏内で内訌が繰り返され、それは奥羽における権益の拡大をもくろむ陸奥守・源義家のつけこむところとなり、後三年の乱へとつながった。後三年の乱後、清原氏の関係者として唯一、生き残った清衡は奥羽の在地支配を進め、奥州藤原氏百年の礎を築いた。寛治五年（一〇九一）一一月一五日、初めて摂関家に貢馬（後二条師通記・同日条）、以後、奥羽の財物を背景に中央政界との関係を維持し続けた。本話もその一端を伝えるものと言える。

沙金　砂金に同じ。金は陸奥の特産品の一つで、奥州藤原氏の財力を象徴するものと言えば、まず砂金であった。『古事談』には他にも、清衡の次代・基衡が配下の命ごいに用意した「沙金も一万両」（四ノ二五）、「鎮守府将軍清衡、砂金千両を寺僧千人に施す」（五ノ三四）とある。

王地を押領し　「押領」は他人の所有物を実力によって不法に侵害する行為を言う。奥州藤原氏の領域支配を、「王地」（朝廷の支配すべき土地）の不当な実効支配として不法視する表現。『古事談』には清衡だけでなく、基衡についても「基衡、一国を押領して国威無きが如し」（四ノ二五）と見える。

謀反　謀反は「積極的で君主や朝廷への攻撃」、謀叛は「消極的で君主や朝廷からの離脱を意味する」。「律令制が崩壊した平安後期以後は謀反も謀叛と書かれ、すべてムホンと読まれた」（日本思想大系『律令』岩波書店、一九七六年）。

追討使　地方の騒乱の鎮定のために、追討宣旨を受けて中央から派遣される使。

定め申す　「定め申す」は陣定などの公卿僉議において意見を具申すること。追討使発遣の是非について俊明が意見を述べるということで、彼が発遣を決定するという意味ではない（【余説】参照）。

【余説】　本話が史実か否か、それを確認するのは難しい。だが、仮にこれを史実としたとき、いつの逸話と見るのが妥当であろうか。源俊明は大納言として長治二年（一一〇五）一二月（公卿補任）から天仁元年（一一〇八）一〇月

（中右記・同年同月一四日条）まで陸奥・出羽按察使を兼ねたため、この官歴を重視し、当該時期に清衡が俊明に接近を図り、砂金を贈ったと想定する説が一般的だが、『古事談』はこれを「按察使俊明」の逸話として理解していたのだろうか。まず、本話に「按察使」なる語は見えず、『古事談』の他話に登場する俊明も「按察使」を冠されることはないのである。もっとも、『古事談』の説話は本文以外の知識を背景にしないと読み解けないものが少なくないため、本文中に「按察使」が見えずとも、本話の理解には問題とならないとも言える。

だが、俊明の官歴において「按察使」は決して特筆すべきものではなかった。彼の半世紀以上の官歴において按察使を兼ねていたのは三年にも満たず、これは前任の源師忠（約六年）、後任の藤原宗通（約七年か）に比べても短く、さらに按察使在任中、彼は以前からの兼官である民部卿でもあった。この間、俊明の称は従前同様、「民部卿」のままであり、現存の古記録に按察使を以て俊明を称する例を管見のうちに見出せない。俊明は、死に至るまで兼ね続けた「民部卿」を以て、終生、呼称されるのである。恐らく彼はその一生において「按察大納言」と呼ばれたことは殆んどなかったことだろう。俊明と親交のあった藤原宗忠は中右記に俊明の死を書き留め、その官歴を振り返るが、そこに民部卿への言及はあっても、按察使という官は一顧だにされていない。同時代人の目にさえ、俊明の生涯における按察使とはその程度の官にしか映らなかったということである。よって、同時代人よりもさらに時代が下り、「民部卿」と呼ばれる彼しか知らない人々が、どれほど按察使を意識して本話を理解したか、稿者には疑問が残るのである。『古事談』、或いは後代の人々にとって俊明とは、『愚管抄』（四・鳥羽）に言う如く、まず「サウナキ院別当」――二ノ五三話に俊明は中宮・賢子の死屍を抱き続ける白河を諌めている――であり、白河院に近い要路の人物であるが故に清衡が砂金を贈って取り込みを図ったと理解して本話を読んだと考えるべきものに思われる。

さらに、陸奥・出羽按察使という官職の歴史をたどれば、当該官は俊明生存時、形骸化して既に久しく、按察使という地位ゆえに朝廷の北方政策に強い影響力を及ぼす、本話に即して言えば、清衡への追討使派遣を主導するとは考え難く、やはり按察使に偏して本話を解するのは、按察使の過大評価という感少なしとしないのである。以下、現存史料の制約は大きいが、按察使以外の要素に目を向け、【参考文献】②③に導かれつつ、歴史上における本話の位置を検討してみたい。

本話に特徴的なのは、俊明が清衡を「王地を押領し、只今謀反すべき者なり」と断じ、しかも清衡を辺境の地に威を振るう潜在的な脅威、つまり、「謀反」する可能性を内在させる者と認識するのではなく、「只今」として、今日明日にも「謀反」に及びかねない、顕在化した脅威と把握する点である。「只今」は文学的脚色による誇張だと斥けてしまえばそれまでだが、あえて「只今」にこだわってみると、清衡の支配領域が定まって或る程度の時間が経過し、中央と安定的な関係を取り結べるようになった時期には、このような物言いはされにくく、清衡が支配領域の拡大を積極的に推し進めていた、換言すれば「王地」の「押領」が目立った時期こそ、それが危険視され「只今謀反すべき」と判断される可能性が高いのではないだろうか。

清衡の支配領域の拡大の一つの画期には、これまでの本拠である江刺郡豊田館から南方の岩井郡平泉に移した、平泉開府が挙げられよう。清衡の平泉開府の意図については様々に説かれるが、清衡の意図は別にして、朝廷の中に、これを清衡がさらに勢力を南下させる方途と認識した高官がいても不思議ではない。『吾妻鏡』文治五年九月二三日条には「去康保年中、移二江刺郡豊田館於岩井郡平泉一、為二宿館一。歴二三十三年一卒去」とあり、「康保年中（九六四〜九六八）」に平泉移転が成ったことになるが、これは年代的に矛盾するため、清衡の生存年代に当たる嘉「保」年中（一〇九四〜一〇九六）、または、「康」和年中（一〇九九〜一一〇四）の誤りと考えられている。「歴二三十三年一」に従えば、清衡の没年・大治三年（一一二八）から「三十三年」を逆算した嘉保年中が該当する。さらに、『中右記』大治二年（一一二七）一二月一五日条には、「住人清衡為二山千僧供一、立レ保、籠二七百町一也。是従二有宗朝臣任一雖二立始一、其後国司之時、弥広二田数一也」と、清衡が七百町にも及ぶ広大な土地を比叡山の千僧供料に占有したとあり、これは「王地を押領」と表現されておかしくないが、大治二年は、既に俊明は物故している。この七百町は一朝のうちに「籠」められたのではなく、「有宗朝臣」が陸奥守であった時分から積み上げられて七百町に至ったもので、有宗朝臣とは藤原有宗、嘉保二年（一〇九五）一月二八日に陸奥守となり、承徳二年（一〇九八）八月二八日に源国俊と替わるまで任にあった人物である。清衡の平泉南下が嘉保年中とすれば、これは有宗の在任期間とほぼ重なり、『吾妻鏡』と『中右記』から窺われるのは、嘉保から康和にかけて、清衡が積極的に在地支配―朝廷の側からは「王地」「押領」―を進めている姿であった。

承徳二年（一〇九八）八月二八日、この有宗に替わり、源国俊が陸奥守に任ぜられる。彼は翌承徳三年（八月に康和改元）三月一八日に世を去ってしまい、結果として任国の地を踏むことはなかったが（本朝世紀・同日条）、約半年にわたって陸奥守であったことに違いはない。この国俊は俊明の兄弟だった。承徳二年、俊明は正二位・権大納言の地位にあり、現任の陸奥守の兄であるのに加えて台閣の顕官であれば、清衡には是非にも関係を結びたい人物だったと言えよう。【参考文献】①によれば、「白河親政から院政初期にかけて、院や摂関が判断に迷ったときに諮問するメンバー」には、源俊房・大江匡房・藤原通俊らがおり、俊明も「院政開始数年後のうちには、これらの人々とともに諮問をうけるようになっていた」が、「不可欠の諮問メンバーとなるのは」、経信や通俊没後だったとされる。経信は永長二年（一〇九七）正月に任地・大宰府にて死去、通俊は承徳三年（一〇九九）八月に死去し、大江匡房は承徳二年から経信後任の大宰権帥として下向、国俊の陸奥守在任時とは、院や摂関の相談相手としての俊明の存在が大きくなりつつある時期でもあり、清衡には関係を結んでいっそう損のない人物だったのである。

右の如く、本話がもし史実だとすれば、「王地を押領し、只今謀反」という俊明の言葉と人間関係、政治的地位から推すに、本話は俊明の按察使在任中よりも、弟・国俊の陸奥守在任中の逸話として考えるのがより相応しく思われる。但し、按察使在任中、国俊の陸奥守在任中、いずれにしても、俊明の「造仏」を裏付ける資料は残らないようである。このことについて付言すれば、現行の原文「俊明卿造仏之時■（書き間違えを抹消）薄料トテ清衡令献沙金云々」は「俊明卿、仏を造るの時、「薄料」とて、清衡、沙金を献ぜしむと云々」と読むのが穏当だが、「俊明卿、「仏を造るの時の薄料」とて、清衡、沙金を献ぜしむと云々」と読むのが全く不可能というわけではない。後者の読みであれば、俊明が実際に仏像を作らせていたか否かは問題にならず、「造仏」の「薄」は、清衡が俊明に取り入る単なる口実として理解できる。後者の読みが苦しいことは承知の上で、「造仏時の薄料を献上した」が「造仏の時に薄料を献上した」と訛伝した可能性も想定しておきたい。

【同話・類話】

『十訓抄』（六ノ三二）、『寝覚記』（一）、『本朝語園』（二）

【参考文献】

①木村真美子「源俊明」（古代の人物6『王朝の変容と武士』、二〇〇五年、清文堂出版）
②遠藤基郎「平泉藤原氏と陸奥国司」（『東北中世史の研究　上巻』、二〇〇五年、高志書院）
③樋口知志「藤原清衡論」（上）（下）（『アルテス　リベラレス』八二号・八三号、二〇〇八年六月・一二月）

［蔦尾和宏］

第三五話（一七七／二ノ七八・新大系二ノ七七）「頼宗・定頼、経錬磨の事」

上（東）門院に好色の女房有り（或る説に小式部内侍と云々）。堀川右府、四条中納言と共に此の女を愛す。然るの間、或る時、右府先に件の女房の局に入り、已に懐抱す。其の後納言（時に頭弁）、件の局を伺はしむるの処、已に会合せしむるなり。納言、方便品を読みて帰り畢んぬ。女、其の声を聞き感歎に（堪へ）ず、右府に背きて啼泣す。丞相の枕、亦た霑る。丞相、安からざるの事なりと云々。之に因りて忽ち発心し八軸を覚悟せらる、と云々。

（一〇ウ）
[1]上童門院有好色女房（或説小式部内侍云々）堀川右府与
四条中納言共愛此女然間或時右府先入件女
房局已[2]懐抱其後納言于時頭弁[3][4]令伺件局之処
已令會合也納言讀方便品帰畢女聞其聲[5]不
感歎背右府啼泣丞相枕亦霑丞相[6]不安之事也
云々因之忽發心被覺悟八軸云々

【校異】 略本の紅葉山本・宮城本は本話を欠く。錯簡本の色川本は「古事談拾遺」の「臣節」の項に収める。 **1上童門院…上東門院**　全本　**2懐抱…以懐抱**　全本　**3頭弁…頭弁云々**　全体　**4令伺件局之處已令會合也…伺件局之處已知會合之由**　全本　**5不感歎…不堪感歎**　大東急・静嘉・内閣・学習院・東山・河野・天理　**不堪聞感歎**　色川　**6不安之事也云々…竊思万事不可劣定頼不安之事也云々**　全本（色川本は「不可労（劣イ）」）

【口語訳】 上東門院に仕えている色好みの女房がいた。ある説には小式部内侍とかいう。堀川右府頼宗と四条中納言定頼は共にこの女房を愛した。そうしているうちにある時、頼宗が先に例の女房の部屋に入り、すでに抱き合っていた。その後、当時は蔵人頭中弁であった四条中納言定頼が来て、例の女房の部屋の様子を窺ったところ、すでに頼宗と逢っていたのであった。定頼は方便品を読んで帰ってしまった。女はその声を聞いて、悲しみに堪えられず、頼宗に背を向けて涙を流して泣いた。頼宗の枕もまた涙で濡れた。頼宗にとっては面白くないことであったとか。このことによって忽ちに発心し、法華経八巻全てを覚えなさったとかいうことだ。

上東門院 『古事談抄』「上童門院」。藤原彰子。永延二年（九八八）～承保元年（一〇七四）。藤原道長の長女。母は源雅信女倫子。後一条天皇・後朱雀天皇の母。長保元年（九九九）一条天皇の女御となり、翌二年中宮となる。万寿三年（一〇二六）三九歳で出家し女院号を受け上東門院と称した。

小式部内侍 ？～万寿二年（一〇二五）。父は和泉守橘道貞。母は和泉式部。母と共に上東門院に出仕した。才色にすぐれ、頼宗の異母弟藤原教通や藤原公成らの寵を受け、教通との間に静円、公成との間に頼仁をもうけた。『後拾遺集』以下の勅撰集に入集。本話は「上東門院」の女房で、「或る説」に「小式部内侍」とあると割注に記すが、同類話の『宇治拾遺物語』（三五）では小式部内侍と「時の関白」（教通）の一話として語る。ちなみに、藤原頼宗・定頼に通じた女房としては、大弐三位と呼ばれた藤原賢子がいる。

堀川右府 藤原頼宗。正暦四年（九九三）～康平八年（一〇六五）。摂政太政大臣藤原道長の二男。母は左大臣源高明女明子。異母兄に宇治関白頼通がいる。堀川右大臣と称される。『後拾遺集』以下の勅撰集に入集、歌人として秀でた。頼宗は「いみじう色めかしうて、よろづの人ただに過ぐしたまはずなどして、御方々の女房にもののたまひ、子をさへ生ませたまひけるに」（栄花・八）と評される色好み。『後拾遺集』（雑一・九一一／九一二）に「小式部内侍の許に二条前太政大臣（教通）はじめてまかりぬと聞きてつかはしける／人知らでねたさもねたし紫のねずりの衣うはぎにを着ん（頼宗）、ぬれぎぬと人にはいはむ紫のねずりの衣うはぎなりとも（和泉式部）」とあり、小式部内侍との関係もなかったとは言えないようだ。和歌を得意とし『今鏡』（六・絵合の歌）では、「歌詠みは貫之、兼盛、堀川の大殿（頼宗）、千載の一遇とかや、ある人侍ける。申出したる人は、へ聞ゝ侍らず。御集にもすぐれたる歌多く聞ゑ、撰集にもあまた入り給へり」と評価されている。また藤家音曲の始祖（郢曲相承次第）、香道にも秀でた（薫集類抄）。『宇治拾遺物語』では、小式部に通っていたのは右に掲げた『後拾遺』歌のように弟の教通とする。

四条中納言　藤原定頼。長徳元年（九九五）～寛徳二年（一〇四五）。父は藤原公任。四条中納言と称される。中古三六歌仙の一人。能書家であり読経名手と伝えられ、美声で知られる（十訓抄・一ノ二）。『栄花物語』（三七）では、父の公任が正装をした定頼を「光るように見えたまふに、あないみじ、これを人に見せばや」と思い、「見目、容貌、心ばせ、身の才」がすべて整っている自慢の息子であると述べている。また、小式部内侍が定頼に「大江山いくのの道の遠ければまだふみも見ず天の橋立」と詠み返した逸話は著名（十訓抄・三ノ一、他）。また『定頼集』（一〇）には、「蝶のかたを造りて撫子の花に据ゑて、小式部内侍のもとに／こちこてふことを聞かばやとこなつの匂ひことなるあたりにもゐん」の歌があり、小式部内侍との関係が窺える。

懐抱　男女が抱き合う、関係を結ぶこと。「懐抱〈婚姻分、クワイハウ〉」（黒川本色葉字類抄・中）。「帝王其ノ女ヲ召テ一夜懐抱シ給ヒニケルニ、労タクヤ思シ食ケム」（今昔・一四ノ四）。

時に頭弁　定頼は、長和六年（一〇一七）三月から寛仁四年（一〇二〇）一一月まで蔵人頭中弁。

件の局を伺はしむるの処…　『宇治拾遺物語』（三五）は「局に入りて臥し給ひたりけるを」知らなかったのか、定頼は局の戸を叩き、局にいた人から別の男の来訪を知らされる。

方便品　法華経二八品のうちの第二品。寿量品とともに重要な品とされた。「法華経八巻が其の中に、方便品こそ頼まるれ」（梁塵秘抄・二・七〇）とあり、法を聞くことにより成仏するとされた。『宇治拾遺物語』では、声を張り上げて、「四声五声ばかり行きもやらで」「経」を詠んだとする。

感歎に堪へず　『古事談抄』「不感歎」、諸本「不堪感嘆」により校訂。感慨に耐えられないこと。「Cantan カンジ　ナゲク」（日葡辞書）。

右府に背きて　小式部は教通に背中を向けて。『宇治拾遺物語』「『う』といひて、後ろざまにこそ臥しかへりたれ」。

霑る　「霑〈ヌル、ヌラス〉」（前田本色葉字類抄・上）。『宇治拾遺物語』では、教通は泣くことはない。

丞相　太政大臣・左右大臣・内大臣のこと。ここでは頼宗。

安からざるの事なり　『古事談』諸本、この前に「万事定頼に劣るべからず」の一文を有する。「さばかり堪へがたう恥かしかりし事こそなかりしか」（宇治拾遺・三五）。

八軸　法華経全八巻のこと。『十訓抄』（一ノ二一）に「（大江匡房は）法花八軸を一夜中に暗誦しけり」とある。

【余説】

法華経を詠むということ

法華経の中でも特に重視された「方便品」は、どのような場面で詠まれているのか、例を見たい。『大鏡』（伊尹）には、次のようにある。

（藤原伊尹の子義孝が、若くして亡くなった時）『しばし法華経誦じたてまつらむの本意はべれば、かならず帰りまうで来べし』とのたまひて、方便品を読みたてまつりたまうてぞ、うせたまひける。

『大鏡』と類話関係にある『今昔物語集』（一五ノ四二）には、「方便品ノ比丘偈ヲゾ極テ貴ク誦シテ行ケル」義孝を、細殿の女房共が「此ノ少将ノ行カム方」を見ようと侍に後をつけさせると、「南無西方極楽阿弥陀仏、命終決定往生極楽ト礼拝」している義孝の姿があった。この二つの話は、共に「方便品」の読誦と「往生」を結ぶ。【語釈】で挙げた、『梁塵秘抄』は他にも「方便品」を詠む今様として「一文一偈を聞く人の、仏に成らぬは一人無し」（二・六四）などとする。法華経の方便品を声に出して詠むことは、清水真澄氏（【参考文献】①）も、「方便品にも歌唄して仏徳を頌栄すること、そのことによって皆が成仏することが説かれている」と指摘する。つまりは、すべての衆生を成仏させるためのものと見てよい。

方便品を聞いて涙を流した女房は「好色」とあるが、女の好色について『古今著聞集』（三三〇）では次のようにある。

（その女は）心すき〴〵しくて、好色甚しかりけり。とし比のおとこにも、すこしもうちとけたるかたちをみせず、事にをきて、色ふかくなさけありければ、心をうごかす人おほかりけり。病をうけて命をはりける時、念仏すゝめけれども申に及ばず。枕なるさほにかけたる物をとらんとするさまにて、手をあばきけるが、やがて息たえにけり。（略）其後廿余年を経て、建長五年の比、改葬せんとて墓を堀たりけるに、すべて物なし。猶ふかくほるに、黄色なる水の油のごとくにきらめきたるぞ湧出ける。

改葬のため墓を掘り出すと、「好色」の女の体は、「すべて物」なく黄色い水になっていたという。続けて『古今著聞集』は「好色の道、罪深き事」と記し、女の好色を非難している。

本話の女房が涙したのは、例えば『枕草子』に見られる美声の僧による読経のような、定頼の声にうっとりとして頼宗から定頼に心を動かしたわけではなく、衆生を救うとされる方便品を聞き偏に己の「好色」を悔い改めた涙と言えるのではないか。頼宗が「安からざるの事なり」と呟いたのは、三角関係にあった女房が、自分よりも定頼へ気持ちを傾けたことへの怒りではなく、女の「好色」さを後悔させた経の読みぶりに嫉妬心を持ったからであろう。女を振り向かせるだけの美声での読経であれば、頼宗の枕も涙に濡れる必要はない。頼宗の涙も、また方便品の力によるものであり、『法華経』の力を引き出す読経の巧みさに「感嘆」したのであろう。

『古事談』には「堀川右府は四條中納言に依りて経を談じて、練磨を致す」と、話末には「万事定頼に劣るべからず」とあるが、本来の『古事談』にあったかどうかは定かではない。定頼にライバル心を燃やし決意したことは、女を廻ってのそれではなく、法華経「八軸」の「覚悟」であった。本話をそう読むことにより、この二人も臣節にふさわしい人物となる。

【同話・類話】

『宇治拾遺物語』（三五）

【参考文献】

①清水真澄『読経の世界・能読の誕生』（二〇〇一年、吉川弘文館）

［松本麻子］

第三六話（一七八／二ノ七九・新大系二ノ七八）

「陽勝仙人聴聞の事」

実頼卿、禁省より退出して内方に入らず、先づ法花経第八巻を誦するの時、小莚（さむしろ）許にて白き物樹上に聳（そび）（ゆ）。何物の正体とは見えず、怖畏を成して声を止む。又小選ありつるよりもさがりて、樹の枝に聳き渡るの後、即ち高欄の上に形のごときの物あり。異香室に薫ず。恐れながら問ひて云はく、「彼は何ぞ」。答へて云はく、「仙人楊勝に侍り。天台山嶺より金峯山（きんぶせん）に詣でんと飛び渡るの間、遥に御音（こゑ）聞きて参向の所、怖畏せしめ給ふべからず。只恨むらくは終はりを聞かず」と云々。納言之に依りて重ねて誦ず。感じて云はく、「楊勝の侍る所に御坐ありや」。納言云はく、「庶幾する所なり。但し、何様（いかやう）にして到るべきや」。仙云はく、「楊勝の背に乗らしめ給ふべし」と云々。相互に承諾し畢（をは）んぬ。納言「示し置くべき事有り」とて、内方に入る。其の時仙人「心きたなくいましけり」とて帰り去り畢んぬと云々。

（一〇ウ）
實[1]頼卿禁省ヨリ退出シテ不入内方先誦法花 13
（一一オ）
経第八巻之時[2]小[3]莚許ニテ白キ物樹上聳ク何[4] 1
物ノ正躰トハ不見成怖畏止聲又小[5]選アリ 2
ツルヨリモサカリテ樹[6]ノ枝ニ聳渡之後即高欄 3
ノ上ニ如[7]形ノ物アリ異香薫室乍恐問云彼ハ何 4
ソ答云仙人楊勝ニ侍リ天[8]台山嶺ヨリ詣金峯 5
山飛渡之間遥ニ聞御音所参向不可令怖畏 6
給只恨不[9]聞終云々納言依之重[10]誦ス感[11]云楊勝之 7
侍所ニ御[12]坐アリ哉納言云所庶幾也但何様ニシ 8
テ可到哉仙云可[13]令乗楊勝之背給云々相互承 9

諾畢納言[14]有可示置事トテ入内方其時仙人
心キタナクイマシケリトテ帰去畢云々

【校異】 1實頼…定頼　全本　2（ナシ）…四月々影朦朧樹陰繁茂　全本　3小莚許ニテ白キ物樹上聳ク…小透長尺許物皃ミタル聳樹上　大東急・内閣・学習院・東山・河野・天理　小透長尺許物皃シタル聳樹上　静嘉・色川・紅葉山・宮城　4何物ノ正躰トハ不見…不見何正躰　全本　5小選…小透　全本　6樹ノ枝ニ聳渡之後…庭樹ノ枝中ニ如初聳渡之後　全本　7如形ノ物…如影之者　全本　8天台山嶺ヨリ…自本山天台嶺　全本　9不聞終…不聞給　全本　10重誦ス…重誦経　全本　11感云…仙感荷之餘言云　全本　12御坐アリ哉…御坐哉云々　大東急・静嘉・内閣・学習院・色川・東山・天理・紅葉山　御座候哉云々　河野　御坐セン哉ト云々　宮城　13可令乗…可令来　色川（来の右に「乗」と傍書）・東山・紅葉山・宮城　相奉　東山・天理　14納言…爰納言　全本

【口語訳】 実頼卿は禁省より退出して（すぐに）屋内に入ってしまわず、先ず法華経第八巻を誦えていたとき、小莚ほどのもので白い物が樹上に聳いた。何なのか実態のあるものとも見えず、怖れをなして声を止めた。又、暫く在ったところよりも下がってきて、樹の枝を聳き渡った後、今まさに高欄の上に（何か）輪郭をもつような物がある。異香が室に薫った。（実頼は）恐れながら問うて云うことに「あれは何だ」。答えて云うには「仙人陽勝です。天台山嶺より金峯山に詣で飛び渡っていると、遥かに御声を聞き参向したのです。お恐がりにならないでください。只、恨むらくは（経の）終わり（まで）を聞いておりません」という。納言（実頼）はこれを聞いて再び（法華経第八巻を）誦えた。（陽勝は）これに感じていうには、「陽勝のおりますところにお越しになりますか」。納言が云うには「望むところです。但しどうやってゆけばよいでしょう」。仙（人）が云うには「陽勝の背にお乗りになってください」と云う。お互いに承諾した。納言は「（家の者に）示し置くべきことがあるので」といって屋内に入った。其時（実頼が家に入るのを見て）仙人は「邪念を捨てきれていらっしゃらなかった」といって帰り去ってしまったということだ。

実頼卿　藤原実頼。昌泰三年（九〇〇）～天禄元年（九七〇）。関白藤原忠平の嫡男。小野宮流祖。小野宮殿とも。但し、諸本全て本話の主体を「定頼」とする（【校異】参照）。藤原定頼（九九五～一〇四五年）は公任男で音楽に長じ、清暑堂の御神楽で、歌に堪能なものが歌うことになっている「朝倉」という曲を歌った逸話が残る（十訓抄・一ノ二）。三五話【語釈】参照。『古事談』・『古事談抄』共に、直前話は定頼が法華経を誦す話で、『古事談』諸本では、経を素晴らしく誦した定頼の逸話を連続して配列していることになる。『古事談』を典拠のひとつとしていることが明らかな『十訓抄』（一〇ノ一九）にも、「定頼中納言、法華経を読みますまして、ひとり居たるところに、陽勝仙人の来れることに似たり」という文言が見えるから、少なくとも本話が定頼話としてある程度流布していたことが確認できる。『古事談抄』のみが「実頼」とするのは、書写段階で「実」と「定」との文字の混乱があったと考えるのが穏当か。但し『古事談抄』本文が全体に『古事談』の古態を留めているのではないか、という点に最大限配慮して読むならば、本話と前話が小野宮系統の中にある二人の、法華経を麗しく誦すという共通点を持った逸話として配列された、と読むことも可能である。

内方　妻の意で用いられることが多いが、他人の家や屋内の意にも。

法華経第八巻　法華経八巻には「妙法蓮華経観世音菩薩普門品第二十五」「妙法蓮華経陀羅尼品第二十六」「妙法蓮華経妙荘厳王本事品第二十七」「妙法蓮華経普賢菩薩勧発品第二十八」が説かれる。『陽勝仙人伝』（【参考文献】①）などによれば、陽勝が法華経を深く学んだことが知られるが、特に金峯山で法華経観音品を誦したこと、また、親に毎月一八日（観音の縁日）に焼香散華することを伝えていることなどに照らすと、観音品を誦していたか。

小莚　「さむしろ（狭莚）」か。幅の狭い莚か（【余説】参照）。「八幡臨時祭也、東対南庇廂御簾垂レ之、敷ニ小莚二枚一」（後二条師通記・永長元年〈一〇九六〉四月二五日条）

聳ゆ　「聳〈ソビウ、ユ敷〉」（黒川本色葉字類抄・中、節用集にも）。たなびく、の意。「聳（あが）る」（新大系）。

小選　少しの間、暫く、の意か（【余説】参照）。

高欄　殿舎などの周りに設けられた欄干。『宇治拾遺物語』（一〇五）で、静観僧正が比叡山西塔千手院で尊勝陀羅尼を唱えていると、やはり陽勝が通りかかって降りてくるくだりがあるが、その場所も「高欄の矛木（矛木は欄干の垂直部材）」の上である。重力から解放されて飛行する陽勝が、何かに惹かれて地上に降りてくる場所として、まずは高い樹木の梢や細い枝、また屋根の上などが妥当であろう。但し、人と対面し会話を交わすとなると、相応の高さにまで下がらねばならない。降りてきて猶、俗と混じらず、仙人としての聖性を保てる場所として記号化されたのが、重力の影響下にある常人には到底「居」られぬ「高欄」であったと考えられるか。

仙人陽勝　陽勝。貞観一一年（八六九）～延喜元年（九〇一）頃。能登の人。俗姓紀氏。元慶三年（八七九）に比叡山に登り、宝幢院（本朝法華験記では勝蓮華院）の玄日律師（本朝法華験記では日空律師）に師事。後に金峯山・吉野牟田寺を拠点にして仙人修行し、延喜元年八月には空を飛んだという（日本紀略・同年八月「其日陽勝仙人飛行」）。『二中歴』「名人歴」に役行者などと並んで名が見える。

庶幾　望み願うこと。

心きたなく　邪念を捨て切れていない。古典文庫は「俗事を離れきらぬ未練がましい心を持っている。陽勝は、誦経の清澄なめでたさとは裏腹な定頼の俗情を嫌って去った」とし、新大系は当該詞に特に注を付さないが「女をめぐる不浄」と読む。

【余説】

小莚・小選・小透と陽勝仙人の姿のイメージ

『古事談抄』の本文では、最初樹上に不思議な「小莚」のような白い影が見え、それが実は陽勝仙人であった、と記され、描写や文脈に破綻がない。陽勝仙人の姿は『本朝法華験記』に「身の中に血肉なくして、異なる骨奇しき毛あり。両の翼身に生ひて虚空を飛行すること、麒麟・鳳凰の如し」と表現されている。後半は如何にも話が肥大した風であるが、「身の中に血肉なくして」と見えるように、血の気のないやせ細った、というのが仙人陽勝のイメージであったと思しい。それは樹上に「小莚許ニテ白キ物」が「聳」いて見えた、という『古事談抄』の表現と響きあう。

『古事談』諸本には「小莚」という語は見えず、すべて「小透」という詞を使っている。新大系はこの「小透」を「をすき」と訓んで、「影のように半ばすけて見えること」とする。半ば透けていた有るか無きかの様も、仙人陽勝のイメージと合致するだろう。この箇所で「小莚」「小透」のいずれが原初的な表現であるかは不明である。

次いで樹上に見えた少し透けた白い影が少し降りてくる箇所では、『古事談』諸本は「小透ありつるよりもさがりて」とし、影は「少透」という語で名指され、それが「下がって」きたとしている。ただ『古事談抄』の「小選」という詞を用いる「しばらくしてもと在った場所から下がって」という文脈を知ると、こちらの表現の方がより自然な描写とも見える。

冒頭部分で「小透」という表現を採った『古事談』諸本は、次に「小選」という語が出てきたところで、冒頭の「小＋透」という表記に引き付けられ、「選」が「透」に置き換わってしまった、という可能性も考えられるのではないだろうか。

【同話・類話】

『今昔物語集』（一三ノ三）、『宇治拾遺物語』（一〇五）、『十訓抄』（一〇ノ一九）

【参考文献】

①大東急記念文庫蔵『陽勝仙人伝』（近藤喜博、『かがみ』二号、一九五九年八月）

［内田澪子］

第三七話（一七九／二ノ八〇・新大系二ノ七九）

「保忠落馬落冠の事」

近衛大将騎馬の時、番長の騎馬する者、頗（すこぶ）る之を馳せしむ。雑人を追ひ払はむが為なりと云々。而るに八条大将保忠、桃尻たり。前の馬に就きて走り出づるの間、落馬落冠し、辱恥に及ぶの後、件の礼、永く止むと云々。

（一一オ）
近衛大将騎馬之時番長騎馬者頗[1]令馳之為追　12
拂雑人也云々而八条大将保忠為桃尻就前馬走　13
（一一ウ）
出之間落馬落冠及辱恥[2]之後件礼永止云々　1

【校異】　**1者頗…先頗**　全本　**2辱恥…恥辱**　全本

【口語訳】　近衛大将が騎乗する時、騎乗した番長が勢いよく自分の馬を走らせる。（これは見物の）身分卑しい者たちを追い払うためであるとか。だが、八条大将・保忠は桃尻だった。（保忠の乗馬が、番長の走らせた）前の馬の後に続いて走り出すと、落馬して冠を落とし、恥をかいてから、その儀式は以後、なくなったとか。

近衛大将騎馬の時　「行幸供奉をいう」（新大系）。「近衛大将騎馬の時」は様々存在し、必ずしも行幸供奉に限定されないが——「暁院御㆓幸白河辺㆒、依㆑御㆓覧雪㆒也、左・右大将騎馬前駈」（中右記・寛治二年〈一〇八八〉正月八日）—、『古事談』は次話（二ノ八〇）に騎馬による「行幸供奉」の話柄を配しており、説話配列から『古事談』中の一話としては新大系の如く限定して解するのが妥当か。長久元年（一〇四〇）一二月八日、左大将・藤原教通が子息・通基を失くして服喪、右大将・藤原実資は八四歳の高齢で、「衰老之上所労、是寸白也、仍進退弥無レ便」（春記・一二月一〇日）という有様であり、翌年正月の後朱雀天皇朝覲行幸に左右大将が供奉できない事態に陥った。左右大将を欠いた行幸の先例は「承和七年（八四〇）嵯峨行幸、天暦四年（九五〇）朱雀院行幸」の二例に過ぎず（春記・一二月一一日）、行幸に近衛大将の供奉が欠くべからざるものであったことが窺える。

番長の騎馬する者　「番長は近衛舎人の中にて、上首八人を補す。大将前駈の者なり」（標注職原抄・下末）。諸本「者」を「先」とし、その場合は「番長騎馬して先づ」と読むことになる。

雑人を追ひ払はむが為なり　「雑人」は身分卑しい者。この「雑人」は見物の者だろう。宮中の行事・異変に物見高く集まった雑人を追い払う場面は『古事談』（二ノ六四）にも見える。

八条大将保忠　藤原保忠。寛平二年（八九〇）～承平六年（九三六）。左大臣・藤原時平の長男。母は一品式部卿・本康親王女・廉子。延喜一四年（九一四）八月九日、従四位上・参議として公卿に列し、正三位大納言に至る。承平六年七月一四日薨去（日本紀略・同日条）、四七歳。保忠は承平二年（九三二）八月三〇日、右大将を兼ね、没するまでその地位にあった（公卿補任）。「八条大将」は居所（大鏡・時平）にちなんだ呼称。「賢人大将」（公卿補任）との号もあったが、同じく「賢人」と呼ばれた藤原実資（古事談抄・三三など）と異なり、それを裏付ける具体的な挿話は伝わらない。保忠は本話の他に、冬の参内の途次、大小の餅を焼いて温石のように携行し、冷めると「御車副に投げとらせ」たが、「あまりなる御用意ぞかし。その世にも、耳とどまりて人の思ひければこそ、かく言ひ伝へためれ」と批判的に語られたり、「所謂宮毘羅大将」という読経を「我を『くびる』とよむなりけりと」、「臆病」で死去した（大鏡・時平）、『続古事談』（四三）は「人にはぢられたる人」とするが、作法を咎めた相手から反論され、「理にをれてほめ」たなど、むしろ「賢人」とは齟齬する説話が残る。笙の名手としても知られる。

桃尻　馬の鞍にすわりの悪い尻。落馬しやすい人の尻をいう。「桃尻」という語は漢籍に用例を徴し得ず、日本で生まれた言葉らしい。一一世紀半ば成立とされる藤原明衡『雲州往来』（上）に「内侍御前帯刀某丸、忽ち以て落馬す。騎する所の者は駑駘なり。是れ桃尻の致す所か」とあるのが最も早い例の一つで、本話が事実であったにせよ、早い用例を百年以上、遡る承平六年（九三六）に薨じた保忠が「落馬落冠」したその時に、「桃尻」という語を以て評せられたかは疑問が残る。

前の馬に就きて走り出づるの間　前にいた番長の乗馬が疾走し出したため、保忠の乗馬もそれにつられて走り出したということ。

落馬落冠　馬から落ちたはずみに保忠の冠がとれた。冠をせず、「髻はなつ」状態になるのは、「なめげ」であり（大鏡・実頼）、「見苦し」いもの（大鏡・道隆）だったため、「清忠ガ冠ニ当テ打落シツ。上達部達、此レヲ見テ咲ヒ喤リ給フ事無限シ」（今昔・二八ノ二六）の如く、笑いの対象となった。落馬落冠の説話は、賀茂祭の日、衆人環視の一条大路で落馬落冠した清原元輔が著名（今昔・二八ノ六、宇治拾遺・一六二）。

辱恥に及ぶ　諸本「恥辱」とする。意は「恥辱」に同じ。「恥辱」に比し、圧倒的に用例数は少ないが、古記録に「為二宰相中将（藤原兼経）一無レ極辱恥也。後代必伝談歟」（小右記・万寿元年〈一〇二四〉一一月一九日）、漢籍に「我已離二父母一、復有二此辱恥一、不レ可レ帰」（太平広記・三二八）などの例が見える。『中右記』寛治八年（一〇九四）三月八日条には「降人」を見物するため、「車馬遮二道路一又以見物、或折二車軸一、或飛二烏帽一、已多下及二辱恥一者上」とあり、「落冠」が「及二辱恥一」ものであったことが裏付けられる。

件の礼、永く止むと云々　「番長が騎馬大将の前駆を勤めることはこれ以後も見られるから、本話は、「先づ頗る之れを馳せしむ」という方式をやめたということであろう」とする新大系に従う。

【余説】

保忠の尻は桃尻であったという。この「桃尻」なる、馬の鞍にすわりの悪い尻とは、具体的にいかなる尻であったのか。桃尻とは、その具体的な形状が想起され得る尻だったのか。恐らく、桃尻という具体的な尻のかたちがあって、保忠がそれに合致したというのではあるまい。時代を遡る桃尻の用例は乏しいが、以下に示すわずかな用例は右の想定を裏付けるものである。【語釈】に掲げた『雲州往来』、そして「康基有下望二申悪馬一之気上、仍被レ乗之処落馬、依二勅定一重又騎又落、揚二桃尻之高名一云々」（山槐記・治承三年〈一一七九〉二月五日）は、いずれも落馬を以て騎乗の人物を「桃尻」と認定する文脈で、桃尻だから落馬したとする本話とは、桃尻と落馬の関係性が逆転している。桃尻とは落馬という結果から導き出されるものなのである。また、当時の装束の形態は尻のかたちが傍目にわかるものではないため、馬に乗る以前にその人物が桃尻か否かなど判断できるはずがないことも、桃尻が落馬という結果から導かれる語であるのを窺わせる。【語釈】にも述べた如く、保忠生存時に桃尻という語が成立していたかは微妙なところだが、仮に成立していたとすれば、他の用例や装束の形態に照らして、保忠は桃尻故に落馬したのではなく、落馬した故に桃尻であると見なされたと考えるのが自然だろう。

さらに、本話は保忠が落馬した経緯を「前の馬に就きて走り出づるの間、落馬落冠」と語る。直前に保忠は「桃尻」とあるため、この行文では落馬の因はまず彼の桃尻に帰されるが、「前の馬に就きて走り出づるの間、落馬落冠」に着目すれば、保忠の馬芸は必ずしも拙かったとは言えない。「前の馬」は番長が雑人を追うために疾走させた馬を指すが、保忠の馬はその馬を見て後に続いた。すなわち、他の馬につられて走り出したのであって、その走駆は騎乗する保忠の意志とは無関係だったことになる。「前の馬…」以下からは、保忠が不意をつかれて落馬した姿が髣髴とし、これは、馬芸の名手ならばともかく、桃尻ではない普通の尻の持ち主でも落馬しておかしくない状況なのである。この状況では保忠の「桃尻」は彼の落馬を効果的に説明する機能を果たさない。常人ならば落馬しない状況であってこそ保忠の桃尻は大きな意味を持つのである。保忠の「落馬落冠」は「前の馬に就きて走り出づるの間」によって十分、原因が明らかにされており、本話は桃尻を欠いても、保忠が不意をつかれて落馬したことで番長による疾駆が停止されたという一話として完結する。「桃尻」は贅言とも言えるのである。以上より推すに、保忠の落馬と番長疾駆の停止という説話がまず存在し、その説話を目にした者が、保忠が落馬したところから、彼の落馬を改めて説明する「桃尻たり」を加え、本話に見るかたちが成立したという、二段階での説話の形成が想像される。【語釈】に示した通り、説話における保忠の姿は多く「賢人大将」の号に背馳する、芳しからざるものだった。滑稽・揶揄を覚える「桃尻」が本話に二次的に付加されたとするならば、それは他の逸話に見えるどこかに情けなさを感じさせる保忠像と連動するものであったろう。

なお、『徒然草』(一四五)によれば、秦重躬が下野入道願信を「落馬の相ある人なり。よくよく慎み給へ」と注意したところ、願信は本当に落馬して死んでしまった。この「落馬の相」が「いかなる相ぞ」と尋ねられた重躬は「きはめて桃尻にして沛艾の馬を好みしかば、この相を負せ侍りき」と答えており、時代が下ると、着衣の上から桃尻を見抜く者が出現する。

【同話・類話】

未詳

[蔦尾和宏]

第三八話（一八〇／二ノ八一・新大系二ノ八〇）

「顕通・忠教、互ひに嘲る事」

源大納言〔顕、〕行幸に供奉するの時、頗（すこぶ）る近目の間、馬を引きたるをみうしな（ひ）て尋ねられけるを、忠教卿騎馬して近く打ち立たれたりけるが、「馬はあめるは」とて頗る平給すと云々。爰（ここ）に亜相怒りて云はく、「何事いふ。行家がまらくそ」と云々。褚面（しゃめん）して閉口すと云々。行家〔広業の孫、家経の子、行盛の父なり〕、忠教の継父なり。若し実父の疑ひ有るか。

（一一ウ）
源大納言顕、行幸供奉[1]之時頗近目之間馬ヲ
馬ヲ[2]引タルヲミウシナテ被尋ケルヲ忠教卿騎馬
シテ近ク被打立タリケルカ馬ハアメル[3]ハトテ頗平[4]給云々
爰亜相怒云何事イフ行[5]〈儒〉家カマラクソ[6]云々褚[7]
面閉口云々行家[8]〈広業孫家経子行盛父也〉忠教之継父也若有
実父之疑歟

【校異】 略本の紅葉山本・宮城本は、本話を欠く。また錯簡本の色川本では「古事談拾遺」の「臣節」に収められている。
1供奉…供養 内閣 **2馬ヲ…（ナシ）** 全本 **3アメル…アタル** 色川（タの右に「メ」と傍記） **4平…笑** 学習院 **5儒…（ナシ）** 全本 **6マラクソ…マラクソメカ** 全本 **7褚面…戸部褚面** 全本 **8広業孫家経子行盛父也…（ナシ）** 全本

【口語訳】 源大納言顕通が行幸に供奉した時、ひどい近眼だったので、引いていた馬を見失って探しておられたところ、忠教卿が騎馬して近くにいて、「馬はいなくなっていないようだね」とひどく馬鹿にした。すると亜相（顕通）は怒って「何を言うか。行家の落とし胤のくせに」と言った。忠教は赤面して黙ってしまった。行家は忠教の継父である。もしかすると実父の疑いがあったのだろうか。

源大納言〔顕〜〕 候補となる人物が二人いるので、検討してみたい。藤原忠教が「卿相」すなわち公卿だった期間（一一〇〇〜一一四一）に大納言を務めた源氏で「顕」字から始まるのは、顕房息顕雅と、顕雅の兄雅実の息顕通の二人である。顕通・顕雅・忠教の三人は、年齢も近く、同時代に昇役を争った間柄だった。顕雅（一〇七四〜一一三六）は康和四年（一一〇二）に任参議、長承元年（一一三二）一二月二五日に権大納言に任ぜられ、保延二年（一一三六）一〇月四日に病のため出家、同一三日に六三歳で亡くなった。顕雅の権大納言時代、忠教は権大納言から大納言に昇進しており、顕雅の上役だった。顕通（?〜一一二二）は康和元年（一〇九九）に任参議、保安三年（一一二二）一月二三日には中納言から権大納言に転じ、同年四月八日に急死した。右衛門督を兼ねていた。顕通の権大納言当時、忠教は権中納言で、民部卿、左兵衛督、検非違使別当を勤めていた。『古事談』諸本にある、忠教が「戸部」（民部卿）であったのは、保安二年（一一二一）六月二六日から出家する保延七年（一一四一）三月一〇日までと長く、顕通・顕雅の権大納言時代の全てをカバーしているので、年代推定に影響しない。このように、本話の源大納言が顕通であれば、彼が権大納言であった鳥羽天皇の保安三年（一一二二）一月二三日から四月八日までの間の出来事となり、顕雅であれば同様に崇徳天皇の長承元年（一一三二）一二月二五日から保延二年（一一三六）一〇月四日までの間、と該当時期を絞り込むことが可能である。顕通、顕雅のうち、強い近視だった人物がどちらであるのかが分かれば一番よいのだが、未見なので、状況証拠から考えた場合、本話の主人公の可能性が高いと思われるのは顕通である。その理由の一つは、該当時期に忠教は左兵衛督・検非違使別当、顕通は右衛門督を務めており、二人とも騎馬して行幸に供奉する役職に就いている。他方、顕雅が権大納言だった時期には、顕雅も忠教も、武官を帯びていない。理由のもう一つは、『今鏡』（七・武蔵野の草）などに描かれる顕雅には、ややぼんやりしていて人から軽く見られがちな「愚」な印象が強く、いかに激昂しても、本話のような悪口を上役の忠教によどみなく言い放てる人物のイメージは希薄なのである。以上の二点から、本話の源大納言は顕通であると推定したい。源顕通（一〇八一?～一一二二）は久我太政大臣従一位雅実の一男で、六条右府顕房の孫。母は堀河院乳母宮内卿藤原師仲女。正二位権大納言。保安三年（一一二二）四月八日没。『公卿補任』には「胸病悩乱無程」とあり、『一代要記』は享年を四二とする。『古今著聞集』（一四）には「右衛門督顕通公卿勅使となり宸筆の宣命を落す事」の話が見え、息子のこの失態を聞いた父雅実は「家継まじきものなり」と言ったが、果たして顕通は父に先立って亡くなり、弟である中院雅定が後を継いだ。顕通の子息には、土御門内大臣通親の父雅通、木曽義仲の法住寺攻めの際流れ矢に当たって死んだ明雲座主（徒然草・一四六）がいる。源顕雅については、四二話を参照。

近目　近視。例えば長和元年（一〇一二）、藤原実資の随身を、藤原頼宗の従者が激しく罵る事件があったが、翌日事情を探ってみると、頼宗の従者が「如二狂乱一」くなったのは、主の頼宗が「近目」で、「比二臨暗一如二盲者一、行歩之間倒仆招レ嘲」いたのが原因だったという（小右記・五月二一日条）。極度の近視のため、衆目の中で失敗してしまう人物は時々いたようである。

忠教卿　承保二年（一〇七六）～永治元年（一一四一）一〇月二五日、六六歳（尊卑分脉）。関白藤原師実の五男。母は散位藤原永業女。同母弟に白河の僧正増智がいる。正二位大納言民部卿。永治元年（一一四一）三月一〇日、病のため出家。保元の乱で常陸国に流された藤原教長は子息。笛にも秀で、堀河天皇サロンの歌会や管弦の催しの常連だった。一方乱暴なところがあり、兄師通の日記『後二条師通記』には、忠教本人やその部下が度々闘乱を起こしたことが記されている（寛治六年六月三日など）。本話もそうした人物像と矛盾しないし、同時代人にとっては、その荒々しい忠教が、赤面して絶句したところにいっそう面白みを感じたと思われる。

平給　非難・嘲笑の意。例えば『古今著聞集』（五七二）に「人々平給する事限なし」、『富家語』（一一）に「頻に御平給(ヘイキフ)有ありき」とある（【参考文献】①）。なお新大系は「平」を「笑」とする本文に拠っているが、『古事談』諸本で「平」字を「笑」にしているものがあるのは、この語の意味が既に分からなくなっていたためと推測される。

亜相　大納言の唐名。

行家　長元二年（一〇二九）〜長治三年（一一〇六）二月一九日没、七八歳（中右記）。父は文章博士藤原家経、母は中宮大進藤原公業女。相人としても知られる正家の弟。讃岐守、阿波守、弾正大弼などを歴任。文章博士正四位下に至る。『金葉集』に入集。『本朝続文粋』『中右記部類紙背漢詩集』他に漢詩文が載っている。

広業　貞元元年（九七六）〜万寿五年（一〇二八）。父は参議藤原有国。母は周防守藤原義友女。藤琳と号した。文章博士、式部大輔、参議、勘解由長官。従三位。一条・三条・後朱雀天皇三代の侍読、三条・後朱雀天皇の春宮学士を務めた。日野流の祖。二四話【語釈】参照。

家経　正暦三年（九九二）〜天喜六年（一〇五八）。父は参議藤原広業。母は下野守安部信行女。文章博士、式部権大輔、正四位下。和漢兼作の作者で、『後拾遺集』以下一七首入集。藤原道雅、能因らとも親交があった。

行盛　延久六年（一〇七四）〜長承三年（一一三四）。父は行家、母は大学頭藤原実範女。文章博士、式部大輔、正四位下。和漢兼作の作者。藤原忠実の家司。『後拾遺往生伝』（下）に往生人であったと記されている。

まらくそ　諸本「マラクソメカ」。色川本頭注「陰茎(まら)糞(くそ)メ」。「まら」は男根、「くそ」はかすのこと。本当は忠教の父親は師実ではなく行家だ、の意。後述するように、忠教の母は忠教と弟増智を生んだ後、行家に嫁して有業を生んでいるので、「御前も行家の子供なのではないか」という意味。なお、このセリフを吐いた源大納言が顕通・顕雅のいずれであっても、この時、師実・行家は既に没している。

継父　実母の再婚相手、の意。

【余説】

藤原忠教の母

『中右記目録』は忠教の母が没したのを大治三年（一一二八）一二月六日とし、『公卿補任』同年忠教の項には「一二月五日服解〈母〉」とする。嘉承元年（一一〇六）九月二四日の『中右記』に「増智者左宰相中将忠教同母弟、年廿九云々」、『殿暦』同日条に「件増智故大殿（師実）子也、〈宰相中将忠教一腹舎弟也〉」とあるように、忠教の母は忠教を産んだ二年後の承暦二年（一〇七八）、師実の子白河僧正増智を産んだことが確認できる（今鏡・五・故郷の花の色）。

藤原行家の息有業

ところで、『中右記』長承元年（一一三二）五月一五日条に「今夕右少弁有業卒去、〈年四十五云々、依二世間温病一也〉故行家朝臣男、故民部卿并白河法印増智同母弟也」とあって、藤原行家息有業（一〇八八〜一一三二）は忠教・増智の同母弟であると記されている。すなわち、忠教の母は、師実（一〇四二〜一一〇一）の没後ではなく、存命中に行家に再嫁し、有業を儲けていたのである。

また師実の孫で養子となった忠実は、日記『殿暦』に「行家入道子有業也、余めのトコナリ」と記している（康和四年〈一一〇二〉一二月二八日）。有業が忠実の乳母子だったということは、有業の母であり忠教・増智らの母である女性は、忠実の乳母も務めた、ということである。忠実の生まれた年（一〇七八）、彼女は増智を生んでいる。あるいは乳の出がよい、といった事情も重なって、夫の養子忠実の乳母も兼ねたのかも知れない。

なお、『殿暦』によると、有業の兄行盛は永久四年（一一一六）七月二〇日に忠実の家司に任ぜられているが、弟有業がこれに先んじて忠実の家司を務めていた（殿暦・永久元年四月一八日条）のは、有業が忠実の乳母子だったためと考えられる。

藤原永業と藤原師実

ちなみに『尊卑分脈』藤原永業息季永の項に「母大殿北政所乳母」とあるのによれば、師実の北政所源師房女麗子の乳母は永業の妻であった。忠教、増智らを生んだ師実の妻は永業の娘である。忠教の母はこうした縁で、師実の妻となったのかも知れない。『今鏡』（五・花山）に「遠江守永信が子に、蔵人をりてつかさもなかりしにや、永業とかいひける人」と記されている藤原永業という人物は、このように妻が師実の正室の乳母、娘は師実の妻であり、なおかつ師実の養子忠実の乳母、という風に、妻子を介して、師実家と結びつきが強かったことが知られる。

藤原師実と藤原行家

藤原行家は、師実の長谷寺四天王像の供養の願文を作ったり（後二条師通記裏書。寛治三年一〇月一三日）、師実息師通の年忌供養の法事定を書くなど（殿暦・康和二年五月二八日）師実に奉仕し、師実も「美作守行家朝臣七条第」（中右記・寛治七年一〇月四日）に、時には北政所麗子をも連れて訪ねるなど（同・嘉保元年一二月一二日）、両者は親しい間柄であったと見られ、そのような中で、忠教母と行家の婚姻も師実に認められたのだろう。しかし、師実が忠教母を行家に下げ渡したかのような再婚劇は、彼女が必ずしも重い扱いをされていなかったことの表れともいえ、源大納言の暴言と忠教の赤面を生んだ、と考えることは許されるだろう。

参考までに、本話をめぐる人物に関する略年表を掲げると次のようになる。

事柄	西暦
藤原行家誕生	一〇二九
藤原師実誕生	一〇四二
藤原顕雅誕生	一〇七四
藤原忠教誕生（母永業女）	一〇七六
忠教弟増智誕生（母永業女）	一〇七八
藤原忠実誕生（乳母永業女）	一〇七八
藤原顕通誕生	一〇八一
行家息有業誕生（母永業女）	一〇八八
師実没	一一〇一
行家没	一一〇六
近視事件　顕通没	一一二二
忠教母没	一一二八
顕雅没	一一三六
忠教没	一一四一

【同話・類話】

未詳

【参考文献】

①田中裕「後鳥羽院御口伝管見」（「天理図書館善本叢書月報」三四、一九七七年五月）

［伊東玉美］

第三九話（一八一／二ノ八二・新大系二ノ八一）

「伊通、不遇によりて所帯を辞するの事」

大治五年十月五日、参議四人、師頼・長実中将・宗輔中将・師時等、中納言に任ぜらる［去んぬる保安四年以後、連々の死闕、今に未だ之を任ぜられず］。時に伊通、参議・右兵衛督・中宮権大夫にて、彼の四人は皆上臈なり。然れども（愁）緒に堪へず、翌日所帯等を辞し、大宮大路に於いて檳榔（びんらう）の車を破り焼きて、白昼に、褐衣（から）の水干に貲布（さよみ）の袴を着して、馬にて神崎の遊女の許へ渡らる。又、年来借り置かれたる所の蒔絵の弓、中院右府の許へ返し遣はさるとて

　やとせまでてならしたりしあづさゆみかへるをみてぞねはなかれける

　　返し

　なにかそれおもひすつべきあづさゆみまたひきかへすをりもありなむ

籠居四年か、長承四年九月廿一日、前参議より直に中納言に任ず［陣の座の除目に公卿を任ずる事、此れより始むと云々。又、前官より任ずる事、宇治大納言隆国、中納言より直に大納言に任ず］。同十二月五日、帯剣を勅授す。

（一一ウ）
大治五年十月五日参議四人師頼長実中将[1]宗輔中将
師時等任中納言去保安四年[2]以後連々死闕于今未被任之　于時伊通参議
右兵衛督中宮権大夫[3]彼四人ハ皆上臈也然而不堪緒[4]
翌日辞所帯等於大宮大路[5]破焼檳榔車白
晝ニ着褐衣[6]水干[7]貲布[8]袴馬ニテ神崎遊女許

へ被渡ル又年来所被借置之蒔繪弓中院右符 13
（一二オ）
許へ被返遣トテ 1
　ヤトセマテテナラシタリシアツサユミカヘルヲミテ
　ソネハナカレケル 2
返[9] 3
　ナニカソレオモヒスツヘキアツサユミマタヒキカへ
　スヲリモ[10]アリナム 4
籠[11]居四年歟長[12]承四年九月廿一日自前参議直任中 5
納言（陣座除目任公卿事自此始[13]云々又自前官任事宇治大納言隆國自中[14]納言直任大[15]納言）同[16]十二月五日 6
勅授帯釼[17] 7

【校異】　**1宗輔中将…（ナシ）**　色川　**2以後連々…已後違之**　大東急・静嘉・内閣・学習院・東山・河野・天理・紅葉山・宮城　**已後還之**　色川（還の右に「違」と傍書）　**3彼四人…四人**　全本　**4緒…愁緒**　大東急・静嘉・内閣・学習院・東山・河野・天理・紅葉山・宮城　**然緒**　色川（然の右に「愁」と傍書）　**5破焼…焼被**　宮城　**6貲布…皆布**　内閣（皆の右に「貲」と傍書）・東山　**7馬ニテ…騎馬**　全本　**8神崎遊女許へ被渡ル…被渡神崎遊女金許**　全本　**9返…（ナシ）**　大東急・静嘉・内閣・学習院・色川・東山・河野・天理・紅葉山　**中院右府返シ**　宮城　**10アリナム…アリケリ**　大東急・静嘉・内閣・色川・東山・天理・紅葉山　**アリ**　学習院　**コソアレ**　宮城　**有ける**　河野　**11籠居四年歟…長承二年（籠居四年歟）**　大東急・内閣・学習院・色川・天理　**（ナシ）**　静嘉・東山・紅葉山・宮城（右に傍書あり判読できず）・河野　**12長承四年…長承二年**　全本　**13云々…之**　全本　**14中納言…前中納言**　全本　**15大納言…大納言之例云々**　全本　**16同十二月五日勅授帯釼…（ナシ）**　宮城　**17（ナシ）…云々**　全本

【口語訳】　大治五年一〇月五日。師頼・長実・宗輔・師時らの参議四人が中納言に補任された［保安四年以後、諸々の死によって欠員が出たまま、今に至るまでこれは任ぜられていない］。この時に伊通は、参議・右兵衛督・中宮権大夫で、彼ら四人は皆自分よりは位階が上の者であったのだが、その嘆きに堪えがたく、除目の翌日に自身の官職を辞して、大宮大路で檳榔の車を破壊して焼き、白昼に褐色の水干に貲布の袴を着て、馬で神崎の遊女のところへお行きになった。また、長年借りていた蒔絵の弓を、中院右府のもとへ返して送る際に、

「八歳まで手慣らしたりし梓弓返るを見てぞ音はなかれける」（八年の間、我が手に慣れ親しんだ梓弓。それが、もとの（持ち主の）あなたのもとへ返って行くのを見るにつけても、思わず声をあげて泣いてしまうものです）。

その返歌に

「何かそれ思ひ捨つべき梓弓また引き返す折りありけむ」（どうしてそのように思いを捨ててしまうことでしょうか。引いた梓弓がもとに返るように、あなたもまたもとのところへ戻ってくる時もあることでしょう）。

その後、籠居四年目のことか、長承四年の九月二一日に、伊通は前参議から直接中納言に補任された。［陣の座の除目で公卿が任命されることは、これが初めての例であるという。また、かつての官職から補任されることは、宇治大納言隆国が前中納言からそのまま大納言に補任された例がある］。同年の一二月五日に、伊通は帯釼を勅授された。

大治五年十月五日　一一三〇年。帝は崇徳天皇。この日除目が行われ、後述の四名が権中納言に補任された。

師頼　村上源氏。この時、六三歳、正三位参議。

長実　藤原氏。この時、五六歳、正三位参議。

中将　底本及び、諸本の表記によるならば、この「中将」は割り注として上記の「長実」・「宗輔」を説明するものと見るべきだが、この時の中将は宗輔と師時。

宗輔　藤原氏。この時、五四歳、従三位参議左中将。

師時　源氏。この時、五四歳、従三位参議右中将。日記に『長秋記』がある。

中納言　従三位に相当。令外官。定員は時代により変わるが、中納言・権中納言を含めて、八名ほどが任ぜられていた。

去んぬる保安四年以後…　保安四年（一一二三）七月

九日、中納言藤原俊忠没。大治二年（一一二七）一〇月一六日中納言藤原実隆没。大治三年（一一二八）六月一七日権中納言藤原通季没。大治四年（一一二九）正月一五日権中納言藤原顕隆没。この時、中納言は藤原顕雅の一名、権中納言は藤原実行・源雅定・藤原実能の三名となっていた。

伊通　藤原氏。寛治七年（一〇九三）～長寛三年（一一六五）。権大納言宗通の子。母は藤原顕季女。蔵人頭などを歴任し、保安三年（一一二二）正四位下参議、大治四年（一一二九）正月七日従三位。大治五年当時は三八歳。長承二年（一一三三）九月二一日に権中納言に任ぜられた。『金葉集』以下の勅撰集に一三首が入集。

彼の四人は皆上臈なり　四人は皆、自分より位の上位の人である、の意。師頼・長実は正三位。宗輔・師時は伊通と同じく従三位であるが、叙されたのは宗輔が天治三年（一一二六）、師時は大治三年（一一二八）と伊通よりも早かった。

愁緒に堪へず　『古事談抄』「緒」とのみあるが、諸本により「愁」を補った。同類話『今鏡』（六・弓の音）には「われより上臈四人、中納言になれるに、われ一人残りたり（略）。たとひ上臈なりとも、後に宰相になりたる人もあり。われこそなるべきに、ひとりならず」とあり、『公卿補任』に「長実卿任二納言一後、辞二所職一籠居」と見える。これらによれば、伊通より七年遅れた大治四年四月五日に参議となった長実が、先に権中納言に任じられたことを嘆いたためということになる。なお、『中右記』はこの除目に関して「今度除目多以道理也。但長実去年任二参議一、今年任二中納言一、早速昇進也。非二才智一、非二栄華一、非二年労一、非二戚里一。世間頗有二傾気一歟」（大治五年一〇月五日条）と、長実の昇進を不審とする世評があったことを記している。

翌日所帯等を辞し　その時任ぜられていた参議・右兵衛督・中宮権大夫を辞したということ。『一代要記』に「十月六日辞二所帯官一籠居」とある。『中右記』同年一〇月一〇日条に「或人云、伊通辞レ申二三官一云々、[参議、右兵衛督、中宮権大夫]是不レ被レ成二中納言一訴也」とある。『公卿補任』によれば、除目の後に辞表を出すが許されず、伊通は籠居した。翌天承元年一二月一六日に官を解かれている。

大宮大路 平安京の南北を通る大路の一つ。朱雀大路の東に平行する。伊通邸は九条二坊一二町にあり、この通りに面していた。『今鏡』（六・弓の音）に「家の前の大宮をもての大路に」とある。

檳榔の車 檳榔の葉で飾り付けた車。『下学集』に「檳榔車（ビンラウシャ） 以二檳榔葉一巾（カザル）レ車也」とある。使用は貴顕に限られていた。『西宮記』に「檳榔毛、太上皇以下、四位已上通用、非参議不レ立レ榻」とある。一話【語釈】参照。

破り焼きて 出仕に使う車を破壊して焼く。これは、すなわち参内を二度としないという意志を表明する示威行為である。『今鏡』はこのことは節会の日に行われたとする。『古事談』（二ノ九三）に藤原信長が太政大臣となりながら、一の座を関白師実に譲ったことを不服とし、「今は出仕する能はず」と同じく大宮大路で檳榔の車を焼いた例がある。

褐衣の水干 「褐衣」とあるが、ここでは褐色、濃い藍色、濃紺の色を示す「褐（かち）」のこと。「かちん」とも。「水干」は糊を用いずに水張りにして干した布で作った衣服。官服ではないので貴賤ともに着用したが、平安後期は特に下級官人や武士が用いた。

貲布の袴 細い麻糸で織った袴。「貲布〈サヨミノヌノ〉」（前田本色葉字類抄・下）。『十訓抄』（九ノ八）は伊通のこのような出で立ちについて「今は官もなき、いたづらものになれるよしなり」と説明している。

神崎 現在の兵庫県尼崎市内にある遊里。平安時代には、水路の重要な中継点となったことから発展し、旅人を客とする遊女が集まり賑わった。その様子は大江匡房『遊女記』他の日記や歌集に散見する。「生身の普賢を見奉らむと欲（おも）はば、神崎の遊女の長者を見るべし」（古事談・三ノ九五）ともある。

遊女 『古事談』諸本は「金」、『十訓抄』（九ノ八）『今鏡』（六・弓の音）は「かね」とその名を記す。

蒔絵の弓 漆で文様を書き、その上に細かな金銀粉を蒔いた装飾のなされた弓。

中院右府 雅定。村上源氏。久我太政大臣雅実の子。

嘉保元年（一〇九四）～応保二年（一一六二）。大治五年当時は、三七歳で正三位権中納言。後、正二位右大臣に至る。『金葉集』以下の勅撰集に二〇首が入集。自邸で歌合を主催し、藤原顕季・顕輔らとも交流があった。伊通との和歌における交際は顕季を通じての縁もあったか。『千載集』に「中院右大臣中将に侍ける時、歌合し侍ける時よめる」とする顕季詠（恋歌三・七九〇）がある。

やとせまで…　伊通は保安三年（一一二二）からこの時までの八年間、右兵衛督に在任していた。その武官を辞したので、借りていた弓を返すにあたっての詠歌。官を辞して、長年手慣れた弓を返すことになったが、その弓を見るにつけても泣けてくる、という嘆きを詠んだもの。「梓弓」の縁語として「鳴らし（慣らし）」「返る」「音」を詠み込んでいる。『千載集』（雑歌上・九七四）に「かへるを見るに音ぞなかれける」の形で入集。

何かそれ…　伊通への返歌。「弓」の縁語「引き返す」を詠み込んで、引いた弓がもとにもどるように、あなたも戻る日が来るでしょう、と伊通を慰めたもの。『千載集』（雑歌上・九七五）に結句「時もありなん」の形で入集。

籠居四年か　底本では地の文であるが、本来は注記であったものが混入したものか。底本は次に「長承四年」と誤っているのだが、『古事談抄』祖本の時点からこの誤りが生じていて、その「四年」について「籠居四年」か、とする傍記が記されるようになり、さらに転写課程においてそれが地の文に混入した、という可能性が推測される。なお大東急・内閣・学習院・色川・天理本はこれを傍記としている。

長承四年前参議より直に中納言に任ぜらる　長承は四年四月二七日に保延元年に改元。底本「四年」とするのは誤り。諸本の長承二年（一一三三）が正しい。長承二年九月二一日の除目にて、伊通は参議を辞した状態のままで権中納言に任ぜられた（公卿補任、中右記、長秋記）。このことについて『長秋記』同日条には「散三位任㆓中納言㆒例可㆓勘見㆒（略）、主上枉（まげて）令㆓申請㆒給御云々、復㆓本官㆒後、除目次被㆑任、無㆓其難㆒歟。万事如レ此」と批判的である。『今鏡』（六・弓の音）によると、伊通の嫡子である為通が崇徳天皇の寵臣であったため、「宰相にまづかへしなさむ」という意見もあったが、崇徳天皇がこの人事を強く要請し、関白忠通の度々の反対を押し切るかたちで行われたという。

陣の座の除目　「陣の座」は、ここでは陣の座において行われる評定、陣の定めのこと。太政大臣以下の公卿が政務について行うもので、平安中期以降は日常政務に関しての公卿の代表的な会議形式であった。公卿の任命などの特に重要な案件は、本来は天皇の臨席する場で行われるべきものであったため、『長秋記』同日条は「於レ陣被レ任二公卿一事、非二尋常儀一歟」とこのことに対して批判的な態度で記している。

宇治大納言隆国　源隆国。寛弘元年（一〇〇四）～承保四年（一〇七七）。九話【語釈】参照。

帯剱を勅授す　『公卿補任』長承二年に「伊通（略）十二月五日勅授」とある。令制において、武官でないものは基本的に兵仗を帯びることを禁じられていたが、例外的に勅によって帯剣を許されること。ただし、平安中期ごろには儀式において公卿が帯剣することは既に一般的になっていた模様で、勅授は一つの栄誉という程度の認識となっていた。平安中後期においては天皇・摂関家と繋がりの深い者、何らかの功績のあった者が対象となる例が多い。安田政彦氏（【参考文献】①）の調査を参考にすると崇徳天皇在位中一七年の間に勅授を蒙ったものは伊通を含めて八名に過ぎない。伊通以外は忠通他いずれも正二位以上であるので、籠居から復職してまもなく従二位で勅授された伊通のような例は珍しい。「かやうの例はまれなることなれば」（十訓抄・九ノ八）とある。

【余説】　藤原伊通は、官界に復帰して後は順調に昇進を重ね、永暦元年（一一六〇）には正二位太政大臣に至る。著書には、主君のあるべき様を二条院に説いたという『大槐秘抄』がある。主君がどのように臣下と接するべきかについての心配りなどを細々と説くものであるが、自身の籠居に関しては触れられてはいない。彼の人物像については『今鏡』（六・弓の音）が詳しい。それに拠ると、詩や書にすぐれた人物であったが、才気走ったところがあり、「世のものいひ」であったという。平治の乱に武勲のあった武士が加階されるのを皮肉って、多く人を殺めた者が賞を得るならば、人々がたくさん飛び込んで死んだ井戸こそ最も昇進に値する、などと放言したという。この逸話は『平治物語』上にも見える。このほか、『古事談』（六ノ六〇）に、幼少の頃に一条殿（全子）のもとに参った際に「此の兄児は大臣に至るべき人なり」と評されたとする逸話や、『徒然草』（二三八）に、自身の款状に題目も付して自讃したとする話などがある。『古今著聞集』（三七九）では、子の伊実が相撲ばかりをして学問をしないことを心配し、相撲の名手と対決させて止めさせようとするのだが、伊実が勝ってしまって失敗に終わるという話などがある。逸話の多い人物である。

【同話・類話】

『長秋記』（長承二年九月二一日）、『小右記』（大治五年一〇月五日、一〇日）、『今鏡』（六・弓の音）、『十訓抄』（九ノ八）、『古今著聞集』（一六七）

【参考文献】

①安田政彦「勅授帯剣について」（『律令制社会の成立と展開』、一九八九年、吉川弘文館）

［山本啓介］

第四〇話（一八四／二ノ八五・新大系二ノ八四）

「家忠、除目の執筆に衡の字を忘るる事」

花山院右府〔家、〕、除目の執筆（しゅひつ）に奉仕するの時、高松中納言実衡、参議に任ず。而るに「衡」の字を忘却するの間、法性寺殿に問ひ奉る。仰られて云はく、「ゆきの中の魚」と云々。ふるゆきの中に魚をかき入れむとせられけれども、さる文字もなかりければ、黒字に書かると云々。

（一一一オ）
花山院右府[1]家、奉仕除目執筆之時高松中納言実
衡任参議而衡ノ字忘却之間奉問法性寺殿被仰
云ユキノ中ノ奐云々[2]フルユキノ中ニ奐ヲカキ入ムトセ
ラレケレ
トモサル文字モナカリケレハ黒字ニ被書云々[3]

【校異】 **1家、…家忠**　全本　**2フルユキ…仍フルユキ**　全本　**3云々…**底本、以下に改行なしで次話「九条民部……」と続ける

【口語訳】 花山院右大臣藤原家忠が除目の執筆を勤仕した時、高松中納言藤原実衡を参議に任じた。そのおり、家忠は、「衡」の字を忘れてしまったので、法性寺関白藤原忠通公におたずね申し上げた。忠通公がおっしゃられるのには「ゆきの中に魚」とお答え遊ばした。そこで家忠は降る「雪」の中に「魚」を書き入れようとされたけれども、そんな字はなかったので、真っ黒に塗りつぶした黒字でお書きになったということだ。

花山院右府　藤原家忠。康平五年（一〇六二）～保延二年（一一三六）。平安後期の公卿。師実二男。母は源頼国女。従一位左大臣。花山院を伝領したことから、花山院左大臣とよばれる。家忠の右大臣（右府）在任期間は保安三年（一一二二）から天承元年（一一三一）まで。なお新大系脚注では「宗忠」の誤りとする。宗忠は藤原氏。康平五年（一〇六二）～永治元年（一一四一）。平安時代後期の公卿。宗俊男。政務に通暁し、中御門右大臣とよばれる。日記『中右記』は有名（【余説】参照）。

除目の執筆　「除目」は大臣以下の京官（秋の除目）と地方官（春の除目）を任命する儀式。「執筆」は多数の申状、挙状の中から候補者を選び、天皇、摂関の承諾を得て、その結果を大書などに書き込む役。除目を進行させる実質上の最高責任者で、通常は首席の大臣があたった。

高松中納言実衡　藤原氏。康和二年（一一〇〇）～永治二年（一一四二）。平安後期の廷臣。仲実男、母は藤原顕季女。従三位権中納言。参議任官は長承三年（一一三四）二月二二日。その模様は『中右記』に詳しい。ただし同書には「今日、除目初也。右府軽服出来之間、俄可ㇾ参二執筆一之由、蔵人大輔資信所ㇾ催也、申二承畢由一」とあって、執筆は当初、右大臣源有仁の予定だったが、「軽服」のため急拠、次席の内大臣藤原宗能が勤めることになった。一話【語釈】参照。

法性寺殿　藤原忠通。永長二年（一〇九七）～長寛二年（一一六四）。本話の長承三年（一一三四）二月の除目では従一位関白として臨席、中心的な役割を果たしている。二一話【語釈】参照。

ゆきの中の魚　忠通の返事は文字通り「行」という字の中に「魚」と字解していったものだろうが、凡庸な家忠はそれを「雪」の中に「魚」と勘違いした。平安時代、韻塞とか偏継といった言葉遊び文字遊びがあり、忠通の言葉にはなぞなぞ遊び的な調子がないわけではない。家忠のとまどいを予想しつつ、忠通はかくいったのであろうか。「奐」は「魚」の異体字。

黒字　真っ黒に塗りつぶした字。

【余説】藤原実衡の任参議の除目（長承三年二月）の執筆を勤めたものは、新大系の注の指摘の通り、『中右記』の筆者、藤原宗忠であったことは疑いない。しかし『中右記』の当該記事を読むかぎりに於いては、当日の執筆役だった宗忠が「衡」の字を忘却したとも、「黒字」で間に合わせてしまったとも、無論記されていない。豊富な学識、能吏として知られる藤原宗忠にはいささか考えにくい話といってよいであろう。

では本話にどうして藤原家忠が登場してきたのであろうか。家忠の経歴を簡単に追ってみると、師実の二男という貴種を承けて、関白にもなりうる人と目されていたらしい。『今鏡』（五・花山）によれば、兄の後二条殿藤原師通の早逝のあと、「関白にもなり給べき人」であったが、関白職は師通の子忠実が継承した。そこで家忠は忠実が退いた左大将へ補任を強く望み、本命と目されていた藤原宗通を押さえて、念願を果たした。『中右記』によれば、この人事は「万人驚二耳目一」（康和五年〈一一〇三〉一二月九日）であったという。宗通はほかならぬ白河院の寵臣であったからである。

その康和五年から一七年後の保安元年（一一二〇）、関白藤原忠実は白河院の勅勘があって、関白職を辞した。理由は忠実女、高陽院泰子の鳥羽天皇への入内問題のこじれからであった。白河院は空席となった関白に当初藤原家忠を補そうとしていたらしい。そのことを近臣の藤原（葉室）顕隆に相談したところ、顕隆は家忠が稲荷社祭礼の日、酒宴乱行に及んだことなどをあげ、反対したという。顕隆は「夜の関白」（今鏡・二・釣りせぬ浦々）と異名をとるほどの実力者、白河院はその意見を入れ、当時内大臣だった藤原忠通を関白に任じたというのである。

およそ以上は『愚管抄』（四・崇徳）が伝えるところであるが、これによれば本話に登場する花山院左府藤原家忠と法性寺関白藤原忠通の二人の間は結構因縁めいた間柄であったといってよい。ここで注目したいのは田島公氏が詳しく紹介された『摂関補任次第別本』所収の『古事談』の逸文である（【参考文献】①）。同書には「古事談」と出典注記されるものが六条あり、そのうち一条は現行本の『古事談』には見られぬ逸文で、それは、高陽院入内の事に依り、知足院殿勅勘白河院の時、顕隆申して云はく、「関白勅勘して其の替未だ定まらず。中古以来執柄の人無き事之れ無し、不便」と云々。仰せて曰はく、「関白、内府法性寺為るべし」と云々。顕隆落涙して、善政の由申す。其の時、法性寺殿摂籙の事有り。古事談

という一文である。『愚管抄』の伝えることのいきさつとほぼ重なり合い、なかでも忠通を関白にという白河院の裁定を聞いた顕隆が「落涙」に及び、「善政」と称賛したという件りはなかなか興味深い。

もしこれが『古事談』の逸文であったとしたらこの一条は現行本『古事談』のどこに所載されていたのであろうか。「第二・臣節」のあたりがまず考えられるところとおもわれるが、ひょっとすると、本話に相前後して、さもなくはかなり近い位置に配されていた可能性は高いのではなかろうか。もしそうだとすると、当時の政界の情報通は二つの話を家忠と忠通の因縁話と読んだに違いなく、また『古事談』の作者のねらいもそんなところにあったのではないだろうか。こうした説話の連関や配列は『古事談』のよくするところであることは周知の通りである。

無論、当日の除目執筆を家忠とするのは明らかに誤伝である。しかし、家忠自身も天治元年（一一二四）には執筆を勤めたことがあるらしく（除目抄）、本話が全くの無稽というわけでもない。【語釈】でもふれた通り除目の執筆という役目は除目進行の上で最も重要な役職で、その作法も細かく定められており、執筆にあったった仁はその完全な遂行を願って、神仏に祈願するほどであったという。そんななか、「衡」の字を失念し、忠通の「ゆきの中の魚」という返事を愚直にも受けとめ、結局思いつかず黒字で済ませたという家忠の人物像は凡庸ながら人の好さを感じられるし、一方、やや謎めいた答えしかいわなかった忠通には微細ではあるが、家忠への軽侮の気持ちがなかったとはいえないように思われる。史実としては、ここは家忠ではなく、宗忠なのだが、家忠と忠通の話として読んだほうがおもしろい。『古事談』の話のあやはこんなところにある。

【同話類話】

未詳

【参考文献】

①田島公「禁裏文庫周辺の『古事談』と『古事談』逸文」(「新日本古典文学大系月報」一〇〇、二〇〇五年一一月)

［浅見和彦］

第四一話（一四二／二ノ四三・新大系二ノ四二）

「九条顕頼、床子座に於いて夜食の事」

九条民部卿顕頼、弁官の時、公事有るの日、早旦に陣に参る。深更に及ぶの間、已に飢ゑに臨む。仍（よ）りて床子座（しやうじざ）に於いて雑色を喚び其の由を示し了んぬ。頃（しばらく）して雑色、黒器と云ふ物に、みそうづの毛立したる一盃と、暑預（じよよ）のやきたる二とを持ち来たり、之を与ふと云々。黒器の物をばひきそばめて皆啜（すす）りくひて、「只今ぞ人心地する」とて、いもをば「わ殿よそへ」とて師元〔大外記〕に授くと云々。床子座は腋陣とて、然るがごとき事憚り無き所と云々。

（一一オ）

九条民部
卿顕頼弁官之時有公事之日[1]早旦参陣及[2]
深更之間已臨飢仍於床子座喚雑色示其由了
頃[3]之雑色黒器ト云物ニミソウ[4]ツノ毛立シタ[5]ル一盃ト

（一一ウ）

暑預ノヤキタル二[6]トヲ持来与之云々黒器ノ物
ヲハヒキソハメテ皆啜リクヒテ只今ソ人心地スルトテ
イモヲハワ殿ヨソヘ[7]トテ授師元[8]大外記云々床子座ハ腋
陣トテ如然事無憚之所云々

【校異】 底本は前話から改行しないが、『古事談』諸本は全本改行する。 **1日…目** 河野 **2及…漸及** 全本 **3頃…頃頭** 内閣 **頭** 学習院 **4ツノ…ツク** 静嘉（クの右に「ノ歟」の傍書）・東山・紅葉山・宮城 **5シタル…タル** 全体 **6ニ…二筋** 全本 **7ヨソヘ…コソ■ク へ** 静嘉 **ヨクへ** 学習院 **8師元…師光** 静嘉・内閣・学習院・色川・東山・河野・天理・紅葉山・宮城

【口語訳】　九条民部卿顕頼が弁官だった時、公事のある日に早朝から陣に参った。夜更けになり、非常に空腹になって来た。それで床子座に雑色を呼び、その旨を伝えた。しばらくして雑色は、黒器とかいう容器に、味噌雑炊の湯気の立ったのを一杯と、山芋の焼いたのを二つ持って来て顕頼に与えた。顕頼は黒器の味噌雑炊を、少し向こうを向いて（音を立てて）全部啜ると「やっと人心地ついた」と言い、山芋は「君が使いなさい」と言って大外記師元に与えたという。床子座は腋陣とも言い、このようなことを行っても憚りない所だとかいうことだ。

九条民部卿顕頼　藤原顕頼。嘉保元年（一〇九四）～久安四年（一一四八）。父は白河院近臣として「夜の関白」（今鏡・二・釣りせぬ浦々）の異名をとった権中納言顕隆。母は鳥羽天皇の乳母藤原悦子（藤原季綱女。弁官補任は美濃守源頼綱女）。子に光頼、惟方ら。藤原俊成の養父だった時期がある。九条高倉第にちなんで九条民部卿と称される。出雲・三河・丹後・丹波守、右中弁・蔵人頭・権中納言・大宰権帥を歴任し、民部卿となって正二位に叙された。鳥羽院の近臣として重きをなした。

弁官　太政官と諸官司との連絡に携わる行政上の枢要の職で、太政官への上申を行い、太政官からの命令書を作成した。大弁は公卿に昇進し、蔵人頭二人のうち一人は中弁を兼ね、頭弁と称される場合が多い。藤原顕頼は保安三年（一一二二）に右少弁に任じ、翌年権右中弁、大治五年（一一三〇）には右中弁となり頭弁となった。天承元年（一一三一）任参議に伴い弁を辞した（弁官補任）。新大系が顕頼の弁官時代を長承三年（一一三四）二月までとする根拠は未詳。なお、後述するように本話の師元の「大外記」が極官ではなく当時の官職だったとすると、この話は一一二四～二五年にかけてで、顕頼は権右中弁だった時期、三一～三二歳頃の話となる。仮に本話を師元の外記職在任時代に幅を広げると、一一二二年から二五年までとなり、その間顕頼は右少弁から権右中弁を歴任、鳥羽・崇徳天皇の五位蔵人だった時期とも重なってくる。

陣　紫宸殿東北廊の左近衛陣のこと。内裏の「陣」は衛府の詰所で、左右衛門・兵衛・近衛の陣がそれぞれ設置されていたが、左近衛陣には、公卿らが陣定・除目などの会議や政務を行う仗座（陣座）が置かれた。『大内裏図考証』巻一五之下所載図（後掲）参照。なお、『年中行事絵巻』田中家別本巻二に左近陣が、鷹司本第五巻には加えて左近陣および官人座・床子座が見える。

床子座　床子は背もたれ・肘掛けのない腰掛け。床子座は、陣定などの時、大弁、中少弁たちが詰めた床子の置かれた場所で、陣への入り口である敷政門の脇にある。保安三年（一一二二）一二月一七日に参議に任ぜられた左中弁藤原為隆は、日記『永昌記』同月二一日条に「此日着陣、（略）入二左衛門陣一過二床子座一之間、引二入敷政門一、令レ問レ時、（略）次入二宣仁門一、南行至二宜陽殿一」と着陣の道順を記している。『新任弁官抄』「腋床子座事」に「大弁床子在二敷政門外北腋一〈東面。有二前床子一〉中少弁温明殿南砌内。〈南面〉外記史弁座東同砌内。〈南面〉大弁置二文於前床子一見レ之。中少弁於二我座上方一見レ文。文首少向レ南也」と見え、『小右記』治安元年（一〇二一）三月二七日条には「昨日禊祭行事史貞致堕レ自二陣腋床子一、突二損面一、脱冠顛臥、下部等扶持将レ入」（以上傍点伊東）とあり、敷政門から宣仁門までの間の廊を陣の「腋」と称していたことも知られる。詳しくは「腋陣」の項参照。

雑色　所司の下級職員。弁・外記の属する弁官局・少納言局には「使部」という下級職員が配備されていたが、あるいは蔵人所の雑色を指すか。『禁秘抄』上に「一　蔵人所雑色　本員数八人。代々皆転二蔵人一。仍公卿子孫。又可レ然諸大夫多補レ之。近頃少々相交。但多良家子。不可説僧子。并不レ知二父如何一物等補レ之。尤不レ可レ然事歟」とある。

其の由　非常に空腹だということ。

頃て　「頃之」は日記類に頻出する語で、「しばらくして」「しばらくあって」と訓むことができる。

黒器　未詳。黒みがかった土器か。『侍中群要』（四）「上卿於二殿上一被レ食事」に「凡上卿料、可レ用二土器一」「公卿於二殿上一被レ食時、蔵人奉仕手長召、土器不レ用」とある。公の場でどのような食器を用いるかは、当然ながら重要な故実であった。『春日権現験記』などには現代の食器にも通じる形状の深めの汁椀で汁物を食していた様子が描かれている。また『類聚雑要抄』には当時の正式な宴席で汁物を入れる食器として「汁坏」、また和え物などを入れた小型の坏「窪坏」などが描かれる。ちなみに当時の坏や、「坏よりやや深く、形状が丸みを帯びている」椀は、現代の我々が考えるよりも浅い作りだった可能性があるらしい（【参考文献】①）。ところで「黒器」は各種索引類にも立項されていない。「黒器ト云物」は「黒器とかいう裏方で用いている食器」といった意味で、黒器があまりにも「ケ」の道具であったため、記録や文書類に見あたらないものか。

みそうづ　味噌仕立ての雑炊。漢字では味噌水あるいは糝と表記する。こなかき・こなかけも同類。明応本節用集に「糝(ミソウツ)　増水也」、『日葡辞書』に「Misôzzu（味噌水）増水と言う方がまさる。料理の一種で、野菜、米、味噌などで作った養生食のような物」と見える。『古今著聞集』（六三〇）「法師子のいねにてしたる御みそうづ」「昨日みし法師子のいね夜の程にみそうづまでに成にける哉」、『沙石集』（五末ノ二）「宵々にもちゐ味噌水営みて」などの記述は、味噌水が夜食としても広く一般に用いられていた様をうかがわせる。

毛立したる　湯気が立つ。新大系が「『毛』字を用いるのは、立っている湯気の様子の見立ての語か」と注するが、例えば『名語記』（第二）に「アツ物ニヨセテ毛立トイヘル　ケノ義如何　コレハ実ノ毛ニハアラサレトモ　タチアカレルケフリカ　毛ノスカタニニタレハ　生類ニ准シテ毛トイヘル也」とあり、首肯される。

薯蕷　やまのいもの漢名。『下学集』「薯蕷(ジヨヨ)〈山芋(ヤマノイモ)也。又云蕷薬〉」。なお『富家語』（一六一）に「食するには、先づ必ず三把を取るべきなり。味會水にも猶少し取るべきなり。薯蕷巻などをば一つを取りて置くなり」と見える（なお味噌水・芋については【余説】参照）。

ひきそばめて　『日葡辞書』に「たとえば、何か物を取りに行った人がするように、自分がまずそれを取り、自分のそばなどに引き離しておくというふうに、ある物をどこかによせる、あるいは引き離しておく」とある。『源氏物語』（松風）「ひきそばめて急ぎ書き給ふ」、あるいは『今鏡』（六・竹のよ）「和歌の会せさせ給けるに、歌人に交りて歌書きたる、胸にも入れ、ひきそばめなどはし給はで、いつとなく捧げておはしければ」のように、自分や物を人目から隠す動作と考えられる。本話では、顕頼が「ちょっと失礼」という風に、師元と正対せずにやや脇を向いて、味噌水を啜った様だろう。

啜りくひて 音をたてて汁物を吸うこと。例えば『宇治拾遺物語』では芋粥（一八）・粥（二五）・鱠汁（一六八）を啜る様子が描かれている。

人心地する 正気になる。人間らしい気持ちになる。例えば『源氏物語』夕霧に「いささかも、人心ちする折あらむに、忘れ給はずば、ともかうもきこえむ」と見える。「人心地になる」の言い回しもあり、「死人漸ク人心地ニ成テ」（今昔・一五ノ四六）などと見える。なお「人心」と意味が近似する。

よそへ 食べ物を器に盛れ。ここでは「（自分用に）取りなさい」の意。

師元〔大外記〕 大東急本以外の『古事談』の諸本が「師光」とする。例えば『群書類従』所収『中原系図』には、大外記・博士他を歴任した師元の玄孫師光（一二〇六〜六五）の他に、師平の孫で、忠良の息師光（少外記従五位下）が見える。後者は『中右記』元永元年（一一一八）一月一九日条に、大隅守に任ぜられた記事がある外記師光と同一かと思われるが、伝未詳。藤原顕頼と同時代の大外記、との条件に該当するのは顕頼より一五歳年下の中原師元（一一〇九〜七五）である。師元は師平の孫で、師遠男。元永二年（一一一九）四月六日音博士に補任、以後大外記、直講、助教、博士、穀倉院別当、大炊頭、掃部頭などを歴任し、正四位上に至る。『地下家伝』によれば鳥羽天皇の保安二年（一一二一）正月二三日に権少外記に任じ、同年一二月二〇日転少外記、その次に「同　月　日　転大外記」とあり、天治二年（一一二五）一〇月二一日の「〈石清水賀茂行幸行事賞〉叙二従五位下一一七歳」との間に大外記に転じたと判断される書き方をしている。井上幸治『外記補任』は、『中右記』天治二年正月六日条に現任記事が見えることなどから判断して、天治元年（一一二四）には既に大外記を務めていた可能性を指摘している。そして、大治二年（一一二七）正月からは次の大外記言政（姓未詳）が任じている（中右記）ので、この間の師元の大外記在任を天治元年から二年（一一二四〜二五）と見る。なお、大外記補任時一六〜一七歳というのは、師任の四一歳・師平の三七歳・師遠の二〇歳・師安の二〇歳・師尚の二二歳に比べて若くはある。新大系は師元の任大外記をもっと早い保安二年（一一二一）一二歳の時とするが、根拠は未詳。あるいは任権少外記の年との誤りか。その後、二条天皇の永暦元年（一一六〇）正月二一日に大外記に再任、六条天皇の仁安元年（一一六六）正月一二日、大外記を息師尚に譲り出羽守に遷任するまで、再び大外記を務めた。なお、この二度目の大外記時代には、顕頼は既に没している。師元には、藤原忠実の談話を記した『中外抄』の他、『師元年中行事』『雑例抄』『口遊抄』などの著作がある。一七話【語釈】参照。

腋陣 左近陣座の東に隣接する官人座・床子座周辺の汎称か。『大内裏図考証』は巻第第一五之下（敷政門）の項に「床子座」を立て「一曰、宣旨床子、一曰、弁史床子」としてその用例を集めるが、巻第一四（宜陽殿）の項で「脇陣【次将座東二間】諸書或、作二陣腋一、即此也」と述べ、腋陣と陣腋の区別は史料によって区々であるとした上、この項にも床子座の用例を収めている。すなわち、腋陣の中に床子座があると見なしている。たとえば『北山抄』「陣中事」に「和徳門并掖陣内、近衛府、殿上人外、惣不レ入也」、『永昌記』嘉承元年（一一〇六）一二月一九日の吉書奏の記事に「史…如レ元結レ之、蹔候二床子一、依二大史命一趨進、奏杖下〈奏杖兼立二壁下一〉搢レ笏取レ之、入二掖陣一挿レ之、帰二着床子一」、あるいは『小右記』寛弘二年（一〇〇五）六月二七日条の陣中文の記事に「中文史挾二書杖一、度二陣腋一、（略）大弁端レ笏云、中文者、余目、称レ唯顧二陣腋一、史博愛持二書杖一跪二小庭一、余目、称レ唯着二膝突一、余取レ書、一々披見了」とあるのを参照すると、腋陣と陣腋は陣座と隣り合ったエリア全体を指していたものと考えてよいように思う。『小右記』永祚元年（九八九）九月二五日条には、「大病之後初被二参内一」れた藤原朝光と実資が「於二陣腋一良久清談」、長和三年（一〇一四）三月二二日条には、頭弁藤原朝経と「陣腋」で「欲レ披二陳雑事一」たが大納言斉信が陣座から退出してきたので自分もまっすぐ退出した、などと見え、陣腋（腋陣）が厳かな陣の外の、多少なりとも自由な空間だった雰囲気が伝わってくるようである。

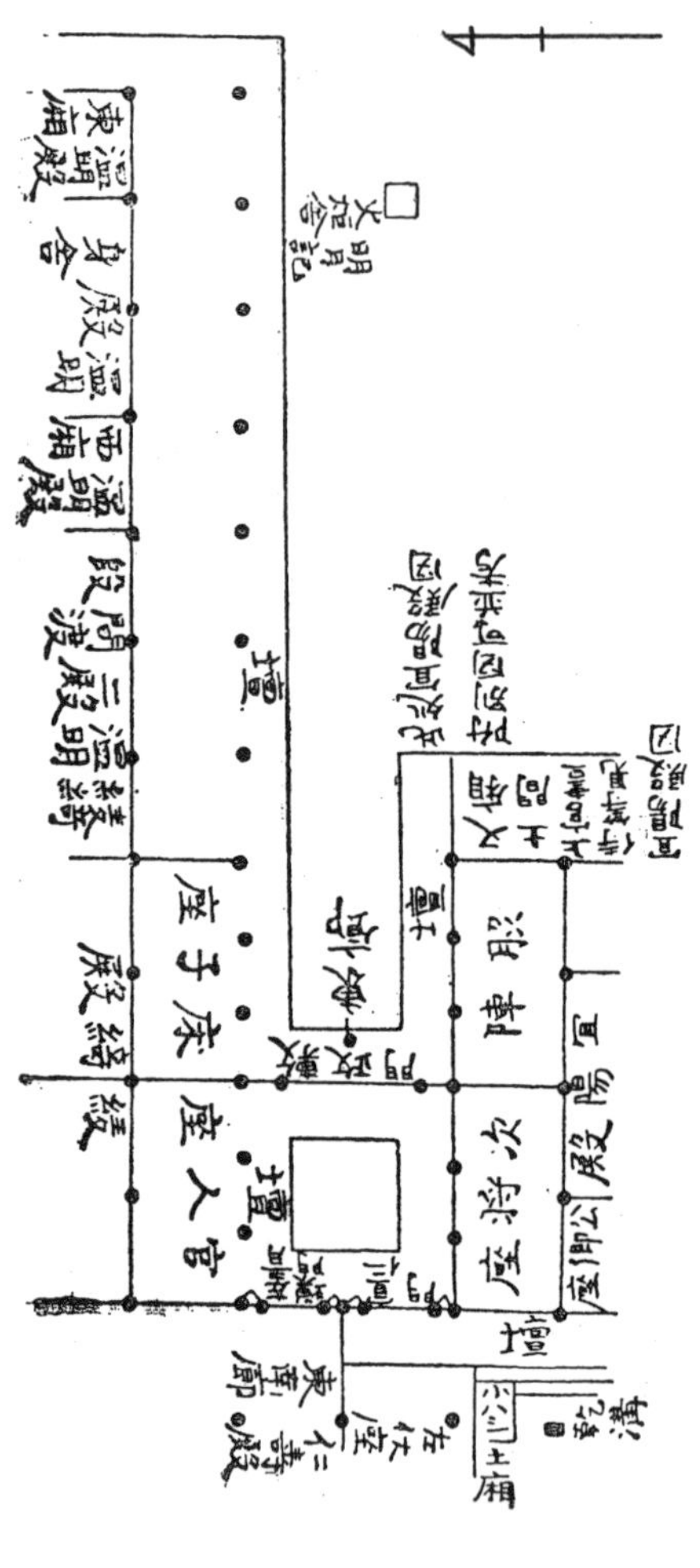

大内裏図考証　第十五之下所載図

【余説】 新大系は本話の中心を、顕頼が「床子で食事をすることにこだわった」点に見いだし、天皇の大床子御膳との関係を指摘するが、本話の背後に顕頼の奢った姿勢を読み取ってのことではないかと想像される。

確かに勧修寺の一門は、院政期に院の近臣として台頭し、大きな力を持った。藤原俊憲『貫首秘抄』に「或人〈師元〉。語曰。雅兼為レ頭之時。共雑色恒不レ過二一両人一。清虚云々。予案。雖二後進一可レ慕二此風一。勧修寺家不レ然之由所レ見也」とあるように、謹直というより、威勢をふりまく奉公ぶりであったと思われる。

例えば蔵人は殿上間で朝夕の大盤を賜ったが、定時以外の軽食もとった。『侍中群要』(四)に「殿上食、雖レ似レ無二定事一、非レ無二其度一、如二餹飯餅味曽水芋一之類、所レ不レ用也」、同(五)に「非常食 於二殿上一、雖レ有二非常食一、餹飯餅味曽水之類、未二曽有一也」とあり、殿上間では何を食べてもよいようでいながら、飴・飯・餅・味噌水・芋などは食べないのがルールだったという。

腋陣は弁官たちの仕事場であり、陣よりはケの空間であったとはいえ、夜食をとることが許されるのか、また『富家語』などに見られるように普段の食事では使うが、殿上間では普通食べない味噌水や薯蕷を食べてかまわないのか、そしてこういう時にはどのような食器を用いるのか――本話は、そうした複数の有職故実的関心からも先例たりうる興味深い逸話である。

激務の中、夜更けまで食事をとる暇もなかった弁官顕頼が、下部に「あまりにも空腹だ」と訴え、弁官たちの精励ぶりを見馴れていて気の利くこの下部は、自分たちが普段裏方で食べるような夜食を、これもまた自分たちが使っているケの器に入れて手早く持ってきてくれた。顕頼は大いに喜び、すぐさま汁物の方を啜って平らげ、もう一皿は自分同様長時間何も食べていない師元に分けてやった、という内容であり、本話は、よく働き、フランクで、気働きのよい下部にも恵まれ、年下の者への思いやりもあった顕頼の話、と見るのが第一義だろう。

『古事談』巻二臣節に於いて本説話は、小野宮殿が人々に慕われていたことを語る二ノ四一話と、思わぬくだけた特技をも自らの能のうちに数え上げた中院雅定の逸話との間に位置しており、目下の人々にも慕われ、ざっくばらんな行動も辞さなかった顕頼、という本話の解釈とのつながりもスムーズである。ちなみに『古事談抄』では『古事談』二ノ八四話「家忠除目の執筆に衡の字を忘るる事」と『古事談』二ノ八六話「文学無き人、卿相に昇る始めの事」をそれぞれ抄出した四〇、四二話の間に位置し、微笑を誘う内容で共通しているようである。

顕頼は往生人として『本朝新修往生伝』に名を連ねている。また『十訓抄』（七ノ二八）には、近衛の官職を望む高齢の陳情者の来訪に「出家しておとなしくしておられたらいいものを」とつぶやいたところ、申し継ぎの侍が、そのつぶやきの部分から陳情者に伝えてしまい…という、顕頼をめぐる滑稽譚が収められている。しかし老いた陳情者はそれを恨みに思うどころか「ごもっともなことで、忌憚ないお考えを仰って頂いて本望だ」と言う。それをまた侍は顕頼に愚直に伝えたため、顕頼は驚いて陳情の老人に謝り、早速この老人の昇役のために力添えした、という内容で、顕頼は人柄の悪くない人物として登場するのである。

確かに顕頼は「凡勧修寺之輩、代々自二執政之家一出身、而顕隆、顕頼、光頼等、偏寓二員仙洞一、疎二遠一所一」（玉葉・文治二年正月二七日）などと言われるように、摂関家の向こうを張って院政期に台頭した勧修寺の一門だった。しかし、同じ一門と言っても当然一人一人イメージは異なる。為隆や顕隆と同様の「威勢」をそのまま顕頼の人物像に重ね合わせようとするのはむしろ難しいのかも知れない。

早朝から深夜までの激務に耐えた上でのこととはいえ、顕頼のふるまいとなると、勧修寺一門の威勢が背景にあっての、一種放埒な「自由」、傍若無人な行動を描く逸話であるかの如き予見を持ちがちだが、『侍中群要』などに記された故実や習慣を参観した上で見えてくる顕頼の姿は異なった像を結ぶ。

本話は勧修寺一門にまつわる資料を援用して解き明かすというよりは、本話が顕頼像を探る上で重要な一資料たりうる、という位置にあるものと考えられる。『古事談』『古事談抄』の説話の意味を探求する難しさと醍醐味が感じられる一話と言えるだろう。

【同話・類話】

未詳

【参考文献】

①小泉和子「『類聚雑要抄』にみる宮中および摂関家の宴会における飲食・供膳具」（川本重雄・小泉和子『類聚雑要抄指図巻』、中央公論美術出版、一九九八年）

［伊東玉美］

第四二話（一八六／二ノ八七・新大系二ノ八六）

「文学無き人、卿相に昇る事」

詩を作らざるの人、卿相に昇る事、顕雅卿より始まると云々。消息を書かざるの人、卿相に昇る事、俊忠卿より始まると云々〔此の事、伊通、二条院へ書き進らせらるる造紙の中に之有りと云々〕。

（二一ウ）

不作詩之人昇卿相事始自顕[1]雅卿云々不書消息之人昇卿相事始自俊忠卿云々 此事伊通被[2]書進二条院造紙之中有[3]之云々

【校異】 **1顕雅…顕定** 宮城　**2被書道…被進** 全本　**3有之云々…（ナシ）** 河野

【口語訳】 漢詩を作れなくて公卿になった者の初めは顕雅卿だという。手紙を書けなくて公卿になった者の初めは俊忠卿だという（この事は伊通が二条院に書き奉った書物の中に書かれているということだ）。

詩 漢詩文。例えば源師房の日記『土右記』に「前讃岐守兼房朝臣卒、年六十九、故入道中納言兼隆長男、贈太政大臣道兼孫也、好二和歌一暗二文字一」という記事がある（延久元年六月四日）。歌人藤原兼房は和歌を好んだが、文字を書けなかった、ではなく、漢字すなわち漢詩文には暗かった、の意味である。また藤原基俊は、ライバル関係にあった源俊頼を「蚊虻」（文盲）と罵ったが、俊頼は「文時・朝綱よみたる秀歌なし。躬恒・貫之作りたる秀句なし」と言って、漢詩人と歌人は、それぞれの分野で優れていればよいのだ、と反論した（無名抄）。この場合の「文盲」も文字の読み書きが出来なかったのではなく、漢詩文に堪能でない、の意味である。あるいは九条兼実は鳥羽院近臣として鳴らした藤原家成の息実教のことを「実教又不レ知二漢字一、勿レ論」と嘆じている（玉葉・文治三年九月二七日）。このように当時「学」がないことを「漢詩文に暗い」（漢字が読み書きできない）と評するのが常套であった（【参考文献】①）。

卿相　公卿のこと。『黒川本色葉字類抄』（中）に「卿相〈公卿部、ケイシヤウ〉」とある。

顕雅卿　源顕雅。承保元年（一〇七四）～保延二年（一一三六）一〇月。『今鏡』（七・武蔵野の草）によれば、凝った車を作らせて乗るのが趣味で「異能もきこへ給はざりき。たゞ車をぞ、なべてよりもよくしたゝめて、牛雑色きよげにてありき給ける」人物だった。本話の言うように漢詩を作れないどころか、「ものなど書き給ふ事はおはせざりけるにや」手紙の表書きもまともにできなかった上、風病のため、ひどい言い間違えを頻繁にしたらしい。堀河院も「大方言ふにもたえず」とあきれ顔だったという。また、「非管弦者」で「無能」な顕雅が、堀河院の御前で御遊があった際、豊原時元の名演奏が庭木を揺らした、と皆が感激していたところ「あれは風が吹いたので動いただけです」と言って笑われたこともあった（著聞集・二六二）。少し足りない印象の逸話が多い中で、『古事談抄』には、顕雅の数少ないお手柄が記される。一四話【語釈】参照。

消息　手紙。新大系は私的懇願の手紙ととるが、俊忠が私信も書けないほど愚かであった、とは考えにくいため、そのような解釈に傾いたものか。しかし、前項で見たように、顕雅は「まともに手紙も書けない」人物で、こういう公卿が実際にいたことは明かである。またこの「消息」を、公事の問い合わせのための仕事上の手紙、ととらえることで、「書札礼も知らない人間」の実際のイメージがよりとらえやすくなると思われる。例えば、三事を兼帯し、正二位権中納言に至った藤原経光（一二一一～一二七四）の日記『経光卿記』

に、公事の問い合わせのために「書二御消息一尋二日次一、其書様如レ常」（安貞元年一〇月二三日）、あるいは年号勘文の書き方について「以二高檀紙一枚一書レ之、（略）加二懸紙一枚一、封二其上一、（略）封上ニ自筆書二名二字一、書二具消息一、件状如レ此」と記してあるように、公文書以外の、具体的な問い合わせや説明のための「消息」の書き方にも一定の形式があり、廷臣はそういったことも含めて習得している必要があったわけである。このように、俊忠は一般の手紙の書き方が分からなかったのではなく、公事にまつわる書札礼に疎かった、といった内容が本来であったのだろうが、「消息を書かざる」と記すと、いかにも普通の手紙も書けない愚者の印象を読者に与える。なお、新大系の私的懇願の手紙説は、複数の「話外の知識」を介在させせないと成立しない（【余説】参照）。

俊忠　藤原氏北家長家流。延久四年（一〇七三）〜保安四年（一一二三）七月九日。五一歳（公卿補任）。『尊卑分脉』は享年五三歳とする。大納言正二位忠家息。母は二説あり、『公卿補任』は権大納言正二位藤原経輔女、『尊卑分脉』は伊予権守藤原敦家女とする。俊成の父、定家の祖父。権中納言、大宰権帥、従三位に至る。『金葉集』以下八代集に一五首入集。家集に『俊忠集』。『堀河院艶書合』に参加、「左近権中将俊忠朝臣家歌合」を催した。源俊頼らのパトロンとしての意義に加え、俊忠の自作には、新たな和歌表現への志向も見られる（【参考文献】②）。『古事談』（二ノ八七）には俊忠が他氏である源顕房に平伏して「若おとな」と評された逸話が見える（【余説】参照）。

伊通　寛治七年（一〇九三）〜長寛三年（一一六五）。九条大相国と称された。阿古丸大納言正二位藤原宗通の次男。母は修理大夫藤原顕季女。音楽家季通・鞠の名手成通は弟で、藤原忠通の正室は妹。近衛天皇中宮九条院呈子の父。大治五年（一一三〇）人事への不満から大路で車を焼いて遊女のもとへ行き、籠居して解任された逸話が『古事談抄』三九（古事談・二ノ八一）に見える。長承二年（一一三三）権中納言として復帰、以後累進して太政大臣正二位に至る。永万元年（一一六五）病により出家、二月一五日に没した。七三歳。

有職故実に通じ、『除目抄』などの著作がある。『平治物語』（上）や『今鏡』（六・弓の音）には、三条殿焼き討ちの際の論功行賞の席上「など井は官もならぬにかあらむ。井こそ人は多く殺したれ」と言うなど、歯に衣着せぬ側面があったことを伝えるが、伊通が七〇歳頃若い二条天皇へ献じた意見書『大槐秘抄』にも、そうした面影が色濃く感じられる。

二条院　康治二年（一一四三）～永万元年（一一六五）。後白河天皇第一皇子。母は藤原経実女懿子だが、産後まもなく亡くなり、鳥羽院の寵姫美福門院得子に育てられた。諱は守仁。久寿二年（一一五五）立太子。保元三年（一一五八）即位。藤原経宗や藤原惟方らを重用して後白河院政に対抗したので、様々な軋轢があった。永万元年（一一六五）六月二五日、皇子の六条天皇に譲位し、七月二八日に崩御。二三歳。

造紙　草子、草紙、冊子、双紙などとも。綴じた本、あるいは和歌や物語など、仮名で書かれた書物のこと。伊通が二条院に献上した仮名交じりの意見書『大槐秘抄』を指すと考えられ、実際『大槐秘抄』末尾では「この造紙」と表現されている。現存本は誤脱を含んでおり、この逸話自体は見いだせない。

【余説】

話外の知識

新大系は顕雅が内大臣宗忠に宛てた消息が存在する（朝野群載・二）ことを重視し、共に「昇進の遅かった二人の公卿」顕雅と俊忠のうち、「要路に懇請して昇進した顕雅」に対して、「申文ならぬ私的な手紙で懇願することなどしな」かった俊忠を「賞讃する」逸話だと本話をとらえる。そして「多分当時の貴族なら誰にも判ったであろう話外の知識において、この二句は書かれている」とする（該話脚注および『古事談』解説）。

わたくしには新大系のいう「話外の知識」の中身を特定しにくいが、顕雅が私信のおかげで昇進した（あるいは外聞を気にせず陳情する人だった）ということと、俊忠はこういう問題に対して毅然とした人だった、ということが「話外の知識」の中身であろうか。しかし、顕雅の私信や陳情癖が当時有名であったという資料は今のところ知られておらず、また俊忠が昇進の手続に関して毅然とした人物だったという資料も未見である。「多分〜判ったであろう」と推定する自由のみが我々に許されている、というのが現状である。

本話で書かれていることは、顕雅は詩を作らず、俊忠は消息を書かず、それぞれ公卿になった最初の人物だ、ということである。当時、いくらでも漢詩を作る能力があるのに、毅然として漢詩を作らなかった、といった発想は考えにくいので、顕雅は漢詩の一つも作れない、学のない人物だった、という意味であることがほぼ確定し、それと対応する「消息を書かない」は、「消息も書けない」人、という内容であることが予測される。すなわち、漢詩も作れない公卿に驚いていたら、まともに手紙も書けない公卿も登場した、が本話の大枠である。

そして、俊忠が何かの公事にまつわる書札礼を知らなかった、というあたりが元々だったのであろうが、「詩を書かざる」（詩を書けない）に対する「消息を書かざる」（手紙を書けない）の表現によって、いかにも手紙の一つも書けないほどの無能な公卿、というイメージを形作っているらしいことは、前述した通りである。

現存『大槐秘抄』の文脈に照らして

本話の顕雅・俊忠がどう描かれているのかを考えるために、話の出処と本文中に示唆されている『大槐秘抄』の文脈を交えながら検討してみる必要があるだろう。

『大槐秘抄』には、例えば「人屑と諸人に思ひ申し候ひし者は惟明、季良」のように、具体名を出して世相を批判する部分があり、本話はそれらと同類と考えられる。「学問」によって臣下が昇進していくのが本来であるとする主張の中で「一文しらぬ者なども人のあしのしたによくはひくぐりえ候ぬれば、なりあがり候ぬ」と批判している項目などと、本話の「漢詩や手紙をものすことはできなくても公卿になれた者」の指摘するものは非常に近い。

かつて本話に相当する部分が存在したことは十分考えられる箇所である。一方、新大系の〝顕雅のような愚か者もいたが、俊忠のような高潔な士もいた〟という内容が入り得る文脈は、現存する『大槐秘抄』を見る限り見あたらない。また、『大槐秘抄』の中で、新大系の解釈のように、「話外の知識」を用いなければ理解できないような回りくどい部分はなく、どの部分も老伊通が、自分の考えをストレートに記している。

また、『大槐秘抄』には複数の個人名が登場するが、その中で然るべき人物として称えられ、評価されているのは大二条関白藤原教通、紀長谷雄、善宰相清行、大江匡房、三条関白藤原頼忠、行尊らで、有り体に言えばいずれも歴史上の大物ばかりである。そして称えられている人物はみな「古」の人々で、「今」と違ってまだ僅かでも「古」の風儀が残っていた「四五十年がさき」以前の人々である。その中で最も若い行尊（一〇五五～一一三五）は伊通（一〇九三～一一六五）より三八歳年長、同時代人で褒められている人物は稀で、覚忠（一一一八～一一七七。園城寺）、宗実律師（生没年未詳。一一六四年少僧都）といった僧侶が現代の出来物として挙げられ、天皇発願の祈りに用いるべきだ、と述べられているくらいのものである。

このように、数名の僧侶を除き同時代人に点が辛く、称えられる古人も歴史上の大物ばかり、という現存『大槐秘抄』の文脈の中で、俊忠（伊通より二〇歳年長）が例外的に伊通に称讃された可能性は低かったと言わざるを得ないだろう。

以上のように、新大系の解釈に従うと、典拠と思しき『大槐秘抄』に本話を戻すことができなくなる。もちろん、原態の『大槐秘抄』が現存本と大きく異なる内容であった可能性や、『古事談』に抄出した時点で、顕兼が伊通とは大いに違う立場からこの逸話を捉えた可能性は否定できないが、その可能性に言及するのであれば、それなりの論拠が必要になってくるだろう。

本話の解釈の妥当性を探る為に、今度は、顕雅や俊忠が当時どのように評価されていたかを見てみたい。顕雅の項で見たように、彼の能力の低さは、当時確かによく知られたことだったと思われる。一方俊忠の人物像に関しての数少ない有力な資料は『古事談』にある。俊忠の項で言及した一ノ八七話がそれで、他氏である源顕房に平伏した俊忠を、顕房が「若おとな」と評した、という逸話である。

この逸話に関しては、別稿（【参考文献】③）で詳しく論じたので要点のみ述べると、身分の高い相手に対してであっても、当時は異姓・他氏の人間に対する礼には限度があったのに、藤原氏の俊忠が、源氏の顕房に対して何の躊躇もなく源氏の友人たちと同じ深い礼をとったため、さしもの顕房も一瞬ぎょっとした――いつも奢った態度だった顕房が、俊忠のあまりの「若年寄」ぶりに鼻白んだ逸話と考えられる。

その読みが正しいならば、本話の俊忠が「消息も書けない公卿の初例」とあげつらわれているという解釈は受け入れやすくなる。俊忠は首をかしげたくなる要素の多い人だったという人間像が共通するからである。

だが新大系は、この『古事談』一ノ八七話の「若おとな」に「若くして成人している意」と注していることから考えて、俊忠への揶揄ではなく称讃ととらえているようである。しかし、そうだとすると、この逸話が巻二臣節ではなく巻一王道后宮に収められていることの説明は難しくなる。すなわち、一ノ八七話は堀河天皇の外祖父として奢った態度の源顕房を描く八五、八六話と連続して、堀河天皇にかかる記事群の最後に置かれている。「若おとな」俊忠の逸話は、「その奢った顕房でさえ一瞬しらけるほどの俊忠の恐縮ぶり」を記すことで、顕房の奢りを揶揄する性質を持つ。八五、八六話とは対照的に、一ノ八七話を若者のうやうやしい態度を評価した顕房、と解釈するのでは、堀河天皇記事群に於ける本話の存在感は急速に薄れ、顕房にも気の回る若者を見逃さない年長者然とした側面があったというような、顕房（あるいは俊忠）個人にまつわる逸話に収斂してしまうだろう。

基本的に『古事談』で巻一王道后宮に置かれている記事は、その治世に帰される構成になっており、臣下個人にまつわる記事として扱うのなら原則として巻二臣節に置かれる。「若おとな」の一ノ八七話が、個人的な逸話でありつつ、時の君主堀河天皇に帰される記事であるためには、堀河朝で権勢をふるった顕房も、思いもよらぬものに一瞬鼻白まされることがあった、それは例えば白河院記事群末尾の八一話で加藤大夫成家という一介の武士の言葉にあきれる白河院と同様だが、白河院記事群でへこまされるのは独裁者白河院本人であったのに対し、堀河天皇記事群の場合外祖父顕房であったことがまた、それぞれの治世の適確な素描になっている――このような構図であってこそ、一ノ八七話が巻一王道后宮に配置されている意味が鮮明になるのである。

息俊成の伊通評

このように、『古事談』巻一王道后宮の構成原理に照らしてみても、一ノ八七話を俊忠への称讃とみなすことは難く、また『古事談抄』四二（古事談・二ノ八六）が俊忠への称讃であるととらえるための状況証拠とみなすこともできないだろうと思われる。

俊忠息俊成（顕広）は、藤原基俊から「ひさしうこもりゐて、いまのよの人のありさまなどもえしり給はず。このごろたれをかものしり人にはつかうまつりたる」と尋ねられた時、「九条大納言〈伊通〉・中院大臣〈雅定〉などをこそは、心にくき人とは思ひて侍るめれ」と答え、基俊は「『あないとほし』とて、膝を叩きて扇をなん高く使」った、という有名なエピソードが『無名抄』にある。父俊忠が伊通に本話のように言われていたことを、俊成が知っていたかどうかは知るよしもない。

【同話・類話】

未詳

【参考文献】

①伊東玉美「院政期社会と伴大納言説話」(「共立女子短期大学文科紀要」第三五号、一九九二年二月)
②久保田淳『中世和歌史の研究』(一九九三年、明治書院)
③伊東玉美「『古事談』—貴族社会の裏話」(小林保治監修『中世文学の回廊』、二〇〇八年、勉誠出版)

[伊東玉美]

第四三話（一八九／二ノ八九・新大系二ノ八八）

「盛章、熊野山中より大鳥を掘り出だす事」

遠江守盛章朝臣、熊野御山造塔の時、地を引くの間、大鳥の無毛なるを地より掘り出だしたりけり。「不思議なり。いかがすべき」と評定の処、少納言入道通憲、折節(をりふし)参会したりけるに、云ひ合はせければ、「猿事(さること)の侍るなり。権現の侍者と成らむと誓ひたる者、社壇の辺りの土中などに生を受くる事侍るなり。早く元のごとく埋め置くべし」と示されければ、則ち埋め了(をは)んぬと云々。

（一二ウ）
遠江守[1]盛章朝臣熊野御山[2]造塔之時引地之間大鳥[3]無
毛ナルヲ自[4]地[5]掘出タリケリ[6]不思議也イカ、スヘキト評定
之處少納言入道[7]通憲折節参会シタリケルニ云合セケレハ[8]猿
事
ノ侍也権現ノ侍者ト[9]成ラムト誓タル者社壇辺土中
ナトニ受生事侍也早如元可埋置ト被[10]示ケレハ則埋了云々

【校異】 色川本、紅葉山本、宮城本は前話の続きとして段落を変えずに記している。 **1盛章…盛常** 色川（常の右に「章」と傍書） **2造塔之時…造塔云時** 東山・天理・宮城 **3無毛ナルヲ…無毛ヲ** 宮城 **4地…地中** 全本 **5掘出タリケリ…掘出シタリ** 宮城 **6不思議也…不思議事也** 全本 **7通憲…殿憲** 東山 **8猿事ノ侍也…彼ハ猿事侍也** 大東急・静嘉・内閣・学習院・色川・東山・天理・河野・紅葉山 **彼レハ去ル事侍ル也** 宮城 **9成ラムト…成て** 紅葉山 **10示…言** 宮城

【口語訳】 遠江守盛章朝臣が熊野の御山に塔を造立したとき、地ならしをしていると、毛の生えていない大きな鳥を地中から掘り出してしまった。「思いもよらない話だ。どうすればよかろう」と評定していると、少納言入道通憲がたまたまそこへ来たので相談したところ、「そういうことはございます。熊野権現の侍者になろうと誓って（死んだ）者が、社壇の近くの土中に転生することがございます。早くもとのように埋めて置くのがよろしい」と指示されたので、すぐに埋めてしまったとか。

盛章朝臣 高階盛章。生年不明、保元元年（一一五六）閏九月二一五日没（兵範記・同日条）。父は高階宗章。長承元年（一一三二）から没時まで、ほぼ連続して越前守、土佐守、伊予守、尾張守、遠江守を歴任。鳥羽院近臣として信任厚く、鳥羽崩御にあたり、生前の命によって、後出の通憲とともに入棺役八人の一人となる。典型的な近臣受領の一人。

熊野御山 熊野三山（熊野本宮大社・熊野速玉大社・熊野那智大社）を指す。神仏習合の進展とともに、その本地として本宮に阿弥陀、速玉に薬師、那智に千手観音が擬された（長秋記・長承三年〈一一三四〉二月一日）。白河上皇以降、歴代の上皇の熊野参詣が盛んになり、盛章が恩寵を受けた鳥羽上皇は二三回を数えた。なお、「熊野御山」という表現は『平安遺文』補六五号（保延七年〈一一四一〉六月二三日）に見える。

造塔の時 盛章による熊野造塔の具体的経緯、年次は不明。盛章は二十年以上、ほぼ連続して国守に任じられているが、それは鳥羽の個人的寵愛のみならず、越前守在任時の保延元年（一一三五）に「募二重任功一」、気比神宮の神殿その他の造営を行っている（平安遺文・補一一〇）如く、経済的奉仕との引き換えになされたものと推測される。院近臣による熊野造塔は藤原基隆による「熊野本宮三重塔」の例があり（中右記、保安元年〈一一二〇〉七月五日）、本話の造塔も、鳥羽の熊野信仰の厚さ、盛章の二十年以上にも及ぶ受領の継続から判断するに、院命を承っての奉仕の一環と見ておくのが穏当か。一方、『古事談』（五ノ二五）によれば、「天喜二年九月二十日、聖徳太子御廟の近辺坤の方に、石塔を立てむが為めに地を引く間、地中に筥に似たる石有り」とあり、「石塔」規模の「塔」であっても「地を引く」作業を伴い、そこから何物かが掘り出されることがあり得た。これに則れば、「造塔」の「塔」が「石塔」規模であった可能性も浮上し、その場合、「造塔」は必ずしも鳥羽の命による大がかりなものと解するには及ばず、盛章の個人的行為に帰する余地が生ずる。だが、本話の年次表示は「熊野御山造塔の時」で漠たる表現に留まるが、一般論としてこのような表現は、世間においてその事件に対する一定の認知―ある時期にそのような出来事があったとする一般の記憶と言い換えてもよい―を欠いては成り立たず、個人の営みに「熊野御山造塔の時」なる年次表示が宛てられるのか、不審である。院命を受けた盛章による熊野造塔の記録は管見に見出せないが、史実はともかくも、表現に基づく限り、本話の「造塔」はそれなりの工事を伴う、院命による造営として読者には受け止められたと考えられる。なお、天治二年（一一二五）一一月二三日、鳥羽上皇は熊野に「一尺六寸七宝塔一基」を納めているが、その時の願文には「右造塔功徳」とあり（本朝続文粋・一二・鳥羽院参御熊野山願文・藤原敦光）、「造塔」という表現は塔の大小を類推する手がかりにはならない。

地を引く　整地、地ならしをすること。「このいゐをつくらむと、山のかたそわをくづし、地をひきけるあひだ、おのづからほりあらはされたる石の」（作庭記）。本話では「地をひ」いた結果、「石」ではなく、おかしな鳥が「ほりあらはされ」る。

大鳥の無毛なる　羽毛が生えていない大きな鳥。本来的に毛を有する動物がその毛を失っている状態とは老齢を意味し、多く霊力を備えていた。刀を突き立てられて死んだ「大キナル野猪ノ毛モ無キ」は、死者の傍らに怪光を発生させた怪異だった（今昔・二七ノ三五）。本話の鳥の正体は、後文に種明かしされるように、来世に熊野権現の側近くに仕えようとした者の転生した姿である。これは土中にあって飛翔の時を待つ鳥であるから、本話の「無毛」は老齢ではなく、未だ羽化もせず、羽も生えてない姿を意味する。常ならざる事象の出現は祥瑞、或いは凶兆として理解されるため、土中より無毛の大鳥が出現する異常の意味をつかむべく、後文の「評定」は開かれる。時代は下るが、『徒然草』（二〇七）には「亀山殿建てられんとて、地を引かれけるに、大きなる蛇、数も知らず凝り集りたる塚ありけり。『この所の神なり』といひて、ことのよしを申しければ、『いかがあるべき』と勅問ありけるに」（亀山殿移徙は建長七年〈一二五五〉一〇月（百錬抄））とあり、鳥の出現を受けての「評定」は、「勅問」が下された二〇七段と同じく、造営に伴って地を侵してしまったとする危惧がその背景にあるのだろう。なお、土木工事により地を侵し、祟られる例話に『今昔物語集』（二四ノ一三）がある。無毛の鳥の出現は本朝にその類例を見出し得ないが、漢籍には開元年間に某県の県令となった李測のもとに「高三尺、無毛羽、肉色通赤」という鳥が現れた。李側はこれを「不祥」と考え、斧で切りつけたり、油で煮たり、巨石につけて川に沈めたりしたが、鳥はその都度、舞い戻り、大木の内側をえぐってそこに鳥を詰め込み、木の切り口の両側を鉄でふたをして川に沈めると、ようやく現れなくなったと伝える（太平広記・四四〇・李測）。

不思議　人間の思考力や想像力、判断力の及ばないこと。また、その様子。

評定　盛章が「鳥羽院熊野行幸に扈従して、その造塔に従事したのかも知れない」（新大系）とすれば、この評定は熊野で開かれたことになるが、熊野の変事が都に急報され、院御所で開かれた評定とも考えられる。

少納言入道通憲　藤原通憲。出家して信西。嘉承元年（一一〇六）～平治元年（一一五九）。『本朝世紀』（天養元年〈一一四四〉七月二二日）の「少納言藤原通憲出家。三十九」より逆算して嘉承元年の誕生。父は『江談抄』の筆録者と伝える藤原実兼（今鏡・一〇・敷島の打聞）。少納言は極官。父・実兼は天永三年（一一一二）に二八才で急死し（中右記・同年四月三日）、幼い通憲は祖父・季綱の従兄弟・高階経敏の養子となった。学識に自負を抱くも、鳥羽院政下に官途は不遇で、それが出家の大きな要因となった（台記・康治二年〈一一四三〉八月一一日）。康治三年（一一四四）二月七日に少納言として初めて出仕、この時はまだ高階姓を名乗り（本朝世紀・同日条）、この後、藤原姓に復して同年（二月二三日に天養と改元）七月二二日に出家。出家後も鳥羽院に近侍し、鳥羽が崩じ、後白河が即位すると、妻・紀朝子が後白河の乳母であった縁により、乳父としての立場から、保元の新制に参画、権勢を振るい、後に同じく後白河近臣の藤原信頼と対立を深め、平治の乱が発生、自害した。信西は「唐の文をもひろく学び、大和心もかしこかりけるにや、天文などいふ事をさへならひて、才ある人になむ侍りける」（今鏡・三・内宴）と、博識多才を以て知られ、『台記』（久安四年〈一一四八〉九月二二日）には、「上問二我朝故事一、信西対レ之無レ所二停滞一。余不レ加二一言一、中心為レ恥」と見え、やはり博学を以て鳴る藤原頼長を恥じ入らせるほどの学識を有していたことを窺わせる。『古事談』には、比叡山に御幸した鳥羽法皇が「前唐院の宝物御覧の時」、誰もが見知らぬ三つの物があったが、信西が全てを説明したとの一話（一ノ八八）が載る。

猿事　「猿」は指示語「さる」の宛て字だが、同様の例が『古事談』中に見えないことから（指示語「さる」に「猿」を宛てる例は数としては少数だが、他の作品には見出せる）、当該箇所は意識的な宛て字と見るべきか。とすれば、本話は「鳥」が一話の軸であるが、十二支は「申酉…」と続くため、「鳥」（酉）が掘り出されたのであれば、近くに「猿」（申）がいるとの洒落を巧んだ言語遊戯だろう。如上が出典の表記を踏襲したものか、『古事談』による表記の改変かは不明。

権現　仏菩薩が衆生済度のため、化身となって現れること。本地垂迹思想の広まりとともに、仏菩薩の垂迹とされた神の尊称として用いられた。筥崎八幡神宮寺に多宝塔造立を指示した、承平七年（九三七）一〇月四日付大宰府牒（大日本古文書・石清水文書・四八一）にある、「彼宮此宮雖二其地異一、権現菩薩垂迹猶同」がその早い例。『法華験記』（下ノ八六、一二九）には熊野の神々を「権現」と称しており、一一世紀半ばには「熊野権現」の称が定着していた様が窺える。

侍者 上皇・親王や寺院の長老などの側近に仕える役職（平安時代史事典）だが、本文は熊野権現の本地とされる阿弥陀・千手観音・薬師に仕える眷属の一人たることを意味しよう。「汝聞ケ。観音ハ毘沙門也。我レ多聞天ノ侍者禅膩師童子也」（今昔・一一ノ三五）。

社壇の辺りの土中 「社壇」は神社、或いはその社殿をいう。原文は「社壇辺土中」で、「社壇の辺の土中」（古典文庫）、「社壇の辺土の中」（新大系）と訓を異にする解釈が可能。文脈が大きく変わることはないが、鳥が掘り出された位置は少なからず異なる。両書がイメージする位置を忖度すれば、古典文庫は社殿の近く、新大系は社地の端か。「侍者と成らむ」とは、権現に近侍したいとの願望であり、ならば、権現に近いところに生を受けると考えるのが自然で、「辺土」はやや離れすぎると思われ、古典文庫に従っておく。

【余説】 本話近辺の『古事談』の配列を見ると、源雅定と源顕定は仲がとてもよく、死後も墓を並べて談笑したいと願っていた。そこで顕定は死後、雅定の墓所の傍らに葬られ、雨の降る深夜には談笑の声が聞こえた（二ノ八五）、詩作に疎い公卿の初例・源顕雅、消息を書かない公卿の初例・藤原俊忠（二ノ八六）、源師頼が淳和院別当だったとき、院の鐘が撞かずに鳴った。占ってみると、結果は吉と出て、間もなく東宮大夫を兼任したが、ほどなく薨去した（二ノ八七）、そして本話（二ノ八八）が続く。新大系の指摘の通り、本話における土中の怪異が、鐘の怪異（二ノ八七）、墓所の怪異（二ノ八五）に対応する説話配列となっている。これらの怪異を常ならざる〈異事〉として大きく捉えたならば、「文盲」の公卿の誕生を語る二ノ八六話も尋常ならざる〈異事〉であり、「人事の怪異」であった。このように二ノ八五話より本話に至る流れを追うと、そこには緩やかな連想・対応関係が看取され、とすれば、雅定の傍らに親しい顕定が埋められる二ノ八五話と、熊野権現の傍らに親近を願う者が埋まる本話とは、「死して後に親近を覚える対象の傍らに埋まる」連想を以ても、また結ばれるものと考えられる。

本話を構成する二要素たる、鳥への転生、熊野と転生、それぞれに合致する類話は存在しても、来世に熊野権現に親近しようと土中に鳥として転生する、このような類話は見出し得ない。だが、『古事談』（三ノ二一）には次のようにある。「極楽・都卒の望み、共に以て遂げ難かるべし。仍りて、御廟（良源）の眷属と成らば、菩提早く自ら近きか」と口にしていた比叡山西塔の性救僧都は死後、「御廟の近辺に埋む、と云々」。後に旱魃に際して、恵心僧都が読経すると、御廟の石畳の上にいた「小蛇」が性救の墓所へと入り込み、そこから煙が立ち上って満天を覆う雲となり、「雷電暴雨して天下霑し了んぬ」。これによれば、性救は「鳥」ではなく「御廟の眷属」として「小蛇」─真の姿は竜だろう─に転生したことになるが、「御廟の眷属」と「権現の侍者」とは表現を異にするものの、同様の位相に位置する存在である。両話は、死して後に信仰の対象の傍らにありたいとの願いに発するところに共通し、性救も「御廟」の側に「小蛇」として転生を遂げた。本話と三ノ二一は厳密には類話ではないが、本話と二ノ八五の関係よりも類似性は強く、モチーフを同じくする説話と位置付けられよう。

磯水絵氏は本話を巡り、「平治の乱で通憲が土中から掘り出されて梟首されたことを思うと、志半ばで邪魔の入ったこの大鳥と彼が重なるように思われるが、穿ちすぎか」と指摘する（【参考文献】①）。本話が、田原の奥の土中に自害したが、掘り出されて首を取られた信西の最期の状況より生じたと考える、すなわち、説話の生成の段階に信西の希有な死に様が関わったとするには慎重であるべきだが、『古事談』が本話を採録したとき、すなわち、鎌倉初期の享受の段階において、顕兼や時の人々が本話に信西の最期を重ね合わせて受け止めたと考えるのは、「穿ちすぎ」ではないだろう。『古事談』出典の一つである『今鏡』（三・内宴）は信西を「少納言の大徳」と呼ぶ。熊野の山より掘り出されたのは「無毛」の「大鳥」であったが、田原の山から掘り出されたのは「無毛」の「大徳」なのだった。

【同話・類話】

未詳

【参考文献】

①磯水絵『藤原通憲資料集』（二松学舎大学21世紀ＣＯＥプログラム、二〇〇五年三月）

②生井真理子「古事談―連繋を読む―」（「同志社国文学」四三号、一九九六年一月）

［蔦尾和宏］

第四四話（一四八／二ノ四九・新大系二ノ四八）

「業房亀王、吉夢の事」

業房亀王兵衛尉の時、夢に、御所の御勘気を蒙りて門外へ追ひ出ださると見て、後朝、康頼に「かかるゆめを見つる。年始にふくたのしき事なり」と云ひければ、「極めたる吉夢なり。（靫）負尉（ゆげひのじょう）に任ずべきの夢なり。靫負の陣は門外の故に」と云々。果たして十ヶ日中に左衛門尉を拝すと云々。

（一二ウ）
業房龜王兵衛尉之時夢ニ御所[1]ノ蒙御勘氣テ門 12
外へ被追出ト見テ後朝康頼ニカ、ルユメヲ見ツル年始 13
（一三オ）
ニフクタノシキ事也ト云ケレハ極[2]タル吉夢也可任負尉 1
之夢也負靫陣ハ門外之故ニ云々果十ケ日中拝左衛門尉 2
云々

【校異】　**1御所ノ蒙御勘氣テ門外へ…御所ヲ奉被追却門外へ**　大東急　**御前ヲ奉被追却門外へ**　静嘉・学習院・河野・天理・紅葉山・宮城　**御前ヲ奉被追都門外へ**　内閣（都の右に「却」と傍書）　**御前ノ奉被追却門外へ**　色川　**御前ヲ奉被近都門外へ**　東山（近の右に「進」と傍書）　**2極タル吉夢也…康頼云極吉夢也**　全本

【口語訳】　業房亀王が兵衛尉の時、御所のお怒りを蒙って門外へ追い出される夢を見て、次の朝、康頼に「こういう夢を見た。年の始めから福が豊かなことだ（先が思いやられる）」と言ったので、（康頼は）「非常に縁起の良い夢だ。きっと衛門尉に任ぜられるだろう夢だ。（左兵衛の陣は建春門の内側にあるが）左衛門の陣は（建春）門の外にあるので」などと言った。果たして十日のうちに、業房は左衛門尉を拝した。

業房　平業房。生没年未詳。桓武平氏。越前守正度の玄孫で維盛の曾孫。父は斎院次官従五位下盛房。後白河院の寵臣で、今様に秀で、『梁塵秘抄口伝集』（一〇）に「声色よくて悪しからず。今様神歌などは、上手にもいと劣らず聞こゆ」とある。妻は、後に後白河院に寵愛され丹後局・浄土寺二位と呼ばれて権勢を振るった高階栄子。治承元年（一一七七）鹿ケ谷事件に連坐したが「於㆓木工頭成房㆒者、雖㆓召寄㆒、自㆑院再三令㆓乞請㆒給、仍放免」された（玉葉・六月四日）。二年後の治承三年（一一七九）正月に正五位下左衛門佐に叙任され、人々を驚かせたが、同年一一月の平清盛のクーデターで伊豆国に流された（玉葉、山槐記）。時に左衛門佐相模守。丹後局は業房ゆかりの浄土寺で度々亡夫の法要を行った。また『神護寺略記』によれば、後白河院のために建立された神護寺の仙洞院には院の画像と共に源頼朝・平重盛像および藤原光能・平業房像が安置されていたと伝えられる。

亀王　業房と丹後局との間の子、教成が舞人を勤めた際の『玉葉』の記事に「左少将教成朝臣、〈亀王兵衛業房子也、稱㆓之金毘羅㆒〉」（建久三年〈一一九二〉二月一三日）と見える。

兵衛尉　『古事談』諸本は「兵衛」。後文のようにこの後業房は衛門尉（少尉で正七位上相当）に任ぜられるので、その前の段階が兵衛尉（大尉で正七位下相当）であったという『古事談抄』の本文はより正確か（兵衛佐は正六位下相当）。『職原抄』に「左右兵衛府…尉…六位諸大夫并侍任㆑之、自㆓当府尉㆒多転㆓衛門㆒也」と見え、後文のように業房もこれに該当する。ただし、業房が兵衛に任じた記録は前掲の『玉葉』以外未見。左右兵衛府は宮都を守る軍隊で、左右衛門府・左右近衛府と並び六衛府と称された。左兵衛府は外郭門（宮城門）である陽明門の内側、右兵衛府は同じく外郭門の殷富門の内側にあり、左兵衛陣は内裏内郭宣陽門の外側（建春門の内側）、右兵衛陣は同じく内郭陰明門の外側にあった。

御所　業房・康頼を寵愛した後白河院を指す。大治二年（一一二七）～建久三年（一一九二）。在位久寿二年（一一五五）～保元三年（一一五八）、院政保元三年～治承三年（一一七九）・治承五年～建久三年。

康頼　平康頼。生没年未詳。信濃権守中原頼季の子か（勅撰作者部類）。後白河上皇の近臣。仁安三年（一一六八）一月左兵衛尉に任ぜられるが、『兵範記』では「左兵衛尉中原康頼」、『山槐記』除目部類では「左兵衛尉平安頼、〈本右〉」と記されている（なお山槐記・永万元年〈一一六五〉六月二五日条に見える「所衆内舎人□原康頼」も、後の平康頼を指すか）。仁安三年一二月には左衛門尉、承安四年（一一七四）正月に検非違使となる（山槐記除目部類）。兵衛尉から衛門府への転出については前出兵衛尉の項参照。康頼は今様の名手で、『梁塵秘抄口伝集』（一〇）に「声におきてはめでたき声なり。ほそく清らなるうへに、人うてせず。息つよし」と称される。また『延慶本平家物語』（一上・成親卿人々語テ鹿谷ニ寄合事）に「彼康頼ハ阿波国住人ニテ、品、サシモナキ者ナリケレドモ、諸道ニ心得タル者ニテ、君ニ近ク被召仕進セテ、検非違使五位ノ尉マデ成ニケリ」と見え、『愚管抄』（五・高倉）に「康頼ナド云サルガウクルイ物」とあることなどと合わせると、今様や猿楽などの芸能を以って、後白河院の下北面に仕えたと考えられる。仁安四年（一一六九）の院の熊野参詣の際などは、業房らと共に、院の傍近く丸寝し合うほどの近習だった。治承元年（一一七七）のいわゆる鹿ケ谷の謀議に連坐し、俊寛らと鬼界ヶ島に配流される途中出家、法名性照。翌年帰京し、東山双林寺の山庄で『宝物集』を記したとされる（覚一本平家・三・少将都帰）。『千載集』に四首入集。尾張国野間庄の荒れ果てていた源義朝の墓に小堂を建て供養した功により、文治二年（一一八六）に源頼朝から阿波国麻植保の保司に任ぜられた（吾妻鏡）。正治二年（一二〇〇）石清水若宮社歌合に出詠したのが、現在知られる生存最後の記録。

ふくたのしき　福いっぱいだ。反語的表現。実際には（やれやれ年初から）先が思いやられる、という意味。

靫負尉　新大系は『古事談抄』本文を「負靫」と翻すが、底本の字体は「負尉」。衛門府のことを別名「靫負府（ゆげひのつかさ）」とも称し、靫負尉は衛門尉のこと。

靫負の陣　左右衛門府の陣（詰所）のうち、左衛門の陣が建春門の外側に、左兵衛の陣が建春門の内側にあったことを指す。

左衛門尉　「ゆげひのじょう」とも。仁安二年（一一六七）正月三〇日に「正六位上（略）平朝臣成房」が「左衛門権少尉」に任ぜられている（山槐記）。

【余説】　その言葉があってもなくても、結局はよい結果になったのかも知れないが、あたかも状況を「打開」したかのような展開につながる「言葉」がある。例えば上東門院御産の際の藤原有国の言葉などはその一例だろう。上東門院が御産で煩い、追加の誦経が必要だ、と言いながら入道殿道長がおろおろしながらやってきた時、有国が「御産は無事終わったから、これ以上の誦経はいりません」と進言した。そこへ女房が「無事出産されました」と報告しに来た。その後、落ち着いてから道長が有国に「どうしてあの時、無事出産できたと分かったのだ」と尋ねると、「あの時、あなた様は障子を引き開けてお出でになりました。障子は子を障ふ（妨げる・滞らせる）と書くので、それが広く開くということは、障りがなくなったのだ、と解しました」と答えた、というのである（古事談・一ノ三七、他）。本話の康頼のことばも、この有国のことばと似た働きをしたと考えられるのではないだろうか。

平康頼という人物は、『延慶本平家物語』（一本・成親卿人々語テ鹿谷ニ寄合事）には次のようにも描写されている。

> 或時彼人々、俊寛ガ坊ニ寄合テ、終日ニ酒宴シテ遊ケルニ、（略）『康頼参テ当弁仕レ』ト仰アリシカバ、康頼ガ能ナレバツイ立テ、『凡近来ハ平氏ガ余リ多候テモテエヒテ候』ト申タリケレバ、成親卿『サテ其ヲバイカガスベキ』ト被申、康頼『ソレヲバ頸ヲ取ニハ不如』トテ瓶子ノ頸ヲ取テ入ニケリ。法皇モ興ニ入セ給テ、

着座ノ人々モエミマケテゾ咲ハレケル。

「当弁」は「答弁」とも記され、延年などで行われる滑稽な問答芸で、康頼はそれが得意だったわけだが、この延慶本の記述からは、当意即妙で滑稽なことばのやりとりに秀でた康頼の具体的人物像が伝わってくる。そしてそれは、本話の康頼の機転の効いた言葉使いとも連続していることに注意すべきだろう。

『古事談』に於いて本話は、「経平任国下向の時反閉して逆鞍を置く事」(二ノ四七)と、「伴善男吉夢の事」(二ノ四九)の間に置かれ、次話とは、夢の吉凶・伊豆に配流された人、といった要素でつながっている。一方、前話で厩司馬允憲行のとった行動が、秘密保持の役に立ったことは文中に明示されるが、秘密にした反閉・逆鞍自体がもたらした効果について直接には語られていない。よって両話のつながりは「逆境を救った行動」くらいの解釈にとどまることになる。

『古事談抄』における次話四五話は、『古事談』の配列と同じく「伴善男吉夢の事」だが、前話四三話は「盛章熊野山の地中より大鳥を掘り出す事」(古事談・二ノ八八)である。この四三話は、藤原通憲の自信に満ちた「言葉」が、一見怪異・障害に思われる事態を、「打開」した逸話であり、「業房亀王吉夢事」と非常によく似た構造を持っている。この配列の変更は、『古事談抄』が『古事談』巻二臣節にどのような逸話があるのかの全体を頭に入れた上で、より連続感のある配列を目指そうとした例の一つと考えられるだろう。

【同話・類話】

未詳

【参考文献】

①山田昭全「宝物集　解説」（新日本古典文学大系『宝物集　閑居友　比良山古人霊託』一九九三年、岩波書店）

②中村文『後白河院時代歌人伝の研究』（二〇〇五年、笠間書院）

［伊東玉美］

第四五話（一四九／二ノ五〇・新大系二ノ四九）

「伴善男の吉夢の事」

伴大納言善男は佐渡国郡司の従者なり。彼の国に於いて善男夢に西の大寺と東の大寺を括り跨げて立ちたりと見て、妻女に此の由をかたる。妻云はく、「みところの跨こそはさかれむずらめ」と合はするに、善男驚きて、由無き事をもかたりてけるかなと思ひて、主の郡司の宅へ行き向かふの処、郡司はよき相人にてありけるが、日来は其の儀もなきに、事の外に饗応して、我をすかしのぼせて、妻（女）の云ひつる様に、またなどをさかんずるやらんと恐れ思ふの処、郡司云はく、「汝は止んごと無き高相の夢をみてけり。而るに由無き人に語りてけり。必ず大位にはいたるとも定めて不慮の事、出で来るべきか」と云々。善男縁に付きて京上す。果たして大納言に至る。郡司の言に違はずと云々。

（一二オ）

伴大納言善男ハ佐渡國郡司従者也於[1]彼國善男 3
夢[2]ニ西大寺与東大寺ヲ括[3]跨ケテ立タリト見テ妻女ニ此 4
由ヲカタル妻云ミトコロ[4]ノ跨コソハサカレムスラメト合
ニ善男 5
驚テ無[5]由事ヲモカタリテケルカナト思[6]テ主ノ郡司 6
之宅へ行向之[7]處郡司[8]ハヨキ相人ニテアリケルカ日来ハ 7
其儀モナキニ事外ニ饗[9]應テ我ヲスカシノホセテ妻[10] 8
妻ノ云ツル様ニマタナトヲサカンスルヤ覧ト恐思之處
郡司 9
云汝ハ無[11]止高相ノ夢ヲミテケリ而無由人ニ語テケリ 10
必ス大位ニハ[12]イタルトモ[13]定不慮事[14]出来ルヘキ歟云々 11
善[15]男付[16]縁京上ス果[17]至大納言郡司言ニ不違云々 12

【校異】 **1彼…（ナシ）** 静嘉・内閣・学習院・色川・東山・河野・天理・紅葉山・宮城 **2夢ニ…夢ニ見様** 大東急・静嘉・内閣・学習院・色川・東山・河野・天理・宮城 **夢ニ見** 紅葉山 **3括跨ケテ…跨ケテ** 全本 **4ミトコロノ…ソノ** 全本 **5無由事ヲモ…無用ノ事ヲ** 宮城 **6思テ…恐思テ** 全本 **7之** 底本補入記号「○」の右に「之」とある。 **8郡司ハヨキ…郡司極タル** 全本 **9饗應テ我ヲスカシ…饗応シテ圓座トリテ出向テ召昇ケレバ善男成怪我ヲスカシ** 大東急・静嘉（我スカシ）・内閣（出向テの右に「二」と傍書）・色川・東山・河野・天理・紅葉山・宮城 **饗応シテ円座トリテ出向ニ召昇ケレハ善男成怪我ヲスカシ** 学習院 **10妻妻…妻女** 全本 **11無止…無上** 学習院 **12イタルトモ…至レトモ** 静嘉（至レの右に「ル」と傍書） **13定…定依其徵** 全本 **14出来ルヘキ歟…出来有坐事歟** **全本** **15善男…然間善男** 全本 **16付縁…逢縁** 宮城 **17大納言…大納言然而猶坐事** 全本

【口語訳】 伴大納言善男は佐渡国の郡司の従者であった。かの国にあった時、善男は西の大寺と東の大寺を指貫をたくし上げて跨いで立っているという夢を見た。そのことを妻の女に語ったところ、妻がいうには、「お前さまの跨がきっと裂かれるのですよ」と夢合せをしてしまった。善男は大変に驚いて、「詰まらないことを話してしまったものだ」と思って、あるじの郡司の宅に行った。郡司はとても優れた人相見の男で、普段はそんなこともないのに、格別なもてなしをする。「自分をだまして、家に上がらせ、妻の言うように、跨など裂くのではないだろうか」と恐ろしく思っていると、郡司がいうには「そなたはとてもすばらしい好運の夢をみた。しかしつまらない人間にその夢を語ってしまった。必ず高位に上るとしても、きっと思いがけない出来事が起るに違いない」。善男は縁あって都に上った。そして大納言にまで上った。郡司の予言に違うことはなかった。

伴大納言　伴善男。大同四年（八〇九、弘仁二年〈八一一〉とも）～貞観一〇年（八六八）。大伴国道の五男。

弘仁一四年（八二三）、淳和天皇即位にともない、天皇の諱「大伴」にふれるため、「伴」と改めた。蔵人頭、右中弁、参議を経て、正三位大納言に至る。貞観八年（八六六）、応天門焼失事件で嫌疑をかけられ、失脚、伊豆に流罪。配地で没。静岡県田方郡上狩野村吉奈の善名寺旧蔵の仏像銘には「伴氏二親　霊　善魚　善足」とあるという。「善魚善足」は善男の男とも。

佐渡国郡司の従者　『伴氏系図』『鶴岡社職系図』などすべて、善男の父は国道としており、善男が佐渡国の郡司の従者であったとする史料は見当たらない。しかし本話の出典となった『江談抄』（三ノ七）では「伴大納言は本は佐渡国の百姓なり。かの国の郡司に従ひてぞ侍りける。（略）この事、祖父（大江挙国）の伝へ語られしところなり。またその後に、広俊（中原広俊か）が父の俊貞も、かの国の住人の語りしなりとて語りき」と大江匡房の言葉を載せており、注意されるところ。益田勝実氏（【参考文献】①）及び新大系などでもふれるように、善男の父国道はその父継人の藤原種継暗殺事件に連座して、佐渡に流罪となっており、本説話との関わりが指摘されている。なお、これらのことに関しては後述の【余説】でまとめて考察する。

西の大寺と東の大寺　西大寺と東大寺と訓ずることも可能だが、神田本『江談抄』（四二）では「西ノ大寺ト東ノ大寺」とあるのが参考になる。新大系もこれに拠る。

括り跨げて　指貫の裾を絆で括り上げて跨いで立っている姿をいう。「我はかちより括り引き上げなどして出で立つ」（源氏物語・夕顔）。『古事談』諸本「跨げて」。

みところの　未詳。二人称の敬称で「あなたさま」ほどの意か。類従本『江談抄』（三ノ七）では「見るところの」。また『古事談』諸本は「ソノ」。『宇治拾遺物語』（四）「そこの」。ただし神田本『江談抄』（四二）では「三トコロノ」とあり、『古事談抄』の誤写とは単純には言えず、むしろ古態性を残している箇所と見た方がよいかもしれない。

よき相人　すぐれた人相見の人物で。『古事談』『江談抄』『宇治拾遺物語』では「極めたる相人」。

饗応して　相手をもてなして。接待して。『古事談』

『江談抄』『宇治拾遺物語』では以下に「円座取り出で、向ひて召しのぼせければ、善男あやしみをなして」等の一文を載せる。『古事談抄』の脱文か。

定めて 『古事談』『江談抄』では「定めて其の徴に依りて」等の一文あり。ただし『宇治拾遺物語』ではそれに近い文辞はなく「事出で来て罪を蒙らんぞ」としており、どちらかというと、『古事談抄』に近い面がある。

大納言に至る 善男の大納言任官は貞観六年（八六四）正月一六日。五四歳。応天門の変の二年前のこと。なお以下に『古事談』「然れども猶ほ事に坐す」、『江談抄』（三ノ七）「かの夢合せたる徴にて伊豆国に配流せらると云々」、『宇治拾遺物語』（四）「されども猶罪を蒙る」とある。『古事談抄』の節略か。

【余説】 伴大納言善男の父は幾種類かの『伴氏系図』では、すべてが大伴国道とし、近代刊行の諸注釈類もこれに倣うものがほとんどである。善男を国道の男とすることは正史の世界では不動のことといってよい。しかし、そうした正史的世界の常識とか通念といったものをものの見事にひっくり返してみせるのが、説話集、なかでも『古事談』の手法なのである。

『古事談』ならびに『古事談抄』のいう善男の「佐渡国郡司の従者」説の淵源は『江談抄』にある。神田本『江談抄』（四二）によれば、

被レ談云、伴大納言者先祖被レ知乎。答云、伴ノ氏文、大略見候歟。被レ談云、氏文ニハ違事を伝聞侍也。伴大納言ハ本者佐渡国百姓也。彼国郡司ニ従天ソ侍ケル。

と語り始められている。「伴大納言の先祖のことを知っているか」という大江匡房の質問に対し、筆録者の藤原実兼はいかにも俊秀らしく「伴氏の氏文のほとんどは見ました」と答えると、匡房は即座に「氏文とは違うことを聞いている。伴大納言はもともとは佐渡国の百姓だ。そして、郡司の従者だった」と思いも懸けないことをいうの

だった。さすが匡房、人の知らない、人の思いもしない情報をその掌中にあり余るほど貯えていたのだろう。匡房は続けて、善男が夢で西の大寺と東の大寺を跨いで立つと見た、例の話を語る。そしてその話末において、

此事祖父所㆑被㆓伝語㆒也。又其後ニ広俊父の俊貞モ彼国の住人ノ語リシナリトテ語リキト云々。

（神田本江談抄・四二）

と話の出所を示すのであった。誰が見ても虚誕と片付けてしまいそうな話ではあるが、どうしてどうして匡房の口吻は真剣そのもの、「祖父の大江挙周が語っていたことだ。広俊（中原か）の父親の俊貞だって、佐渡の国人が語っていたのを聞いた」というのである。「精度は高い」。匡房にいわせれば信憑性のある話だというのである。

この旨について、おおむねの注釈書は「史実ではない」「伴の善男が佐渡の国に住んだ事実はない」とするものが多く、かつ、善男の父国道が藤原種継暗殺事件に連座して、佐渡に配流されたことがあり、そのあたりに説話の発生源を認めようとするのが多数意見であるようだ。無理からぬ結論であることには相違ない。しかし、どうしても気になるのは匡房の末尾の言葉である。祖父が話していた。広俊の父俊貞は現地でその話を聞いた。その自信ありげな匡房の口調である。祖父の挙周は東宮学士、式部権大輔、現地情報を仕入れた俊貞の父が中原広俊であるなら、広俊も漢詩文作者として広く知られた男である。いわば平安後期の代表的な漢学者ならびにその一統で語り伝えられていた話なのである。学者だからといってすぐさま信用することは無論出来ないが、全くの荒唐無稽譚を吹聴していたとも思われない。彼らは善男の佐渡郡司従者説に何かしら信憑性を感じるところがあったのではなかろうか。

大伴氏は藤原氏と双ぶ名族であった。大伴氏の高祖でまず注目されるのは大伴金村であろう。金村は武烈天皇によって皇統の絶えかかっていた時、応神天皇五代孫男大迹王を「三国の坂中井」（福井県坂井郡あたりか）より迎えて皇位に就けた人物として知られる。継体天皇の即位である。金村には磐、咋、狭手彦の三人がいたが、磐は筑紫に

とどまり、朝鮮半島に備える任を負い、次子の咋は高麗に派遣され、のち百済より帰国、三子の狭手彦は、百済を救援し、任那を鎮定したと伝えられている（いずれも日本書紀）。この狭手彦が唐津の地より出征する時、松浦佐夜姫が別れを惜しみ、領巾を振り、石と化した伝説は広く知られている。大伴氏は北陸道、日本海、半島、さらには大陸に通じていたようだ。だからこそ皇嗣が見当たらず、皇統断絶という危機に際し、金村は事情に精通している北陸の地から皇孫を見つけだしてきたのである。

廟堂に於いて、大伴氏の存在は重要であった。継体天皇擁立始まり、朝鮮半島情勢に深く関わり、北陸道、日本海を地盤にする大伴氏が他氏、とりわけ藤原氏にとって、危険な存在であったことはいうまでもない。益田勝実氏がすでに指摘している通り、「三代にわたって処刑の運命に出会った、まれにみる数奇な家柄なのである。天平宝字元年（七五七）におこった橘奈良麻呂の変では善男の三代の祖、古麻呂は獄死、一族の古慈悲は土佐に配流、延暦四年（七八五）におこった藤原種継暗殺事件では祖父の継人は斬刑、父の国道は佐渡に配流、大伴家持も死後に除名という処分を受けた。そして貞観八年（八六六）の応天門の変。いずれも大伴氏の衰退に繋がる政争、政変といえるが、一再ならず事の当事者となった大伴氏という一族はそれだけ強大で、権力、財力、体力があったということであろう。

佐渡ヶ島は今でこそ日本海に浮かぶ離島という程度の認識だろうが、かつては日本の北端、日本海交易の中心的な中継地であったという事実も忘れてはならない。日本海と大伴氏の因縁は深かった。佐渡に生まれた俊才の児童が何かの縁で大伴氏の系譜に組み入れられた可能性だって皆無とはいえない。そんな地盤が日本海にはあった。匡房が伝えた善男、佐渡国郡司の従者説の背景には、こんな事情があったのではないか。

【同話・類話】

『江談抄』（三ノ七）、『宇治拾遺物語』（四）、『十訓抄』（六ノ一六）

【参考文献】

①益田勝実「古事談鑑賞二」（浅見和彦『『古事談』を読み解く』、二〇〇八年、笠間書院）
②益田勝実「伴大納言絵詞の詞章」（日本絵巻物全集Ⅳ『伴大納言絵詞』、一九六一年）
③浅見和彦「東国文学史稿（八）伴大納言の出自―伴善男は佐渡出身か―」（「成蹊国文」第四〇号、二〇〇七年三月）

［浅見和彦］

第四六話（一五一／二ノ五二・新大系二ノ五一）

「伊周配流の事」

（一三オ）

儀同三司配流者長徳二年四月廿四日也宣命趣　13

（一二ウ）

罪科三ケ条奉射法皇奉呪咀女院私行大元法等科云々　1

【校異】　本話の上欄に「可書入」とあり、また本話と次話（第四七話）との間に補入位置を示す「○」あり。本話は第六五話の冒頭部分と同文である。第六五話の項を参照されたい。

［伊東玉美］

第四七話（一五二／二ノ五三・新大系二ノ五二）

「郁芳門院菖蒲根合の事」

郁芳門院菖蒲の根合の時、右方に五丈の根有りと云々。件の根、備前国牟左計の狭戸にある菖蒲に似たる草の根と云々。凡そ菖蒲の根は長さも一丈（に）過ぎずと云々。是は杜若の根なりと云々。

（一三ウ）　ノ根云々　3
郁芳門院[1]昌蒲根合之時右方ニ有五丈[2]之根云々件根　2

備前國[3]牟左計ノ狭戸ニアル[4]昌蒲ニ似タル草　凡昌蒲根ハ長[5]モ一丈■不過云々是[6]ハ杜若根　也云々　4

【校異】　**1昌蒲根合…根合**　全本　**2五丈…五尺**　河野　**3牟左計ノ狭戸…牟古計ノ狭戸**　大東急・河野・天理（狭に「挟」と傍書）・紅葉山　**手右計ノ徠戸**　静嘉（右に「乎古許ノ狭」、左に「牟古許ノ狭」と傍書）　**手古計**　内閣（手に「牟」、計に「河」と傍書）　**牟古河ノ狭戸**　学習院　**乎古計ノ狭戸**　色川（乎に「牟」、計に「郡」と傍書）・東山　**争古計ノ狭戸**　宮城　**4昌蒲ニ似タル草ノ根…似菖蒲物ノ根**　大東急・静嘉・学習院・色川・東山・河野・天理・紅葉山・宮城　**似菖蒲ノ根**　内閣　**5長モ一丈■不過云々…長不過丈也**　全本　**6是ハ…前例最長根ハ**　大東急・静嘉・内閣・学習院・色川・東山・河野・天理・宮城　**前例長根ハ**　紅葉山

【口語訳】　郁芳門院（媞子）の菖蒲の根合（が行なわれた）時、右方から五丈の根が出されたらしい。件の根は、備前国牟

左あたりの狭い谷あいにある、菖蒲に似た草の根であったということだ。普通、菖蒲の根の長さは一丈を過ぎることはないといわれている。是は杜若の根であるということだ。

郁芳門院　白河天皇第一皇女、媞子内親王。承保三年（一〇七六）～嘉保三（一〇九六）。母中宮賢子は源顕房の女で、顕兼から見ると曽祖父雅兼の姉。本話の根合が行われた寛治七年（一〇九三）の、正月一九日（媞子一七歳）に女院号を賜っている。更に三年後の嘉保三年七月に病に倒れ、同八月七日没。

菖蒲　菖蒲はサトイモ科ショウブ属。池や川の縁など湿地に群生する常緑の多年草。「和名、阿也女久佐」（本草名和）。横に伸びる根茎には鎮静・鎮痛をはじめ複数の薬効があり、乾燥させて様々な症状に用いる。葉や根茎に精油分を含んで香気があり、特に端午の節句に、軒に差したり「菖蒲の枕」「菖蒲湯」など様々に用いられた。なお、『古事談抄』の表記はすべて「昌（蒲）」。『古事談』諸本は「菖蒲」あるいは「昌蒲」などとする。『本草名和』も「昌蒲」で立項。中で同話を持つ『言談抄』（西尾市岩瀬文庫蔵本）がすべて『古事談抄』と同じ「蒲」と表記し、抹消記号を附して「菖蒲」と傍書。豫樂院（近衛家熈）本『後二条師通記』も「蒲」の表記を用いており、比較的通行した表記であったか。

根合　「合わせ物」の一種で、端午の節句などに左右に分かれて菖蒲の根の長短を競い、同時に歌合を行なう。本話は寛治七年（一〇九三）五月五日に行なわれたもので、『後二条師通記』『中右記』同日条などに記録が残る。

右方に五丈の根有り　「五丈の根」については記録類に未見。「五丈」は約一五m。『中右記』によれば寛治七年（一〇九三）五月の根合では、一番は左一丈六尺・右八九尺、二番は左一丈三四尺・右七八尺の長さの根が出されたとあり、いずれも左の勝ち。

備前国牟左計　現岡山県赤坂郡牟佐あたりか。旭川（西大川）が大きく蛇行して岡山平野に出るあたりの東岸で、古代官道山陽道が渡河する交通の要衝。近世の西国街道（山陽道）のルートからは外れるが、一八世紀頃の舟番所跡が残り、旭川に依拠した水上交通も含め利用され続けたことが想像される。旭川を背にして牟佐から山陽道古道を東行すると、すぐに両脇を山に挟まれた狭い谷あいに入り込み、「馬屋」（高月駅）の地名も残る（【参考文献】①）。諸本表記に揺れがあり（【校異】参照）、これまでに「牟古計の狭戸（ムコケノサト）」で「上道郡、現在の岡山県下の一地名」（古典文庫）や、「牟佐計の狭戸（ムサケノセト）」を「ムシアケノセト」の連続先行母音脱落とみて「邑久郡の虫明の瀬戸以外あり得ない」（新大系）とする説などが呈されている（【余説】参照）。

狭戸　「サコ」「セコ」「セト」「セバト」などと訓むか。「戸」は両側から挟まれている場所をいい、それが「狭」いということから、「両側が迫って狭くなったあたり」といった一般的地形を指したものか。奈良県東吉野村狭戸など、地名として固有名詞化している場合もあるが、備前界隈では管見に入らず。

菖蒲に似たる草　未詳。「石菖（せきしよう）」の可能性があるか。同類話の『言談抄』では、この「五丈許」の根を持つ植物について「其根石也」という説明をつけている（【余説】参照）。石菖は菖蒲と同じくサトイモ科ショウブ属。谷川の縁などに群れ、岩などにも着生して自生する菖蒲より小型の常緑多年草。根茎はやはりよく発達して横に這う上、鎮静・鎮痛などの薬効も共通するものが多く、葉や根には強い香気もある。『覚禅鈔』（一三〇・支度）などには「五薬」のうちに「人参」「附子」などと共に、しばしば「石菖蒲」があげられている。漢名ではこの石菖を「菖蒲」と表記する（日本のショウブは「白菖」・日本薬草全書、他）ため、菖蒲と石菖という二種類の植物は、これまで知らずの内に混同されてきた可能性はないだろうか。

杜若　アヤメ科アヤメ属の多年草。根茎は横に這い水湿地に群生し、時に大群落を形成する。同じアヤメ科アヤメ属の「文目」と、形状などが似ており見分けがつけ難い（但し杜若は湿地に、文目は乾いた土地に生育するという）。加えて「菖蒲」の和名「アヤメグサ」を単に

「アヤメ」と訓んだり、「花菖蒲（はなしょうぶ）」というアヤメ科アヤメ属の園芸種もあるなど、これらは現代に至るまでしばしば混同されている。

【余説】

地名について

先学が示すとおり「牟左計の狭戸」は「ムサケのセト」と訓むことができ、備前国の有名な歌枕「虫明の瀬戸」を想起させるに十分ではある。邑久郡虫明の瀬戸は虫明浜の東、長島とその北にある鴻島との間に比定されている。『狭衣物語』（二）で飛鳥井女君が船上から入水を企てる場となっていることからも明らかな通り、この地名が連想させるのは海である。

しかし、菖蒲にしても杜若にしても石菖にしても、湿地や水辺に生育する植物ではあるが、海辺の植物とは言い難い。重ねて、知られた歌枕「虫明の瀬戸」のことであるならば、諸本の中に一つも「虫明」「瀬戸」などと通行する表記のものが見えないことも、やや不審である（【校異】参照）。

一方、【語釈】に示したとおり、備前国赤坂郡には「牟佐」の地名が見える。この「牟佐」の地形を見ると、旭川の北東の背後には山を背負い、東に向かって狭い谷あいが連なり、「狭戸」という語にも対応するように思える。山間を抜ける古代山陽道の他に、旭川を利用した水上流通経路も確保されていたと思しいから、この辺りに産するものが、都へ運ばれるということは比較的容易であろう。

「計」字を「許」などとも通じて「ばかり」と解し、「牟左計の狭戸」が「備前旭川東岸牟佐地域の狭い谷あい」である可能性を提示しておきたい。

『言談抄』の文脈

本話は『言談抄』二八話に類話がある。『言談抄』は編者未詳で、おおよそ一一〇〇年前後に成立したかと考えられており、西尾市岩瀬文庫に蔵される一本の他、近時東山御文庫にも所蔵が指摘された（【参考文献】②）。次に当該本文をあげる（【参考文献】②③を参考にしつつ、一部私に改め濁点・記号などを振った）。

『言談抄』二八話

郁芳門院根合時、或人云「備前国牟左計の狭戸に物根五丈許のあり。其根石也。昌「蒲」に丶たりと云。おほかた昌「蒲」根は八尺にはすぎず。さき〴〵最長根は杜若根也。但、去年九尺根ありけり。越前国に根長昌「蒲」（菖蒲）あり」と云々。

『古事談』では郁芳門院の根合の場で、右方から実際に出されたとする「五丈之根」の正体についての話題であったものが、『言談抄』では、根合の席上「或人」が、長い菖蒲の根に関る話題をあれこれ話した、という内容である。

「或人」は、まず備前には「五丈」もあり石のような根を持つ菖蒲に似た植物があるらしいと述べ、一般的な菖蒲の根の長さは八尺程度だとして、これまで長いと言われてきたものは実は杜若だと断ずる。しかし、去年はそれでも九尺のものはあった、と、思い出し、越前国は根の長い菖蒲を産出する、などと話したという。

話の運びは、なるほど根合という場で、誰かが発話の契機を得て話し出した、と思わせるものである。発話者は物知りと思しく、会話というよりは、周りに居た人々が相槌を打ちながら、聞き入るような話であったように読める。

ニールス・グュルベルク氏（【参考文献】④）や新大系では、これが大江匡房の発言であった可能性を指摘する。匡房は、同根合に「右方」の一人として確かに参加していた（後二条師通記、他）。更に慎重な検討が必要であろうが、『言談抄』が記した話の発話者が、右方に参加していた人物であったなら、「右方の人が話した五丈のもの長さの根の話」が、伝播する間に（『古事談』の全センテンスが伝聞である）、「右方が出した根の話」に掏り替り、『古事談』のような形になることは、容易に想定できよう。

【同話・類話】

『中右記』（寛治七年五月五日）、『後二条師通記』（寛治七年五月五日）、『言談抄』二八（秘記・二八）、『袋草紙』（下）

【参考文献】

①足利健亮「山陽道」（『古代日本の交通路』、一九七八年、大明堂）
②小倉慈司「東山御文庫本マイクロフィルム内容目録（稿）（2）」（『禁裏・公家文庫研究』第二輯、二〇〇六年、思文閣出版）
③山崎誠「西尾市立図書館岩瀬文庫所蔵「言談抄」について」（「広島女子大国文」第二号、一九八五年八月）
④ニールス・グュルベルク「岩瀬文庫所蔵『言談抄』と大江匡房」（「国語と国文学」六六巻一〇号、一九八九年一〇月）

［内田澪子］

第四八話（一八九／二ノ九〇・新大系二ノ八九）

「小野宮歓子・写経の文字、落雷に遭ふも焼けざるの事」

小野皇太后宮は後冷泉院の后、大二条殿の三女なり。生年十四にて舎兄静円僧正に随ひ、竊（ひそ）かに諸経を受習するの後、毎日法花経一部を読誦す。人以て之を知ること無し。春秋十六にして入内す。治暦四年四月（一九日立后。此の夕、帝崩ぜらる。尓（そ）れより以来、偏（ひとへ）に道心を発して、念仏転経）の外、他の営み無し。二条東洞院亭に於いて、手自（てづか）ら最勝王経を書写するの時、雲雨俄かに降り、霹（へき）殿に入るの間、経を奉（ささ）げ筆を奉げ、存ずるがごとく亡ずるがごとし。雷騰（あが）りて天晴れ、眼を開き経を見るに、空紙は焼けて文字のみ残る。御衣は焼けて身は全し。帰法の志是より弥（いよいよ）深し。承暦元年落飾出家。良真座主を以て戒師と為す。一たび小野の寒雲に入りしより、再び長秋の暁月を見ず。往生の素懐を遂ぐと云々。

（一三ウ）
小野皇太后宮ハ後冷泉院后大二条殿三女也生年十[1]
四ニテ随舎兄静円僧正竊[2]受習諸経之後毎日読誦
法花経一部人[3]以無知之春秋十六[4]ニシテ入内治暦[5]四年
四月之外無他之営於二条東洞院亭手自書寫最
勝王経之時雲雨俄[6]降霹[7]入殿[8]之間奉経奉筆如存
如亡雷騰天晴開眼見経空紙ハ焼而文字[9]ノミ残[10]御[11]衣
焼而身全帰法之志自是弥深承暦元年落餝出家以
良真座主為戒師一タビ従入小野之寒雲再不見長秋
（一四オ）
之暁月遂往生之素懐云々

【校異】　**1生年…生事**　東山　**2受習諸経之後毎日読誦…受習諸経其後毎日讀誦**　全本　**3人以無知之…人敢無知**　全本（内閣本「敦（敢テ）」）　**4十六ニシテ…廿一**　学習院　**5治暦四年四月之外…治暦四年四月十九日立后此夕帝崩自尓以来偏發道心念佛轉経之外**　全本　**6霹…霹靂**（静嘉・内閣・色川本は補入記号により「靂」と傍書）・学習院・河野・紅葉山・宮城　**7間…時**　全本　**8奉経奉筆…捧経捧筆**　宮城　**9文字ノミ…字**　全本　**10残…紙**　河野　**11御衣…御身**　大東急・内閣（右に「衣多」と傍書）・東山・河野・天理　**衣多**　学習院　**御自**　色川（右に「衣・身」と傍書）・紅葉山

【口語訳】　小野宮皇太后宮（歓子）は後冷泉院の后で、大二条殿（教通）の三女である。一四歳で（異母）兄の静円僧正について、内密にいろいろな経を習って以後は、毎日法花経一部を読誦した。人はこのことを知らなかった。（歓子は）一六歳で（後冷泉天皇の元に）入内された。治暦四年四月（立后。この夕、帝が崩御なさった。それから以後、ひたすらに道心を発し、念仏転経）の外、他の何事もしなかった。二条東洞院亭で（歓子）自ら最勝王経を書写なさっていた時、俄に雲がおこり雨が降り、雷が（二条東洞院）殿に落ち入った時、（歓子は書写していた最勝王）経と筆を捧げ持ち、生きているようでもあり死んでいるようでもある様子であった。雷がおさまり天が晴れ、目を開き（手にしていた）経を見ると、白紙の部分は焼け、文字の（書かれた）ところは（焼け）残っていた。（また歓子の）御召し物は焼けてしまったが、その御身は御無事であった。仏法に帰依する志は、これ以来益々深くなられた。承暦元年落飾出家。良真座主を受戒の師とした。一旦小野に入って以来、再び後宮で過ごさなかった。往生の悲願を果したということだ。

小野皇太后宮　藤原歓子。治安元年（一〇二一）～康和四年（一一〇二）。関白藤原教通三女。母は藤原公任女。後朱雀女御の生子は同母姉。永承二年（一〇四七）二七歳で二二歳の後冷泉後宮に入内。翌三年女御宣旨を受く。知識人文化人として名高い公任の女を母に持ち、才能豊かで容姿端麗であったという。女御宣旨を受けた翌年の永承四年には皇子を宿すが死産。その直後関白頼通の女寛子が入内し、翌永承六年二月には一六歳で歓子に先んじて皇后となる。後冷泉後宮には歓子・寛子の他に後一條天皇女で中宮の章子が居り、寛子・章子が比較的上手く関係を保ったのに対し、歓子は、自身も六月には准三宮に叙せられたものの「後から入内した寛子が先に皇后に冊立されたことにこだわり」（【参考文献】①）里居がちになったとされる。『今鏡』（四・小野の御幸）「三君（歓子）は、後冷泉院の女御に参りて、后に立ち給ひて、皇后宮と申しき。後に皇太后宮にあがりて、永保元年の秋、御髪をろし給ひてき。なを后の位にて、比叡の山の麓、小野といふ山里に籠りゐさせ給ひて」。

後冷泉院　第七〇代天皇。万寿二年（一〇二五）～治暦四年（一〇六八）。在位寛徳二年（一〇四五）～治暦四年（一〇六八）。皇子を持たなかった為、藤原氏を外戚としない尊仁親王（後に後三条天皇）が皇太弟として立ち、摂関家との軋轢を生む因となる。後冷泉天皇治世は摂関政治体制の最末期と位置付けられ、特に文化面における爛熟期とされる。

大二条殿　藤原教通。長徳二年（九九六）～承保二年（一〇七五）。太政大臣藤原道長の三男。母は源倫子。父道長の死後、同腹の兄嫡男頼通と娘の入内をめぐって確執を生じる（略系図参照）。しかし結局頼通・教通双方の娘とも皇子を儲けることがなく、兄弟揃って外

〈略系図〉

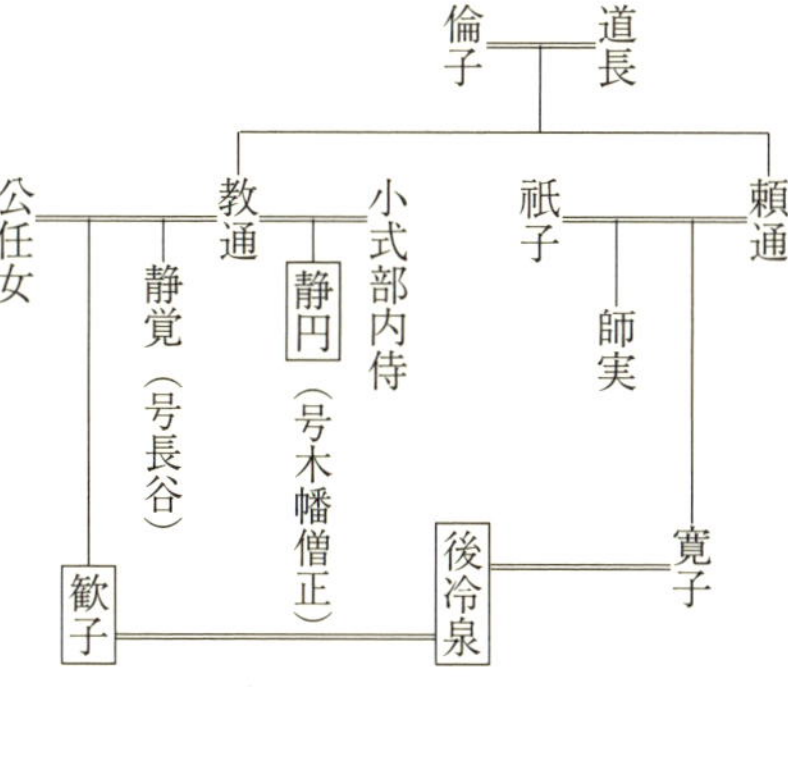

戚の地位を得ることはなかった。

舎兄静円僧正　長和五年（一〇一六）～延久六年（一〇七四）。藤原教通男。母は和泉式部女小式部内侍。歓子の異母兄。永承三年（一〇四八）権律師、永久二年（一〇七〇）権僧正。『尊卑分脈』等から「木幡僧正」と称されたことが解るが、住した寺院など詳細は不明。木幡は山城国宇治郡。藤原氏歴代の陵墓が多く、道長の造営した木幡三昧堂（浄妙寺）がある。静円が浄妙寺と関りを持っていたか否かは未詳。『後拾遺集』以下に四首入集した歌人でもあった。小式部内侍を母に和泉式部を祖母に持つ静円と、公任を祖父とする歓子という兄妹であり、何か文化的波長が共有できたか。『今鏡』（四・蓮の露）「木幡の僧正、長谷の法印などいふ僧君達おはしき。僧正は小式部の内侍の腹なればにや、歌詠みにこそをはすめりしか」。

治暦四年四月…の外　『古事談抄』は「四月」の下、歓子の立后や、後一條院の崩御についての記事を欠く。『古事談抄』本文は意味をなさず、『拾遺往生伝』『古事談』他諸本に照らしても、書写段階における欠脱があるとみるべきであろう。『古事談』諸本によれば、欠脱文字は二一文字であり、また目移りを疑えるような文字も見えないことから、一般的な写本の形態を想定するならば、親本のほぼ一行分を欠落させたと見ることができるか。

二条東洞院亭　二条通に面して多くの「二条亭」が存在するため、しばしば混同される。この教通伝領の「二条東洞院亭」は「二条南東洞院東亭」と呼ぶべきもので、左京三条四坊一・二町にあたる。同じ「二条東洞院亭」でも『拾芥抄』以来混同される道長の「小二条殿」すなわち「二条北東洞院西亭」（左京二條三坊一三町）とは別亭（【参考文献】②）。

最勝王経　金光明経のこと。大乗経典のひとつ。『拾遺往生伝』には「転読諸大乗経十巻」とあり。

霹　雷。『古事談』諸本には「霹靂」とするものもある。

良真座主　治安二年（一〇二二）～嘉保三年（一〇九六）。源通輔の息あるいは弟。叡山に登り慶命・明快の元で学ぶ。永保元年（一〇八一）第三六代天台座主に補任。

承暦元年（一〇七七）歓子に受戒した記事は未見。但し良真は康平六年（一〇六三）一二月二九日に、後冷泉院の御願になる実相院の供養の賞によって権少僧都に補されている（僧綱補任）。貴紳の尊崇を集めていたとも伝えられており、歓子に戒を授ける人物として穏当。『阿娑縛抄』（二〇一・諸寺略記下）「（叡山東塔南谷）実相院　後冷泉院御願也（略）右院、後冷泉院天皇御願也、康平五年十月七日、座主大僧正明快奉勅始造、六年十月造畢、二十九日大納言藤原朝臣信長已下公卿・殿上・侍臣・大中弁等、悉登山場、座主明快大僧正為導師、僧都已下僧綱有職三十口為讃衆、供養法花堂」、『本朝高僧伝』（五〇・江州延暦寺沙門良真伝）「顕密兼通、修験掲焉、名卿貴士趨塵崇奉」。

小野　山城国愛宕郡小野郷。小野郷は現在の修学院・高野から八瀬・大原にかけて、及び松ヶ崎・岩倉の一部も含まれていたと考えられている。歓子の住した「小野」はこの中の岩倉、現在の左京区岩倉長谷町字朗詠谷の常寿院とされる（【参考文献】③）。同地近辺には、歓子の母方の祖父、公任が出家した解脱寺があり、歓子の同母弟、静覚（一〇二四～一〇八三年、静覚出産直後に公任女は亡くなり、公任を悲嘆させた）もそこに居たかと考えられる。小野の地には寛治五年（一〇九一）一〇月二七日、白河上皇が雪見御幸。『為房卿記』「今朝雪降、太上皇歴覧令レ過ニ法勝寺小野幽庄一給」、『中右記』「朝雪高積、太上皇歴ニ覧白河幷小野之邊一」。この御幸は『小野雪見御幸絵巻』ともなり、『今鏡』『十訓抄』『古今著聞集』などにも収められて広く人口に膾炙。

長秋　「長秋宮」の略。後漢明徳馬皇后がいた宮殿の名。転じて皇后の住む御殿、皇后、中宮そのものも指す。

【余説】

説話の核としての史実の可能性

本話は『拾遺往生伝』に拠ったと考えられる。『拾遺往生伝』は三善為善（一〇四七〜一一三九）の手になる作品で、歓子話の含まれる下巻は天永二年（一一一一）頃に増補されたと考えられている。歓子の没年は康和四年（一一〇二）であるから、本話は本人の死から極めて短期間の内に成ったものである。本話の最初の聞き手・読み手も同時代人となる。

天皇の后にまで昇った女性が、都の真中で落雷事故に巻き込まれた。しかし歓子は身を損することがなく、写経中の経典も炎に包まれながら文字の書かれた所は焼け残った。この経験を経て道心をいよいよ深くし、歓子は確かに往生の素懐を遂げたのだ、という本話が同時代の人々に受け入れられたのだとすれば、それは、比較的広範な人々に、確かにそうだったと思い当たるような記憶があった、と考えることが出来る。歓子の居処、二条南東洞院東亭が落雷に見舞われ火災が起きた、という出来事が、存外実際の事件としてあったのかもしれない。

残念ながら同二条亭が落雷に見舞われたという記事は、現時点で見出せない。が、例えば康平元年（一〇五八）閏一二月二七日には、同亭が焼失したらしいことが確認できる（扶桑略記）。康平元年頃は、『栄花物語』の記述に随うならば、歓子が後宮の表舞台に現れなくなってくる時期と重なり、小野山荘に籠るようになる時期の初期にあたる。

『栄花物語』で歓子が登場するのは、およそ寛治六年（一〇九二）以降間もなくに成立かと見られている所謂「続編」である。『栄花物語』正編の編著者は、道長の妻倫子に仕えた赤染衛門が有力とされる。続編は逸名女房の手になるとされるが、いずれにせよ、摂関家あるいは近辺の女房が編著に深く関るとするならば、『栄花物語』に記された歓子の動向は参考になろう。

『栄花物語』(三六)では、他の二人と共に後冷泉の後宮の一員として並び記されるが、(三七)では一転、小野にすっかり隠棲してしまったかのような歓子が記される。この様な歓子の姿は、他の后らとはやや異質なものとして、人々に意識・記憶されていたのではないだろうか。

高貴な女性の落雷事故遭遇、という衝撃的な場面設定―それがどこまで〈事実〉であるか否かはともかく―を持つ奇跡譚は、何らかの火災という出来事の記憶と、歓子が小野に引き籠もり仏道に専念したという出来事とに保証されて、歓子と同時代を生きた人々に支持され、伝えられたものではないだろうか。

【同話・類話】

『拾遺往生伝』(下)、『真言伝』(六)、『今鏡』(四・小野の御幸)、『元亨釈書』(一八)、『十訓抄』(六ノ二五)、『東斎随筆』(仏法類・五三)

【参考文献】

①角田文衛『日本の後宮』(一九七三年、学燈社)
②川本重雄「二条殿」(『平安京の邸第』、一九八二年、望稜舎)
③角田文衛「小野皇太后と常寿院」(『王朝の明暗』、一九九七年、東京堂出版)

[内田澪子]

第四九話（一五三／二ノ五四・新大系二ノ五三）

「俊明、白河天皇を諫め奉るの事」

賢子中宮は寵愛他に異なるの故、禁裏に於いて薨じ給ふなり。御悩(ごなう)危急に及ぶも、退出を許されず。已に閉眼の時、猶ほ御(おは)しまして、起ち避(さ)らしめ給はずと云々。時に、俊明卿参入し申して云はく、「帝者の葬に遭ふの例は、未だ有らず候ふ。早く行幸有るべし」と云々。仰せて云はく、「例は是よりこそは、はじめられめ」と云々。

（一四オ）
賢子中宮ハ寵愛異他之故於禁裏薨給也[1]雖及御 2
悩危急不被許退出[2]已閉眼之時猶[3]抱御不令起避給 3
云々于時俊明卿参入申云帝者[4]遭葬之例[5]未有候 4
早[6]可有行幸云々仰云例ハ自是コソハハシメラレメト云々 5

【校異】 **1雖及…隆為**　大東急・静嘉・内閣・色川（内閣本ともに隆の右に「雖」と傍書）・東山・天理　**雖為**　学習院・河野・紅葉山・宮城　**2已…也**　全本　**3抱御…抱御殿**　大東急・内閣・色川（殿の右に「屍」と傍書）・東山・天理　**抱御腰**　静嘉　**抱御屍**　学習院・河野・紅葉山　**抱神殿**　宮城　**4遭葬…葬遭**　全本　**5未有候…未曽有候**　大東急・内閣・学習院・色川・東山・河野・天理・紅葉山・宮城　**未嘗有候**　静嘉　**6可有行幸…可行幸**　紅葉山・宮城

【口語訳】　賢子中宮は白河天皇に殊の外に寵愛されていたために、禁裏においてお亡くなりになった。御病気が急に重篤になっても、帝は中宮の退出をお許しにならなかった。既に中宮がご臨終の時も、それでも帝は中宮の亡骸を抱いて、お立ち去りにはならなかったという。その時、俊明卿が参入して「帝が遺体を葬る際に立ち会うといった前例はありません。早く他所へお移りになるべきです」と申し上げたという。帝は「前例などというものは、まさにここから始められるのだ」と仰せになったということだ。

賢子中宮　天喜五年（一〇五七）～応徳元年（一〇八四）。父は右大臣源顕房。母は権中納言源隆俊女。藤原師実養女。白河天皇の中宮。白河天皇践祚の後、承保元年（一〇七四）に立后。堀河天皇、郁芳門院らを生む。中宮、後に贈太皇大后宮。応徳元年九月、にわかに病となり、同二二日に二八歳で急逝した。

寵愛　白河天皇からの寵愛。白河天皇は第七二代天皇。天喜元年（一〇五三）～大治四年（一一二九）。後三条天皇の第一皇子、母は藤原公成女の茂子。延久四年（一〇七二）践祚。応徳三年（一〇八六）堀河天皇に譲位（【余説】参照）。

禁裏　この時の内裏は三条殿。『扶桑略記』（三〇・白河）に「中宮源賢子三条内裡崩」とある。

退出を許されず　白河天皇は、敦文親王誕生（承保元年一二月二六日）の際にも「中宮は、今しばしとのみ惜しみ留めたてまつらせたまへば、えまかでやらせたまはで、ほど近くなりてぞ出でさせたまひける」（栄花・三九）と、ぎりぎりまで中宮の退下を許さなかったことがある。宮中に病人が出た場合は、万が一にも死によって穢れることを怖れて、退出させることがならわしであった。『源氏物語』（桐壺）においても、桐壺帝は衰弱した桐壺更衣を泣く泣く退出させている。なお、『岷江入楚』はこの桐壺巻の場面の注として「御門の様体也。或抄禁中は神事所の故也云々」とし、「糸天子ノ神事ハ大方一夜也。ソレハ常ニ諸穢ヲ忌ル、故也」と朱書がある。

已に閉眼の時　もうお亡くなりになった時にも。「閉眼」は目を閉じること、転じて、死亡すること。なお『古事談』諸本は、「已」は「也」の字で、「許されざる也。閉眼の」となり、『古事談抄』とは時制が少々異なる。

抱き御しまして　大東急・内閣・色川・東山・天理本は「抱御殿」、学習院・河野・紅葉山本は「抱御屍」、静嘉本は「抱御腰」。「殿」の草体は「屍」に類似するので、「屍」が適当か。ただし、『古事談』諸本の、「閉眼の時、猶ほ御屍を」の場合は、時制に齟齬が生じる。『古事談抄』の場合は「已に閉眼の時」と諸本にはない「已」があるので、既に亡くなった後も、とのことになり表現上の違和感はない。なお、『東斎随筆』（好色類・七二）は「既ニ閉眼ノ後モ、猶抱給ヒテヲキサリ給ハズ」としていて、意味が通りやすく、「〜を抱く」としていない点が『古事談抄』と類似する。

俊明卿　寛徳元年（一〇四四）〜永久二年（一一一四）。源隆国の三男。この時、権中納言兼右衛門督中宮大夫。公事に通じ、白河院の近臣として活躍した。後の嘉承二年（一一〇七）七月一九日に、摂政補任の人事の決定が滞った際には、「凡前後不二知給一」（中右記）といった白河院を俊明が制して、直ちに忠実に摂政の宣下をすることを決定してしまったという。『愚管抄』（四・鳥羽）は彼を「ソノ時ノ御ウシロミ、サウナキ院別当」と評し、『中右記』は「心性甚直、為二朝之重臣一（略）就中一家之習已如二厳親一」（永久二年一二月二日）と評している。『古事談』には、治暦四年（一〇六八）一二月に内裏が焼亡した際には後三条天皇が避難するために、南庭に群がって邪魔であった雑人達を、自ら弓を執って駆け回って打ち据えて退散させたという話（二ノ六四）があり、この他、藤原清衡から遣わされた金を、清衡は謀反人であるからとして送り返した逸話（二ノ七六、十訓抄・六ノ三三にも）などもある。白河の治世を支えた清廉・厳粛な能吏であり、この場面においても、白河のあるまじき行動を誡め、その状況下においてとるべき対処を進言する者として相応しい人物と言えよう。三四話【語釈】参照。

帝者　帝と称せられる者、天皇のこと。『史記』にも例が見えるように漢籍に由来する表現。『経国集』に「属二君王之景祚一、陪二帝者之佳遊一」の例がある。

葬に遭ふの例は、未だ有らず　「葬」は死体を葬ること。「遭葬」は『古事談』諸本はいずれも「葬遭」とするが、いずれにしても死体を葬る場面に立ち会うことを意味する。

早く行幸有るべし　「行幸」は天皇が御所を出て、他所へゆくこと。本来は内裏において中宮が薨ずること自体あってはならないことではあるが、致し方ないので帝だけでも他所へ移るべきであるとの諫言。

【余説】

死穢

俊明が諫めたように、宮中に於いて天皇が愛妃の最後を看取るという行動は前代未聞のことであった。それは死穢を憚る意識によるところが大きい。

死穢は、『拾芥抄』によると「五体頗雖レ有二温気一。以二絶気一可レ為二死期一云々」と絶命と同時に生じるものであり、『延喜式』には「凡觸二穢悪一事応レ忌者、人死限二三十日一〈自二葬日一始レ計〉とあり、葬った後から数えても三〇日は避けるべきものとされた。『権記』には行成の男子が病死する際に「母氏壅樹以居、愛慰之甚也、幼少之者気力無レ頼、仍為レ不レ觸レ穢、下二立東庭一、暫之母氏悲泣」（長徳四年一〇月一八日）とあり、母が男子を抱きかかえていたが、子の絶命する際には、自身が穢れることを避けるために東の庭に下りたという。『宇治拾遺物語』「蔵人頓死の事」（一二二）では、殿上の間において蔵人が頓死した際に、同席した殿上人達が大あわてで逃げ去ったとある。これも当時、死穢がいかに忌避されていたかを物語っている。

なお、当然ながら白河もこのような行いが大いに禁忌であることはよくよく承知の上であった。『長秋記』によると、己の末期の際には、見舞いに参上した鳥羽院と待賢門院に対し、白河院は「早可二令レ還給一、今度不レ可レ存、有二禁忌一也」（大治四年七月七日）と述べている。【語釈】でも触れたが、作り物語中の桐壺帝もこの禁忌のために桐壺更衣を里に帰し、その死に立ち会うことはかなわなかった。いかに本話における白河天皇の行動が、当時の規範から逸脱していたかが知られる。

白河天皇と中宮賢子

賢子を失った白河天皇の嘆きはなみなみならぬものだった。天皇の賢子への情愛の深さは『栄花物語』（三九・四〇）にも詳しい。賢子の薨じた応徳元年九月二二日の記事として『百錬抄』には「天皇哀傷尤甚」とある。また『扶桑略記』（三〇・白河）の同日条には「主上御悲嘆悲泣。数日不レ召二御膳一」と悲しみのあまり食事もとらず、同二四日条には「主上悶絶」したとあり、「周忌之間、天下之政皆以廃務。帝依レ含レ悲。久絶二世上風波一。誠是希代事焉」と政務も滞るありさまであったという。『栄花物語』（四〇）に「月日のゆくも知らせたまはず、つゆの御湯なども召さず、沈み入らせたまひて、夜大殿の外にも出でさせたまはず」、『今鏡』（二・所々の御寺）に「御なげきのあまりにて、多く御堂御仏をぞ造りて、とぶらひたてまつらせ給へりし」など、その悲嘆の様が描かれている。この後の白河の出家の理由も、賢子の忘れ形見である郁芳門院を亡くしたためであるという。『中右記』は白河院を「可レ謂二聖明君長久主一也」「但理非決断、賞罰分明、愛悪ヲ掲焉、貧富顕然也、依二男女之殊寵多一、已天下之品秩破也」（大治四年〈一一二九〉七月七日）とその愛憎が極端であったために、有るべき秩序が破られたとも評している。本話も、俊明が、前例のないことを以て即座に他所へ移るように、とその場においての最善の対処を勧めるのに対し、前例などなくとも自らが前例となるのだ、といった超論理を振りかざして、愛欲のままに振舞ったという、いかにも白河天皇らしい逸話である。

【同話・類話】

『東斎随筆』（好色類・七一）。

［山本啓介］

第五〇話（一五四／二ノ五五・新大系二ノ五四）

「待賢門院入内の事」

待賢門院は白川院の御猶子〔大納言公実卿の女、御母は右中弁隆方の女〕の儀にて入内せしめ給ふ。其の間、法皇蜜通せしめ給ふ。人皆之を知るか。崇徳院は白川院の御胤子と云々。鳥羽院も其の由を知ろし食して「うちこ」と〈ぞ申さしめ給ひける。之に依りて、大略不快にて止ましめ給ひ畢（をは）んぬと云々。鳥羽院〉最後にも惟方〔時に廷尉佐〕を召して、「汝ばかりこそ」とて仰せらるるなり。「閉眼の後に穴賢（あなかしこ）、新院にみすな」と仰せ事ありけり。新院見奉ると仰せありけれども、御遺言の旨候ふとて、懸け廻らして入れ奉らずと云々。

（一四オ）
待賢門院ハ白川院御猶子[1]〔大納言公実卿女御母右中弁隆方女〕之儀ニテ令入内給其間法皇令蜜通給人皆知之歟崇徳院ハ白川院御胤子云々鳥羽院モ其由ヲ知食テウチ[2]〔外父〕コト最後ニモ惟方〔于時廷尉佐〕ヲ召テ汝許コ[3]ソトテ被仰也閉眼之後穴賢新院[4]ニミスナト仰事アリケリ新院[5]奉見ト仰[6]アリケレトモ御遺言之旨候トテ懸廻テ不奉入云々

【校異】　**1大納言公実卿女御母右中弁隆方女…**〔大納言公實女母左中弁隆方女〕**待賢門院**　大東急・内閣・色川・東山・天理・紅葉山（「母」ナシ）・宮城（割注）〔鳥羽中宮大納言公実女母左中弁隆方女璋子〕**待賢門院**……静嘉（ナシ）学習院・河野　**2ウチ**〔叔父〕**コト最後…叔父子トソ令申給ケル依之大略不快ニテ令止給畢云々鳥羽院最後**　全本　**3コソトテ…ソト思テ**　全本　**4新院ニミスナト仰事アリケリ新院奉見ト仰アリケレトモ…**（ナシ）紅葉山・宮城　**5新院…如案新院ハ**　大東急・静嘉・内閣・学習院・色川（新院の右に

「崇徳」と傍書）・東山・河野・天理　**6仰アリケレ…被仰ケレ**　大東急・静嘉・内閣・学習院・色川・東山・河野・天理

【口語訳】　待賢門院は白河院の御猶子として入内なさった。その間、白河院が密通なさった。あるいは人々も皆このことを知っていたのか。崇徳院は白河院の御子だという。鳥羽院もそのことをお知りになって、崇徳院のことを「うちこ」とお呼びになられた。こうしたわけで、鳥羽院は崇徳院とは最後までおおよそ不和な関係のままでいらっしゃった。鳥羽院は、ご臨終の際にも惟方〔この時、延尉佐〕を呼んで、「そなただけにだが」と仰せになって、「私の死んだ後を、決して新院（崇徳院）には見せるな」と仰せになった。崇徳院がお弔い申し上げるとの仰せがあったのだが、惟方は鳥羽院の御遺言があるということで、簾を懸け廻らせて、その場にお入れ申し上げなかったということだ。

待賢門院　藤原璋子。康和三年（一一〇一）～久安元年（一一四五）。鳥羽天皇の中宮。父は権大納言藤原公実。幼時より白河上皇のもとに養育され、永久五年（一一一七）に鳥羽天皇のもとに入内、翌年中宮となる。元永二年（一一一九）に顕仁親王（後の崇徳天皇）を出産、その後も後白河ら五皇子・二皇女を産む。白河院没後は鳥羽院から遠ざけられた。その生涯に関しては角田文衛氏（【参考文献】①）が詳しい。

崇徳院　元永二年（一一一九）～長寛二年（一一六四）。第七五代天皇。鳥羽天皇の第一皇子として誕生。母は待賢門院。曾祖父にあたる白河院の意向により、鳥羽天皇の譲位を承けて、保安四年（一一二三）に即位。白河院が没し、鳥羽院の執政が始まると、永治元年（一一四一）に、心ならずも鳥羽院皇子の近衛天皇に譲位する。その後、保元の乱に敗れて、讃岐に配流され、同地にて悶死した。

鳥羽院　康和五年（一一〇三）～保元元年（一一五六）。第七四代天皇。堀河天皇第一皇子。母は大納言藤原実季女苡子。嘉承二年（一一〇七）に五歳にして即位、祖父白河院の院政の下に育つ。待賢門院璋子を中宮とし、白河院の意向により、崇徳天皇に譲位して上皇となる。白河院の没後は実権を握り、待賢門院を遠ざけて美福門院を寵愛する。美福門院との間に皇子（近衛天皇）が誕生すると、崇徳天皇に譲位を迫り、三歳の近衛天皇を即位させた。『愚管抄』（四・後白河）はこの皇位継承が鳥羽院と崇徳院との不和の契機となり、後の保元の乱の因となったと述べている。

「うちこ」と… 底本に「ウチコ」とあり、その右傍に「外父」と記す。ただし、この右傍の「外」の字は「叔」の字にも見え判読に悩むものである。大曽根章介氏は「崇徳天皇が鳥羽院の祖父白河院の子であることを語ったもので『おほぢこ（おぢこ）』が正しいが、本書は「外父子」（妻の父の子）と記し、流布本は『叔父子』と解していていずれも誤りといえる」（【参考文献】②）とされる。一方、伊東玉美氏（【参考文献】③）は、この件について「『古事談』で「叔父子」に「ヲチコ」（叔父のような子）の訓みが付されていたのを、叔と外、ヲとウとの字体が似ているため、共々書写しまちがえたものと考えられる」とし、大曽根氏が誤りとされたうちの「叔父子」を本来と見ている。「叔父子」で解釈するならば、崇徳が祖父白河の子であるとすると、鳥羽から見て崇徳は叔父にあたり、名目上は子である、ということで文意が通りやすい。ただし、「祖父子」（おほぢこ）が本来の形であった可能性も否定はできない。なお、新大系は流布本本文の「叔父」について、「草体を『外父』と訓む説〈大曽根章介〉もあるが、外父子は妻の父の子の意で正しくない」と注する。しかし、待賢門院は白河院の猶子であったので、「外父子」（妻の父の子）が本来であった可能性も否定できない。

ぞ申さしめ… 以下、『古事談抄』は約一行ほど脱文。『古事談』諸本により補う。ただし、『古事談抄』が意識的に割愛した可能性も疑えるか。

大略不快にて… 「不快」は互いの関係がよくないさま。鳥羽院と崇徳院の関係がずっと不和のままであったことをいう。

最後にも 鳥羽院は保元元年（一一五六）七月二日に鳥羽安楽寿院御所にて五四歳で崩御。『愚管抄』（四・

後白河）には「ソノ時新院マイラセ給タリケレドモ、内へ入レマイラスル人ダニモナカリケレバ、ハラダチテ、鳥羽ノ南殿（ノ）、人モナキ所へ御幸ノ御車チラシテヲハシマシケルニ」とあり、その場の混乱で、居合わせた平親範が目を負傷し、崇徳院が親範の目をつぶしたとの誤報が伝わり、そのことを最後に聞いて鳥羽院は息絶えた、という伝聞を記している。

惟方（時に、延尉佐） 藤原氏。天治二年（一一二五）～没年未詳。建仁元年（一二〇一）まで生存確実。権中納言藤原顕頼の次男。母は権中納言藤原俊忠の女。母が二条天皇の乳母であった関係から天皇側近として重用される。保延元年（一一三五）蔵人、永治元年（一一四一）皇后宮権大進、久寿二年（一一五五）右衛門権佐、同年に後白河天皇が即位すると、母九条三位が春宮守仁親王の乳母である縁から春宮大進に任ぜられるに至る。惟方の家集には「鳥羽院の御後のことども承りて、申す沙汰仕るべきにて」（粟田口別当入道集・二一九詞書）とあり、鳥羽院から後事の沙汰を託されたという。後の平治の乱の際には、始め信頼側に就くが、離反して二条天皇を清盛側へと脱出させて乱を乗り切る。『平治物語』（上・主上六波羅へ行幸の事）によると、その際に二条天皇を女装させて源氏の包囲をくぐり抜けたとされ、また惟方は背が小さくて返り忠をしたことから「忠小別当」と呼ばれたという。平治の乱後には天皇側近として権勢を握るが、永暦元年（一一六〇）後白河院の桟敷を板で塞ぐという不敬を働き、配流を命じられる。永万二年（一一六六）三月に帰洛を許される。帰洛を許されたのは配所での詠歌に後白河院が感嘆したことによるという（十訓抄・一〇ノ三五）。惟方に関しては、【参考文献】④が詳しい。

穴賢 よくよく慎んで、ゆめゆめ、の意。

新院にみすな 「新院」は崇徳院。崇徳院に自身の死後の姿を見られぬように、との鳥羽院の申しつけ。上皇は天皇と比較すると行動の制約は少なかったようで、鳥羽院は祖父白河院の末期には見舞いに参上した（長秋記・大治四年七月七日）。その葬送も祖父の例ではなく父の例として自ら執り行うことを切望するが、再三諫められている（同年七月八日）。ここでは、こうした自身の前例を踏まえて、崇徳院をあらかじめ拒絶する発言である。

懸け廻らして入れ奉らず　簾・屏風などを鳥羽院の亡骸の周りに懸けて廻らせたの意。『兵範記』の保元元年（一一五六）七月二日条に「立廻御屏風」とあり、鳥羽院の亡骸の周りに屏風を立て廻らせたこと、葬送の役の一人を惟方が務めたことが記されている。また、「今日御瞑目之間、新院臨幸、然而自二簾外一還御云々」とあり、臨終の際に崇徳院が参ったが簾の外で還御したという伝聞も記されている。前出『愚管抄』（四・後白河）での鳥羽院危篤の際の混乱からも、鳥羽院の周辺が崇徳院を歓迎しなかった模様が窺える。

【余説】

白河院と待賢門院

皇位継承の顛末や、『愚管抄』（四・後白河）の記述からも、鳥羽院と崇徳院の関係が良好なものではなかったこと、それが保元の乱の因となったことは史実といえる。そうした鳥羽院・崇徳院の関係に言及する際に、本話は頻繁に引き合いに出される。しかし、ここまで露骨な逸話は本説話集に収められるのみで、他には一応、『今鏡』（四・宇治の川瀬）に白河院が幼い頃の待賢門院と添い寝をし、待賢門院は足を白河院の懐に入れて眠っていた、とする逸話が見られる程度である。また、古記録類などにも直接的な記載は確認できない。本話を事実と見るか、あくまで説話と見なすかは諸説分かれるところである。角田文衛氏（【参考文献】①）は近代医学の見地を導入した方法により、待賢門院の体調と、白河・鳥羽のそれぞれの動向を整理し、崇徳院の父は白河院であるとの説を打ち立て、後の研究に大きな衝撃を与えた。近年、河内祥輔氏（【参考文献】⑤）は、本説話によれば鳥羽と崇徳が不仲であった理由が説明できるとしながらも、本説話が『古事談』のみが伝える孤立伝承で傍証に欠けること、鳥羽と白河は一時対立するが和解していること、鳥羽は白河の死後もしばらくは崇徳の帝位を容認して直系と認めていたこと、を述べて本説話の史実性に疑念を投じている。氏はその上で、鳥羽が崇徳を露骨に敵視したのは近衛の死（一一五五）から鳥羽が没するまでの一年間のことであり、藤原惟方が鳥羽の側近となったのもこの鳥羽最後の一年であったことを指摘して、「この最後の一年に、鳥羽自身が語り、惟方が直に聞いたに違いない。惟方はそれを世に伝えたのである」と本説話の伝播源を惟方とし、「叔父子」問題は晩年に老耄した鳥羽の妄想であったのではないかと推測している。美川圭氏（【参考文献】⑥）は、先行の角田氏の考証を再検討し、角田説は崇徳が鳥羽の子である可能性もあり、白河の子の可能性もあることを述べたに過ぎず、崇徳の父が白河であることを確定するものには至らないとしている。そして、崇徳の実父がどちらであったかよりも、鳥羽がなぜ崇徳を実子でないと信じたのかが問題の焦点であるとし、その理由を崇徳院系の皇子重仁の皇位継承を阻み、後白河、二条への皇位継承を成立させるため、藤原忠通と美福門院が風説を流し、鳥羽院もそれを信じたためであるとの見解を述べている。河内氏、美川氏の論考は崇徳の実父を確定することよりも、晩年の鳥羽が崇徳を実子でないと信じたことを問題の中心とするものである。

結局のところ真相を確認することは不可能なので、ここでは憶測を避けて、古記録の再確認を中心に述べることとしたい。『殿暦』によると、白河院は初めは璋子を藤原忠実の長子忠通に配する意向であったのだが、「而両三度延引、事躰内府ニ不㆓相叶㆒歟。件姫君心不㆓落居㆒歟。仍可㆑為㆓女御㆒云々」（永久五年九月二七日条）と数度に渡り調整がうまく行かずに、鳥羽天皇に入内したと記している。また、「藤中納言来、内府通㆓院姫君㆒間事、件相違、件人可㆓入内㆒歟。是本支度也。但件人奇恠有㆑聞、仍不㆑進者也」（同年一〇月一〇日条）や「藤中納言来、（略）件院姫君、備後守季通盗通之云、世間人皆所知也。不可思議也。凡種々有㆑聞」（同年一〇月一一日条）など、待賢門院には他に密通する者のある噂など、とかくよからぬ風聞があったことが記されている。美川氏はこのように『殿暦』に待賢門院に批判的な記事が集中している事に注目し、鳥羽と崇徳が不仲となった時期は鳥羽の晩年であるという前提から、皇位継承問題のあった当時の状況を踏まえ、鳥羽院に噂を信じさせた人物は『殿暦』記事の詳細を知ることが可能であった忠通であったと推測し、顕兼は九条家と結びつきの深かったことから、『古事談』の情報源は九条家からである可能性が高いとも述べている。ただし、『殿暦』の記事は「奇恠有レ聞」「凡種々有レ聞」が具体的にはどのようなものであったかまでは記してはおらず、或いは間接的に、白河との密通を匂わせていると読むことも不可能ではないが、後年に忠通が『殿暦』のこの記事を頼りに、噂を流したと見る美川説はいささか深読みの感もある。ただし、待賢門院の噂は他の記録にも見出せる。『中右記』には、崇徳誕生の翌年にあたる保安元年（一一二〇）に待賢門院が行啓した三条烏丸亭に白河院も御幸したことを記し、「例人々秘不レ言。又不レ問。不レ知二何事一也」と述べている。このように待賢門院と白河が一つ所で過ごしたこと、それをいつのもののように秘して言わず、問わず、知らず、と黙殺したという記述からは、当時の人々の間ではこの二人の関係が疑惑の対象とされていた、さらには、二人の関係は周知のことであったが皆が黙秘していた、という状況も疑えそうである。

　以上、待賢門院と白河院との関係については、当時の貴族達の筆は一様に重く、何か含むところがあるように見える。本話が果たしてどこまで事実を反映したものであるのかは、結局のところ明らかにはし難い。ただし、『中右記』や『殿暦』が憚りながらも述べる記事は、様々な疑惑や噂が芽生えるに足る断片的事実ではあった。噂とは疑惑を抱くに足る材料があり、さらに真相が不明なほどに人の興味を引くものでもある。そして、その真偽の知られぬ噂を耳にした鳥羽院が、いつしかそれを信じるようになった、という可能性は充分に考えてもよさそうである。ともあれ、当時の貴族達が触れることも憚ったこの件を、あえて取り上げて所収したという点は、本説話集の一つの特色と言えるだろう。

自身の亡骸を隠すこと

　鳥羽院は末期に、自身の亡骸を崇徳に見せないよう、惟方に命じたという。死後においても対面を拒むという、崇徳院への嫌悪の徹底ぶりを示す逸話である。自身の亡骸を人に見せたくない、という話というと、『今昔物語集』（三一ノ二九）『宇治拾遺物語』（一二二）などが所収する蔵人頓死事件が浮かぶ。これは、蔵人貞高が殿上で頓死し、人々が大急ぎで逃げまどう中、実資が敷物に貞高の遺体をくるませて、一旦は東から運び出すと見せて見物人を誘導し、西から人目を避けて運び出し、迎えに来た貞高の父に遺体を引き渡した。すると、後日実資の夢に貞高の霊が現れて、己の死の恥を隠してくれたことを感謝したという話である。これはいささか特殊な事例ではあるが、自身の亡骸を縁もゆかりもない人々の好奇の目に曝すことが恥であるという感覚は現在の我々にも理解できるところである。また、この説話の場合、親族である父により葬られることは問題とはなっていない。

　『兵範記』保元元年（一一五六）七月二日の記事によれば、鳥羽院は遺言として、「不レ可レ供二御手水并御前一等、不レ可レ有二御沐浴一、不レ可レ入二人形一、已上四箇事、可二停止一」など様々な指示をし、「役人可レ用二八人一、雖二外人一、依二其恩一可二召仕一、雖二縁人一、無レ恩之者、臨二其期一不レ可二敍用一、是心為レ恩使之故也」として、惟方ら八人が取り仕切ることを命じている。結局、崇徳は鳥羽の臨終に立ち会うことはできなかった。鳥羽が最後まで崇徳を避けたのは、本話の文脈上では、崇徳が実子ではなかったからということになる。『兵範記』に結びつけるならば、縁もない上に、恩もない他人に、自分の亡骸を見せたくないとする激しい拒絶と読むことができよう。

【同話・類話】

未詳

【参考文献】

①角田文衛『椒庭秘抄―待賢門院璋子の生涯―』(一九七五年、朝日新聞社)
②大曽根章介「古事談抄」解説(財団法人日本古典文学会編、日本古典文学影印叢刊、一九七八年、貴重本刊行会)
③伊東玉美「日本古典文学影印叢刊所収『古事談抄』について」(『共立女子短期大学紀要』第四六号、二〇〇三年一月)
④梶原正昭「近臣と政治感覚―惟方」(『国文学解釈と教材の研究』、二一巻一一号、一九七六年九月)
⑤河内祥輔「白河院と大江匡房」(『国文学解釈と鑑賞』六〇巻一〇号、一九九五年一〇月)
⑥美川圭「崇徳院誕生問題の歴史的背景」(『古代文化』五六巻一〇号、二〇〇四年一〇月)
⑦美川圭『院政』(二〇〇六年、中央公論新社)

〔山本啓介〕

第五一話（二五六／二ノ五七・新大系二ノ五六）

「大弍局、梅檀詮議の事」

四条宮の女房大弍局、「梅檀（せんだん）は唐土にも有り」と云ふ。他の女房は皆「天竺の物なり」と云ふ。相論の間、伊房帥、宮司の時之を尋ねらるるの処、答へて云はく、「唐土にも之有り。赤梅檀は天竺に之有り。余の紫檀、白檀等は皆唐土の物なり」と云々。大弍局云はく、「此事は三川前司、季綱（が）なり、申しを慥（たしか）に之を承る。赤梅檀は本体なり。紫檀は梅檀の黒なり。白檀は梅檀の白なり。沈（ぢん）は梅檀の沈なり。薫陸（くんろく）は梅檀の汁なり」と云々。

（一四オ）
[1]四条宮女房大貳局梅檀ハ唐土ニモ有[2]ト云他之女房ハ皆天竺ノ物也[3]ト云相論之間伊房帥宮司之時被尋之
（一四ウ）
[4]處答云唐土ニモ有之[5]赤梅檀ハ天竺ニ有之[6]餘[7]ノ紫檀白檀等皆唐土物也云々[8]大貳局云此事ハ三川前司季綱也[9]申シヲ慥ニ承之[10]赤梅檀ハ本躰也紫檀[11]ハ梅檀之黒也白檀ハ梅檀ノ白也沈[12]ハ梅檀ノ沈也薫陸ハ梅檀之汁[13]也云々

【校異】 **1四条宮女房大貳局…四條宮女房大貳局**（實子宇治殿女後冷泉后母贈三位祇子進命婦是也）　大東急・内閣（後冷泉院）・学習院・色川・東山・天理・紅葉山　**四條宮**（實子）**女房大貳局**　静嘉　**四條女房大貳局**（實子宇治殿女後冷泉院后母贈三位祇子進命婦是也）　河野　**2唐土ニモ…女房達**　全本　**3ト云…不然云々此事**　全本　**4處…天竺ニ有之云々大貳局猶論之仍経信大納言許遣尋之處同伊房之説女房達弥令指南然而大貳局者猶不信伏之間重令問實成卿之處**　全本　**5有之…有也**　全本　**6有之…計有也**　宮城　**7餘…（ナシ）**　学習院　**8（ナシ）…**

仍　全本　**大貳局…大貳局終勝了于時件女房**　全本　**9季綱也…季綱カ**　全本　**10承之…承之也**　全本　**11紫檀ハ梅檀之黒也…紫檀之黒也**　紅葉山　**紫檀ハ黒也**　宮城　**12沈ハ…沈香**　静嘉　**13汁…液**　宮城

【口語訳】　四条宮女房大弐局は、梅檀は唐土にもあるといった。他の女房は皆「天竺のものである」といった。お互いに討論している際に、伊房が帥の宮司であった時、このことを尋ねられたところ、答えて言うには「唐土にもこれはある。赤梅檀は天竺にある。他の紫檀、白檀はどちらも唐土のものである」とかいうことだ。大弐局のいうことには、「このことは三川の前司の季綱が申し上げたことを確かに承ったのだ。赤梅檀は固有の種類である。紫檀は梅檀の黒いものである。白檀は梅檀の白いものである。沈は梅檀の沈である。薫陸は梅檀の汁である」とか。

四条宮　藤原寛子。長元九年（一〇三六）～大治二年（一一二七）。藤原頼通の女。母は藤原頼成女祇子。藤原師実は同母弟。永承五年（一〇五〇）に入内。後冷泉天皇の女御となり、翌年皇后となった。『古事談』諸本の多くに「寛子、宇治殿女、後冷泉后。母贈三位祇子、進命婦是れなり」の割注がある。

大弐局　藤原宗子。生没年未詳。二条太皇太后宮大弐。父は若狭守通宗、母は高階成章女。源師頼と結婚し、師能を儲けた。鳥羽天皇の准母で、白河天皇の第三皇女である二条宮令子（一〇七八～一一四四）に仕えた。令子の母は中宮藤原賢子。寛治三年（一〇八九）斎院卜定、長承三年（一一三四）太皇太后。本話は「大弐局」の祖母である「大弐三位」と混同するか。「大弐三位」であれば藤原賢子。生没年未詳（永保二年〈一〇八二〉ごろ没か）。父は山城守宣孝、母は紫式部。上東門院彰子に出仕し、後冷泉天皇の乳母となる。弁乳母、越後弁とも。藤原兼隆と結婚し、その後高階成章と結婚した。『権大納言師房歌合』をはじめいくつもの歌合に参加し、『大弐三位集』を残している（【余説】参照）。

栴檀　びゃくだん科の常緑樹。伐採した材を地中に埋め、または地上で保管し、仏像造りや薫香に用いた。「栴檀、唐韻云、栴檀　香木也」(和名抄)、「栴檀〈セムダム〉」(名義抄・仏下本八三)。特に白檀をいう。

伊房の帥、宮司の時　藤原伊房は、長元三年(一〇三〇)～嘉保三年(一〇九六)。藤原行成の孫、行経男。承暦四年(一〇八〇)一二月、寛子の太皇太后宮権大夫に、永保三年(一〇八三)～寛治三年(一〇八九)まで太皇太后宮大夫。

尋ねらるるの処　以下、『古事談抄』では大きく脱文がある。書写者の目移りか、本来なかった箇所かは判明しない。脱文の箇所は以下の通り。

伊房の帥、宮司の時、尋ねらるる処(以下脱文)、「天竺に之れ有り」と云々。大弐局猶ほ之れを論ず。仍りて経信大納言の許に遣はし尋ぬる処、伊房の説に同じ。女房達弥(いよいよ)指南せしむ。然れども大弐局は猶ほ信伏せざる間、重ねて実成卿に問はしむる処(脱文終わり)、答へて云はく

『古事談』諸本が本来の話であったとすれば、大弐局に尋ねられた伊房は他の女房と同様「天竺にある」と言い、これに納得しなかった大弐は経信にも問う。経信も伊房と(他の女房とも)説が同じであったので、更に実成に尋ねたことになる。ようやく大弐と同じく「唐土にも之有り」と答えたのは実成であり、『古事談抄』の文脈で読めば伊房。但し、実成は寛徳元年(一〇四四)に没しており、「伊房の帥」が宮司であった年代とは合わない。新大系は「実政の誤りであろう」との見解を示す。

赤栴檀　栴檀の一種で黄褐色のもの。栴檀の中でも最も香が強いとされる。牛頭栴檀、黄栴檀とも。『和名抄』(二〇)に「栴檀(略)香子也。内典云、赤者謂㆓之牛頭栴檀㆒」とある。

紫檀　栴檀の一種か。栴檀は白・黄色・紫があるともいう。「白檀ハ和産ナシ、(略)紫檀ハ舶来甚多シ、紫色ニシテ香気ナシ、木ノ嫩老ニヨリテ色ニ浅深アリ。白檀類ニ非ズ」(重訂本草綱目啓蒙・三〇)。「遠近ニ白檀・紫檀ヲ求テ、此レヲ以テ経筥ヲ令造ム」(今昔・一二ノ二六)。

季綱なり　『古事談』諸本「季綱カ」。『古事談抄』の「季綱也」は「三川前司」の名を補記したものか。季綱は生没年未詳。藤原氏。父は文章博士藤原実範。母は高階業敏の女。文章生、検非違使を経て大学頭にいたる。「参河前司季綱来」（水左記・承暦四年〈一〇八〇〉六月五日）。

本体　ここでは、赤梅檀という名の梅檀があることを言う。紫檀や白檀が梅檀の一種であるのとは違い、赤梅檀は一つの種であるという意。

沈　沈香。「木は是れ白檀なり。天竺には梅檀といふ。海中に入りては沈香とも号せり」『源平盛衰記』（三九、重衡関東下向事）。「沈香（略）和産ナシ、」（重訂本草綱目啓蒙・三〇）。「梅檀・沈水ノ香、法界ニ充満シ」（今昔・一ノ一三）。

薫陸　火にたくと芳香を発する樹脂から製した香。インド、イランなどが原産とされる。「薫陸〈クンロク〉」（下学集）。「薫陸ハ木ヨリ出ル脂久シクナリテ松脂ノ形ノ如ク紫黒色ナル者ヲ云」（重訂本草綱目啓蒙・三〇）。

汁　植物の液が外に染み出して、したたり落ちたもの。ここでは、木からでる樹液。

【余説】　本話は『古事談』と比べると大きな脱文がある。もう一度年代と登場人物について整理したい。まず、【語釈】でも示したが、梅檀についての知識を披露した「大弐局」は、「四条宮」（寛子）に仕えていたとは考えられない。「大弐局」が仕えたのは二条宮令子（一〇七八～一一四四）である。

彼女が梅檀について尋ねた人は、『古事談抄』であれば、伊房のみ。『古事談』では、経信・実成を含めて三人となる。これも【語釈】に示したが、伊房が「宮司」であったのは承暦四年（一〇八〇）一二月で、寛子の太皇太后宮権大夫に、永保三年（一〇八三）～寛治三年（一〇八九）までは太皇太后宮大夫であった。『古事談』で説を尋ねられている経信は「大納言」とあり、永保三年に経信は「権大納言」に任ぜられるため、年代的な矛盾はない。ただし実成は寛徳元年（一〇四四）に死去している。新大系は永保三年に式部大輔であった「実政」のことかとするが、もとより未詳である。『古事談抄』『古事談』ともに、「大弐局」に説を伝えた季綱は、『水左記』に「参河前司」（承暦四年〈一〇八〇〉六月五日）とあり、本話は一〇八〇〜九〇年ごろのものと考えてもよい。

大弐局は生没年未詳ながら治暦元年（一〇六五）以降の出生かと推測されている（【参考文献】①）。一〇九〇年の出来事としても、大弐局はまだ若く、女房達と討論に及び当代の学者達に見解を求めることができたとは考えにくい。森本元子氏は、

応徳二年（一〇八五）この前後内裏に出仕か。

寛治三年（一〇八九）令子卜定。宮仕えを辞し結婚か。

と推察する。斎院となった二条宮令子は、寛治三年には一二歳であり、大弐局も結婚する前の二十歳前後と思われる若い女房であった。そうすると、本話の「大弐局」は、四条宮寛子が嫁いだ後冷泉天皇の乳母である「大弐三位」の可能性がある。

そもそも、「大弐局」と、「大弐三位」（以下、賢子・大弐局の祖母）とは、本話以外にも度々混同されてきた。書陵部蔵「大弐集」の奥書には、「大弐　大宰大弐高階成章女、母紫式部、成章卿〔春宮亮業遠男　母施薬院使紀公章女〕康平元年正月七日　正三位　同二月十六日薨于任所〔大宰大弐　年六十九〕」とあり大弐局を賢子としている。

賢子は紫式部の娘であることから、様々に注目され、『和歌色葉』は賢子を「名誉歌仙」の一人にあげ、『袋草紙』は紫式部・大弐三位、大弐女房を「譜代の歌仙」と呼ぶ。また『悦目抄』は「返しする様の本になりぬべき」として小町、業平に並んで、賢子の歌を引いており、名の通った女房であった。賢子は没年は未詳ながら、永保二年（一〇八二）ごろかとされるため、伊房が太皇太后宮権大夫に就く承暦四年（一〇八〇）には、生存していた可能

性がある。やはり、当代の学者を相手に自説を曲げなかった女房は、「譜代の歌仙」と呼ばれた大弐三位賢子がふさわしいといえよう。

［松本麻子］

【同話・類話】

未詳

【参考文献】

①森本元子『私家集の研究』（一九六六年、明治書院）

第五二話（一一三／二ノ一四・新大系二ノ一三）

「師実、忠実に義親の首を見物せしめざる事」

義親が首を渡さるるの時、人々多く以て見物す。仍りて知足院殿、見物すべきの由、大殿に申さしめ給ふ。仰せて云はく、「貞任が首を渡さるるの時、見物すべきの由、宇治殿に申さしめ給ふの処、仰せて云はく、『死人の首見物すること能はず』と云々。仍りて御覧ぜず」と云々。是又見物せしめ給はずと云々。

（一四ウ）

義親カ首ヲ被渡之時[1]人々多以見物仍[2]知足院殿可見物之　6
由令[3]（申歟）大殿給仰云被渡貞任首之時可見物之由令申宇治殿　7
[4]給之処仰云死人之首[5]不能見物云々仍不御覧云々是又[6]不令　8
見物給云々　9

【校異】　**1被渡之時…被渡ケル時**　全本　**2仍…（ナシ）**　大東急　**3令大殿給（申歟）…大殿ニ令申給ケレハ**　大東急・静嘉・内閣・色川・東山・河野・天理・紅葉山・宮城　**令大殿給（申歟）仰云被渡貞任首之時可見物由…（ナシ）**　大東急・学習院　**4給…（ナシ）**　全本　**5首…（ナシ）**　大東急　**6不…不可**　全本

【口語訳】　義親の首が渡された時、数多くの人々がそれを見物した。そこで、知足院殿（忠実）は、大殿（師実）に見物したいのですがと、ご相談申し上げた。大殿は、「貞任の首が渡された時に、（私は）見物したいのですがと宇治殿（頼通）にご相談申し上げたところ、『死人の首を見物してはならない』と仰せられたのだ。そこで、（私は）見物しなかった」と仰せられた。これによって（知足院殿も）また見物なさらなかったということだ。

義親　?～天仁元年（一一〇八）。源義家の嫡男。平安後期の武将。対馬守在任中の康和三年（一一〇一）九州で狼藉、翌年隠岐に流されたが、嘉承二年（一一〇七）には出雲に渡り目代以下を殺害。翌年、平正盛により追討され殺された。『古事談』（四ノ二三）には、「前対馬守義親義家一男、康和五年十二月二十八日、筥崎宮の訴へに依りて隠岐国に配流せらる。然れども配所に赴かず、出雲国を経廻す。然る間、悪事を発し、当国家保卿任の目代を殺害す。此の事に依りて追討の宣旨を下さる。嘉承三年正月六日、誅せられ畢んぬ」と記される。

首を渡さるるの時　『中右記』嘉承三年（一一〇八）正月二九日条によれば、義親と従者四人の首は七条末の河原にて検非違使等に渡され、七条大路、西大宮大路を通って、西獄（右獄）の門の樹に懸けられた。「同二十九日、梟首を右獄の樹に懸けらる」（古事談・四ノ二三）。

人々多く以て見物す　『中右記』同日の条には、「見物上下馬車夾通、凡京中男女盈二満道路一」と、多くの人々が見物した様子を記し、宗忠自身も「仍密々為二見物一候二女車一、午時許行二向先正盛宿久我辺一」とする。『殿暦』同日条にも、忠実が「宿所ざしきにて検非違使随兵并検非違使等渡テ見レ之、内女房同見レ之」と記し、貴賤を問わず見物に出かけたさまが窺える（【余説】参照）。本話の典拠とされる『富家語』（一一四）には「義親の首を渡さるる日、故殿に、「人々多く見物するに、見るべき」由、申ししところ、故殿の仰せて云はく」とある。

知足院殿　藤原忠実。承暦二年（一〇七八）～応保二年（一一六二）。この時三一歳。忠実は、右の『殿暦』に示したように、実際には見物に出かけているが、「余首を不二見物一」としている。一話【語釈】参照。

大殿　藤原師実。長久三年（一〇四二）～康和三年（一一〇一）。一一話【語釈】参照。義親の首が入京した嘉承三年（一一〇八）にはすでに死去している（【余説】参照）。

貞任が首を渡さるるの時　前九年の役で征討軍に抵抗した安倍貞任は、康平五年（一〇六二）九月敗死した。翌年二月に、貞任の首は京都西獄門に晒される。『水左記』二月一六日条によれば、貞任らの首は、四条京極の間で検非違使に渡され、四条大路を西に、さらに朱雀大路から西獄に入りそこで梟首された。「観者或車、或馬、又緇又素、始レ自二粟田之下一、迄レ于二華洛之中一、駱驛雑錯、人不レ得レ顧」という騒ぎであったという。「貞任の首を渡されし日」『富家語』（一一四）。

宇治殿　藤原頼通。承暦三年（九九二）～延久六年（一〇七四）。八話【語釈】参照。父は藤原道長、母は源倫子。師実の父。摂政・太政大臣・関白を歴任。

是又見物せしめ給はず　忠実が、祖父師実の言葉に従って義親の首の見物を思い止まったことを示す。この部分は、『古事談抄』の「不令見物給云々」（見物せしめ給はずと云々）に対し、『古事談』諸本は、「不可令見物給云々」（見物せしめ給ふべからずと云々）とあって、「可」の有無の異同がある（【余説】参照）。

【余説】【語釈】でも述べたように、義親の首が都に運ばれたのは、嘉承三年（一一〇八）のことであり、師実（大殿）は、その七年前の一一〇一（康和三）年に死亡しているため、義親の首見物に関わる忠実と師実の会話というのは、実際には成り立たない。本話の典拠である『富家語』（一一四）にある「義親の事、僻事なり。分明ならず」との注記もこの事情を示す。

なお、戸川点氏（【参考文献】④）は『富家語』『古事談』と受け継がれるこの話は、『後二条師通記』寛治六年（一〇九二）一一月一九日条の、仲宗朝臣の連れてきた犯人を忠実が見たがために師実から勘当を蒙ったとする記事からできたものであるとする。本話は、この時のことが義親の事とされたものであり、事実誤認はあるものの摂関家では頼通以来梟首などを見ることは忌むべきこととされていたことがわかると、結論づける。

校異6にあるように「不令見物給云々。（見物せしめ給はずと云々）」と『古事談抄』では、「（私は）見物しなかったのだ」と、忠実が義親の首の入京を見物しなかったという意味になるが、『古事談』諸本では、「不可令見物給云々」（見物せしめ給ふべからずと云々）「見物してはならない」と、師実が忠実に見物を禁止した表現となってしまう。「可」一字の有無ではあるが、典拠である『富家語』には、「また、我も見ざりき」とあり、『古事談抄』の方がより近しい。さらに、義親の首の入京時の記事である、忠実自身の『殿暦』嘉承三年正月二九日条の「余首を不ㇾ見物ㇾ」とも合致する。

黒田日出男氏によれば、この貞任らの康平五年の例が以降しばしば参照され、これを画期として、大路渡しと獄門に首を懸けることが行われるようになったという（【参考文献】①）。『中右記』嘉承三年（一一〇八）の義親の首の入京の際に、検非違使大夫尉平兼季らの服装について、「束帯重服、是康平年中、俘囚貞任首受取之日、大夫尉源頼俊重服受取之例歟」との注記がある。以降の首渡しに大きく影響を与えた例が、首渡しに対する以降の師実、忠実の態度を決定づける話となっていることは興味深い。

【同話・類話】

『富家語』（一一四）

【参考文献】

①黒田日出男「首を懸ける」（『月刊百科』第三一〇号、一九八八年八月）
②大村拓生「中世前期における路と京」（『ヒストリア』第一二九号、一九九〇年一二月／『中世京都首都論』二〇〇六年、吉川弘文館）

③菊池暁「〈大路渡〉とその周辺―生首をめぐる儀礼と信仰」(「待兼山論叢」二七号、一九九三年一二月)
④戸川点「軍記物語に見る死刑・梟首」(「歴史評論」六三七号、二〇〇三年五月)
⑤蔦尾和宏「『陸奥話記』から『今昔物語集』へ―〈初期軍記〉受容試論―」(「国語と国文学」第八四巻一二号、二〇〇七年一二月)

[山部和喜]

第五三話（一一六／二ノ一七・新大系二ノ一六）

「忠実少年の時、師実より大小の鷹狩装束に就いて教示の事」

知足院殿、仰せて云はく、「我若少の時、小鷹狩の料（れう）に水干装束を申ししかば、大殿仰せて云はく、『小鷹狩には水干装束を着せざる事なり。萩の狩衣に女郎花の生衣（すずしのきぬ）など脱ぎ垂れて、袴は随身の水干袴を取りて之を着し、疲駄（の）に騎りて狩るなり』」。

（一四ウ）

知足院殿仰云我若少之時小鷹狩ノ料ニ水干装束ヲ 10

申シカハ大殿仰云小鷹狩ニハ不着水干装束事也 11

萩狩衣女郎花生衣ナト脱垂テ袴ハ随身水干袴ヲ 12

取着之疲駄ニ騎テ狩也 13

【校異】 第一一二話前半に既出。なお本話冒頭右肩に斜線、上欄外に「在端」とあり。

［船越麻里］

第五四話（一一六／二ノ一七・新大系二ノ一六）

「忠実少年の時、師実より大小の鷹狩装束に就いて教示の事」

「大鷹狩にこそ、絬(くくり)水干、末濃(すそご)袴などをば着すれ。右近馬場などにて馬馳するの時も随身の袴を召して用ゐらるるは常の事なり」と云々。

（一五オ）

大鷹狩ニコソ絬水干末濃袴ナトヲハ着スレ右近 1
馬場ナトニテ馬馳之時モ随身之袴ヲ召テ被用 2
常事也云々 3

【校異】 第一一二話後半に既出。なお本話冒頭右肩に斜線、上欄外に「端ニアリ」とあり。

［船越麻里］

第五五話（一一五／二ノ一六・新大系二ノ一五）

「忠実、朔日の御精進の事を鳥羽院に奏する事」

知足院殿、鳥羽院に申さしめ給ひて云はく、「御寿命の事を思し食さば、毎月朔日に御精進有るべし。是れ一条大臣の説なり」と云々。後日或人云はく、「此の事本説に相叶ふか。朔日は吉事を奏し、凶事を奏せざるの由、太政官式に見えたり。加之（しかのみならず）、夏殷周の礼、神を祭るの法は月朔を以て詮と為す」。

（一五オ）

4 知足院殿令申鳥羽院給云思食［御］寿命事者

5 毎月朔日可有御精進是一条大臣説也云々後日或人云

6 此事相叶本説歟朔日奏吉事不奏凶事之由

7 見太政官式加之夏殷周之礼祭神之法以月朔

8 為詮

【校異】 第一三話に既出。なお本話冒頭右肩に斜線。上欄外に「端ニアリ」とあり。

［船越麻里］

第五六話（一二六／二ノ二七・新大系二ノ二六）

「高階氏は業平の末葉の事、並びに業平勅使として伊勢に参向する事」

高家は業平の末葉なり。業平朝臣勅使と為て伊勢に参向するの時、斎王に蜜通すと云々。懐妊して男子を生めり。露顕の怖れ有るによりて、摂（津）守高階茂範をして子と為さしむ。師尚是なり。世に隠秘して之を識らずと云々。茂範は神祇（伯）峯緒の孫、兵部少輔令範の息なり。師尚は従四位下備前守なり。高二位成忠は師尚の孫、宮内卿良臣の男なり。

（一五オ）
高家者業平之末葉也業平朝臣為勅使参向伊勢之時
蜜通於斎王云々懐妊生男子依有露顕之怖令摂[1]
■守高階茂範為子師尚是也世[2]隠秘不識[3]之云々
茂範者神祇[4]峯緒孫兵部少輔令範息也師尚ハ従四位
下備前守也[5]高二位成忠ハ師尚孫[6]宮内卿良臣男也

【校異】　略本の紅葉山本・宮城本は本話を欠く。錯簡本の色川本は「古事談拾遺」の「王道后宮」の項に収め、東山本・河野本・天理本は巻一「王道后宮」の末尾に収める。　**1摂■守…摂津守**　全本　**2世…也**　色川　**3識…議**　内閣・河野・天理　**4神祇峯緒…神祇伯峯緒**　全本　**5也…歟**　学習院・色川　**6孫…総**　内閣・東山

【口語訳】　高階氏は、在原業平の末裔である。業平朝臣が勅使として伊勢に参向した時に、斎王と密通したということであ

る。（斎王は）懐妊して男子を生んだ。（このことが）発覚する怖れがあったので、摂津守高階茂範に子ということにさせた。師尚がこれである。世間の人々には秘め隠し（たので人々は）このことを知らないということだ。茂範は神祇伯峯緒の孫で、兵部少輔令範の息男である。師尚は従四位下備前守である。高二位成忠は師尚の孫で、宮内卿良臣の息男である。

末葉　『古事談抄』「未」と読めるが、ここは「末」がよい。「末葉」は末裔の意。

高家　高階氏。天武天皇の孫長屋王の後裔。長屋王の子安宿王が宝亀四年（七七三）に高階真人を名乗ったのを初見とするが、後世に栄えたのは弟桑田王の系統になる。承和一一年（八四四）峯緒が高階真人姓を賜り、桑田王七世の孫成忠に至って、成忠の女貴子が関白道隆に嫁して定子・伊周・隆家らを生んだことから力を得た。本話では成忠までの系譜しか語らない。『古事談』（二ノ五二）の伊周配流の記事には、成忠男の「伊豆権守信順」、その弟「淡路権守同道順」らも配流された由が見える。また、成忠の弟敏忠の系統にあたる業遠（三ノ五七）は丹波守を歴任し、泰仲（六ノ八）は師実・師通の家司となるなど、受領として貯えた財力を背景に摂関家の家司となり、勢力をのばした。さらに、熊野御山で「大鳥の無毛なる」を掘り出した怪異に遭遇した鳥羽院司別当盛章（二ノ八八）や、姻戚関係によって一時期高階氏を称した藤原通憲（信西）、泰経（四ノ二七）、高階栄子などといった人々を輩出した。成忠以降の高階家の人々は「いずれも政権に密着しながら権勢の掌握に努め、一家の興隆を企てた」と評される（【参考文献】①）。

業平　在原業平。天長二年（八二五）～元慶四年（八八〇）。平城天皇の皇子阿保親王の五男。母は桓武天皇の皇女伊都内親王。従四位上・右近衛権中将に至る。天長三年（八二六）、兄行平らとともに在原姓を賜り、臣籍に降る。在五中将とも呼称されるが、これは在原氏・五男・中将であることにちなむ。能吏として中納言まで昇った兄行平に対し、業平は歌人として知られ、『三代実録』元慶四年（八八〇）五月二八日条には「體貌閑麗、放縦不レ拘、略無二才学一、善作二倭歌一」と見え、『古今集』仮名序に「その心余りて詞たらず、しぼめる花の色なくて匂ひ残れるがごとし」と評された六歌仙の一人。『古今集』入集三〇首は撰者を除いた最高入集歌数。『伊勢物語』には入内前の清和天皇女御藤原高子、斎宮恬子内親王などとの関係が語られ、様々な「色好み」としての業平像が生成・流布したが、その史実性は疑問視され、虚構とするのが有力。なお、業平の逸話はひきつづき次話（五七、古事談・二ノ二七）に、二条の后高子との関係から、奥州に下って小町の髑髏の歌の下句をつける話が収載される。

勅使　『伊勢物語』（六九）には、業平が「狩の使」として派遣されたときの事であると語られている。「狩の使」は、平安時代、一一月五節のときなどに、朝廷から鳥獣狩猟のために河内国交野や遠江・備中など諸国に派遣された勅使のこと。延喜五年（九〇五）廃止された。野鳥使の初出は『三代実録』元慶八年（八八四）一二月二日条に見え、仁和二年（八八六）一二月一六日には、業平の子棟梁が備中に派遣されている（三代実録）。狩猟殺生を忌避した清和天皇の時代には派遣の記録は見えない。

斎王　斎宮のこと。伊勢神宮に奉仕した未婚の内親王（皇女・女王）。斎宮の選出は、天皇の即位の初めごとに行われ、交替は原則として天皇の死去・譲位によった。崇神天皇の時に始まると伝えられ、鎌倉末期の後醍醐天皇の時代に廃止された。『古今集』の「君やこし我やゆきけむ思ほえず夢かうつつか寝てか覚めてか」（六四五・よみ人しらず）の詞書には、業平が「斎宮なりける人に、いとみそかにあひて」とある。『伊勢物語』（六九）では、これを文徳天皇皇女恬子内親王のこととして伝える。恬子内親王は、母は紀名虎女静子、静子の兄は紀有常で、業平の室（有常女）は静子の姪にあたる。また同腹の兄に惟喬・惟条親王がいる。清和天皇は、天安二年（八五八）一一月七日に即位（九歳）したが、幼年であったため、先帝文徳皇女から恬子内親王が斎宮に選ばれた。貞観元年（八五九）一〇月五日に卜定（三代実録）。同一八年（八七六）清和天皇の譲位に伴い退下。延喜一三年（九一三）六月一八日無品のまま薨去した（日本紀略）。

高階茂範　生没年未詳。従五位上摂津守（尊卑分脉・天台座主記玄鑒の項）。嫡男格言（玄鑒）は清和天皇の近臣で、天皇とともに出家した（天台座主記玄鑒の項）ため養子の師尚が高階を継ぐこととなった。茂範は、系図上（尊卑分脉・系図纂要）では峯緒男だがここでは峯緒孫とされる。

師尚　高階氏。貞観八年（八六六）～没年未詳。大和守（本朝世紀・天慶五年四月二五日条）、従五位上周防守・信濃守（類従符宣抄・八）。従四位下備前守とあるのは、『古今集目録』『尊卑分脉』『系図纂要』。なお、『尊卑分脉』に記されている没年「天慶四年五月二八日」は業平の没年月日である（三代実録）。斎宮の産んだ師尚が高階茂範の養子となった為に、高階家は代々伊勢参詣をはばかった由が伝えられている（権記・寛弘八年五月二七日条、江家次第・一四）。

世に隠秘して之を識らず　世間の人々に隠し秘めたので、皆このことを知らないという意味。『清輔本古今和歌集』勘物では「世隠秘人不識」とあり、『古今和歌集』目録も同様。内閣本・天理本は「不議」とする。「議（はか）らず」とすると、世間では隠秘してこのことをあれこれ論じ合わなかったという意になり、公然の秘密として世間の人々が口に出すのを憚ったことになる。

峯緒　高階氏。生没年未詳。承和一一年（八四四）賜姓（尊卑分脉、本朝皇胤紹運録）。貞観三年（八六一）には従四位下、翌年丹波守・伊勢権守（三代実録）。さらに同一〇年には従四位上山城守・神祇伯となった（三代実録）。底本は「神祇峯緒」とあるが、諸本により「神祇伯峯緒」と改める。

兵部少輔令範　生没年未詳。『尊卑分脉』『系図纂要』には名が見えない。兵部少輔に任じられた記事が『三代実録』（貞観一二年〈八七〇〉正月二五日条）に見える。「令範」は茂範弟か。

宮内卿良臣　生年未詳。右少将師尚男、正四位下（尊卑分脉）。天元三年（九八〇）七月五日薨去。『日本往生極楽記』に往生人として伝わる。

高二位成忠　高階氏。延長元年（九二三）～長徳四年（九九八）。宮内卿良臣男。子に高内侍貴子・助順・信

順・明順らがある。法名道観。一条天皇の東宮学士であり、侍読を務める。寛和二年（九八六）従三位、永延元年（九八七）式部大輔。正暦二年（九九一）七月、中宮定子の外祖父であることから従二位に叙された（扶桑略記）。同年九月一七日、真人から朝臣に改姓。一〇月一一日出家。長徳の変の二年後の長徳四年七月、薨去した（日本紀略、公卿補任）。

【余説】 業平と斎宮との子が高階師尚であるという話は、『古今和歌集目録』「斎宮恬子内親王〈恋三〉」に次のようにみえる。

業平朝臣為₂勅使₁参₂伊勢₁之時。密通懐妊。生₂高階師尚₁。依ㇾ有₂顕露怖₁。令₂茂範為ㇾ子。高階姓世隠秘。人不ㇾ識ㇾ之。

『清輔本古今和歌集』勘物にも、同様の記述があり、また、『伊勢物語』古注（『十巻本伊勢物語注』〈冷泉流〉他）にも斎宮の子を師尚とするものがある。いずれも業平密通と師尚の出生秘話を語る文脈である。しかし、『古事談抄』当該話の焦点は、業平に由来する高階氏の系譜にあることに注意しなくてはならない。特に目を引くのは、師尚を養子にした茂範を、系図に見えない令範なる人物の「男」とし、峯緒の「孫」であると語る後半の「孫」「男」の列記である。本話の要は、これまで全く話の俎上にあがっていなかった成忠の名を挙げ、師尚の「孫」で良臣の「男」であるとする話末にあろう。すなわち『古事談抄』当該話で最終的に語りたいのは「師尚」と「成忠」との関係、ひいては「業平」と「成忠」との関係であると考えられるのである。ここで何故、高階氏が斎宮・業平と結びついていくのかについては定かではない。しかし本話の読みの方向性に示唆を与える記事が『権記』にみえる。

『権記』寛弘八年（一〇一一）五月二七日条によれば、一条天皇譲位が決定し、次の皇太子は外戚道長の権威によって中宮彰子所生の第二皇子敦成親王（のちの後一条）が立てられることになった。しかし、なお一条天皇の意志は定子所生の第一皇子敦康親王にあり、行成にその由を仰せになった。行成は文徳帝の例を引き、静子所生の惟喬皇子を排し、良房を外戚に持つ清和天皇が立てられた経緯を皮切りに、敦康親王の母である定子の外戚高階氏排除の理由を述べて、

如レ此大事只任二宗廟社稷之神一、非二敢人力之及者一也。但故皇后宮外戚高氏之先、依二斎宮事一為二其後胤一之者、皆以不レ和也。今為二皇子一非レ無レ所レ怖、能可レ被レ祈二謝太神宮一也。

という。すなわち、帝位は神慮によるものだが、定子の外戚は高階氏（成忠）で、その先は業平と斎宮の子である師尚であるから、定子腹皇子にとってはばかるところがあるから、よくよく大神宮に祈謝し申すべきであるというのである。ここでは「斎宮事」というあいまいな表現で第一皇子の不利がほのめかされている。

福井貞助氏（【参考文献】②）が指摘するように、定子所生皇子が師尚の血をひくという「おぼろげな故実をめぐる噂」は、この親王の外戚が威力をもたなかった時には問題にされず、「敦康親王が押しのけらるべき弱勢にある時には、弱弱しい不明瞭な伝えも俄然力をえて台頭」したのかもしれない。いずれにせよ『権記』において、高階氏と斎宮・業平との関係を語る伝承が浮上してきた背景のひとつに、定子を媒介とする高階家の権力増大があったということである。

このことは、新大系も指摘するように、『古事談』の高階氏系譜が成忠で終わっていることとも無関係ではない。すでに王権から疎外されたとはいえ業平は、父を阿保親王、母を伊登内親王とする皇胤である。業平と惟喬親王の妹である斎宮との子が、高市皇子の末裔である高階氏嫡流を引き継ぐという話が、成忠以降の系譜を暗示させるかたちで終結することで、逆に高階氏の皇位継承が阻まれた文脈を強く想起させる格好になる。この文脈は、『古事談抄』の配列においても読み取ることが出来る。そこで注目すべき資料は、『権記』からおよそ一世紀ほど後の

『江家次第』の記載である。ここでは業平東下りを含めた二条后譚に続けて「中将与二斎宮一密通、令レ生二師尚真人一仍高家于レ今不レ参二伊勢一」と、高階師尚が業平と斎宮の子であることが要約的に明示されている。

二条后譚と斎宮譚の二つの逸話は、『古今集』古注では類似した構造で捉えられていた。たとえば一二世紀中頃に成立した教長の『古今集註』では、

　業平コノツカヒニマイリテ斎宮ヲヲカシタテマツリテ、カク読ミカハセリ。カノミヤモ、ハシヂカナルオホン心ニヤアリケム、コノスキモノ業平ニアヒタマヒニケレバ、ヨニキコエテソノミヤヲバヲロサレニケリ。業平ハミチノ国ヘナガシツカハシケリ。

と、業平東下りを斎宮との密通のための流刑とし、斎宮は解任された由が註され、『冷泉家流伊勢物語抄』では、

　或本云、やうぜい業平の子にて御座也。是は二条の后に忍び奉逢時に、我は業平の子なりけりとも御門しり給はざりしは、太子として位につけ奉る。されば世継にも、やうぜいは業平の子たる故に、出王家、位難保、物狂に御座すと云へり。

とあって、二条后所生の陽成天皇は実は業平の子で、天皇が基経によって排され、物狂いであったのもみなその所為であるとされているのはその例だ。

このように、両話はしばしば混同され歪曲されて解釈されていったのである。この二つの話の類似性については、吉野瑞恵氏が「禁忌の侵犯・侵犯の結果としての子の誕生・子を通じての王権への接近・皇統に流入した血の断絶という要素から成り立ち、類似した構造を持つ」（【参考文献】③）と指摘されている。『江家次第』では（前）二条后（後）斎宮）の順で取りまとめられているこの二つの話が、順序逆になっている『古事談』の配列に着目すると、業平の禁忌侵犯が遠因で皇位継承を阻まれた成忠で系譜が締めくくられ、業平の王権への接近が下敷きとなる二条后譚へと向かう配置をとるとも読めよう。

【同話・類話】

『古今和歌集目録』、『清輔本古今和歌集』（勘物）、『伊勢物語』の古注（主に冷泉家流）

【参考文献】

①角田文衛「高階氏二代―為家と為章」（『王朝の明暗』、一九七七年、東京堂）
②福井貞助『伊勢物語生成論』（一九六五年、有精堂）
③吉野瑞恵「『伊勢物語』69段の禁忌侵犯―斎宮の持つ力―」（「駿河台大学論叢」八号、一九九四年六月）

［高津希和子］

第五七話（一二七／二ノ二八・新大系二ノ二七）

「業平、小野小町の髑髏を見る事」

業平朝臣、二条の后高子〔長良卿の女、清和の后、陽成の御母〕を盗みて将て去るの間、兄弟達〔昭宣公等〕追ひて奪ひ返すの時、業平の本鳥を切ると云々。仍りて髪を生ほすの程、歌枕を見むと称して関東に発向す〔伊勢物語に見ゆ〕。奥州八十嶋に宿るの夜、野中に和歌の上の句を詠ずるの声有り。其の詞に云はく、「秋風のふくに付けても穴目穴目」と云々。音に就きて之を求むるに人無し。只一の髑髏有り。明旦猶之を見るに、件のどくろの目穴より薄生ひ出でたり。風のふくごとにすすきのなびくおと、此くのごとく聞こえけり。奇異の思ひを成すに、或る者云はく、「小野小町、此の国に下向し、此の所に於いて逝去す。件のどくろなり」と云々。爰に業平哀憐を垂れ、下の句を付く。「小野とはいはじすすきおひけり」と云々。件の所をば王作小町と云ひけり。此の事、日本記式に見ゆ。

（一五ウ）
業平朝臣盗二[1]条后高子〔長良卿女清和后陽成御母〕将去之間兄弟達
[2]昭宣公子[3]追テ奪返之時切業平之本鳥云々仍生髪之
程稱〔見〕哥枕發向関東〔見伊勢物語〕宿奥州八十嶋之夜野中ニ
有詠和哥上句之聲其詞云[4]秋風ノフクニ付テモ穴目
々々云々就音求之無人只有一之髑髏明旦猶見之
件ノトクロノ目穴ヨリ薄生出[5]テタリ風ノフクコトニス
ヽキノ
ナヒクオト如此聞ケリ成奇異[6]之思或者云小野小町
[7]下向此國於此所逝去件トクロ也云々爰業平垂
哀憐付下[8]句小野トハイハシスヽキヲヒケリ[9]ト云々件所
[10]ヲハ[11]王作小町ト云ケリ此事見日本記式

【校異】※内閣本はもともと錯簡本で、これを正した結果、「其詞」と「曰秋風之毎吹般」の間に三丁分、別の説話が混入する。　**1…二条后高子長良卿女清和后陽成御母…二條后宮仕以前** 高子長良子清和后陽成母　大東急・内閣・色川（良の右に「家」と傍書）・東山・（天理）・宮城（宮仕以前也）　**二條后宮仕以前** 高子長家子清和后陽成母　学習院　**二條后宮仕以前**　静嘉・河野・紅葉山　**2昭宣公子…昭宣公等**　全本　**3追テ…追至**　全本　**4秋風ノフクニ付テモ…秋風之毎吹般**　全本（宮城本は「フクニツケテモ」の傍書あり）　**5薄生出テタリ…薄生出タリケリ**　全本　**6成奇異之思…成奇怪思之間**　全本　**7下向…向**　紅葉山・宮城　**8下句…下句云**　全本　**9ケリ…タリ**　静嘉・紅葉山・宮城　**10ヲハ…（ナシ）**　静嘉　**11王作小町…小野**　全本

【口語訳】業平朝臣が二条の后高子（長良卿の娘、清和天皇の后、陽成天皇の御母）を盗んで連れ去ったが、（二条の后の）兄弟たちが追いかけて（后を）奪い返した時、業平の本鳥を切ったという。よって、業平が切られた髪を生や（してもとに戻そうと）した時、歌枕を見るということにして関東に向かった（伊勢物語に見えている）。奥州八十嶋に泊まった夜、野原で和歌の上の句を詠ずる声がする。その言葉の言うに、「秋風の吹くにつけても穴目穴目」とか。声をたよりに探すと誰もいない。一つの髑髏があるばかりである。翌朝、さらに見てみると、その髑髏の目の穴から薄が生えている。風が吹くごとに、薄のなびく音が、昨晩の言葉のように聞こえた。不思議に思っていると、或る者が言うに、「小野小町がこの国に下向し、この場所で亡くなった。その髑髏なのだ」とか。そこで、業平は哀れみをかけ、下の句を付けた。「小野とはいはじ薄生ひけり」であるとか。その場所を王作小町といった。このことは日本記式に見えている。

業平朝臣　在原業平。天長二年（八二五）～元慶四年（八八〇）。五六話【語釈】参照。

二条の后高子　藤原高子。承和九年（八四二）～延喜一〇年（九一〇）。父は藤原長良、母は藤原乙春（藤原

総継女）。陽成天皇の生母。貞観八年（八六六）一二月二七日、清和天皇の女御となり、貞観一〇年（八六八）一二月一六日、貞明親王（陽成天皇）を産む。貞明親王は貞観一八年一一月二九日に父清和の譲りを受けて践祚、翌年の即位とともに高子は皇太夫人となり、元慶六年（八八二）正月七日、陽成の元服に伴い皇太后（以上、三代実録）。寛平元年（八八九）九月、高子の御願寺であった東光寺僧・善祐との情交が噂され（宇多天皇日記・同九月四日条）、寛平八年九月二二日、善祐との関係によって皇太后を廃され、善祐も伊豆へ配流された（扶桑略記）。延喜一〇年（九一〇）三月二四日没（日本紀略）。天慶六年（九四三）五月二七日、皇太后に復した（日本紀略）。本話は後出の如く、『伊勢物語』（六）を背景にしており、それによれば、業平が高子を連れ出したのは「まだいと若うて、后のただにおはしける時」とされ、本話は「二条の后」とあるが、これは後の呼称を遡って用いたもので、業平は天皇の后妃を盗み出したのではない。『古事談抄』には欠けるが、『古事談』諸本は割注で「宮仕以前」と注記する。

兄弟達〔昭宣公等〕 『古事談抄』「昭宣公子」。「子」と「等」の字体類似による誤写と見て諸本により訂す。高子の兄弟には国経・遠経・基経・高経・弘経・清経らがいる（尊卑分脈）。昭宣公は藤原基経の諡号。「盗みて負ひていでたりけるを、御兄、堀河の大臣（基経）、太郎国経の大納言、（中略）とどめてとりかへしたまうてけり」（伊勢物語・第六段）。

業平の本鳥を切ると云々 「本鳥」は頭髪を頭上に束ね、まとめたもの。「本鳥を切る」には出家を意味する場合と、懲罰としてそれを切り落とす場合とがある。ここは後者。同話の『無名抄』は「本鳥を切る」理由を、高子の兄弟が業平に対し、「そのいきどをりをやすめがたくて」と明記する。

歌枕を見むと称して関東に発向す 業平の東下りを「歌枕」と関連付けるのは『無名抄』『古事談』に始まる。「歌枕を見むと称して」という理由づけは、歌枕への関心が肥大化する院政期以降の所産であろう。「中将」業平と同じく、陸奥へ下向した逸話を持つ「中将」に藤原実方がいるが、実方の陸奥下向を命じる一条天皇の言葉を「歌枕ミテマヰレ」とするのもやはり『古事談』だった（古事談抄では二五話）。

伊勢物語に見ゆ 『伊勢物語』（六）を指す。第六段は昔男が「女のえ得まじかりける」を盗み出し、雷鳴豪雨のなか泊まった「あばらなる倉」で女を鬼に食われたと語り、その後に「女」とは「まだいと若うて、后のただにおはしける時」の「二条の后」、「鬼」とは后を奪い返した基経や国経を指すと注して終わる。但し、第六段に、業平が本鳥を切られたこと、歌枕見物と称する「関東」下向のことは見えない。

奥州八十嶋 「奥州」は陸奥国。「八十嶋」は本来、数多くの島を意味する普通名詞で、海に面する国であれば、どこに「八十嶋」が存在してもよいことになるが、「いではのやそ島に、船にのりて人あそぶ」（元真集・三〇詞書）、「いではのくにに、やそしまに行きて三首」（能因法師集・一一三詞書）など、特定の地域と結びつく「八十嶋」が現れ、『能因歌枕』『和歌初学抄』に出羽の歌枕として記載されるに至った。一方、「みちのくにへいにける人を、いとしのびてくる人に、つとめていひおこせける、女」という詞書を持つ歌に対する返歌「すゑをこすなみだになくはいまこそはねはあらはれめやそしまのまつ」（四条宮主殿集・五八）や、「しほがまの浦吹くかぜに霧はれてやそ島かけてすめる月かげ」（清輔集・一三二）の如く、陸奥国の「やそしま」も登場し、この「やそしま」も普通名詞で解せば問題ないものだが、陸奥の地名と理解される余地も有しており、その延長線上に、本話の「奥州八十嶋」の如く、完全に陸奥の地名化した例が生まれたのだろう。さらに、『伊勢物語』に業平は陸奥までは下ったが、出羽にまで足をのばしていないことも、本話の「八十嶋」が出羽ではなく陸奥の地名である傍証となる。

秋風のふくに付けても穴目穴目 当該歌は「秋風のふくたびごとにあなめあなめ小野とはなくてすすきおひけり」のかたちで異本『小町集』（六八）に初出するが、小町の髑髏も業平も登場しない。「穴目」の語義はよくわからず、『和歌童蒙抄』は「あなめいたと云也」と解し、『袖中抄』もその理解に従うが、異本『小町集』に髑髏の目穴を貫く薄は見えず、「あなめいた」

は「あなめ」の本来的な意味とは言えず、付会の説である。現代の説では、「あなめ」を「相嘗」の転と捉え、髑髏を供養する呪文とする理解（【参考文献】①）、「あなめし」の転とする理解（【参考文献】②）などがある。

件のどくろの目穴より薄生ひ出でたり　『江家次第』（一四・后宮出車事）では、「髑髏目中有二野蕨一」。『江家次第』も「小野止波不成薄生計里」と業平の下句を載せるため、眼窩に生えるのが「野蕨」では、下句に「薄」が詠まれる必然性が説明できず、説話の構成が齟齬する。だが、平安中〜末期成立とされ、『袋草紙』に言及がある『玉造小町壮衰書』には、落魄した小町は「筐」に「野青蕨薇」を入れていたとあり、また、伯夷・叔斉の故事（史記・伯夷列伝）から、ワラビ（薇）は餓死・行路死を連想させやすく、如上によれば、野垂れ死して眼窩を貫かれるのは薄よりも蕨が相応しい。「髑髏目中有二野蕨一」を成り立たせる背景には漢籍の世界があったのではないか。『宝物集』（二・死苦）には「尸を見れば鬼のごとし。つひに蓬がもとの塵となりて、眼は野べの蕨につらぬかる」と見え、誰の尸とは言わないが、これは『江家次第』の如き小町の髑髏を念頭に置いた表現である可能性がある。髑髏の目穴を植物が貫く話型は『日本霊異記』（下・二七）まで遡る。新日本古典文学大系『日本霊異記』同話脚注には漢籍・本朝の類話を載せる。

小野小町　生没年・出自未詳。生年は諸説あり、八一〇年代から八三〇年代にかけてのいずれかに誕生したとされる。六歌仙、三十六歌仙の一人。生前の確実な事跡は殆ど不明で、『古今集』に安倍清行・小野貞樹・文室康秀との贈答が載り、わずかにその生存年代を推測させる。『尊卑分脈』は小野篁の孫とするが、両者にそこまでの年齢差は考えられず、採れない。死後、『玉造小町壮衰書』の女と同一視されたことから、晩年の零落・流浪が小町の実像として定着、様々な伝承を生むに至った。『古今集』仮名序は、その歌風を「小野小町は、いにしへの衣通姫の流なり。あはれなるやうにて、つよからず。いはば、よき女のなやめるところあるに似たり。つよからぬは女の歌なればなるべし」と評する。

王作小町　同話である『無名抄』は「玉造の小野」。上文に「件の所をば」とあるため、その下には地名が来なければならないが、「王作小町」ではむしろ人名であり、「玉」「王」、「野」「町」の字形相似による誤写と思われる。「玉造の小野」とは、本話の舞台は「奥州」だが、陸奥国には玉造郡が属し、かつ、小町詠とされる「みちのくの玉造江に漕ぐ舟のほにこそいでね君をこふれど」（小町集・三七）の存在、そして、業平の下句に詠み込まれた小町の姓「小野」から想像された架空の地名と考えられ、現在地の比定はできまい。

此の事、日本記式に見ゆ　「日本記式」はいかなる書物なのか、不明。

【余説】「あなめあなめ」という不可解なことばを組み込んだ小町詠の初出は異本『小町集』だが、その成立の最下限は十一世紀のごく初めという（【参考文献】③）。ここには業平も小町の髑髏も登場せず、詠歌された場所が「奥州」であるかも判然としない。時代的に異本『小町集』に次ぐ『江家次第』（一四・后宮出車事）では、小町独詠であった「あなめあなめ」詠が、「陸奥国」「八十嶋」における小町の髑髏と業平の短連歌として所載される。

或云、在五中将為レ嫁二件后（注：二条后）一出家相構。其後為レ生レ髪到二陸奥国一、向二八十嶋一求二小野小町尸一。夜宿二件嶋一、終夜有レ声曰、秋風之吹仁付天毛阿那目阿那目。後朝求レ之、髑髏目中有二野蕨一。在五中将涕泣曰、小野止波不成薄生計里。即斂葬。（江家次第・巻一四・后宮出車事）

右は、髑髏の眼窩を貫くのが薄ではなく「蕨」であるなど、幾つかの相違はあるが、時代的に本話や『無名抄』の源流に位置しよう。しかし、『江家次第』に続く『和歌童蒙抄』『袋草紙』では、小町の髑髏は登場するものの、業平は姿を消し、陸奥とされた場所も特定されず、歌も小町の独詠に戻る。よって、『江家次第』所収話を、「宮廷儀礼の書である同書にこんな説話が記されたのはまことに異例で、後人の書入ではないかと思う」との見解（【参考文献】④）もあるが、如上の論拠のみで後人の書入と断定するには躊躇され、かつ、「あなめあなめ」詠を語る説話は細部おいてかなりの異同を孕みつつ諸書に伝えられているため、異本『小町集』を母胎に、一二世紀には小町の髑髏を巡る複数の異説が並存していたと考えてよいのではないか。また、『袖中抄』（一六）には既に「江記云」として『江家次第』所収話が引用されており、仮に後人の書入であるにせよ、それは『江家次第』成立からそう遠くない時期になされたと思しい。

以下、小町の髑髏と業平が短連歌を行う同系統に属する『江家次第』所収話と『無名抄』『古事談』所収話の相違について検討するが、特に業平が小町の髑髏に遭遇するいきさつを述べた、『江家次第』の「在五中将為レ嫁ニ件后一出家相構」に対して『無名抄』『古事談』が「業平朝臣、二条の后高子を盗みて将て去るの間、兄弟達〈昭宣公等〉追ひて奪ひ返すの時、業平の本鳥を切る」と語る相違について考えてみたい。まず、時代的に先行する『江家次第』の解釈から始めるが、当該箇所について、先行研究は凡そ「高子を盗み出したために、高子の兄弟たちに業平が出家させられた」、或いは「高子が清和天皇に嫁した為、出家した」と解釈するが、いずれも「相構」の意味するところが明らかにならず従い難い。「出家相構」を「出家を相ひ構ふ」と訓読し、四字で出家を意味すると解したのであれば、漢文の基本語順は「動詞＋目的語」であり、語法という点から問題が残る。『袖中抄』は『江家次第』を引用し、「出家して相構ふ」と訓を施すが、漢文の基本語順に則れば、『袖中抄』の如く読むのが正しいのである。

「相構」は「相ひ構へて」と読み、「必ず・用心して」を意味する副詞としての用例が多いが、動詞の用例も存在する。例えば、死人の頭が「左近陣床子座前」に置かれていたことに、藤原宗忠は「更非ニ犬所レ為、大略不覚凶悪輩偏相構也」（中右記・永長二年〈一〇九七〉三月六日条）と推測するが、この「相構」は「たくらむ・企てる」を意味しよう。また、「今日ナドコソ人不騒候フニ相構ヘント思給フルヲ、何ガ候」（今昔・二六ノ五）は、「今日は人目が少ないので、継子を殺す手立てを講じようと存じますが、いかがですか」と継母に尋ねるもので、やはり、『中右記』の同例に当たる。上述の例に則れば、「出家相構」とは、業平は出家することで何かを企んだことを意味する。では、業平が何を企図したのかと言えば、その目的は「為レ嫁二件后一」に明示されている。「嫁」には娶る、すなわち、「妻にする・結婚する」の意味と同時に、「道雅中将、依レ嫁二先斎宮一」（御堂関白記・長和六年（一〇一七）四月一〇日条）「蛇嫁タリケル僧也トモゾ被云ル」（今昔・二九ノ四〇）など、単なる情交を意味する場合もあり、傍から見れば業平の行いは私通に他ならないため、『江家次第』は後者の意味で考えるべきだろう。業平は高子と情を交わそうとし、そのために「出家」して機会を窺ったのだった。よって、「在五中将、件の后に嫁がんが為に出家して相ひ構ふ」と訓読し、【参考文献】④に「在五中将業平が二条の后高子を娶る手段として出家し」と述べるのが、語法的に最も妥当な解釈なのである。しかし、如上の説が定着を見なかったのは、業平が高子に通じる手段としてなぜ「出家」が選ばれ、また、何を背景にそのような言説が成立したのかが明らかにされない故と思われる。その点についてさらに考察を進めよう。

　称徳天皇と道鏡の例を挙げるまでもなく、貴女と僧侶の醜聞は枚挙に暇がない。祈祷の師として貴女の寝所近くに侍ることのできた僧が、虚実を問わず、女との関係を噂されやすかったのは確かである。そして、高子自身がそのような醜聞にまみれた存在だった。『宇多天皇日記』（寛平元年〈八八九〉九月四日条）には「去月陽成君母后不予。而今或蔵人等言曰、娠二善祐之児一臨二其期一。雖レ非レ有二他事一、毎レ聞二此事一、悶慟無レ限」とあり、高子が善祐という僧の子を身ごもったという噂が流れ、寛平八年（八九六）には「陽成太上天皇之母儀皇太后藤原高子、与二東光寺善祐法師一窃交通云々。仍廃二后位一。至二于善祐法師一配二流伊豆国講師一」（扶桑略記・同年九月二二日条）と、それを理由に皇太后を廃され、その尊位は高子の死後、天慶六年（九四三）五月二七日（日本紀略）まで復されることはなかったのだった。のみならず、「律師幽仙、任二延暦寺別当一。依二光定和尚例一也。而登山間、宿二月林寺一。其夜入滅。世謂、先㆑是窃通㆓高子皇后㆒云々」（扶桑略記・昌泰二年一二月一四日条）と、高子には幽仙という法師との私通まで伝えられている。寛平元年に四八歳であった高子が善祐の子を妊娠したというのは「悪質なデマであった可能性が多く」、それから七年も経て、今更ながら善祐との関係を以て高子が皇太后を廃されたのは不自然であり、これは陽成天皇の復辟を阻むための政治的な謀略だったというが（【参考文献⑤】）、説話の生成に重要なのは、高子と善祐の関係の真偽ではなく、皇太后廃位によって僧と通じる女という属性が公的に高子に付与された、そういう女として歴史に定位された事実そのものなのである。業平と高子の許されざる関係、僧侶と私通する女としての高子、この二つが出揃ったところに、「僧と密通する后であれば、関係があったという業平も、坊主に化けて寝所に近付き、思いを遂げたのかも知れない」と、貴族たちは想像を逞しくし、それを淵源に「為㆑嫁㆓件后㆒出家相構」なる記述は成ったと考えられるのである。

「本鳥を切る」という表現は出家と懲罰のいずれにも解し得る表現であり、私通すべく「出家」する『江家次第』と、私通ゆえに「業平の本鳥を切」った『無名抄』『古事談』との間に横たわる距離は、実は思いの他、遠いものではない。

【同話・類話】

異本『小町集』、『江家次第』（一四・后宮出車事）、『和歌童蒙抄』七、『袋草紙』上、『無名抄』（業平本鳥キラルル事、ヲノトハイハジトイフ事）、『袖中抄』（一六）、『無名草子』、『親房卿古今集序註』、『三国伝記』（一二ノ六）、『東斎随筆』（好色類・七〇）など。

【参考文献】

①棚木恵子「小町髑髏伝説「あなめあなめ」攷」(『国文学研究』四五号、一九七一年一〇月)
②出雲路修『説話集の世界』(一九八八年、岩波書店)
③片桐洋一『小野小町追跡「小町集」による小町説話の追跡』(一九七五年、笠間書院)
④目崎徳衛『在原業平・小野小町』(一九七〇年、筑摩書房)
⑤角田文衛「藤原高子の生涯」(『王朝の映像』、一九七〇年、東京堂出版)
⑥松井健児「小野小町髑髏詠歌考」(『昭和学院短期大学紀要』二五号、一九八九年三月)
⑦栃尾武「髑髏の和漢比較文学序説」(『和漢比較文学』二一号、一九九八年八月)
⑧小峯和明『説話の声—中世世界の語り・うた・笑い』(二〇〇〇年、新曜社)
⑨伊東玉美『小野小町—人と文学』(二〇〇七年、勉誠出版)

[蔦尾和宏]

第五八話（一二四／二ノ二五・新大系二ノ二四）

「忠通御室の額を書き、菊方高名の事」

法性寺殿所々の額を書かしめ給ふの間、御室より額を一つ申し請はしめ給ふによりて、書き献ぜられ了(をは)んぬ。而るに陸奥基衡が堂の額なりけりと聞かしめ給ひて、「争(いか)でかさる事あらむ」とて、御厩(みまや)舎人菊方を御使にて召し返されけり。基衡、秘計を廻らすと雖も敢へて承引せず。遂に責め取りて三つに破りて持参すと云々。菊方の高名、此の事に在り。

（一六オ）

法性寺殿令書所々額給之間自御室額ヲ一依令
申請給被書献了而陸奥基衡カ堂ノ[1]額也ケリト
令聞給テ[2]争サル事アラムトテ[3]御厩舎人菊方ヲ
御使ニテ被召返ケリ基衡雖廻秘計[4]敢不承引
遂責取テ三ニ破テ[5]持参云々菊方高名[6]在此事

【校異】 略本の紅葉山本・宮城本は本話を欠く。錯簡本の色川本は「古事談拾遺」の「王道后宮」の項に収め東山本・河野本・天理本は巻一「王道后宮」の末尾に収める。　**1額也ケリ…額アリケリ**　色川（アの右に「ナ」と傍書）　**2争サル事アラムトテ…争有トテ**　大東急　**争サル事有トテ**　静嘉・内閣・色川・河野・天理　**争サル事ヤ有トテ**　学習院　**3御厩舎人…御厩**　河野　**4敢…（ナシ）**　全本　**5持参…持帰参**　全本　**6在此事…在事**　静嘉・色川（事の上に補入記号あり。「此」と傍書）

【口語訳】　法性寺殿はあちらこちらの額をお書きになっていたので、御室から額を一つ、書いていただきたいとお願いがあったため、書いて差し上げなさった。ところが、（その額を使うのが）実は陸奥の基衡の堂の額だったと耳になさり、「そのようなことがあってよいものか」ということで、御厩舎人・菊方を御使者として取り戻しなさった。基衡は内々計略を構えたが、（菊方は）まったく承知しなかった。（菊方は額を）とうとう押し取って三つに割って（忠通のもとへ）持参したとか。これぞ菊方の名誉の振る舞いである。

法性寺殿　藤原忠通。永長二年（一〇九七）～長寛二年（一一六四）。若年より能筆で知られ、各所の額を書いたことが伝わる（明月記・嘉禄元年〈一二二五〉一〇月二五日条、夜鶴庭訓抄）。二一話【語釈】参照。

御室　仁和寺の門主である法親王の称。本話の御室に該当する可能性があるのは、第四代御室・覚法法親王（一〇九一～一一五三・白河天皇第四皇子）、または第五代御室・覚性法親王（一一二九～一一六九・鳥羽天皇第五皇子）。覚法の母は忠通の母でもあるので、覚法であれば忠通の異父兄に当たる。ちなみに、仁和寺の子院であった法金剛院の額銘は忠通の手蹟だった（中右記・大治五年〈一一三〇〉一〇月二五日条）。

基衡が堂　基衡とは藤原基衡。生没年不詳。奥州藤原氏初代・清衡（一〇五六～一一二八）の子。清衡没後、その後継をめぐる内紛（長秋記・大治四年〈一一二九〉八月二一日条）に勝利して跡を襲った。『古事談』はその威勢を「基衡、一国を押領して国威無きが如し」（四ノ二五）と記す。基衡は「堂塔四十余宇、禅房五百余宇」（吾妻鏡・文治五年〈一一八九〉九月一七日条）という規模の毛越寺を建立するが、同条には、毛越寺金堂は円隆寺と号し、その額は「九条関白家染二御自筆一被レ下レ額」、すなわち、忠通の直筆であったと伝え、本話の「基衡が堂」は毛越寺金堂と考えてまず間違いないだろう。

争でかさる事あらむ　直訳すれば、「どうしてそのようなことがあろうか、いや、あってはならない」。基衡は「奥のえびす」（今鏡・五・御笠の松）、「匈奴」（台記・仁平三年〈一一五三〉九月一四日条）であり、蔑如の対象たる辺境の蛮人のために筆を染めることはできないということ。

御厩舎人菊方　賀茂祭の「関白殿（忠通）御馬二疋」に扈従する者として「御厩舎人菊方、着二麹塵狩襖袴、山吹袙一」（兵範記・保元三年〈一一五八〉四月二〇日条）。摂関家の御厩舎人が主命を帯びて奥州へ派遣される例は記録に散見する。「余（忠通の父・忠実）厩舎人菊友去七月比、遣二陸奥一。而夜前入京、馬九疋将来」（殿暦・天永二年〈一一一一〉一一月二八日条）、「去々年、厩舎人長勝・近貞為レ使下二向奥州一。先年可レ増二奥州高鞍庄年貢一之由、禅閤（忠実）被レ仰二基衡一」（台記・仁平三年〈一一五三〉九月一四日条）など。

秘計を廻らす　本話は「秘計」の内容を詳らかにしないが、『古事談』（四ノ二五）には、国司による検注を妨げ、斬罪に処せられる腹心を「乞ひ請け」るべく、基衡は「其の請料の物、凡そ勝げて計ふべからず。沙金も一万両」を用意する。『古事談』における奥州藤原氏はおよそ黄金とともに登場することから（二ノ七六、五ノ三四）、この「秘計を廻らす」も、額を留め置くべく、砂金を中心とした莫大な財物による菊方の懐柔を窺わせる。なお、同話の『今鏡』（五・御笠の松）では、基衡の妻が基衡を諫めて額を返させており、「秘計」のくだりは見えない（【余説】参照）。

遂に責め取りて三つに破りて持参す　『吾妻鏡』（文治五年〈一一八九〉九月一七日条）は毛越寺金堂の額は忠通の揮毫と伝え、これによれば、額は割られずに、基衡のもとに残ったことになる。

菊方の高名、此の事に在り　『古事談』には同趣の表現が三例、存在する。本話の他「小野宮殿の高名、此の事なり」（一ノ一四）、「師綱の高名、此の事に在るか」（四ノ二五）。また、内容的に正反対だが、「伊陟の不覚、此の事に在り」（六ノ三四）も類例に入る。

【余説】　本話の同話が今鏡（五・御笠の松）に存在する。『今鏡』は『古事談』の取材源の一つに想定されるため、これが出典とも考えられるが、その骨格はともかく、細部においてかなり異なり、抄出内容にあまり手を加えない『古事談』の傾向からすると、出典と断ずるにはいささかためらわれる。だが、両者の対照から『古事談』がどのような方向で本話を語ろうとしたのか、見えてくる部分があるはずだ。

又人の仁和寺とかより、額申し給はりたりければ、（忠通ガ）書かせ給へりけるほどに、奥のえびすの基衡とかいふが寺なりけりと聞かせ給ひて、陸奥へ取り返しにつかはしたりけるを、返し奉らじとしけれども、妻の心かしこくやありけむ、「奉らざらむは、しれごとなり」と諫めければ、返し奉りけるに、御厩舎人とか、つかはしたりける御使の心やたけかりけむ、三つにうち割りてぞもてのぼりける。柱をにらみけむにも、劣らぬ御使なるべし。えびすまでもなびき奉りけるにこそ。（今鏡・五・御笠の松）

『古事談』は、額の真の依頼者が基衡であると知った時、「争でかさる事あらむ」と、基衡への反感を忠通に吐露させるが、この言葉を『今鏡』は欠き、妻の言葉に従い、不本意ながらとは言え、自ら額を返した『今鏡』の基衡に対して、『古事談』の基衡は「秘計を廻らし」て阻もうとするも使者に聞き入れられず、額を持ち去られてしまうなど、『古事談』は基衡に対して明らかに『今鏡』よりも厳しい筆致を示している。さらに、『今鏡』は「えびすまでもなびき奉りける」と、本話を忠通の威勢の証として終えるが、『古事談』は「菊方の高名、此の事にあり」と、『今鏡』には記されない御厩舎人の名を明記し、称賛の焦点を忠通よりも菊方に合わせて語るのである。基衡が菊方に対して廻らした「秘計」が具体的に明らかにされることはないが、『古事談』における奥州藤原氏はおよそ黄金とともに登場することから（二ノ七六、五ノ三四）、この「秘計」も、額を留め置くべく、砂金を中心とした莫大な財物による菊方の懐柔として理解されたと見てよいだろう。『今鏡』には見えない「秘計」を経て、『今鏡』には見えない「菊方の高名、此の事にあり」に着地する話の流れから推せば、『古事談』の言う「菊方の高名」とは何より奥州の黄金に膝を屈しなかったところにあったと考えられるのである。

「―の高名、…にあり」という称賛の表現は、本話のほか、作中に「小野宮殿の高名、此の事なり」（二ノ一四）、「師綱の高名、此の事に在るか」（四ノ二五）の二例が見出せるが、後者は陸奥守の検注を妨げ、斬罪に処せられる腹心を「乞ひ請け」るべく、基衡が用意した「沙金も一万両」をはねつけた陸奥守・藤原師綱を評するものである。印象的な、数少ない同趣の表現が、本話同様、奥州の黄金を斥けた陸奥守・師綱に向けられた賞賛であったのは、偶然の一致として済ませるわけにはいかないだろう。

『古事談』における奥州藤原氏関連説話は本話、二ノ七六（古事談抄・三四）、四ノ二五、五ノ三四を数えるが、二ノ七六もまた、清衡から仏像に貼る金箔の名目で贈られた砂金を突き返した源俊明の逸話である。一方、五ノ三四は、「鎮守府将軍清衡」の布施「砂金一千両」を受け取った三井寺が、そのうち五十両で広江寺の鐘を買い取ったところが、広江寺は三井寺と敵対する延暦寺の末寺であったため、延暦寺の衆徒は鐘を売り飛ばした僧を捕らえて琵琶湖に沈めてしまう。「千両というとてつもない高額の金を前に三井寺の僧も正常な金銭感覚を失い、その余波で広江寺の貧僧は命を失うはめになってしまった」と言えるが、『古事談』は「清衡が金に物をいわせた施策をとったともいっていないし、あからさまに非難をしているわけでもない」（【参考文献】①）ものの俊明・菊方・師綱の後に置かれると、あたかも奥州の金とは中央の秩序を浸食し、混乱をもたらす元凶であるかのように読めてしまい、【参考文献】①が言う如く、そこには『古事談』の批判的な眼差しを感じざるを得ないのである。

『吾妻鏡』文治五年（一一八九）九月一七日条は毛越寺金堂の額は忠通の揮毫と伝え、これによれば本話と異なり、額は割られずに、基衡のもとに残ったことになる。同条は、毛越寺金堂の本尊・薬師仏は都の仏師・雲慶に誂えさせたものだが、あまりの出来の素晴らしさに鳥羽法皇が京外に持ち出すのを禁じてしまったため、狼狽した基衡が忠通に口利きを依頼し、事なきを得たと続け、奥州藤原氏と忠通の浅からぬ関係を示唆している。このことから、高橋富雄氏（【参考文献】②）は、忠通が額を取り戻そうとしたのは、「思わせぶりな無心にすぎ」ず、「基衡にやるにしては安すぎるというので値上げの交渉を菊方にさせたというのが真相だろう」と解釈する。そうなのかも知れない。或いはそうでないのかも知れない。真偽のほどは不明である。だが、相反する二つの逸話がそれぞれの地に残るのは、平泉では摂関の手蹟の額とその口利きによる仏像が存在すると語られ、京都では奥州へ渡った摂関手蹟の額が奪還されたと語られねばならない必然性があったことを意味している。忠通が少しでも多く基衡から金をむしりとってやろうという下心があったにせよ、建前として摂関揮毫の額は平泉にあってはならないのである。『今鏡』しかり、『古事談』しかり、その額は京都においては本話のように語られねばならなかった。辺境の「夷狄」（玉葉・嘉応二年〈一一七〇〉五月二七日条）風情が都をしのぐ富を持ち、辺地からもたらされる富にふりまわされる、認めたくない事実。京において奥州藤原氏の富とは凡そそのような葛藤のなかに漂う。望みつつも、それをあらわにすべきではない、屈折した心情のもとに語られるのである。

実際、奥州藤原氏の富強はたいしたものだった。平家に焼き討ちされた大仏再建にあたり、その塗金の寄進が募られたが、源頼朝の「千両」に対し、基衡の子・秀衡は「五千両」を献じ（玉葉・元暦元年〈一一八四〉六月二三日条）、後に頼朝が「大仏滅金巨多罷入歟」として秀衡にふっかけたのが「三万両」（玉葉・文治三年〈一一八七〉九月二九日条）であったところからもそれは窺える。台記・仁平三年（一一五三）九月一四日条は、忠通の弟、時に従一位左大臣・藤原頼長が基衡を相手に、奥州の所領の年貢増徴交渉を行った数年にわたる経緯を載せるが、十両、五両の単位で要求額と回答額が行き来しており、玉葉の記事に比すると、何ともみみっちい。奥州の荘園の年貢増徴は、その父・忠実の代からの懸案であったようだから、ひとり頼長のみ欲が深かったというのではなく、手に届く奥州の富は、わずかであっても逃したくないというのが凡そ都人の本音だったということだろう。十両・五両と砂金の多寡をめぐって血道を上げる頼長とは対照的な人物ばかりを取り上げる『古事談』の姿勢は、本音に比べてあまりに禁欲的である。

【同話・類話】

『今鏡』（五・御笠の松）、『吾妻鏡』（文治五年九月一七日条）

【参考文献】

①浅見和彦「『古事談』と奥州平泉」（『『古事談』を読み解く』、二〇〇八年、笠間書院）
②高橋富雄『奥州藤原氏四代』（一九五八年、吉川弘文館）

［蔦尾和宏］

第五九話（一二五／二ノ二六・新大系二ノ二五）

「基房・兼実、賭弓奏の装束の事」

松殿、九条殿、左右大将にて賭弓の奏を取らしめ給ふの時、掻練重（かいねりのかさね）を着せしめ給はず。左大将は裏を打つ〔法性寺殿御沙汰〕。右大将のは裏を張る〔中御門内府家沙汰と云々〕。掻練重、火色（ひいろ）、各別と云々。何を以て火色と為すか、分明ならざるなり。

（一二六オ）

松殿九条殿左右大将ニテ令取賭弓奏給之時
[1]掻練重ヲ不令着給[2]左大将ハ裏ヲ打法性寺殿御沙汰
[3]右大将ノハ裏ヲ張中御門[4]内府家沙汰云々掻練重[5]火色[6]各別云々
以何為火色哉[7]不分明也

【校異】 略本の紅葉山本・宮城本は本話を欠く。錯簡本の色川本は「拾遺」の「王道后宮」の項に収め、東山本・河野本・天理本は巻一「王道后宮」の末尾に収める。 **1掻練重ヲ不令着…共令着掻練重** 全本 **2左大将ハ…左大将殿ノハ** 大東急・静嘉・内閣・色川・東山・河野・天理 **左大将殿ハ** 学習院 **3右大将…右大将殿** 全本 **4内府家沙汰云々…内府宗沙汰** 大東急・内閣・色川（内閣・色川本とも宗の右に「御」と傍書）・天理 **内府有宗沙汰ナリ** 静嘉 **内府御沙汰** 学習院 **家内府沙汰** 河野 **5火…大** 色川（「火」と傍書）・東山 **6各…格** 学習院 **7不分明也…不分明** 全本

【口語訳】 松殿基房と九条殿兼実が左右大将として賭弓奏をお取りになった時、（二人共）掻練重をお召しにな（らなか）

った。左大将（基房）は裏を打ち（法性寺殿忠通の御沙汰による）、右大将（兼実）のは裏を張ってあった（中御門内府宗能の沙汰による、ということだ）。掻練重と火色の下襲はそれぞれ別のものだという。どういうものを火色というのかはっきりしない。

松殿　藤原基房。久安元年（一一四五）～寛喜二年（一二三〇）。父は藤原忠通、母は権中納言源国信女。兄基実の急逝により摂政氏長者となる。平清盛と対立して治承三年（一一七九）に解官、備前に配流が決まり出家、翌年召喚された。源義仲と結ぶが、義仲の敗死により寿永三年（一一八四）政界を退いた。基房は有職故実に詳しく、後白河院が年中行事を書いた絵を贈ったところ、間違った箇所にいちいち押紙をし自筆で訂正して返したので、院は珍重して、基房の押紙をつけたまま蓮華王院の宝蔵に収めた（著聞集・三九七）。また、故実に詳しい後鳥羽院が基房に内弁の作法を学ぶほどだったという（同・一〇三）。基房の説が近衛家・九条家でも権威として重んじられたことについては、

【参考文献】①参照。

九条殿　藤原兼実。久安五年（一一四九）～承元元年（一二〇七）。基房の弟。父は藤原忠通、母は太皇太后宮大進藤原仲光女加賀。文治二年（一一八六）源頼朝の推挙で従一位右大臣から摂政、そして建久二年（一一九一）に関白となるが、源通親の起こした建久七年の政変で失脚。関白・氏長者は甥の近衛基通に移った。日記に『玉葉』がある。いわゆる九条家歌壇の主催者でもあった。

左右大将　左右近衛府の大将。基房と兼実が同時に左大将・右大将であったのは、兼実が右大将に任ぜられた永暦二年（一一六一）八月一九日から、基房が左大将を辞した仁安元年（一一六六）八月一七日までの間である。

賭弓の奏　賭弓は、射礼の翌日の正月一八日、天皇が弓場殿に出御して、近衛、兵衛が弓を射るのを御覧になり、勝方に賭物（褒美）を与え、負方には罰酒を飲

ませた年中行事。賭弓奏はこの日近衛大将が天皇に奏ずる奏文のこと。『西宮記』によれば、「兵部省掌令レ持二的木工一、入レ自二月華門一、四府着、出居著座、出御、次将依レ仰召二王卿一、王卿著座、大将持二奏文一、主上一々覧レ文、主上以レ文給二一座上卿一、上卿召二左右少将一給レ文、懸レ的、省掌床子、籌刺着、次々射」（以上割注略）という流れで進行する。大将が奏文を奉る段取りは、「左右大将出二幔外一取レ奏、大将立二橘樹艮一召レ奏、次将令レ持二射手奏名於将監一、進二橘樹下一待二大将目一、跪置レ弓、起取レ奏奉レ之、大将給二弓官人一、挿二矢於腰一、取レ奏披二見之一、〈此間少将猶持二書状一〉挿二於書杖一、〈有二懸紙裏紙等一〉少将退取レ弓立」（江家次第）の如くであり、その様は『年中行事絵巻』（四）にも描かれている。

掻練重を着せしめ給はず　掻練（皆練）はもともと経（縦糸）も緯（横糸）も練り糸で織り上げた布地のこと。赤色のものが多かったことから、後に赤系統の打や張の色目の一種と考えられるようになった（鈴木敬三編、有職故実大辞典、一九九六年、吉川弘文館）。影印本で見る限り、例えば第一四、二一話などに頻出する「令」字と比べてみても、底本の「令」字は何かの字の上に重ね書きしたように見える。『古事談抄』は、松殿・九条殿兄弟が賭弓奏の下襲（束帯の下着で、袴の上に長い裾を着流す）に掻練重を用いず、松殿は裏を打ったもの、九条殿のは裏を張ったものを着た（それぞれの下襲の色目の名称は不明）、の意だが『古事談』諸本によれば二人は共に掻練重を着たが、その仕立てが異なった、の意となる。一読した印象としては、二人共同じ掻練重だったはずなのに、仕立てが違っていた、の『古事談』諸本の方が、二人共少なくとも掻練重ではない下襲をそれぞれ着ていた、とする『古事談抄』より意味が通ると思うが、火色と皆練をめぐる問題は、有職故実上の一大争点の一つ、といってよい状況だったらしい（【余説】参照）。

打つ　「糊張りをした布帛を砧にかけて打ちたたくことをいい、さらに打つことによって糊目を潰して固く滑らかにした布帛をもいう」（有職故実大辞典）。

法性寺殿　藤原忠通。永長二年（一〇九七）～長寛二年（一一六四）。二一話【語釈】参照。

張る　「打物の表面を…打たずして、地質の裏に引糊しただけ」のもののこと（鈴木敬三執筆「張」、国史大辞典）。

中御門内府家　基房・兼実と同時代人の「中御門内府」は藤原宗能である。底本の「内府」の下の一字は心もち右に寄せて書かれ、「宗」と似た字体だが、第三二、三九、六五話の「宗」字や、第六五、六八話の「家」字と比較すると「家」と書かれていると思われる。藤原氏北家頼宗流の中御門流は始祖の宗俊以下「宗」字を一種の通り字としており、「内府」の下の一字が底本のように「家」だとすると、「宗家」を指すかと思われる。しかし、宗能息宗家（一一三九～八九。公卿補任によれば長寛二年（一一六四）六月一五日に信能から改名。）の極官は権大納言で「内府」に適当しない。人名としては『古事談』諸本の「宗」がふさわしい。なお、例えば「家説」に対する「花園家説」（玉葉、建久元年一〇月二六日条）のように、この部分が人名ではなく「中御門内府家」説の意である可能性はある。藤原宗能（一〇八五～一一七〇年）の父は『中右記』の作者として知られる右大臣中御門宗忠、母は美濃守藤原行房女。正二位内大臣に至る。内大臣在職は永暦二年（一一六一）～長寛二年（一一六四）。有職に詳しく、日記『中内記』の他、『県召除目次第図并作法』『叙位事』『仗座図』などを著す。また『朗詠九十首抄』を選定したとも言われる（吉野吉水院楽書）。『玉葉』には、有職故実に関して兼実が、宗能・宗家父子の発言や説・記録を頼りにしている様が頻繁に記され、宗能の死に際しては「入道内府、昨日戌刻許入滅云々、生年八十六、年齢雖レ不レ可レ惜、朝家彌無二古人一、可レ悲事也、又為二下官一尤足レ歎、言而無レ験、何為々々」（嘉応二年二月一二日）と嘆じている。

火色　赤色系の色目。皆練の下襲と火色の下襲は似て非なる物、との説があった（【余説】参照）。

【余説】

皆練（掻練）と火色

『助無智秘抄』の「三日臨時客」に

火の色の下重、皆練とかはりたるものなり。火の色とは裏表ともに打物にて、中倍を入たるなり。皆練とはただ裏紅の張りたるにて、中倍もなきなり。賭弓の日は皆練を着ることなり。火の色は宿徳の大臣、母屋の大饗日、尊者して着ることとぞ聞き伝へたる。三条内大臣殿、この火の色を整へて、皆練と心得て、賭弓の奏の日、着させ給はんとて、ある人に見せさせ給ひければ、見てめでたく候、但皆練には候はず、と申しければ、大臣殿いとも心得ずして着させ給ひにけり。（表記を読みやすく改めた）

とあるように、賭弓の奏の時に（大将は）皆練を用いるが、故実に詳しい三条内大臣殿公教にも皆練と火色の区別は自明でなかったらしい。『後称念院装束抄』「火色皆練下襲事」では両者の違いを次のように詳述している。


岡御命云。二色無二指差別事一歟。六条殿松殿被二賭弓一日。一人ハ裏ヲ打。一人ハ不レ打。イカナリケル事ニヤ。

両人替タリケレドモ。法性寺殿何レヲワロシトモ不レ被レ仰云々。

知足院殿仰云。カイネリ重ハ必用二黒半臂一。表袴用二織物火色一。下重裏ハ張タル物也。

助無智秘抄云。（略）

応保元年（一一六一）二月十日中山内府記云。加伊練ハ称二火色一。其体。面ハ紅打。裏ハ如二紅単一。中倍ハ紅色ヲハイスル也。

不二捻重一。只中ヘヲ籠テ縫也。（略）

正嘉二年（一二五八）二月十八日経光卿記云。向二三条入道右府第一。被レ語云。祖父左府入道ハ被レ作二装束記文一。是人々衣装色目以下抄物也。随分家之重宝也。掻練ノ下襲。火色下重ハ各別物也。共為二赤色一之間。人存二同物之由一歟。

是不レ可レ然。掻練ハ張下重也。火色ハ頗色薄。掻練ハ赤色殊深也。（略）如レ此之口伝等多被レ書レ之。

これらによれば、六条殿基実と松殿基房が賭弓した時（『古事談抄』や『古事談』諸本の本文のように、大将として賭弓奏を取った時、がよりふさわしいだろう。なお基実は大将に任ぜられたことがないので、次将として大将の代理をしたのでなければ、『古事談抄』や『古事談』諸本のように、基房と兼実の逸話、というのが本来に近いと思われる）、裏を打った下襲と打たない下襲をそれぞれが着ていたが、法性寺殿忠通はどちらをいけないとも言わなかったので、岡屋関白近衛兼経は、火色と皆練には大きな差がない、との立場だった。

知足院殿忠実は、皆練重には必ず黒半臂を着し、表袴には火色の織物を用い、下襲の裏は張る、との説。

応保元年の中山忠親の記（山槐記か）によれば、皆練は火色とも称し、表面は紅の打ったもの、裏面は紅の単のようなもので、中倍には紅色を用いる。

『経光卿記』（民経記）には、祖父左府入道実房の説を受けた三条入道内府実親から聞いたところによると、皆練の下襲と火色の下襲とは別物で、どちらも赤色なので人々が同じ物だと混同しているのはよくない、皆練は張ったもので赤色が非常に深く、火色は非常に薄い色だ、と記されているとのこと。

このように、火色と皆練は大差ないとも別物だとも説があること、表裏を打つか張るかが問題らしいこと、忠通の子息たちが同時に大将として賭弓奏を取った時の装束の違いが先例として重視されていること、などが分かる。

諸説の錯綜

以下、管見に入った火色、皆練に関する記事を順不同に摘記してみると、次のようになる。

◇『富家語』（六五）

仰せて云はく、「火色の下襲の裏は、ただ張りたる物なり」と。

◇『雅亮装束抄』二

大臣の大将などの、大饗の尊者をもし、又賭弓の奏をも執るに、皆練重の下がさねとて、紅の濃く打ちたる、綾の表に、一重文のふくさばりの裏つけたるを着る。

◇『餝抄』上「下襲色之事」

火色　臨時客、賭弓、試楽、凡無二止事一之晴着レ之。（略）長寛元（一一六三）正十八、賭弓、或秘記曰、左大将火色下襲、面裏打レ之、右大将裏張レ之、各付二中陪一。火色下重者裏可レ張也。入道殿被レ仰曰、有二打事一云々、但僻事也、（略）通方案、火色皆練、已似レ無二等差一。但如二長寛記一、以二裏張一、可レ称二皆練一（伊東注　火色とあるべきところ）歟。

◇『世俗浅深秘抄』上

火色下襲ハ裏張タル也。皆練面裏共打也。

◇三条西実隆『装束抄』「下襲」

火色　裏表共ニ打。臨時客、賭弓、御賀ナドノ極テ晴ニ、無二止事一人是ヲ着ス。

◇『玉蘂』嘉禎三年（一二三七）正月三日条（臨時客）

尊者被レ著二火色下重一、黒半臂、紺地平緒。火色下重、或面打レ之、裏張レ之。或裏面打レ之。両説云々也。但以二面許打一為レ善云々。応保賭弓日、松殿下重裏表共打レ之、故禅閤下重面許打レ之。法性寺殿御存日、兄弟之所為不レ同。時人疑レ之云々。但禅閤御下重ハ、中御門内府、且依二元永例一、申二合法性寺殿一令レ調レ之云々。（略）後日前博陸談云、裏面共打之由、見二知足院殿抄一。仍如レ此云々。

◇同　三月二八日条

（伊東注　前博陸家実が道家に）又被レ語云、火色皆練下襲、或裏面共打レ之。或面打レ之、裏張。菩提院入道共可レ打之由被レ仰レ之。其上知足院令レ書給装束抄云、雖レ為二両説一、裏面共有レ説之由有二所見一云々。

◇『岡屋関白記』建長元年（一二四九）二月二一日条

賭弓時、菩提院入道所レ着之下襲、面裏共打。月輪入道下重、面打裏張。法性寺殿其時被レ仰曰、往年所レ着下重体、隔二星霜一委不二覚悟一。示二合内大臣一〈宗能公、〉可レ被レ着者。仍故禅閤相二尋内大臣一被レ着レ之。然者面打裏張説勝歟。

これらをメモ風に整理してみると、例えば次のようになるだろう。

A火色と皆練は違うか、大差ないか、同じか

①違う…『古事談抄』、『古事談』諸本、『助無智秘抄』、左府入道三条実房・入道右府三条実親説（後称念院装束抄所収経光卿記）

②大差なし…『餝抄』の通方説、近衛兼経説（忠通の例に基く。後称念院装束抄）

③同じ…『後称念院装束抄』所収中山内府忠親記

B火色の下襲は

①表裏打つ…『助無智秘抄』、「知足院殿抄」（玉蘂・嘉禎三年正月三日条前博陸近衛家実談）、九条道家談（岡屋関白記所収）、三条西実隆『装束抄』

②（表を打ち）裏を張る…『富家語』（六五）、入道殿忠通説（餝抄「或秘記」）、『餝抄』通方説（文意により伊東が補訂）、『世俗浅深秘抄』、『玉蘂』嘉禎三年正月三日条（応保の賭弓の例から）

③非常に薄色…三条実房・実親説（後称念院装束抄所収経光卿記）

C皆練は

①裏を張る…『助無智秘抄』（中倍なし）、忠実説（表の袴は火色織物。後称念院装束抄）

②表を打ち裏を張る…『雅亮装束抄』、九条道家談（岡屋関白記所収）

③張ったもので赤色が非常に深い…三条実房・実親説（後称念院装束抄所収経光卿記）
④表裏打つ…『世俗浅深秘抄』
D賭弓の時（大将が）着るのは
①皆練…『古事談』諸本、『助無智秘抄』、『雅亮装束抄』
②火色…『餝抄』、『玉蘂』嘉禎三年正月三日条、三条西実隆『装束抄』
E賭弓で、左大将基房は表裏を打ち、右大将兼実は裏を張り表を打った下襲を着した先例
①長寛元年（一一六三）正月一八日…『餝抄』所収「或秘記」
②応保（一一六一～六三）…『玉蘂』嘉禎三年（一二三七）正月三日条
③年月日不記…『古事談抄』、岡屋関白近衛兼経談（後称念院装束抄所収）、九条道家談（岡屋関白記所収）
Fその時、忠通が兼実のタイプを支持・指導…『餝抄』所収「或秘記」、『玉蘂』嘉禎三年正月三日条、九条道家談（岡屋関白記所収）

となる。

異同の評価

基房・兼実の装束の違いと、忠通・宗能のアドバイスが関係しているとする逸話の大きな枠組みに於いて、『古事談抄』『古事談』は、『玉蘂』や『岡屋関白記』で近衛家実・兼経父子が語ったり記したりしている内容と最も近い。しかし、『玉蘂』の文脈によれば、賭弓で用いるべき下襲は火色、『岡屋関白記』は言及せず、『古事談』諸本は皆練、『古事談抄』は皆練でないもの、となる。

このように火色・皆練の下襲をめぐる問題ははなはだ錯綜している。そもそも『古事談抄』や『古事談』諸本が語るように、火色・皆練の区別は、忠通存命中、既に説が分かれるような有職故実上の難問だったのだ。

『古事談』二ノ二五話と『古事談抄』五九話を一読しただけの時は、『古事談』のように「ある年の賭弓奏の時、松殿・九条殿が着した下襲はどちらも皆練重だったはずなのに仕立てが違った」が本文として明らかに正しいと思われ、『古事談抄』の理解不足による単なる誤写かと思われたが、こうして火色・皆練の問題を探っていくと、『古事談抄』が「掻練重でない、これこれの形状のものを二人がそれぞれ着た」とするのも、無知による単純な誤りではかたづけられなくなる。むしろ有職故実に一定の知識のある人間の方が、混乱してしまう内容だと考えられるだろう。

摂関家の逸話

『古事談』の中には、有職故実への関心が芯になっている記事があり、本話もその一つである。だが、見落とすことができないのは、この逸話を伝える諸資料に、『古事談抄』や『古事談』と同じく、法性寺殿忠通が登場していたことである。例えば前引の『玉蘂』に「法性寺殿御存日、兄弟之所為不ㇾ同。時人疑ㇾ之云々」とあったように、本話のもう一つの眼目は、同じ摂関家の忠通の子息たちが、忠通存生中にも関わらず、同じ日に、異なる故実を採用したことにある。すなわち、こうした故実に関して、父忠通の教えが子息たちにどのように伝えられたのかが知られる場面だったのであり、「家」の正統性の行方や、当時の摂関家の伝承のあり方そのものを象徴する出来事だったのである。実際兼実は、父忠通の説を伝えるが故に基房の説を信奉し、また忠通の日記『故殿御記』を基房に借覧している（細谷勘資前掲書参照）。なお、基房・兼実兄弟は、甥の近衛基通との関係とは異り、政治的に厳しく対立する間柄にあったわけではなく、本話の中心に基房・兼実の軋轢を見る必要は少ないだろう。

本話は『古事談抄』でも『古事談』巻二でも、摂関家の記事群の最後に置かれているが、登場人物が摂関家の人々であるからだけでなく、父祖の伝承がどう伝えられ、時には錯綜してしまうのかを映し出している点で、内容上も、まさに摂関家という「家」にまつわる逸話と考えられるのである。

【同話・類話】

『玉蘂』（嘉禎三年正月三日）、『岡屋関白記』（建長元年二月二一日）、『餝抄』、『後称念院装束抄』

【参考文献】

①細谷勘資『中世宮廷儀式書成立史の研究』（二〇〇七年、勉誠出版）

②伊東玉美「日本古典文学影印叢刊所収『古事談抄』について」（『共立女子短期大学文科紀要』第四六号、二〇〇三年一月）

［伊東玉美］

第六〇話（二七〇／二ノ七一・新大系二ノ七〇）

「俊賢、定文を書くに奝の字を忘るる事」

俊賢民部卿、参議と為（し）て定文を書くの時、奝然（てうねん）の「奝」の字を覚えず。仍（よ）りて頗（すこぶ）る黒く之を書く。一条左大臣〔雅信〕、一上（いちのかみ）たり。之を見て、「此は奝然の「奝」字か、又々か」と云々。俊賢此の事を以て終身の恥と為すと云々。

（二六オ）
俊賢民部卿為参議書[1]定文之時不覚奝然之[2]奝字仍頗
黒書之一条左大臣雅信[3]為一上[4]見之此[5]奝然之奝字歟[6]又[7]々歟云々
俊賢以此事為終身之恥云々

【校異】 **1定文…文定** 大東急・内閣・学習院・色川・東山・河野・天理・紅葉山 **2奝字…字** 色川 **3為一上…一上** 紅葉山 **一ノ上ニテ** 宮城 **4見之…見之云** 全本 **5奝然之奝字…奝然モ奝字** 色川（モの右に「之」と傍書） **奝字** 宮城 **6又…（ナシ）** 色川（右に又を補入）・紅葉山・宮城 **7々…敢** 大東急・天理 **敦** 静嘉・内閣・学習院・色川・東山・河野・紅葉山・宮城

【口語訳】 俊賢民部卿が参議として定文を書く時に、奝然の奝の字を思い出せなかった。そこでたいそう黒く線を何度も重ねてこれを書いた。一条左大臣雅信は一上であり、これを見て、「これは奝然の奝の字か。それとも又々か」とおっしゃったという。俊賢はこの事を終身の恥としたということだ。

俊賢民部卿　源俊賢。天徳三年（九五九）～万寿四年（一〇二七）。醍醐源氏。父は左大臣大宰権帥源高明。母は右大臣藤原師輔の三女。妹は藤原道長室源明子（高松殿）。長徳元年（九九五）八月二九日から長保六年（一〇〇四）正月まで参議の立場にあった。民部卿に任ぜられたのは、寛仁四年（一〇二〇）。後に四納言（十訓抄・一ノ二一）、九卿（続本朝往生伝・一条天皇）、名臣（二中歴・一三）などに数えられる一条天皇時代の能吏。蔵人頭就任に関しては、『古事談』（二ノ二九）に自薦によって登用された由が語られる。『古事談』にはほかに、蔵人頭補任を道隆の恩と思い、道長の内覧宣旨にそらねぶりをする（二ノ三〇）や、北山の堂中に穢気があると予知する話（二ノ三一）、行成の出家を思い止まらせる話（二ノ三三）などがあるが、『古事談抄』に抄出されているのは本話のみ。『江談抄』（二ノ三二）は、資業の談話として、俊賢が公事に際し「先に日記を見畢り、識り覚えて陳べらる」と伝える。

定文　陣定などの会議における議定参列者の意見等をまとめた記録。上卿が堪能な参議に命じて執筆せしめ、蔵人頭に渡し、柳箱に納めて天皇の奏覧に供した。除目の執筆に際して文字を忘却した家忠の話（古事談・二ノ八四）も本話に通じる。

奝然　ちょうねん。東大寺の入宋僧。天慶元年（九三八）～長和五年（一〇一六）。永観元年（九八三）弟子嘉因・盛算らと入宋を果たし、同年九月、天台山、翌年三月に五台山に赴く。その間、太宗に謁し法済大師号を与えられる。寛和二年（九八六）、多くの経巻や、在宋中に模刻した釈迦如来像とともに帰国。翌年釈迦如来像を安置するために都の西北に清涼寺の建立を申請したが、在世中には実現しなかった。永延三年（九八九）東大寺別当に補任。法橋。清涼寺開山。長和五年（一〇一六）に入寂。奝然の御願によって建立された清涼寺は、嵯峨の釈迦堂とも呼ばれ（山槐記・治承二年一一月一一日）、本尊の釈迦像は「嵯峨の釈迦」と通称された（宝物集）。『古事談』（五ノ四三）に、「嵯峨の釈迦像は、永延元年二月十一日、奝然法橋渡し奉る所なり」とみえる。

黒く之を書く　字を忘れたのをごまかしそうとして黒く塗りつぶし、わざと読めないように書いたということか。『古事談抄』四〇話（古事談・二ノ八四）で、該当する文字が思い出せなかった家忠が「さる文字もなかりければ、黒字に書かる」とあるのも同様の行動であろう。

一条左大臣〔雅信〕　源雅信。延喜二〇年（九二〇）～正暦四年（九九三）。宇多天皇の孫。父は敦実親王。母は左大臣藤原時平の女。娘倫子は道長に嫁し、頼通・教通らの母となった。天禄三年（九七二）従二位・右大臣、同三年左大臣となる。天元二年（九七九）正二位、寛和三年（九八七）従一位にのぼる。平時望が幼少の雅信を見て、従一位太政大臣に至ると相した話が伝わる（古事談・六ノ五九。江談抄・二ノ二五には「従一位左大臣に至らんか」とある）。一条左大臣または一条源左相府と称された。『大鏡』（道長）に「いとあまりうるはしく、公事よりほかのこと、他分には申させたまはで、ゆるぎたる所のおはしまさざりしなり」と評される。

一上　臣下として最高の位にある人、主に左大臣をさす。議事についての勅命を受けて公卿を招集し、定文を作らせて蔵人頭に奏問した。雅信は貞元三年（九七八）五九歳から正暦四年（九九三）七四歳で薨去するまで左大臣であったが、これは俊賢の参議（長徳元年〈九九五〉八月）以前であり、齟齬が生じる。なお、一上としての雅信は、『古事談』（二ノ三二）にも「一条左大臣一上にて四納言の面々才学を吐きけるを聞きて」とみえる。

又々か　文意不明。『古事談』諸本には「敦」または「敢」とあり、「奝」の字か、又は「敦」かと問うたと解せる（新大系）。但し、奝然ではなく、「敦然」「敢然」と称する僧は見あたらない（【余説】参照）。

【余説】　奝然の「奝」という字は、他に「おおいなり、おおい」ともよむ文字である。管見では、説話や記録などに伝わる歴史的人物のなかで、奝然以外に「奝」を冠する人名は見いだせない。したがって、本話で俎上にのぼっている「定文」は、「奝然」その人に関わるものであるとみてほぼ間違いないだろう。奝然は奝がつく著名な人物としてまず想起されうるはずだったが、その「奝」を失念した俊賢がごまかして書いたのを雅信に見透かされ、「此は奝然の奝字か、又々か」と指摘されたというのが本話の勘所であろう。雅信の台詞が「又々か」と締めくくられるのは、諸本のなかでも『古事談抄』だけである。諸本の様に「敢」や「敦」をあてたとしても「奝」の字とは類似せず、「奝かそれとも、敦（敢）か」と問うのは聊か唐突な感がある。そこで、あらためて「奝」の字について考えてみると、「奝」は、その上下を分ければ「又」と「同」のくずし字をそれぞれ組み合わせたかたちとも似ている。『古事談抄』の本文が「又々か」となっているのは、「奝」が読めないことを揶揄した雅信が、敢えてそれを上下に分け「又同か」としたものがもとになって、「又々」とされたのかもしれない。

　定文は陣座において参議が執筆し、蔵人頭に渡り最終的には一上にあたる人物が目を通して柳箱に納め、天皇の奏覧に供した。本話は、この最終段階で「一上」たる雅信が俊賢執筆の定文に物言いをつけたわけだが、これが他ならぬ雅信であることに本話を読み解く鍵が隠されているようだ。雅信は、それまで「一上」であった藤原頼忠が関白太政大臣になった貞元三年（九七八）に左大臣に任じられ、薨去するまでのおよそ一五年ものあいだ職にあったと考えられる（公卿補任）。諸書にみえる雅信の逸話をひもとくと、陣座において「一上」として故実を語る姿が散見される。たとえば『小右記』治安元年（一〇二一）一二月二〇日条には、官奏の儀における実資の作法を見て道長が「久為二一上一可二奉公一之人也。（略）如二一條左（雅信）相苻（府）一欤」と賞賛した由が記され、理想的な「一上」の先例として想起されている。また、『江談抄』（二ノ一三、水言鈔・四四）にも、肥後守惟仲が、申請の文を「一上」雅信に提出し、陣座で難ぜられたのを恨むも、先例では私邸で裁可する文であったということを知らされて恥じ入ったという故実説話が載る。同様の記事は『北山抄』（一〇）「吏途指南―勘出事」にもみえ（ただし北山抄自筆稿本にはこの部分はない）、雅信の能吏ぶりが、「一上」としての陣座での先例故実として広く知られたことが注目できよう。

【語釈】でも触れた通り、本話で同じ陣座に着している一条左大臣雅信と民部卿俊賢は、その年代の齟齬から史実のうえでは両者が顔を合わせることはありえない。新大系の注では、「俊賢である誤りを、奝然と雅信の年代に合うように改めるならば、その当時の参議に、例えば藤原佐理・源伊陟などが考えられる。前者は奔放な書風の能書、後者は六ノ三四話に文盲の評がある。誤りのまま、『古事談』は本話を、恥に関わる話として前者に結ぶ」とし、参議俊賢を雅信同時代の参議の誤りと読む。しかし、雅信の「一上」としての故実説話を鑑みるとき、この二人の組み合わせを必ずしも誤りであると断ずることはできまい。一条朝の能吏として有名な俊賢の一文字の失念を指摘しうるのに恰好の人物は、道長の義理の父でもあり、「一上」として確かな目利きであった雅信をおいて他にない。雅信に指摘された一文字のために「終身之恥」を感ずるというのも、当代きっての能吏俊賢であってこその必然であったといえよう。

　さらにいえば、一条左大臣雅信と民部卿俊賢が陣座で顔を合わせる話は本話のみにとどまるものではない。『古事談』（二ノ三二）では、成信、重家の出家を語る逸話には、俊賢を含む一条朝の四納言と称される斉信、公任、行成と雅信が同じ座に着し「一条左大臣一上にて四納言の面々才学を吐きける」と語られ、『今鏡』（五・苔の衣）にも同様に、成信・重家の出家の理由が四納言の才学に負けたところに求められている。松本昭彦氏（【参考文献】①）によれば、この四人をひとくくりにする条件は、「〈Ⅰ道長全盛期に　Ⅱ（権）大納言として　Ⅲ（道長の下で）公事のみならず多方面で活躍した〉」点にあるとされる。そこには、説話の設定年代における彼らの史実の現職は意識になく、四人をひとくくりに提示することによって「道長時代の隆盛や一条朝の聖代性を印象づける効果がある」のだとされている。

『古事談抄』に抄出されている俊賢の話は本話一話のみだが、こうした雅信と俊賢の同席の裏に隠された文学的発想に着目して読めば、本話は単なる俊賢の失敗譚では片付けられない。むしろ、雅信との取り合わせに裏付けられるように、他のどの俊賢逸話よりもその有能さを雄弁に物語っている。かくして、奝然の奝字を失念した俊賢の逸話は、『古事談』所収諸話に描出される俊賢像を包括的かつ凝縮的に語る一話として厳選され、ここに抄出されるに至ったのである。

【同話・類話】

未詳。

【参考文献】

①松本昭彦「「一条朝の四納言」をめぐって」（池上洵一編『論集説話と説話集』、二〇〇一年、和泉書院）

［高津希和子］

第六一話（一三九／二ノ四〇・新大系二ノ三九）

「実資、女に不堪の事」

（小）野宮右府は女事に於いては不堪の人なり。北の対の前に井あり。下女等（多く）「清冷水」と称し、集まりて之を汲む。右府、其の中の小年の女を択び招き寄せられ、（閑）所に（於いて）已に定まれる所有り。宇治殿之を聞き、侍所の雑仕の女の中に顔色の者を択び、水を汲ましめ、相誡（あひいまし）めて云はく、「先づ水を汲むの後、若し招引する者有らば、其の後、水桶を棄てて帰参すべし」と云々。果たして案ずる所のごとし。後日、右府、宇治殿に参らるるの比、公事言談の間に宇治殿仰せられて云はく、「彼の先日、侍所の水桶、今に至りては返し給ふべし」と云々。相府、迷惑赧面して申す所無く止む。

（一六ウ）

[1]■野宮右府於女事不堪之人也[2]北對ノ前ニ井アリ下女等
■稱清冷水集汲之[3]右府擇其中小年女被招寄
[4]■■所已有定所宇治殿聞之侍所雑仕女中[5]擇顔
色之者令汲水相誡[6]云先汲水之後若有招引者
其後棄水桶可帰参云々果如所案後日右府被参宇
治殿之比[7]公事言談之間宇治殿被仰云彼先日侍所
水桶至[8]今者可返給云々相府迷惑赧面[9]無所申而止

【校異】　略本の紅葉本・宮城本は本話を欠く。　**1■野宮…小野宮**　全本　**2北對…如對**　大東急・静嘉（如の右に「北」と傍書）・内閣（如の右に「於」と傍書）・色川（如の右に「西」と傍書）・東山・天理　**於對**　学習院　**3右府…相府**　全本　**4■■所…於閑所**　全本　**5擇顔色之者…擇有顔色之者**　全本　**6誡…誠**　東山（「誡」と傍書）　**7比…次**　全本

8至…主　全本　9赫…赭　大東急・静嘉・内閣・学習院・東山・天理

【口語訳】　小野宮右府（藤原実資）は、女のこととなるとまるで辛抱のない人である。北の対の屋の前に井戸があった。下女たちが「清冷水」と称して多く集まりこれを汲んでいた。右府はその中に年若い女を択び、（人目に付きにくい場所に）召し寄せて、お決まりのことに及んだ。宇治殿（藤原頼通）はこれを聞き、侍所の雑仕の女の中から見目のよい者を選び、水を汲ませ、言い聞かせることには「まず水を汲んで後に、もし誘ってくる者がいたら、その後は水桶を棄て置いて帰ってきなさい」と言った。案の定に事が起った。後日、右府が宇治殿のところに参られ、公事のことについて話をする合間に、宇治殿が仰っしゃって云うには「あの先ごろの侍所の水桶を、そろそろお返し頂きたい」。相府は（何のことかと一瞬）戸惑い、（何のことか思い当たって）赤面して、何とも言えず、終わってしまった。

小野宮右府　藤原実資。天徳元年（九五七）～寛徳三年（一〇四六）。祖父の摂政太政大臣実頼の養子となり、小野宮流を継承。小野宮第も伝領した。三三話【語釈】参照。

不堪　堪え難い。ひどいこと。心得がないこと。

北の対の前に井あり　実資の邸宅であった小野宮第の「北対」を指すか。小野宮第は左京二条三坊一一町を占めた邸宅。当初文徳天皇第一皇子惟喬親王邸宅で、『古今著聞集』（四一八）は惟喬親王が「双六のしち（質）」で同邸を手に入れたことを記すが、詳細は不明。惟喬親王没後実資の養父実頼が入手し、実資が伝領した。小野宮第東隣の二条三坊一四町には「水至テ清冷」（山城名勝志）とされる「少将の井」があり、また小野宮第敷地内にも泉が湧くなど、良水に恵まれた場であったらしい（【余説】参照）。

閑所　静かなところ。人の居ないところ。『小右記』万寿元年（一〇二四）二月二七日条（盗人が盗んだものを）「先隠二置閑所一」。『後二条師通記』寛治七年（一〇九

三）三月五日条「取拍子兵庫頭友貞鼻穴血下、避レ座於二閑所一可レ労之由示二気色一、仍退去」。

已に定まれる所有り　お定まりのことに及んだ、の意か。同話はそれぞれ「かまへられけり」（十訓抄・七ノ一二）、「戯レ玉ヘリ」（東斎随筆・好色類・七三）、「まねきよせられけり」（寝覚記・五）などとする。

宇治殿　藤原頼通。正暦三年（九九二）～承保元年（一〇七四）。寛仁元年（一〇一七）父道長からの譲により二六歳で摂政となる。実資は『小右記』で道長を執拗に批判するが、頼通には比較的好意的であるとされる。『小右記』長元二年（一〇二九）九月二四日条「今暁夢想、清涼殿東廂仁関白（頼通）下官（実資）と共不二烏帽一之天懐抱臥間」。八話【語釈】参照。

侍所の雑仕の女　侍所は親王・公卿家などに伺候する侍の詰所。雑仕は公卿家の下級女子職員。

顔色　顔つき、表情。いろどり。『古事談』（一ノ七）「顔色色無く、起立する能はず」。

迷惑赫面して　「赫」は「赭」か。『古事談』の諸本は「赭面」ともある。『古事談抄』六、一五話にも「赭面」とある。困惑して顔を赤くすること。

〈関係者略系図〉

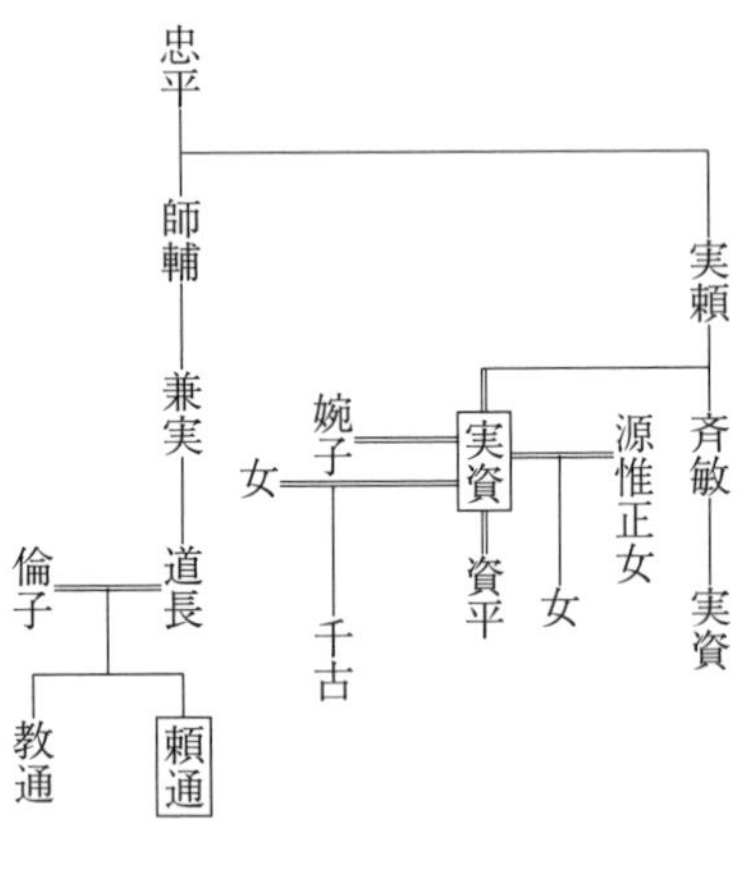

【余説】

本話の場について

長保元年（九九九）、実資は小野宮第の本格的な再建に着手し、およそ寛弘年中（一〇〇四～一〇一二）比にまず北対が完成した。実資は最初この北対に移徙したとされる。その後も工事は続けられ、長和二年（一〇一三）二月一二日には、邸内「南池北頭紅桜樹下」を試掘したところ「水沸出」て、翌日になっても水量は衰えず、邸外にまで流れ出すようになった（小右記）。【語釈】で触れた小野宮第東の「少将の井」などともあわせ、小野宮第東から南東にかけて、豊かな水脈に当たっていたと思しい。その後寛仁三年（一〇一九）になって北対の南側に寝殿が完成し、実資が移徙した（【参考文献】①②）。

実資は天延二年（九七四）に藤原惟正女と結婚し、天元三年（九八〇）岳父惟正が没するとその二条第も伝領した。後にこの邸宅は売却され、長和元年（一〇一二）以降、道長の邸宅の一つとなっている（【参考文献】①②）。この二条第は小野宮第の南東に位置する。

話中、実資と三五歳年下の頼通とが「公事言談」しているから、頼通は少なくとも元服はしていたと考えるのが妥当であろう。頼通の元服は寛弘元年（一〇〇四）、更に寛弘六年（一〇〇六）には中納言に（一七歳）、長和二年（一〇一三）には大納言に任ぜられる（二二歳）。この元服以降大納言に任ぜられる頃の時期は、ちょうど、小野宮第の北対の再建がまず成り、実資が小野宮第に戻った頃と重なる。更に、その南東の二条第が、頼通の父である道長の所有となった時期も一時重なっている。そして同じ頃、小野宮第東隣の井戸付近には水を求めて人が集まっており、洗濯に来た他家の下女などの絡んだ争いなどが起きた（小右記・長和三年正月二七日条）ことも知られる。

当該期の小野宮第周辺、特に東から南東部に掛けての区域は、まさに本話のような出来事が起きそうな条件が整っていたように思われる。北対の南に寝殿は未だ建たず周囲に主立った建物のない状態であったようだから、実資は水場を容易に観察することが出来ただろう。同様に、同時期小野宮第南東の二条第が頼通の父道長の手に移っていたのだとすれば、頼通も同じ水場を観察出来る機会は持てそうだ。頼通は実資の好色ぶりを直接見聞したのかもしれない。

父の権勢にも助けられ、日の出の勢いで表舞台に出てきた血気盛んで利発な若者が、故実典礼に明るく政界の大先輩であるが、しかし憎からぬ年長者に、ちょっとした悪戯を仕掛けるような場、本話が生まれるような場は、当該期の小野宮第周辺に存在した蓋然性は低くない。

『古事談抄』本文の古態性について

頼通が実資に向かって発した言葉「彼先日侍所水桶、至今者可返給」中の、「至」字を『古事談』諸本は「主」とする。ここを「主」とすると、頼通が「可返給」と実資に求めているものは、「水桶主」で水汲みに赴いた女そのものになる。しかし「女を返せ」では少々直接的に過ぎて興に欠けるし、頼通が女に水桶を置いて戻って来いと指示をしていることとも矛盾が生じる。当該箇所は『古事談抄』のように「至」字で読み、「そろそろ水桶を返して欲しい」と何気なく頼通に言われ、何のことだろうと一瞬戸惑った実資が、しかし次の瞬間、かの出来事に思い当たり赤面した、と読むのが妥当ではないだろうか。頼通の悪戯の経緯に照らしても、この文脈の方がすわりがよく、「至」字をあてる『古事談抄』が、本話本来の文脈を伝えていると考えられる。

また本文一行目の「北対」についても、河野本などを除く多くの『古事談』諸本は「北」字に「如」を充てている。しかし先述の通り、小野宮第の再建過程では、まず北対が完成し実資はそこに移徙していたことが明らかにされている。『古事談抄』本文は、このあたりの事情も判った文脈を伝えていると考えるべきではないだろうか。むしろ『古事談』を享受した『十訓抄』他の作品が、全て「北対」としていることが注意される。

【同話・類話】

『十訓抄』(七ノ一二)、『東斎随筆』(好色類・七三)、『寝覚記』(五)

【参考文献】

①吉田早苗「藤原実資の家族」(『日本歴史』三三〇号、一九七五年一一月)

②吉田早苗「藤原実資と小野宮第―寝殿造に関する一考察―」(『日本歴史』三五〇号、一九七七年七月)

［内田澪子］

第六二話（一七四／二ノ七五・新大系二ノ七四）

「顕忠倹約の事、又額白の馬を好む事」

富小路右大臣〔顕忠〕は時平の御子なり。毎夜庭に出でて天神を拝し奉ると云々。兼ねて倹約を以て事と為し、銀器の榡（はんざふ）・手洗等は永く用ゐられず。又、出仕の時、全く前駈無し。只車の後に形のごとく相ひ具せらると云々。大饗の日、小野宮殿尊者たり。殿はきたなげ（なり。由無きの所に来にけりとおぼしける程に、車宿に毛つるめ）なる馬二疋、之を引き立つ。皆額白（ぬかじろ）と云々。尊者幕の（隙）より之を見て咲（わら）はしめ給ふと云々。額白の馬を好ましめ給ひけり。此の大臣は五十八にて薨ずと云々。而るに補任には六十九と云々。（如）何。

（一六ウ）
富小路右大臣顕忠時平御子也毎■（夜）出庭奉拝
天神云々兼[1]以倹約為事銀器榡手洗等永
不被用又出仕之時全無前駈只車後如形被相具云々
大饗之日小野宮殿為尊者殿[2]ハキタナケナル馬二疋
引立之皆額白云々尊者自幕■[3]見之令咲給云々額白
馬ヲ令[4]好給ケリ[5]此大臣五十八薨云々而補任ニハ六十九
云々■何

【校異】 **1兼…又** 大東急・静嘉・内閣・学習院・東山・河野・天理 **（ナシ）** 色川・紅葉山・宮城 **2殿ハキタナケナル…殿キタナケ也無由之所ニ来ニケリトヲホシケル程ニ車宿ニ毛ツルメナル** 全本 **3■…隙** 全本 **4令…無術令** 全本 **5ケリ…ケル** 全本

【口語訳】　富小路右大臣（顕忠）は時平のご子息である。毎夜、庭に出て天神を拝し申し上げたとか。かねてから、倹約を専らとして、銀製の椀・手洗などはずっとお使いにならなかった。また、出仕する時は、まったく前駆がいなかった。ただ、（前駈以外の従者を自分の）牛車の後ろに、申し訳程度にお連れになったのだとか。大饗の日、小野宮殿が尊者だった。（顕忠の）邸はきたならしかった。（小野宮殿は）「来なくてもよいところに来てしまったな」とお思いになったところ、車宿に「毛つるめ」の馬を二頭、引き立ててあった。二頭とも「額白」であったとか。尊者の小野宮殿は幕の隙間からその馬を見て、笑みを漏らされたとか。小野宮殿は額白の馬をお好みであった。この富小路右大臣は五八歳で薨じたとか。だが、『補任』では六九歳で亡くなったとか。（この違いは）どういうことなのか。

富小路右大臣〈顕忠〉　藤原顕忠。昌泰元年（八九八）～康保二年（九六五）。藤原時平の二男。母は大納言・源昇女。従二位・右大臣兼左大将に至る。延喜一三年（九一三）正月七日、従五位下。左右中弁を経て、兄・保忠が承平六年（九三六）七月一四日に四七歳で死去した翌年、九月九日、四〇歳で従四位上・参議。兄・保忠、弟・敦忠の任参議（それぞれ二三歳、三四歳）に比すると遅い昇進だが、以後は天慶四年（九四一）従三位・権中納言、天暦二年（九四八）大納言と官位を進め、天徳四年（九六〇）五月四日、右大臣・藤原師輔が「御年まだ六十にも足らせたまはねば、ゆく末はるかに、ゆかしきこと多かるべきほど」（大鏡・師輔）の五三歳で死去すると、八月二二日、六三歳で右大臣に昇進した（日本紀略）。在職のまま、康保二年四月二四日薨、六八歳（日本紀略）。『後撰集』に一首（六一四）入集。

庭に出でて天神を拝し奉る　「天神」は、古典文庫が「菅公の天神ではなく、漠然と天つ神を指す。拝神を日課としていたという所に、単に信心深いだけでなく、律儀な人柄がうかがわれる」、新大系が「神としての菅原道真。（中略）兄保忠・弟敦忠の死は天神の呪によるものと考えられていた」とする。古記録、古文書で

「天神」と単独で用いられる場合は、菅原道真を指し、「天つ神」を意味する「天神」は「天神地祇」というかたちで用いられるのが凡その傾向であり、また、道真が時平の後裔に祟りをなしたことは当時の常識に属し、顕忠が時平の係累であることが明示された時点で、「天神」は反射的に道真と理解されたと想像されるため、新大系に従う。なお、同話を収める『十訓抄』（六ノ二三）は「深く天神に恐れ畏りて、毎夜、庭に出でて、天神を拝し奉りて」と、顕忠の心情に即した説明が加わる。庭で神を拝するのは、『古事談』（五ノ二）に「神筆の宣命を庭中に捧げ、毎夜御拝有り、と云々」と、庭上に伊勢神宮を遥拝する後朱雀天皇の姿が見える。

兼ねて倹約を以て事と為し　顕忠の倹約は『大鏡』（時平）、『北野天神縁起』にも載るが、上記二書は「かくもてなしたまひし故（け）にや、このおとどのみぞ、御族の中に、六十余までおはせし」（大鏡・時平）、「菅丞相の御事をふかく恐給て、大臣にて六年ましましけれども、御ありきの時には御前をだにも具し給はず」（北野天神縁起）と、その倹約が道真の祟りとの関わりにおいて明記される。

楾　注ぎ口がついた、湯水を注ぐのに用いる器。

前駈　乗馬で先導する者。

只車の後に形のごとく相ひ具せらる　『大鏡』（時平）は「御歩きの折は、おぼろけにて御前（前駈）つがひたまはず。まれまれも数少なくて、御車のしりにぞさぶらひし」とあり、顕忠が「車の後」に「相ひ具」したのは「前駈」だが、本話は「全く前駈無し」と断定するため、「前駈」を「車の後」に「相ひ具」したとは解釈し難く、「前駈以外の従者を」「相ひ具」したと解した。「形のごとく」は、かたちばかり、申し訳程度の意。

大饗　正月、または大臣に任じられた時、大臣家において催された饗宴。前者を正月大臣大饗（行われる場所から「母屋の大饗」とも）、後者を任大臣大饗（同じく「廂の大饗」とも）と称する。顕忠の任大臣大饗は天徳四年（九六〇）八月二五日（西宮記・大臣召）、正月大臣大饗は応和二年（九六二）正月一五日、同三年（九六三）正月一〇日、康保二年（九六五）正月一二日（いずれも日本紀略）が認められる。

小野宮殿　藤原実頼。昌泰三年（九〇〇）～天禄元年（九七〇）。藤原忠平の長男。母は宇多皇女・源順子。従一位・摂政関白太政大臣に至る。顕忠の右大臣在任時、左大臣としてただ一人、その上に位していた。天暦三年（九四九）の父・忠平の没後、死去するまで太政官の首席であり続けたが、入内させた息女に皇子の誕生を見ず、天暦四年（九五〇）、村上天皇に入内していた弟・師輔の娘・安子が憲平親王（後の冷泉天皇）を生み、その年の七月に皇太子に立てられると、太政官次席（右大臣）で、次帝の外祖父である師輔の求心力が必然的に増大、実頼と師輔の関係はもともと「一くるしき二」（栄花・一）と評されていたというが、それがいっそう強まらざるを得なかった。

尊者　大饗の主賓。

殿はきたなげなり　倹約を事とした顕忠は邸も粗末だった。「四分の一の家にて大饗したまへる人なり」（大鏡・時平）。なお、底本は「なり」から「毛つるめ」までを欠く。「キタナゲ也」の「也」と「毛ツルメナル」の「ナル」を目移りした結果、約一行を写し落としたのだろう。底本の欠落箇所は大東急本で補った。

由無きの所に来にけり　邸の粗末さから、もてなしの中味も推し量られ、来なくてもよいところへ来てしまったと悔やむ実頼の心情。

車宿　牛車を置く空間。邸宅の中門の外に位置する。

毛つるめなる馬　「毛つるめ」は用例が乏しく、いかなる馬か判然としない。本話の他、「見わたせばみなあをさぎのけつるめをひきつづけたるむまづかさかな」（新撰六帖・三四・藤原信実）。『比古婆衣』（九）は、本話から語義を類推し、「毛づるめとは放飼の馬の毛深く髦なども長く垂り連なりて、こぢたき状を云へるなるべし」「倹約の甚だしきあまり馬の飼丁などをも備へ給はず梳刷もせさせで放飼の馬のごとく毛深かりつるを誇れる詞とぞ聞こえたる」「けづるめのけづるは、毛連の義なるべし」などと述べるが、顕忠の倹約ゆえ、その用意した馬も廉価な駄馬であるとする説明は付会で従えない。信実詠は春の「あをむま」、すなわち、白馬節会の題詠であり、宮中行事の白馬節会にことさらに駄馬が引かれるとは考え難く、『新撰六帖』同題の他四首の詠む馬も駄馬を思わせるものはない。白馬節会に引かれる馬なのだから、「毛つるめ」の具体的な姿は不明だが、むしろ駿馬の類だろう（「額白」項も参照）。「あをさぎ」は馬の毛色で、『猪熊関白記』正治元年（一一九九）一一月二七日条にその例が見える。

二疋　頭数から、尊者・実頼への引出物。「尊者牽出物〈馬二疋。若尊者好レ鷹者、馬一疋、鷹一聯、加レ犬〉」（北山抄・三・大饗事）

額白　同話『宇治拾遺物語』（九七）は「額白」の部分が「額の望月のやうにて白く見えければ」。橘俊綱の富裕を語る『宇治拾遺物語』（七二）には、殿上人の突然の来訪を受けた俊綱が二十頭の「黒馬の額少し白き」を帰りの足として用意、翌日の再訪には「黒栗毛なる馬」で「これも額白」い二十頭を用意したとあるが、これも同様の馬。凱旋する陸奥守・源義綱の乗馬は「黒馬額白」（中右記・寛治八年〈一〇九四〉三月八日条）。全体が黒く額のみが白い馬は、名馬の一つの有り様だった。本話は「額白」だが、「黒馬」であるかは不明。

隙　底本、こざとへんらしきものが残るが、「隙」とは読めず、諸本により補う。

咲はしめ給ふ　来訪を悔やんだ実頼だが、よい意味で予想を裏切る引出物を知り、思わず漏らした会心の笑み。

額白の馬を好ましめ給ひけり　実頼は額白の馬がお気に入りだった。実頼が「咲はしめ給ふ」理由を説明する一文。

此の大臣は五十八…六十九と云々　顕忠は康保二年（九六五）四月二四日に六八歳で没（日本紀略・公卿補任）。享年五八歳説の根拠は不明。「補任」は『公卿補任』を指すのだろうが、現行の本文に六九歳没とは見えない。

【余説】　小野宮殿・藤原実頼は、「和歌の道にもすぐれおはしまして、後撰にもあまた入りたまへり。凡、何事にも有職に、御心うるはしくおはしますことは、世の人の本にぞひかれさせたまふ」（大鏡・実頼）、「すきずきしきものから、奥深くわづらはしき御心にぞおはしける」（栄花・一）に従えば、歌などに秀でた文化人で見識のある政治家、謹厳な人柄である反面、本心を容易に見せない、気難しい人物だった。『古事談』は実頼を巡り、狂気の冷泉帝を慮って大極殿ではなく紫宸殿で即位礼をあげたことを「小野宮殿の高名、此の事なり」（一ノ一四）と記し、平将門の乱追討に派遣されながら、現地到着前に乱が鎮定され、なすところのなかった藤原忠文への恩賞に反対する姿（四ノ八）などを描く。そこには、見識ある謹厳な政治家の横顔とともに、扱いが難しそうな人柄が彷彿とし、『大鏡』や『栄花物語』の評に適うものと言える。

だが、同じ『古事談』でも本話の実頼は、陋屋の大饗に辟易したが、引出物が自分好みの立派な馬と知るや笑みをこぼすなど、「御心うるはし」からぬ卑俗な一面をさらけ出す。この大饗のくだりは『宇治拾遺物語』（九七）に同話があるが、如上は顕忠の大饗のみを扱うのではなく、その前に小野宮殿（実頼）の大饗における藤原師輔への「御贈物」の逸話、実頼を尊者に迎えた西宮殿（源高明）の大饗の趣向の逸話が配され、一話の構成自体が本話と異なるのみならず、本話と同話の箇所も内容が少なからず異なっている。顕忠が陋屋で大饗を開き、引出物に名馬を用意したのは変わらないが、話中に直接、実頼が姿を見せないのである。実頼を尊者に据えた西宮殿の大饗の後に、「又、後の日、富小路のおとどの大饗に」と本話が続き、かつ、本文「人々も見苦しき大饗かなと思たりけるに」における「も」の使用から、人々の背後に実頼が存在する可能性が残るものの、彼の姿も名も表に出ることはない。だから、引出物の名馬に感心したのも「人々」だった。『宇治拾遺物語』（九七）は三つの「今は昔」の大饗の趣向や引出物の見事さを語る一話であったが、本話は『宇治拾遺物語』には姿を見せない実頼の人間性、意外な俗物ぶりに関心が向けられていると言えよう。

思いがけない卑俗な実頼像は、もう一方の当事者、すなわち大饗の主催者・顕忠の人物像にも影響を及さずにはおかない。伝えられる逸話には恭謙な人柄ばかりが強調される顕忠ではあるが、彼が用意した引出物は実頼好みであった。もし、これが偶然ではなく、実頼の嗜好を知った上での用意だったならば、顕忠は権力者の心を読んで立ち回る、したたかな一面を持ち合わせていたことを意味しよう。彼を右大臣にまで押し上げたのは、慎み深い人柄ばかりではなく、存外にたけた世智だったことになる。卑俗な実頼にしたたかな顕忠という、両人の一般に知られた人物像を裏切る性格はコインの表と裏の関係にあった。本話を『宇治拾遺物語』と比較すると、実頼の笑み、すなわちコインの表側にばかり気をとられるが、顕忠の出自・日常に始まり、実頼を招いた大饗を挟み、顕忠の没年の異同を以て終わる構成から推して、本話がまず顕忠その人を語る逸話であったことを想起するに、『古事談』の目はコインの裏側に刻まれた顕忠のしたたかさをも確かに見据えていたと言うべきだろう。顕忠は「額白」の馬によってその心ばえのほどを示したが、その兄・保忠は落馬により「落冠」、「恥辱」に及んだ（二ノ七九）。馬にまつわるこの兄弟の対照を、『古事談』が意図的に一巻に配したとまで見るのは、深読みに過ぎるかも知れない。

本話は顕忠の没年齢の異同に言及して終わるが、『古事談』において、或る人物の没年齢に関する言説は五ノ四一、六ノ五四にも存在する。前者は粟田左大臣・藤原在衡が若き日に鞍馬寺で「官は右大臣、歳は八十二」とのお告げを受けるが、左大臣に昇進、歳も八三に至ったとき、再び鞍馬寺に参り、お告げが外れたことを問うと、毘沙門天から「官は右大臣にてありしに、奉公の労に依りて左に至る。命はあしくみたりけり。八十七」との弁明を受けたというもの、後者は「院の御使」として大江匡房を訪ねた藤原清隆に、匡房が「そこは官は正二位中納言、命は六十六ぞよ」と占ったというものである。この両者は神仏の託宣、或いは観相という、人智を超えた力によって人物の運命が語られる文脈の中、話の流れとして半ば必然的に没年齢に言及されるのに対し、顕忠の没年齢は直前の大饗の文脈と直接的に関わらず、やや唐突に持ち出された感が残る。

また、五ノ四一と六ノ五四は「果して件の歳に薨ずるなり」「果して言の如し」と、その予言は的中したことになっているが、在衡は天禄元年（九七〇）一〇月一〇日、七九歳（公卿補任。栄花・一は七八歳）を以て死去、清隆は応保二年（一一六二）四月一七日、七二歳（公卿補任。異本は六九歳）を以て死去と、実際の没年齢は予言に背くものだった。本話が顕忠の没年齢の異同に関心を示すにもかかわらず、在衡・清隆の没年齢の正否には触れられることがない。顕忠の父・時平は、その子孫が「皆三十余、四十に過ぎ」ず、短命に倒れたが、「そのゆゑは、他のことにあらず、この北野（道真）の御嘆きになむあるべき」（大鏡・時平）と認識され、顕忠は「このおとどのみぞ、御族の中に、六十余までおはせし」（大鏡・時平）と特筆される人物だった。時平の一族はその夭折が道真の祟りにより合理化され、道真の祟りを負う一族の寿命は他の氏族の寿命以上に人々の関心を惹いたことだろう。

あの短命の一族にあって、独り長寿を保ち、しかも大臣にまで至った顕忠は正確には何歳で亡くなったのか、そのような関心が「此の大臣は五十八にて薨ずと云々。而るに補任には六十九と云々。如何」を話末に招きよせたのではないだろうか。没年齢を巡り、在衡・清隆と顕忠の間に見られた対照は、天神の祟りを負う時平の子として顕忠に刻まれた負の属性から導かれたということである。ならば、唐突にも見えた顕忠の没年齢にまつわる話末の話柄は、冒頭「時平の御子なり。毎夜庭に出でて天神を拝し奉る」と、構成において首尾呼応していたと言えるだろう。

〔蔦尾和宏〕

【同話・類話】

『大鏡』（時平）、『北野天神縁起』、『十訓抄』（六ノ二三）、『宇治拾遺物語』（一九七）

第六三話（一四一／二ノ四二・新大系二ノ四二）

「小野宮殿薨ずる時、諸人悲歎する事」

小野宮殿薨じ給ふの時、京中の諸人、門前に集ひて悲歎すと云々。一条摂政記に見ゆと云々。

（一七オ）

小野宮殿薨給之時京中諸人集門前悲歎云々 1
見[1]一条摂政記云々 2

【校異】　**1見…此事見**　全本

【口語訳】　小野宮殿がお亡くなりになった時、京中の諸人が門前に集まって、悲歎したという。『一条摂政記』に記されているということだ。

小野宮殿　藤原実頼。昌泰三年（九〇〇）～天禄元年（九七〇）。小野宮第を邸宅とした。三三話【語釈】参照。本話は『古事談』巻二の中で三八～四一話に連続して収められた「小野宮」殿話の四話目にあたる。その話順等から、本話の「小野宮殿」を実資と見る向きもあるが、実頼と解す（【参考文献】①、新大系、【余説】参照）。

薨じ給ふ　実頼は天禄元年（九七〇）五月一八日没。「申刻、摂政太政大臣従一位藤原朝臣実頼薨［年七／十一］、子刻、以㆓尋常車㆒奉移㆓法性寺艮松林寺㆒」（日

本紀略)

京中の諸人、門前に集ひて… 『紀略』や『百錬抄』には「薨ス」とのみ見え、人々が集まったという記述はないが、典拠『中外抄』(下二二)の他、『富家語』(一二六)には同じ逸話が見える。『愚管抄』(三・冷泉)も「小野宮ドノ、ウセラレタリケル時、トブラヒノタメ門ニ人オホクキタリアツマリタリケル」とする。

一条摂政記 藤原伊尹(九二四~九七二年)の日記。「謙徳公記」とも称されるようだが逸文が残されるのみ。実頼没時に伊尹は四六歳。三・四話参照(【余説】参照)。

【余説】

「小野宮」殿

実頼とその跡を継いだ孫で養子の実資は、伝領した邸宅に因みいずれも「小野宮」を冠して呼称され得る。『中外抄』『富家語』の中で忠実が「小野宮」を冠する人物はすべて実頼で、実資は『中外抄』(下四七)に「実資大臣」と一度登場するのみである。一方『古事談』第二で「小野宮」を冠するのは、三八「小野宮殿」、三九「小野宮右府」、四〇「小野宮大臣」、四一「小野宮殿」、七三「小野宮右府」、七四「小野宮殿」。実資が「右府」「大臣」等と附されるのとは異なり、実頼を「小野宮殿」以外に呼称することはないようであるから、『古事談』中「小野宮殿」と記される場合、実頼を念頭に置くことは妥当であると思われる。

縦し『古事談』二ノ三八~四一話が、話順によって四話すべてを実資話と読ませる目論みを持っていたとしても、『古事談抄』は『古事談』の話順を崩して抄録している。本話の直前は二ノ七四の実頼話、その前は三九話の実資話であり、『古事談抄』で本話を実資話と読むことは難しい。

話の出所

本話は『中外抄』を出典としており、更にその話の出所は「一条摂政記」であるという。しかし同話を記す『富家語』（一二六）では、「一条殿雅信公左大臣記」に拠ったとしており、同じ忠実の言談の内に齟齬がある。伊尹、源雅信（九二〇〜九九三年）共に、実頼の没時には四六歳・五〇歳で存命しており、いずれもが記録を残していたとして時間的問題はない。

既に指摘される通り、忠実の言談には一条左大臣（源雅信）とすべきところを、一条摂政（藤原伊尹）とした箇所が見える。この間違いの傾向を勘案すると、本話の出所も『富家語』（一二六）が記した「一条左大臣記」の方が正しいか。

尚、雅信は名臣とされ、雅信自身が没した折りの様が「入道左大臣従一位兼行皇太子傅源朝臣雅信薨（略）三朝為二輔佐之臣一、朝家所レ重也、洛陽士女聞二薨逝一而皆恋慕矣」（権記・正暦四年〈九九三〉七月二九日条）などと伝えられる。

【同話・類話】

『中外抄』（下一三）、『富家語』（一二六）、『愚管抄』（三・冷泉）

【参考文献】

①生井真理子「『古事談』―実資か?・実頼か?―」（「同志社国文学」第四七号、一九九八年一月）

［内田澪子］

第六四話（一五〇／二ノ五一・新大系二ノ五〇）
「清和天皇の御前身、善男と敵為る事」

深草天皇の御時、僧あり。内供奉を望む。天皇之を補せしめむと欲す。而るに善男、奏して以て之を停む。件の僧、悪心を発して法華経三（千）部を読みたてまつりて願に云はく、「一千部の功力を以て、当に宜しく帝王と為るべし。一千部の功力を以て善男の為に其の妨げを成すべし。一千部の功力を以て当に妄執を蕩かし、苦を離れ道を得べし」と云々。此の僧命終して幾程も無くして清和天皇誕生せしむ。童稚の齢たりと雖も、前世の宿縁により、事に触れて善男を悪ましめ給ふと云々。善男、其の気色を見て、修験の僧を語らひて、如意輪法を修せしむ。仍りて則ち寵臣と成る。然れども宿業の（答ふる）所か、配流と云々。

（一七オ）
[1]深草天皇[2]御時僧アリ内供奉ヲ望ム[3]天皇欲令補之
而善男奏以停之件僧發悪心テ[4]法華経三部
讀タテマツリテ願云以[5]一千部之功力當[6]宜為帝王以
[7]一千部之功力為善男[8]可成其妨[9]以一千部功力当蕩妄
執[10]可離苦得道[11]云々此僧命終シテ無幾程シテ清和
[12]天皇令誕生[13]雖為童稚之齢依前世之宿縁[14]觸[15]
事テ善男ヲ令悪給云々善男見其気色語[16]修
験之僧令修如意輪法[17]仍則成寵臣[18][19]然而宿業
所■歟配流云々

【校異】 1深草天皇…清和天皇先身為僧　全本　2御時僧アリ内供奉ヲ望ム…件僧望内供奉十禅師　全本　3天皇…深草天皇　全本　4法華経三部…法華経三十部　大東急　法華経三千部　静嘉・内閣・学習院・色川・東山・河野・紅葉山・宮城

5一千部之功力…千部功力　全本　**6當宜為帝王以…當生宜為帝王以**　大東急・静嘉・内閣・学習院・色川・東山・河野・天理　**當生宜為帝以**　紅葉山　**當出宜為帝王以**　宮城　**7一千部之功力…千部功力**　全本　**8可…卿**　全本　**9以一千部…残千部**　全本　**10可…（ナシ）**　宮城　**11云々…（ナシ）**　全本　**12天皇令誕生…天皇誕生給**　全本　**13雖為童稚之齢…雖有童稚之齢**　全本　**14前世…先世**　全本　**15觸事テ善男ヲ令悪給云々善男…觸事令悪於善男云々**　静嘉・内閣（云々の右に「々々」と傍書）・色川・東山・紅葉山・宮城　**觸事令悪於善男々々**　大東急・学習院・河野・天理　**16語修験之僧…語得修験之僧**　全本　**17仍…乃**　色川（右に「仍」と傍書）・東山　**18而…ニ**　学習院　**19宿業所■歟配流云々…宿業之所答坐事**　全本

【口語訳】　深草天皇の御代、一人の僧が内供奉十禅師職を望み、天皇もこの僧を任命しようとお考えだった。ところが、伴善男が天皇に奏上してこれを阻んだ。そこでこの僧は、悪心をおこし法華経三千部を読誦して「千部の功力によって、きっと帝王になろう。（次の）千部の功力によって善男を妨げよう。（残りの）千部の功力によって、妄執を消滅させこの世の苦を離れ仏の道に入ろう」と誓願した。この僧が死んで程なく、清和天皇が御誕生された。幼少の年齢であったとはいえ、前世からの宿縁によって何かにつけて善男を御嫌いあそばされたということだ。善男は天皇の御様子を見て、修験の僧を頼んで如意輪法を加持させた。そして天皇の寵臣となることができたのだが、宿業のなすところだろうか、配流されたということだ。

深草天皇　第五四代仁明天皇。弘仁元年（八一〇）～嘉祥三年（八五〇）。在位一七年、天長一〇年（八三三）～嘉祥三年（八五〇）。諱正良。嵯峨天皇第二皇子。母皇后橘嘉智子。嘉祥三年三月二一日、清涼殿にて崩御。四一歳。御陵は山城国深草山陵（本朝皇胤紹運録）。御陵の名に因み深草天皇とも。同類話である三巻本『宝

物集』の冒頭は「人王五十四代仁明天王ノ御時ニヤ、叡山ノ西坂本ニ貴僧有リキ」とあり、『伴氏系図』付載記事では「文徳天皇御時」のこととする。一方『古事談』では冒頭で深草天皇の御代のことであると標榜せず、清和天皇の先身が僧であったことから語り始める。

内供奉　内供奉十禅師に同じ。禅師の中から有験の僧を十人選抜し制度化した十禅師職に、内供奉職が付帯する形で成立した。宮中内道場に奉仕し、天皇遷御に際する内裏安鎮（続日本後紀・天長一〇年四月二一日条）や、天皇不予に際する加持（続日本後紀・嘉祥三年二月五日条）、御斎会での読師役等を務める（三代実録・貞観一三年一二月二五日条）など国家鎮護の任を掌った。内供奉十禅師には天台・真言の密教僧が任じられたが、特に天台と密接な関係にあり、天台僧は僧綱との兼帯が認められていた（新儀式・五・任僧綱事）。三巻本『宝物集』では、内供奉十禅師ではなく「僧正」を望む。

善男　伴善男。大同四年（八〇九、弘仁二年〈八一一〉とも）～貞観一〇年（八六八）。四五話【語釈】参照。

法華経三千部　『古事談抄』「三部」。諸本により「三千部」と校訂。

命終　ここで僧が具体的にどのように命終したかは不明。三巻本『宝物集』では「叡山ノ西坂本ニ貴僧」が、僧正職を所望するも「大臣」に阻まれ口惜しく思い、法華経三千部読誦し「ヒ死」（乾死〈餓死〉）する。『伴氏系図』付載記事では「尊僧」が、「内供官」を望み善男に阻まれたのを苦に、法華経三千部読誦の後焼身自殺する。

妄執を蕩かし　自らの執心を生前の千部の法華経読誦によって蕩かすこと。執心を蕩かす例は、『古事談』（三ノ七）に「早く悪趣をとらかして、生死を離れしめ給ふべし」と、早良皇太子の生霊に悩まされた天皇を加持した善修大徳の言葉にある。また、『宝物集』（二）に、怨霊に悩まされる染殿后を加持した相応和尚に不動明王が語った言葉に「真済を得脱せしめて、妄念をとらかすべし」とあるのも同じ。

清和天皇　第五六代天皇。嘉祥三年（八五〇）～元慶四年（八八〇）。在位一八年。諱惟仁。文徳天皇第四皇

子。母藤原良房女明子。嘉祥三年三月二五日に生誕し、同年一一月二五日に立太子。即位は天安二年（八五八）一一月七日、九歳。幼主童帝始とされ（本朝皇胤紹運録）、三兄を越えて即位したことを寓したかとされる逸話もある（古事談・一ノ三、大鏡・裏書等）。幼少につき外祖父であった藤原良房が万機を摂行した。応天門炎上事件の後、清和天皇は一七歳であったが、良房は最初の人臣摂政となった。元慶三年（八七九）五月八日、三〇歳の時水尾山寺で出家（江談抄・四、三代実録・元慶四年八月二三日条、後拾遺往生伝・下）。なお、三巻本『宝物集』や『伴氏系図』付載記事では、この清和天皇の出家も含めて、先身の僧が立てた誓願の一つの成就であると語る。

先身　前生の身。清和天皇の先身が具体的に誰をさすものかは未詳。天皇の先身が僧であることを語るものはいくつかある（新大系）が、本話のように「悪心（人を怨んで呪う心）」を起こして転生する例はみえない。また、早良親王の生霊を調伏するほどの験力を備えた善修大徳（古事談・三ノ七）が、国王の子として転生する（霊異記・下三九）例からもうかがえるように、天皇に転生する僧は高い智と験とを兼ね備えていると考えられる。

如意輪法　罪障を消滅し、息災を祈るために如意輪観音を本尊として行う修法。如意輪観音は、六観音の一。六道の衆生の苦を抜き、世間出世間の利益を与えるのを本意とする菩薩。はやくに道鏡が葛城山に籠もって修したとされ（七大寺年表）、後三条天皇親政期以降、三壇御修法（如意輪法・普賢延命法・不動法からなる）の一として行われた。如意輪観音の蓮華手は、あらゆる非法を浄めるとされ、その成就により天皇の寵愛を得る効能もある（覚禅抄・国王所愛事）。『古事談』（一ノ一）に称徳天皇の道鏡寵愛が「如意輪法の験徳」と語られているのもこの例である。また、『阿娑縛抄』巻第九二にも如意輪法成就による詮子寵愛と一条天皇即位の記事が載る。

配流　貞観八年（八六六）閏三月一〇日、朝堂院正面の応天門が炎上し、棲鳳・翔鸞の二楼も焼亡した事件の首謀者として善男が配流されたことを指す。事件から五ヶ月たった八月三日になって、大宅鷹取が放火の首謀者として善男を告発した。善男は関与を否定したが、僕従の自白によって、善男が息子中庸に命じて放火させたことが明らかにされ、善男は伊豆国、中庸は隠岐国へそれぞれ配流されることになった。なお、この話末について『古事談』では「宿業の答ふる所、事に坐す」とし、清和天皇先身の僧の宿願に結び付けるが、『古事談抄』では宿業と配流との因果関係はぼかされた結びとなる。なお、『江談抄』の同話『古事談』『古事談抄』相互の関係を整理すると『古事談抄』当該話は『古事談』二ノ五〇の前半部分に相当する内容であり、『古事談』後半部分は次の様に、伴善男本人のその後の顛末へと移ってしまう。

伴大納言事に坐する日、大納言南淵年名【所答坐事】、参議菅原是善等、勅を奉じて勘解由使局において之れを推問するに、更に以て承伏せず。即ち詐（いつは）りて人をして謂はしめて曰はく、「息男佐、已に以て承伏し畢んぬ。何ぞ独り然らざらむや」と云々。善男之れを聞きて「口惜しき男かな」とて承伏す、と云々。

伴善男の承伏に関するこの後半の逸話は『江談抄』二ノ三五前半部に相当し、『古事談抄』の本話に該当する話は『江談抄』三ノ五に収録されているという関係にある。すなわち『古事談』は、『江談抄』三ノ五と二ノ三五前半を合わせ、伴大納言善男が応天門炎上事件で配流された顛末を語るという体裁になっている。

【余説】 内供奉十禅師になれなかった僧は法華経三千部を読誦し、命がけで三つの願を誓った。結果、清和天皇に転生し、善男は配流された。しかし、善男に復讐するにしても、なぜこの僧は天皇になる必要があったのか。その答えは、清和天皇が伴善男を配流した事件に仄見えるようである。

『三代実録』貞観八年九月二二日条によれば、大宅鷹取の告発を受けた清和天皇は、

爰或諸人等又並レ口〈天〉無レ疑〈留倍久〉告言〈己止〉在。然〈止毛〉件事〈波〉世〈尓毛〉不レ在〈止〉思

〈保之〉食〈天那毛〉月日〈乎〉延引〈都々〉早〈尓〉罪〈那倍〉不レ賜御坐〈都留〉。

と、善男を断罪することを延引しており、善男と事件との関わりについて当初否定的な立場にあったらしいことが記されている。その後、大逆罪で斬罪にあたるところを「別〈尓〉依レ有レ所レ思」死一等を減じて遠流に処されたのであった。なお、柏原（桓武）と深草（仁明）の御陵へ奉られた告文では、善男が斬罪から遠流に赦された理由として、桓武以来の大伴氏の奉仕と旧功及び善男が毎年八講会を設けて山陵を飾り奉仕したこと等をあげている（三代実録・同日条）が、いずれにしても善男の断罪は清和天皇の本意ではなかったと考えられるのではないか。善男を配流せざるをえなかった清和天皇の苦慮が、本話のような、前世からの誓願のなせることとする説話を生んだとも考えられる。

さらに、同様の話を持つ『伴氏系図』二本のうち一本には、善男の配流を語った後、「帝為先生之本意歟。御位下サセ給後。御道心給見。〈法名素眞幸眞〉丹波国水尾籠居給。發菩提願給故ニヤ」とし、清和天皇の出家を三番目の宿願と結び付けている。三巻本『宝物集』にも清和天皇出家の事に触れて「彼御誓ヒ三ニ別テ廻向シ給ヒケル。一モ不違遂サセ給ヒケル事ヲ思フニ、法華経ノイミジキタメシ云バカリナシ」とし、僧の三つ目の宿願は、清和天皇の若くしての出家と結びつくことによって完結している。見方を変えれば清和天皇の出家こそ、「宿業の答ふる所」であろうが、幼くしての即位と、若くしての出家という事実は、先身が僧であったとする言説に結びつく大きな要素であったといえるだろう。

つぎに内供奉十禅師について触れておきたい。内供奉十禅師は天台宗と密接な関係にあった。垣内和孝氏（【参考文献】①）によれば、宝亀三年（七七二）～文治元年（一一八五）までの内供奉十禅師の内五割が天台僧であり、時代を経るにつれて次第に増加し、一四世紀中頃には独占されていくとされる。こうした変遷を物語るひとつの例として『三代実録』貞観一三年（八七一）一二月二五日条の記事が指摘されている。

僧綱申牒。承和七年七月廿八日格云。正月最勝御斎会読師。以二持律持経及苦修練行三色禅師一。輪転請用。貞観六年十二月十五日宣旨称。以二内供奉十禅師一次第請用。而頃年十禅師中六人。固辞不二肯応一。逓請二四人一。事以レ不レ遍。請依二先後格旨一。不レ論二十禅師三色僧一。請二其中英者一。太政官処分。従レ之。但請用之時。録二其名簿一。先申レ官。不レ得二輒恣一。

これによれば、承和七年の格により、御斎会の読師は、持律・持経・苦修練行の三色禅師をもって輪転請用することになっていたが、貞観六年から内供奉十禅師からの起用となった。しかしこの時十禅師の内六人がこれに難色を示し、残る四人を逓に請用することにして、その後はこの規定を論ぜず、その中の英者を請用することにしたという。

これについて石田瑞麿氏（【参考文献】②）は、宣旨に従わなかった六人の内供奉は、南都諸宗の独占的地位を保持し、天台僧を排除するために積極的に宣旨に従わなかった非天台僧ではないかとされた。その場合、垣内氏も指摘する通り、残りの四人は天台僧である可能性が高く、貞観一三年以前にすでに天台僧と内供奉十禅師との密接な関係があったことが考えられる。一方、伴善男も天台宗と深い関係にあった。善男の父国道は弘仁一四年（八二三）三月三日、藤原三守と共に延暦寺俗別当に補せられて以後、延暦寺と密接な関係にあり、天台宗興隆に尽力した人物の一人に数えられている（僧光定上表文・平安遺文四四三五）。国道は、初期の天台宗教団沈滞の打破を狙って、叡山出身の僧侶の出仕の途を開くため様々に尽力した。たとえば天長二年（八二五）二月八日には、法隆寺・天王寺の安居講師に長く天台宗の僧侶を任命するべきことを、光定と法隆寺壇越登美真人藤津の書を以て右大臣藤原冬嗣に申請し、受理されているのはその例である（伝述一心戒文、類聚三代格・天長二年二月八日・太政官符）。なお『伴氏系図』には善男も「比叡山俗別当」と記されるが、こちらについては未詳である。しかし、善男も父国道と同じく天台宗とは浅からぬ縁があった。

たとえば、比叡山延暦寺ではじめて灌頂が行われた嘉祥二年（八四九）、参議として灌頂を検校するために比叡山に赴く役を任されているし、前年の嘉祥元年（八四八）六月一五日、延暦寺に灌頂を修すべき太政官牒が下ったときには、斑河内和泉使長官参議従四位下右大弁として署名している。これについて、翌年延暦寺伝燈大師位の円仁は、善男の名を挙げて仁明天皇に謝意を表している（天台霞標・五ノ一）。このように、内供奉十禅師と伴善男との天台宗との関わりに目を向けると、善男が僧の内供奉十禅師補任を妨害したとする説話の背景に、僧の天台非天台の事情と、善男の天台僧援引とが関係している可能性も推測できよう。

【同話・類話】

『江談抄』（三ノ五）、三巻本『宝物集』（巻下一一）、『伴氏系図』二本（諸家家系図纂・一二四下巻所収）善男の項

【参考文献】

①垣内和孝「内供奉十禅師の再検討」（『古代文化』四五巻五号、一九九三年五月）
②石田瑞麿『日本仏教における戒律の研究』（一九六三年、仏教書林中山書房）

［高津希和子］

第六五話（二五一／二ノ五二・新大系二ノ五一）

「伊周配流の事」

儀同三司の配流は長徳二年四月二十四日なり。宣命の趣、罪科三ケ条〔法皇を射奉る、女院を呪詛し奉る、私に太元法を行ふ等の科と云々〕。

左衛門権佐允亮・府生茜忠宗等、追ひ下さむが為、其所〔中宮の御在所、所謂二条北宮〕に向かふ。東門を入り、寝殿の北を経、西対〔帥の住所なり〕に就き、勅語を仰せ含む。而るに重病により忽ちに配所に趣き難きの由を申す。忠宗を差し、其の旨を申さしむるに許容無し。車に載せ追ひ下すべきの由、重ねて勅命有りと云々。右大将之を行ふ。此の間、左右馬寮に仰せて御馬を引かしめ、武芸に堪ふるの五位以下を、宣旨により、（鳥）曹司（に候）ぜしむと云々。

配流

大宰権帥正三位藤原伊周〔元内大臣〕　出雲権守従三位隆家〔元中納言〕　伊豆権守高階信順〔元右少弁、成忠男〕

淡路権守同道信〔元右兵衛権佐、木工権頭〕

殿上の簡を削らるる人々

左近少将源明理　藤原頼親〔帥の舎弟〕　右近少将藤周頼〔帥の舎弟〕　源方理

勘事

左馬頭藤原相尹　弾正大弼源頼定

権帥、中宮に候ずるの間、使の催しに従はざるの由、允亮、再三奏聞すといへども、猶ほ慥かに追ひ下すべきの由を仰せらる。二条大路、見物の車、(堵)のごとし。中宮と帥と、相双びて離れ給はず。仍りて追ひ下す能はざるの由、之を奏す。京中上下、后宮の中に乱入す。見物の濫吹殊に甚だし。宮中の人々、悲泣声を連らぬ。聞く者、涙を拭はざる無し。隆家、同じく此の宮に候ず。両人中宮に候ひて出づべからずと云々。仍りて宣旨を下し、大殿の戸を破却せむとするの間、其の責めに堪へず、隆家出で来る所なり。病患の由を称するにより、網代車に乗せしめ、配所に遣はす。但し随身、騎馬すべしと云々。権帥は已に逃げ隠れ、其の身無しと云々。信順等を召し問はるるの処、「左京進藤頼行は権帥の近習の者なり。件の頼行を以て在所を申さしむべし」てへり。即ち頼行を召し問ふの処、申して云はく、「帥、一昨日、中宮よりいでて、道順朝臣、相共に愛太子山に向かふ。頼行に至りては山より罷り帰り了んぬ。其の乗馬、彼の山の辺に放棄す」と云々。仰せて云はく、「允亮、頼行を召し具し、跡を尋ね、追求すべし。若し申す所相違有らば、考訊を加ふべし」てへり。仍りて允亮朝臣・右衛門尉備範・府生忠(宗)等、彼の山に馳せ向かひ、馬鞍を尋ね得と云々。中宮は権大夫扶義〔一条左大臣の男〕の車に乗り、出でしめ給ふ。其の後、使庁の官人等御所に参上し、実検せしむと云々。后宮の御為、限り無き恥なり。中宮、已に落餝、出家し給ふと云々。信順等四人、戸屋に籠めて、看督長を以て之を守護せしむ。此の間、十箇日を経。五月四日、員外の帥、出家す。使等、尚ほ西山に在り。左衛門志為信〔本所を守護するの者〕、事の由を申さしめむと欲するの間、権帥、又車に乗り離宮に馳せ向かふ。為信、藁沓を着し、淳和院の辺に追ひ留む。此の間、公家、右衛門権佐孝道・左衛門尉季雅・右衛門府生伊遠等を差し、帥の所に馳せ遣はさしむ。「将に本家に帰し、翌日配所に発向すべき」の由、領送使、之を申す。頭弁行成朝臣、勅を奉じて云はく、「権帥、病患の間、播州の便所に安置す。出雲権守隆家は、但馬国の便所に安置す。各国司に預けしめ、其の請文を取り帰参すべし」てへり。

　花山院を射奉らるるの根元は、恒徳公の三女は、伊周の妻室なり。而るに四女を法皇通はしめ給ふを、伊周「四女は僻事なり。三女にてぞあるらむ」とて、隆（家）卿を相語らひて、安からぬよしを示し合はせられけり。中納言「安き事なり」とて、人両三にて、法皇の、鷹司殿より騎馬にて帰らしめ給ふを射奉るの間、其の矢、御袖よりとをりて還御し畢(をは)んぬ。「此の条、見苦しき事なり」とて、秘蔵有りて沙汰無きの処、公家聞し食されて、「(太)上天皇は止事無きなり。院の御意静かならず、此くのごとき事出来するなり。又伊周、私に大元法を修す。件の法は公家にあらずんば修せざるの法なり。又女院を呪詛し奉ると云々。此両事に依り左遷す」と云々。

同年十月八日、権帥密に上りて、京上して中宮に隠れ居るの由、其の夜より其の聞こえ有りと云々。仍りて右佐孝道を差(つかは)し、事の由を中宮に申さるるの処、已に無実の趣きを奏せらる。孝道朝臣以下、使庁官人等、彼の宮に候ず。季雅・為信等を播磨に差し遣はし、権帥の有無を実検せらると云々。帥、先日出家により官符を改めらる。而るに尚ほ頭を剃らずと云々。播州の使等、未だ帰洛せざる前、権帥、中宮に候ずるの由、已に露顕す。八旬の母、病痾(びやうあ)に沈みながら、懇切に今一度の対面を期してしにやらぬ上、中宮懐妊、今月産期に当たるの間、密々上洛すと云々。「今度に於いては慥かに大宰府に追ひ遣らるべし」と云々。

同三年四月、両人之を召し返さる。今上の一宮誕生し給ふ故と云々。長保三年閏十二月十六日、本座を許し、公庭に仕ふ。内大臣の下、大納言の上に列すべきの由、宣下せらる。

寛弘七年正月三十日、薨ず〔春秋三十七〕。

（一七ウ）
儀同三司配流者長徳二年四月廿四日也宣命趣罪
科三ケ条奉射法皇奉呪咀女院[1]私行太元法等科云々
左衛門権佐[2]允亮府生茜忠宗等為追下向其所中宮御在所
所謂二条北宮入東門経寝殿北就西對帥住所也仰含勅語
而申依重病忽難趣配所之由差忠宗令申其
旨無許容載車可追下之由重有勅命云々[3]右大将
行之此間仰左右馬寮令引御馬堪武藝之五位
以下依宣旨令[4]曹司云々
配流

太宰権帥正三位藤原伊周元内大臣　出雲権守従三位隆家
元中納言
伊豆権守高階信順元右少弁成忠男　淡路権守同道[5]信元右兵衛権[6]佐木工権頭
削[7]殿上簡人々
左近少将源明理[8]　藤原頼親帥舎弟
（一八オ）
右近少将藤周頼帥舎弟　源方理
勘事
左馬頭藤原相尹　弾正大弼源頼定
権帥候中宮之間不従使催之由允[9]亮再三雖奏聞
猶慥可追下之由ヲ被仰ル二条大路見物車如恒[10]中宮与
帥相雙不離給仍不能追下之由奏之京中上下乱[11]入
后宮中見物濫吹殊甚宮中之人々悲泣連ヌ聲聞者
無不拭涙隆家同候此宮両人候中宮テ不可出云々仍
下宣旨擬破却[12]大殿戸之間不堪其責隆家所出来也
依稱病患[13]之由令乗細[14]代車遣配所但随身可騎馬云々
権帥ハ已逃隠無[15]其身云々被召問信順等之[16]處左京進
藤頼行ハ権帥近習者也以件頼行可令申在所者
（一八ウ）
即召問頼行之處申云帥一昨日中宮ヨリイテ、道順朝臣
相共向愛太子山[17]至頼行者山ヨリ罷帰了其乗馬放棄
彼山邊云々仰云允[18]亮召具頼行尋跡可追求若所申有相違
者可加考[19]辞者仍允[20]亮朝臣右衛門尉備〔ヨリ〕範府[21]生忠家
等馳向彼山尋得馬鞍云々中宮ハ~~御所令実検云々奉為后~~
~~宮無限之恥也中宮已~~乗権大夫扶[22]義（一条左大臣男）之車令出給其
後使廳[23]官人等参上御所令[24]実検云々奉為后宮無限之恥也
中宮已落餝出家給云々信順等四人籠戸屋テ以看督長令
守護之此間経十箇日五月四日員外帥出家使[25]等尚在西
山左衛門志為信守護本所之者欲令申事由之間権帥
又乗車馳向離宮為信着藁沓於淳[26]和院邊追留
此間公家差右衛門権佐孝道左衛門尉秀[27]雅右衛門府生
伊遠等令馳遣帥所[28]将帰本家翌日發向配所之由領
（一九オ）
送使申之頭弁行成朝臣奉勅云権帥病患[29]之間安置
播[30]州便所出雲権守隆家ハ安置但馬國[31]便所[32]各令預
國司取其請文可帰参者
被奉射花山院之根元ハ恒徳公三女ハ伊周之妻室之也
而四女ヲ法皇令通給ヲ伊周四女ハ僻事也三女[33]ニテソア

ル覧トテ相語隆[34]國(家歟)卿テ安カラヌヨシヲ被示合ケリ中納言安事也トテ人両三ニテ[35]法皇ノ鷹司殿ヨリ騎馬ニテ令帰[36]給ヲ奉射之間其矢御袖ヨリトヲリテ還御畢此条見苦事也トテ有秘蔵無沙汰之處公家被聞食テ大上天皇ハ無止事也院御意不静如此事出来也[37]又伊周私ニ修大元法件法ハ非公家者不修之法也又奉呪咀女院云々依此[38]両事左遷云々

(一九ウ)

同年十月八日権帥[39]蜜上京上シテ隠居中宮之由自其[40]夜有其聞云々仍差右佐孝道被申事由於中宮之處已被奏無実之趣孝道朝臣以下使[41]廳官人等候彼宮差季雅為信等遣播磨被実検権帥之有無云々[42]帥先日依出家被改官符而尚不剃頭云々播州使等未帰洛之前権帥候中宮之由已露顕八旬母乍沈病痾[43]懇切期今一度之對面テシニヤラヌ上中宮懐妊今月當産期[44]之間蜜々上洛云々於今度者慥可被追遣大宰府云々

同三年四月両人被召返之今上一宮誕生給之故云々

長保三年潤十二月十六日許本座仕公庭被宣下可列内大臣下大納言上之由

寛弘七年正月廿日薨春秋卅七

【校異】　**1私…秘**　全本　**2允…元**　全本　**3右大将…固関等事右大将**　大東急・静嘉・内閣・学習院・色川・東山・河野・天理　**固等事右大将**　紅葉山・宮城　**4曹司…候鳥曹司**　全本　**5道信…道順**　大東急・静嘉・色川・東山・河野・天理・紅葉山・宮城　**6権…（ナシ）**　全本　**7削…被削**　全本　**8理…（ナシ）**　静嘉・内閣・学習院・色川・東山・河野・天理・紅葉山・宮城　**右**　学習院・紅葉山・宮城　**9允…元**　全本　**10恒…堵**　全本　**11乱入…挙首乱入**　全本　**12却…夜**　大東急・静嘉・内閣・学習院・色川・東山・河野・天理　**収**　宮城　**（一字空格）**　紅葉山　**13患之…（ナシ）**　全本　**14細…網**　大東急・静嘉・内閣・学習院・河野・天理・紅葉山・宮城　**納**　色川・東山　**15無…令宮司捜御在所及所々已**　大東急　**令宮司捜御在所及所々已無**　静嘉・内閣・学習院・色川・東山・河野・天理・紅葉山・宮城　**16之處…之処申云**　全本

17山ヨリ…自山脚　大東急・内閣・学習院・色川・東山・河野・天理・紅葉山・宮城　目山脚　静嘉　18允…元　全本
19考辞…栲辞　大東急・内閣・色川・東山・天理　栲許　静嘉　拷訊　学習院・河野・紅葉山・宮城　20允…元　全本
21府生忠家…左衛門府生忠宗　大東急・静嘉・内閣・学習院・色川・東山・河野・天理・紅葉山　左衛門府生忠宗家　宮城
22一条左大臣男扶義…一条左大臣男快義　大東急・内閣・学習院・色川・東山・天理・宮城　快義　紅葉山　23庁…（ナシ）　全本
24令…捜検夜大殿及疑所々放経入板敷等皆　大東急　捜検夜大殿及疑所々放垣入板敷等皆　静嘉　捜検夜大殿及疑所々放但
入板敷等皆　内閣・色川・東山・河野　捜検夜大殿及疑所々放組入板敷等皆　学習院・天理・紅葉山　捜検夜大殿及疑所々
但入板敷等皆　宮城　25使等…帰本家尋求之使者　大東急・静嘉・内閣・学習院・色川・東山・河野・天理　帰本尋求之使
者　紅葉山・宮城　26淳…清　全本　27秀雅…季雅　全本　28所将帰本家翌日發向配所…所帰本家翌日発向配所権帥依出家
被改官符云々権帥隆家等依病難赴各配所　静嘉・内閣・学習院・色川・東山・天理・紅葉山　所帰本家翌日発向配所権帥依
出家被改官符云々権帥隆家等依病難各配所　大東急　所帰本家翌目発向配所権帥依出家被改官符云々権帥隆家等依病難赴各
配所　宮城　依出家被改官符云々権帥隆家等依病難赴各配所　河野　29患…（ナシ）　全本　30播州使…播磨国使　大東急・
天理　播磨国使　学習院・色川・東山・河野・紅葉山・宮城　播磨国司　静嘉・内閣　31國使…国使　学習院・色川・東
山・河野　国司　静嘉・内閣　使　紅葉山・宮城　32各令預…各領　大東急・静嘉・内閣・学習院・色川・河野・天理・紅
葉山・宮城　各願（領）　東山　33ニテソアル覧…ニテコソアルラメ　全本　34隆國…隆家　全本　35ニ…人相具　全本　36帰…
伺　大東急・色川・東山・河野・天理・紅葉山　回　静嘉・内閣　37又…雖然不可黙止又　大東急・静嘉・内閣・学習院・
色川・東山・河野・天理・宮城　雖然不可黙止今　紅葉山　38両…等　全本　39蜜上…密々　全本　40其…去　全本　41使
庁…使　大東急・静嘉・内閣・学習院・色川・東山・河野・天理・紅葉山　（ナシ）　宮城　42云々…又帥上洛告言既有其人
彼宮大進生昌云々　大東急・内閣・東山・河野・天理・学習院・色川・宮城　又帥上洛言告既有其人彼宮大進生昌云々　静
嘉　又帥上洛告言既有其人彼宮大進告申云々　紅葉山　43痊…痛　紅葉山　44期…月　宮城

【口語訳】　儀同三司の配流は長徳二年（九九六）四月二四日のことである。宣命の主旨は罪科三ヶ条である（法皇を射申し上げた、女院を呪詛し申し上げた、私的に大元帥法を行ったなどの罪ということだ）。

左衛門権佐允亮・府生茜忠宗らが（伊周らを）追い下すため、現場（中宮の御在所、いわゆる二条北宮）に向かう。東門を入り、寝殿の北を通り、西の対（帥の住所である）に到着し、勅語を仰せかける。しかし重病のためすぐに配所に向かえないと（中から）申す。忠宗を遣してその旨を奏上させるが、御許容なく、車に載せて追い下すべしとの、重ねての勅命があった、ということだ。右大将がこれらの指揮をとる。この間、左右馬寮に命じて御馬を引かせ、武芸に秀でた五位以下の者を、宣旨によって鳥曹司に祇候させる、ということだ。

配流　藤原伊周（元内大臣）、藤原隆家（元中納言）、高階信順（元右少弁、成忠男）、高階道信（元右兵衛権佐、木工権頭）

殿上の簡を削られる人々　源明理、藤原頼親（伊周弟）、藤原周頼（伊周弟）、源方理

勘事　藤原相尹、源頼定

権帥が中宮のところに祇候し、検非違使の催促に応じない旨、允亮は再三奏聞するが、やはりしっかりと追い下せ、と仰せられる。二条大路は見物の車で立錐の余地もない。中宮と帥と、共に並んでお離れにならず、従って追い下すことができない、と奏上する。京中の貴賤が、中宮の御在所に乱入し、見物する。大騒ぎの様はひどく夥しい。御在所内の人々の泣き声がとぎれなく聞こえる。これを聞いて涙を拭わない者はいない。隆家も同じくこの御在所に祇候している。両人は中宮のおそばに侍っていて出て来そうにない、ということだ。よって宣旨を下し、（夜）大殿の戸を破壊しようとすると、その責めに堪えられなくなり、隆家は出てきた。病気であると称するので、網代車に載せ、配流先に出発させる。ただし、随身は騎馬してよいということだ。権帥は既に逃げ隠れており、姿がなかったという。信順らを召し問われたところ、「左京進藤原頼行は権帥の近習の者だ。その頼行に（帥の）居所を申させよ」と言った。早速頼行を召し問われたところ、「帥は一昨

日、中宮の御在所を出て、道順朝臣と共に愛宕山に向かった。私頼行は山からおいとまして帰って来た。その時乗った馬はその山の辺りに乗り捨てた」と答えたという。「允亮は頼行を連れ、痕跡をたどり、（権帥を）追求せよ。もし証言と食い違うことがあれば、拷問をせよ」と命令が下った。よって允亮朝臣・右衛門尉倫範・府生忠宗らが、その山の上に馳せ向かい、馬鞍を捜し出したということだ。中宮は権大夫扶義（一条左大臣の男）の車に乗り、御在所の外に出られる。その後、検非違使庁の官人たちが御在所に入り、実況検分したという。中宮のため、この上なく面目ない事態だ。中宮は既に髪を下ろし出家なさったということだ。信順ら四人を戸屋に監禁し、看督長に監督させる。こうして、一〇日がたった。五月四日、員外の帥伊周は出家した。検非違使らはまだ西山で捜索している。左衛門志為信（中宮御在所を守護する担当の者）が、伊周の出家（と帰宅）を奏上しようとしたが、権帥はまた車に乗って離宮に向け出発してしまった。為信は藁靴姿で（権帥一行を）追い、淳和院あたりで停止させた。この間、朝廷は右衛門権佐孝道・左衛門尉季雅・右衛門府生伊遠らを帥の所にさしむけた。「これから（権帥を）本家に帰らせ、翌日配所に向けて出発させる」と領送使が報告してきた。頭弁行成朝臣が、勅を奉じて「権帥は病気なので、播磨国のしかるべき所に留める。出雲権守隆家は、但馬国のしかるべき所に留める。各の国司に身柄を預け、国司からの請文をとった上、帰参せよ」と言った。

花山院を射申し上げなさった根元は（次のようである）、恒徳公の三女は伊周の妻室だった。そして四女のもとに、法皇が通っておられたのを、伊周が「四女というのは嘘である。きっと三女のところに通っていらしているのだろう」と思い、隆家卿を語らって「見過ごせないことだ」と語り合った。中納言隆家は「たやすいことだ」と言って、二・三人を連れて、法皇が、鷹司殿から騎馬でお帰りになるところを射申し上げたところ、その矢が御袖を通り、還御された。「この件は見苦しい事だ」ということで、（花山院は）秘密にして問題にしないでいたところ、朝廷がお聞き及びになり、「太上天皇は尊いお立場だ。花山院のお心が日来から平静でないので、このようなことが起こるのだ。また伊周は、私的に大元帥法を行っている。この修法は朝廷以外には行わない修法だ。また女院を呪詛し申し上げているとかいうことだ。これらの事が理由で左遷する」ということになった。

同（長徳二）年一〇月八日、権帥は密かに京都に戻り、中宮のもとに隠れている、という噂がその晩から風評として広まっていたという。よって右衛門権佐孝道をさしむけ、事情を中宮に申し上げると、全く事実無根だ、と奏上された。孝道朝臣以下検非違使庁の官人らが、中宮の御在所に詰めた。季雅・為信らを播磨にさしむけ、権帥が本当にいるかどうか検分させたという。帥は先日出家したので、官符が書き改められた。しかしまだ頭を丸めていない、という。播磨国の使たちがまだ帰京しない前に、権帥が中宮のところにいることが早くも露見した。八〇歳になんなんとする母親が、病に沈みながら、懇ろにもう一度会いたいと期待して死にきれずにいる上、中宮は懐妊して、今月が産み月に当たるので、密かに上洛した、ということだ。「今回ばかりは確実に大宰府に追い遣わすように」とのことだ。

同三年（九九七）四月、伊周・隆家両人は都に召還された。今上の一宮敦康親王が誕生なさったからだということだ。長保三年（一〇〇一）閏一二月一六日、（伊周が）元の地位に戻ることを許し公職に復帰する。内大臣の下、大納言の上に列するように、との宣下がなされた。

寛弘七年（一〇一〇）正月三十日、伊周は亡くなった。三七歳。

儀同三司　藤原伊周。天延二年（九七四）～寛弘七年（一〇一〇）。関白藤原道隆の息。母は高内侍高階貴子。隆家・中宮定子らの兄。二一歳で内大臣となる。道隆は、急病に倒れると息伊周の関白就任を切望するがかなわず、道隆没後は叔父道兼が関白になる。一〇日ほど後に道兼も立て続けに急死したが、今度は道兼の弟道長が内覧の宣旨を受け、実質上の最高権力者となってしまう。『大鏡』（道長）はこの人選に関して、一条天皇の母で道長らの姉である東三条院詮子の強力な推薦があったとする。その後も伊周・隆家兄弟と道長の抗争は続くが、伊周方の敗北を決定づけたのが、以下に記される花山院を射た事件の発覚である。なお、儀同三司とは本来中国の官名で、従一品の文散官で、官職を帯びなくとも俸禄を受け、朝参を許された。後に伊周が受けた「列二大臣下大納言上一朝参」（寛弘二年二月二五日宣旨）という処遇はいわば准大臣に当たり、伊周が自らの立場を「儀同三司」と自称してから、准大臣の異称として用いられるようになった。

長徳二年四月廿四日なり　『古事談抄』『古事談』の本章段の多くの部分は『小右記』に基づくと考えられる。はじめに『古事談抄』（一八オ）三行目までに相当するのは『小右記』同日条で、両者を比較すると、『小右記』は伊周・隆家らの配流の宣命が仰せ下され、内容が実行されるに際しての手続を、できるだけ具体的に記しているが、『古事談』『古事談抄』は宣命通達に至るやりとりや介在する人物を極力削っている。この傾向は『古事談』に比べ『古事談抄』でいっそう顕著である（校異3など）。

法皇　『小右記』にもあるように、花山院（九六八～一〇〇八）のこと。在位永観二年（九八四）～寛和二年（九八六）。藤原道兼らにそそのかされるようにして内裏を脱出し、花山寺で出家、その間に三種神器は一条天皇のもとに運びこまれていたという顛末は、『古事談』（一ノ二〇）や『大鏡』（伊尹）に詳しい。

女院　一条天皇の母、東三条院詮子（九六二～一〇〇一）。父は藤原兼家で、母は摂津守藤原中正女時姫。道隆・道兼の妹で道長の姉。円融天皇の女御で、一条天皇の即位に伴い皇太后となる。三〇歳で出家し、女院号を受けるが、これがわが国の女院号の初例である。道長の政権掌握に大いに力があり、伊周らにとってはありがたくない存在だった。

呪詛　『小右記』長徳二年（九九六）三月二八日条に「院（東三条）御悩昨日極重、（略）又云、或人呪詛云々、人々厭物自二寝殿板敷下一堀出云々」と見える。長徳元年（九九五）五月に道長が内覧の宣旨を蒙った後も道長と伊周の対立は激しく、例えば七月二四日には「右大臣・内大臣於二仗座一口論、宛如二闘乱一、上官及陣官人々・随身等群立壁後聴レ之、皆嗟二非常一云々」と右大臣道長と内大臣伊周が陣座で凄まじい口論をして人々を嘆かせている（小右記）。また『百錬抄』長徳元年八月一〇日条に「呪二詛右大臣（道長）一之陰陽師法師、在二高二位（高階成忠）法師家一。事之躰似二内府（伊周）所為一者」と見えるように、伊周とその周辺が、道長や詮子らを呪詛しているのではないか、という噂は渦巻いていた。

私に　『古事談』諸本では「秘」だが、次項で見るように、太元法を私的に行うことはできないので、許可を受ければ行ってよい、というものではない。よって、『古事談抄』や『小右記』の「私」が本文的にすぐれている。

太元法　太元帥法とも記し「たいげんのほう」と訓む。太元帥明王を本尊とする護国・敵調伏の秘法。宮中で後七日御修法と同じく一月八〜一四日に行われた。『日本紀略』長徳二年四月一日条には「天皇不二出御一（略）依二東三条院御悩一也。法琳寺申下内大臣修二太元法一之由上、仰令レ召二仲祚法師一」と、伊周が東三条院呪詛のために太元法を行わせたとされる旨が記されている。

左衛門権佐允亮　『古事談』諸本はここでも後の場面でも「元亮」とするが、『古事談抄』『小右記』の「允亮」が正しい。惟宗（これむね）から令宗（よしむね）に改姓。ただすけ。一条朝を代表する明法家で『続本朝往生伝』に弟允正と並んで「天下一物」と讃えられ、『二中歴』（一能歴）「明法」にも並び称せられる。『政事要略』の著者として夙に名高い。明法博士、勘解由次官、従四位下、河内守。『魚魯愚抄』「左右衛門佐兼国例」に「令宗允亮歴七年、正暦四年（九九三）正月任二左衛門権佐一、長保元年（九九九）正月兼二備中権介一」と見え、長徳二年正月二五日には加賀権介を兼ねている（長徳二年大間書）。これらから見て、当時、左衛門権佐、加賀権介であったと考えられる。『惟宗系図』によれば左衛門志忠方の息で致明の孫だが、『江談抄』は惟宗公方（本朝月令の編者）の子とし、亡父の学説上の汚名を雪ぐため研鑽を積み、父の論敵藤原文範の許を訪ねた時の逸話が載る（二ノ一五）。また、『清獬眼抄』凶事所載「宗河記」が河内守允亮記であるとすると、そこでは公方を祖父と称している。『大日本史料』二―九参照。

府生茜忠宗　左衛門権佐允亮と同じく左衛門府に属す

るので「左衛門」を略したのだろう。『小右記』では「左衛門府生西志宗」で、『古事談抄』や『古事談』諸本の本文が正しい。

中宮　一条天皇中宮藤原定子（九七六〜一〇〇〇）。父は道隆、母は伊周・隆家らと同じく高階貴子。正暦元年（九九〇）立后。前年の道隆の死・道長の内覧以来、中宮の実家の中関白家は政治的に苦境に立たされていた。

二条北宮　『小右記』長徳二年三月条に「二日、（略）頭中将（藤原斉信）伝二綸旨一云、明日中宮出二御里第一者」「四日、（略）今夜中宮出二御二条北宮一」とあり、二月一一日に伊周・隆家らの罪名勘申が行われ、綸旨に従い、定子は宮中の職曹司から「里第」である「二条北宮」に退出していた。この中宮御在所は『小右記』六月九日条に「今暁中宮焼亡」とあるように、伊周・隆家配流の後、焼亡してしまう。そして中宮は「二位法師」高階成忠宅にまず避難、「明順朝臣二条宅」に移り、諸卿は「冷泉院」の御在所を見舞った後、この明順宅に中宮定子を、そして故右府（藤原道兼）北の方などの、近隣の邸を見舞っている。『日本紀略』六月八日条には「今夜東三条院東町世号二二条宮一焼亡。中宮此間御坐、依二今夕火事一渡二御亮高階明順宅一」とあり、このエリアは「二条宮」と呼ばれ、東三条院の東町だったことが知られる。ただし、二条北宮の位置と構造については未詳の部分が多い。中関白家の二条の邸にかかわる史料を摘記すると、『日本紀略』正暦三年（九九二）一一月二七日条に「今日、中宮自二内裏一遷二御新造二条院一」とあり、前年一〇月五日に中宮となった定子のために、父道隆があらたに「二条院」を造ったことが想像される。次に『日本紀略』正暦五年（九九四）八月二八日条に、「以二権大納言同（藤原）伊周一為二内大臣一。公卿相率向二内大臣第小二条一有二饗禄事一」とあり、新任の内大臣伊周第である小二条に皆が赴いている。同じ日の『権記』には「於二関白二条第一設二饗饌一」とあるので、この邸は伊周の小二条とも、関白道隆の二条第とも呼ばれていたことが分かる。『小右記』長徳元年正月九日条には二条の邸をめぐるもう一つの火事の記事が見え、「午時許火見二南方一、其程遼遠、小選下人走来云、内大臣家者、乍レ驚乗レ車馳向、内府住家之南家〈関白家新造所〉、及鴨院〈冷泉院御在所也〉払レ地焼亡、（略）上皇遷二御東三条一云々」とあり、『百錬抄』は「鴨院焼亡」とし、『日本紀略』には「午時。摂政内大臣二条第并鴨院等焼亡。于レ時冷泉院御二坐鴨院一。遷二御東三条第一」とする。このように、焼けたのは「鴨院」とも「摂政内大臣二条第并鴨院」とも言いうる場所で、最も正確に言うと、関白道隆が新しく造った「南家」である。そこは内府伊周の住まいの南側であったとも、伊周の住まいである南家であったともとれると思う。これらを勘案すると、仮に図のような配置であったと考えられる。なお角田文衛「皇后定子の二条の宮」（【参考文献】③）参照。

二条宮・小二条・二条第

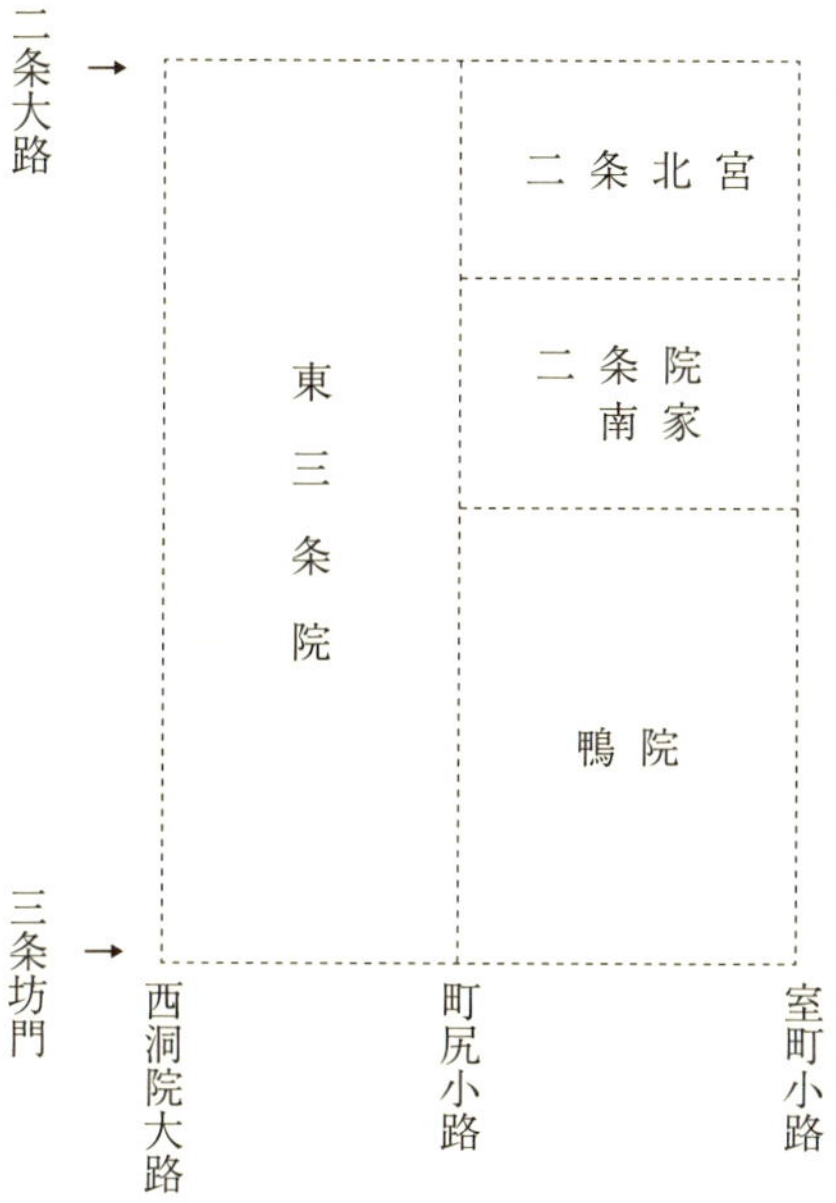

帥　藤原伊周のこと。

右大将　藤原顕光。天慶七年（九四四）～治安元年（一〇二一）。父は関白藤原兼通、母は式部卿元平親王女昭子女王。時に従二位大納言。

曹司　『小右記』および『古事談』諸本の「候鳥曹司」が本来。内裏内郭の廻廊の東南角にあり、鷹をつないでいた場所で、儀式の際は、靴の着脱に用いられることが多かった。『大内裏図考証』九が指摘するように、安和の変に際しても「左右馬寮御馬各十疋置レ鞍、令レ候二左衛門陣一、又武射人々、令レ候二鳥曹司一」（日本紀略・安和二年三月二六日）と、鳥曹司に武人を祗候させている。

隆家　藤原隆家。天元二年（九七九）～寛徳元年（一〇四四）。父は藤原道隆。伊周・定子らの同母弟。長徳二年当時一八歳で従三位中納言。『大鏡』（道隆）は隆家を、兄伊周と対照的に骨太な人物として描き、そういう隆家を道長は「捨てぬもの」に思い一目置いた、とする。

高階信順〔元右少弁〕　?～長保三年（一〇〇一）。父は成忠、兄弟に明順・積善（本朝麗藻編者）・高内侍貴子らがいる。東宮学士、蔵人、左中弁、従四位下に至る。『弁官補任』によれば、信順は長徳元年に左少弁から右中弁に転じており、『古事談抄』および『古事談』全本の「右少弁」ではなく、『小右記』の「右中弁」が正しいと思われる。

成忠　高階成忠。延長元年（九二三。日本紀略・一代要記による）～長徳四年（九九八）。祖父は師尚（古事談・二ノ二六話や尊卑分脈で、在原業平と伊勢斎宮との間の秘密の子と記される人物）、父は宮内卿良臣。貴子の父で、中宮定子の外祖父にあたる。大内記、大学頭、東宮（後の一条天皇）学士、式部大輔を歴任。従二位に至り高二位と称した。『栄花物語』（三）には「才深う、人にわづらはしとおぼえたる人」と見える。

同道信〔元右兵衛権佐木工権頭〕　『古事談抄』の後文のように「道順」と表記するのが本来。高階成忠の子で、信順・明順・貴子らの兄弟。『小右記』長和元年（一〇一二）四月二七日条に「故道順」とあり、これ以前に亡くなったものと思われる。『尊卑分脈』に「道順〈右兵佐、木工権頭〉」とあり、『古事談抄』は「右兵衛権佐」とするが、『小右記』および『古事談』諸本は「右兵衛佐」。木工権頭共々、他史料での記載は未見。

殿上の簡　殿上の間に置かれた日給の簡。出勤簿にあたる木札で、昇殿を許されると簡に名が記され、除籍されると名が削られた。

左近少将源明理　『小右記』は「四位」とする。正暦四年三月九日に右少将から左少将に転じ（小右記・三月一〇日条）、長徳元年正月の叙位で、正五位下から従四位下に昇進（職事補任）、長徳二年七月二七日、昇殿は許されないが「可㆑従㆓本府之役㆒之由」の宣旨を、「左中将頼親、少将明理、右少将周頼、方理」が賜った（小右記）。明理の系譜には不明な部分があり、『大鏡』（伊尹）で「明理・行成と一双に言はれ」た讃岐前司明理は同一人物かと考えられており、東松本『大鏡裏書』は「致仕大納言重光卿男」とするが、『尊卑分脉』の醍醐源氏重光の子には明理がおらず、また本項の明理が讃岐守に任ぜられたかは未詳。長保五年五月六日内裏作文に参加した「明理」（権記）や『類聚句題抄』に詩が見える「明理」、寛弘三年三月四日東三条第の花宴で、道長、伊周、公任、斉信、紀為基、源孝道らと詩を詠んでいる「源明理」（本朝麗藻他）は、本条の明理だろう。なお、『古事談』諸本のうち、大東急本を除き、明理の「理」字が欠けている。

藤原頼親（帥の舎弟） 天禄三年（九七二）～寛弘七年（一〇一〇）。道隆の子。伊周の異母弟と考えられる。『権記』寛弘七年一一月九日条に「正四位下行左近衛中将兼内蔵頭藤原頼親朝臣卒、卅九、前関白第□男」とある。『古事談抄』および『古事談』全本では職名を記さないが、『小右記』では「左近中将」。『古事談抄』および『古事談』にある「帥舎弟」は、『小右記』にはなく、『古事談』『古事談抄』が補ったものと考えてよいだろう。頼親がいつ左近衛少将から左近衛中将に昇進したのかは特定できない。『近衛府補任』は長徳元年正月一三日の除目によるか、と考えている。

右近少将藤周頼（帥の舎弟） ？～寛仁三年（一〇一九）。「帥の舎弟」が『小右記』にないのは、前項に同じ。周頼は道隆弟、母は伊予守奉孝女。木工頭、従四位下。『左経記』寛仁三年九月四日条に「木工頭周頼昨日死去」、『小右記』九月一一日条には「木工頭周頼去月晦比卒」と見える。大日本史料の引く書陵部本『枕草子』書入によれば、周頼が右近少将であったのは、長徳元年の一月一三日以降と考えられる。勤務怠慢で簡を削られたり（小右記・長和四年八月一二日）、道長に「白生」「不覚者」と評されたりするなど（御堂関白記・同年一〇月二一日）、評判のよい人物でなかったようだ。

源方理 『小右記』は「同（右近）少将源方理」で、『古事談抄』や『古事談』諸本は、前項の周頼と同じ「右近少将」なので略記している。『御堂御記抄』長徳元年一二月一日条に「右近少将方理朝臣」と見え、この頃から既に右近衛少将だったと考えられる。寛弘六年二月五日、方理とその妻（越後前司散位源為文女）は、佐伯公行の妻高階光子（成忠女。中関白家宣旨）らと、中宮彰子・敦成親王・道長を僧円能に呪詛させたとして罪に問われ、関係者として伊周も参内をとどめられた（日本紀略、他）。寛弘七年一二月二九日、方理は四位に復し、円能も許されたが、伊周らの配流後も、伊周周辺の人々が、定子所生の敦康親王の立太子に期待し、結束していた様がうかがわれる。方理は世系未詳だが、新大系も指摘するように、源明理の弟である可能性がある。左少将、民部大輔、皇后宮亮、中務大輔、主殿頭などを歴任した。

勘事　勘気を蒙ること。勘当の意。

左馬頭藤原相尹　『古事談』諸本にも揺れがあるが、『小右記』本日条および正暦四年（九九三）一月二二日条以下に「左馬頭」とあるように、『古事談抄』の左馬頭が正しい。相尹の父は兼家の弟で、従四位上右馬頭遠量。母は参議藤原有相女。『小右記』寛仁四年（一〇二〇）一一月九日条に「故左馬頭相尹弟僧円助」と見え、円助という弟がいたこと、およびこの時点で相尹は亡くなっていたらしいことが分かる。

弾正大弼源頼定　貞元二年（九七七）～寛仁四年（一〇二〇）。村上源氏。父は一品式部卿宮為平親王、母は源高明女。弾正大弼に任ぜられたのは正暦三年八月二八日。寛仁四年参議正三位で出家、死去。四四歳（公卿補任）。『古事談』諸本に付された「為平親王男」の注は、『小右記』にはない。

権帥中宮に候するの間　以下、『古事談抄』（一八オ）三行目までは、『小右記』四月二五・二八日、五月一・二・四・五日条に基づくと考えられる。『小右記』『古事談』と比べると、中宮の御在所の複数回の徹底した捜索の具体的な様子が『古事談抄』にないのが特徴的である。『古事談抄』の感覚では他の叙述と重複しているように映る、省略可能な箇所だったのだろう。

堵のごとし　『古事談抄』の「如恒」ではなく『小右記』や『古事談』諸本の「如堵」が正しい。「堵」は

「堵牆」の堵で、かきねのこと。人垣で立錐の余地がないのである。

左京進藤頼行　未詳。大日本古記録『小右記』の索引は、右近衛将監・鎮守府将軍を歴任し、敵に射殺されそうになったり、従三位藤原能信の従者を射殺したりした藤原頼行（長和二〈一〇一三〉正月二〇日、同三年一二月二五日）を、同一人物に比定する。この頼行は代々鎮守府将軍に任ぜられた兵の家柄の人物である。

秀郷――千常――文脩┬―文行
　　　　　　　　　└―兼光――頼行

道順朝臣　高階道順。前に宣命の中では「道信」と表記されていた。

愛太子山に向かふ　ちなみに『栄花物語』（五）は、伊周が木幡・北野に向かったとする。『法華験記』（上二二）愛太子山光日法師の項に「中関白殿北政所特以帰依」（今昔・一三ノ一六にも）とあり、愛宕山に向かったのだとすると、あるいはこういった縁によるものか。なお「淳和院」の項参照。

考誶　「誶」はせめる、の意。拷訊。拷問。

右衛門尉備範　『小右記』は「備罪」と記すが、例えば『小右記』長徳元年八月三日条などに記す「倫範」が正しい。平氏。『古事談抄』の振り仮名「ヨリ」は「備」の訓みを筆録者が付したものと思われる。平倫範は正暦四年（九九三）正月九日・長徳二年一二月一七日の右衛門尉見任記事があり（権記、壬生本西宮記、検非違使補任、参照）、時に右衛門尉。『小右記』長徳二年一一月一〇日条に「孝義朝臣加二一階一、左衛門尉倫範叙位、皆是告二言外帥入京之由一賞云々」と見え、伊周入京を官憲に通報した賞を受けている。

府生忠宗　『古事談抄』の「家」「宗」字は判別が難しいことが多いが、ここは忠家と読める。ただし、『古事談』諸本および『小右記』の「左衛門府生忠宗」が正しい。茜。前出。『本朝世紀』正暦四年（九九三）閏一〇月二八日に「防鴨河使…主典…左衛門府生西（茜）忠宗」と見え、長徳三年一一月七日の見任記事があり（政事要略）、当時左衛門府生であったと考えられる。

御所…中宮已に　『古事談抄』は「御所令実検云々奉為后宮無限之恥也中宮已」の部分を墨線で抹消。『古事談抄』が見た『古事談』が例えば次のような状態であれば、一行飛ばして書写することにより起こりうる誤写である。

…尋得馬鞍云々中宮　a
乗権大夫（一条左大臣男）扶義之車出給其後使官人等参上　b
御所**捜検夜大殿及疑所々放組入板敷等皆**　c
実検云々奉為后宮無限之恥也中宮已落餝　d

ちなみにゴシックは『古事談抄』にない部分であり、a行末尾から一行飛ばしてc行行頭に目が行き、ゴシックの部分は他との内容の重複を避けて要約、「令」字を補ってd行冒頭に進むが、d行の「中宮」のあたりで、先ほど似たような位置に「中宮」字があったことを思い出して、数行見直して訂正、といったことが起こったか。

権大夫扶義〔一条左大臣の男〕　源扶義。天暦五年（九五一）～長徳四年（九九八）。宇多源氏。父は一条左大臣雅信、母は藤原元方女。藤原道長の正室鷹司殿倫子の異母兄。扶義が定子の中宮権大夫に任ぜられたのは正暦四年七月八日である（公卿補任）。文章生、河内守、頭弁を経て、この時、正四位下参議右大弁、美作守。四六歳。長徳三年大蔵卿を兼ね、長徳四年七月二五日に亡くなった。『続本朝往生伝』一条天皇伝に「九卿」の一人として「左大丞扶義」が挙げられている。

使庁　『古事談』諸本も『小右記』も「使」。使も使庁も検非違使庁のことだが、異同41にも同様の異同が見られ、『古事談抄』の好きな言い回しだったと思われる。

看督長　かどのおさ。検非違使の下級職員で、獄舎の番が本来の業務だが、捜索、犯人逮捕などを行った。

員外の帥、出家す　この後、『古事談』諸本と『小右記』には「帰本家」とあり、伊周が出家姿でまずは一度自宅に帰って来た、とある。そのニュースが入ったので、本部は事実関係を確認しようと使者を送ろうとする、しかし関係の捜査官は西山の捜索に出たままで手薄、一方中宮御所で警固と監視をしていた為信は、伊周が一旦帰宅したのを見て本部に連絡を取ろうとするが、すぐさま伊周は離宮に向けて勝手に出発してしまったので、乗り物もなしに、藁靴姿で追いかけ、最後に車を止めさせるのである。伊周が突然帰宅し、官憲の命令下に入らずまた出て行こうとするので、係官が混乱している場面であり、「帰本家」は残しておいた方が鮮明に思える箇所である。しかし、「帰本家」がない『古事談抄』の場合も、なぜ本所を守護していた為信が伊周の出家を知り、伊周の車を藁靴で追いかけることになったのかを考えれば、為信のいた本所二条北宮周辺に伊周が一旦帰って来たからだ、ということは後文から分かる。なお『古事談抄』が「帰本家」を省略したのは、（一八ウ）一三行目に「帰本家」と一旦帰宅した由が再び出て来ることから、表現とストーリーを一層絞り込もうとしたためと思われる。それら『古事談抄』の技法の詳細については拙稿【参考文献】④を参照されたい。

西山　伊周が向かったという愛宕山のあたり。

左衛門志為信　錦。右衛門府生（寛和二年〈九八六〉三月一九日見任。太上法皇御受戒記）から左衛門少志（長徳二年一二月一七日・長徳三年五月二六日見任、壬生本西宮記）、右衛門少尉（長保元年三月二九日見任、北山抄紙背）と累進しており（検非違使補任）、この時、厳密に言えば左衛門「少」志であったと考えられる。

本所を守護するの者　『古事談』『古事談抄』が『小右記』五月二日条の「信順等四人籠二戸屋一、以二看督長一令二守護一也、左衛門志為信為二主守一」、および五月四日条の割書部分「為信日来為レ守二護信順・明順・明理・方（理）等一、令レ候二中宮一、依レ無二乗物一歩行云々」を要約した部分と考えられる。「信順等四人」を監禁した「戸屋」を警備、監視していたのである。

離宮　『小右記』五月五日条「権帥去夜宿二石作寺一〈在二長岡一〉、左衛門権佐允亮・府生茜忠宗今朝送二離宮一」、同一二日条「今朝允亮朝臣・忠宗等来云、昨夕自二山埼一罷帰、昨日外帥自二離宮一着二□寺一」を併せ見ると、離宮が山崎の離宮であることが分かる。『小右記』の一連の記事から、勝手な西行をとめられた伊周は、一旦洛内に戻ることなく、官憲の監督の下、離宮ではなく長岡の石作寺に泊まり、翌日離宮に移動、そこからまた某寺に移ったと知られる。一方『古事談抄』『古事談』が後文で「(将)帰本家翌日発向配所」と、伊周を一度洛内に帰らせることにしたかのように記述するのは、この間の事情を簡略化するための独自な解釈だと知られる。

淳和院 『古事談』諸本は「清和院」、『小右記』は「凉和院」。清和院は『枕草子』(一九・家は)にも見え、「染殿〈正親町北京極西二町、忠仁公家、或本染殿、清和院同所〉」(拾芥抄)とあるように、平安京の北東隅にあった名邸。二条第から山崎に向かったルートとしては採れない。ここは『古事談抄』の「淳和院」がふさわしいと判断される。淳和院は西院とも呼ばれ、「四条北、西大宮東」(拾芥抄)にあった。淳和天皇が仁明天皇に譲位した地であり、淳和上皇が嵯峨上皇と詩宴を催し、また淳和上皇が崩御したのもここである。淳和后正子内親王はこの地を寺にした。風光の地で、漢詩文にもしばしば詠み込まれる。なお『栄花物語』(五)では、密かに帰京した伊周が「西の京に西院といふ所に、いみじう忍びて夜中におはしたれば、上も宮もいと忍びてそこにおはしましあひたり。この西院も、殿(道隆)のおはしましをり、この北の方(貴子)のかやうの所をわざと尋ねかへりみさせたまひしかば、そのをりの御心ばへどもに思ひて、洩らすまじき所を思しよりたりけり」と西院で貴子・定子と会っており、ここを選んだ理由も記されている。前出「愛宕山に向かふ」の項参照。

追ひ留む 一度「本家」二条第の辺りに姿を見せた伊周は、大宰府に下向するため、離宮(山崎)に向けて自ら勝手に出発したので、朝廷の監督のもとで移動するよう留められたのである。

右衛門権佐孝道 『尊卑分脈』によれば、清和天皇皇子貞真親王の子源元亮の子で、源満仲・頼光の養子となった(系図参照)。ちなみに孝道の叔父蕃基は、源満仲邸に押し入った不逞な盗賊の一味に名を連ねている(古事談・四ノ二)。『御堂関白記』寛弘七年(一〇一〇)三月三〇日条の除目の記事に「越前国守孝道死去」と見え、この年亡くなったか。『小右記』は「左衛門権佐」とするが、この時の左衛門権佐は惟宗允亮であり、『古事談抄』や『古事談』諸本の「右衛門権佐」が正しいと考えられる。ちなみに『小右記』も長徳二年六月七日および一〇月八日条では「右権佐」「右衛門権佐」で、『衛門府補任』は孝道の任右衛門権佐を長徳元年八月二八日かと考証している。孝道は『本朝麗藻』や『類聚句題抄』に詩文が残る漢詩人で、『続本朝往生伝』に一条天皇時代の文士の一人として名が挙がる他、『江談抄』（五ノ四六、水言鈔・一一八）には、大江匡衡が藤原行成に向けて「凡位を越ゆる者なり。故にその身貧し（非凡な詩人なだけに貧しい者）」として挙げた六人の中に、源為憲、藤原為時らと共に入っている。

清和天皇
- 貞純親王 ― 源経基
  - 満仲 ― 頼光
  - 女
- 貞真親王 ― 源蕃基
- 元亮（貞真親王の系）
- 元亮＝女 ― 孝道

左衛門尉秀雅　『古事談』諸本・『小右記』の「季雅」が正しい。貞嗣流従五位下伊豆守藤原時頼男、あるいは真作流従五位上大和守興方男と考えられる（尊卑分脈）。この年の一二月一七日当時、未だ季雅が左衛門尉であったことが確認できる（壬生本西宮記、『検非違使補任』による）。

右衛門府生伊遠　美努。伊遠の右衛門府生見任記事は『小右記』の本日条が古い。翌長徳三年五月二六日まで見任（壬生本西宮記、『検非違使補任』による）。

将に本家に帰し、翌日配所に発向すべきの由　異同28にあるように、『古事談』諸本は「将に」がなく、『古事談抄』には「権帥依出家被改官符云々、権帥隆家等依病難赴各配所」がない。近くに「配所」が二度出てくるために目移りして、『古事談抄』が脱文を生じた箇所とまずは見なされる。ところがここは、脱文しても『古事談抄』の意味が通じるだけでなく、「将」字を補ったことによって、『古事談抄』が『古事談』諸本と違う文脈にまとめようとしたことがうかがわれる部分である。詳しくは拙稿「『古事談抄』から見えてくるもの」（【参考文献】④）を参照されたい。

領送使、之を申す　領送使は罪人を配流先まで護送する役人で、検非違使庁の者が用いられた。配所に発遣する旨の官符を読み聞かせ、身柄を受け取って配所に向かう。左右兵衛の者から選ばれた（延喜式・刑部、令義解・獄）。

頭弁行成朝臣　藤原行成。天禄三年（九七二）～万寿四年（一〇二七）。七話【語釈】参照。

請文　承認書。命令に従う旨をうたう。

花山院を射奉らるるの根元　以下は『栄花物語』（四）に基く。

恒徳公の三女…妻室なり　恒徳公は藤原為光。天慶五年（九四二）～正暦三年（九九二）。父は藤原師輔、母は醍醐天皇皇女雅子内親王。従一位右大臣、太政大臣に至り、没後正一位を贈られる。邸の場所に因み、一条太政大臣とも呼ばれた。子に誠信・斉信・道信・花山天皇女御祇子・藤原義懐室らがいる。三女について『栄花物語』（四）には「寝殿の上とは三の君をぞ聞えける、御かたちも心もやむごとなうおはすとて、父大臣（為光）いみじうかしづきたてまつりたまひき、女子はかたちをこそといふことにてぞ、かしづききこえたまひける、その寝殿の御方に内大臣殿は通ひたまひけるになんありける」とある。底本「妻室之也」と読むことができるが、誤写か。

四女は僻事なり　以下『栄花物語』（四）には「『よも四の君にはあらじ、この三の君のことならん』と推しはかり思いて、わが御はらからの中納言に、『このことこそ安からずおぼゆれ。いかがすべき』と聞えたまへば、『いで、ただ己にあづけたまへれ。いとやすきこと』とて、さるべき人二三人具したまひて」とある。

隆家　底本「隆國（家歟）」とある。隆家の誤り。

安からぬよし　『古事談』諸本は「不安之由」と漢文で記す。「不安」でなく「安からず」と訓むことを明示したい意向が『古事談抄』にあったため、開いて訓んだか。

鷹司殿　為光は一条殿「一条南、大宮東、二丁」（二中歴）を舅の伊尹から譲り受け、鍾愛の三女に譲るが、その後「一条殿をば今は女院（詮子）こそは知らせたまへ、かの殿（為光）の女君たちは鷹司なる所にぞ住みたまふ」と『栄花物語』（四）は語る（正確には為光三女から佐伯公行が買い取り、それを詮子に贈呈。新全集『栄花物語』頭注参照）。『栄花物語』も『古事談』『古事談』も、この奉射事件の場所を「鷹司殿」と考えているようだが、この時の事件を記すと思われる『百錬抄』長徳二年正月一六日条は「内大臣・権中納言隆家、於二恒徳公一条第一奉レ射二花山院一。〈子細見二栄花物語一〉御童子二人被二殺害一。取レ首持去云々」とする。この記事を重んずれば、奉射事件の起きた為光三女のいた邸は鷹司殿ではなく一条殿となるか。ただし、鷹司殿の立地は未詳。ちなみに、この正月一六日の事件は『小右記』（三条西家重書古文書所収野略抄）には「花山法王・内大臣・中納言隆家相二遇故一条太政大臣家一、有二闘乱事一、御童子二人殺害、取レ首持去云々」、『日本紀略』には「今夜。花山法皇密幸二故太政大臣恒徳公家一之間。内大臣并中納言隆家従人等。奉レ射二法皇御在所一」と記されている。

見苦しき事なりとて　以下『栄花物語』（四）には「事ざまのもとよりよからぬ事の起りなれば、恥づかしう思されて、この事散らさじ、後代の恥なりと忍ばせたまひけれど、殿にも公にも聞しめして」とある。

太上天皇は止事無きなり　以下『栄花物語』（四）は「太上天皇は世にめでたきものにおはしませど、この院の御心掟の重りかならずおはしませばこそあれ」とする。

伊周、私に大元法を修す　以下『栄花物語』（五）の宣命の部分「帝の御母后を呪はせたてまつりたる罪一つ、公よりほかの人いまだおこなはざる大元法を、私に隠しておこなはせたまへる罪により」に基づくか。

官符を改めらる　『古事談』諸本の場合、既にこの問題に言及しているのであり（異同28参照）、ここで再びとりあげることで、一種の「重複」が生じている。なお『小右記』は五月六日条に「史茂忠云、権帥官符依二出家一被レ改二官符一、〈従二前帥安和例一也〉」と記している。

八旬の母　高階貴子。?～長徳二年（九九六）。『百人一首』五四「忘れじの」の作者「儀同三司の母」である。高階成忠女で藤原道隆の室、伊周・隆家・定子・隆円らの母。円融天皇の内侍となり、高内侍と呼ばれた。『小右記』によれば、伊周配流の際、禁じられたにも関わらず尼姿で結局山崎の地まで同行した。隆家が事件の渦中にあって母貴子を気遣っていたことは、実資に託した手紙にも記されている（小右記・五月三日「依レ病暫逗留、兼可レ見二母氏存亡一」）。実際、貴子はこの一〇月に亡くなってしまうほどの心身の状態だったのだが、年齢は八〇歳ではなく、第一子伊周が生まれた天延二年（九七四）に仮りに二〇歳とすると長徳二年には四二歳である。高二品（高階成忠）の「殊に哀憐を蒙りて京に帰りて且は身病の治療を加へ且は老母の晨昏を訪ふことを聴されんと請ふ状」（本朝文粋・七）に貴子を「六旬の老母」とするのと同じく、文飾と考えられる。（【参考文献】⑤）。また、今回の伊周の秘密の入京に関する『小右記』の記事には、次項に見るように定子が臨月であることは記されるが、貴子の安否を思うあまり、という記載はない。定子に加え貴子が息子たちとの再会を切望して死にきれずにいる、という『古事談抄』や『古事談』の表現は、『栄花物語』（五）「北の方の御心地いやまさりに重りにければ、ことごとなし、『帥殿今一度見たてまつりて死なん、帥殿今一度見たてまつりて死なん』といふことを、寝ても覚めてものたまへば」、「北の方は切に泣き恋ひたてまつりたまふ」、また再会を果たした貴子は「今は心やすく死にもしはべるべきかな」と喜んだ、といった部分に由来するだろう。

産期　『小右記』一〇月八日条にも「中宮今月当二御産期一」と見える。実際には一二月に脩子内親王を出産した。『日本紀略』には「一六日、壬子、中宮誕二生皇女一〈出家之後云々、懐孕十二ヶ月云々〉」、『栄花物語』（五）には「十二月の二十日のほどに、わざとも悩ませたまはで、女御子生れさせたまへり」と記される。

今度に於いては　以下、『栄花物語』（五）「このたびはまことの筑紫にとて、あまた検非違使ども送りたてまつるべき宣旨下りぬ」に基づくか。

同三年四月　『小右記』長徳三年（九九七）四月五日

「大宰前帥・出雲権守藤原朝臣可レ霑二去月廿五日恩詔一乎否、不レ可二召上一歟、雖レ潤二恩詔一尚可レ在二本所一歟」の討議がなされ、非常赦を伊周・隆家にも適用する決定が下る。『百錬抄』同年四月五日条に「前帥、出雲権守等可二召返一之由宣下、去月廿五日、依二東三条院御悩一。非常赦可レ潤二恩詔一哉否。令二諸卿定申一、遂有二恩免一也」とあり、「恩詔」はかねて御悩が続いていた東三条院の本復を願っての非常赦と考えられる。なお、『栄花物語』（五）にも「四月にぞ、今は召し返すよしの宣旨下りける」とあるが、『栄花物語』内部では、次項に見る敦康親王の誕生共々長徳四年（九九八）の出来事として扱われており、『古事談』『古事談抄』と異なる。少なくとも年紀に関して『古事談』（古事談抄）は『栄花物語』だけでなく『小右記』などの他史料を参観していたことが分かる。

今上の一宮誕生し給ふの故と云々　今上一宮は一条天皇第一皇子敦康親王。長保元年（九九九）～寛仁二年（一〇一八）。長保元年一一月七日、平生昌の三条宅で誕生。母は中宮定子である。長保二年四月一九日、親王宣下。一条天皇も譲位に際して敦康の立坊を強く願ったが、道長の意向を慮って実現できず、皇太子には第二皇子敦成親王（後一条天皇）が立てられた。『栄花物語』（五）は、伊周・隆家らの召還が、史実では翌々年の出来事である敦康誕生によるとする独自な解釈をしており、『古事談』『古事談抄』もこれに引かれたと考えられる。すなわち『栄花物語』（五）で、かねて筑紫の伊周は「わが仏の御徳にわれらも召されぬべかめり」と敦康誕生で召還されるのではないかと期待していたが、一条天皇も「今宮の御事のいといたはしければ、いとやむごとなく思さるるままに、『いかで今はこの御事の験に旅人を』とのみ思しめして」と、敦康親王の後見人がいないことを不憫に思い、かねてからの懸案だった伊周・隆家の召還を詮子・道長に諮ったとし、「四月にぞ、今は召し返すよしの宣旨下りける」と語る。

長保三年閏十二月十六日、本座を許し　東三条院の容体はいよいよ重く、長保三年（一〇〇一）閏一二月一六日には一条天皇の行幸があり、「外帥叙二正三位一」

（権記）の決定を下した。『百錬抄』では前日一五日条に「員外帥伊周復二本位一〈依二東三条院御悩一。行幸之後被レ仰レ之。〉」と見える。『栄花物語』では巻五で伊周・隆家に召還の宣旨が下った旨を記した後、復帰に関する情報は記されず、長保三年一二月の詮子崩御の記事（七）周辺にも正三位復帰は語られないので、『古事談抄』『古事談』のこの部分は、他の史料に基づく記述と考えられる。

内大臣の下大納言の上　『小右記』寛弘二年（一〇〇五）二月二五日条に「外帥伊周可レ列二大臣下大納言上一之宣旨下レ之」と見え、同三月二六日条に「外帥今日被レ聴二昇殿一、今夕可レ被二参内一」、七月二一日条には「伝聞、外帥初着陣、殊給二勅授一云々、世云、参陣不レ可レ然、似レ無二面目一云々」とある。

寛弘七年正月三十日薨ず　伊周が没したのを、『編年小記目録』は三〇日、『権記』『栄花物語』は二九日、『日本紀略』『公卿補任』は二八日とする。

【余説】　なぜ『古事談抄』内でこの「伊周配流の事」の逸話が四六話と六五話とで二度用いられたかについてだが、『古事談』の場合、二ノ五一話「伊周配流の事」は、前話二ノ五〇話「清和天皇の御前身と善男敵たる事」と、主人公が「配流された公卿」である点で共通し、続く二ノ五二話「郁芳門院菖蒲根合の事」と、「后宮」話として共通する。『古事談抄』における「伊周配流の事」記事の二箇所での使われ方も全く同じで、第四六話は第四五話「伴善男の吉夢の事」（善男）と第四七話「郁芳門院菖蒲根合の事」（后宮）の間に置かれ、『古事談抄』第六五話は第六四話「清和天皇の御前身と善男敵たる事」（善男）の後、第六六話「中宮賢子広寿聖人の後身の事」（后宮）の前に置かれている。「伊周配流の事」が『古事談抄』で第四六話と第六五話とに分断されているのは、まず『古事談抄』が『古事談』巻二における「伊周配流の事」の配列意図を理解した上、その「伊周配流の事」を使って『古事談』同様、前後をつなげたい箇所が二つあり、しかし「伊周配流の事」に代わる橋渡しの役目を果たす他の記事を見つけられなかったからではないかと推測される。拙稿（【参考文献】⑥）を参照されたい。

【同話・類話】

『小右記』（長徳二年四月・五月）、『栄花物語』（五）

【参考文献】

①倉本一宏『一条天皇』（二〇〇三年、吉川弘文館）。
②大津透『道長と宮廷社会』（日本の歴史、第06巻、二〇〇一年、講談社）。
③角田文衛「皇后定子の二条の宮」（『角田文衛著作集　四』一九八四年、法蔵館）
④伊東玉美「『古事談抄』から見えてくるもの」（浅見和彦編『『古事談』を読み解く』二〇〇八年、笠間書院）。
⑤藤本一恵「高階成忠女考」（『平安中期文学の研究』一九八六年、桜楓社）
⑥伊東玉美「中世の『古事談』読者――日本古典文学影印叢刊所収『古事談抄』の構成と意義」（「文学」第五巻三号、二〇〇四年五月）

〔伊東玉美〕

第六六話（一八九／二ノ九一・新大系二ノ九〇）

「中宮賢子、広寿上人の後身たる事」

賢子中宮は、広寿聖人〔上醍醐の人なり〕の後身と云々。件の聖人云はく、「順次に往生を遂ぐべしと云へども、此の御山に依怙無し。仍りて生を貴人に受けて、依怙を沙汰し出だすべし」と云ひ畢りて入滅す。其れ即ち件の后の生まれ給ふの所なり。而るに中宮、薨じ給ふの後、御骨を彼の山に上せ（られ）て、円光院を建立せられて、越前国牛原庄等を寄せらると云々。

（二〇オ）

〇賢子中宮ハ廣寿聖人[1]上醍醐人也後身云々件聖人云
順次ニ往生ヲ遂ヘシト云ヘトモ此御山ニ無依怙仍受生[2]
於貴人テ依怙ヲ可沙汰出ト云畢テ[3]入滅其即件
后所生給也[4]而中宮薨給之後[5]彼上御骨於彼山テ
被建立圓光院テ被寄越前國牛原庄等云々

【校異】 文頭に〇印あり。 **1上醍醐人也…上首之人也** 大東急・内閣・学習院・色川・河野・天理・紅葉山・宮城 **上首之人歟** 静嘉（歟の右に「也」と傍書）・東山 **2受生於貴人テ依怙ヲ可沙汰出…生於貴人可沙汰出依怙** 全本 **3畢テ…（ナシ）** 静嘉・内閣・学習院・色川・東山・紅葉山・宮城 **4而…（ナシ）** 全本 **5彼…被** 全本

【口語訳】 賢子中宮は広寿聖人（上醍醐の人である）の生まれ変わりということだ。この聖人の云うことには、「私は次の生に極楽往生することができるのだが、この山には頼りにできる人がいないので、貴人と生まれ変わって庇護していただく

人をはからい出すつもりだ」と言い終わって入滅した。それがすなわちこの后のお生まれになった由来である。そこで中宮の薨ぜされた後、その御遺骨を彼の山に上げられて円光院を建立なさり、越前国の牛原庄等を寄進なさったということだ。

賢子中宮　白川天皇の中宮。天喜五年（一〇五七）～応徳元年（一〇八四）。四九話【語釈】参照。

広寿聖人　上醍醐の僧。天暦二年（九四八）～長和二年（一〇一三）。元杲の弟子。醍醐の山上に峯の坊を開き峯の上人と呼ばれる。（伝灯広録続編・四、醍醐寺本『伝法灌頂師資相承血脈』）

上醍醐の人　『古事談』諸本はこの部分を「上首の人」とする。「上醍醐」とは聖宝が貞観一六年（八七四）に准胝観音堂を開いた笠取山山上を指す。『伝灯広録』にも「開㆓基醍醐山上峯之坊㆒」とあり、『古事談抄』のように「上醍醐人」とあるべきか。

順次　順次生（じゅんじしょう）の略。この生の次の生。「円光院之跡者、広寿聖人建立持明院云々。聖人願云、我来生立㆓願於此処㆒、欲㆑利㆓益山上僧徒㆒云々」（醍醐雑事記・一）の「来生」と同義。

依怙　「依怙〈エコ〉」（前田本色葉字類抄・下）。経済的な庇護を受けるべき相手のこと。ここでは、醍醐寺のために頼りにできる人。

上せられて　『古事談抄』「彼上」。『古事談』諸本「被上」とあり、これに従った。

円光院　『醍醐雑事記』（一）によれば、「白河院中宮御願」により、応徳二年（一〇八五）二月に棟上、同八月二九日に供養。円光院に賢子の遺骨を運んだのは、大納言源雅俊（実兄）。「本願中宮御骨、大納言源雅俊卿蔵人頭中将之時、奉㆑懸登山彼院造畢之間、暫奉㆑安㆓置峯房㆒、造畢之後、奉㆑渡㆓仏壇下㆒」（醍醐雑事記・一・円光院仏壇下安置御骨等事）。

越前国牛原庄　「牛原（うしがはら）」は現在の福井県大野市。『醍醐雑事記』（一）に、「円光院領」として「近江国柏原庄」、「牛原泉庄」とともに上げられる（【余説】参照）。

【余説】

越前牛原庄は、僧侶衣服料の為の寄進であることが『醍醐寺新要録』(三)に載る。そこにも「為レ奉椒房之旧徳二」と中宮との関連による寄進であることが示され、『醍醐雑事記』の記事にも、六条右大臣顕房が「庄券契」を尋ねたことに応じた寄進であったことが記される(【参考文献】①)。

【同話・類話】

未詳

【参考文献】

①川端新『荘園制成立史の研究』(二〇〇〇年、思文閣)

[山部和喜]

第六七話 （一九一／二ノ九二・新大系二ノ九一）

「清水寺の師僧、進命婦に恋慕の事」

進命婦壮年の時、常に清水寺に参詣するの間、師の僧は浄行八旬の者なり。法花経転読八万四千余部と云々。此の女房を見て、欲心を発し、忽ち病と成りて、已に死門に及ばんとするの間、弟子奇(あや)しみを成して問ひて云はく、「此の御病の体、普通の事に非ず。思し食す旨有るか。仰せられずは、自他由無き事なり」と云々。此の時語りて云はく、「実には京より御堂に参らるるの女房に近く馴れて、物申さばやと思ひ給へしより、此の三ケ年の間不食の病に成り、今は已に蛇道に入りなむず。心うき事なり」と云々。爰(ここ)に弟子一人女房の許へ向ひて、此の由を示すの処、時刻を廻らさず病室に来臨す。病者は剃頭せずして年月を送るの間、鬢髭已に銀の針を立つるがごとく、其の皃(かほ)鬼形に異ならず。然れども此の女敢へて怖畏の気色無くして云はく、「年来憑(たの)み奉るの志浅からず。何事と雖も、争(いかで)か貴命に背き奉るべけんや。此のごとく御身のくづうれ給はぬ前に、などか仰せられざらむや」と云々。此の時病僧、舁(か)き起こされて、念珠を執りをしもみて云はく、「うれしく来たらしめ給ひたり。八万余部の転読の法花、最第一の文は御まへにたてまつる。俗をうませ給はば、関白摂政を生ましめ給へ。女をうませ給はば、女御后を生ましめ給へ。僧（を）うませ給はば、法務の大僧正を生ましめ給ふべし」と祈り畢(をは)りて、即ち以て命終はれりと云々。其の後、此の女房宇治殿に寵愛せらるるの間、果たして京極大殿、四条の宮、覚円座主を生み奉ると云々。

（二一〇オ）

○進命婦壮年之時常参詣清水寺之間師ノ僧ハ浄行[1]八旬者也法花経轉讀八万四千餘部云々見此女房發欲心ヲ忽病ト成テ已及死門之間弟子[2]成奇ヲ

問云此御病躰非普通事有思食旨[3]歟不被仰者 9
自他無由事也云々此時語云[4]実ニハ自京被参御 10
堂之女房ニ近ク馴テ物申サハヤト思給シヨリ此 11
三ケ年間成[5]不食病今ハ已蚰道ニ入ナムス[6]心ウキ 12
事也云々[7]爰弟子一人向女房之許示此由之處不廻時刻 13
（一〇ウ）
来臨病室ニ病者不剃頭ニシテ送年月之間鬢髪已 1
如立[8]銀針其皃不異鬼形然而此女敢無怖畏之気[9] 2
色シテ云年来奉憑之志不浅雖何事[10]争[11]可奉背 3
貴[12]命哉如此御身ノク[13]ツウレ給ハヌ前ニナトカ不被仰 4
哉云々此時病僧被舁起テ執念珠ヲシモミテ云ウ 5
レシク令来給タリ八万餘部ノ轉讀法花最第一ノ 6
文ハ御マヘニタテマツル俗ヲウ[14]マセ給ハ関白摂政ヲ令生給ヘ 7
女ヲウ[15]マセ給ハ女御后ヲ令[16]生給ヘ僧■ウ[17]マセ給ハヽ法務ノ 8
大僧正ヲ令[18]生給ヘシト祈畢テ即以命[19]終云々其後此女房 9
寵愛于宇治殿之間果奉生京極大殿四条宮覚円 10
座主云々 11

【校異】　文頭に〇印あり。略本の紅葉山本、宮城本は本話を欠く。錯簡本の色川本は「古事談拾遺」の「臣節」の項に収める。　**1浄行八旬～云々…浄行八旬者也於法華経転読八万四千餘部云々**　大東急・静嘉・学習院・色川・東山・河野・天理　**浄行八旬者也於法華経轉讀兮四千部云々**　内閣　**2弟子…弟子等**　全本　**3思食旨…令思給事**　全本　**4語云…僧云**　全本　**5間…（ナシ）**　全本　**6入ナムス…入ナントスル**　全本　**7云々…（ナシ）**　全本　**8立銀針…銀針**　全本　**9気色シテ云…気**　全本　**10何事…何事候**　全本　**11争可奉背…争奉背**　静嘉・学習院・色川　**争奉**　大東急・東山・河野・天理　**争奉違**　内閣（違の右に「背」の傍書）　**12貴命…命**　静嘉・内閣・学習院　**13クツウレ給ハヌ…クツホレサセ不給之**　大東急・静嘉・学習院・東山・河野・天理　**クツヲレサセ**　内閣・色川（内閣・色川ともヲの右に「ホ」の傍書）　**14ウマセ…令生**　全本　**15ウマセ…令生**　全本　**16令…（ナシ）**　全本　**17■ウマセ…ヲ令生**　全本　**18令生給…生給**　全本　**19命終…命給**　大東急・色川（給の右に「終」の傍

書）

【口語訳】 進命婦が若い時に、いつも清水寺に参詣していたところ、その清水寺の師僧は不犯の清僧で、年は八〇歳の者であった。法華経の転読を八万四千余部行ったとかいうことだ。その僧がこの女房を見て、愛欲の心を起こし、たちまち病気になって、もはや臨終を迎えようという時に、弟子たちが不思議に思って師僧に質問して言うことには、「この御病の様子は、普通のことではありません。思い当たることがありますか。おっしゃらないのでしたら、私たち弟子もお師匠さまにとっても、大変困ったことになってしまいます」という。

この時に師僧の言うことには、「実をいうと、京から清水寺の本堂に参詣なさっている女房の側近くに慣れ親しみ、気持ちを伝えたいと思い申し上げてから、この三年の間不食の病になって、今となってはもう蛇道に落ちようとしている。大変つらいことよ」という。ここに弟子が一人、女房の許に向かって、このことを説明したところ、時を隔てず、師僧の病室にやって来た。この病者は、剃髪しないまま年月を送っていたので、髪や髭が銀の針を立てているように逆立って生えて、その顔は鬼の姿のように異様なものであった。だが、師僧の姿にこの女房は全く恐れる様子もなくて、「長いことお師匠さまを頼りにし申し上げている気持ちは決して浅いものではありません。どんなことであっても、どうしてご命令に背き申し上げることがありましょうか。このように御身が弱り果ててしまわれないうちに、なぜおっしゃってくださらなかったのですか」という。この時、病の僧は弟子に助け起こされて、数珠を取り押し揉んで言うことには、「うれしくもあなたがいらっしゃったことよ。八万部転読した法華経の中でも、最も大切な部分をあなたに差し上げよう。これから先、俗人を生みなさるのなら関白、摂政に上られる方を。女性を生みなさるのでしたら、女御、后の位に上られる方を。僧侶を生みなさるのでしたら、法務の大僧正に上られる方をお生みなさいますように」と祈り終わって、すぐに亡くなったということだ。その後、この女房は宇治殿に寵愛され、その言葉通りに京極大殿、四条の宮、覚円座主を生み申し上げたとかいうことだ。

進命婦　?～天喜元年（一〇五三）。贈従二位祇子。『扶桑略記』（永承五年一二月二一日）や『栄花物語』（三一・三六）、『愚管抄』（四・後三條）では祇子を具平親王の娘とする。しかし、『尊卑分脈』では「因幡守種（頼）成」の娘とするなど、その出自は定まらない。ただし父とされる藤原頼成は具平親王の子とあり（権記・實弘八年正月）これによる混同か（【参考文献】①）。藤原頼通の寵を受け、師実をはじめ多くの子を設けたと伝えられる（【余説】参照）。

壮年　「壮年」は人の齢の最も盛んな、三一～四〇歳の間を指すが、この意では文脈上適切ではない。「最も盛んな年ごろ」として、命婦の若い時、と解すべきか。本話と同話の『宇治拾遺物語』（六〇）には「若かりける時」とある。

清水寺　京都東山清水坂の上にある寺。奈良の興福寺に属する。本尊は十一面の千手観音菩薩。坂上田村麿が帰依し、堂宇を建てて清水寺と号した。「そもそもこの寺は坂の上の田村丸、大同二年（八〇二）の春の頃草創ありし」（謡曲・花月）。

浄行八旬　「浄行」は未だ不犯の意。「旬」は一〇年。つまり不犯のまま八〇歳を迎えた僧のこと。本話と同話の『宇治拾遺物語』（六〇）には「八十の者なり」とする。

八万四千余部　「八万四千」とは、「八万四千の菩薩」や「八万四千の眷属」などのように、仏語に広く使われる数「年七十ニ及テ法花経六万部ヲ誦シ満ツ」（今昔・一四ノ二三）。

死門　この世からあの世への関門。臨終。「年老いて病を受けて、死門に臨まむと欲す」（法華験記・下九七）。

自他由無き事なり　「自他」は弟子と師の双方。「自他〈ジタ〉」（易林本節用集）。私にとっても、お師匠さまにとっても困ったことになる、の意。

御堂　仏堂の尊敬語。ここは、清水寺の本堂を指す。「（清水寺に詣でる女が）弥（いよいよ）ヨ道心ヲ発テ参ルニ、暁ニ御堂ヨリ出ル間」（今昔・一六ノ九）。

不食の病　物が食べられなくなる病気。「Fuxocu する」（日葡辞書）。

蛇道　畜生道の中でも、特に蛇身に生まれ変わること。

また、その苦しみ。『往生要集』（上）では「蟒蛇（もうだ）はその身長大なれども聾騃（ろうがい）にして足なく、宛転として腹行し、もろもろの小虫の為に唼ひ食はる。かくの如きもろもろの畜生、或は一中劫を経て無量の苦を受く。（略）愚痴・無慚にして、徒らに信施を受けて、他の物もて償はざりし者、この報を受く」と説明する。また『今昔物語集』（四ノ一三）では「既ニ蛇道ニ堕シタリ。一日ニ三度剣ヲ以テ被切ル、事ヲ得タリ（略）汝、蛇身ヲ受テ三熱ノ苦ニ預テ、連日ニ刀剣ノ悲ヲ得ル」とある。前生における色欲や、深い怨恨の果てに落ちる世界。

怖畏　「怖畏〈フイ〉」（易林本節用集）

くづうれ　「くづうる」は「くづほる」と同。病のために体が弱るさま。「頽堕〈クヅヲル、〉」（易林本節用集）。

法花最第一　「最第一」とは最も大切な、の意。「わが説ける所の諸の経あり。しかも、この経の中において、法華は最も第一なり」（法華経・法師品）とあり、『法華経』は特に重視された。そのなかでも、更に大切な部分を差し上げる、というのである。

俗をうませ給はば…　『法華経』（観世音菩薩普門品）に、「若し女人ありて、設（も）し男を求めんと欲して、観世音菩薩を礼拝し供養せば、便ち福徳・知恵の男を生まん。設（も）し女を求めんと欲せば、便ち端正有相（ととのえるすがた）の女の、宿（むかし）、徳本を殖え（ゑ）しをもて衆人に愛敬せらるるを生まん」とするに拠る。「普門品」は方便品、安楽品、寿量品とともに四要品と呼ばれ、二十八品の中でも特に重視された。また、観音信仰の依拠として、最も民間に親しまれた経文。

法務　諸大寺の庶務を管領する僧職。「官職（略）法務〈ホウム〉」（前田本色葉字類抄・上）。

京極大殿　藤原師実。長久三年（一〇四二）～康和三年（一一〇一）。一一話【語釈】参照。

四条の宮　寛子。後冷泉院后。長元九年（一〇三五）～大治二年（一一二七）。五一話【語釈】参照。

覚円座主　宇治僧正とも。頼通の六男。長元四年（一〇三一）～承徳二年（一〇九八）。園城寺長吏。天台座主、法勝寺別当。

【余説】　清水寺はその縁起に「我が宅を以て彼の聖跡に寄せ、女身が罪僣（ざいけん）を懺悔せん」（清水寺縁起・六段）と語られるように、女性と縁が深い寺である。特に「清水の観音、妻観音とうけたまわる」（狂言・伊文字）などの例から、妻観音、つまり配偶者を得るのに御利益がある寺とされた。『今昔物語集』にまとまって見られる清水寺関係説話には、多く清水寺に参詣する女性が描かれており、中でも貧しい独り身の女が、観音の御利益を得て富貴な夫を得る、という定型を持つ（今昔・一六ノ三二）。

本話は、師僧は参詣する女に幸福を与える観音の化身であった（今昔・一六ノ九などに見られるもの）というような、常套的な観音霊験譚の手法をとらず、かといって師僧が法華経を長年誦した功徳で、蛇道に墜ちいることなく往生したというような法華経功徳の説話とも一線を画す。僧は「浄行八旬の者」で、「法花経転読八万四千余部と云々」であるにもかかわらず、その最期は詳しく語られない。だとすると、話の中心は鬼の姿にもなった老僧を「怖畏の気色無く」駆けつけ、なぜこうなる前に話してくださらなかったのかと言ったという進命婦の優しさであり、また「浄行八旬の者」を不食の病にするほどの命婦の美しさ、がそれであろう。

進命婦は師実や寛子、覚円などの秀でた子供達の母でありながら、出自が判然としない。『栄花物語』（三二）では、進命婦は頼通の母倫子に仕えているうちに、頼通の寵愛を受けるようになったとする。父は様々説があり、決め手に欠けることは【語釈】に述べたとおりである。進命婦が時めいて多くの子供に恵まれたことは、頼通の北方隆姫が子に恵まれなかったことを考えてみても、周囲の羨望の対象であったことは想像に難くない。頼通の周囲の女性たちと比較して、出自が劣る女性が（それが実は親王の娘であると強調して語られることからしても）、このように子宝に恵まれた、これはやはり清水寺の観音の加護ではないか、と人々が噂しあったのではないか。本話は清水寺説話の定型の一つである、女が観音の加護で良い夫を得る、という話の類型と思われるのである。

【同話・類話】

『宇治拾遺物語』（六〇）

【参考文献】

①角田文衛『王朝の映像』（一九八一年、東京堂出版）

［松本麻子］

第六八話（一九二／二ノ九三・新大系二ノ九二）

「惟成、旧妻の怨に依り乞食と為る事」

惟成弁清貧の時、妻室善巧を廻らし恥を見せしめずと云々。而して花山院即位せしめ給ふの刻、之を離別して満仲の聟と為る。茲により、件の旧妻忿りを成し、貴布祢に詣でて申して云はく、「忽に率すべからず。只今乞食と成し給へ」と云々。百箇日参詣の間、夢に示し給ひて云はく、「件の惟成は極めたる幸人なり。何ぞ忽に乞食と成さんや。但し構ふべき事有り」と云々。幾程を歴ずして、花山院御出家す。惟成同じく出家して頭陀を行ずと云々。爰に件の旧妻、弁入道は長楽寺辺にてこそ乞食すなれと聞き得て、饗一前、白米少々随身して隠居の所へ向かふ。往事を聴し、或いは哭し、或いは怨むと云々。入道承諾か。

（二〇ウ）
○惟成弁清貧之時妻室廻善巧不令見恥云々而花山院 12
令即位給之刻離別テ之為ナルニ満仲之聟一トル因茲件 13
舊妻成忿詣貴布祢申[1]云[2]忽不可率只今成ニ 14
（二一オ）
乞食一ト給ヘト云々百箇日参詣之間夢ニ示[3]給 云イハク 1
件[4]惟成ハ極[5]タル幸人也何忽成乞食哉但有[6]下■[7]可ニ 2
構ニ事上云々不歴幾程花山院御出家惟成同出家シテ 3
行頭陀云々爰件舊妻弁入道ハ長楽寺邊[8]ニテ 4
コソ乞食スナレト聞得テ饗[9]一前白米少々随身 5
シテ向[10]隠[11]居之所聴[12]往事或哭或怨云々入道 6
承[13]諾歟 7

【校異】 文頭に○印あり。 **1申云…祈申云** 全本 **2忽不可率…不可忽卒** 大東急・静嘉・内閣（忽の右に「怨」と傍書）・

東山・河野・天理・紅葉山　**不可怨卒**　学習院・色川　**怨不可□卒**　宮城　**3示給云…示給ハク**（イハク）　全本　**4件惟成…惟成**
色川　**5極タル幸人也…無極幸人也**　全本　**6但…スコシキ**　静嘉・内閣・学習院・色川・東山・河野・天理・紅葉山・宮城　**但スコシキ**　大東急　**7■…**「構」のミセケチ。「可」と傍書。　**8長楽寺…長閑寺**　宮城　**9饗一前白米…饗応ノ白米**
宮城　**10向…（ナシ）**　全本　**11隠居之所…隠居テ抱入テ**　全本　**12聴往事…談往事**　全本　**13承諾歟…承諾云々**　全本

【口語訳】　惟成弁が貧しかった時、その妻は内助の功を尽くし、恥を見せさせなかったという。ところが花山院が即位あそばされた時、惟成はこの人を離別して、源満仲の聟となった。このことにより、この旧妻は怒り、貴船明神に詣でて申すに、「すぐ死なせてはいけません。すぐに乞食にお成しくださいませ」と言ったという。百箇日参詣したところ、夢に示されておっしゃるには、「その惟成はこの上ない幸運を持った人である。どうしてすぐに乞食となすことができようか。ただし、考えていることがある」という。それほど経たないうちに花山院は御出家あそばされた。惟成も同じく出家して頭陀を行っているという。そこでこの旧妻は、「弁入道は長楽寺の辺で乞食をしているようだ」と聞きつけて、饗一前と白米少々を用意し、随身して惟成入道が隠居している所へ向かった。女は往時の事をゆるし、大声をあげて泣いたり、あるいは怨んだりしたという。入道は旧妻の言葉をもっともなことと受けとめたとかいうことである。

惟成弁　藤原惟成。天慶六年（九四三）?～永祚元年（九八九）。尊卑分脉は諸本により、惟成の出家年、及び没年に重要な異同が認められるが、永祚元年、四七歳没説を採る。笹川博司「藤原惟成生没年攷―付・年譜」参照。二三話【語釈】参照。六九・七〇話参照。

惟成の妻　生没年未詳。出自未詳。『古事談抄』（七〇話）に「順業は外孫なり。高名の歌読なり」とある。高階順業は『新撰朗詠集』撰者でもある歌人藤原基俊の母方祖父（尊卑分脉）。すなわち基俊の母方曾祖母あたる女性か。

善巧　方便工夫が巧みなこと。『沙石集』（三ノ一）には「宿明念智をもて恩所知識を知り、神境をもて隨類の身を現じ、善巧方便をもて心を進め、弁才智恵をもて法を説きて」とある。

花山院　安和元年（九六八）一〇月二六日～寛弘五年（一〇〇八）二月八日。第六五代天皇。父は冷泉院。母は藤原伊尹女、贈皇太后懐子。諱は師貞。永観二年（九八四）八月二七日、叔父にあたる円融院より受禅。同一〇月一〇日即位。寛和二年（九八四）六月二二日、禁裏を抜け出して花山に向かい出家、法諱入覚。二三日尊号を奉られるも辞退（本朝皇胤紹運録ほか）。

満仲　延喜一二年（九一二）四月一〇日～長徳三年（九九七）。清和源氏。父は鎮守府将軍六孫王正四位経基。母は橘繁藤女（藤原敦有女とも）。春宮帯刀、左馬権助、左馬権頭、春宮亮ほか、伊予・摂津・武蔵・信濃・下野・陸奥などの国司を歴任、正四位下鎮守府将軍に至る。多田源氏の祖。寛和二年八月一五日、七五歳で出家。法名満慶（尊卑分脈）。摂関家に近く、安和二年（九六九）橘繁延・藤原千晴の謀反を密告し、これが安和の変に発展するきっかけとなった。また『大鏡』（花山院）の花山天皇の出家を語る記事「さるべくおとなしき人々、なにがしかがしといふいみじき源氏の武者たちをこそ、御送りに添へられたりけれ。京のほどはかくれて、堤の辺よりぞうち出でまゐりける」に見える、「いみじき源氏の武者」が一般に満仲とみなされ、満仲は花山院を騙した兼家ら摂関家側の人間と考えられている。ただし、保立道久【参考文献】①のように、『大鏡』の「源氏」は満仲とは限らず、むしろ花山院側の人間であり、その出家は花山院の後を追ったものと考える説もある。

満仲の婿と為る　史料未詳。『帝王編年記』寛弘五年二月八日条、花山法皇崩御の記事の後に、次のような記事が知られる。「或記云。（略）法皇御遁世之後。御-同-宿二書写山上人之許一。（略）法皇一両年之後御帰洛之次。於二摂州多田一令レ尋二惟成弁〈法名空寂〉一給。老少童伝二事由一之時。無二左右一惟成馳参。奉二見之一涕泣無レ限」。この惟成が多田にいたという記事に史実性が認められるならば、満仲と惟成が必ずしも敵対する関係ではなく、親密な関係があったことの傍証となる。因みに『続古事談』（一七八）に、糟糠の妻を捨てられないと言って王女からの求婚を拒否した宋弘と比較し、満仲の婿となった惟成を非難する言辞が見える。新大系脚注は、没落するとも知らず、権勢を誇っていた惟成を取り込もうとした満仲の先見性の無さを語る、という解釈を示す。満仲が取り込もうとしたのか、惟成が取り入ろうとしたのか、いずれにしろ双方の利益が一致した結果であろうが、満仲と惟成がそれぞれ対立する勢力に属していたか、或いは前項で触れたように同じ花山院側の人間であったか、それによりこの婚姻の政治的意味合い、読み方は異なってくる。

忿り　「忿〈イカル〉」（黒本本節用集）。

貴布祢　京都市左京区鞍馬貴船町にある貴船神社。この地は鞍馬山と貴船山の谷間に位置し、中央を南流する貴船川は、鞍馬川とともに賀茂川の水源にあたる。故に水神としての性格を持ち、祈雨・止雨の為にたびたび朝廷の奉幣使が派遣された（山槐記・元暦元年〈一一八四〉七月一〇日条など）。また男女の仲を取り持つ神（三国伝記・一ノ二七・和泉式部貴船参篭事など）、女の嫉妬・怨みによる呪詛を聞き届ける神としても知られている（発心集・八ノ九、謡曲「鉄輪」など）。鞍馬寺の守護神としての性格も持つ（今昔・一一ノ三五）。

率す　『古事談抄』「率」、『古事談』諸本「卒」など。「率」「卒」ともに「そつす」と読む。連れて行く、の意。

乞食　食物を施して貰う。『今昔物語集』（一九ノ二）の寂照説話に見えるエピソード、すなわち離別された妻が、出家して乞食僧となった夫に施しをする場面。「呼ビ上テ畳ニ居ヘテ、美饌（うまきそなへもの）ヲ儲テ令食ムト為ルニ、簾ヲ巻上タル内ニ、服物吉キ女居タリ。見レバ、我ガ昔シ去リニシ妻也ケリ。女ノ云ク、『彼ノ乞匃、此クテ乞食セムヲ見ムト思ヒシヲ』ト云テ見合セタルヲ、寂照恥シト思タル気色モ無クシテ、『穴貴』ト云テ、持来タル饌吉ク食テ、返ニケリ」などと併せ考えると、乞食は死ぬよりも惨めな境遇と捉えられていたことが窺われる。出家後の惟成の行動については、前掲『帝王編年記』寛弘五年記事のほか、『愚管抄』

（三・花山）「中納言義懐・左中辨惟成ハ、ヤガテ華山ニマイリテスナハチ出家シテ、（略）惟成ハ賀茂祭ノワサヅノヒジリシテワタルホドニナリニケリトコソハ中侍メレ」と述べる記事もある。

頭陀を行ず　本来「頭陀」は一切の煩悩を払い落とすこと。特に乞食に同じ。ぼろ布を綴ってつくった衣を着し、食物を托鉢する（『十二頭陀経』など）。「百姓の門に立ちて頭陀を行ずれば、無尽の食在り」（沙石集・三ノ一）。

長楽寺　京都市東山区八坂鳥居前東入円山町、東山三十六峰の一つ長楽寺山にある。現在は時宗寺院。『拾芥抄』（下・諸寺）「長楽寺〈十一面、或云准胝、宇多院御時、双林寺北、祇園東〉」。文人墨客が集い、遊吟する地としても知られる（『本朝文粋』高丘相如「初冬於長楽寺同賦落葉山中路」、『後拾遺集』「長楽寺にてふるさとのかすみの心をよみはべりける／山高み都の春を見渡せばただ一むらの霞なりけり」〈春・三八・大江正言〉など）。建礼門院徳子が出家し、安徳天皇ゆかりの品を納めた寺とも言う（平家物語・一二など）。近隣の双林寺は、『宝物集』作者とされる平康頼の別荘もあり（平家物語・巻三）、『西行物語』では西行が臨終を迎えた寺ともされ、この周辺は聖達の活動拠点と見なされている。

饗一前　馳走。「前」は「揃」に同じ。ただし、「白米少々」と共に持ってゆくとあるので、「饗」は一般的な馳走ではない。『発心集』（一ノ五）には、「論義すべきほどの終りぬれば、饗を庭に投げ捨つれば、諸の乞食、方々に集りて、あらそひ取つて食ふ習ひなるを」として「饗」残りを「乞食」に投げたという例がある。

随身　携行する、の意。『庭訓往来』二月二三日「破籠小筒等者、自レ是可二随身一」。

聴　「ゆるす」という訓、「きく」という訓、の二通りが考え得る。前者ならば乞食となったかっては愛した惟成の姿を見、その不誠実を許した上で、愛情の裏返しとも云うべき恨み言を言い、惟成もその言うことを道理と受けとめた、という解釈となる。後者ならば、女は惟成に満仲の婿となろうとしたときの気持ち・事情を聞いた、という解釈となる。

承諾　相手の言葉を受け入れること。『前田本色葉字類抄』（下）「承諾〈ジョウダク〉」。

【余説】『古事談』巻一に、惟成が花山院に冠を取られて、帝が召したのだからと堪えていた話（一八）、花山院の出家後、「涯無き朝恩」に浴したのだから俗世にいてこの上の宮仕えはしない旨を述べて出家した義懐中納言と同じ旨を陳べた話（一九）など、花山院出家事件関係の話が連続して載る。編者のこの事件への関心の深さが伺われる。

田中宗博氏（【参考文献】②）が指摘するように、当話は花山院の出家という大事件が、自分を裏切った夫惟成を乞食にして見せて欲しいとの妻の呪詛によって引き起こされたものであるという読みが可能な説話である。たった一人の女性の感情が歴史を動かしていくという歴史の綾への視線は、いかにも皮肉で醒めている。このような形で人と歴史の関係、特に女性と歴史の関係を見ようとする視線は、『古事談』一ノ一の孝謙天皇をめぐる秘話などにも共通するものがあるように思われる。惟成の妻説話をめぐっては、特にその巻末話に注目し、女性ながら巻二「臣節」の象徴たる一点の曇りもない「臣の鏡」の姿を示す説話という見解が示されている（【参考文献】③）。しかし、伊東氏も指摘されているように、この妻は悔しさのあまり、夫を呪詛した女である。ある意味で極めて自然な人間的な女性である。編者はむしろ人間の二面性を当然なこととして、その二面性の微妙な綾が歴史を紡ぎ出しているという歴史観（宿命観）を持ちつつ、説話の選択、配列、叙述をしているのではないだろうか。

因みに次の六九話とは、旧妻が夫のために「餉」を市で交易して馳走を用意する話として、また七〇話とは、やはり夫のために饗膳と「白米」を用意する話という要素で共通する。本話に続く二話は、いずれも惟成関連説話として本話と共に一群をなす。この二話は当話の妻の「善巧」を具体的に述べる注釈的役割を果たす。『古事談』諸本の多くは、本話とこの二話の間に、九条大相国が屈辱的な宣旨に怒って檳榔の車を破却し焼き捨てた話、及び源頼光が藤原知章の抗議を受け入れて子息の蔵人任官を返上した話が置かれている。構成が明解という点では、『古事談抄』は筋が通っている。いずれが古態か検討の要がある。一方で『古事談』諸本の中には、この頼光説話で巻二が閉じられ、二話の惟成関連話を持たないものも存する。このような諸本との関係も含め、『古事談』テキストの原態、成立を考える上でも重要な説話である。

【同話・類話】

『今昔物語集』(一九ノ二)、『発心集』(二ノ四)、『宇治拾遺物語』(五九)

【参考文献】

①保立道久「源満仲の出家と花山院」(「新日本古典文学大系月報」五六、一九九四年一一月)
②田中宗博「惟成説話とその周辺―『古事談』巻第二「臣節」篇への一考察」(池上洵一編『論集 説話と説話集』、二〇〇一年、和泉書院)
③伊東玉美『院政期説話集の研究』(一九九六年、武蔵野書院)

[木下資一]

第六九話（一九五／二ノ九六・新大系二ノ九五）

「惟成清貧の事」

惟成の許に、文士の雲客等来集の日、只四壁のみあり。而して市に餉（かれひ）を交易して、甘葛煎（あまづらせん）を相具して指し出だすと云々。侍（さぶらひ）は無くて件の妻を半物（はしたもの）の体に成して出だしけり。

（二一オ）

[1]惟成許ニ[2]文士之雲客等来集之日[3]只四壁[4]ノミアリ 而市ニ餉ヲ交易シテ相具[5]甘葛前指出云々[6]侍ハ無 件妻ヲ半物躰ニ成テ[7]出ケリ

【校異】 略本の紅葉山本・宮城本は本話を欠く。錯簡本の色川本は「古事談拾遺」の「臣節」項に収める。 **1惟成…昔惟成之** 全本 **2文士…文書** 全本 **3只…只有** 全本 **4ノミアリ…（ナシ）** 全本 **5甘葛前…甘葛煎** 全本 **6侍ハ無…又無侍** 全本 **7出ケリ…出タリ** 大東急・静嘉・内閣・学習院・色川・東山

【口語訳】 惟成のもとに文士の雲客等が来集した日、貧しくて家具調度もなく、壁しかなかった。そこで妻は市において餉を物々交換して、甘葛煎を持ってきてもてなしたということである。給侍する者は無く、その妻をはした物の様に仕立てて給侍に出したという。

惟成 藤原惟成。天慶六年（九四三）?～永祚元年（九八九）。（永祚元年・四七歳没説を採る）。一二三・六八話**【語**

釈】参照。惟成が貧しい文士であった時期は、およそ康保元年（九六四）頃から蔵人の官を得た天禄三年一〇月二三日までか（【参考文献】①）。六八・七〇話参照。

文士　『古事談』諸本は「文書」とする。「文士」は文章生をさしていうことが多い。『中右記』寛治六年（一〇九二）三月二八日条に「菅家長者大学頭是綱申二事共具了由一、仍相二率文士一参二仕廟堂一、〈巽角上一所有二廟堂一〉入レ自二西小門一列二立南庭一、五位以上一列、六位一列」、『猪熊関白記』建久九年（一一九八）三月六日条に「六日、癸卯、晴、招二文士両三一、有二言詩連句事一」などとある。

雲客　殿上人。『下学集』（春林本）「月卿雲客ケツケイウンカク〈三位以上云——公卿也。四位以下云——殿上人。又云夕拝郎〉」とある。

四壁のみあり　『黒本本節用集』「四壁〈シヘキ〉」。『日本霊異記』（上・一四）「其室裏四壁穿通、庭中顯見」、『撰集抄』（六ノ四）「彼いほりに尋行て侍ば、山かげの清水きよくながれて、前は野のはる〲とあるに、四壁も侍らで、蘭荊には野干ふしどをしめ」など。新大系は『史記』〈司馬相如列伝〉「居徒四壁立」の記事、『本朝文粋』〈老閑行〉の記事を指摘。

交易　市場などで品物を交換すること。『今昔物語集』（二三ノ一七）「其後、美濃狐、其市ニ不行シテ、人ノ物ヲ不奪取ラ。然レバ市ノ人皆喜ビトシテ平カニ交易シテ世ヲ継テ不絶」、『今昔物語集』（一七ノ九）「此ノ絹ハ上ノ中ノ上品也、横川ノ供奉ノ御房ノ遣ス所也。速ニ此レヲ米ニ交易シテ、御要ニ可被宛シ」など。

餉　『下学集』（東京教育大本）「餉カレイ　食義。朝—夕—」、『饅頭屋本節用集』「餉〈カレイ〉」。

甘葛煎　河野・天理・東山・色川（拾遺）・学習院・静嘉堂・大東急、内閣文庫本は「甘葛煎」。「前」は「煎」の誤りか。『東雅』一二〈飲食〉に「アマヅラとは即甘葛也、即今俗にアマチヤといふ物を煎じたる也」とある。『延喜式』（三三）〈大膳・諸国貢進菓子〉「伊賀国〈甘葛煎一斗〉、遠江国〈甘葛煎二斗、柑子四担〉」、『枕草子』（四二）「あてなるもの。薄色に白襲の汗衫。かりのこ。削り氷にあまづら入れて、あたらしき金鋺に入れたる」、『古今著聞集』（六三八）「二月の事なりけるに、雪にあまづらをかけて、二品にす丶められけり」など。

半物　『名目抄』〈人体〉「半物ハシタモノ」。『天正十八年本節用集』「半物ハシタモノ〈下女〉」。『枕草子』（二三五）「人の家につきづきしきもの。肱折りたる廊。円座。三尺の几帳。おほきやかなる童女。よきはしたもの」。

【余説】　本話は前話冒頭に記される惟成清貧時代における妻室の「善巧」を、具体的に物語る。「四壁のみあり」の注で「新大系」が指摘する司馬相如をめぐる記事は、『蒙求』「文君当壚」にも見える。身をやつして世に出る前の相如に尽くす文君には、惟成の妻に通う所がある。

惟成は勧学会結衆の一人であった。そのことを考えると、本話で惟成の家に集まった文人達には勧学会関係者が少なからず含まれていたかもしれない。勧学会とは、康保元年（九六四）、慶滋保胤らが始めたもので、春三月一五日と秋九月一五日、学生文人と比叡山の僧侶、僧俗二〇人ずつが集まり、法華経を講じ、念仏を唱え、讃仏の詩を作るという催しである（三宝絵・下一四）。浄土教と白楽天の影響を強く受け、いわゆる狂言綺語観もここから発展していった。

惟成と文人たちの交流の様相は、『本朝麗藻』所載の詩文などから伺われる。同書（下）「初冬感李部橘侍郎見過。懐旧命飲。并序」と題する天元五年（九八五）、藤原有国（勘解相公）による詩序には、「康保年中。文友廿有余輩。或昇青雲之上。…左少丞菅祭酒。兵部藤侍郎。太子学士藤尚書。肥州平刺史。美州源別駕。前藤総州。李部夕郎。慶内史。高外史是也。如彼前日州橘太守。柱下菅太夫。工部橘郎中。三著作」とある。この中にみえる太子学士藤尚書が藤原惟成である。ここには惟成と並んで、菅原資忠（孝標の父、すなわち『更級日記』著者の祖父）、源為憲（『三宝絵』著者）、慶滋保胤（『日本往生極楽記』、『池亭記』の著者）など多くの文人の名が見えているが、その多くが勧学会結衆であった。

惟成と菅原資忠、藤原為時、慶滋保胤、藤原有国ら文人達との交流は、同書の他の詩文からも知られる。藤原為時の詩「梁園今日宴遊筵」の詩序には、「去年春。中書大王桃花閣命詩酒。左尚書藤員外中丞惟成。右菅中丞資忠。内史慶大夫保胤。共侍席」とある。源為憲の詩「秋夜対月憶入道尚書禅公」には、「去年尋君談話夜（略）行年比君二年兄」とある。後者は惟成出家の翌年詠まれたものであり、為憲が惟成より二才年長であることがわかる。

やはり同書所載の藤原有国（勘解相公）の「秋日会宣風坊亭。与翰林学士（略）懐旧命飲」とある詩の一節には「藤尚書恨蔵山月。慶内史悲遁俗塵。〈藤尚書。慶内史。共是旧日詩友。落飾入道。両別詩酒。余以有恨。故云〉」とあり、有国は出家した慶滋保胤や惟成への友情を詠んでいる。有国も勧学会結衆の一人であった。ちなみに『古事談』には有国をめぐる説話が七話見える。中でも二ノ二八は、自身と惟成が藤賢・式太と併称されていたにも関わらず、惟成に名簿を与えて随従の礼を取り、その権勢の下で出世したい旨を述べた説話として注目される。「新大系」注は、有国と惟成の友情を踏まえて、これを有国の偽悪と読むが、たとえそうだとしても、『古事談』編者顕兼がこの説話をどう捉えているかは別の話である。『古事談』に見える有国の説話は、その才覚、当意即妙の現実対応能力の冴えを語る話が目立つ。

勧学会関係者といえば、官人でありつつ、強い仏道志向を持っていた慶滋保胤の名がまず挙げられる。保胤の文学・思想は、前述『日本往生極楽記』や『池亭記』などから伺えるが、惟成がこのような保胤と交流を持っていたことは、惟成の花山院出家後の潔い出家への決意を理解する上で考慮に入れるべきところがあるかもしれない。保胤も花山朝において惟成、義懐らと共に律令政治復活の革新的政策を実行しようとした一人である。この保胤は花山院出家よりやや早く寛和二年四月二二日（日本紀略）に出家（法名寂心）するが、藤原兼家らの政治的圧力に屈した挫折感と無縁ではないと見られている（【参考文献】②）。『古事談』には保胤の説話も三話見えるが、六ノ三八、三九話には、有国が保胤の学識不足を揶揄したなどという、二人の不和を語る説話が並ぶ。

若き日同じサロンに集い、惟成宅で惟成妻女が苦労して手に入れた甘葛を振る舞われたかもしれない文人達の運命は、花山天皇退位を契機に激変した。有国のように官人としての人生を全うする者もいれば、惟成や保胤のような人生を歩む者もいた。顕兼が彼らをどのように評価していたか、考えてみなければならない。

［木下資一］

【参考文献】

①笹川博司『惟成弁集全釈』（二〇〇三年、風間書房）
②増田繁夫「花山朝の文人たち─勧学会結集の終焉─」（『甲南大学文学会論集』第二一号、一九六三年一〇月）
③大曽根章介「康保の青春群像」（『リポート笠間』第二七号、一九八一年一〇月／『日本漢文学論集』第一巻、一九九八年、汲古書院）

第七〇話（一九四／二ノ九七・新大系二ノ九六）

「惟成の妻、善巧を廻らし夫を輔くる事」

惟成、秀才の雑色たるの時、花の逍遙に各一種物しけり。惟成（には飯を宛てたり）。而して長櫃に飯二、外居に鶴一、折櫃に塩一盃納れて、仕丁（に）擔がしめて取り出だすと云々。人々感喜すること喧々。その夜、女とふして、手枕いれて探るに、下髪皆之を切る。此の時驚きて之を聞く。その時、（太）政大臣と申す人の御炊に交易し、その長櫃の仕丁して擔がしめて出づと云々。件の妻、敢へて歎愁の気無し。常に咲ふと云々。件の女、後に業舒の妻と為ると云々。順業は外孫なり。高名の歌読みなり。

（二一オ）
11 惟成為秀才雑色之時花逍遥ニ[1]各一種物シケリ
12 惟成[2]■■■■■■■而長櫃ニ飯二外居[3]靏一折
（二一ウ）
1 [4]櫃塩一盃[5]納テ仕丁[6]■令擔テ[7]取出[8]云々人々[9]感喜喧々
2 其夜女トフシテ手枕イレテ[10]探ニ下髪皆切之此時
3 驚[11]テ聞[12]之其時[13]大政大臣ト申人ノ御炊ニ交易
4 其[14]長櫃ノ仕丁シテ令檐出云々件妻敢[15]テ無歎[16]
5 愁之氣常咲云々件女後ニ為[17]業舒妻云々
6 順業ハ外孫也高名哥読也

【校異】 略本の紅葉山本・宮城本は本話を欠く。錯簡本の色川本は「古事談拾遺」の「臣節」の項に収める。広本の内閣本と学習院本は、前話と説話の切れ目がなく一話を構成する。 **1各一種物…一条一種物** 全本 **2■■■■■■■…ニハ飯ヲ宛タリ** 全本 **3靏…鶏子** 全本 **4塩…擣塩** 全本 **5納テ…納之** 全本 **6■…ニ** 全本 **7取出…取出之** 大東急・静嘉・内閣・学習院・東山・河野・天理　**取出也**　色川（也の右に「之」と傍書）　**8云々…（ナシ）**　全本　**9感喜…感聲**　大東急・静嘉・学習院・色川・東山・河野・天理　**惑声**　内閣　女…妻　**10探二下髪…探々下髪**　大東急・静嘉・色川・東山・河野・天理　**探之下髪**　内閣（之の右に「ナシ」と傍書）　**11驚テ聞…驚問**　全本　**12之…處**　大東急・静嘉・内閣・学習院・色川・東山　**所**　河野　**13大政大臣…太政大臣**　全本　**14其…而其**　全本（色川本「テ」（而）とする）　**15敢テ…取**　東山　**16歎愁…歎息**（愁）　色川　**17（ナシ）…有郭公之名言云々**　全本

【口語訳】　惟成が文章得業生で蔵人所の雑色であった時、桜花を楽しむ行楽に際し、一種物をした。惟成には飯を任せた。そこで惟成は長櫃に飯を二桶、外居に鶴一羽、折櫃に塩一盃をいれて、仕丁に擔がせて取り出したという。人々は感喜することたいへんなものだった。その夜、女と共寝をして下髪に手枕を入れて探ったところ、下髪をすべて切っていた。この時驚いてそのわけを聞いた。あの時、太政大臣と申す人の炊事担当者と物々交換をして、あの長樻の仕丁に担がせて出したのですと言った。その妻は、そのような髪を切るような苦労をしても、全く歎き悲しんでいる様子はなかった。常に笑っていたという。その女は惟成と別れた後、業舒の妻となったという。順業は外孫である。高名の歌人である。

惟成　藤原惟成。天慶六年（九四三）？～永祚元年（九八九）。（永祚元年・四七歳没説を採る）。二三話【語釈】参照。六八・六九話参照。

秀才　文章得業生の異称。『前田本色葉字類抄』（下）「秀才〈シウサイ、文章得業生〉」。『拾芥抄』「文章得業生〈秀才・茂才〉」。『小右記』天元五年（九八二）正月一〇日条「十日、癸卯、…申二六位蔵人一者雖レ多二其数一、秀才大江定基是二代侍読子孫、尤可二哀憐一、就中身為二秀才一、已候二雲上一、以二定基一可レ補歟」、同寛仁三年（一〇一九）正月一〇日条「十日、戊辰、…昨日被レ定二蔵人一〈藤原良任・平定親〉、秀才、并所雑色、〈平行親・橘成任〉」、『後二条師通記』承徳三年（一〇九

九）二月三日条「三日、丙子、（略）以二文章得業生秀才有元一任二図書助一」などと見え、その学才は高く評価され、蔵人などに任官された。

雑色　蔵人所の雑色。これから蔵人に昇任する者が多かったので、他の官司の雑色よりも地位が高い。公卿の子孫などが補せられた。定員八名。『枕草子』（大系本二四六段）「雑色の藏人になりたる、めでたし。去年の十一月の臨時の祭に御琴持たりしは、人とも見えざりしに、君達とつれだちてありくは、いづこなる人ぞとおぼゆれ。ほかよりなりたるなどは、いとさしもおぼえず」などとある。

一種物　『壒嚢抄』（二）「イッス物ト云ハ何事ソ。常ニ鳥目廿文ノ厚サ一寸アル故ニ廿文各出ヲ一寸物ト云リ。甚下賤ノ僻言也。一種物ナルヘシ。一種物ト云事ハ朝廷古来詞也。喩ヘハ各ノ一種ノ物ヲ随身シテ殿上ニ於テ興宴アリ」とある。服藤早苗「宴と彰子―一種物と地火炉―」（【参考文献】①）によれば、『日本紀略』康保元年（九六四）一〇月二五日条「是日於二左近陣座一、諸卿有二一種物一。魚鳥珍味毎物一両種、於二中重一調二備之一。参議雅信・重信、儲二菓子飯一。本陣儲レ酒。自二殿上蔵人所一給二菓子等一」が文献初出例。同論文は、一〇世紀中頃から一一世紀にかけて内裏やその周辺で最も盛行、また『続古事談』一、『壒嚢鈔』などの記事から、一二世紀に廃れ、一五世紀には庶民層で行われたかと推察する。一種物は宴会場を提供する主による主催ではなく、持参貴族達の合議で実施され、形式的共同幻想的空間を表出した遊宴であり、一種物持参は自身の富や権威を誇示する機会であったという。確かに『小右記』永観三年（九八五）三月四日条「晩景参院、右大臣、左右両将軍、三位中将等参入、各遣二取一種物一、頻有二盃酒一、事已及二深更一、有二和歌事一」、同永観三年三月二〇日条「早朝参院、依二物忌一修二諷誦一、殿上人各出二一種物一飲食、召二御前一被二蹴鞠一、入レ夜罷出」などの記事からも、惟成の活躍した時代に、この催しが盛んであった様子が窺われる。

長櫃　『易林本節用集』「長櫃〈ナガビツ〉」。宴会用の馳走を入れて担いで運ぶ道具として用いている用例は多い。『栄花物語』（一八）「長櫃といふ物に、御果物・

精進物持てつづきまゐりたれば」。『今昔物語集』（二六ノ七）「（生贄の女とすり替わった狩人の）男、狩衣・袴許ヲ着テ、刀ヲ身ニ引副テ長櫃ニ入ヌ、此犬二ツヲバ左右ノ喬ニ入レ臥セツ」。同二六ノ九「何ヲ其物持来、ト出来ツル方ニ向テ、高カニイヘバ、人ノ足音数シテ来也ト聞程ニ、長櫃二ツ荷テ持来タリ、酒ノ瓶ナドモ数有。長櫃ヲ開タルヲ見レバ、微妙ノ食物共也ケリ」。『宇治拾遺物語』（八八）「『誰そ』とて見れば、白き長櫃を担ひて縁に置きて帰りぬ」など。

飯二　単位未詳。新大系は「多分、曲物などに入れた飯を納めた長唐櫃を二つの意」とする。『今昔物語集』（二〇ノ九）「交飯ヲ儲テ、浄キ桶ニ入タリ」を参考にすれば、「飯二桶」の可能性もあるか。

外居　『下学集』（文明十七年本）「外居ホカヰ、或作㆓行器㆒非歟」。『貞丈雑記』七に「行器は餅・赤飯・まんぢうの類すべて食物を入るものなれば、必結めに封をつけて人のかたへ送るべし。又云、古は是なき行器もあり、又足たかほかゐといふものあり。足なきにたいして足たかほかゐといふなり。又云、行器、くろぬり、又まき絵などもあり。大小不定」とある。『今昔物語集』（二二ノ三五）「聖人（略）町ニ魚ヲ買ニ遣ツ。亦、知タル人ノ許ニ飯一盛・湯一提ヲ乞ニ遣リツ。暫許有テ、外居ニ飯一盛指入テ、坏具シテ、提ニ湯ナド入レテ持来ヌ」。

鶴一　「靍」は鶴の異体字。生きている鶴か鶴肉か、あるいは鶴卵を指すのか不明。『明月記』安貞元年（一二二七）一二月一〇日条に、当時の公相の家々で「鶴鵠」を好んで食することが流行したことを述べている。『本朝食鑑』五「鶴…真鶴者…謂黒者味最美、亦肉血倶有香臭、与他禽殊矣、丹頂者肉硬味不美」などとあり、また「其卵如椰子大」ともある。『古事談』諸本は、「鶏子」とある。これを採るとしても、「一」の単位が不明。「椰子大」の鶴卵一個ならばともかく、普通の鶏卵一個では不自然か。「行器一杯の鶏卵」の意か。

折櫃　『安斎随筆』（前編一四）「一折櫃　古書に見えたり。ヲリウヅと云也。桧の薄板を折り曲げて筥に作る也。是は餅類肴などを盛りフタをして、四隅に作り花などを立て丶飾る也。…此の雑物に何ノ法式寸尺ノ定あるべきや。形は四角にも六角にも心任せにすへし」などとある。宴会や来客時、肴や菓子などを入れる。『小右記』天元五年（九八二）四月一二日条「癸酉、午後参宮、殿下被レ奉二御膳物一、〈皆入二折櫃一〉四位以下執レ之、進二簀子一置二御前一」。

下髪　「さげがみ」と訓むか。『貞丈雑記』（二）「古の女房衆〈殿中又大名などに召仕るる位ある女を女房と云〉の体は、髪にわけめをたて丶本まゆを作る。髪はわぐる事なし。いれもとゆひ〈今絵もとゆひと云ふ〉にてゆひ、下げ髪也。今すべらかしなど丶云類也」、『歴世女装考』（三）「往古は貴賤とも常にさげ髪なる事、…枕のさうし、みじかくてありぬべき物の段に、げす女の髪うるはしくみじかくてありぬべしとあるも、下主女のさげ髪をいへるなり」などとある。

太政大臣と申す人　惟成が文士であったと見られる時代に太政大臣に就いたのは、康保四年（九六七）一二月一三日任官の藤原実頼（公卿補任）、および天禄二年（九七一）一一月二日任官の藤原伊尹（公卿補任）である。前者の実頼は天禄元年（九七〇）、七一歳没（尊卑分脈）。一方、後者の伊尹は、天禄三年一一月一日、四九歳没（尊卑分脈）。その女懐子は、冷泉天皇女御で花山帝の母である（尊卑分脈）。惟成が花山帝に親しく仕えた人物であることは、言うまでもない。この伊尹と惟成の間には、他にも深い交流関係が確認できる。『惟成弁集』第一七番「一条の大殿にて、つかさたまはらぬころ／花ざかりすぎゆく空のながめにはいつをか花の思ひしるべき」とあり、また『詞花集』（秋・一三七・藤原惟成）「一条摂政家障子に、あじろにもみぢのひまなくよりたるかたかきたるところによめる、秋ふかみ紅葉おちしく網代木はひをのよるさへ赤く見えけり」などとある。惟成はこのように一条摂政、すなわち藤原伊尹邸に親しく出入りしていた。惟成は天禄三年一〇月末までに蔵人に任官している（親信卿記・天禄三年〈九七二〉一〇月二三日条に「蔵人近江権大掾藤原惟成」とある）。そのほぼ一年前に太政大臣になっていた伊尹は、惟成が「秀才の雑色」時の太政大臣であり、惟成を庇護した人物としてふさわしい。そのような人間関係であれば、一条摂政家の御炊が惟成の妻に便宜をはかることもあり得ないことではない。実頼の可能性も完全には否定できないが、この「太政大臣」は伊尹を指すと見るのが妥当であろう。

仕丁　『饅頭屋本節用集』「仕丁〈ジチヤウ〉」。古く諸国から賦役のために朝廷に徴集され、主殿寮などの諸官司で、雑役に使われた者をいうほか、親王家・大臣家・諸貴族家や寺社などに仕えて、雑役に従事した者をさす。ここでは後者（古事類苑・政治部二・丁役、角川古語大辞典）。『貞丈雑記』（四）に「仕丁とはすべて人のめしつかふ人夫の事也。下部の者也。仕はつかふ也。丁はさかんとよみて年齢の壮に強き者をいふ。老衰の者はつかはれぬ也」、『海人藻芥』（上）に「仕丁装束ノ事。親王、大臣家ハ退紅、公家等ノ家々、白丁也。僧中ニモ随二家門一、可レ用レ之」とある。

業舒　未詳。

順業　歌人藤原基俊の『尊卑分脈』における注記に、「母下総守高階順業女」とある。ただし、『尊卑分脈』所収「高階氏系図」、『続群書類従』所収「高階氏系図」には、「順業」の名は見えない。基俊の父は、藤原氏北家頼宗流の右大臣正二位俊家。基俊は歌合判者を多くつとめ、『金葉集』など入集の高名な歌人で『新撰朗詠集』撰者。基俊の生没は、康平三年（一〇六〇）～永治二年（一一四二）正月一六日。「新大系」の「順業」注に、「永保の頃従五位下（魚魯愚抄）」とある。また同大系「人名一覧」「順業」の項に、天喜二年（一〇五四）に、検非違使・衛門尉から従五位下に叙せられ（検非違使補任）、治暦二年（一〇六六）～延久五年（一〇七三）の間、上野介（朝野群載）、永暦五年（一〇八一）八月に下総守（水左記・八月八日他）との指摘がある。これに対し、『小右記』万寿四年（一〇二七）七月一九日条、同二三日条に、「博戯、賭物事」をめぐって「道雅」（藤原伊周の子、天喜二年、六三歳没。『尊卑分脈』による）との間に「濫吹」があり、検非違使の糺問を受けた人物として、「帯刀長高階順業」「帯刀長順業」の名が見えるのが注目される。『小右記』の順業と『水左記』の順業が同一人物とすれば、万寿四年に二〇代として、基俊の誕生時に六〇歳前後、上野介任官が七

○歳前後、下総守任官が八〇歳前後となる。あるいは　　　俊の祖父として蓋然性が高いのではなかろうか。同名異人か。その場合は、『小右記』の順業の方が基

【余説】　蔦尾論文（【参考文献】②）は、息子や夫のために髪を売って客をもてなす女の例が漢籍「列女」の世界に見えることを指摘する。前話の司馬相如・卓文君説話との類似などと併せ、説話形成における中国説話の影響を考える必要があるかも知れない。因みに当話も前話同様、六八話の「善巧」を具体的に示す意味を持つ。

当話は巻末話でもあるが、最後に女の再婚に触れ、女を「列女」として全うさせていないことに前掲蔦尾論文は深い意味を読む。重要な着眼点である。

【参考文献】

①服藤早苗「宴と彰子―一種物と地火炉―」（大隅和雄編『文化史の構想』、二〇〇三年、吉川弘文館）
②蔦尾和宏「惟成の妻―『古事談』「臣節」巻末話考―」（「国語と国文学」八三巻七号、二〇〇六年七月）

［木下資一］

古事談抄　解説

1　『古事談』について
2　『古事談抄』について
3　『古事談抄』と『古事談』の本文について
4　主要参考文献

1　『古事談』について

成立と編者

『古事談』は鎌倉時代初期の説話集である。『本朝書籍目録』に、

古事談　六巻　顕兼卿抄

とあることから、その編者は源顕兼と推定されており、今のところ、これを否定するような大きな矛盾材料はない。顕兼の没年は建保三年（一二一五）二月と伝えられており、『古事談』集中の最終年記は、建暦二年（一二一二）九月（巻三―八二）であるゆえ、『古事談』の成立は一二一二年九月以降、一二一五年二月以前と推定することができる。

源顕兼は、永暦元年（一一六〇）に生まれた。初名、兼綱。村上源氏。六条右大臣顕房四代の裔にあたる。父は従三位刑部卿宗雅、母は石清水別当紀光清の女、したがって顕兼は歌人として有名な小侍従の甥にあたる。

父宗雅は藤原忠通の乳母子、顕兼の姉妹の一人は藤原良経の乳母をつとめていたらしい。顕兼自身も忠通女の皇嘉門院聖子の御給によって叙爵を受けるなど摂関家との結びつきには強いものがあった。

同世代の人物としては藤原隆信、源通親、鴨長明、慈円、藤原定家らの名を挙げることができる。なかでも、藤原隆信とは、

顕兼朝臣、斎宮寮頭にて下るとて、申し送りし

伊勢島や塩焼衣なれぬよりとはぬうらみも袖は濡れけり　（隆信集・八四七）

返し

袖濡らす浪もかけじを神風や御裳濯川の千世のかげには　（八四八）

という贈答を交わしている。顕兼の斎宮寮頭は建仁元年（一二〇一）九月五日から同三年（一二〇三）五月五日まで、顕兼、四二、三歳の間のことと考えられる。

また藤原定家の『明月記』にも、

> 入夜聞、顕兼卿女子、家兼少将妻、依産終命者、可悲云々。親姓（姪カ）等、御神事之間、周章歟。後聞、昨日在少将宅、裏櫛撰置之、忽有其気、到父宅無為遂産了。今日頓滅云々。（建暦二年一一月一五日）

と載る。これによれば、建暦二年（一二一二）一一月、顕兼の女子（左少将源家兼妻）は御産のため、婚家より顕兼宅に居を移し、無事出産を遂えるものの、翌日に容態悪化し、命を落としてしまったらしい。そして、その半年後の翌年（一二一三）四月、

> 未時許、入道三品（顕兼）前刑部、忽枉駕。良久謁談、旧遊之好、互拭涙。女子事之後、百余日修行、此十余日帰京、明晩下摂津国、十七日供養堂、其後可入高野、百ケ日之由存之、但随時云々。発心之時、還無縁歟、随喜之心深。（建保元年四月一三日）。

娘を喪ってから、半年の間、顕兼は修行の日々を百余日送っていたらしい。定家の家を突然訪れた顕兼は明暁、摂津に下り、一七日に堂供養を行い、そのまま高野に入り、百日間の参籠をすることを伝えた。顕兼と定家の会話は長く続き、互いに哀しみの涙に眩れたという。定家の言葉によれば、二人は「旧遊之好」であったのだ。

時に顕兼、五三、四歳。もう老境といってよい。老いて子に後るる哀しみを顕兼はどう受けとめたのだろうか。娘の没後百余日の修行の日々を送り、摂津で追善の供養を催し、さらに続けて、高野山に百ケ日に籠るという。顕兼のその意思は娘を失った悲哀の深大さを物語っている。愛娘、いや鍾愛の娘の死といってよいだろうか。それほどまでに顕兼の悲嘆は強く、面前で定家も涕泣を禁じ得なかったのである。

顕兼の高野山入山は百ヶ日の予定であるという。その百日の間、顕兼は亡息女を追懐し、その哀しみを少しでも

沈静化しようと考えたのであろう。高野山で祈ること、娘の後世を願うこと、これしか顕兼には残されていなかったのだろう。はたして百日後、顕兼は娘の菩提を願う平安な心で、高野山を後にすることができたのだろうか。

顕兼が定家邸を訪れたのが建保元年（一二一三）四月一三日であるゆえ、単純に計算すれば、百日後の高野山下山は同年八月下旬以降のこととなる。もっともこれについては「但随時云々」とあった通り、早目に切り上げられたかも知れないし、また逆に下山は先に延ばされたかも知れない。いずれの場合においても、高野山参籠中は『古事談』編纂の可能性は低かったのではなかろうか。なぜならば、愛娘の死去という悲痛な出来事を前にして、顕兼に編纂作業にとりかかる余裕は、時間的にも精神的にもなかったのではないかと思われるからである。『古事談』の内部徴証からする成立の上限は一二一二年九月で、その二ヶ月後に顕兼は娘を失う。没後の葬礼はもとより、その後の修行、高野山入山などの一連の事柄がひとまず終えられたのが、一二一三年八月下旬ごろとすれば、おそらく『古事談』の編纂、執筆作業はそれ以降のこととなろう。顕兼の没年が、一二一五年二月といわれるゆえ、『古事談』の成立時期は一連の追悼行事が終った一二一三年八月ごろから一二一五年二月までとかなりせばめて考えることができる(1)。

もしもそうだとすれば、『古事談』集中に顕兼のそうした状況や苦悩が反映されているかどうかという問題が浮かび上がって来よう(2)。『古事談』説話のいくつかには編者顕兼の立場や心境の影響と見てとれる話があることも事実である。そうした視点を敷衍していくと、『古事談』という説話集の読み方にも自ずと変化を与えてくるように思われる。一例をあげれば、全巻を通観してみると、人の死にまつわる話が多いことに気付かされるし、なかでも愛息、愛息女が昏迷、蘇生、場合によっては死去といった話が多く見られるのも事実である。やはりそれは最愛の娘の思いがけない夭死という突然の出来事による顕兼の動揺と悲哀の影響と見てよいだろうし、もしも『古事談』脱稿時に顕兼の心理状態を愁嘆の最中と考えるならば、『古事談』冒頭の称徳女帝の淫事に代表されるような、『古事談』独特の宮廷秘話群について、ただ暴露趣味、政界裏面話への好奇といった視点だけで読み解いていってよいのかどうか、再検討する必要がありそうだ。もとよりこれらの話が息女の死よりはるか以前の、まだ顕兼の壮年のころの筆録を考えれば、また事情はかわってくる。いずれにしても『古事談』には解析するべき点は多々残されている。

構成と内容

『古事談』は六巻編成をとる。本書の採録の『古事談抄』や島原松平文庫蔵『古事談抜書』、宮城県図書館伊達文庫蔵『古事譚』など異本、別本とも称すべきものもあるが、通行の場合、六巻、四六〇話前後の分量を持つ。

第一　王道后宮（九九話）
第二　臣節（九六話）
第三　僧行（一〇八話）
第四　勇士（二九話）
第五　神社仏寺（五四話）
第六　亭宅諸道（七四話）

諸本はおおむね広本系、錯簡本系、略本系に大別され、話数については諸本間で若干異同する。『古事談』に材を少なからず求めた、後続の『宇治拾遺物語』が雑纂の形態をとるのに対し、この『古事談』、その続編とおぼしい『続古事談』、あるいは『古今著聞集』といった説話集はそのほとんど類纂の形式をとっており、どちらかというとこうした形式の方が説話集本来のかたちであったと考えてよかろう。これらは、いわば部類抄、雑抄とよばれる書籍の一形態であり、『古事談』がその形式を遵守、継承していることの意味はもう少し重視してもいいのではないか。もしも話の興味や話柄の中味を優先するならば、『宇治拾遺物語』や『今物語』のような雑纂方式も充分とり得たはずである。にも関らず、『古事談』は類纂をとった。それは編者源顕兼の本書製作の基本的な立場を物語っているようにも見える。顕兼は本書の基軸は類聚にあって、座談の興味や話柄の連想を編纂の基本には原則しないという態度であった。顕兼が第一義的に目指したものは類聚形式の故実書であったといっていいのではなかろうか。したがって『古事談』という本は従来考えられているような興味本意を目的とした好奇な書では決してなく、その形式は意外と地味でしぶいかたちをとっているのではないかと思うのである。

そうしたことは巻第一、王道后宮を例にとるとわかり易い。登場する天皇は清和以下、陽成、光孝、宇多、醍醐、朱雀、村上、冷泉、円融、花山、一条、三条、後一条、後朱雀、後冷泉、後三条、白河、堀河、鳥羽、崇徳、近衛、二条と平安中期から末期にいたるまでの天皇をもれなく並べる。各天皇の話数の多寡を問わなければ、ほぼ完全な天皇紀ということができる。そして複数の説話で語られる天皇の場合は即位から退位までの時間の流れに沿うかたちで説話は原則的に配列されており、天皇の一代記の形式をとっているのである。例えば花山天皇の場合、

17話　花山院即位の事
18話　花山院殿上人の冠を取る事
19話　花山院、出家の事
20話　花山院、発心、退位の事
21話　花山院出家、騒動の事
22話　花山院一行、闘乱の事

と花山院在位期間の話を中心に年代順に綴る。その書式はあくまで天皇紀の形式に則っているのである。

ただ、ここで吟味しなくてはいけないのは、その中身である。花山朝説話の劈頭の第17話「花山院、即位の事」

は即位の日、高御座の中に褰帳役の命婦を引きずり込み、「忽ち以て配偶」という事件を伝えているのである。続く第18話「花山院、殿上人の冠を取る事」で、これも花山院の奇行をあらわす話の一つで、花山院には殿上人の冠を取るという奇矯な振舞があったらしい。そして第19、20話では弘徽殿女御忯子の夭死によって、花山院が突如、出家退位した一連の事件を述べる。(3) 突然の出家が世間の大騒動となったことはいうまでもなく、第21話「花山院出家、騒動の事」はその模様を短文ながら、よく伝えている。しかし、よく知られているように、この忽ちの出家、退位は藤原兼家ら摂関家が周到に計略したものだった。花山院が御所より出奔し、行方不明となったという報を聞いた兼家は「けしうはあらじ、よく求めよ」（巻一ノ二一）といっただけで、全く動じなかったという。編者、源顕兼も同事件への摂関家の関与を疑がっている様子は見受けられない。

さて花山院関連話の最終話、第22話「花山院一行、闘乱の事」はその兼家の子、藤原道長の一行と花山院の一行が賀茂祭の見物中、小競り合いがあり、道長側は検非違使を出動させ、当事者を匿おうとした花山院側を威圧し、逮捕してしまったという話である。事件は道長側の主導で進み、花山院側は完全な屈服を強いられたのだった。

花山院の即位から退位、そしてその後までを断片的にではあるが筆録するやり方は前にもいったように、年代記的な手法と何ら変わるところはない。顕兼は『古事談』の筆録にあたって、年代記的な部類抄の記述をとることにいささかの迷いもなかったのであろう。『古事談』巻一から巻六にいたるまで、その書式のゆらぎは全く見えない。顕兼の企図は部類抄の方式をとりながら、年代記を作製しようとしたところにあったかと思われる。

しかし、そうした部類抄的手法を堅持しながら、『古事談』は他とは大きく違う特質を獲得していることを見落としてはならない。今一度、花山院関係の説話に立ち戻れば、即位の儀式の最中に女官を高御座に引きずり込んで交合したという話（18話）に始まり、近臣の藤原惟成ら殿上人の冠を召し上げ、露頭という無様な姿をさらけ出させてしまったという花山院の奇癖に話（19話）は及ぶ。たった二つの話ではあるが、「冷泉院の狂ひよりは、花山院の狂ひは術なきものなれ」（大鏡・伊尹）と評された花山院の奇矯ぶりをあざやかに描いているのである。花山院の突然の出家劇（19・20話）も基本的には『扶桑略記』などの記録類からの抄出によるものだが、事件の背景、真相を明確に伝えており、その抄出の技法は見事というしかない。天皇の出家、行方不明という国家の重大事に際しても何ら動じることのなかった藤原兼家の落ち着きぶり（21話）に、勘のよい読者は事件の裏に摂関家の暗躍があったことにすぐ気がつくであろうし、それはその後の花山院側と道長側の衝突、闘乱という事態に発展していくのである。

形式こそ皇統の年代記風に叙せられているものの、中身は歴史物語の『大鏡』、『愚管抄』などとも近似し、その水準といい、密度といい、他書との間に甲乙の差をつけがたいほどであるのである。

『古事談』という作品はあくまで部類抄の形態を持っており、文学史的な分類をすれば、やはり雑抄であろう。現に『古事談』の写本を蔵する各文庫でもその分類目録に於て、雑書、雑抄に所載しているところが少なくない。しかし『古事談』は他の雑抄類とは大きく違った。その伝える話の数々は事件の真相を余すところなく伝え、また人物たちの行動、風貌、心理を見事なまでに描出しているのである。他書からの抄出という、いささか不自由な手法に制約されながらも、歴史や人物をあざやかに描き切った源顕兼という人物は、よほど話というものに勘が鋭かったのであろう。

『古事談』成立後、その影響作がすぐ誕生する。『古事談』の形式と内容をほぼ踏襲した『続古事談』（一二一九年成立か）が作られ、これと相前後して『宇治拾遺物語』（一二一五年？〜一二二一年？）が成立した。そして少し間を置いて、橘成季によって『古今著聞集』（一二五四年）が編まれ、説話集の時代は続く。『古事談』のもっていた話の興趣を優先する方向は『宇治拾遺物語』へと直接的に引き継がれ、部類抄、故実書的な側面は『古今著聞集』に継承されていったといってよいだろう。そんな大きな見取り図を思い描いていると、あらためて『古事談』という作品の持つ文学史上の重要性に気付かされるし、編者の源顕兼という人間にますます興味がかきたてられていく。

【注】

（1）『古事談』編纂作業は娘の死以前から行われていた可能性もあり、厳密にいえば『古事談』の最終脱稿は顕兼の没時（一二一五年二月）以前ということになる。

（2）娘の死と『古事談』との関連についてはすでに川端善明氏に言及がある。（『古事談』解説　岩波書店　二〇〇五年）

（3）事件は事件として考えるべきだろうが、この話などは娘を失った顕兼として平然と読みすごすことのできなかった話なのではなかろうか。突然、発心出奔した花山院の行動と哀しみを顕兼は共有しえたのではなかろうか。

［浅見和彦］

2 『古事談抄』について

穂久邇文庫蔵『古事談抄』（以下『古事談抄』と略称）は、『古事談』巻第二臣節からの抜書的性格を持つ中世の写本である。

『古事談抄』は、『古事談』巻第二の九六話のうち、重複四話を含む七〇話を、原文に沿って抄出し、新たに配列を施しているのだが、細かく見てみると、専ら正確な書写を心がけているのではなく、なるべく簡略で分かりやすい表現に改めようとする傾向がある。(1)『古事談』巻第二の各記事の内容を忠実に継承しようとしている点で、『古事談抄』は『古事談』の写本（あるいは異本）と見なすことができるが、『古事談』を用いて新たな作品を作り出している点では、一つの独立した説話集なのである。

そうした基本的性格を押さえた上で、『古事談抄』の活用法について整理してみたい。

『古事談抄』と「古態性」

『古事談抄』の重要性は、第一に、零本とはいえ『古事談』の古態やすぐれた本文を考える上で、最も古く貴重な内容を含む写本である点にある。

現在公開されている『古事談』の写本は全て近世の写しである。中でひとり『古事談抄』は中世の写しである上に、『古事談抄』には、現行の『古事談』には見られない第一四話「忠実、顕雅に感ずる事」が収められている。(2)現行の『古事談』と内容を比べてみても、いかにもかつての『古事談』巻第二にあっておかしくない逸話であり、

また他にも『古事談』巻第二の逸文の存在が報告されている[3]ことと
あいまって、第一四話は、かつての『古事談』巻第二に存在した逸話であろうと推定される。[4]

説話レベルではなく、本文の上で古態をとどめているケースもある。『古事談』編者源顕兼が写本を所有していたことが知られる『中外抄』は、『古事談』編集にあたって顕兼が用いたことが確実視される資料の一つである。その『中外抄』下三六話から抄出した『古事談』二ノ15（以下『古事談抄』の説話番号と区別するため、『古事談』の説話番号には算用数字を用いる）と、その『古事談』を抄出した『古事談抄』第一三話・第五五話の本文を比較すると、『古事談』諸本にない「夏」の一字が、『中外抄』と『古事談抄』にはあることが分かる。「夏」の一字の有無は、『古事談抄』と『古事談』の内容の優劣を示すものではないが、『古事談抄』が『古事談』の古態（『中外抄』から抄出したての頃の姿）をとどめる箇所の一つである。[5]

また、内容上、『古事談抄』の本文が『古事談』諸本より古態をとどめていると考えられる例もある。例えば『古事談抄』第二七話「実方、蔵人頭に補せざるを怨みて、雀に成る事」の末尾は「殿上の小台盤に居て飯を食しけりと云々」で、傍点部に相当する内容は『古事談』諸本に見えないが、この部分は殿上の台盤という習慣が失われつつあった後代になってから補足することは難しく、『古事談抄』の本文はより明快で、古態をとどめた叙述であると考えられる。[6]

一方、古態かどうかというよりも、どちらがすぐれているか、より適切かを考える上で重要な異同も見られる。『古事談抄』第五〇話「待賢門院入内の事」は、崇徳院が鳥羽院の実子ではなかった、という歴史上有名な噂にまつわる軋轢を記すが、そこで鳥羽院は崇徳院を「外父子」と称したとある。『古事談』諸本は「叔父子」とする箇所であり、本来の本文はどうであったのか、考えさせられる異同である。[7]

しかし、先述した第一三話の「夏」の字の場合でもそうであったが、古態をとどめているらしい本文が、最もすぐれた本文かというと、そうとは限らない。また例えば『古事談抄』第六五話「伊周配流の事」と『古事談』二ノ51および『古事談』の典拠である『小右記』の本文を逐一比較してみると、必ずしも『古事談抄』が『古事談』諸本よりも古態をとどめている箇所ばかりとは限らない(8)。

これらを踏まえ正確に言えば、『古事談抄』は、『古事談』の古態およびすぐれた本文を考える際に、必ず参照すべき有力な古写本なのである。

小品としての『古事談抄』

それと同時に、『古事談抄』は、『古事談』巻第二臣節だけを原資料とした、独立した小さな説話集でもある。従って、『古事談抄』は『古事談』研究に用いられるだけでなく、小規模ながら、この作品自体の論理や方法も明らかにされる必要がある。

『古事談抄』の編者は、『古事談』全六巻のうち、少なくとも巻第二臣節を読み、各話の内容だけでなく、構成方法も読み解き、共感したらしい。後述するように、『古事談』巻第二の編集方針を体得した上で、記事の取捨選択、要約や叙述の明確化を行って新たに配列を施し、自らの小品を作り上げている。

『古事談』を重要な編集資料として用いた同様の成果として、例えば『叡山略記』、『東斎随筆』、島原松平文庫蔵『古事談抜書』(9)などがあるが、『古事談』自体の方法を色濃く反映した編纂を行っていることが、『古事談抄』の特徴である。

すなわち『古事談抄』編者は、小品の作者であると同時に、中世に於ける『古事談』の自覚的な読者の一人でもあるのである。『古事談抄』の重要性の第二は、巻第二臣節に範囲が限定されるとはいえ、当時『古事談』がどのように読み解かれていたのかを具体的に知ることができ、ひいては、説話集を享受し、再生産していく実態を知らしめてくれる点にある。

オリジナルか、写本か—注記と書き入れ

例えば『古事談抄』第二話「師輔の遺誡不信の輩夭命の事」には、本文が判読不能であることを「不見」と記した傍記が複数箇所見られる。また第三話「朝成、大納言を望みて生霊と為る事」には、「本」と、原本のままであることを示すと見られる注記がある。

これらは『古事談抄』が用いた『古事談』の状態についての注記とも見られるが、「親本」についての注記ともとれる。その場合、『古事談抄』はオリジナルではなく、「親本」の忠実な写本だということになる。

また、第一二話「忠実少年の時、師実より大小の鷹狩装束に就いて教示の事」は第五三・五四話（第五四話は第五三話の後に改行して記されているので、二話と数えられている）に再登場するが、第五三話の上欄外には合点と「在端」の注記、第五四話の上欄外にも合点と「端ニアリ」の注記が施されている。同様に第一三話「忠実、朔日の御精進を鳥羽院に奏する事」が再び採られている第五五話の上欄外にも合点と「在端」の文字が見られる。また「伊周配流の事」の長い全文は第六五話に収められているが、その冒頭二行分が、第四六話にも採られており、その上欄外に「可書入」の注記と、本文にはその位置を示す補入記号が見られる。

これらの注記は、一通りの編集を終えた後、「ここは重複している（ので後で直そう）」「ここは冒頭部だけしか書いていない（ので後で直そう）」と、『古事談抄』編者が自ら記したものなのか、「親本」の段階で既に書き込まれていたものを忠実に書写しただけなのか、あるいは「親本」にこれらの注記はなかったが、「親本」を書写しながら気付いたことを、『古事談抄』の編者ならぬ書写者が気付いて記したのか、特定することはできない。

このように、『古事談』からの記事の取捨選択や叙述の改変・配列が行われ、『古事談抄』として成立したのは、

正確には『古事談抄』の「親本」もしくはそれ以前の段階であった可能性も考えられるのだが、『古事談抄』の内容を決めたのは仮に現存『古事談抄』成立の段階であったととらえておきたい。

『古事談抄』には、記入された時期を特定できない書き入れが他にもある。例えば七〇話「惟成の妻、善巧を廻らし夫を輔くる事」には訓み仮名が、六八話「惟成、旧妻の怨に依り乞食と為る事」には訓み仮名に加え返り点も付されている。また、記事の冒頭に丸印がつけられている記事がある（別表一参照。「注記」欄に○を付した一六話）が、この丸印が、いつ誰によって、何のためにつけられたのか、現段階では不明である。[10]

『古事談抄』の編纂方法

『古事談抄』は、第一話から第二一話までが摂関家の人々にまつわる話、第二二話から第五一話までが他家の人々にまつわる話で、そのうち末尾の第四六話から第五一話は女性にまつわる話、という構成がとられている（別表一参照）。ここまでが一つのまとまりを成し、第五二話からは新たな循環が始まり、第五二話から第五九話までが摂関家の人々にまつわる話、第六〇話から第七〇話までが他家の人々にまつわる話で、そのうち末尾の第六五話から最終第七〇話までが女性にまつわる話、としてまとめられている。

摂関家と他家、そして女性、というグループが二回循環するこの構造は、実は『古事談』巻第二における記事の配列と全く同じである（別表二参照）。『古事談抄』は『古事談』巻第二の編集方針をよく理解した上で、同じ骨組みを用いて、異なる記事配列を行っているのである。

再び別表一を見ると、『古事談抄』がどのような手順で『古事談』から記事を拾っていったのかがたどれる。例えば「新大系巻二」の欄の数字を順に見ていくと、網掛けの数字（見やすさのため「古典文庫」の欄は白黒を逆転させてある）は1、2、5、6、7、14、16、15、17、18、20、22、23、28…とほぼ昇順に並んでおり、網が掛かっていない数字も58、60、62、64、65、66、68、69…とやはり昇順に並んでいる。これは、『古事談』巻第二に於いて二回目の配列の循環があることを『古事談抄』が見抜いていて、1からはじまるグループと、58からはじまるグループを照らし合わせながら、おおむね本文掲出順（説話番号順）に抄出を行ったことを示しているのである。

もう少し詳しく言えば、『古事談抄』ははじめに摂関家にまつわる記事を配置しようと考える。その際、摂関家にまつわる『古事談』巻第二の大きな二つの記事群、二ノ1から25までと、二ノ58から67までを見較べて、前者の流れの中に後者からの記事を織り合わせながら、摂関家の記事群を新たに構成しているのである。

『古事談抄』はまた、別表一および別表二の「人物」欄のメモを見ると分かるように、『古事談』巻第二同様、同じ人物にまつわる説話は一括して集める、という方法をとっていない。例えば『古事談』で忠実の話群が二ノ15～19と二ノ64～66の二箇所あるように、『古事談抄』の忠実の話群も第一一～一八話と第五二～五五話の二グループがあるのである。『古事談抄』もまた、『古事談』巻第二が用いた、摂関家・他家そして女性、というグループを二回循環させる方法を優先・踏襲しているのである[11]。

説話集の編纂方法

古典文庫『古事談』解説[12]以降、『古事談』全体の構成について論じたのは、拙著[13]のみであろうかと思われるが[14]、以上のことから、『古事談』巻第二の「編纂方法」は、少なくとも『古事談抄』の編者には理解されていたことが分かり、あわせて『古事談』巻第二には確かにこうした「編纂方法」が存在することが、『古事談抄』に投影された『古事談』像から逆に明らかになるのである。

説話集編集の際に用いられたこのような「編纂方法」は、われわれ現代人の深読みが産み出した仮説ではなく、実際、当時の読者にも読み解かれ、受け入れられていたという事実の重みを、我々はあらためて認識せねばならないように思われる。

このように、『古事談抄』は『古事談』の分析に資するだけでなく、中世の説話集編者が原資料をどのように理解し、それをどのように活用しながら新たな創作を行ったのかについて教えてくれるコンパクトで明快な典型例でもある。説話集一般の編纂方法を知る具体的手がかりとしても、『古事談抄』はより多くの読者に読まれ、活用されてほしいと思う。

【注】

(1) 詳しくは、拙稿A「日本古典文学影印叢刊所収『古事談抄』について」(『共立女子短期大学文科紀要』四六号 二〇〇三年二月)、拙稿B「『古事談抄』から見えてくるもの」(浅見和彦編『『古事談』を読み解く』二〇〇八年 笠間書院)参照。

(2) 大曽根章介「古事談抄 解説」(財団法人日本古典文学会編『日本古典文学影印叢刊1 日本霊異記 古事談抄』(一九七八年 貴重本刊行会)。のちに『大曽根章介 日本漢文学論集 第二巻』(一九九八年 汲古書院)に収録。

(3) 田島公「禁裏文庫周辺の『古事談』と『古事談』逸文」(『新日本古典文学大系月報』100 二〇〇五年一一月 岩波書店)。

(4) この第一四話がかつて存在したと想像される位置に、その痕跡かと思われる例外的な余白のある『古事談』写本が存在する(拙稿C「中世の『古事談』読者—日本古典文学影印叢刊所収『古事談抄』の構成と意義」『文学』五—三 二〇〇四年五月)が、第一四話が置かれていた可能性のある位置を、より広く考えておく必要性もまた指摘されている(蔦尾和宏・本書第一四話余説参照)。

(5) 注1A・Bに同じ。

(6) 注1Aに同じ。

(7) 注1Bに同じ。

(8) 落合博志「『叡山略記』について—紹介と資料的性格の検討—」(一九八八年 説話文学会大会資料)および池上洵一編著『島原松平文庫蔵 古事談抜書の研究』(一九八八年 和泉書院)参照。

（9）注4Cに同じ。また、山本啓介・本書第五〇話余説参照。

（10）詳しくは注4C参照。

（11）詳しくは注4C参照。なお、別表二から分かるように、『古事談』巻第二の二周目の女性の記事群は93・94によって分断されている。そのことをめぐる問題について、複数の見解が示されているので、整理しておきたい。

まず確認したいのは、女性を臣の逸話に組み込むことは珍しいことでないということである。『大鏡』『今鏡』でも后妃は列伝の中で扱われており（『史記』『漢書』も同様）、『古事談』の続編と銘打つ『続古事談』においても、高内侍・実資の思ひ人すみ殿の逸話が、臣節の巻に収められている（二ノ二六・二七話）。『古事談』巻第二臣節の最終話96の主人公は、惟成でなく妻の方であると考えて何ら問題はない。田中宗博「惟成説話とその周辺—『古事談』巻第二「臣節」篇への一考察—」（池上洵一編『論集　説話と説話集』二〇〇一年　和泉書院）は、惟成妻ではなく惟成に軸足を置いて最終話を読み解くが、『古事談』巻第二の形式を踏襲する『古事談抄』が第六八・六九・七〇話と惟成妻説話を三つ集め、中宮賢子の第六六話、進命婦の第六七話に続け、二周目の女性の記事群としてまとめていることから逆算しても、『古事談』巻第二の巻末二話の主人公は惟成妻ととらえられるだろう。

ただし、『古事談』の場合、一周目の女性の記事群が51〜57ですっきりまとまっているのに対し、二周目では、惟成の妻の怨みをテーマにした92「惟成依旧妻怨為乞食事」で一旦女性の記事群が終わり、「怨み」の要素でつながる93「信長焼檳榔車事」・94「頼光息男被補蔵人事」と男性の臣下たちの逸話が置かれ、内容上仕切り直して再び惟成の妻の内助の功を語る95「惟成清貧之事」と96「惟成妻廻善巧輔夫事」が巻末話として特立される形式で終わる。

わたくしはこの配列について、『古事談』編者が巻末の惟成の妻の二つの逸話を、夫を怨んだ92と切り離して独立させ、臣の鏡そのものの姿として描こうとしたための方法だと考えた（拙著D『院政期説話集の研究』一九九六年　武蔵野書院）が、彼女の再婚を物語る部分を、わたくしのように彼女への賛辞ととるか、蔦尾和宏「惟成の妻—『古事談』「臣節」巻末話考」（『国語と国文学』八三—七　二〇〇六年七月）のように、貞女を貫けなかった物語ととるかで評価が分かれる（木下資一・本書第九五話余説も参照されたい）。わたくしは『古事談』の各巻の末尾には、巻名に対する編者のメッセージと、意外な内容が盛り込まれていると考える立場であり、巻第二の巻末二話にこめられたメッセージと意外性を、花山天皇の忠臣として知られた惟成ではなく、その妻こそが忠臣であり、彼女の姿は臣の鏡だった、というところに見出した。

しかし、その彼女もまた貞女であり続けられなかった、という点に意外性が見出されるとなると、夫を恨んだ92と、健気な95・96の惟成妻説話間に93・94をはさんで切り替える必要性は低くなる。その場合、『古事談』の中にまま見られる、話題の連想によって主流（この場合女性および惟成妻の説話）から傍流（怨みの説話）へと横道に逸れた配列がはされる傾向が、巻末話付近にも顔を出していると見るべきだろうか。

なお、『古事談』諸本の中に、惟成妻の巻末二話（95・96）がなく、93信長・94頼光息で終わっている写本が存在するため、95・96のない形が本来だったのではないか、との想定も浮かぶが、94がどういう理由で巻第二の巻末を飾りうるのか理由が想像し難い上、『古事談』の各巻末話は、次の巻の巻名と関わりがあり、巻第二巻末に「出家入道」した人物である惟成が登場して、巻第三僧行につながるというように、巻と巻との橋渡しになる記事が置かれていると考えられるのだが、源頼光の登場する94は、勇士の巻の前ならふさわしいが、巻第三僧行とのつながりはつきにくい。また、もし94で終わるのが本来であったなら、『古事談』95・96に由来する『古事談抄』末尾の第六九・七〇話はどこから抄出して来たのかという問題が発生する。

以上三つの理由から、『古事談』巻第二臣節が93・94で終わるのが本来であった可能性は低いと思われる。93・94で終わっている写本は、末尾の惟成妻説話二話が欠落した系統のものと現段階ではみなしておくべきだろう（拙著D参照）。

(12) 小林保治校注『古典文庫　古事談』下（一九八一年　現代思潮社）。

(13) 注11拙著D。

(14) 川端善明「『古事談』解説」（『新日本古典文学大系　古事談』二〇〇五年　岩波書店）は、『古事談』の配列や語り方の特徴を、我々がどういう角度からとらえるべきかを追求するが、『古事談』の側に、巻頭巻末話のメッセージ性や各巻毎の編纂方針など、作品全体として意識的な方法が見られるのかどうかについては、明快な立場を示されていないと思われる。

［伊東玉美］

別表一『古事談抄』と『古事談』巻第二臣節

古事談抄	新訂増補国史大系標題	新大系巻二	古典文庫	人物	注記
一	忠平檳榔事	1	100		
二	師輔遺誡不信輩夭命事	58	158		
三	朝成望大納言為生霊事	2	101		
四	朝成望大納言為生霊事	2	101		
五	道長評伊周牛逸物事	5	104		
六	道長召遊女事	6	105		
七	法成寺供養日道長感慨事	7	106		
八	行経坐蔵人頭上事	60	160	頼通	
九	隆国騎小馬事	62	162	頼通	
一〇	八幡別当清成参宇治殿飲食事	14	114	頼通	
一一	俊房賞玩忠実事	64	164	忠実	
一二	忠実少年時師実就大小鷹狩装束示教事	16	116	忠実	
一三	忠実奏朔日御精進事于鳥羽院事	15	115	忠実	○
一四	忠実感顕雅事	×	×	忠実	○
一五	忠実勘発兼長事	65	165	忠実	○
一六	忠実感師遠事	66	166	忠実	○

一七	忠実告急速召時衣装不可論夏冬事于師元事	17	117	忠実	○
一八	忠実自讃事	18	118	忠実	○
一九	徳大寺大饗後頼長別足食様事	20	120		○
二〇	頼長自公卿座末追立蔵人頭朝隆事	22	122		○
二一	忠通参節会食アゲマキ事	23	123	忠通	○
二二	有国為父輔道修泰山府君祭輔道自冥途帰事	68	168	有国	○
二三	有国抱負事	28	128	有国	
二四	道隆怨有国奪官職事	69	169	有国	○
二五	行成於殿上与実方口論振舞優美事	32	132	実方	○
二六	奥州アコヤノ松事	71	171	実方	○
二七	実方怨不補蔵人頭成雀事	72	172	実方	
二八	行成於殿上与実方口論振舞優美事	32	132	行成	
二九	行成依正直遁冥官召事	34	134	行成	
三〇	済時得空拝大将名事	35	135		
三一	経信於北野社前不下馬事	36	136		
三二	経信評宗通事	37	137		
三三	実資前声令退散道長邪気事	73	173	小野宮	
三四	俊明明公事事并不受清衡砂金事	76	176		

三五	頼宗依定頼談経練磨事	77	177		
三六	陽勝仙人聴聞定頼誦経事	78	178		
三七	保忠落馬落冠事	79	179		
三八	顕通忠教互嘲事	80	180		
三九	伊通不遇辞所帯事	81	181		
四〇	家忠除目執筆忘衡字事	84	184		
四一	九条顕頼於床子座夜食事	42	142		
四二	無文学人昇卿相始事	86	186		
四三	盛章自熊野山地中掘出大鳥事	88	188		
四四	業房亀王吉夢事	48	148		
四五	伴善男吉夢事	49	149		
四六	伊周配流事	51	151	伊周	可書入
四七	郁芳門院根合右方長根事	52	152		
四八	小野皇太后歓子遂往生給事	89	189		
四九	俊明奉諌白河天皇事	53	153		
五〇	待賢門院入内事	54	154		
五一	大弐局就梅檀在唐土否哉勝事	56	156		
五二	師実不令忠実見義親首事	13	113	忠実	

五三	忠実少年時師実就大小鷹狩装束示教事	16	116	忠実	在端
五四	忠実少年時師実就大小鷹狩装束示教事	16	116	忠実	端ニアリ
五五	忠実奏朔日御精進事于鳥羽院事	15	115	忠実	端ニアリ
五六	高階氏業平末葉事并業平為勅使参向伊勢事	26	126	業平	
五七	業平見小野小町髑髏事	27	127		
五八	忠通書御室額菊方高名事	24	124	忠通	
五九	基房兼実賭弓奏装束事	25	125	忠通	
六〇	俊賢書定文忘奝字事	70	170		
六一	実資女不堪事	39	139	小野宮	
六二	顕忠倹約事又好額白馬事	74	174	小野宮	
六三	実資薨時諸人悲嘆事	41	141	小野宮	
六四	清和天皇御前身与善男為敵事	50	150		
六五	伊周配流事	51	151	伊周	
六六	中宮賢子為広寿上人後身事	90	190		○
六七	清水寺師僧恋慕進命婦事	91	191		○
六八	惟成依旧妻怨為乞食事	92	192		○
六九	惟成清貧之事	95	195		
七〇	惟成妻廻善巧輔夫事	96	196		

グループ	巻二	古典文庫	新訂増補国史大系標題	人物
摂関家第一グループ	1	100	忠平檳榔事	
摂関家第一グループ	2	101	朝成望大納言為生霊事	
摂関家第一グループ	3	102	関白可任兄弟次第事并兼通参内任官事	
摂関家第一グループ	4	103	東三条院石山詣間道長騎馬事	
摂関家第一グループ	5	104	道長評伊周牛逸物事	
摂関家第一グループ	6	105	道長召遊女事	
摂関家第一グループ	7	106	法成寺供養日道長感慨事	
摂関家第一グループ	8	107	頼通任相国慶拝舞時教通跪地事	頼通
摂関家第一グループ	9	108	頼通送遣経頼落装束袋相具長絹廿疋事	頼通
摂関家第一グループ	10	109	頼通於殿上小板敷勘発経頼事	頼通
摂関家第一グループ	11	110	但馬守能通謁頼通事	頼通
摂関家第一グループ	12	111	頼通依父遺言譲摂録于教通事	頼通
摂関家第一グループ	12	112	教通薨後師実任関白事	頼通
摂関家第一グループ	13	113	師実不令忠実見義親首事	頼通
摂関家第一グループ	14	114	八幡別当清成参宇治殿飲食事	頼通
摂関家第一グループ	15	115	忠実奏朔日御精進事于鳥羽院事	忠実
摂関家第一グループ	16	116	忠実少年時師実就大小鷹狩装束示教事	忠実
摂関家第一グループ	17	117	忠実告急速召時衣装不可論夏冬事于師元事	忠実
摂関家第一グループ	18	118	忠実自讃事	忠実
摂関家第一グループ	19	119	忠実推称北山抄江次第事	忠実
摂関家第一グループ	20	120	徳大寺大饗後頼長別足食様事	
摂関家第一グループ	21	121	頼長参内間行通被入袋在山上事	
摂関家第一グループ	22	122	頼長自公卿座末追立蔵人頭朝隆事	
摂関家第一グループ	23	123	忠通参節会食アゲマキ事	
摂関家第一グループ	24	124	忠通書御室額菊方高名事	
摂関家第一グループ	25	125	基房兼実賭弓奏装束事	
他家第一グループ	26	126	高階氏業平末葉事并業平為勅使参向伊勢事	
他家第一グループ	27	127	業平見小野小町髑髏事	
他家第一グループ	28	128	有国抱負事	有国
他家第一グループ	29	129	俊賢蔵人頭自薦事并斉信所行甚高事	俊賢
他家第一グループ	30	130	道長蒙内覧宣旨日俊賢睡眠事	俊賢
他家第一グループ	31	131	俊賢見堂北方不塞察有穢事	俊賢
他家第一グループ	32	132	行成於殿上与実方口論振舞優美事	行成
他家第一グループ	33	133	行成依俊賢挙昇進思恩不着上座事	行成
他家第一グループ	34	134	行成依正直遁冥官召事	行成

グループ	番号	段	説話題	備考
他家第一グループ	35	135	済時得空拝大将名事	
	36	136	経信於北野社前不下馬事	
	37	137	経信評宗通事	
	38	138	小野宮邸門閉事	
	39	139	実資女不堪事	小野宮
	40	140	実資教通愛遊女香爐事	
	41	141	実資甍時諸人悲嘆事	
	42	142	九条顕頼於床子座夜食事	
	43	143	中院雅定六ヶ能事	
	44	144	但馬守隆方於任国逝去秘喪事	
	45	145	二条長実着水干装束問于遊女事并肥前守景家事	
	46	146	非常赦詔書清書以前召仰事	
	47	147	経平下向任国時反閇置逆鞍事	
	48	148	業房亀王吉夢事	
	49	149	伴善男吉夢事	
	50	150	清和天皇御前身与善男為敵事	
	51	151	伊周配流事	女性
	52	152	郁芳門院根合右方長根事	
	53	153	俊明奉諫白河天皇事	

グループ	番号	段	説話題	備考
他家第一グループ	54	154	待賢門院入内事	女性
	55	155	清少納言零落秀句事	
	56	156	大弐局就栴檀在唐土否哉勝事	
	57	157	清少納言出開事	
摂関家二第グループ	58	158	師輔遺誡不信輩夭命事	
	59	159	道隆愛酒事	
	60	160	行経坐蔵人頭上事	頼通
	61	161	頼通譲関白于教通事	
	62	162	隆国騎小馬事	
	63	163	長季頼通若気事	
	64	164	俊房賞玩忠実事	忠実
	65	165	忠実勘発兼長事	
	66	166	忠実感師遠事	
	67	167	師長讃孝博事	
他家第二グループ	68	168	有国為父輔道修泰山府君祭輔道自冥途帰事	有国
	69	169	道隆怨有国奪官職事	
	70	170	俊賢書定文忘奝字事	俊賢
	71	171	奥州アコヤノ松事	実方
	72	172	実方怨不補蔵人頭成雀事	

他家第二グループ

73	173	実資前声令退散道長邪気事	小野宮
74	174	顕忠倹約事又好額白馬事	
75	175	実資不忘兼家恩忌日参法興院事	
76	176	俊明明公事事并不受清衡砂金事	
77	177	頼宗依定頼談経練磨事	
78	178	陽勝仙人聴聞定頼誦経事	
79	179	保忠落馬落冠事	
80	180	顕通忠教互嘲事	
81	181	伊通不遇辞所帯事	
82	182	師頼勤仕釈奠上卿毎事問事	
83	183	俊家習除目於師実事	
84	184	家忠除目執筆忘衡字事	
85	185	雅定与顕定並墓所事	
86	186	無文学人昇卿相始事	
87	187	師頼吉凶鐘怪事	
88	188	盛章自熊野山地中掘出大鳥事	
89	189	小野皇太后歓子遂往生給事	女性
90	190	中宮賢子為広寿上人後身事	
91	191	清水寺師僧恋慕進命婦事	

他家第二グループ

92	192	惟成依旧妻怨為乞食事	女性
93	193	信長焼檳榔車事	
94	194	頼光息男被補蔵人事	
95	195	惟成清貧之事	女性
96	196	惟成妻廻善巧輔夫事	

＊「巻二」欄の説話番号は「新大系」に拠る。

3　『古事談抄』と『古事談』の本文について

本書は、説話ごとに『古事談』諸本と校合した内容を【校異】として記している。校合に用いた『古事談』諸本については「凡例」にも簡単に記したが、ここでは『古事談抄』と『古事談』の本文の相違点や、本書で用いた諸本の特徴を簡単に説明したい。

『古事談』巻二を抄出した『古事談抄』は、「書誌」の項に示したように、識語はなく正確な書写年代は不明というしかない。年代を特定する手がかりとなりそうな一七丁分の紙背文書が認められるが、裏打紙が厚く判読は困難である[1]。ただし、大曽根章介氏も指摘されるように、『古事談抄』は「鎌倉末の古写本[2]」と推測されてきたものであり、少なくとも中世に書写された本と認めてよいだろう。

『古事談』の諸本は百本以上の存在が知られているが[3]、現存するものはすべて近世の写本であり、『古事談抄』は諸本の中で群を抜いて古い一本となる。『古事談抄』が古態を留めている点については、伊東玉美氏の論考[4]があり、本書でも伊東氏による解説があるので参照されたい。一方で、現存する『古事談』にはない「忠実、顕雅に感ずる事」（第一四話）があることや、説話ごとの【校異】を見れば明らかなように、『古事談抄』は独自の本文を持っており、『古事談』諸本群とは大きな隔たりがあることも指摘できる。先に『古事談抄』を紹介された大曽根章介氏[5]は、この『古事談抄』独自異同をまとめ、以下のように記している。

〔一〕〔四八〕〔五〇〕〔六二〕（話）のように二十余字の脱字は、（古事談抄の）目移りによる誤脱とみることができようか。その他の場合（一七・二四・三五・三六・四五・五一・六四・六五・七〇話）は、脱文によっても前後の

> 文章が意味の上でつづいているものが多く、たんなる脱字と決めることはできぬ。ことに〔一七〕〔二四〕〔三五〕〔三六〕〔六四〕〔七〇〕（話）などは、本書（古事談抄）が流布本（古事談の諸本）に対して異本の関係に立つことを示すものではなかろうか（（ ）は引用者）。

また、『古事談抄』の特色として、大曾根氏は『古事談』諸本の表記が「漢文風」の本文であるのに対して、「仮名文風」であることを挙げる。例えば、第三六話の【校異】4の、「何物ノ正躰トハ不見」（古事談抄）は、『古事談』諸本は「不見何正躰」となるのである。

このように独自の異同を持ちながらも、『古事談』の古い姿を残している『古事談抄』と、『古事談』諸本とを比較校合することで、数多い諸本の系統立てと整理が可能になると見なし、本書では十本による異同を【校異】としてまとめた。『古事談』の諸本は、益田勝実氏により広本・錯簡本[6]・略本[7]の三種類に分類されている[8]。本書でも、この三種類の区別に倣っている。

『古事談抄』と異同が一致する本が、直ちに『古事談』の古い姿を留めた善本とは言いきれないものの、やはり『古事談抄』と重なる本文を持つ本は注意すべきであろう。伊東玉美氏は、「『古事談抄』の古態を推測する上で有効だと思われる箇所[9]」の一つとして第二八話（『古事談』二ノ三二話）を挙げる。この話は『古事談』の多くの諸本が第二五話に続けて段落を変えず書写している。つまり、『古事談抄』の第二五話と二八話を、『古事談』ではまとめて二ノ三二話として載せているのである。だが、第二八話の【校異】に示したように、「広本」の大東急記念文庫本と「錯簡本」の河野記念館三冊本・天理大学附属天理図書館蔵本と「略本」の宮城県図書館本（以下、略号を用いる）の四本は二ノ三二話の中で、『古事談抄』第二八話の部分をわざわざ段落を変え（改行して）書写している。第二八話はもとは独立した一つの話であったが、第二五話と関係した内容であるため連続して写され、一話として扱われたと考えられる。『古事談』の成立時には、独立していたと推測される第二八話を、（二ノ三二話の中で）独立させ、別の話と見て書写している本があるのである。

これは第三四話（古事談二ノ七六話）にも言える。第三四話の前半部は本書に示したように『古事談抄』には記されていない。『古事談抄』は『古事談』二ノ七六話の後半部分を第三四話として記している。『古事談』諸本は前半部に続き、『古事談抄』の第三四話部分を「同卿仏を造る時～」として別話とすることなく記すが、ここを改行し別の説話として新たに書き出している本がある。これも、大東急・河野・天理・宮城の四本である。

右に挙げた『古事談』の四本の一つである天理本は、新日本古典文学大系『古事談　続古事談』[10]の対校本として用いられている。荒木浩氏により、同書の「『古事談』『続古事談』の本文について」でその内容が詳しく記されているため、ここでは他の三本の特徴について簡単に見てゆきたい。

まず、「広本」の大東急本は、新大系の底本である和洋女子大学附属図書館本（以下、和洋本）と類似した傾向を持つ。先に述べた二ノ三二話中で、『古事談抄』第二八話の部分をわざわざ段落を変えて書写しているのは、現存する『古事談』の「広本」の中では、大東急本と和洋本の二本のみである。本書では、この大東急本を「広本」の中での善本と見なし、『古事談抄』の本文を補う対校本として用いている。

「錯簡本」である河野本は、福住道祐が延宝四年（一六七六）に書写させたという名古屋大学付属図書館小林文庫本を、さらに二年後に校合し道祐が書写させた本である[11]。延宝四年の小林本を識語ごと写した一本に東北大学図書館本があり、他にも、福住道祐系統の本には、国会図書館蔵三冊本（以下、略号）などが挙げられる。つまり小林・河野・東北大学・国会本は一系統と見てよく、これらはいずれもひらがな書きの「錯簡本」である。本書で用いた河野本は所々に誤写が見られるが善本としてよく、『古事談抄』と一致する箇所が幾つか見られる。例えば第六一話で、「北対ノ前ニ井アリ」の「北対」を諸本の多くは「如対」としている（【校異】2）。これは、「北」の草書体を「如」と誤写した為であろう。ただし、河野本だけは『古事談抄』と同じく「北対」としている。また、第二話での「非常夭命」の「夭」字を諸本では「大」や「度」などと誤写している（【校異】1）。これも草書体を誤って写したと思われるが、河野本は「夭命」の本文を持っている（「広本」の学習院本もこれに該当する）。

『古事談』説話を欠脱して載せる「略本」は、諸本の中でも善本として扱われていない。しかし、浅見和彦氏によって紹介された(12)「略本」の「宮城県図書館本」は誤写が多い本ではあるものの、幾つかの異同箇所が『古事談抄』と一致する。例えば、第五話では次のようにある。

古事談抄・宮城本「牛逸物ニテ辻ノカイタヲリナトヲアカキマハリケレハ」

古事談諸本（本文は「大東急文庫本」）

「牛逸物ニテ辻ノカイタヲリナトヲアリキマハリケレハ」

「牛」が辻を「アリキマハ」ったのでは、「逸物」と評されることはないため、「アカキマハリ」の本文が良い。『古事談』の出典と見なせる『中外抄』（上一四）も、この箇所を「あがきなどして」としている。これと同じ本文を持つのが「宮城本」である。他にも、第三一話の【校異】5に挙げたように「宮城本」は、『古事談抄』や説話の出典と思われる『水言鈔』と同じく「非礼」の本文を持つ。

ここまで、大東急・天理・河野・宮城本を中心に『古事談』の諸本と『古事談抄』の関係について述べた。右に挙げた「北対」（六一話）、「非常夭命」（二話）、「アカキマハリ」（五話）などはいずれも、多くの『古事談』諸本よりも『古事談抄』の本文が良いと思われる箇所でもある。巻二の抄出本という制約はあるが、やはり『古事談抄』は『古事談』の古態を留めた一本として扱うべきなのであろう。

【注】

（1）原本調査等によって、一部判読した箇所がある。本書影印「書誌・備考」を参照されたい。

（2）「古事談抄　解説」（財団法人日本古典文学会編『日本古典文学影印叢刊1　日本霊異記　古事談抄』（一九七八年、貴重本刊行会）。のちに『大曽根章介　日本漢文学論集　第二巻』（一九九八年、汲古書院）に収録。

（3）拙稿「『古事談』諸本研究―福住道祐本を中心として―」（「説話文学研究」第四二号、二〇〇七年七月）。

（4）「日本古典文学影印叢刊所収『古事談抄』について」（「共立女子短期大学文科紀要」四六号、二〇〇三年二月）、「『古事談抄』から見えてくるもの」（浅見和彦編『『古事談』を読み解く』二〇〇八年、笠間書院）。

（5）「古事談抄　解説」（前掲）。

（6）巻二の一五話の途中から二六話までを、巻一の巻末に錯簡して載せている諸本群をいう。巻一の錯簡箇所は一五話「太政官式加之殷」の続きである「周之礼」から始まる。ただし、静嘉堂文庫色川三中本は「古事談拾遺」として、巻六の後にこの部分をまとめて記している。現存する『古事談』諸本では、この錯簡本がもっとも多い。

（7）巻一の第一話の前半が欠け、「続日本紀云」からはじまる。また、他にも略されている話がある諸本群をいう。「錯簡本」が巻一の巻末に記している部分（一五の後半から二六話）は記されていない。他にも、紅葉山本・宮城本（他の「略本」も概ね似た傾向にある）は巻二で言えば、二九・三九・四〇・五七・七二・七七・八〇・九一・九五・九六話が所収されていない。

（8）「古事談」（「国文学　解釈と鑑賞」第三〇巻第二号、一九六五年二月）。

（9）「日本古典文学影印叢刊所収『古事談抄』について」（前掲）。

（10）川端善明・荒木浩校注、二〇〇五年、岩波書店。以下、新大系。

（11）新大系解説、拙稿「『古事談』諸本研究―福住道祐本を中心として―」（前掲）。

（12）「古事談の一本より」（「成蹊国文」第二四号、一九九一年三月）。のちに『説話と伝承の中世圏』（一九九七年、若草書房）に収録。

［松本麻子］

4　主要参考文献

【本文・注釈・索引】

宇治拾遺物語　古事談　十訓抄　新訂増補国史大系18巻　吉川弘文館　一九六五・一一

日本霊異記　古事談抄　日本古典文学影印叢刊1　貴重本刊行会　一九七八・七

古事談—中世説話の源流　志村有弘訳　教育社新書　原本現代訳58　教育社　一九八〇・八

古事談（上・下）　小林保治校注　古典文庫60　現代思潮社　一九八一・一一

〈翻刻〉古事談抄　中野猛　説話7　一九八三・八

島原松平文庫蔵古事談抜書の研究　池上洵一編著　研究叢書64　和泉書院　一九八八・一二

古事談　続古事談　川端善明・荒木浩校注　新日本古典文学大系41　岩波書店　二〇〇五・一一

古事談語彙索引　有賀嘉寿子編　笠間索引叢刊　笠間書院　二〇〇九・一〇

【研究書】

説話文学と絵巻　益田勝実　古典とその時代5　三一書房　一九六〇・二

説話文学の構想と伝承　志村有弘　明治書院　一九八二・五

中世説話文学の研究（上・下）　原田行造　桜楓社　一九八二・一〇

言談と説話の研究　田村憲治　清文堂出版　一九九五・一二

院政期説話集の研究　伊東玉美　武蔵野書院　一九九六・四

説話と伝承の中世圏　浅見和彦　若草書房　一九九七・四

説話と音楽伝承　磯水絵　和泉書院　二〇〇〇・一二

説話と記録の研究　池上洵一　池上洵一著作集　第二巻　和泉書院　二〇〇一・一
説話と説話集　池上洵一編　和泉書院　二〇〇一・五
説話の界域　小島孝之編　笠間書院　二〇〇六・七
中世文化の発想　小林保治　勉誠出版　二〇〇八・三
説話とその周辺　池上洵一　池上洵一著作集　第四巻　和泉書院　二〇〇八・五
『古事談』を読み解く　浅見和彦編　笠間書院　二〇〇八・七

【古事談抄】

日本古典文学影印叢書刊行所収『古事談』について　伊東玉美　共立女子短期大学文科紀要46　二〇〇三・一
中世の『古事談』読者―日本古典文学影印叢書刊所収『古事談抄』の構成と意義　伊東玉美　文学5-3　二〇〇四・五
『古事談抄』選釈　成蹊大学中世文学研究会　成蹊人文研究13　二〇〇五・三
『古事談抄』選釈（二）　成蹊大学中世文学研究会　成蹊人文研究14　二〇〇六・三
『古事談抄』選釈（三）　成蹊大学中世文学研究会　成蹊人文研究15　二〇〇七・三
『古事談抄』選釈（四）　成蹊大学中世文学研究会　成蹊人文研究16　二〇〇八・三
『古事談抄』選釈（五）　成蹊大学中世文学研究会　成蹊人文研究17　二〇〇九・三

穂久邇文庫蔵

『古事談抄』

（影印）

穂久邇文庫蔵『古事談抄』書誌

装丁　元紙縒仮綴か
法量　二九・五糎×二三・一糎
後補表紙　簀子目
後補表紙外題　左肩打附墨書「古事談抄」
原表紙　共紙
原表紙外題　左肩打附墨書「古事談抄」
内題　なし
丁数　原表紙共墨付二〇丁
本文　半丁十二行前後、字高二五・〇糎内外
識語　なし
印記　なし
後補後表紙　簀子目
備考　各紙、袋綴にした時ノドにあたる側に、四穴の綴じ穴痕有。元は紙縒等で袋綴に仮綴されていたかと推せるが、現状では紙縒等は失われており、全紙独立した状態である。
後補表紙から二一丁まで、各紙の左下隅に、「一」～「廿一」の数字が記される。又、後補後表紙見返しの右下隅にも「廿二」と記される。修補等の際か、或いは紙縒等が失われた後、乱丁を防ぐ目的で振られた

ものであろう。尚、本書ではこの数字に合わせて、丁数を記してあり、以下も本書の丁数による。

本文は一筆と見え、一五ウのみ一〇行だけで、末尾一行分ほど空白がある。

原表紙も含め墨付全紙に厚い裏打が施されるが、一五・一六・二一丁を除く一七丁分に紙背文書がある。書状が大半を占め、一部仮名散らし書きのものも含まれる（一二丁等）。六丁の紙背は「昨日大儀無為無事、天気快然珍重〳〵、何様近日一日可参申入候、兼又、大刀・平緒営可進之候処、萩原殿へ参候て、此御仕様□入見参、（袖書）尚々袍以下、明日可返進候、笏ニ慥返上仕候、如闕処殊畏入候」と読めるかと思われる。「萩原殿」は花園天皇（一二九七〜一三四八）が、落飾（建武二年）の後利用した邸宅として知られ、記録等に頻出する。邸宅は後、直仁親王（一三三五生）が継いだとされ、光厳天皇（一三一三〜一三六四）もしばしば行幸している。

他に宛名や差出等に「玉櫛殿」（四オ・七オ）、「鷹司中将殿」・「永英」（一八オ）、「坊門殿」（一九オ）等の固有名詞が見える。例えば「玉櫛」は河内国の荘園名であり、南朝の関白を勤めた二条師基（一三〇〇〜一三六五）や、同孫冬実（一三五三〜一四四八）が「玉櫛」を冠して呼称される。

更に精査を要するが、以上も勘案すると本書の書写時期として、南北朝期から室町初期までを視野に収めてみることも可能であろう。

［内田澪子］

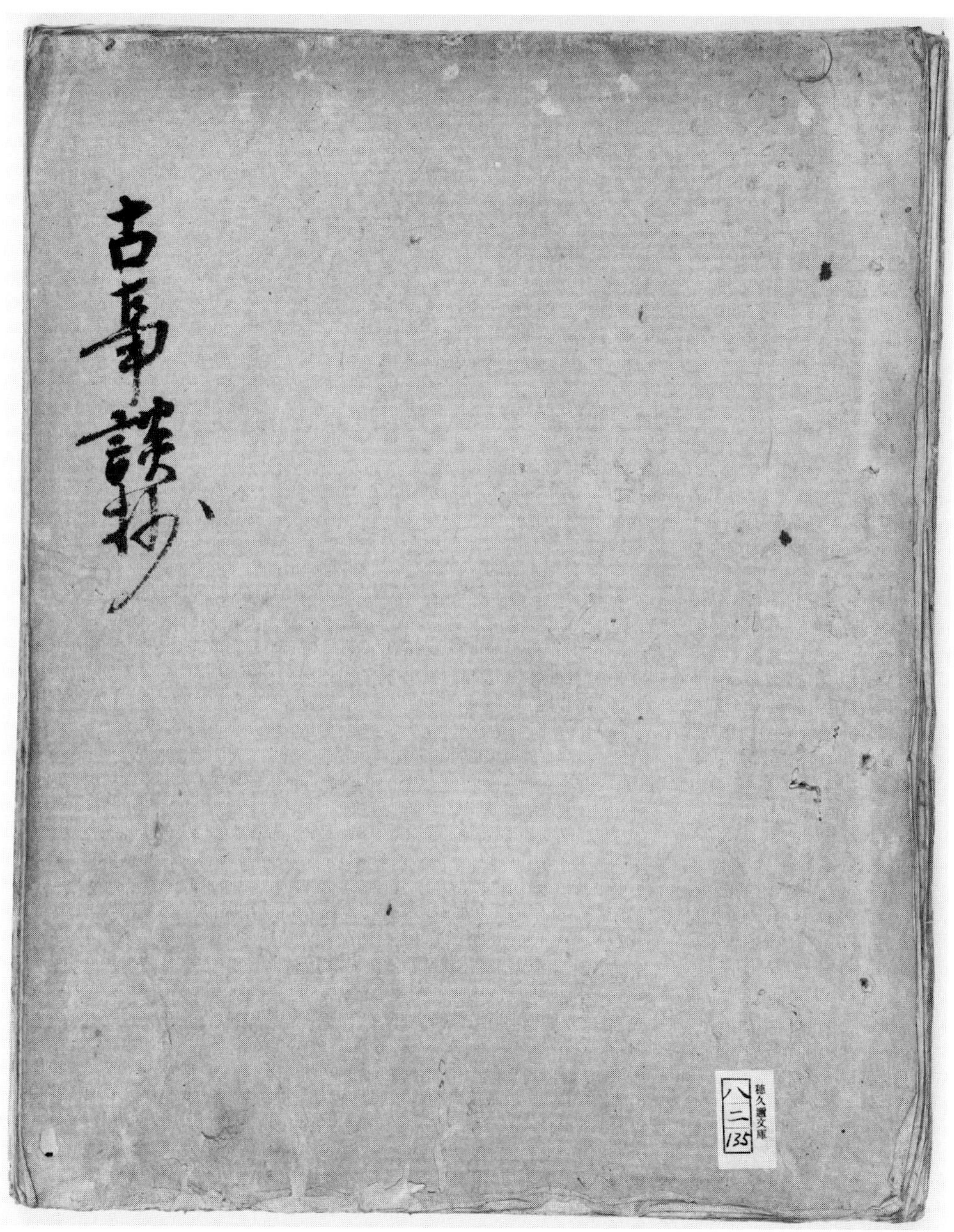
古事談抄

467　（後補表紙・1オ）

（見返し・1ウ）

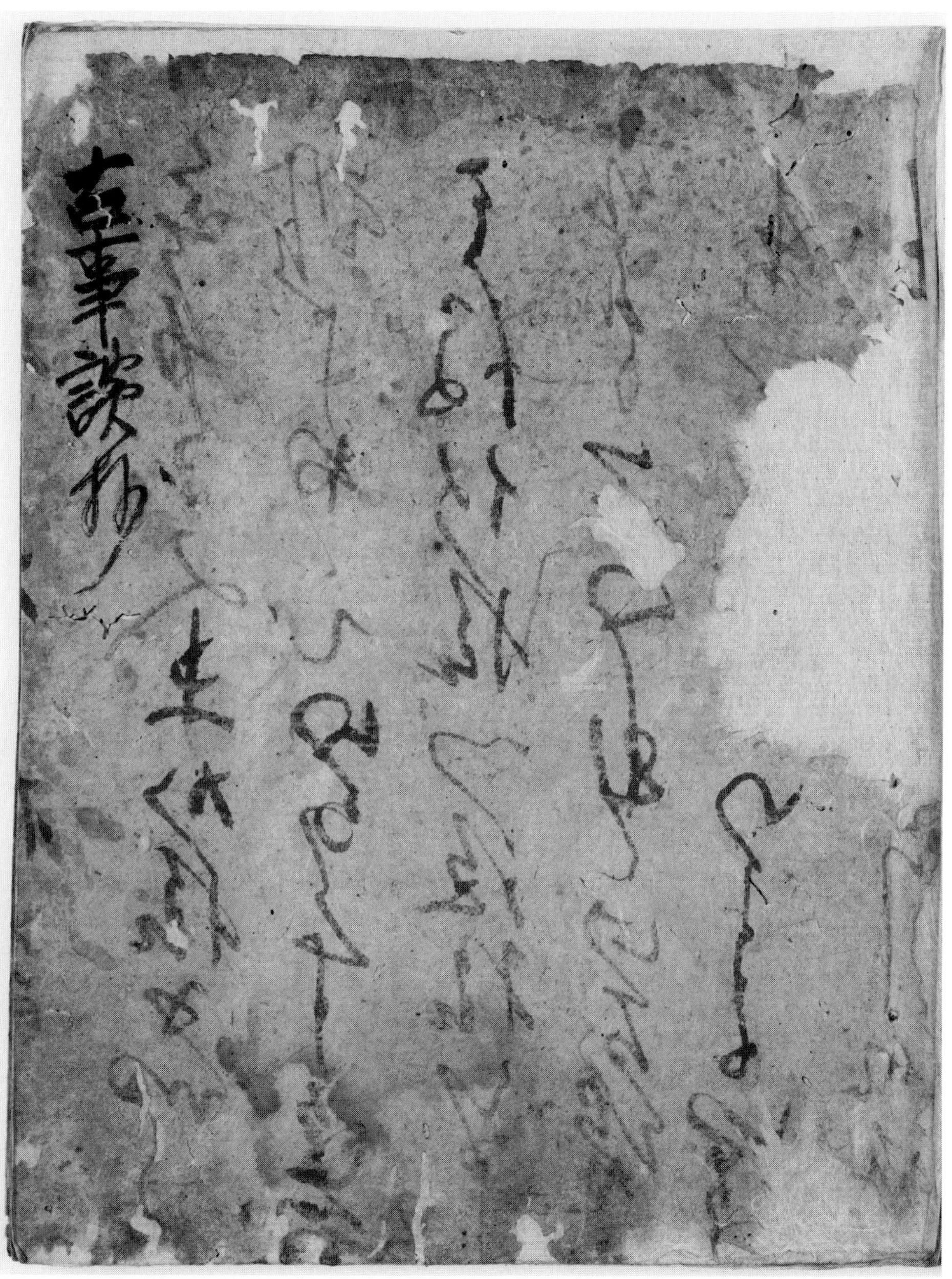

469　（原表紙・2オ）

（2ウ）

成仏霊ト依テ今一条摂政子孫トシテ朝家
宅三条小西洞院西ニ 此跡晃政死
誹謗行為一条摂政発悪心侍其是依大ニ成テ
不治若皆如是ノサキニ題テ退テ
其堂与仏内大臣同車ニテ乙向一条摂政ニ 一条摂政堂参
矢ヲ以仏眼ヲ生逆抜ニテ土ノカイメシリナトシ
アカキナリケレハ其堂地牛ハエヲシテ逆抜ナ
何共修シテ仏眼谷ニ祇薗ニ詣侍ニシタリケルニ
侍得修テ其中ニ不堅シトテ其指貫
ノ右ノ左ニ入テ不着皆踊トテ人ノ外ノ裏屋敷ニ
立ヤ御ヲタリケル心ハ仏眼ニカリテ御咄ケリ

8 7 6

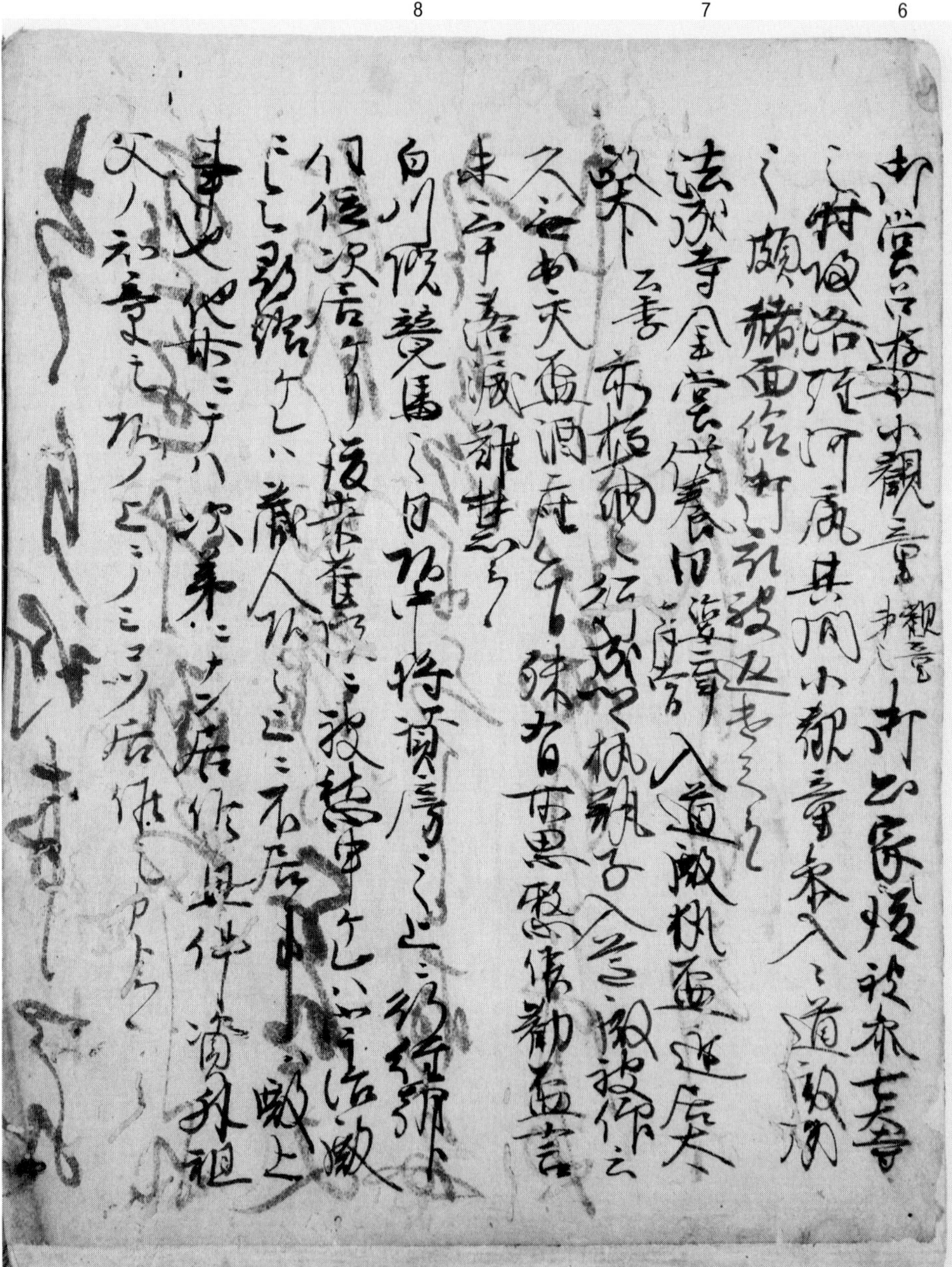

隆国卿於宇治殿献ノ時サ〳〵実ノ山ニ
竟ノ五駿馬如ク大ニ引テ被申ケルハ鳥ニハ不飛
足駄モ候ヘハ宇治殿モ許
給ヘリ
八幡別当清成ハ常ニ茶ヲ宇治殿ニ献ケリ或日御前ノ池
ニ浮シテ被出タリケルヲ人見テ其盤ノ上ニ被置
シタリケルヲ清成手ツカラ口ニ入テ食テ銚子ニ入タリ
ケル清成酒ヲ召飲タリケリ然来人々不思也
堀川左府是ハ比ノ賀ニ在リテ常ニ盃ヲ飲
常ニ被申仕陰陽ニ逢ヒ地ヲ嗅シテ気味ヲ問タ
ルニ飯ヲ漬テ立テニツクシケルハ不便ナルコトシカラ食
給ヘリ大臣ニ被語申ケレハ笑ケリ
被仰ニ左府モ不知ト人モ何ノ事

12 知足院殿仰云小鷹狩ノ折ニ水干紫裾濃ニ申シ
大殿御云小鷹狩ニハ不着水干紫裾濃事也
狩衣女郎花ナト院ニテ着ハ随身水
干着シテ乱悪ク被歌ニ騎テ狩シ　大鷹狩ニ
コソ紺水干裾濃ナトハ着タレ　右近馬場
ナトニテ真弓ニ狩シ随身モ着テ被用也トソ

13 知足院殿ノ中ニ手ヲ取候給ヘ是倉卿ノ妻命婦
月卿日ニ有何精進是一条大臣
或云
更自見太政大臣式如ク夏殿原ニ記ス
月卿為称了

14 知足院殿御沙汰給侍深更燃シ給
臨ム人ノ笑ノ声ト下ト知テ門橋上ニ雨ノ

梅之事三五才ニ而老人ニ見へ候楊梅大ニ熟シテ赤キ色ニ
息頻ニつエ家ニ戻レ對面弟ニ云
椰陽ハトテモ汲ムヘキ程ノ寒ニ非ス
若シ盃ヲ受酒三盃飲ム様ニ致スヘシト頻ニ勧ム
敢而不飲ヲ以テミニモ地合ニテ
此ニ飲入ラ足四寸斗気治之持左府息達程ノ
之町赤キ助唐ノ肥牛ノ貞頼幸泰未屈
変ニ盡長壜大ナヲ不動ヲ以テ致勧数盃ニテ
人ノ弟居候時不居而シヤ屈フタ將
思之頼幸又横為之
師童ハ楊軍守亦知無候人ニ学成申上御
本將初三番ヲ終ニ寺成申遠中ノ里子被仰

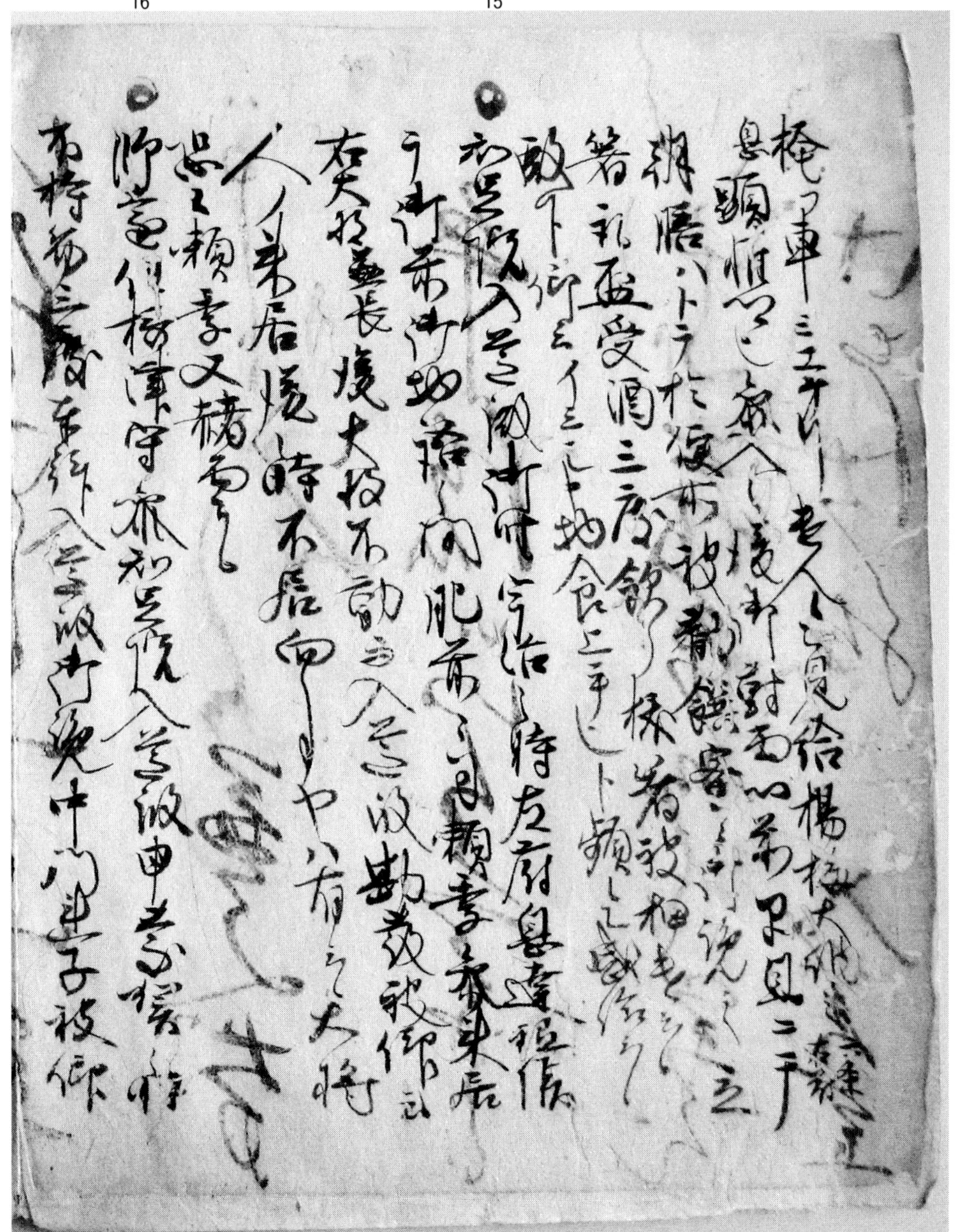

於尚師違乱之由人禅室ノ時不犯戒之
批判也
○師元、衣笠殿ヘ入道相国之前ニテ時言上云、仮令師範
青色ノ日数寒来常ニ申承ル処ハ伽云衣
染衣時被召ヘテ、梅衣ヲ着シテ御前不例ヲ
時十月一日ヨリ冶殿ハ一反直衣ノ十五ヶ日ナレニテ
之衣給フ二条殿ハ冬直衣ヲ着シテ参ラセ給タリ
斯ハ不例ノ人、傍ニ狩衣ニテ白地ヤ見レト
被仰ケリ、然ハ伴例ニ我モ如此候不例ニ候シ
十月一日冬直衣ニテ参入ス、故院モトモカクモ不
仰又他人モ無云事、披露ナキニヤ、ヤミケル
思タリシ又御室ハ十月一日白重ニテ参給テ極

執スル侍ニハ孔子モ不及給ケリ況ヤ其外ノ者ハ老者ト
思侍ル也又ニ後ノ為ナトモ有云々
18 知足院入道殿被仰云宇治殿大殿ナ
トノ御昇進ニ一事モ故桐壺(?)大ト大将氏長
者橘氏別当牛車輦車兵仗又内覧官奏(?)随身
筆(?)納言騎馬地前(?)束帯無(?)給事ノ但直衣布
袴ト云事ハセサリシ御装束ハ云事ニ
不遇ノ時ハセスモアルナリ
19 徳大寺大臣(?)宇治左府(?)ニ面給時此論シテ食給
云々事ノ後別足食粗見習ハムト思フ人云々
兵(?)見ケルハ継目ヨリハ上ヲスコシ付テ切タリケル
カヘナリタル方ヲ一口ニ食給タリケリ 件

冷泉中納言朝隆卿人乃時付事トカヤニ
新院ノ未ニ居タリケリ平信友候被遣云々
其詞云夢人以ハ有ニ之時ヨリ虎ニ作ハ権家
益見苦キ也ト云耳テ云立云外當力房トフ
ヤキテラ出越ラ
承久比ニ上皇の故ヒ大トニラシ公卿蜜所アケ
丁ト二郎ツ男ニ驚キ引キテト合ケルフヘ我
大相国右大トニラ庁別向矢見ント号こ角了
猶人ニ抗給キテ肘五薇腐ヌ之ヲ但又何ㇾ
ヘヲ有給ベシテ右社官中ニ旬フ候見刀コ
言モ不申上二津ナ本ダ不及用宰ヲシ
遠帯蔵庸ハ休坐乱リニ御ハ甚テ不覚

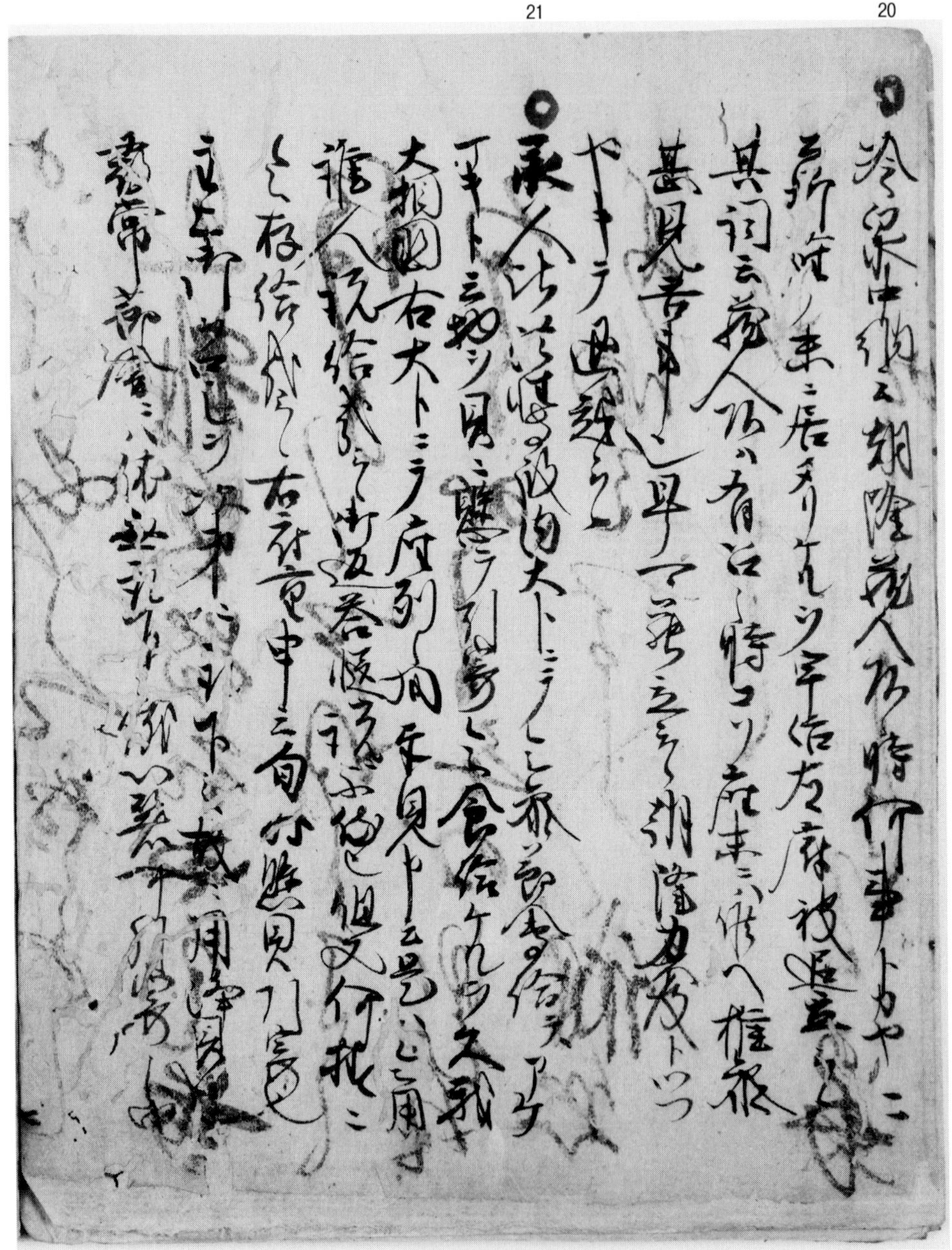

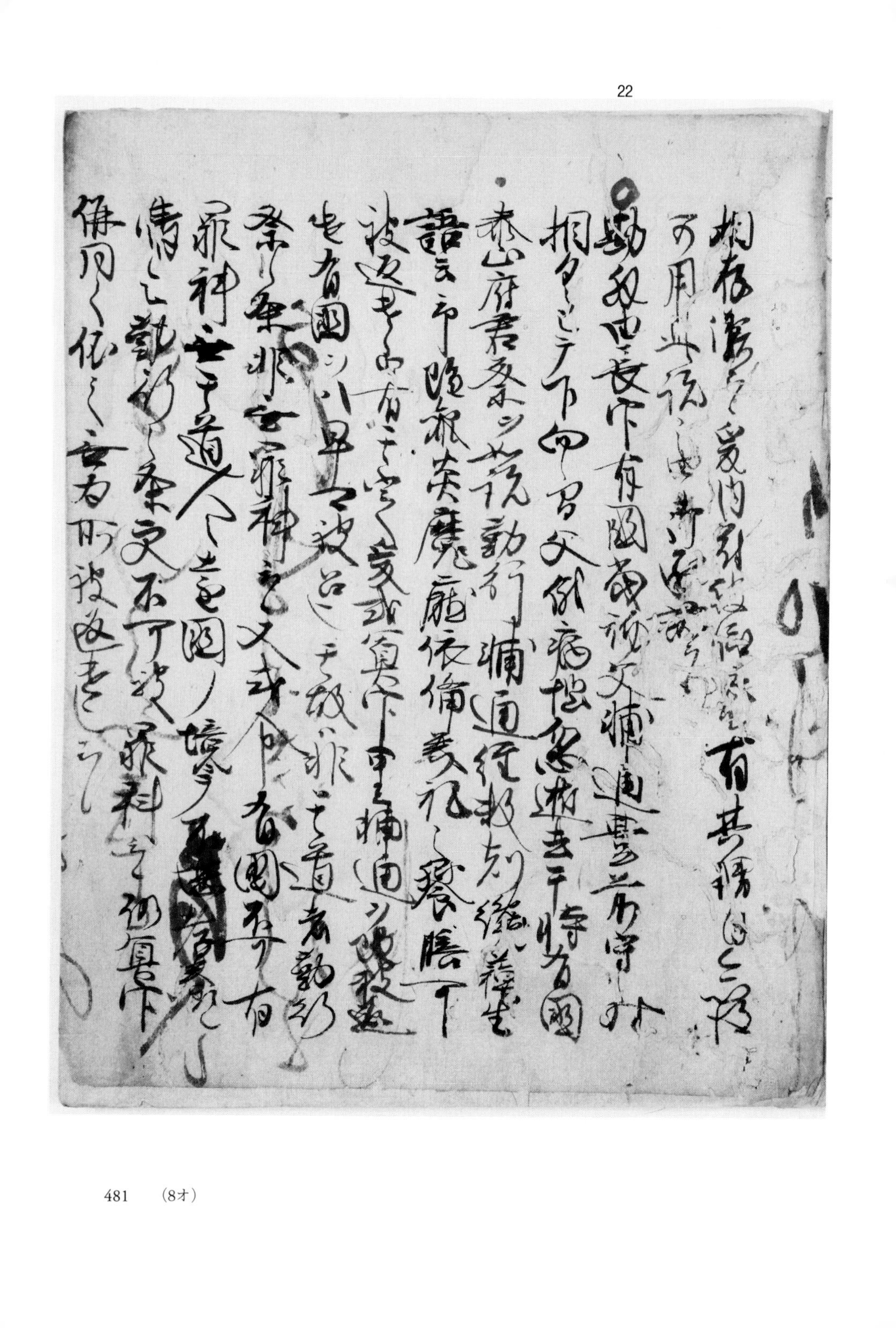

有國ハ若薄ヨ憚而〻上殿ニ不参賢弐太兄曰ユ
護安仰ニ蘇方國者吾ハ父ニし跨テ問題万
人ニ責ラ
大兄書道誠ニ御白下義ナりス代ヤ議テ有國
申上テ町虎城下頁も互花ノ所ハ当家ん
仁沢弟中ニ御白下頁ラ者ニ主ニ携付中ニ云
何捨兄成ノ弟成ハ國王一葉を申さ
ハハテ云弐方長嬌明運下
ニ付テ勅有國ヲ長嬌ニ
間白ニ〻云就安ん〻行次携ハ中
父子枝奉仰職シ陽越方國ヲ長借ニ汎議大
寧大賣行迴銚西ん儕御白各下何致祇
廣童於事ハ素丁寧ニ何違祇如ラ

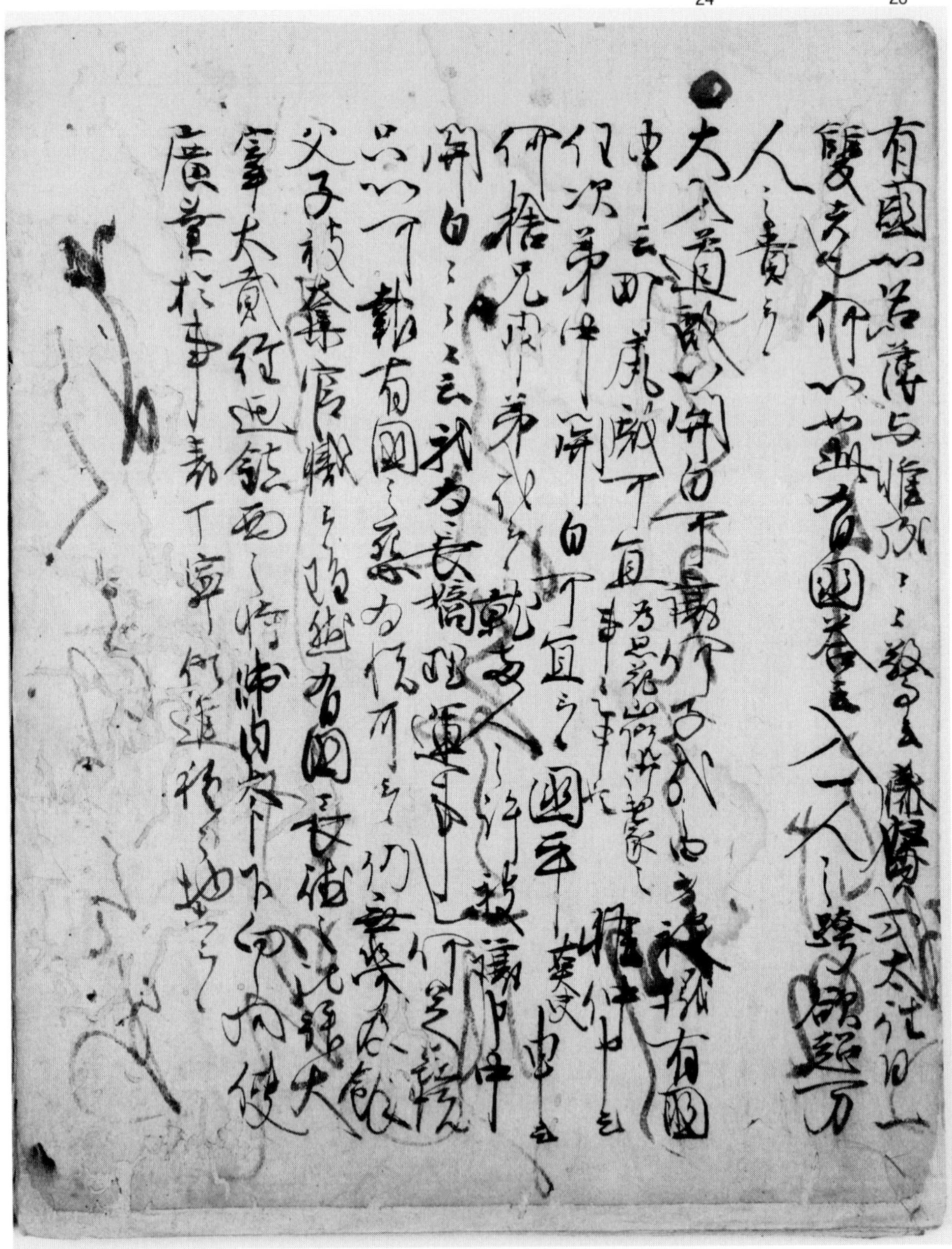

○一、煙祝所ニ而賣亭 小淀屋下太十郎年頃 与砂所格別ニ
口論ニ而賣方夜御感心ニ怒外ヲ投事小庭退散
ラ致成ヱ体乱事静家迄明司天疫ラれ寄ヱ
引御渡シテ砂所ハ日夜ニ而岩ヲ左ケ門ラノ故
梶砂所若ク云左道ニテナスル必遠カラ立上薪
御尾人乃コ 新備中ニテ賣カラヱ枕楊ミテティヱムトラ
彼ハ度四乃コ たれ何遊さヱ辛

○賣亭ノ行廻奥州ノ間ヲ見毎日テコカラ武内
口アコヤノ私ミニトノ歌ヰヤヰ囲人申ニヲアコヤ柊
ト申スヱヨヤ僕ハヰトル侍巻尓久是者申上
若ハ着ノイツ申 月ノヰテヤラヌヰ シテノテヰ柊コカラライツヨリノ
イテヤラト地ラ申 甲左亭シ 覚ヲ放鉋トひ岩ハ付ヨリ
中村蘆園ヰ境ト侍可続ヰ亭し彼境支圃ヰ〳〵ハ

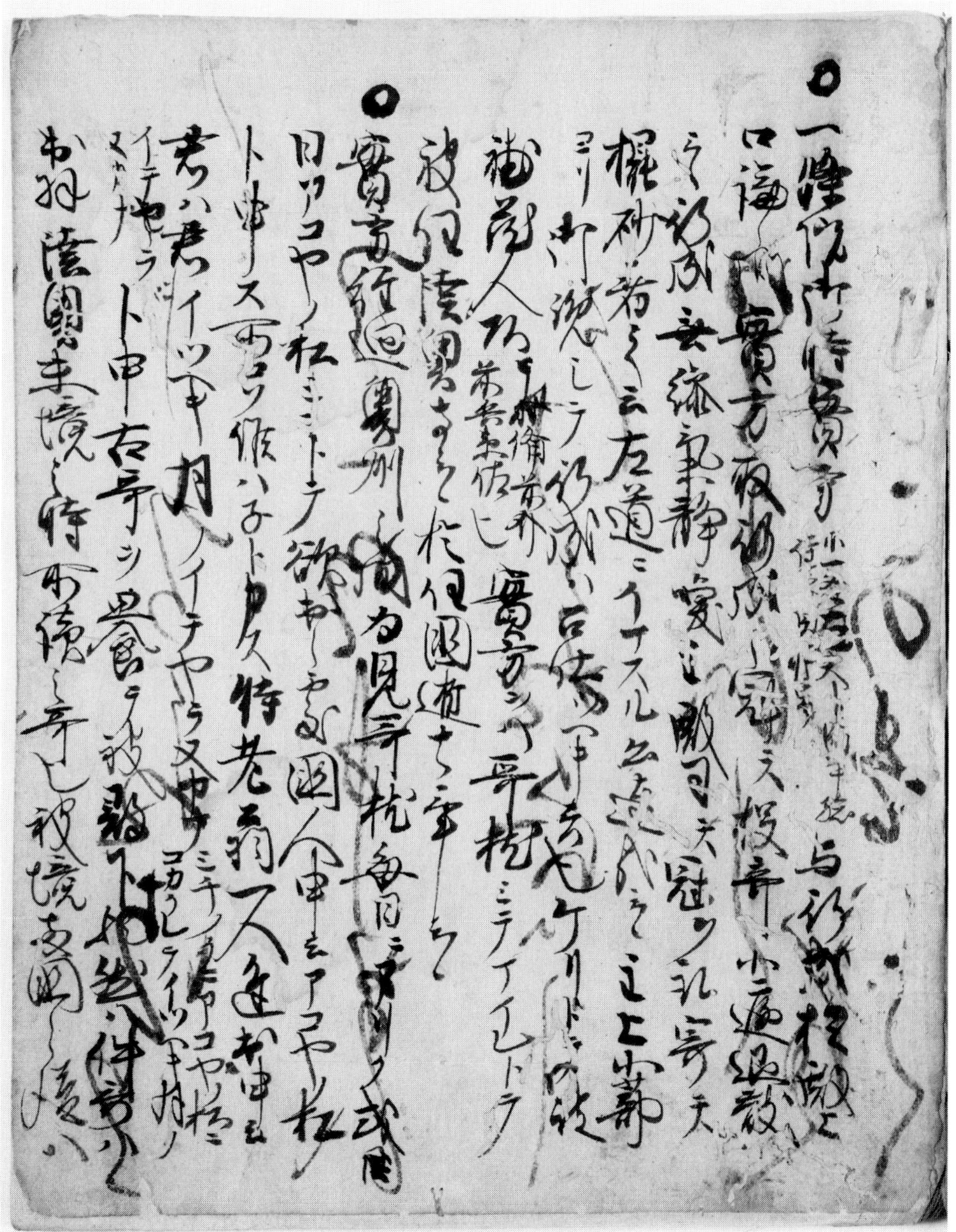

仲松お詞聞ノ方ニ居成ルヽ申ケリ人ヽ
又彼園ニハ金昌蒲ノ間五月五ニハ水草ヽ頃ヽ
ヒトラカツモシツカレケリ長ノ園宿テ今此辺
影撰塩防上云五月可昨高水草ニ入
安次力中将聚石福蔵人乃藿衣カテ助ヶ出墅
蛤三居テ飢ヽ食シケリニ
行がヽ福蔵ハ候軍ノ仅舟宿ハ笑ルヽ断事被
ハ勝怪ルヽ思擄文事スヽ不破也
却人無テ趣真集メリテニ丁殺三僅共所テ
行がヽ有テ院々ヽ武真守三行成ハ居
甘カ人ヽニヽヽヽ直被ルヽ坐ヲ不破ヲ納ヶ
彼石ヲニ正真ガヽ真密ヽ
淌時大和ヽ紅梅ノ枝ニヽヽ
院ヽ哥ノ折カ

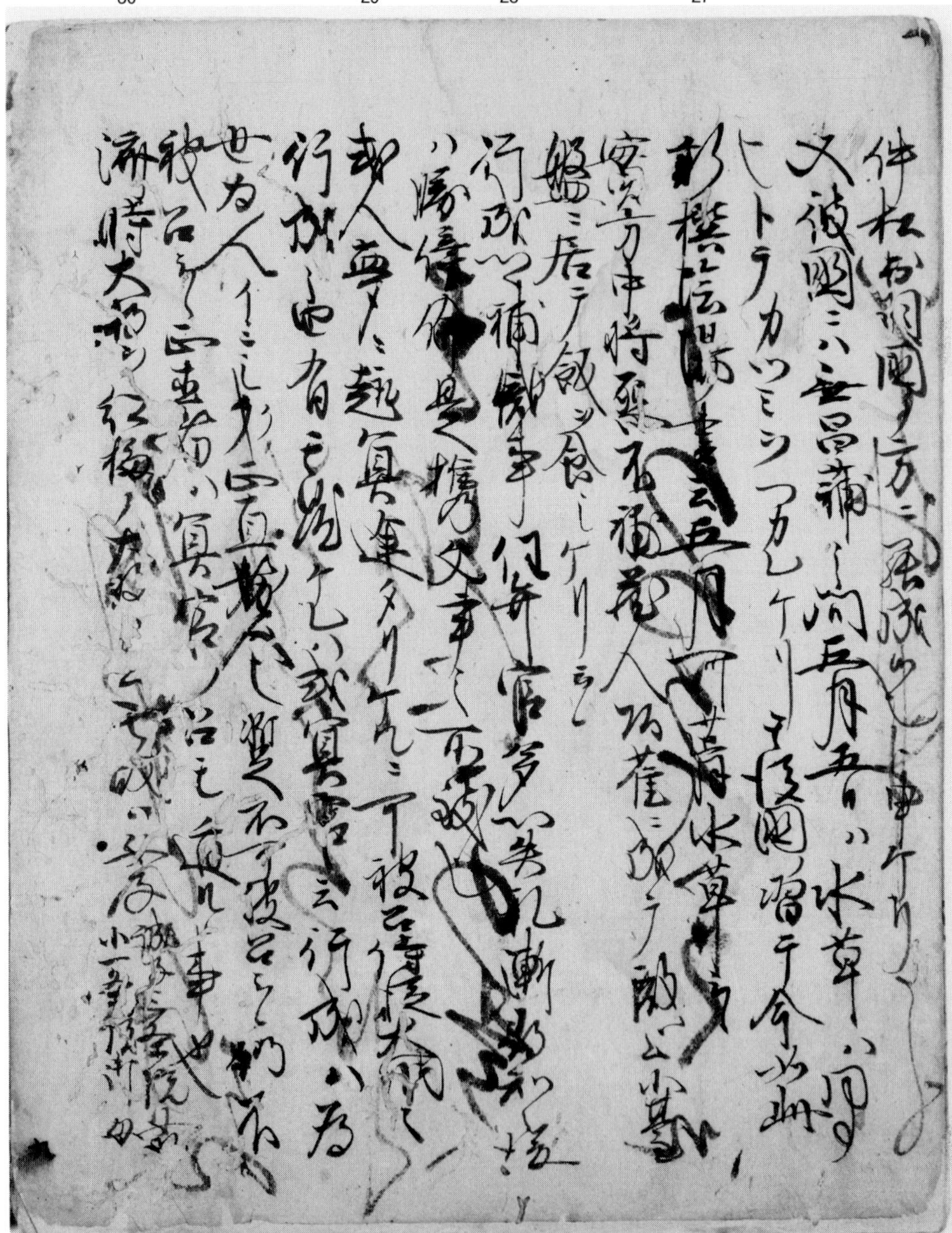

33　32　31

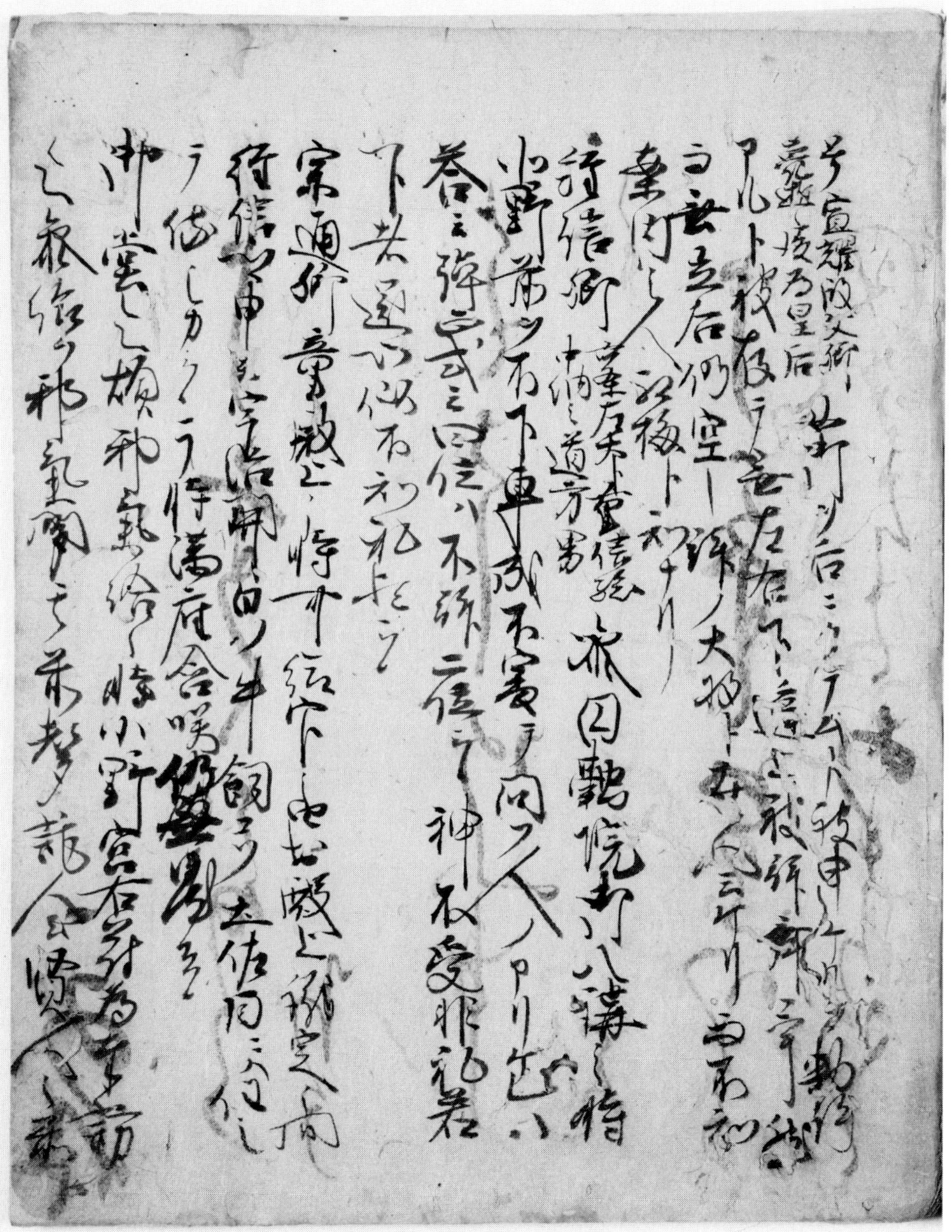

485　（10オ）

36　35　34

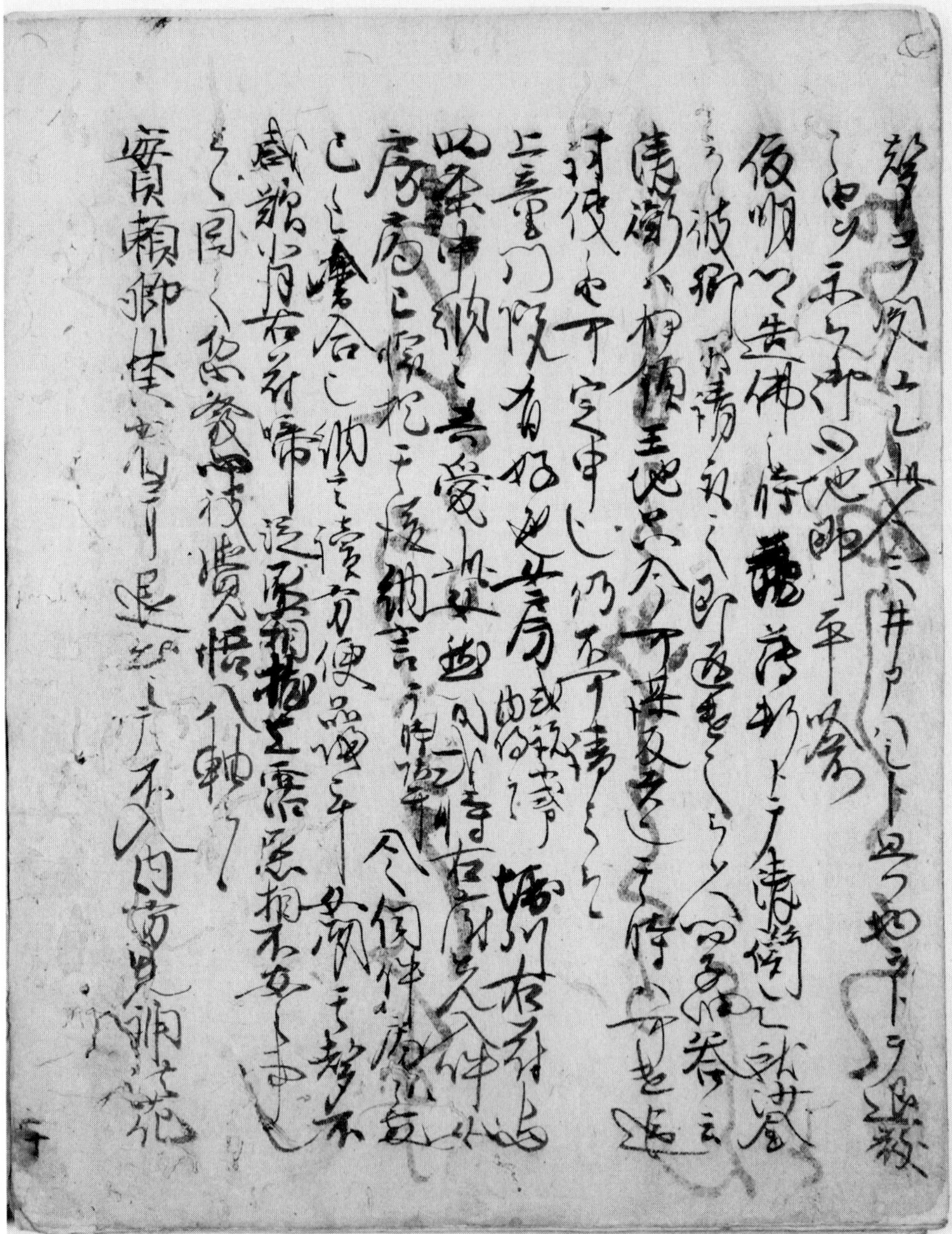

經弟八卷ノ持小童行ニテ白キ犬樹ニ依テ行
物ノ音聲トハ不思ノ所怖畏ニ彼ノ又小兒ハリ
ツレニモサカリヲ樹ノ枝ニ渡ヲ高樣ニ
ノ上ニツ殺シ地ニツリ言香壹家ト思コト
ツ參ニ仙人楊勝ニ侍リ天台山嶺ヲツ峯ヲ
山亀渡シ川渡ニ深山中音ヲ來ロ不シ怖畏
給フ怪不思ニ後ニハ佛ク見入高ニ楊勝ク
ノ候ニ新ハアリヌ納メテ云女房發シ侶行松ニ
行テシ納ク有リ主事トラ人内方ニ時候
ツキタヌクイチシケリトヲ七シ手
近衛大将夢西ノ候者長夢ニ迎テ為逃
梯新人セテニハ第大将保是万桃尻説新国

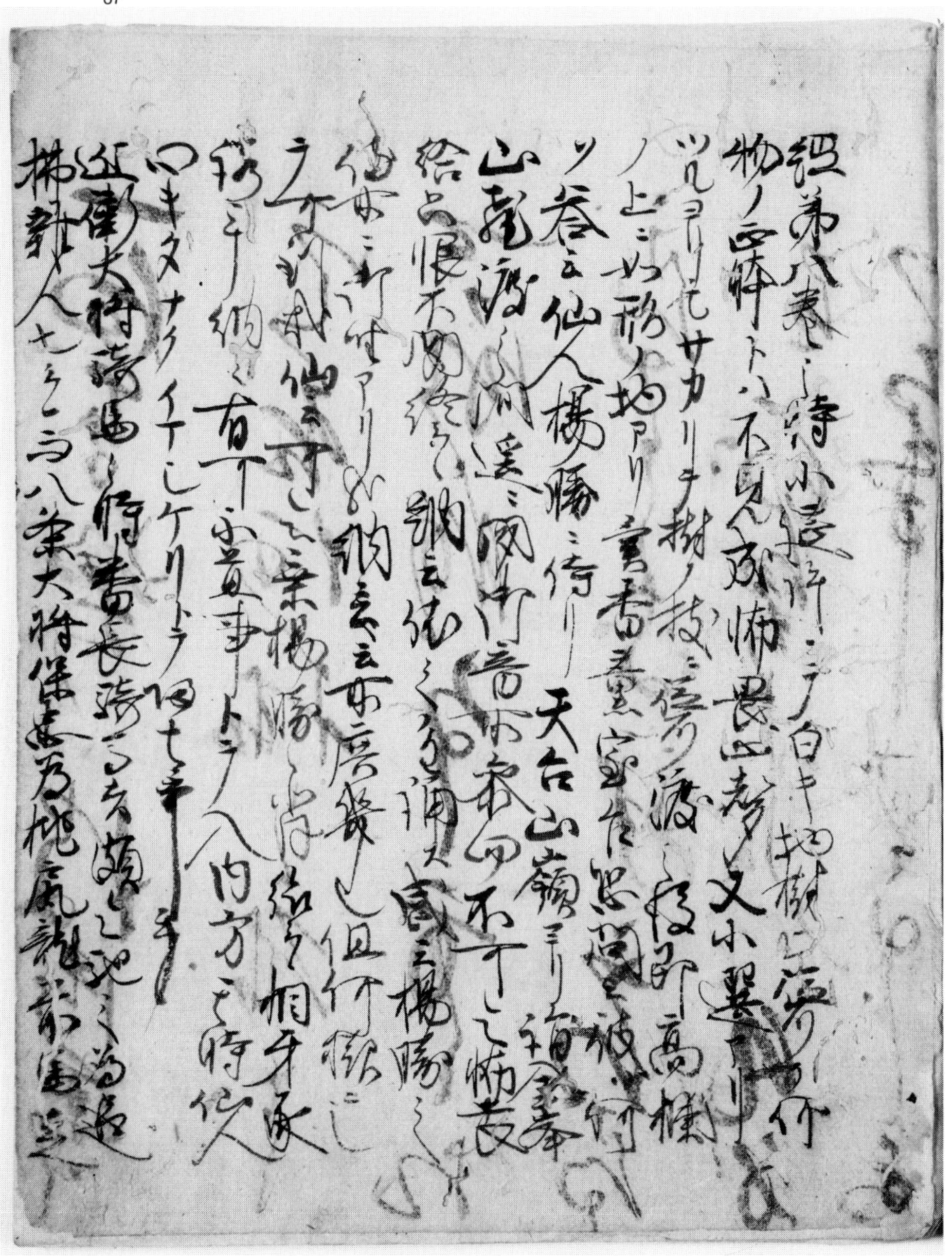

此間路馬藁冠及厚帽後伴礼承リ由リ
堀大風く陪、行幸ノ儀奉リ情頗近同シ尚馬リ
馬シ行テスルシミワシナテ波動ケルフ本幸ヤ遙馬
ニヽ近ノ殻打立エリケルカ馬ハマスルハトラ頗幸作テ
愛テ相怨云行幸イテ行幸カモラルシ軽
西頗ロノ行幸宮童姫家召子 主愛継父ト君共
宴天上記ぞ

大治三年十月五日奉祀了入師頼、長実等
師侍祀行イ 元願了了人遷都了宇爛寄
右奉未着中宿時久於池一人頻二遁之
翌日詳所幸一代大宮大路破損小楠桁申々幽ラ不出禮
妻若福衣水了曾ハ布行馬三了神済落又訐
へ祓沈ル又年完ナ波信道し存余作リ中笈古詐

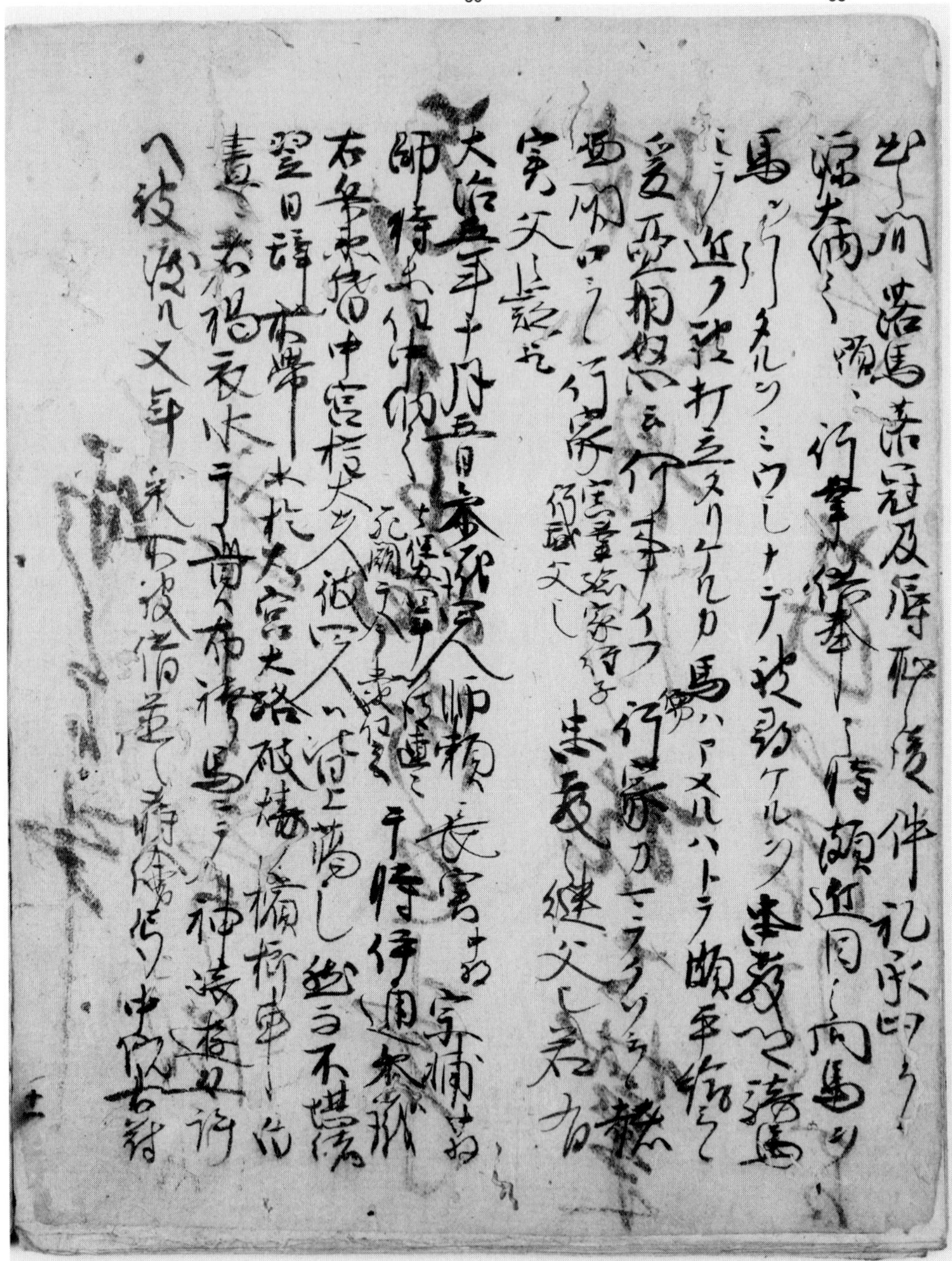

41 40

[illegible]

[illegible]

[illegible]

観応四年ハ長文[illegible]年九月廿[illegible]日[illegible]

納[illegible]

勅撰帯叙

花山院左府家[illegible]

衛[illegible]衛ノ字[illegible]

云年ノ中ノ字[illegible]年ノ中[illegible]

トモツケル文字ニカリケル[illegible]

[illegible]

[illegible]

[illegible]

44　43　42

ニツクタノニレキ事ゾトミケレハ捶タル吉夢ヲ空ニテ備財
ニ夢ヲ取レ教師ノハ分ニ故ニテ果ナク田中捺居歟

45 伴大納言善男ハ佐渡国郡司従者也於彼国善男
夢ニ西大寺ト東大寺ヲ跨テ立タリト見テ妻女ニ語
女ノ日名妻云ニトコロノ跨コソハサカレムズラメト合ニ善男
驚テ無由事ヲモカタリニケルカナト思テ主ノ郡司
ノ宅ヘ行向処郡司ハコヨキ相人ニテアリケルガ日来ハ
其儀モナキニ事外ニ饗応シテ円座取出シテ召上
妻ノ云ツル様ニマタナトサカンズルヤト恐思程ニ郡司
云汝ハ無止高相ノ夢ヲミテケリ而ニ由ナキ人ニ語テケリ
必ズ大位ニハイタルトモ定テ不慮ノ事出来テ坐事歟
善男付縁京上シテ果テ大納言至テ郡司ノ言ニ不違テ

46 儀同三司配流者長徳二年四月廿四日宣命下也

48 47

飛神三ケ条

郁芳門ノ院菖蒲根合ノ時、右方ニ有長大ノ根、件根

備前国牟ヒ左ナリ、捜ヒニ凡ル菖蒲ニ似タル草ノ根也

凡菖蒲根長ヒ一丈、希遇ニテ見ハ杜若根也

小野宮大臣宗忠ノ家ノ后ノ大ニ三条殿ニテ七十

四三天随舍此静円僧正霜受瑠璃経ニ悩毎日法師

法花経一部ノ人ノ云ニ春秋ノ十五ニ三テ入内治暦三年

二月ノ夜ニ寛徳ノ院ニ二条東洞院亭ニ平臼書写

勝王経之時雲雨俄降霹靂入礼ニテ同奉行経奉此写存

少シ雷鷹天晴開眼見経室紙ハ焼テ文字ハ残行之

51 50 49

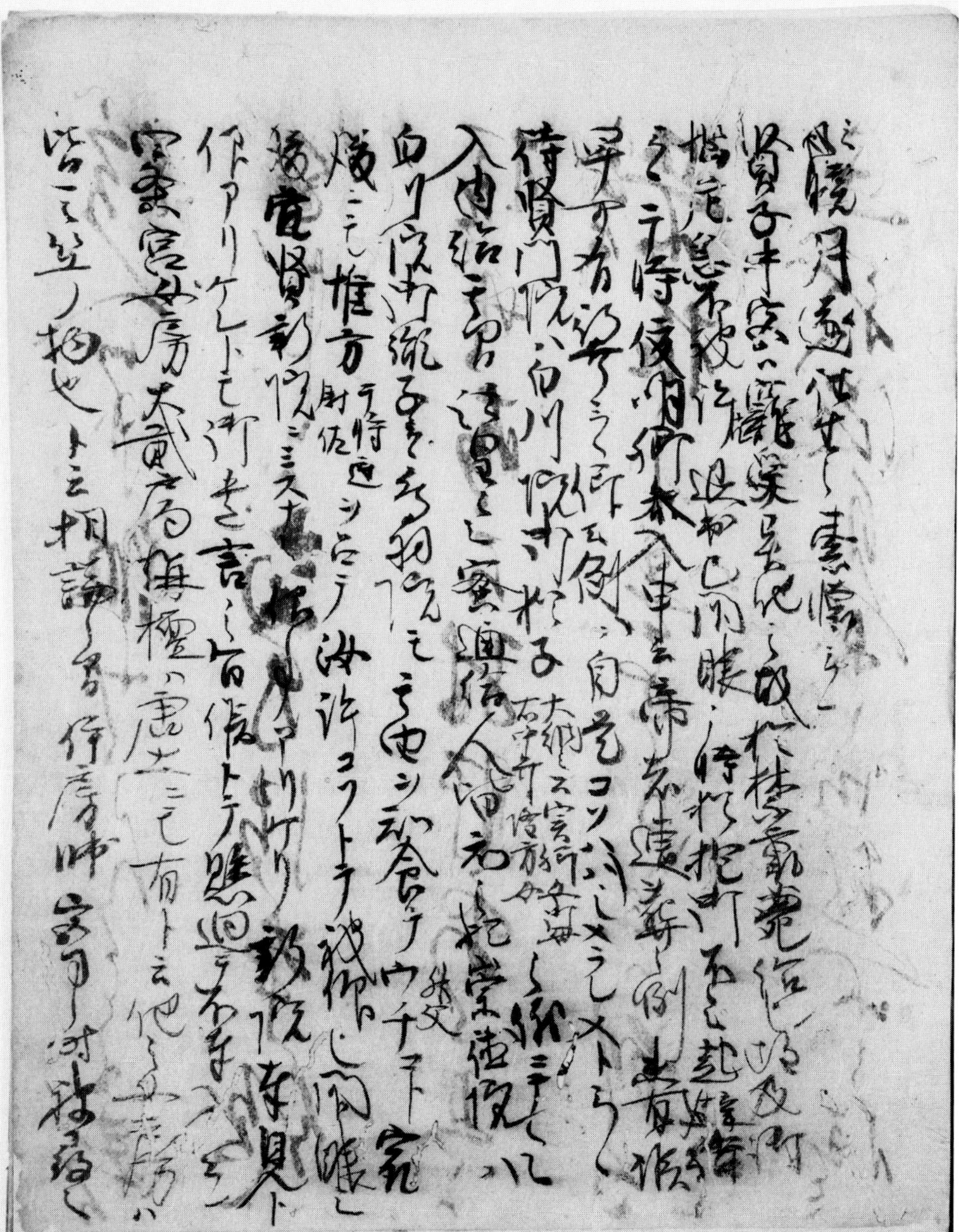

本書ニハ唐土ニモ有之、赤梅檀ハ天竺ニモ有之、餌
ノ如シ、至極ハ白檀ト唐土、唐土ニ地セシ
三川崇司季儒セ申シ、堡ニ南ヘス春弐房ニ州シ、
称シ如至極ハ梅檀ト室セモ白檀ハ梅檀ノ見ニ疏ハ
梅檀ノ流セ董陰ニ梅檀ニ訐セシ
義頭ノ前ヲ散發ノ付ヲ多ク見知仍知曼院、敗ヘ見知
セシテ、灰浴縛ニ初度自殿肖ノ付ヘ見如、地上ニ下ニ漏
屋モ高ニ縛ニ死人ヘ前永都見知ヘ似不似捨ヘ受之上

見知ヘ婦ヘ
官憲放仗ヘ附ハ鷹狩搦
セシ大火敗婦ニ、小鷹府ニ不者火ニ収繁末吉
新特ニ状洋流ニトハ随時水ニ称ヲ
仆燕別し、残餘ニ鷦ノ狩セシ

御

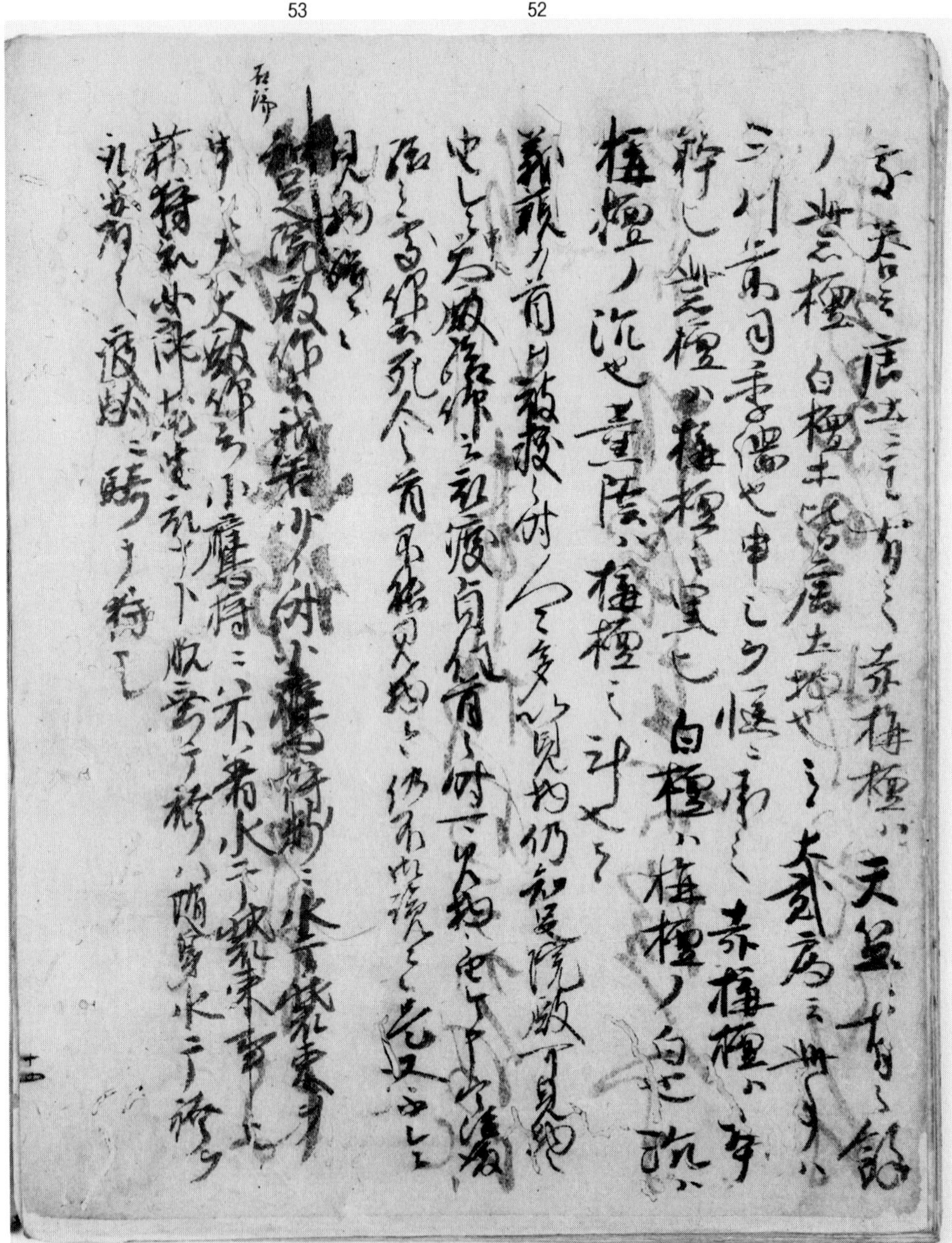

54 公儀ニ持ニコソ紙ハ[illegible]美濃檀紙ナド[illegible]者ハ乞有返
可慎ナドニテ馬鞍以下ヲ[illegible]ナド持参ヲ許ス[illegible]
事ヲ申ナリ

55 御覧候故ニ申ス[illegible]猶委細ニ出仕[illegible]命[illegible]
無存知ト書遣也一番大ニ違也ヲ後[illegible]
此事相対不候[illegible]養育事[illegible]
見大路官成[illegible]

56 高家者業事ニ未業ハ也業事観[illegible]
宰領於冊三ニ[illegible]子[illegible]師[illegible]
ニ付テ高階茂範ヲ子[illegible]尚也[illegible]不識之[illegible]
茂範者[illegible]祇[illegible]女[illegible]花[illegible]是也[illegible]
下備[illegible]

業平朝臣盗二条后高子（長良女 清和后 陽成院母）将去之処兄弟達
取返テ奪返シ時 初業平之方へきたる 仍出鬼之
称号見稀称斎枕散向開東（見伊勢物語）宿奥州八十嶋 秋野中ニ
有詠和哥上句之声ニテ詞云 秋風ノフクニ付テモ穴目
ミミ云云 就声求之無人 只有一之髑髏 明旦於見之
件ノトクロノ目穴ヨリ薄生出タリ 風ノフクコトニ不
ナヒクオト無 聞ケリ 成音異之思 或老云 小野小町
下向此国 於此所逝去 件トクロ也云云 爰業平
哀帰付下句 小野トハイハシ ススキ生ケリト云云 件所
六玉作小町ト云ケリ 此事見 本記云

十五

58

59

60

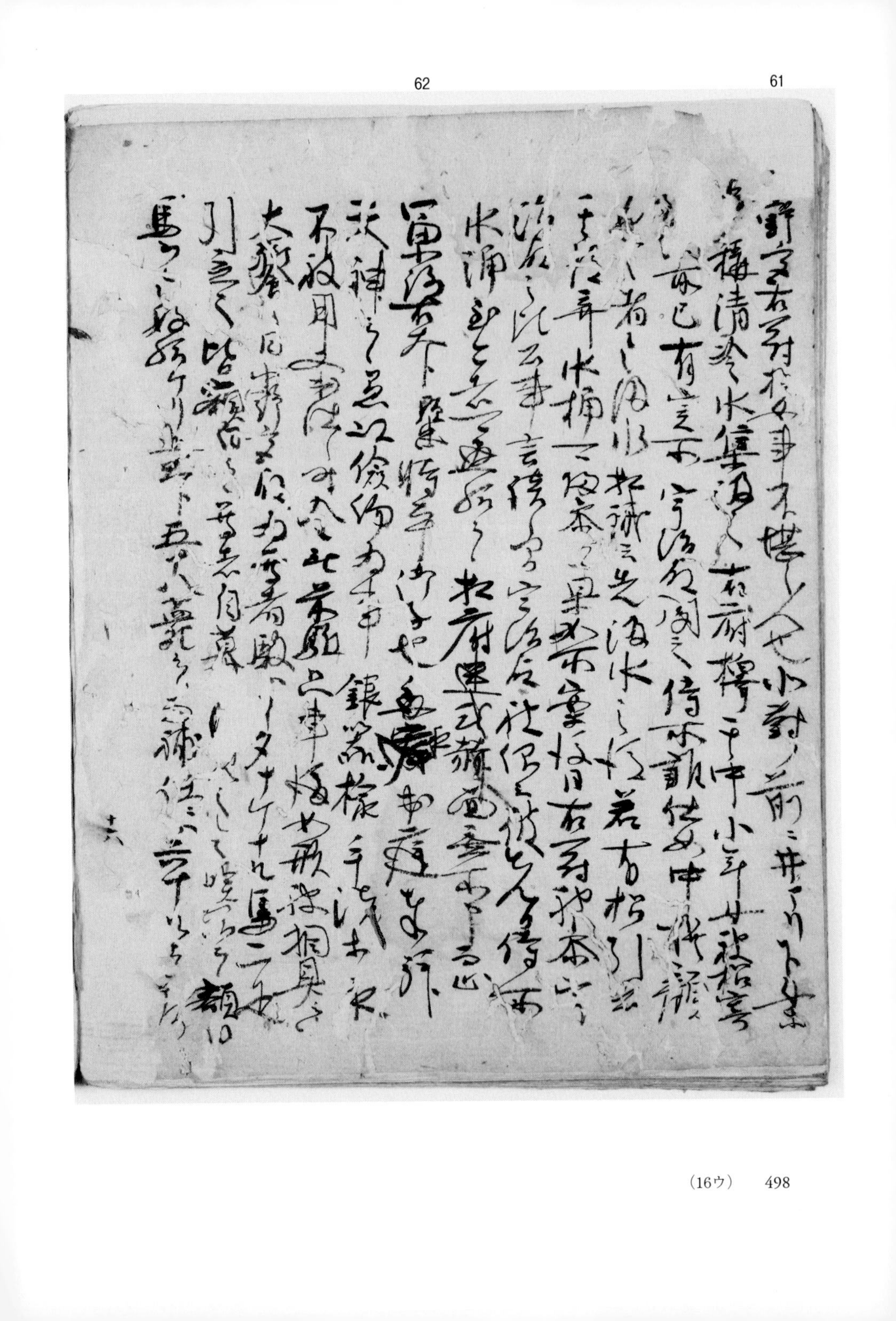

十六

64　63

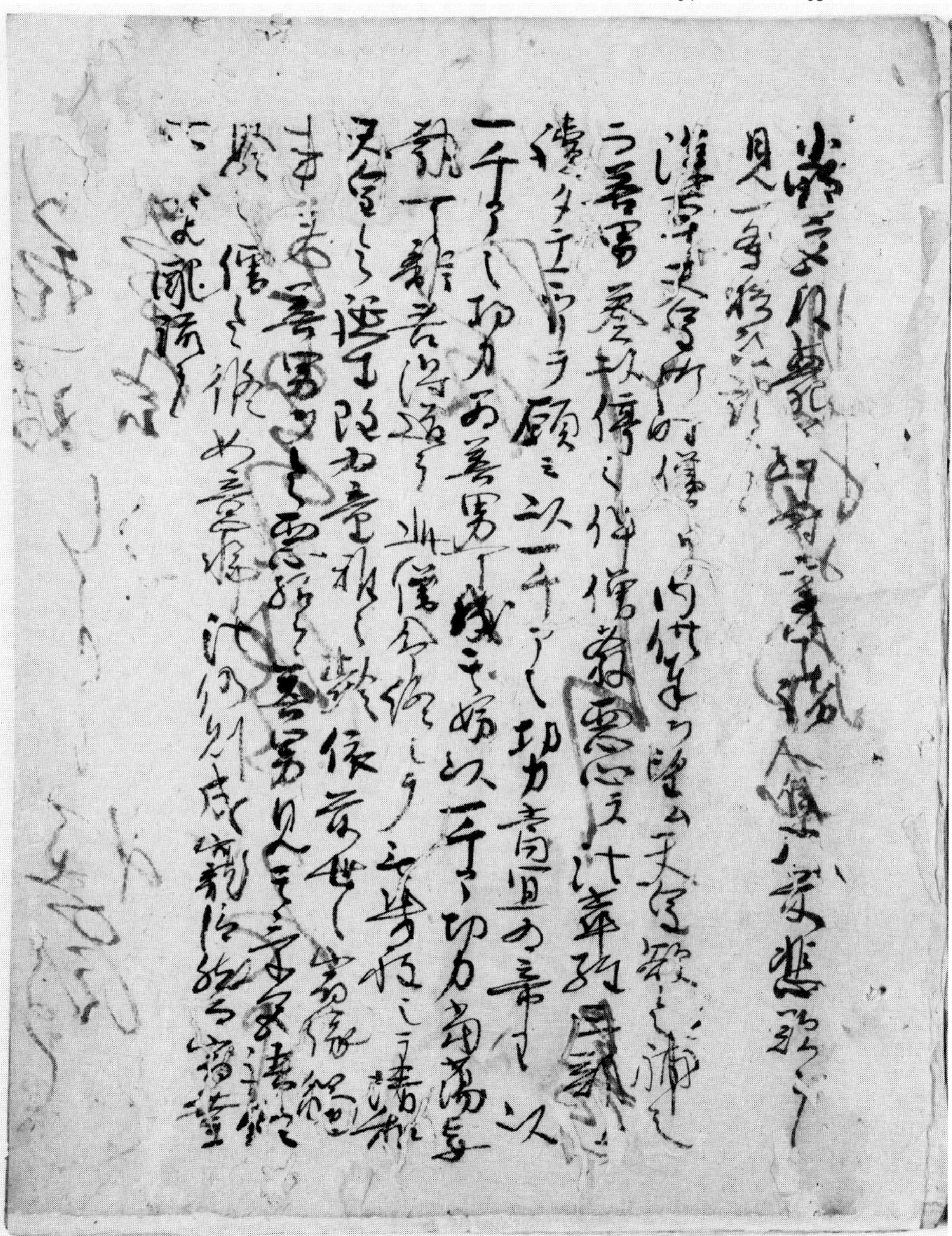

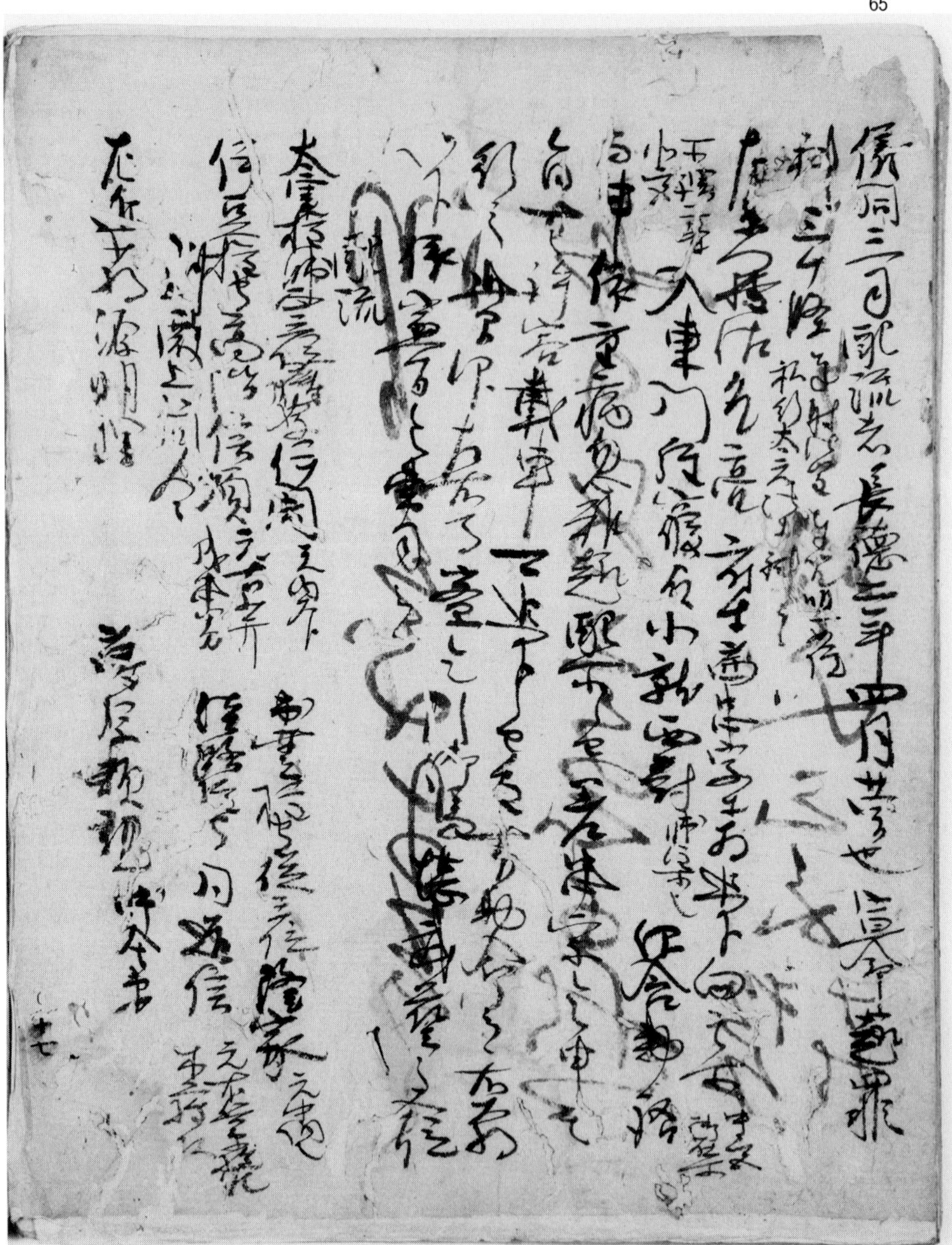

[illegible]

右をかゝる者国撰[illegible]遊ニ方[illegible]

甚事

其多伝写撰[illegible]　学兵凡源相之

權帥復中宮ニ而不従使[illegible]免究再三[illegible]

抑従下追下ニ[illegible]被仰[illegible]二条大路見物車如恒中宮上

帥相雙不離結般不能追下ニ而[illegible]之京中上下乱又

后宮中見物避吹殊甚宮中之人[illegible]悲泣連声[illegible]

亦不被識　隆家同準此宮御人准中宮天下可[illegible]令飯

下宜有検非違使大[illegible]人ニ而不堪[illegible]貴人隆家[illegible]

依称病患[illegible]之京細代車[illegible]但他身[illegible]騎馬[illegible]

權帥ハ已逃隠無[illegible]身[illegible]被召[illegible]同信頼[illegible]又右京進

藤[illegible]行ハ権帥近習者也以件[illegible]行可之中[illegible]在[illegible]者

昇呂阿彌行、三ゑ又申云、此一冊ノ中言ヨリイデテ道順卿
相モ白衣人在子也、此類行者也ヨリ羅以ノテ京ヲ放尋
被也色云々　作云名見呂貝於行ヲ以許可退求差而中有挙
者可如孝許者仮名見卿　右其者備範府生忠家
於此向被也ヲ得ヲ勅云々中宮於[illegible]
来在所[illegible]　京橋大夫披露之事　とて披露給ヒ
院使廳官人（木奈上本ホとこ）實検　ゑ奈內居屋無限之処
中宮已落餝本家始之、信順以下人籠居矣、以者持長と
守護之、此日從十箇日五月四日負外此本家使本事存於
也居其之来內信守護者本とこ者、欲とこ申事也、三ゑ、於院
太京車取向離宮　為信着其業當於渡和院之近留
此日旧本家無爲各此ノ移從孝道、右以府、秀雅右生以府生
伊道本とこ取去、此可將此本家翌日發向配所承領

十八

是傳事之　以弁行成朝臣勅云　權帥病重之由令申　安置
播州　依病　おすまし　隆家ハ安置但馬國使者若令領
國司不可請文下知参者
被存射花山院之根元ハ恒徳公三女ハ伊周之妻云々也
ニヤ四女ニ法皇通給ヲ　伊周ハ四女ハ僻事也　三女ニテソア
ル覧トテ相語隆家　隆家之女カラヌヨシヲ沙汰亦令中納言
女事トテ人ヲ立　三子法皇ノ鷹司殿ヨリ帰ヲ御出ニテ
わしと　給ヲ　射　其矢御袖ヨリトヲリテ還九
早此家見苦事也トテ　有秘蔵無沙汰云々　又家
閑院給ハ無已事也　院九恵不静　此事ヲ於也
又伊周私ニ修太元法　ハ非云家　不法　呪
咀女院云々　依此重事左遷云々

同年十月八日帥密上京三条天隠居中宮之由自十日
有云聞依是右佐孝道被申事也於中宮之云々已被
奏聞之處孝道卿下使庭官人并作被宮見季雅
忠信少尉構了被令捜検帥之者無之帥去日依不家
被改書状文書不翻刻之播州使安置傳之者帥
惟中宮之由已露顕八月廿日母氏沈病云々鄭重切之處
之對面天之やう又上中宮懐妊今月首途須之宮室と
権道之度着座上之還不拿府之
同三年四月廿日人被召然之令上一宮誕生始之
長保二年閏十二月十六日許不座任賜遣被宣下可然
内大臣下大納言上之也
寛弘七年正月廿八日薨　春秋卅七

十五

66

○醫ト申スハ療治ヲ為ス人ヲ云 上醫[illegible] 療所ニ佛ヲ為人云
頃次ニ佳ヨリ道ムシトモトモ 此ハ[illegible]ニ依怙仍受キ
於諸人ヲ依怙ヨリ可為ト云事ナリ [illegible] 佛
后可受也ト申ス薬師ハ彼ノ[illegible]骨於[illegible]
被建立國分寺[illegible]被寫[illegible]國[illegible]居ナリ

67

○[illegible]命婦 壯年時常参詣清水寺所ノ僧ハ浄行
八旬者也 法花読誦[illegible] 八万四千餘[illegible]見此[illegible]
家[illegible]心ヲ忽ニ病ト成テ已ニ及死門[illegible]
阿[illegible]此[illegible]病[illegible]
自他[illegible]也[illegible]此[illegible]
[illegible]
三ケ年ヲ[illegible]
事也[illegible]

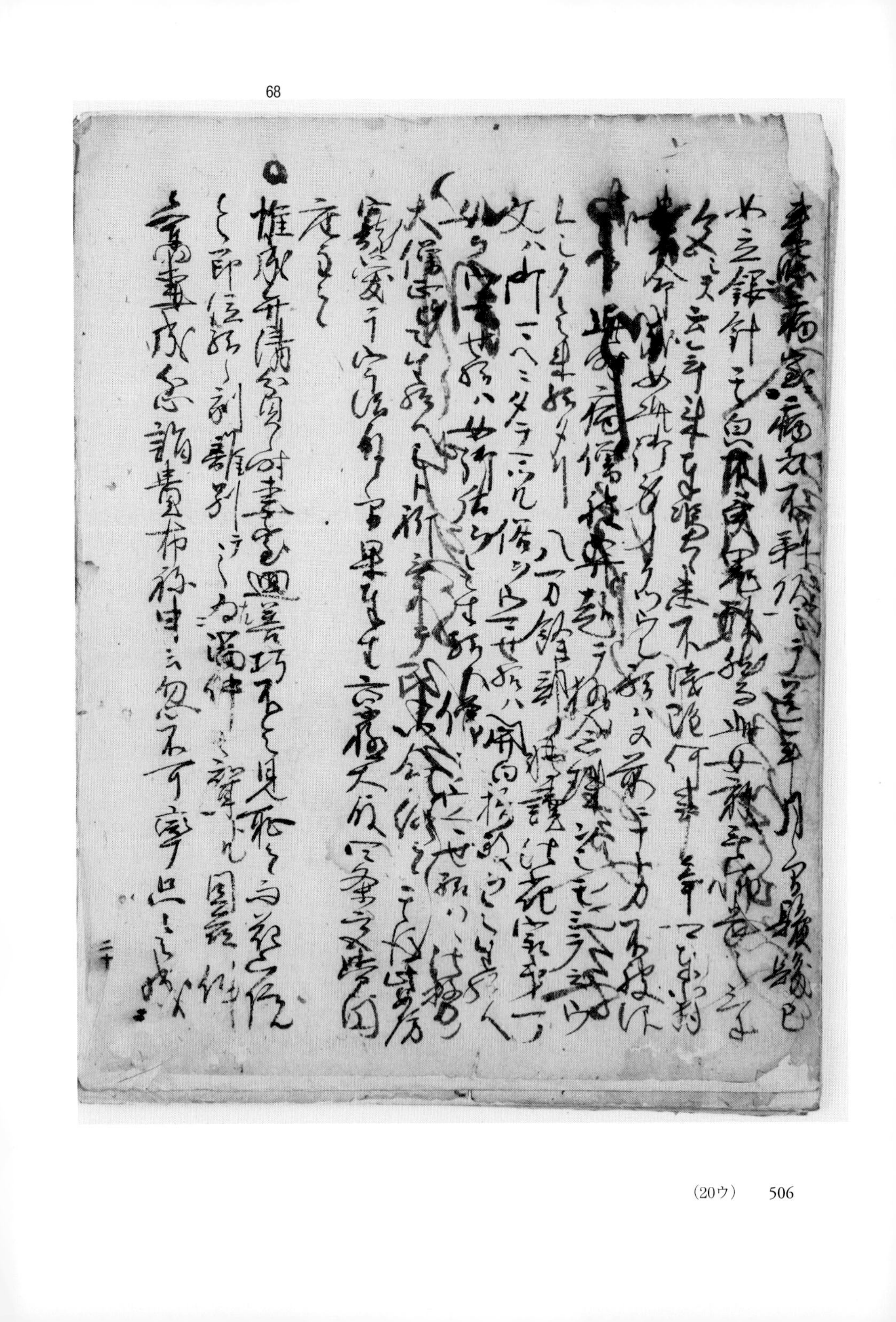

包含スト雖モ百首ノ本謌之引歌ニ不依法
件推成ハ抱ヘル華人也何急成包含ヘキ作有様
様事ニ不歴幾程花山院殿家被成同家
行被施之愛件之寧事無文道ハ只長楽寺道
ニテ包含スナレト聞得テ饗一首ノ由来少々施才
ニテ向隠居之承聴往事或時々之琴之大道
承諾九
69 推成併ニ文士之雲客ハ来集シ白昼四壁ヘタリ
而席ニ飾リ文易ニテ相見甘葛花梢才ニテ侍ハ無
件暮シテ其物軒ニ成テ有ケリ
70 推成為兼文雅之時花逍遥ニ昔一種咲ヘケリ
ニテ長枝ニ飯ニ外居鶴一羽

樋挽一通釿ヲかけ候テ櫓ヲ礼おこし人々感嘆ス
ニテ夜せよとして手枕イたして様ニ下髭皆切之此時
殺シテ阿之ニ時大ニ笑下々中ノ人ノ御ジヤウキ数ニ交易
其長積ノ仕下ニテして櫓おこし伴妻敢テ無勢
徒之氣常咲ニして伴女深く力業録妻ニ
頌業ハ外孫也高名奇談し

509　（後補後表紙見返し・22オ）

（後補後表紙・22ウ）

あとがき

私と『古事談』との出会いは大学院入学の一九七一年（昭和四六年）の春であったと記憶する。一級先輩だった神野志隆光氏が何か学生の間で研究会をもとうではないかと提案し、作品として『古事談』が選ばれたのだった。研究会は『古事談』の読解を進め、ゆくゆくは注釈書を出そうというような、今となっては無謀としかいえないような意気込みで始められたのだった。一回目を神野志氏、二回目を私が報告者を務め、二回ほど開かれたが、研究会はその後は立ち消えとなり、二度と開かれることはなかった。

しかし私には、それ以来『古事談』は何とかしなくてはいけない。きちんと読んでいかなくてはいけないという気持ちが湧き起こり、長く心の中に残り続けていたが、なかなか実行には移されなかった。

そんな中、たしか一九七六年（昭和五一年）ごろだったと思うが、大学院の指導教官でいつもお世話になっていた久保田淳先生から「古事談の中世ごろの写本があるから、よかったら見に来ないか」というお電話をいただいた。『古事談』の写本は知られているものはほぼすべて江戸期の写しで、まさか中世の写本があるなぞとは思っていなかった。畏友、小島孝之氏と連絡を取り合い、ただちに当時、渋谷にあった日本古典文学会に駆けつけた。そこで見たのが本書の『古事談抄』であった。中世の写本があるなんて。突然『古事談』が八〇〇年の時空を越えて、私の目前にあらわれた気がした。しかも写本の中身は通行の『古事談』とは全く違っている。「これは何だ」と思いながら必死で見ていると、傍で大曾根章介氏が「今までの古事談に載っていない話があるぞ」と教えて下さり、「どこですか」とおうかがいすると、「ここだ」と示して下さった。たしかに通常の『古事談』にはない新出の話であった。本書第一四話「忠実、顕雅に感ずる事」である。『古事談』をきちんと読まなくてはならない、そして『古事談抄』についても詳しく調べなければならないという気持ちはいっそう強まった。同書は幸いにも一九七八年（昭和五三年）に貴重本刊行会から写真複製のかたちで公刊され、多くの『古事談』研究者、説話研究者に多大の裨益をもたらした。

しかし、私の怠慢がもっぱらの因と思われるが、なかなか『古事談』の研究に本腰を入れることができなかった。怠惰な私にとって転機となったのは、二〇〇二年（平成一四年）に成蹊大学の学外研修員として一年間京都に滞在し、池上洵一氏を中心に運営されている神戸説話研究会に、あつかましくもお邪魔させていただいたことだった。会では『春日権現験記絵』を通読のかたちで精細に読まれており、とても刺激になり、勉強になった。翌年、研修終了後、神戸の研究会のやり方を勝手にいただき、勤務先の大学で『古事談』を読み始めた。最初は大学院の演習で、その後、少し輪を広げ、随時開催していた成蹊大学中世文学研究会の場で輪読することにした。最初は成蹊大学と単位互換を行っている青山学院大学、東京女子大学などの大学院生を含めて十人ほどのささやかな会であったが、回をおうごとに参加者も増え、他の大学からも優秀な若手研究者が加ってきてくれた。輪読の成果は「成蹊人文研究」に「『古事談抄』選釈」として五回にわたって掲載した。その担当者は別表（五一六ページ）の通りである。研究会は土曜日の午後二時から午後六時半までというのが定時で、その後、空腹と渇きをおぼえた人々は吉祥寺駅付近の飲食店に立ち寄り、酒肴を前にして、長時間の語らいを交わすことを常としていた。その座談は本当に楽しく、きわめて有益だった。研究会の席上ではどうしても掴みきれなかった『古事談』説話の意図やねらいに突然ひらめくことが、一再ならずあった。会員諸氏の持ち寄る情報や見解はいつも生々として新鮮だった。いつしか『古事談』の研究論文集を出そうということになり、それは「『古事談』を読み解く」（笠間書院　二〇〇八年）となって結実した。

そんななか、『古事談抄』の注解作業は続けられた。その間の最も大きな出来事は川端善明氏、荒木浩氏による『古事談続古事談』（岩波書店　二〇〇五年）の刊行であった。難解な『古事談』に、よくぞここまで詳細な施注をして下さったというのが、会員の共通の気持だった。『古事談抄』の注解に大きな助けとなったことはいうまでもない。しかし注解作業の難しさは変らない。いやさらに難しくなったといった方がよいかも知れない。ともかく読み切ろう、という全員の意志で二〇〇九年（平成二一年）春、ようやく『古事談抄』の全話に注を施すことができた。

考えて見れば、数年の歳月が過ぎた。とても私一人では読み通すことはできなかった。これも長い間、私に付き合ってきてくれた人たちのお蔭であることはいうまでもない。始まったころ、まだ大学院の学生であった若い人たちも今では立派な若手研究者となり、諸方面で活躍しているのは周知の通りである。

さて今般、「成蹊人文研究」に既載したものを大巾に補訂し、『古事談抄全釈』として刊行することにした。最終的な原稿調整には、私の他、伊東玉美、内田澪子、蔦尾和宏、松本麻子の五名が分担してあたった。とりわけ松本麻子氏には研究会の運営に多大な御協力をいただいていたのに加えて、本書作成についても、全稿にわたって記述の統一、校正など一身に受け負って下さり、幾度も目を通して下さった。その御助力には御礼の言葉もないくらいである。また本書の出版にあたっては、貴重本刊行会の中村弘道氏には色々と相談にのっていただいた。そして、笠間書院には困難な出版を快よく引き受けていただいたし、編集の重光徹氏は面倒な作業を継々と処理していただいた。記して御礼を申し上げたい。また成蹊大学の文学部学会からは本書刊行に多大な御援助をいただくことができた。

そして何よりも原本を所蔵されている穂久邇文庫の竹本泰一氏には、原本の調査、撮影、出版について格別の御配慮をいただき、お世話になった。心より御礼を申し上げたい。

『古事談』の研究はこれで終らない。これからもまだまだ続く。本書の刊行がその一助となれば、嬉しい限りである。

二〇一〇年一月三一日

浅見和彦

執筆者紹介（五十音順）

浅見和彦（あさみ　かずひこ）
一九四七年東京都生まれ。東京大学大学院単位取得退学。成蹊大学教授。『『古事談』を読み解く』（二〇〇八年、笠間書院）

伊東玉美（いとう　たまみ）
一九六一年神奈川県出身　東京大学大学院博士課程単位取得退学。博士（文学）。白百合女子大学教授。『小野小町―人と文学』（二〇〇七年、勉誠出版）

内田澪子（うちだ　みおこ）
一九六四年兵庫県生まれ。神戸大学大学院修了。博士（文学）。東京大学史料編纂所特任研究員。「六波羅二﨟左衛門入道考―『十訓抄』の編者像―」（「国語と国文学」第八六巻第四号、二〇〇九年四月）

木下資一（きのした　もといち）
一九五〇年長野県生まれ。東京大学大学院博士後期課程満期退学。神戸大学大学院国際文化学研究科教授。『続古事談注解』（神戸説話研究会編、一九九四年、和泉書院）

櫻田芳子（さくらだ　よしこ）
一九七四年静岡県生まれ。白百合女子大学大学院博士課程単位取得退学。白百合女子大学言語・文学研究センター研究員。「初学期の後京極良経―兄の死をめぐって―」（「白百合女子大学言語・文学研究センター言語・文学研究論集」第五号、二〇〇五年三月）

鈴木佳織（すずき　かおり）
一九八一年東京都生まれ。東京女子大学大学院修士課程修了。「『今昔物語集』研究　―巻二十八における「笑い」―」（「東京女子大学日本文学」第一〇一号、二〇〇五年三月）

高津希和子（たかつ　きわこ）
一九七八年東京都生まれ。早稲田大学大学院博士後期課程在学。「『古事談』編者顕兼と秘事―『明月記』定家評を視座として」（「国文学研究」第一四七号、二〇〇五年一〇月）

蔦尾和宏（つたお　かずひろ）
一九七二年神奈川県生まれ。東京大学大学院修了。博士（文学）。岡山大学准教授。「御霊としての伴大納言―今昔・絵巻・宇治拾遺―」（「文学」第一〇巻四号、二〇〇九年七月）

土屋有里子（つちや　ゆりこ）
一九七四年東京都生まれ。早稲田大学大学院博士後期課程満期退学。博士（文学）。早稲田大学非常勤講師。『内閣文庫蔵『沙石集』翻刻と研究』（二〇〇三年、笠間書院）

生井真理子（なまい　まりこ）
一九五一年北海道生まれ。同志社大学大学院修士課程修了。同志社大学非常勤講師。『春日権現験記絵　注解』（共著、神戸説話研究会編、二〇〇五年、和泉書院）

船越麻里（ふなこし　まり）
一九八一年東京都生まれ。成蹊大学大学院博士後期課程在学。「紹介・浅見和彦編『古事談を読み解く』」（「成蹊國文」第四二号、二〇〇九年三月）

松本麻子（まつもと　あさこ）
一九六九年東京都生まれ。青山学院大学大学院博士後期課程満期退学。博士（文学）。青山学院大学非常勤講師。『文芸会席作法書集

和歌・連歌・俳諧』（共編、二〇〇八年、風間書房）

山部和喜（やまべ　かずき）

一九五五年大分県生まれ。慶應義塾大学大学院後期博士課程単位取得退学。埼玉学園大学人間学部教授。「『伴大納言絵巻』の絵と詞書―「東七条」の二人の妻の姿から」（「芸文研究」第九五号、二〇〇八年一二月）

山本啓介（やまもと　けいすけ）

一九七四年神奈川県生まれ。青山学院大学大学院修了。博士（文学）。日本学術振興会特別研究員、青山学院大学非常勤講師。『詠歌としての和歌　和歌会作法・字余り歌』（二〇〇九年、新典社）

渡辺麻衣子（わたなべ　まいこ）

一九七七年神奈川県生まれ。白百合女子大学大学院博士課程中退。横浜雙葉中学高等学校。「源経信と橘俊綱」（「白百合女子大学言語・文学研究センター言語・文学研究論集」第四号、二〇〇四年四月）

第一次担当者一覧　『古事談抄』選釈（「成蹊人文研究」掲載）

話数	担当者
1	上野正史
2	有田祐子
3	松本麻子
4	松本麻子
5	内田澪子
6	浅見和彦
7	船越麻理
8	山本啓介
9	鈴木佳織
10	近藤安紀
11	近藤安紀
12	山部和喜
13	松本麻子
14	蔦尾和宏
15	船越麻理
16	渡辺麻衣子
17	杉田良恵
18	船越麻理
19	鈴木佳織
20	田村睦美
21	櫻田芳子
22	中村奈未
23	三浦億人
24	土屋有里子
25	松本麻子
26	松本麻子
27	松本麻子
28	松本麻子
29	中村奈未
30	土屋有里子
31	福田浩一
32	福田浩一
33	内田澪子
34	高橋亜紀子
35	秋笹美佳
36	内田澪子
37	蔦尾和宏
38	伊東玉美
39	山本啓介
40	浅見和彦
41	伊東玉美
42	伊東玉美
43	蔦尾和宏
44	鈴木佳織
45	浅見和彦
46	（第65話に同じ）
47	内田澪子
48	内田澪子
49	山本啓介
50	山本啓介
51	福田浩一
52	田村睦美
53	（第12話に同じ）
54	（第12話に同じ）
55	（第13話に同じ）
56	中村奈未
57	中村奈未
58	田村睦美
59	伊東玉美
60	中村奈未
61	内田澪子
62	蔦尾和宏
63	中村奈未
64	高津希和子
65	伊東玉美
66	山部和喜
67	松本麻子
68	木下資一
69	木下資一
70	木下資一

ま 行

や 行

ら 行

た 行

な 行

は 行

さ 行

人名・地名・神仏名等索引

1.『古事談抄』に登場する人名・地名・神仏名等を，現代仮名遣いの五十音順に並べ，その掲出話を説話番号で示した。
2.姓を〔　〕に，本文中にみえる異称・官職名などを（　）内に併記した。本文中に，異称・官職名のみ見える場合や，明らかに誤りと考えられるものは，→で実名を参照させた。
3.男子名は通行の読み方，女子名は音読を原則として掲出した。

［高津希和子］

あ 行

か 行

こじだんしょうぜんしゃく
古事談抄全釈

平成22(2010)年3月31日　初版第1刷発行

編　者　浅見和彦
伊東玉美
内田澪子
蔦尾和宏
松本麻子

装　幀　笠間書院装幀室
発行者　池田つや子
発行所　有限会社笠間書院
東京都千代田区猿楽町2-2-3［〒101-0064］
NDC分類：913.47　電話　03-3295-1331　fax　03-3294-0996

ISBN978-4-305-70507-5　藤原印刷

出版目録は上記住所までご請求下さい。
http://kasamashoin.jp/